GOLDMANN

Buch

London, Januar 1950: Charles Houston macht sich auf die Suche nach seinem Stiefbruder, der mit einem Filmteam im tibetanischen Hochland verschollen ist. Aber Tibet ist abgeriegelt, und vergeblich bittet Houston die Behörden des Landes um Auskunft und Hilfe: Sie haben Furcht. Denn bedrohliche Orakel weissagen Katastrophen, Terror und das Ende der Herrschaft des Dalai Lama. Und die Gefahr naht von Sonnenuntergang...

Aber davon ahnt Houston nichts, als er auf abenteuerlichen Schleichwegen in Tibet eindringt. Erst in den Zellen von Yamdring, dem Männern verbotenen Frauenkloster, öffnet sich ihm schrittweise das Geheimnis, das in den Augen der Nonnen um ihn ist – und es öffnet sich ihm das Herz der blutjungen, reizvollen Äbtissin. Was dann geschieht in den dunklen Nächten des grausamen Himalaja-Winters, schwebt phantastisch zwischen Traum und Wirklichkeit...

Autor

Lionel Davidson, geboren 1922, ist einer der bekanntesten und beliebtesten Thrillerautoren des englischen Sprachraums, wo seine Romane begeistert aufgenommen werden. Sie sind alle Erfolge und haben zahlreiche Preise gewonnen.

Außer dem vorliegenden Band sind von Lionel Davidson als Goldmann-Taschenbücher erschienen:

Das Geheimnis um Menora. Roman (42007)
Die Nacht des Wenzel. Roman (9496)
Der Ruf der Gazelle. Roman (41053)
Das schwarze Gold. Roman (42196)
Tod in Chelsea. Roman (41337)

LIONEL DAVIDSON

DIE ROSE VON TIBET

ROMAN

Aus dem Englischen
von Uschi Gnade

GOLDMANN VERLAG

Ungekürzte Ausgabe

Titel der Originalausgabe: The Rose of Tibet
Originalverlag: Victor Gollancz, London

Umwelthinweis:
Alle bedruckten Materialien dieses Taschenbuches
sind chlorfrei und umweltschonend.
Das Papier enthält Recycling-Anteile.

Der Goldmann Verlag
ist ein Unternehmen der Verlagsgruppe Bertelsmann

Umschlagentwurf: Design Team München
Umschlagfoto: The Image Bank, München
Druck: Elsnerdruck, Berlin
Verlagsnummer: 9399
MV · Herstellung: Heidrun Nawrot/sc
Made in Germany
ISBN 3-442-09399-6

5 7 9 10 8 6 4

Prolog

Der Entschluß, dieses Buch *Die Rose von Tibet* zu nennen, wurde erst zu einem späten Zeitpunkt gefaßt, und zwar auf Geheiß des Geschäftsführers unseres Verlages, Mr. Theodore Links. Ich bin seit acht Jahren bei diesem und bei anderen Verlagen als Lektor tätig. Mein Name ist Lionel Davidson.

Es scheint notwendig zu sein, all das vorauszuschicken, da das, was folgt, wie einer der Gutachter des Manuskripts geschrieben hat, »... etwas abwegig ... « ist. Es ist jedoch weitgehend wahr: Aber gerade, weil es nur weitgehend wahr ist, sind ein paar einleitende Worte erforderlich.

Charles Duguid Houston verließ am 25. Januar 1950 England, um nach Indien zu reisen, und er kehrte am 16. Juni 1951 zurück. Der interessierte Leser kann einen Bericht über das letztere Ereignis in den Ausgaben von *Sunday Graphic* und *Empire News* vom 17. Juni finden, den beiden einzigen Presseorganen, die von seiner Rückkehr Kenntnis genommen haben. Er kehrte auf einer Tragbahre zurück und hätte eine sensationelle Geschichte zu erzählen gehabt, wenn ihn jemand dazu gebracht hätte, sie zu erzählen. Der Umstand, daß niemand es tat, ist vielleicht weniger auf seine eigene Diskretion zurückzuführen, als auf die anderen interessanten Dinge, die in diesem Monat in der Welt geschahen.

Im Juni 1951 waren die damals recht dünnen Zeitungen bemüht, lückenlos über den Korea-Krieg zu berichten, über das Sinken des U-Boots *Affray*, die Suche nach Burgess und Maclean und die Freveltaten des Dr. Mossadeq, dessen Regierung damit beschäftigt war, die Ölraffinerien von Abadan zu verstaatlichen. In England erholte sich König George VI. von einer Operation, auf Capri verbrachte König Farouk seine Flitterwochen mit Narriman, und in Westminster spekulierte der Ernährungsminister über eine Preiserhöhung der Fleischration auf zwei Shilling vier Pence. Mehrere Morde wurden begangen. Die britischen Festspiele strahlten tapfer durch den Regen. Der Marquis von Blandfort ging eine Verlobung ein.

Angesichts einer solchen Qual der Wahl hatten die Zeitungen nur wenig Raum für Houston übrig, und soweit es sich nachprüfen ließ, wurde, nachdem die beiden Sonntagszeitungen die Meldung aufgegriffen hatten, nirgends eine Fortsetzung gebracht. Die Meldung war nicht uninteressant. Sie informierte darüber, daß man den neunundzwanzigjährigen Charles Houston, früher Kunstlehrer, wohnhaft Baron's Court, London W, mit Verletzungen, die er sich bei den jüngsten Kämpfen in Tibet zugezogen hatte, auf einer Tragbahre aus dem Flugzeug aus Kalkutta gebracht hatte.

Nicht einmal die *West London Gazette* dachte daran, einen Vertreter in die London Clinic, in die Houston vom Flughafen aus direkt eingeliefert worden war, zu schicken, um sich nach dem Befinden dieses früheren Mitbürgers zu erkundigen.

Während seine rastlosen Zeitgenossen die Bühne für sich beanspruchten, war es Houston möglich, den Monat recht ruhig zu verbringen. Der rechte Arm wurde ihm abgenommen. In den Morphinen suchte er Erlösung von schmerzlichen Erinnerungen. Nur gelegentlich machte er sich Sorgen um den Verbleib seiner halben Million Pfund.

Der Umstand, daß es um eine halbe Million Pfund ging, sollte jedoch später noch recht vielen Menschen Kopfzerbrechen bereiten: Das ist einer der Gründe, warum dieses Buch nur weitgehend der Wahrheit entsprechen darf.

»Warum so heikel?« steht in Mr. Theodore Links' Handschrift auf der Hausmitteilung, die vor mir liegt. »Ich sagte bereits, daß es mir gefällt, und es gefällt mir immer noch. Aber R. B. wird erst zufrieden sein, wenn wir die unterstrichenen Absätze irgendwie ›bearbeiten‹ können. Außerdem habe ich entschieden das Gefühl, daß wir aus denselben Gründen eine Art literarischen Titel suchen sollten. Was ist gegen ›d‹ einzuwenden? Er ist *weitaus* zugkräftiger als die sachlichen. Und wer setzt sich hier über O.s Wünsche hinweg? Ich glaube, mich nur an einen mißachteten Wunsch zu erinnern! Aber wenn es Ihnen so ernst ist, schreiben Sie doch ein Vorwort, in dem Sie das Buch und die Hintergründe erklären ...«

Wenn wir uns die Abkürzungen der Reihe nach vornehmen, ist R. B. Rosenthal Brown, unsere Anwaltskanzlei, ›d‹ ist der derzeitige Titel – *Die Rose von Tibet* –, und O. . . . O. ist Mr. Oliphant. Ohne Mr. Oliphant gäbe es das Buch nicht.

Ich weiß nicht, wann Mr. Oliphant ursprünglich damit angefangen hat, sein Latein-Lehrbuch für Anfänger zu schreiben, aber im ersten seiner beiden Briefe, die ich in meinem Ordner habe, schreibt er: »Es handelt sich um das Ergebnis vieljähriger, sorgfältiger Arbeit, und es sind, wie Sie sehen werden, die meisten der nützlichen Vorschläge aufgenommen worden, die Sie die Güte besaßen, mir vor einiger Zeit zu unterbreiten.«

Dieser Brief erreichte mich, gemeinsam mit dem Lehrbuch, im Mai 1959.

Ich sagte zu meiner Sekretärin: »Miss Marks, wer ist F. Neil Oliphant, und wann habe ich ihm irgendwelche Vorschläge für einen lateinischen Grundkurs gemacht?«

Miss Marks blickte von ihrer Schreibmaschine auf und fing an, mit ihren Fingerspitzen leicht auf ihrer Stirn herumzutrommeln – eine Angewohnheit, die durchkommt, wenn sie sich mit irgendwelchen Sorgen herumquält, aber nicht will, daß ich es bemerke.

Sie sagte: »Ach so. Ja. Das waren nicht Sie. Das war Mr. . . . « – einer meiner Vorgänger.

»Haben wir jemals lateinische Lehrbücher verlegt?«

»Nein. Er hat geglaubt, wir würden es vielleicht tun wollen – ich meine, Mr. Oliphant. Er hat eine neue Methode des Lateinunterrichts entwickelt.«

»Wer ist Mr. Oliphant?«

»Ein Lateinlehrer.«

Miss Marks' Gesicht war bei dieser einwandfreien Aussage eine Spur von Rosa angelaufen.

Ich sagte: »Wo unterrichtet er?«

»Er war früher an der Mädchenoberschule in der Edith Road in Fulham.«

»An der *was*?«

»An der Schule in der Edith Road . . . Das ist eine ganz ausgezeichnete Schule«, sagte Miss Marks. »Es ist eine der besten Schulen für Mädchen im ganzen Land. Die humanistischen Kenntnisse, die dort vermittelt werden, sind ausgezeichnet.«

»Ich war selbst auch in dieser Schule«, sagte sie schließlich und bestätigte damit meine Vermutungen.

»Ach was, tatsächlich?«

»Ja . . ., sehen Sie, es tut mir leid«, sagte Miss Marks, und sie errötete mehr und mehr. »Ich habe immer wieder zwischendurch Kontakt zu ihm gehabt. Er ist ein netter alter Mann. Zufällig hat er einmal erwähnt, daß er dieses Buch schreibt, und er wußte nicht das Geringste über das Verlagswesen und sonst etwas . . . Ich meine, ich habe ihm natürlich gesagt, daß ich nicht in einer Position bin, in der ich ihm dafür garantieren kann . . . «

»Schon gut, Miss Marks. Haben wir eine Kopie des vollständigen Briefwechsels?«

»Die müßte Mr. Links haben. Er hat sie übernommen, als Mr. . . . gegangen ist.«

»Ach. Und warum?«

»Weil das Ganze eigentlich seine Schuld war«, sagte Miss Marks.

Sie erklärte mir, warum.

Es schien so, als sei Mr. Oliphants Lehrbuch 1955 erstmals im Hause eingegangen. Mr. . . . hatte das Buch prompt abgelehnt, und damit wäre die Sache erledigt gewesen, wäre nicht T. L. zufällig ins Zimmer gekommen, als das Buch noch bei den Ausgängen lag. T. L. hatte sich zu diesem Zeitpunkt einer seiner vielzähligen und keineswegs ungewöhnlichen Schwärmereien hingegeben; diesmal hatten sie dem geistig erzieherischen Nutzen einer der alten Sprachen gegolten. Er fand, Mr. Oliphants Buch habe etwas. Das Buch war an einen Spezialisten weitergegeben worden, der anderer Meinung war. Dennoch hatte T. L. Mr. Oliphant eine ganze Anzahl von Verbesserungsvorschlägen gemacht. Das überarbeitete Buch war 1957 wieder aufgetaucht. Inzwischen hatte sich T. L.s früherer Enthusiasmus gelegt, doch er hatte das ungute Gefühl, in gewissem Sinne die Verantwortung dafür zu tragen, daß Mr. Oliphant zwei weitere Jahre in diese Arbeit gesteckt hatte. Wäre das Buch in seiner überarbeiteten Form auch nur ansatzweise druckreif gewesen, so hätte er es verlegt. Aber das war es nicht. Es war mit weiteren Vorschlägen an den Autor zurückgeschickt worden.

Das waren die Vorschläge, die Mr. Oliphant in seiner letzten Fassung berücksichtigt hatte.

Glücklicherweise entdeckte ich einen erfreulichen Haken an dem Buch. Drei aufeinanderfolgende Kapitel trugen die Überschrift *Was der Schulabgänger vor dem Universitätseintritt wissen muß – (I), (II)* und *(III).* Obwohl ich wenig über dieses Thema wußte, war sogar mir klar, daß die Studienanfänger in einigen Bereichen kein Latein zu können brauchten; erst kurz zuvor hatte sich darüber eine beachtliche Diskussion in der Presse entsponnen, und Mr. Oliphants lateinlehrende Kollegen hatten ein paar starke Geschütze aufgefahren.

Ich sagte: »Ihr Mr. Oliphant ist wohl nicht allzu sehr auf dem laufenden«, und ich erklärte ihr, warum.

»Ach, du meine Güte«, sagte Miss Marks betrübt, »der arme alte Mann.«

»Wie alt ist er?«

»Er muß jetzt auf die Achtzig zugehen.«

»So, so.«

Es schien so auszusehen, daß Mr. Oliphant zum Umschreiben jeweils zwei Jahre brauchte. Wenn man von der natürlichen Ordnung der Dinge ausging, war es unwahrscheinlich, daß ihm das noch allzu oft gelingen würde.

Ich sagte: »Sehen Sie, Miss Marks, schreiben Sie ihm doch einen Brief«.

Das sollte gar nicht nötig werden. Noch am selben Nachmittag rief Mr. Oliphant an. Vielleicht hatte ihn jemand über das Problem der Studienanfänger unterrichtet und sein Bild zurechtgerückt. Er bat darum, ihm sein Buch zurückzuschikken. Miss Marks und ich tauschten erleichterte Blicke aus, als sie den Hörer auflegte. Ich hatte das Gespräch auf dem anderen Apparat mitangehört.

Unsere Erleichterung war kurzlebig. Mr. Oliphant legte mit Höchstgeschwindigkeit los. Ganze vier Monate später, im Oktober 1959, flatterte uns das vertraute Lehrbuch wieder ins Haus.

Das fiel in eine Zeit, in der ich mehr und mehr geneigt war, den Problemen des Schriftstellerberufs mit einer gewissen wohlwollenden Sympathie zu begegnen. Mein erstes Buch, *Die Nacht des Wenzel,* stand gerade vor seiner Veröffentlichung, und ich hatte die verschiedensten Nörgeleien ausgestanden. Ich haßte die Leute, die Manuskripte lasen und begutachteten. Gutachter, im allgemeinen keine kreativen Menschen, so erschien es mir, sollten versuchen, selbst etwas zu schaffen – irgend etwas – wenigstens eine Kleinigkeit. Es war der reinste Frevel, so erschien es mir, daß solche Menschen über die Arbeit kreativer Menschen zu Gericht saßen. Etwas aus dem Nichts heraus entstehen zu lassen, etwas zusammenzusetzen, etwas ganz Neues in die Welt zu setzen – das war eine bewundernswerte, eine mühselige Arbeit. Den Menschen, die das taten, so erschien es mir, standen Worte des Dankes zu, und man sollte ihnen auf den Rücken klopfen und sie für ihre Mühen nicht etwa einem Sperrfeuer gehässiger Kritik aussetzen.

In dieser Geistesverfassung wurde Mr. Oliphant mein Bruder. Ich betrachtete seine Arbeit mit wärmster Bewunderung. Warum sollten wir sein Buch eigentlich nicht verlegen? Wir brachten hundertvierundzwanzig Bücher im Jahr heraus. Warum nicht Mr. Oliphants Buch?

Dennoch schickte ich das Manuskript nicht, wie es mein Herz gebot, direkt in die Druckerei. Ich schickte es wieder an den Gutachter, der Mr. Oliphants Werk keineswegs mit der Bewunderung betrachtete, die ich ihm entgegenbrachte.

Er sagte, das Buch sei in einem pedantischen Stil und in der Art von derbem Witz geschrieben, die beide um die Jahrhundertwende aus der Mode gekommen seien. Soweit er das beurteilen könne, wende sich das Buch an eine Zielgruppe von simplen Kryptologen im Alter von circa siebzig Jahren.

»Nein, nein . . . «, sagte T. L. . »O mein Gott! Sehen Sie, das ist meine Schuld, nicht seine. Ich dachte, er könnte es schaffen . . . Es ist *mein* Fehler.«

»Und was fangen wir jetzt damit an?« sagte ich in die Stille hinein.

»Hören Sie, sehen Sie mal, ob er seine erste Fassung noch hat. Die hatte etwas. Ich habe es selbst gesehen. *Helfen* Sie ihm dabei. Geben Sie ihm ein brauchbares Konzept. Sehen Sie, ob jemand hier im Büro eine Rohfassung für ihn entwerfen kann. Ich sehe sie mir selbst an, wenn Sie wollen. Und dann sehen wir weiter. Wir werden es ihm jedenfalls so aufbereiten, daß man es veröffentlichen kann.«

Diese Aufgabe – meinem Bruder Oliphant mitzuteilen, daß seine Arbeit von vier Jahren vergeudet war – erschien mir hochgradig unerfreulich. Das brachte ich zum Ausdruck.

»Ich sehe keine Möglichkeit, all das in einem Brief unterzubringen«, sagte ich abschließend.

»Nein, nein. Ich finde, das sollten Sie gar nicht tun. So war mein Vorschlag nicht gemeint. Wenn ich mich recht erinnere, ist er ein ziemlich alter Mann. Besuchen Sie ihn. Das wäre eine nette Geste.«

Mit äußerstem Widerwillen sagte ich: »Natürlich, wenn Sie der Meinung sind, daß ich das tun sollte ...«

»Ja, sicher. Es wird wesentlich leichter sein, wenn man sich persönlich gegenübersteht. Wissen Sie«, sagte er, während er mir das Manuskript wieder in die Hand drückte, »das ist gar keine schlechte Lektion für einen Lektor. Es ist verhängnisvoll einfach, den falschen Leuten Mut zu machen. Freundlichkeit ist keine Hilfe – weder für den Autor, noch für uns. Sie kann sogar äußerst grausam sein.«

»Sie finden nicht«, sagte ich zögernd, »daß wir ihn noch einen Anlauf nehmen lassen sollten, ganz auf eigene Faust. Ich habe gehört, daß er inzwischen auf die Achtzig zugeht ...«

T.L. holte tief Luft und schüttelte den Kopf. »Das können wir nicht machen ... Verstehen Sie, ich habe mich anfangs nicht getäuscht. Die Sache hatte etwas, ein winziger Kern hat daringesteckt. Jemand könnte das Buch verlegen. Gönnen wir ihm diese Freude, ehe er stirbt.«

»Einverstanden«, sagte ich.

Mr. Oliphant wohnte in Fitzmaurice Mansions, Fitzmaurice Crescent, Baron's Court. Ich rief ihn am selben Tag noch an und fuhr am folgenden Nachmittag zu ihm hinaus.

Fitzmaurice Mansions erwiesen sich als ein gewaltiger Gebäudekomplex mit reichen Verzierungen aus rötlich orangenem Stein im Stil des späten neunzehnten Jahrhunderts. In einem kleinen dunklen Aufzug mit einem höchst komplizierten System von Falttüren fuhr ich sehr langsam in den ersten Stock hinauf. Es gab kein Fenster auf dem Treppenabsatz, und das Licht funktionierte nicht. Auf der Suche nach Nummer zweiundsechzig tastete ich mich voran.

Zwei Viertelliterflaschen Milch standen vor der Tür, und die Tageszeitung klemmte noch im Briefkasten. Ich läutete, und ein oder zwei Minuten später sah ich mich gezwungen, noch einmal auf die Klingel zu drücken.

Kurz darauf war in der Wohnung ein Schlurfen zu hören. Ich machte mich auf einiges gefaßt, als die Tür geöffnet wurde. Ein großer, dünner, gebeugter Mann in einem Morgenmantel stand vor mir.

»Sind Sie Mr. Davidson?«

»Ja, richtig.«

»Kommen Sie herein. Ich hoffe, Sie haben nicht allzulange gewartet. Ich bin eingenickt.«

Ich hielt ihm die Hand hin, doch er schien sie nicht zu sehen. Er griff an mir vorbei nach der Milch und der Zeitung. Aus der Wohnung drang ein ganz bestimmter Geruch, der Geruch alter Menschen, die in engen, stickigen Wohnungen hausen.

Er schloß die Tür hinter mir. »Mir geht es in letzter Zeit nicht allzu gut. Ich habe einen kleinen Mittagsschlaf gehalten.«

»Es tut mir leid, daß ich Sie störe.«

»Nein, kein bißchen. Aber auch nicht das geringste bißchen. Hier entlang. Ich habe mich schon auf Ihren Besuch gefreut. Ich weiß selbst nicht, wie es mir passiert ist, einfach so einzudösen.«

Mr. Oliphant machte einen kranken und etwas ungepflegten Eindruck. Sein Gesicht war so übermäßig lang und schmal wie das eines Windhundes, und es hätte eine Rasur dringend nötig gehabt. Er stellte die Milch ab und legte die Zeitung hin, zog seinen grauen Morgenmantel dichter um sich und glättete sein spärliches Haar.

»Es tut mir leid, daß Sie mich ausgerechnet so vorfinden müssen. Ich wollte noch ein bißchen zusammenräumen«, sagte er, während er sich in der schrecklichen Unordnung umsah. Wir schienen uns in seinem Schlafzimmer zu befinden. »Ich dachte mir, ich ruhe mich nach dem Mittagessen mal schnell ein paar Minuten aus. Ich habe letzte Nacht nicht geschlafen.«

»Das tut mir sehr leid für Sie«, sagte ich, leicht nasal, da ich versuchte, in dem penetranten Geruch des Zimmers durch den Mund zu atmen. »Was fehlt Ihnen?«

»Etwas mit den Bronchien. Ich kriege es jedes Jahr um diese Zeit. Das Atmen fällt schwer, Sie wissen schon«, sagte er, wobei er sich auf die Kehle klopfte.

Sein Atem war leicht pfeifend. Aus seiner Stimme war ein schwacher Anklang des Irischen herauszuhören. Ich sagte: »Wenn Sie es gern auf einen anderen Tag verschieben wollen, Mr. Oliphant – es gibt eine ganze Menge zu besprechen.«

»Nein, nein. Davon will ich nichts hören, junger Mann. Es tut mir nur leid, daß es hier so aussieht. Jetzt hole ich Ihnen erst mal etwas. Was darf es ein? Wir haben uns noch gar nicht richtig begrüßt«, sagte er, und verlegen hielt er mir seine verknöcherte Hand hin.

Ich drückte sie. Ich lehnte eine Erfrischung ab. Er zog zwei Stühle vor ein elektrisches Kaminfeuer, und wir fingen an zu reden.

Es gab jedoch nicht allzuviel, worüber wir hätten reden können. Trotz des Anscheins der Senilität, den er erweckte, hatte Mr. Oliphant seinen Geist nämlich noch beisammen und war gut in Form. Im Handumdrehen hatte er die Situation erfaßt, und mit einer altmodischen Höflichkeit begann er augenblicklich, mir die Sache leichter zu machen.

»Ihr Mr. Links ist ein begeisterungsfähiger Mensch«, sagte er. »Das ist etwas, was mir an meinen Mitmenschen gefällt. Er hat mir einen großartigen Brief geschrieben, als ich das Buch in seiner ersten Fassung fertiggestellt hatte. Ich frage Sie aus reinem Interesse, Mr. Davidson, warum war er eigentlich so interessiert daran?«

»Na ja, weil ihm die Idee gefallen hat ... «

»Ja«, sagte Mr. Oliphant, »ich frage, weil ich mich mein Leben lang auf die eine oder andere Weise mit lateinischen Werken befaßt habe, aber mich nicht wirklich erinnern kann, dabei jemals auf Ihren Verlag gestoßen zu sein. Es lag wirklich nur an Doris Marks – wie geht es diesem netten Mädchen übrigens?«

»Gut. Gut. Sie läßt Sie freundlich grüßen. Das bringt mich auf einen anderen Punkt, Mr. Oliphant. Wir würden Ihnen gern unseren Beistand in jeglicher erdenklichen Form anbieten – sei es durch Schreibarbeiten, durch praktische Hilfe oder was auch immer Sie brauchen können.«

»Das ist ganz außergewöhnlich freundlich von Ihnen. Ich bin Ihnen sehr dankbar. Das bin ich wirklich«, sagte er, und dabei lächelte er mich an. »Ich werde es mir sehr ernsthaft überlegen. Nichtsdestoweniger«, sagte er dann und lachte, »habe ich das Gefühl, daß ich vielleicht zu alt bin, um noch etwas dazuzulernen ... «

Er unterbrach sich und fing an zu husten. Es war das ungewöhnlichste Husten, das ich in meinem ganzen Leben gehört hatte, und im ersten Moment konnte ich gar nicht glauben, daß er diese Laute hervorbrachte.

Ich stand erschrocken auf und klopfte ihm auf den Rücken.

Er fing kurz darauf an, mit seinen Händen zum Bett hin zu gestikulieren, und als ich mich umsah, bemerkte ich Arzneimittelflaschen, die auf seinem Nachttisch standen, und ich brachte sie ihm alle und dazu einen Löffel. Mit zitternder Hand deutete er auf eine der Flaschen, und ich schraubte den Verschluß auf, goß einen Eßlöffel voll und steckte ihm mühsam die Arznei in den Mund. Es gelang ihm, die Kontrolle über sich selbst wiederzuerlangen.

»Ich hätte nicht lachen dürfen«, sagte er matt.

»Kann ich irgend etwas für Sie tun?«

»Nein, nichts. Später kommt jemand und bringt mir ein paar Dinge, die ich brauche. Machen Sie sich bitte keine Sorgen. Setzen Sie sich. Es ist gleich vorbei.«

Mit äußerster Behutsamkeit setzte ich mich wieder hin.

»Ich werde Ihnen jetzt ein Geheimnis verraten«, sagte er mit einem Lächeln. »Ich habe die Arbeit an diesem Buch aus reiner Eitelkeit heraus begonnen.«

»Eitelkeit, Mr. Oliphant?«

»Ja, Eitelkeit. Ich habe Doris – Miss Marks – bei einem Schülertreffen wiedergetroffen, und aus irgendwelchen Gründen habe ich ihr erzählt, ich würde an diesem Buch schreiben. Ich vermute, ich wollte sie beeindrucken. Wenn man allein lebt, neigt die Zunge dazu, sich in Gesellschaft allzusehr zu lösen . . . Ich nehme an, Sie würden wesentlich eher Werke in einer lebenden Sprache veröffentlichen«, sagte er.

»Genau darin besteht unsere Tätigkeit, Mr. Oliphant.«

»Ich nehme an, Sie würden eher eine Geschichte wie die von Houston veröffentlichen«, sagte er im selben Tonfall.

Ich wußte nicht, wovon er sprach. Er stand auf und fing an, in seinem Bettzeug herumzuwühlen. Zwei speckige rote Schulhefte waren unter den Daunen begraben, zwei weitere lagen unter dem Kopfkissen.

»Ich habe die Geschichte gerade jetzt noch einmal gelesen«, sagte er. »Vor ein paar Jahren hatte ich die Idee, sie selbst zu bearbeiten, aber ich war mit meinem lateinischen Lehrbuch beschäftigt. Jetzt bezweifle ich, daß ich es je tun werde. Möchten Sie es vielleicht lesen?«

»Was ist das?«

»Es ist Houstons Bericht darüber, was ihm in Tibet zugestoßen ist.«

Er reichte mir die Schulhefte, und daher nahm ich sie entgegen, während Mr. Theodore Links' Worte unheilvoll in meinen Ohren widerhallten. »*Freundlichkeit ist keine Hilfe – weder für den Autor noch für uns. Sie kann sogar äußerst grausam sein.*«

Ich sagte: »Wissen Sie, ich bin nicht sicher, ob das überhaupt das Richtige für uns ist, Mr. Oliphant. Wir bringen kaum Reiseberichte heraus.«

»Ich würde es nicht als einen Reisebericht bezeichnen«, sagte er. »Ich weiß nicht, wie ich es nennen würde. Mit Sicherheit ist es eine äußerst merkwürdige Geschichte.«

Während ich die Hefte durchblätterte, durchforstete ich mein Gehirn und versuchte, darauf zu kommen, wer der geheimnisvolle Houston war. Einzelne Formulierungen sprangen mir ins Auge.

»*... eine Absteige wie eine gewaltige Katakombe, eine Art riesige Felsenwohnung mit kleinen Zimmern im Stein, die im Licht von Butterlampen aufflackerten ...*«

»*... legte ganz schlicht all seine Kleider und seine Schmuckstücke ab und verschenkte sie ...*«

»*... achtete den ganzen Tag über darauf, niemandem über den Weg zu laufen, und zog nach Kanchenjunga weiter ...*«

»*... in der Gepäckaufbewahrung von Darjeeling, wo, soweit ich weiß ...*«

»*... so übel zusammengeschlagen, daß ich wußte, ich war verkrüppelt, aber ich mußte ...*«

»Mr. Oliphant«, sagte ich, »wenn Sie meinem Gedächtnis kurz auf die Sprünge helfen könnten – wer war eigentlich diser Houston?«

»Ein sehr teurer Freund. Wir haben früher an derselben Schule unterrichtet.«

»Er ist mit einem – lese ich recht – Fahrrad nach Tibet gefahren?«

»Ja. Nun ja. Vorwiegend«, sagte Mr. Oliphant.

»Ich frage mich, warum nichts darüber veröffentlicht worden ist.«

Mr. Oliphant gab verschiedene Erklärungen dafür. Er beobachtete die Wirkung, die sie bei mir auslösten, und dabei lächelte er etwas verschlagen.

»Ich dachte mir, daß Ihnen das gefällt«, sagte er.

»Es klingt so, als sei es eine ganz bemerkenswerte Geschichte.«

»Spannender als die des alten Rom, geben Sie es zu.«

»Wer hat das alles geschrieben?«

»Ich«, sagte Mr. Oliphant. »Er hat es mir diktiert. Natürlich hatte er es bis dahin noch nicht gelernt, mit seiner linken Hand zu schreiben.«

»Ich verstehe.«

»Aber einer Veröffentlichung würde nichts im Wege stehen. Er hat mir alles übergeben. Falls Sie interessiert sein sollten?«

Ich sagte vorsichtig: »Es könnte sein. Wo hält sich Mr. Houston denn heute auf?«

»Er ist auf Barbados.«

»Sie stehen in Verbindung mit ihm?«

»Ja, sicher. Das hier ist seine Wohnung. Er zahlt immer noch die Miete. Vor einiger Zeit habe ich ihn besucht – drei Jahre ist das jetzt her. Damals war er in Jamaika. Ich hatte gerade wieder einmal diese Bronchitis, und er hat mich zu sich eingeladen, auf seine Kosten ... Natürlich ist er jetzt ein sehr wohlhabender Mann.«

»So?«

»Aber gewiß. Er hat Tibet mit etwa einer halben Million Pfund verlassen. Ich vermute, er hätte wesentlich mehr mitnehmen können, wenn er es hätte tragen können. Er weiß, wo der Rest ist.«

»Ich verstehe«, sagte ich wieder.

Natürlich verstand ich gar nichts. Doch kurz darauf, während Mr. Oliphant nähere Erklärungen abgab, schienen sich ein paar Bruchstücke zusammenzufügen. Es ist leichter, sich an die trockene Begeisterung zu erinnern, mit der er das erzählte, als sie zu beschreiben – wenn sich der Leser eine bartlose Version Bernard Shaws vorstellt, die in einem muffigen grauen Morgenmantel an einem dunklen Oktobernachmittag über ein elektrisches Kaminfeuer gebeugt ist, könnte er dem Bild vielleicht nahekommen.

Es mußte kurz nach vier gewesen sein, als ich bei Mr. Oliphant angekommen war, und als ich ihn verließ, ging es auf sechs zu. In der Zwischenzeit hatte er einen zweiten Hustenanfall hinter sich gebracht. Ich sagte besorgt: »Sind Sie denn ganz sicher, daß jemand kommt, um nach Ihnen zu sehen? Ich könnte ohne weiteres ... «

»Das ist bestimmt nicht nötig. Ich versichere es Ihnen ... «, sagte er matt.

»Dann werde ich Sie jetzt verlassen.«

»Ja. Ja. Nehmen Sie doch einfach die beiden ersten Bücher mit, ja? Die anderen möchte ich selbst noch einmal lesen. Und kommen Sie wieder.«

»Bestimmt. Ich komme gern.«

Er wollte eigentlich nicht mehr weiterreden, doch direkt vor meinem Gehen fühlte ich mich gezwungen, eine letzte Frage zu stellen. »Mr. Oliphant, ich nehme doch wohl kaum an, daß er, Houston meine ich, auch nur einen Moment an diese ganzen Sachen geglaubt hat, oder etwa doch – ich meine, diese übernatürlichen Geschichten?«

Er hatte die Augen geschlossen, doch jetzt schlug er sie wieder auf, und sie waren ganz blaßblau und irgendwie – wie kann man das beschreiben? – sie hatten wieder diesen verschlagenen, diesen fast durchtriebenen Ausdruck.

»Aber nicht doch. Nein, er hat nicht daran geglaubt. Oder zumindest glaube ich nicht, daß er daran geglaubt hat. Er ist ein ganz gewöhnlicher Mensch, verstehen Sie, ein Kerl von der ganz gewöhnlichen Sorte ... Trotzdem seltsam, wie es dazu gekommen ist, finden Sie nicht?«

»Doch, höchst seltsam«, sagte ich.

In den darauffolgenden Wochen setzte ich mich mehrfach mit Mr. Oliphant und verschiedenen anderen Menschen in Verbindung. Doch erst im Mai des darauffolgenden Jahres forderten wir von Professor Felix Bourgès-Vallerin vom Fachbereich Orientalische Studien an der Sorbonne einen Bericht über die Bedeutung der Jahre 1949 bis 1951 in Tibet an.

Da dieser Bericht als ein unerläßlicher Bestandteil der Hintergründe angesehen werden muß, füge ich ihn hier in gekürzter Fassung ein.

Von Prof. Bourgès-Vallerin. Das Jahr 1949, das dem des Erd-Stiers in seinem sechzehnten Zyklus entspricht, war für Tibet ein Jahr lang vorhergesagter böser Omen. Die Ereignisse, die mit ihm in Zusammenhang stehen, waren tatsächlich schon seit mehr als zweieinhalb Jahrhunderten vorausgesagt worden, und zwar in letzter Zeit so exakt und bis in alle Einzelheiten, daß vier der größten Klöster ernstlich angeraten hatten, in einem Versuch, die Ereignisse abzuwenden, den Kalender umzustellen.

Der tibetanische Kalender, der aus dem indischen und dem chinesischen abgeleitet ist, stützt sich auf eine Kombination von Elementen und Tieren, um die einzelnen Jahre zu bezeichnen. So war 1948 das Jahr der Erd-Maus, 1949 des Erd-Stiers, 1950 des Eisen-Tigers und 1951 des Eisen-Hasen. Es gibt fünf Elemente - Erde, Eisen (auch Metall/d. Übers.), Wasser, Holz und Feuer - und zwölf Tiere - Hase, Drache, Schlange, Pferd, Schaf, Affe, Vogel (auch Hahn/ d. Übers.), Hund, Schwein, Maus (auch Ratte/d. Übers.), Stier (auch Rind/d. Übers.) und Tiger.

Jedes Element taucht zweimal hintereinander auf, erst zur Kennzeichnung eines »männlichen« Jahres, dann zu der eines »weiblichen«. Der Kalender hat nach jeweils sechzig Jahren einen vollständigen Zyklus abgeschlossen.

Da bestimmte Kombinationen, so die des Holz-Drachen, des Erd-Stiers oder des Feuer-Tigers, herkömmlich als unter einem unheilvollen Stern stehend angesehen wurden, hat sich im Laufe der Jahrhunderte um diese Kombinationen herum eine beträchtliche Menge von Omen entwickelt. Die meisten der vorausgesagten Ereignisse sind auch tatsächlich eingetreten, und die bekanntesten sind die nepalesische Invasion von 1791, die britische Militärexpedition von 1904 und 1910 der Einmarsch der Chinesen. Die Vorhersagen, die nicht eingetroffen sind, gelten als »abgewendet«.

Kein einziges Jahr hat je eine solche Fülle von unheilvollen Voraussagen auf sich vereint wie das des Erd-Stiers in seinem derzeitigen Zyklus.

Vorbote der Ereignisse, so hieß es, werde ein Komet sein, den man von den drei großen Städten Lhasa, Shigatse und Gyantse aus deutlich werde sehen können. Dem würden vier Katastrophen in einer festgelegten Reihenfolge folgen: ein Berg werde in Bewegung geraten, der Tsangpo werde sich aus seinem Flußbett hinauswälzen, das Land werde von Angst und Schrecken durchzogen werden, und die Reihe der Dalai Lamas werde abreißen.

Während alle diese Voraussagen aus älteren Zeiten stammten, war die, die sich auf den Dalai Lama bezog, die ernsteste von ihnen. Eine Abfolge von Orakeln hatte vorausgesagt, daß die Inkarnationen mit dem dreizehnten Dalai Lama enden würden. Tatsächlich war der dreizehnte Dalai Lama 1935 gestorben, und sein Nachfolger, ein vierjähriger Junge, war 1939 anerkannt worden. 1949, im Jahr des Erd-Stiers, würde er immer noch nicht volljährig und daher nach den Gesetzen nicht in der Lage sein, seine gesamte Macht als spirituelles und weltliches Oberhaupt des Landes anzutreten.

Aufgrund der alarmierenden Natur dieser Voraussagen wurde in den Orakeln der bedeutendsten Klöster Bestätigung gesucht. Was man herausfand, stimmte vollständig mit dem Staats-Orakel überein; es war sogar möglich, beträchtliche Einzelheiten herauszuarbeiten.

Das weibliche Orakel von Yamdring gab die exakte Prophezeiung ab, in diesem Kloster würden die Widrigkeiten im sechsten Monat des Erd-Stiers einsetzen, im August 1949. Zwischen diesem Zeitpunkt und dem »Grauen« werde das Kloster von einem Gast heimgesucht werden, der »von jenseits des Sonnenuntergangs« komme, von einem früheren Eroberer des Landes, der die Äbtissin sowie auch den Schatz des Klosters mit sich nehmen werde.

(Man rechnete damit, daß der Besucher eine Inkarnation des Tatarenfürsten Hu-Tzung sein würde, der 1717 aus dem Nordosten eingedrungen war, die Provinz Hodzo geplündert und sich erst dann wieder zurückgezogen hatte, als die Äbtissin von Yamdring sich ihm hingegeben hatte. Da er die Gunstbezeugungen der Äbtissin angenommen hatte, wurde dieser Fürst anschließend von Chen-Renzi, dem Gotteshüter Tibets, erschlagen, denn gemäß der Tradition war die Äbtissin göttlich – eine wohlwollende Teufelin, die die ursprüngliche Bewohnerin des Himalaja-Hochlandes gewesen war, bis ein umherziehender Affe aus Indien sie aus ihrer Höhle gelockt, sich auf einer Insel im Yamdring-See mit ihr gepaart und so das tibetanische Volk gezeugt hatte.)

Andere Klöster brachten ähnlich düstere Prophezeiungen hervor, wobei jedoch eines von ihnen – das zweitgrößte des Landes, in Sera – eine entscheidende Abweichung fand. Sie bestand darin, daß das »Grauen«, das in der Prophezeiung angesprochen worden war, sich nicht wirklich im Erd-Stier abspielen werde, sondern im Jahr darauf, dem des Eisen-Tigers, und daß es in der ersten Woche des achten Monats einsetzen werde, im Oktober 1950.

Angesichts dieser finsteren und zunehmend eindeutigen Voraussagen berief der Regent des Landes das Kabinett von fünf Ministern ein. Es trat im April 1948 zusammen und hatte im Hochsommer des Jahres eine Anzahl von Vorkehrungen ausgearbeitet.

Um die Teufel, die in den Bergen lebten, versöhnlich zu stimmen, sollte landesweit das spirituelle Potential bemüht werden: Das sollte in Form von Gebeten und Opfergaben geschehen. Ferner wollte man, um die Teufel bestimmt nicht zu provozieren, den Nomaden ihr herkömmliches Recht streitig machen, am Fuß des Gebirges zu überwintern.

Für den Fall, daß die Teufel sich weigerten, sich besänftigen zu lassen, wenn also wirklich ein Berg in Bewegung geraten sollte oder wenn der Tsangpo wirklich aus seinem Flußbett gewirbelt werden sollte, würde man, wenn es wirklich dazu kommen sollte, weitere Maßnahmen ergreifen müssen, um die übrigen Prophezeiungen abzuwenden.

Da angenommen wurde, das »Grauen« sei als eine neuerliche Invasion der Chinesen zu verstehen, würde es notwendig sein, alle Umstände näher zu untersuchen, die den Chinesen einen Anlaß für eine Invasion geben könnten. Sämtliche Kontakte mit der westlichen Welt sollten auf ein Minimum zurückgeschraubt und sämtliche Ausländer, die man als »westliche Imperialisten« ansehen konnte, abgeschoben werden.

Da zu diesem Zeitpunkt nur fünf Europäer ihren ständigen Wohnsitz in Tibet hatten und sie alle in ständigem Kontakt mit der Regierung standen, sah das Kabinett keine Gründe, in dieser Hinsicht augenblicklich einzuschreiten.

Diese fünf Europäer waren Hugh Richardson, Reginald Fox, Robert Ford, Heinrich Harrer und Peter Aufschneiter.

Richardson stand der neugegründeten indischen Regierungsmission vor. Obgleich er Engländer war, handelte er im Auftrag einer anderen asiatischen Macht und noch dazu einer, die gerade das imperialistische Joch abgeschüttelt hatte. Folglich genoß er den höchsten diplomatischen Status.

Fox und Ford waren vertraglich verpflichtete Funker. Es reichte aus, lediglich ihre Verträge auslaufen zu lassen. Harrer und Aufschneiter waren ehemalige Kriegsgefangene, die aus einem britischen Kriegsgefangenenlager in Indien geflohen waren. Sie hatten keinen offiziellen Status und konnten jederzeit kurzfristig ausgewiesen werden.

Somit hatte man einstweilen alles unter Kontrolle. Sollten jedoch die Chinesen trotz allem einmarschieren, würde ein letzter und ausgesprochen schrecklicher Schritt notwendig werden. Man würde einer siebenhundertjährigen Tradition hohnlachen und den Dalai Lama in sein Amt einsetzen müssen, um die Nachfolge abzusichern, obwohl er noch nicht volljährig war.

Keiner der Minister wollte diesen Schritt gern in allen Einzelheiten vorausplanen, und da sie alles getan hatten, was man von ihnen erwarten konnte, wurde die langwöchige Sitzung aufgehoben. Der Regent entschied sich, den Lauf, den die Ereignisse nehmen würden, im Auge zu behalten.

Die Geschichtsschreibung zeigt, daß sie exakt den vorhergesagten Ablauf nahmen.

Im Oktober 1948 tauchte der Komet auf und löste in Lhasa, Shigatse und Gyantse in weiten Kreisen Panik und Unruhen aus. Im Juli und im August 1949 »bewegte sich der Berg«, eine enorme seismologische Störung, und dieses Erdbeben betraf die gesamte Himalaja-Region und lenkte den Lauf des Tsangpo dreizehn Kilometer von seinem bisherigen Flußbett ab. (Noch grandioser »bewegte« er sich im August darauf.) Und im Oktober 1950 – in der »ersten Woche des achten Monats im Eisen-Tiger«, genau wie es das Orakel von Sera prophezeit hatte – kam es pünktlich zum Einmarsch der Chinesen.

Angesichts dieser letzten Katastrophe führte der Regent seinen »letzten Schritt« durch. Am 12. November wurde der noch minderjährige Dalai Lama offiziell als Staatsoberhaupt eingesetzt – und drei Wochen später, am 9. Dezember, floh er.

Soweit zu den Prophezeiungen und zu den tatsächlichen Geschehnissen des Jahres des Erd-Stiers.

Ob die zahlreichen regionalen Prophezeiungen in vergleichbarem Maße eintrafen, bleibt Spekulationen überlassen. Unter den Flüchtlingen auf indisch regiertem Grenzgebiet schien jedoch Anfang 1951 der Glaube vorzuherrschen, daß zumindest einige der vorausgesagten Ereignisse tatsächlich eingetreten waren, insbesondere die, die man für das Kloster Yamdring prophezeit hatte.

Ein Bericht in *Amritsa Bazar Patrika,* einer Zeitung in Kalkutta, vom 3. Februar jenes Jahres zitiert einen der Flüchtlinge: »Gewiß hat der Ärger in Yamdring im sechsten Monat des Erd-Stiers begonnen ... Wie jederman weiß, ist die Äbtissin entführt worden, und mit ihr ist der Schatz im Wert von vier Karor Rupien verschwunden.« Das sind drei Millionen Pfund Sterling.

Die Geschichte wurde von anderen Zeitungen aufgegriffen und löste eine ganze Menge von Spekulationen – sowie auch manche politischen Unstimmigkeiten – darüber aus, was wohl die Bedeutung der Formulierung »eine Heimsuchung von jenseits des Sonnenuntergangs« in der Prophezeiung sei. Einige Zeitungsschreiber hatten das Gefühl, es könne nichts anderes als »aus dem Westen« gemeint sein, und daß das Orakel, da die Chinesen unbestreitbar vom Norden und vom Osten her angegriffen hatten, Raubzüge aus Ladakh an der westlichen Grenze Tibets vorhergesehen habe.

Das wurde jedoch am 9. Februar von einem Mitglied des *Lok Sabha,* des indischen Unterhauses, heftig abgestritten, der die »hinterhältigen Anspielungen gewisser Leute in Kalkutta« von sich wies, »die den Ladakhis nur die primitiven Motive unterschieben können, von denen sie sich selbst unter ähnlichen Umständen leiten lassen würden. Es steht außer Frage, daß sich kein Ladakhi oder Kaschmiri je dazu hergegeben hätte, Klöster zu plündern ...«

Trotz dieser Dementis, die auch von anderen Seiten kamen, hielt die indische Presse diese Geschichte über Wochen am Leben, denn selbst inmitten der Tragik der grauenhaften Ereignisse blieb der Kitzel nicht aus, den die seltsame Geschichte von einer entführten Äbtissin und vier Karor Rupien auslöste.

Als das Wetter in den Grenzgebieten wieder wärmer wurde und die Flüchtlinge allmählich wieder in ihre eigenen, von Teufeln heimgesuchten Berge zurückkehrten, wurden jedoch auch diese Berichte dünner. Im Juni 1951 war es weitgehend aus damit.

F. B.-V., Paris 1960

Das war der Monat, in dem Charles Houston auf seiner Tragbahre nach London zurückkehrte. Er war siebzehn Monate lang fort gewesen. Es kam ihm vor, so sagte er, als wären es Jahre gewesen.

Kapitel 1

1.

Im Sommer 1949 war Houston siebenundzwanzig Jahre alt und unterhielt ein Verhältnis mit einer verheirateten Frau. Sie war dreißig, und er war nicht in sie verliebt, sondern hatte sich nur auf die Sache eingelassen, weil er einsam war und sich langweilte. Er glaubte nicht, daß diese Affäre den Sommer überdauern würde, doch das tat sie, und im Herbst, als die Schule wieder anfing, fragte er sich, wie er sie beenden sollte. Er war leicht angewidert von sich selbst.

Houston lebte zu diesem Zeitpunkt gemeinsam mit seinem Stiefbruder Hugh in einer Wohnung in Baron's Court. Hugh war zwei Jahre jünger und wesentlich lauter als er, und wenn er zu Hause war, hatte er die Unart, sich Houstons Hemden und seine Taschentücher auszuleihen. Doch Hugh war nicht zu Hause. Er war seit Juni mit einem Filmteam fort, und er war sehr überstürzt aufgebrochen, da die Genehmigung erst im letzten Moment erteilt worden war; das hatte wiederum zur Folge, daß Houston seine Urlaubspläne ändern mußte und nicht, wie vorgehabt, einen Monat mit seinem Stiefbruder in Frankreich beim Wandern verbringen konnte.

So, wie die Dinge nun lagen, hatte er sich entschlossen, zu Hause zu bleiben, sich in Galerien umzusehen und selbst ein wenig zu malen, und das hätte er auch getan, wenn dieser Sommer nicht zufällig der heißeste Sommer in London seit zehn Jahren gewesen wäre. So folgte sein Tagesablauf in zunehmendem Maß einem altbekannten trägen Muster.

Allmorgendlich stand er auf, ließ die Reinemachefrau in die Wohnung, frühstückte und las die Zeitung. Anschließend machte er sich an einer kleinen Skizze zu schaffen, und dann ging er aus, um einen Drink zu sich zu nehmen.

Von Zeit zu Zeit besuchte er Partys. Einmal gab er sogar selbst eine. Aber die Leute langweilten ihn, sie waren doch eher Hughs Freunde als seine eigenen. Er hatte das Gefühl, wesentlich älter zu sein als sein Bruder.

Auf zweien dieser Partys innerhalb einer einzigen Woche begegnete er Glynis, und beide Male stellte er fest, daß er sich über sie und ihren kleinen, streitsüchtigen und sehr betrunkenen Ehemann wunderte.

Sie war ziemlich groß und deswegen ein wenig befangen; sie ging leicht gebeugt und trug flache Schuhe. Doch in ihrem Gesicht stand etwas Todgeweihtes und Schutzloses, und das übte eine starke Anziehungskraft auf Houston aus.

Sie lebte mit ihrem Mann in Fulham, recht nahe an Baron's Court, und nachdem er es sich ein paar Tage lang überlegt und die Sache in seinem Kopf gedreht und gewendet hatte, hatte Houston sie angerufen.

Es war an einem Julinachmittag, einem strahlend blauen Tag mit flimmernder Hitze. Houston hatte ihr mitgeteilt, er führe nach Roehampton.

»Sie haben es gut.«

»Warum kommen Sie nicht mit?«

Eine Pause. »Oh, ich glaube, das geht nicht.«

»Können Sie nicht schwimmen?«

»Doch, ich kann schwimmen.«

»Dann hole ich Sie ab.«

So hatte es angefangen. Jahre später schien sich die Gesamtheit dieses merkwürdigen und ziellosen Sommers für ihn in einem einzigen Moment zu kristallisieren; in dem Moment, in dem er in der heißen, leeren Wohnung den Hörer aufgelegt und den ersten leichten Taumel verspürt hatte: den Taumel der Spannung, des Ekels und der Besorgnis.

Er erinnerte sich sehr genau an die Gewissenserforschungen dieses Sommers, an die Zeiten, zu denen er seine Lage einer Bestandsaufnahme unterzogen hatte.

Er hatte vierhundert Pfund auf der Bank, die Miete für die Wohnung, und seinen Beruf als Kunstlehrer an der Mädchenoberschule in der Edith Road in Fulham; diese Stellung war auch der Grund, aus dem er die nahe gelegene Wohnung genommen hatte.

Im Lauf der Jahre hatte er es sich zur Gewohnheit gemacht,

sich um seinen Bruder zu kümmern. Als er 1946 aus der Marine ausgeschieden war, hatte er mit dem Gedanken gespielt, ein Jahr lang von seiner Abfindung und von dem Geld, das seine Mutter ihm hinterlassen hatte, zu leben und sich ganz als Künstler zu etablieren. Wenn alle Stricke gerissen wären, hätte er immer noch unterrichten können. Doch dann war Hugh aus dem Militärdienst entlassen worden und hatte bei einer Filmproduktion eine Stelle für fünf Pfund wöchentlich bekommen, und Houston hatte es verschieben müssen, Künstler zu werden. Statt dessen war er an die Mädchenschule in der Edith Road gegangen, hatte die Wohnung angemietet und Hugh zwei Jahre lang ernährt.

Sein Bruder brauchte jetzt natürlich niemanden mehr, der für seinen Unterhalt aufkam. Sein Einkommen war mehr als doppelt so hoch wie Houstons, er gab das Geld mit Begeisterung aus. Houston machte ihm daraus keinen Vorwurf. Er wußte, daß Hugh, wenn er es wollte, aufhören würde, das Geld mit vollen Händen auszugeben, und daß jetzt er ihn jederzeit ernähren würde. Er konnte jederzeit der Rektorin der Edith-Road-Schule, einer Frau, die er nicht leiden konnte, endgültig den Rücken kehren und sich bei nächstbester Gelegenheit als Künstler niederlassen.

Warum also, fragte er sich, tat er das nicht? Houston wußte nicht, warum. Er fühlte sich ausgesprochen schlapp. Er hatte das ungute Gefühl, den Anschluß verpaßt zu haben, das Gefühl, im vergangenen Jahr einen Teil seiner Tugend verloren zu haben. Er wollte gar nicht mehr so unbedingt malen wie früher. Er hatte eine unerklärliche Abneigung dagegen, sich von seinem Bruder aushalten zu lassen. Er wußte nicht, was er wollte.

Mitte Juli glaubte er noch, es sei vielleicht eine Frau, aber Mitte August wußte er bereits, daß es auch das nicht war.

2.

Er begann sich erst Mitte September bewußt Sorgen um seinen Bruder zu machen, doch sowie er anfing, sich zu sorgen, war ihm klar, daß er in seinem Innern schon seit einer ganzen

Weile besorgt gewesen sein mußte. Er wußte, die Dreharbeiten in Kalkutta mußten inzwischen beendet und das Team bereits in die Ausläufer des Everest weitergezogen sein. Der Film handelte von einem Versuch, den Berg zu besteigen. Post wurde von Boten in die Stadt gebracht und mußte daher zwangsläufig unregelmäßig eintreffen. Mitte September hatte er allerdings seit einem Monat keinen Brief mehr bekommen. Er wußte nicht, was er tun sollte. Die Filmproduktion wollte er nicht anrufen, denn das wäre ihm doch leicht überspannt vorgekommen. Er dachte sich, er würde noch ein Weilchen abwarten.

Er wartete noch eine Woche, und dann war es ihm egal, ob sein Anruf überspannt wirkte oder nicht.

Das Mädchen in der Telefonzentrale stellte ihn an eine Sekretärin durch. Die Sekretärin verband ihn mit einem Mr. Stahl. Houston hatte schon von diesem Mr. Stahl gehört; er glaubte, daß es sich um einen der Bosse der Gesellschaft handelte. Es verblüffte ihn, daß man ihn gleich mit diesem hohen Tier verband.

»Wer ist da?« sagte eine ruhige Stimme.

»Mr. Houston – wegen Hugh Whittington«, hörte er die Stimme der Sekretärin in der Leitung sagen.

»Ah, ja. Mr. Houston.« (»Ich sitze den ganzen Tag am Telefon«, sagte die amerikanische Stimme trocken zu jemandem im Hintergrund.) »Wir haben ein Telegramm bekommen, Mr. Houston. Ich dachte, Sie hören es sich vielleicht am liebsten selbst an.« Er begann, mit einer leisen Stimme und ohne irgendwelche Betonungen den Inhalt des Telegramms vorzulesen, ehe Houston sich wirklich über den Sinn dieser Aussage klarwerden konnte. Danach war eine sechsundsechzigköpfige Gruppe unter dem Westhang eines Berges gesehen worden; sie befand sich auf einem unbehauenen Pfad, der von einem Handelsweg abzweigt. Es war bisher noch nicht bekannt, ob diese Straße blockiert war.

»Es ist mit Lister-Lawrence unterzeichnet«, sagte Stahl. »Das ist der britische Beauftragte in Kalkutta und im Augenblick unsere einzige Informationsquelle. Natürlich schicken wir so bald wie möglich einen Mann an die Grenze, aber es wird ein bis zwei Tage dauern, bis wir etwas hören. Das Erdbeben hat sämtliche Telegraphenverbindungen unterbrochen.«

»Ach so, das Erdbeben«, sagte Houston benommen, und er spürte, daß der Telefonhörer an seinem Ohr zu zittern begann.

»Allem Anschein nach war es ein recht starkes Beben. Wir mutmaßen, daß es ihnen den Rückweg abgeschnitten hat und daß sie den Berg umrunden. Wie dem auch sei – wir sind sehr optimistisch. Wenn man die Einheimischen mitzählt, die dort angeheuert wurden, sollte unser Team auf sechsundsechzig Leute kommen ... «

Das Gespräch ging noch etwa ein bis zwei Minuten weiter, und Houston gab die erforderlichen Antworten, doch im nachhinein konnte er sich nicht erinnern, was sonst noch gesagt worden war. Kurz darauf legte er den Hörer auf und starrte wie betäubt das Telefon an.

Das war das erste, was er von diesem Erdbeben gehört hatte.

Hugh und er waren acht und zehn Jahre alt gewesen, als sie erstmals feststellten, daß bei ihnen etwas ungewöhnlich war. Das war, als er ins Internat kam und Hugh noch zu jung war, um mitzugehen. Er war während des gesamten Schultrimesters krank gewesen, und auch Hugh war krank gewesen, und so hatte man ihn wieder von dieser Schule genommen und das Experiment nie wiederholt. Er hatte während des Krieges darüber nachgedacht, als sie einmal fünfzehn Monate lang voneinander getrennt waren und sich dennoch keine Krankheitssymptome einstellten. Damals waren sie keiner wirklichen Gefahr ausgesetzt gewesen. Aber jetzt spürte er die Gefahr.

Ende September hatte er wesentlich mehr über seinen Bruder erfahren. Er hatte gehört, daß er in Sicherheit war, daß das Filmteam in einem Dorf Rast machte, doch daß die Rückkehr durch drei Verwundete verzögert werden könnte, wenn auch keine der Verletzungen allzu ernst war.

All das hatte er in drei Gesprächen mit Stahls Sekretärin erfahren, einer jungen Frau, die Lesley Sellers hieß und mit der er sich jetzt telefonisch bestens verstand.

An einem Montag Anfang Oktober rief sie ihn wieder an, in der Schule, und sie fragte ihn, ob er gut säße. Houston sagte, ja, ganz ausgezeichnet, und er erkundigte sich, welche Neuigkeiten sie für ihn habe.

»Nur die besten, Schätzchen«, sagte die junge Frau. »Sie sind auf dem Rückweg. Der Boß hat gestern abend von Lister-Lawrence gehört und erwartet im Laufe des morgigen Tages einen Anruf von Radkewicz.«

Houston atmete hörbar auf, denn Radkewicz war der Regisseur des Teams, und das waren wirklich gute Nachrichten.

Er sagte: »Von wo aus wird er anrufen?«

»Aus Kalkutta. Für das Team steht ein Flugzeug bereit, und das heißt, daß sie alle bald wieder zu Hause sein müßten. Ich dachte, Sie wüßten das sicher gern.«

»Ja, danke. Ich danke Ihnen vielmals.«

»Ist das alles, was der Überbringer froher Botschaften bekommt – ein Danke?«

»Woran hatten Sie denn gedacht?«

»Ach, das überlasse ich ganz Ihnen. Sie könnten es mir sagen, wenn wir uns sehen. Wir haben uns noch gar nicht gesehen, oder?«

Ihre Stimme war im mitlauschenden Lehrerzimmer unangenehm klar zu hören. Houston sagte ganz ruhig: »Vielleicht sollten wir das als erstes organisieren. Wann würde es Ihnen denn passen?«

Sie machte ihm einen Vorschlag, und ein paar Abende darauf traf er sie zum ersten Mal.

Sie erwartete ihn an der Ecke Wardour Street, ein hübsches, lebhaftes Ding, das in seinem Pelzkragen zitterte. Ohne Scheu hing sie sich bei ihm ein, und sie gingen nach Soho.

»Sie also sind der Künstler?«

»Stimmt.«

»Sie sind Hugh nicht sehr ähnlich, oder?«

»Wir sind nur Stiefbrüder.«

»Ich frage mich, wer dabei besser abgeschnitten hat.«

Houston mochte sie. Sie konnte Seitenblicke werfen, die provozierend waren, ohne eine wirkliche Herausforderung zu sein, ein kleines, flinkes, bewegliches Elfengesicht. Sie bogen in die Grennaro ein, und als er sie im Licht näher ansah, fragte er sich, warum er sie noch nie gesehen hatte. Er kannte die meisten Menschen, mit denen Hugh arbeitete. Er fragte sie, woran das wohl liegen könnte.

»Na ja«, sagte sie. »Ich gehöre nicht zu den Mädchen, die sich gern auf einen Wettstreit einlassen.«

»Wer wäre Ihre Konkurrenz?«

»Sheila, oder glauben Sie das etwa nicht?«

»Sheila?«

»Sheila Wolferston.« Sie warf ihm einen Blick zu. »Sie wissen schon, von wem ich spreche.«

Er konnte sich dunkel erinnern, eine Sheila auf einer Party gesehen zu haben, aber er begriff nicht, was er Spezielles über sie hätte wissen sollen.

Er sagte: »Wollen Sie damit sagen, daß die beiden sehr gut miteinander befreundet sind?«

»Genau das will ich damit sagen.«

»Arbeitet sie auch im Büro?«

»Ja. Na ja, im Moment nicht. Sie ist mit dem Team unterwegs – sie ist die mit dem Beinbruch. Wußten Sie das wirklich nicht?« fragte sie, während sie ihn neugierig musterte.

»Nein«, sagte Houston leichthin, doch er war seltsam berührt und bestürzt. Er fragte sich, warum Hugh das Mädchen mit keinem Wort erwähnt hatte.

Aber der Abend machte ihm Spaß, und Lesley gefiel ihm besser als die meisten anderen von Hughs Freundinnen. Er brachte sie nach Hause, nach Maida Vale, und trödelte noch eine Weile mit ihr am Eingang des Wohnblocks herum.

»Vielleicht sieht man sich jetzt etwas öfter«, sagte sie.

»Ja, gerne.«

»Der Haken ist nur, daß mein Leben im Moment etwas verworren ist.«

»Meines auch.«

Sie sahen einander lächelnd an.

Houston beugte sich vor und küßte sie. Er erwartete eine kühle und oberflächliche Reaktion; doch weit gefehlt.

»Vielleicht sollten wir lieber damit anfangen, die Dinge zu entwirren«, sagte sie nach einem Moment.

»Ja, das wäre vielleicht das Beste.«

Sie hatte ihm erzählt, daß ein Empfang für das Team geplant war, wenn es, wie allgemein erwartet, am Samstag zurückkehrte, und so einigten sie sich darauf, sich dort wiederzusehen.

»Dann kehre nur wieder in dein kompliziertes Leben zurück, du Wunderkind«, sagte sie leichthin. »Ich denke, daß ich dich am Donnerstag anrufen werde.«

Doch sie rief schon eher an.

Sie rief am Mittwoch an, und sie fragte, ob er am Nachmittag vorbeikommen könne, um Stahl zu treffen.

»Ich weiß nicht. Ich denke schon«, denn im ersten Moment war er verwirrt. »Weißt du, worum es geht?«

»Das soll er dir lieber selbst sagen. Geht drei Uhr in Ordnung?«

»Ja. Ja, abgemacht.«

Ihrem Gesicht konnte er ansehen, daß er keine guten Neuigkeiten zu erwarten hatte, aber er stellte keine Fragen. Sie führte ihn sofort zu Stahl.

Er hatte ihn noch nie persönlich getroffen, und das, was er sah, erstaunte ihn. Trotz der Autorität, die seine Stimme ausstrahlte, war Stahl klein, ja fast zwergenhaft, und er bestand nur aus Haut und Knochen. Er hatte eine spitze Nase mit einem roten Rücken und ein seltsames Augenleiden, das die Augen hinter den Gläsern des goldenen Brillengestells in fortwährender Bewegung hielt. Er kam um den großen Schreibtisch herum, um Houston die Hand zu drücken.

»Setzen Sie sich. Zigarette? Ich fürchte, ich habe enttäuschende Neuigkeiten für Sie«, sagte er ohne Umschweife.

Houston nahm wortlos die Zigarette an und bemühte sich, sie ruhig zwischen den Lippen zu halten, während Stahl ihm Feuer gab.

»Es hat sich eine geringfügige Verzögerung ergeben. Ihr Bruder kommt diese Woche noch nicht zurück.«

Houston starrte ihn an und fuhr sich mit der Zunge über die Lippen. »Er ist doch nicht krank oder verletzt oder sonst etwas . . . «

»Nein, keineswegs. Ganz im Gegenteil. Er bleibt dort, um sich um diejenigen zu kümmern, denen etwas fehlt. Mr. Radkewicz, unser Regisseur, hatte es eilig weiterzukommen. Auf den Pässen dort fällt schon früh im Jahr Schnee, und die Ausrüstung des Teams ist sehr sperrig. Er hatte den Eindruck, es könnte noch weitere zwei bis drei Wochen dauern, bis die Verletzten zufriedenstellend ausgeheilt sind, und daher bleiben sie noch eine Weile dort. Ihr Bruder hat sich dafür entschieden, bei ihnen zu bleiben.«

»Ich verstehe«, sagte Houston. Er stellte fest, daß ihn die ruhelosen Augen beträchtlich aus der Fassung brachten. »Ich frage mich bloß, warum er das tut.«

Stahl rang sich ein schwaches Lächeln ab. »Ich vermute, weil er ein guter Kerl ist«, sagte er. »Es besteht keine Gefahr für ihn, falls es das ist, was Ihnen Sorgen macht. Es werden ihnen angemessene Transportmittel und Führer und dergleichen zur Verfügung stehen, und für den normalen Verkehr sind die Pässe fast das ganze Jahr über passierbar. Er dachte sich, ein freundliches Gesicht und jemand, der Englisch spricht, könnten den Verletzten nicht schaden – wenn auch anscheinend in diesem Kloster ein paar Menschen ein wenig Englisch verstehen.«

»Kloster«, sagte Houston. »Was für ein Kloster?«

»Das, in dem sie sich aufhalten. In Tibet. Das wissen Sie natürlich längst«, sagte er und beobachtete Houstons Gesichtsausdruck.

Da ganz deutlich zu erkennen war, daß Houston nichts davon wußte, nahm er die Zigarette aus dem Mund und hüstelte besorgt. »Oh, entschuldigen Sie bitte. Ich dachte, ich hätte es Ihnen bereits gesagt. Habe ich denn nicht erwähnt, daß ihnen der Weg abgeschnitten worden ist und sie daher den Berg umrunden mußten?«

»Doch, ja«, sagte Houston. »Ja, das erwähnten Sie.«

»Na, sehen Sie«, sagte Stahl, der wieder andeutungsweise lächelte, »und wenn man in dieser Gegend einen Berg umrundet, dann landet man meist in Tibet. Und genau das ist ihnen auch passiert.«

Schweigen senkte sich auf den Raum. Houston beobachtete, wie die länger werdende Asche seiner Zigarette abbrach und auf den Teppich fiel.

»Jetzt mal im Ernst, Mr. Houston«, sagte Stahl, der einen Aschenbecher holte, »ich würde mir deswegen keine Sorgen machen. Sicher, Tibet hat einen seltsamen Klang für uns, so fremd und so weit weg. Aber was ist heutzutage schon abgelegen? Was sind Entfernungen? Gestern abend habe ich mit Radkewicz in Kalkutta gesprochen. Und in achtundvierzig Stunden wird Radkewicz hier in diesem Zimmer vor mir stehen. Glauben Sie mir, heute ist nichts mehr wirklich abgelegen.«

»Das mag gut sein«, sagte Houston. Er war nicht sicher, ob er es auch wirklich begriffen hatte. »Wissen Sie zufällig, wo dieses Kloster in etwa liegt?«

»Sicher. Das haben wir doch hier«, sagte Stahl, und er

wühlte auf seinem Schreibtisch herum. »Nach allem, was ich gehört habe, soll es dort wirklich sehr schön sein. Sie sind sehr gut untergebracht. Es gibt gutes Essen, Ärzte, alles, was sie brauchen. Es handelt sich genaugenommen«, sagte er, während er seine Brille zurechtrückte, um die fremdartigen Worte auf dem Papier genauer zu ergründen, »um ein Nonnenkloster.«

Doch der Name sagte Houston überhaupt nichts, als er ihn vorlas.

»Und zwar nennt es sich«, sagte Stahl, »Yamdring.«

3.

Der Empfang für die zurückgekehrten Mitglieder des Filmteams fand am Samstag, dem 8. Oktober 1949, im Savoy Hotel statt. Es war ein rauschendes Fest, mit Verwandten und der Presse, und obwohl sein Bruder nicht dort sein würde, ging Houston hin. Er sprach mit Radkewicz und mit einem Kameramann, der Kelly hieß und mit seinem Bruder befreundet war, und er unterhielt sich auch mit einigen anderen, und das, was sie ihm erzählten, hätte ihn zufriedenstellen sollen. Wie Stahl bereits gesagt hatte, war dieses Nonnenkloster ein großartiger Ort. Man hatte sich bestens um sie alle gekümmert, das Essen war gut, es gab Ärzte, und so weiter. Tibet war gar nicht so, wie man es sich vorstellte. In den Tälern war es im Sommer saftig grün, auf den Feldern wuchs Getreide, und die Menschen, die die Felder bestellten, waren angenehm und freundlich. Für das Filmteam war es ein Ort unter vielen gewesen, die es aufgesucht hatte, ein Ort, an dem man das Team wesentlich freundlicher aufgenommen hatte als dort, wo es hergekommen war, und der sich doch äußerlich nicht allzusehr von der übrigen Umgebung unterschied.

Kelly hatte die Bevölkerung ins Herz geschlossen.

»Sehr nett, die Einheimischen«, sagte er. »Ich wünschte, wir hätten länger bleiben können, aber es gab soviel zu schleppen. Ein paar von unseren einheimischen Trägern haben sich geweigert mitzukommen. Sie sind dageblieben, weil es irgendetwas zu feiern gab.«

Kelly war nicht sicher, um was für ein Fest es gegangen war, aber es mußte Mitte September stattgefunden haben.

»Sie waren schon mitten in den Vorbereitungen, als wir abreisten - die Gebetsmühlen haben wie verrückt geklappert, und alles ist geschrubbt worden. Ein durch und durch wunderbarer Ort«, sagte Kelly.

Es klang ganz danach, als sei es dort wirklich so wunderbar, wie er es beschrieben hatte. Die Ortschaft Yamdring lag in einer Talsohle. Das Kloster war an den Hang gebaut, auf sieben übereinander aufsteigenden Terrassen. Zum ersten Mal hatten sie es von einem Berg, der achthundert Meter darüber aufragte, gesehen, und die Sonne hatte auf den sieben goldenen Dächern geglitzert. Ein ovaler See mit smaragdgrünem Wasser und einer Insel in der Mitte lag unterhalb des Klosters. Auf der Insel stand ein kleines Heiligtum mit einem grünen Dach; eine Brücke aus Fellbooten verband die Insel mit dem Ufer. Sie hatten am Spätnachmittag darauf heruntergeschaut, und über die Brücke hatte sich eine Prozession bewegt.

»Dort gibt es immer Prozessionen«, sagte Kelly. »Reizende Menschen. Wirklich sehr kindlich.«

Es war nach neun, als sie gingen, zu spät, um noch irgendwo hinzugehen, aber auch zu früh, um sich schon zu trennen. Houston brachte das Mädchen nach Hause.

»Komm mit rein, und laß uns etwas trinken.«

»Einverstanden«, sagte Houston, und sie gingen die Treppe hinauf.

Es war eine helle, freundliche, moderne kleine Wohnung, ganz anders als die verschachtelten Räume bei ihm zu Hause; und es stand mehr herum.

»Stör dich nicht daran, daß alles zusammengewürfelt ist«, sagte sie, während sie ihm den Mantel abnahm. »Wir wohnen hier zu dritt, und jede von uns hat ihren Plunder.«

»Sind es Freunde oder Verwandte?«

»Freundinnen. Junggesellinnen, wie man so schön sagt. Gin mit irgendwas?«

»Mit Tonic.«

»Setz dich hin und grüble weiter. Du hast schon den ganzen Abend im Stehen vor dich hingegrübelt.«

Houston setzte sich und grübelte weiter.

»Dein Drink steht auf der Sofalehne«, sagte das Mädchen kurz darauf.

»Danke.«

»Geht es dir jetzt besser?«

»Ja, sehr gut.« Es ging ihm überhaupt nicht gut. Ein unerklärliches Zittern hatte in allen seinen Gliedern eingesetzt. Doch die Frage des Mädchens und frühere leise Andeutungen ließen ihn annehmen, daß er wohl größere Besorgtheit zur Schau stellte, als der Lage angemessen war, und daher lächelte er schief und sagte: »Um kleine Brüder muß man sich kümmern.«

»Ihr beide steht euch recht nahe, stimmt's?«

»Ja, ziemlich.«

»Aber es scheint doch alles in Ordnung zu sein. Er müßte doch schon bald nach Hause kommen, meinst du nicht?«

»Doch, sicher. Gewiß.«

»Ist dir kalt? Du zitterst ein wenig.«

»Ich muß mich verkühlt haben«, sagte Houston. Er wußte nicht, was über ihn gekommen war, aber er wußte, daß es keine Erkältung war. Er spürte den Drang, das Haus zu verlassen und durch die Straßen zu laufen. Er fühlte sich unruhig und eingeengt in dieser Wohnung.

»Ist dir jetzt wärmer?« fragte sie eine Weile später.

»Ja«, sagte Houston, und ihm war wirklich wärmer, denn die junge Frau lag in seinen Armen. »Wann kommen deine Mitbewohnerinnen nach Hause?«

»Erst später.«

Etwas in ihrem Tonfall ließ ihn darauf schließen, daß sie die ganze Nacht über nicht zurückkommen würden. Außerdem hatte er den Verdacht, daß er genau das aus ihrer Antwort schließen sollte. Er hatte den Eindruck, daß ihn das im Moment überhaupt nicht interessierte. Er ging früh nach Hause.

Das Mädchen begleitete ihn an die Tür.

»Du solltest deine Erkältung doch besser auskurieren.«

»Das werde ich tun.«

»Du gehörst ins Bett«, versuchte sie es zaghaft.

Houston lächelte. »Genau da gehe ich jetzt auch hin«, sagte er.

Aber er tat es nicht. Statt dessen machte er einen langen Spaziergang. Es amüsierte ihn, daß er doch eine ganze Zeit lang ohne Frauen zurechtgekommen war und jetzt plötzlich zwei hatte. So war es ihm während des Krieges gelegentlich gegangen. Er fragte sich, ob er zu der Sorte von Männern gehörte, die sich in kritischen Momenten den Frauen zuwenden, und er fragte sich, worin seine momentane Krise bestünde. Hugh würde zurückkommen. Er würde zum Monatsende zurückkommen. Er brauchte nichts weiter zu tun, als diesen Monat hinter sich zu bringen.

4.

Im Rückblick blieb der Oktober Houston vorwiegend als der Monat in Erinnerung, in dem er versuchte, Glynis loszuwerden. Seine Bemühungen waren nicht von Erfolg gekrönt. Es kam zu Tränen, zu Vorwürfen und Anklagen und sogar zu Drohungen, denn sie sagte, sie könne ohne ihn nicht leben. Houston, der, wie viele Künstler, weit entfernt davon war, romantisch veranlagt zu sein, glaubte, daß sie es mit Leichtigkeit könnte, wenn sie sich nur entschlossen dazu durchränge. Doch als er den Schmerz in ihren Augen sah, konnte er sich nicht zu einem endgültigen Schritt überwinden.

Lesley Sellers hatte er mitgeteilt, sein Leben sei jetzt entwirrt und unkompliziert, denn schließlich hatte sie selbst gesagt, daß sie kein Mädchen sei, das sich auf Konkurrenzkämpfe einließe, und dementsprechend stellte er fest, daß sein Leben verworrener denn je war. Seine Zusammenstöße mit der Rektorin verliefen nicht weniger erbittert. Er lag mit einer Reihe von Kursen in kritischem Kunstverständnis, die er für eine Abendschule vorbereiten mußte, ständig zurück, und was seine freischaffende Tätigkeit anging, waren ihm schon seit geraumer Weile jegliche Ideen ausgegangen. Er schien auf einer schiefen Ebene herumzustolpern, die zunehmend glitschiger wurde. Alles, was mit seinem Leben zu tun hatte, war plötzlich ungeklärt und ungewiß. Er konnte nicht verstehen, wie es dazu gekommen war.

Er ertappte sich dabei, daß er sich immer mehr an Oliphant orientierte, dessen ruppige Art er erfrischend fand. »Sehen Sie sich derzeit in der Lage, irgendwelche Pläne zu machen, Oliphant?«

»Ich plane niemals etwas.«

»Mit mir scheint sich etwas Seltsames zu vollziehen. Ich weiß in letzter Zeit nicht mehr, wo zum Teufel ich selbst stehe.«

»Vielleicht sind Sie verliebt.«

»Kann sein. Ich wünschte, mir würde irgend etwas einfallen, was ich besonders gern tun möchte.«

»Ich würde gern in eine größere Wohnung ziehen und Weihnachten in Rom verbringen.«

Und plötzlich redeten alle von Weihnachten.

»Wo läutest du dieses Jahr die Glöckchen, Schätzchen?«

»Soweit bin ich noch nicht.«

»Ich sehe mich schon in Paris. Interesse daran?«

»Das klingt sehr reizvoll.«

»Gib mir möglichst bald Bescheid. Ich muß meine Familie rechtzeitig darauf vorbereiten.«

Und nur wenige Stunden, wie es schien, später: »Charles, ich habe nachgedacht. Roy will Weihnachten in Bournemouth verbringen. Wir sind dort jedes Jahr im selben Hotel. Glaubst du, du könntest ganz zufällig auch dort auftauchen?«

»Ich weiß es nicht, Glynis. Es hängt auch ein bißchen von Hugh ab. Ich muß erst mal abwarten, was er vorhat.«

»Ja, natürlich. Ich verstehe. Meinst du, er könnte vielleicht Lust haben mitzukommen?«

»Es könnte sein«, sagte Houston, der größte Zweifel daran hegte.

»Was glaubst du, wann du Näheres von ihm hörst?«

»Ich bin wirklich nicht sicher. Ich habe in letzter Zeit nicht viel von ihm gehört.«

Er hatte überhaupt nichts von ihm gehört. Die dritte Oktoberwoche war jetzt angebrochen, und er hatte keinerlei Neuigkeiten bekommen. Lesley sagte, daß Lister-Lawrence auch keine besonderen Neuigkeiten erwartete. Von Vermißten war nicht mehr die Rede. Die Gruppe würde schon bald in Indien ankommen. Wahrscheinlich würden sie zwischen dem 25. und dem 30. indischen Boden erreichen, denn um diese Zeit wurde eine Karawane erwartet.

Der 25. nahte ohne Neuigkeiten, und der 30. verging, ohne daß irgend etwas Neues zu hören war. Lesley sagte, Lister-Lawrence sei unterwegs, um die Hintergründe eines Aufstands auszukundschaften. Aller Wahrscheinlichkeit nach waren die restlichen Mitglieder des Teams jetzt auf dem Weg nach Kalkutta. Es stand zu vermuten, daß sie eher vom Team selbst etwas hören würden als von Lister-Lawrence.

Es erwies sich jedoch, daß das nicht der Fall sein sollte. Am 2. November kam ein Telegramm von Listler-Lawrence. Er berichtete, die Karawane sei am 29. eingetroffen. Doch es seien keine britischen Staatsangehörigen dabeigewesen. Er stelle jetzt Nachforschungen an.

Für Houston begann der alptraumhafte Monat November 1949.

Im Laufe dieses Monats hatten sich, wie ihm später klar wurde, der Herzog von Ganzing und der Gouverneur von Hodzo in einer äußerst heiklen Lage befunden. Der Gouverneur hatte ursprünglich geglaubt, diese Angelegenheit auf regionaler Ebene lösen zu können, und er hatte es für nicht notwendig gehalten, die Landesregierung in Kenntnis zu setzen. Es stellte sich heraus, daß er sich getäuscht hatte, und er war nicht direkt versessen darauf, daß seine Fehlbeurteilung der Lage aufgedeckt wurde. Daher hatte er dem Plan des Abtes zugestimmt, ganz einfach kein Wort zu sagen, solange keine Informationen aus Lhasa angefordert würden, und dann zu verkünden, die Reisegruppe sei verschollen.

Mitte November wünschte er sich aus tiefstem Herzen, er hätte sich nicht an diesem Vorhaben beteiligt. Der Gouverneur war ein älterer Mann, und er konnte sich nur allzu deutlich an die Briten erinnern, die vor fünfundvierzig Jahren mit Colonel Younghusband gekommen waren. Es waren neugierige Männer gewesen, die nie aufhörten, Fragen zu stellen. Sie glaubten, es müsse für alles einen Grund geben, und sie gaben keine Ruhe, solange sie die Gründe nicht herausgefunden hatten. Daß vier Menschen seit einigen Wochen auf einem vereisten Berg vermißt wurden, würde solchen Männern nicht als ein angemessener Grund dafür erscheinen, daß man die Suche abbrach oder dem Verschwinden der Leute nicht nachforschte.

Es war, wie der Gouverneur nur zu gut wußte, von größter Wichtigkeit, dagegen vorzubeugen, daß Ausländer in diesem unseligen Jahr Interesse an seinem Land faßten. Solange die Möglichkeit bestand, daß auch nur noch ein Mitglied der Reisegruppe am Leben war, würde sich das Ausland dafür interessieren. Daher hatte er gegen Ende der ersten Monatshälfte einen besorgniserregenden Entschluß gefaßt.

Die Neuigkeiten wurden am 19. November nach Lhasa weitergegeben und am 24. nach Kalimpong gefunkt. Lister-Lawrence erhielt die Meldung am 25. in Kalkutta und gab sie noch am selben Tag an Stahl in London weiter.

Aber von alldem wußte Houston damals natürlich nichts.

Alles, was er wußte, während der November voranschritt, war, daß seine Tage mit Aktivitäten ausgefüllt waren, die zunehmend bedeutungsloser wurden. Er ertappte sich dabei, daß er die Wochen wie ein Roboter hinter sich brachte. Er unterrichtete, korrigierte Arbeiten und hielt Vorlesungen – und abends war es nicht anders. Manchmal schlief er mit jemandem. Er hatte inzwischen angefangen, mit Lesley Sellers zu schlafen, aber einmal kam es dazu, daß er innerhalb von vierundzwanzig Stunden das gleiche auch mit Glynis tat. Er stand dieser Darbietung mit einer fast erschöpften Ausgelassenheit gegenüber.

Er wußte nicht, was mit ihm los war. Er ertrug es nicht, allein zu sein. Sein gesamter Körper schien ständig angespannt zu sein, und er ertappte sich dabei, daß er den Atem anhielt. Er konnte nicht stillsitzen, und er konnte nicht still daliegen. Er konnte nicht lesen, und er konnte nicht essen. Und am allerwenigsten konnte er schlafen.

Er wußte, daß Stahl laufend mit Kalkutta in Verbindung stand. Und daß Lister-Lawrence mit Kalimpong in Verbindung stand. Und daß der tibetanische Gesandte dort in Verbindung mit seiner Regierung stand. Jeder stand mit jedem in Verbindung, aber niemand wußte, was den Verschollenen zugestoßen war.

Er suchte Stahl wieder auf. Er fragte ihn, ob es jetzt nicht an der Zeit sei, daß man offizielle Nachforschungen durch das Außenministerium anstellen ließ. Stahl sagte, die Nachforschungen würden offiziell durchgeführt, Lister-Lawrence sei ein offizieller Gesandter. Doch das Außenministerium könne nicht in die Sache eingeschaltet werden, da das Filmteam überhaupt nicht berechtigt war, sich in Tibet aufzuhalten. Sie waren – wenn auch mit Sicherheit nicht durch eigenes Verschulden – ohne offizielle Genehmigung und somit auf eigene Gefahr nach Tibet gekommen. Die Situation war kompliziert und undurchsichtig. Sie bereitete ihm eine Menge Sorgen, aber er zweifelte nicht daran, daß es bald Neuigkeiten geben würde. Dieses Gespräch hatte am 18. November stattgefunden, und auf den Tag eine Woche später waren die Neuigkeiten eingetroffen, am 25. November 1949, einem Freitag. Houston ging aus und betrank sich. Er war das ganze Wochenende über betrunken.

Er glaubte, daß Glynis irgendwann im Lauf des Samstags gekommen war. Jedenfalls war die Wohnung geputzt und aufgeräumt, als er am Sonntagmorgen erwachte. Sie kam später zurück und brachte auch ihn wieder in Ordnung, und ihm wurde bewußt, daß auch Lesley Sellers da war. Er war zu diesem Zeitpunkt vollkommen hinüber, aber er erinnerte sich daran, gedacht zu haben, es sei äußerst unangemessen, daß die beiden jungen Frauen gemeinsam in seiner Wohnung waren. Ihm ging auf, daß er Glynis schon vor Wochen darum hätte bitten müssen, ihm den Schlüssel zurückzugeben, und daß seine Planung ganz betrüblich danebengegangen war. Er hörte Gesprächsfetzen ihrer Unterhaltung.

»Ich dachte mir schon, daß es das gewesen sein muß. Wann ist es passiert?«

»Anscheinend vor zwei oder drei Wochen, aber wir haben es erst am Freitag erfahren. Die Lawine hat sie alle unter sich begraben.«

»Sie haben die – sie haben sie doch gefunden, oder?«

»Ja, sicher. Sie waren alle tot.«

»Der arme Charles. Sie haben einander so schrecklich nahegestanden.«

»Ja.«

An die nächste Woche konnte er sich überhaupt nicht erinnern. Er glaubte, zur Schule gegangen zu sein. Vielleicht hatte er auch seine Abendkurse abgehalten. Er schien oft ausgegangen zu sein. Er konnte sich vage daran erinnern, sich in einem Pub in der Tottenham Court Road mit einem Mann geschlagen zu haben und eines Nachts in der U-Bahn-Endstation in Morden aufgewacht zu sein. Es hatten sich wirre Eindrücke in ihm festgesetzt, daß beide Mädchen wollten, daß er irgendwo hinging, die Stadt verließ.

Und dann war der Dezember gekommen, und ein halbes Jahr war vergangen, seit er seinen Bruder zum letzten Mal gesehen hatte, und alle sagten ihm, er solle sich zusammenreißen, und mit der Zeit hatte er das auch getan. Er hatte die Rektorin aufgesucht und ihr mitgeteilt, er kehre nach den Ferien nicht zum Unterricht zurück. Und er hatte an die Veranstalter der LCC-Weiterbildung geschrieben und ihnen das gleiche mitgeteilt.

Dann fragte ihn Lesley zum endgültig und definitiv allerletzten Mal, ob er mit nach Paris kommen würde, um abzuschalten und zu sich zu kommen. Und Glynis fragte ihn unter denselben Vorzeichen, ob er nach Bournemouth kommen würde. Er dankte beiden für ihre Güte und ihre Nachsicht und sagte beiden ab. Er hatte die Absicht, Weihnachten allein zu verbringen.

Das war auch nicht das Schlechteste, denn am Nachmittag vor dem Heiligabend, wieder ein Freitag, an dem er nur mäßig betrunken war, hatte er Besuch bekommen. Stahl hatte vorher angerufen, etwa um Viertel vor vier, und um Viertel nach vier war sein schwarzer Bentley – gesteuert von einem Chauffeur – im Regen vor dem Hause vorgefahren.

Er hatte einen Drink abgelehnt, und seine rastlosen Augen hatten Houstons ungepflegte Gestalt in krampfhaften Zukkungen von Kopf bis Fuß gemustert. Aber er hatte eine Zigarette angenommen, sich gesetzt und sich im Zimmer umgesehen.

»Was ich Ihnen zu sagen habe«, sagte er mit flacher Stimme, »erscheint Ihnen im Moment vielleicht nicht allzu passend. Ich dachte, Sie würden es sich vielleicht während der Feiertage durch den Kopf gehen lassen.«

Houston sagte nichts. Er hätte gern etwas getrunken, aber er hatte den mißbilligenden Blick in den umherirrenden Augen bemerkt, und er hatte das Gefühl, es sei besser, damit noch zu warten.

»Wir sind mit einem recht seltsamen finanziellen Problem konfrontiert. Ich weiß nicht, ob Ihr Bruder je darüber gesprochen hat, aber wir schließen für alle Firmenangehörigen eine Versicherung ab. Natürlich sind jetzt vier Ansprüche anhängig. Sie belaufen sich auf jeweils zehntausend Pfund. Das ist eine Menge Geld.«

»Ja, eine ganze Menge«, sagte Houston. Hugh hatte diese Versicherung mit keinem Wort erwähnt.

»Der Haken ist der, daß ich jetzt gehört habe, daß es eine

Schwierigkeit gibt, die den Zahlungen im Weg steht. Die Vertragsbedingungen der Versicherung sehen vor, daß sie im Todesfall weltweit und bei jeder Todesursache, außer kriegerischen Handlungen, zahlen muß. Die einzige Voraussetzung ist die, daß ein Totenschein vorgelegt wird. Und genau den haben wir nicht.«

»Ich verstehe«, sagte Houston benommen in die daraufhin entstandene Pause hinein. Er fühlte sich nicht dazu aufgelegt, jetzt die Frage einer finanziellen Vergütung für den Tod seines Bruders zu erörtern.

»Es sieht so aus, als könnte die Urkunde nur von einem britischen Konsul oder von einem offiziell anerkannten Abgesandten ausgestellt werden. Und der wiederum kann sie nur ausstellen, wenn er Unterlagen vorliegen hat – einen ärztlichen Totenschein oder einen unterschriebenen Bericht. Lister-Lawrence kann beides nicht bekommen. Anscheinend kann in Tibet keine Kommunalbehörde auch nur irgend etwas unterzeichnen, ohne von der Staatsregierung dazu bevollmächtigt zu sein. Und die tibetanische Regierung scheint sich nicht allzusehr für den Fall zu interessieren.«

Stahl setzte seine Brille ab und rieb sich erschöpft die Augen. »Ich glaube nicht, daß Bosheit dahintersteckt«, sagte er nach einer Weile. »Lister-Lawrence vertritt die Ansicht, daß man lediglich ausländisches Interesse jeder Art scheut. Er glaubt, man befürchte vielleicht, Schadensersatzforderungen zahlen oder Verhandlungen führen zu müssen. Woran es auch liegen mag – Anfragen werden nicht beantwortet, und es sieht jetzt ganz danach aus, als seien keine Todesurkunden zu bekommen.«

»Natürlich«, fuhr er fort, während er seine Brille wieder aufsetzte, und seine Augen wieder ihre emsige Umlaufbahn beschritten, »heißt das nicht, daß die Versicherung nicht schließlich doch noch zahlen wird. Nach Ablauf einer gewissen Zeitspanne wird man den Tod als gegeben voraussetzen müssen. Aber das kann eine Frage von Jahren sein, und in der Zwischenzeit könnten sich für die Angehörigen viele Schwierigkeiten einstellen. Wisters Frau hat zwei kleine Kinder. Meiklejohn und Miss Wolferston hinterlassen beide verwitwete Mütter. Es gibt Komplikationen mit den Rentenzahlungen und dergleichen mehr. Es versteht sich von selbst, daß wir uns in diesen Dingen verantwortlich fühlen. Wir sind bemüht, die

Last der Angehörigen zu erleichtern. Aber in den letzten Tagen habe ich mich gefragt, ob es nicht noch eine andere Möglichkeit gibt, die einen Versuch wert wäre.«

Er schwieg eine Zeitlang und musterte Houston.

»Ich habe mich gefragt«, sagte er, »ob es nicht eine gute Idee wäre, wenn jemand hinfliegt und Lister-Lawrence trifft. Er ist ein sehr beschäftigter Mann, und es war ihm nicht möglich, allzuviel von seiner Zeit für die Sache zu opfern. Wenn sich jemand mit ihm unterhalten könnte, sich sämtliche Dokumente selbst ansehen und vielleicht Kontakt zum tibetanischen Gesandten dort unten aufnehmen könnte, dann könnte man möglicherweise Material zusammentragen, das es zumindest beschleunigen würde, daß die Versicherung den Todesfall voraussetzen muß. Ich habe mich gefragt«, sagte er zögernd, »ob das etwas für Sie wäre.«

Houston sah auf seine brennende Zigarette hinunter.

»Sie würden als eine Art Generalbevollmächtigter oder Vertreter sämtlicher Angehörigen auftreten«, sagte Stahl. »Selbstverständlich würden die anderen zu Ihren Unkosten beitragen. Ich fürchte allerdings, daß im Moment nicht viel da ist, was sie dazu beitragen können ... «

»Ich fürchte, bei mir sieht das ähnlich aus«, sagte Houston. »Ich sage Ihnen wohl besser gleich, Mr. Stahl, daß ich an einer Schadensersatzzahlung für den Tod meines Bruders nicht allzu ... interessiert bin.«

»Ja, sicher«, sagte Stahl nachsichtig, »ich dachte dabei auch mehr an die anderen Anspruchsberechtigten als an Sie. Verzeihen Sie mir, bitte. Natürlich will ich Ihre Gefühle nicht verletzen, aber ich dachte nur, Sie seien am ehesten in der Lage, das durchzuführen – ein gesunder junger Mann, der nicht gebunden ist. Es war ja auch nur eine Idee.«

Houston sah ihn an. Diesen Aspekt hatte er noch gar nicht bedacht.

»Und was das Geld angeht, glaube ich nicht, daß Sie sich Sorgen zu machen brauchen. Das Gehalt ihres Bruders steht seit Juni aus. Wir wären bereit, diese Zahlungen bis Ende März nächsten Jahres auszuweiten und auch ansonsten zu Ihren Unkosten beizutragen. Überlegen Sie es sich auf alle Fälle noch einmal.«

»Das werde ich tun«, sagte Houston, überrascht von diesem neuen Aspekt.

In den nächsten drei Tagen dachte er darüber nach. Er hatte seine Entscheidung zu dem Zeitpunkt getroffen, zu dem die Büroangestellten nach den Feiertagen wieder ins Büro strömten, und er hatte Stahl angerufen, um ihm seine Entscheidung mitzuteilen.

»Klar«, sagte Stahl. »Ich wußte, daß Sie es tun würden. Wann wollen Sie abreisen?«

»So bald wie möglich. Hier hält mich nichts.«

Und so kam es dazu, daß Houston in diesem Winter, nach vielen Monaten der Unruhe, zu seinem Abenteuer auszog. Er hatte keine Swamis aufgesucht. Er wußte nichts von den tibetanischen Prophezeiungen. Er war ein ganz gewöhnlicher junger Mann, der zu diesem Zeitpunkt mit Sicherheit nicht für sich beansprucht hätte, Vorahnungen zu haben, die sich auf die ungewöhnlichen Ereignisse bezogen, die ihm bevorstanden.

Er verabschiedete sich von den beiden jungen Frauen, die in diesen rastlosen Monaten seiner Ablenkung und Zerstreuung gedient hatten, und er versprach jeder, daß er sich in Hinblick auf die andere bessern würde. Er bot Oliphant an, seine Wohnung zu benutzen, da er wußte, daß der alte Mann sich in seiner eigenen Wohnung nicht wohl fühlte. Und als Begünstigter, dem schließlich ein Erbe von zehntausend Pfund zustehen würde, setzte er ein Testament auf.

All das tat er vor dem 24. Januar 1950, und am frühen Morgen des 25. Januar trat er mit seiner Reisetasche auf den Fitzmaurice Crescent und pfiff ein Taxi heran, das ihn zum Flughafen-Terminal in der Kensington High Street bringen sollte. Er rechnete damit, innerhalb von zwei Monaten nach einem Taxi für den Rückweg zu rufen.

Kapitel 2

1.

Der Januar ist in Kalkutta der erste Monat der kalten Jahreszeit, und wenn die Temperaturen, die um zwanzig Grad lagen, nach den dortigen Maßstäben auch kühl sein mochten, so empfand Houston sie nach der feuchten Kälte Londons doch als frühlingshaft. Unermüdlich lief er durch die Stadt, und am vierten Tag hatte er den Eindruck, den größten Teil zu Fuß abgelaufen zu haben. Er hatte reichlich Zeit für seine Spaziergänge. Lister-Lawrence war fort. Niemand wußte, wann er zurückkommen würde.

Zweimal täglich, am Morgen und am Nachmittag, lief Houston von seinem Hotel, dem Great Eastern, in die Chowringhe Road, in der Lister-Lawrence in den Räumen des Hochkommissars von Großbritannien sein Büro hatte, und er führte sein Anliegen einer ganzen Reihe von emsigen Bengali-Beamten aus. Sie schienen zwar alle Mukherjee oder Ghosh zu heißen, doch irgendwie war es ihm nie gelungen, auch nur zweimal an denselben zu geraten.

»Ja, Sir. Wie kann ich Ihnen behilflich sein?«

»Indem Sie sich vielleicht daran erinnern, daß ich gestern schon einmal hier war, um Mr. Lister-Lawrence zu sprechen.«

»Ah, da haben Sie sicher mit einem meiner Kollegen gesprochen. Ich bin Mr. Mukherjee, Sir. Wenn Sie mir Ihren Namen nennen würden, könnte ich Mr. Lister-Lawrence eine Nachricht hinterlassen. Er ist im Moment unterwegs.«

»Wird er noch länger abwesend sein?«

»Aber nein, gewiß nicht. Vielleicht kommt er heute nachmittag schon zurück. Worum geht es bitte, Sir?«

Houston war anfangs leicht belustigt über die Gier der bengalischen Beamten, Informationen zu seiner Person zu erhalten, doch am fünften Tag mußte er feststellen, daß er angesichts dieser Verzögerung immer ungeduldiger wurde. Nach dem Frühstück strebte er am Morgen dieses fünften Tages durch die Chowringhe und war entschlossen, aus Mr. Mukherjee oder Mr. Ghosh selbst die nötigen Informationen herauszuholen.

»Ich warte jetzt schon seit vier Tagen, und ich kann nicht mehr allzulange warten. Können Sie mir denn nicht sagen, wie ich mich mit Mr. Lister-Lawrence in Verbindung setzen kann?«

»Ach, Sie müssen mit einem meiner Kollegen gesprochen haben, Sir. Ich bin Mr. Ghosh. Wie ist Ihr Name, bitte?«

Houston nannte seinen Namen, doch er weigerte sich, nähere Angaben für eine weitere Nachricht zu hinterlassen, und er wies darauf hin, daß bereits acht solcher Nachrichten Mr. Lister-Lawrence erwarteten.

»Entschuldigen Sie, Sir. Ich muß wissen, in welcher Angelegenheit ...«

Houston sagte freundlich, er werde sein Anliegen jetzt nicht näher ausführen, und nach einer weitschweifigen Diskussion wollte er sich gerade abwenden, als Mr. Ghosh ihn am Ärmel festhielt.

»Oh, warten Sie, Sir!« rief er. »Mr. Lister-Lawrence ist hier. Er ist gestern abend zurückgekehrt. Er ist sehr beschäftigt, aber wenn Sie mir nur sagen könnten, in welcher Angelegenheit – das ist streng vorgeschrieben ...«

Wenige Minuten später drückte er Lister-Lawrence die Hand.

Er war groß und hager und trug einen Leinenanzug, und er hatte dunkle Ringe unter den Augen und Nikotinflecken auf den Fingern. Er machte den Eindruck, als hätte er schon seit einer ganzen Weile nicht mehr gut geschlafen. Sein Händedruck war knapp und schwach.

»Es tut mir leid, daß Sie schon öfter hier waren. Ich war ein paar Tage unterwegs. Es ist wirklich sehr schwer zu sagen«, sagte er, während er Houston bedeutete, sich zu setzen, und auch er selbst Platz nahm, »was wir für Sie tun können. Ich bin sicher, daß wir selbst die unbedeutendsten Informationen so, wie sie hier eingegangen sind, an Ihren Mr. Stahl weitergeleitet haben.«

Houston sagte ihm, was seiner Meinung nach unternommen werden könnte.

»Ja. Nun, Sie können es versuchen. Das mit den Totenscheinen tut mir leid. Ich würde fünf gerade sein lassen, aber meine Hände sind gebunden. Ich weiß nicht, ob ich Sie richtig verstanden habe, was die Bestätigung betrifft«, sagte er, während er ihm eine Zigarette anbot. »Allzuviel läßt sich schließlich nicht bestätigen, oder? Wir haben nur den einen Hinweis aus Lhasa bekommen.«

»Ich habe mich gefragt, ob ich diese Meldung und den Rest der Korrespondenz wohl ausleihen könnte, um alles zu kopieren.«

»Ich denke schon, daß sich das machen läßt.«

»Und ich würde gern Pressemeldungen über die Lawine sehen, die eventuell veröffentlicht worden sind.«

Lister-Lawrence verzog den Mund. »Ich bezweifle, daß Sie daran viel Freude haben werden. In diesem Teil der Welt müssen täglich Dutzende von Lawinen heruntergehen. Aber man kann ja nie wissen.«

»Und dann diese Sache mit der Karawane, der sie sich angeblich angeschlossen hatten – ich dachte mir, es könnte eine gute Idee sein, eine unterschriebene Zeugenaussage von einem, der mit ihr gezogen ist, zu bekommen.«

»Was sollte diese Aussage beinhalten?«

»Eine Beschreibung des Straßenzustands. Das scheint ein möglicher Weg zu sein, den wir einschlagen könnten.«

»Ja, richtig. Aber die Schwierigkeit besteht darin, die Leute zu finden. Das ist eigentlich etwas für den tibetanischen Händler in Kalimpong – er stellt die Genehmigungen und die persönlichen Unterlagen für jeden aus, der ein- und ausreist. Ich könnte ein paar Zeilen an ihn schreiben«, sagte er ohne jede Begeisterung. »Noch besser wäre es, wenn Sie ihn aufsuchen könnten.«

»In Kalimpong?« sagte Houston.

»Warum nicht?«

»Ist das nicht eine ziemlich weite Reise von hier?«

»Sie sind bereits weit gereist«, sagte Lister-Lawrence sachlich, »und ich glaube, daß Sie in Sangrab einen sehr anständigen alten Kerl vorfinden. Aber hüten Sie sich, ich sollte Ihnen nämlich vielleicht noch sagen, daß die da oben in diesem Jahr alle ein wenig komisch sind. Sie haben sich mit den Teufeln angelegt und halten im ganzen Land Zusammenkünfte ab, bei denen gebetet wird. Sie sind nicht allzu scharf darauf, Fremden Fragen zu beantworten.«

»Sie würden sich und auch uns«, sagte Houston, »eine Menge Ärger ersparen, wenn sie eine einzige simple Frage beantworteten. Es muß doch irgendwelche Unterlagen über Ausländer geben, die dort sterben – so etwas wie Begräbnisunterlagen, wenn wir es einmal so sagen.«

»Ja, nun, man begräbt Menschen dort nicht im eigentlichen Sinne.«

»Was auch immer sie mit den Toten tun. Und seien es Feuerbestattungen. Irgend jemand muß doch Aufzeichnungen darüber anlegen«, sagte Houston leichthin, und er kämpfte gegen den starken Widerwillen gegen seine Aufgabe an, der ihn immer wieder überkam.

»Ich fürchte, man führt dort auch keine Feuerbestattungen durch.«

»Was denn?«

»Ach, wissen Sie, dieses Volk hat seine eigenen Bräuche«, sagte Lister-Lawrence, der heftig die Asche von seiner Zigarette abklopfte. »Ich bezweifele, daß wir auf diesem Wege weiterkommen.«

»Was tun sie mit den Toten?« fragte Houston nach einigen Momenten des Schweigens.

»Nun ja. Geier, wenn man es genau nimmt«, sagte Lister-Lawrence peinlich berührt. »Es tut mir schrecklich leid, alter Junge. Wir haben alle unsere Sitten und Bräuche, verstehen Sie. Dort sagt man, daß das wirklich besonders hygienisch und so weiter ist . . . Es hat nicht viel Sinn, dem nachzugehen, sehen Sie? Aber es spricht absolut nichts dagegen, daß Sie den alten Sangrab da oben aufsuchen. Und in Kalimpong können Sie sich bestimmt nach der Karawane erkundigen. Dort werden alle Teilnehmer ausgesucht. Es ist wirklich ein reizender Ort, dieses Kalimpong«, beendete er eher atemlos seine Ausführungen.

Houston fühlte sich plötzlich ganz elend. Er drückte seine Zigarette aus. Kurz darauf sagte er: »Angenommen, ich komme in Kalimpong mit meinen Nachforschungen nicht weiter – gibt es dann noch einen anderen Vertreter Tibets in dieser Gegend, den ich aufsuchen könnte?«

»Es gibt noch einen oben in Gangtok. Aber das liegt in

Sikkim, und Sie brauchen einen Schrieb, um da hineinzukommen. Es ist ein geschützter Staat. Ich gebe Ihnen ein paar Zeilen an Hopkinson mit – das ist unser Mann dort.«

»Könnte es auch nur den geringsten Sinn haben, es noch einmal in Tibet zu versuchen? Bei dem britischen Gesandten dort?«

»Da haben wir keinen, alter Junge. Das ist ja das Ärgerliche. Der alte Hugh Richardson sitzt natürlich in Lhasa, aber er ist im Auftrag der indischen Regierung dort, und wir dürfen ihn nicht in Verlegenheit bringen. Der Haken ist der, daß diese Tibetaner ein ganz mißtrauisches Pack sind. Sie kapieren einfach nicht, worum es bei Versicherungs-Policen geht. Sie glauben, daß wir ihnen ein Eingeständnis ihrer Schuld abtrotzen wollen, für das sie dann haften müssen. Ich tue jedenfalls, was ich kann«, sagte er, und er machte ein paar Notizen auf einem Blatt Papier. »In der Zwischenzeit können Sie noch einiges auskundschaften. Schauen Sie jederzeit vorbei, wenn Sie Lust haben.«

2.

Houston blieb weitere drei Wochen in Kalkutta, wartete auf seinen »Schrieb« und kundschaftete einiges aus. Er ging die Archive der englischsprachigen Zeitungen durch und sammelte etliche Meldungen, die sich auf Tibet und Lawinen im Himalaja bezogen. Im Oktober schien es dort zahlreiche Lawinen gegeben zu haben, aber es wurden keine Einzelheiten über bestimmte Vorfälle berichtet. Der Astrologe des *Hindustan Standard* warnte vor ernsten Schwierigkeiten, die »einem buddhistischen Land im Norden« drohend bevorstanden, und deutete an, größte Bemühungen auf spirituellem Sektor seien erforderlich, um sie abzuwenden. Aus derselben Quelle erfuhr Houston, daß seine sexuellen Fähigkeiten im Lauf des nächsten Jahres aufgrund okkulter Formationen an seinem Geburtstag auf harte Proben gestellt würden. Zwar fiel ihm auf, daß die massiven Anzeigen auf derselben Seite, in denen für Verjüngungsmittel geworben wurde, etwas mit dieser Prognose zu tun haben könnten, doch eingedenk der Tatsache, daß er noch keine Zeile an Glynis oder Lesley geschrieben hatte, brütete er recht verdrossen über dieser Vorhersage.

Lister-Lawrence hatte seinen bengalischen Beamten Anweisung gegeben, ihm jeden erdenklichen Beistand zu leisten, wenn er ihn brauchte, und er hielt Mukherjee und Ghosh damit auf Trab, daß er sie sämtliche Briefwechsel zwischen Lhasa, Kalimpong, Kalkutta, Katmandu und London durchlesen ließ. Schon das Gewicht dieser Briefwechsel und der Mangel an Informationen, der sich daraus entnehmen ließ, waren hochgradig entmutigend. Dennoch plagte er sich mühsam damit ab und trug mit Hilfe einer Schreibkraft, die er eingestellt hatte, das gesamte Material in seinem Hotelzimmer zusammen und fertigte Kopien an.

Ende Februar stand jedoch fest, daß er in Kalkutta nicht mehr viel tun konnte. Lister-Lawrence war die meiste Zeit unterwegs, und es schienen keine Antworten aus Gangtok oder Lhasa einzulaufen. Er entschloß sich, nach Kalimpong weiterzureisen.

Die Reise nach Kalimpong ist eine eher schwierige Angelegenheit, doch einer der Mr. Mukherjees hatte sämtliche Vorkehrungen für ihn getroffen, und Houston kam eine Abwechslung gelegen. Die erste Etappe ging von Kalkutta nach Siliguri im Norden von Bengalen, und er brachte sie einigermaßen locker hinter sich, denn auf dieser Strecke verkehrte eine der großen Eisenbahnlinien. In Siliguri mußte er in einen kleinen Bummelzug umsteigen, dessen Lokomotive mit Holz angetrieben wurde und wie auf Trambahnschienen durch die Dörfer und den Urwald fuhr und dabei wackelte und schnaufte und ab und zu anhielt, um genug Dampf für die zunehmend steileren Hänge anzusammeln, die sie hinaufkriechen mußte.

Es war nach wie vor warm und sonnig, aber irgendwie konnte man in der Luft die Berge und eine schneidendere und frischere Atmosphäre spüren. Im Urwald hatten sich Affen aus den Bäumen auf das Zugdach fallen lassen und ihre Köpfe von oben durch die offenen Fenster gesteckt, um sich die kleinen Stücke Schokolade und Kekse zu grapschen, die Houston ihnen anbot. Als er die Endstation erreichte, das Dorf Gielle-Khola, waren die Affen verschwunden. Es war nun beträchtlich kühler. Er konnte die scharfe Luft in seinen Lungen spüren, und die Menschen, die auf dem Bahnsteig standen, schienen von einem anderen Schlag zu sein. Sie trugen Umhänge und gefütterte Jacken, und die Gesichtszüge, an die er sich im Lauf der letzten Wochen gewöhnt hatte, waren leicht verändert. Er näherte sich dem Himalaja.

Es war vereinbart, daß man ihn in Gielle-Khola abholen und nach Kalimpong bringen sollte, doch als nach ein paar Stunden immer noch kein Wagen kam, wurde ihm klar, daß er Mr. Mukherjee überfordert hatte, und er nahm statt dessen einen Bus. Für die Strecke nach Gielle-Khola hatte er eineinhalb Tage gebraucht, und es war Nachmittag, als er die letzte Etappe der Reise antrat.

Er erreichte Kalimpong in der Abenddämmerung des 27. Februar. Der Bus setzte ihn auf einem turbulenten Marktplatz ab, als die Lampen der Verkaufsstände gerade angezündet wurden. Einige Jungen stürzten sich auf ihn, um sich seines Gepäcks zu bemächtigen, und er teilte es unter dreien von ihnen auf. Der Kleinste hatte nicht mehr als seinen Regenmantel abgekriegt, aber er sprach ein bißchen Englisch und trabte gewichtig neben Houston her und plauderte mit ihm, während sie sich einen Weg über den überfüllten Marktplatz zum Hotel bahnten.

Houston waren ab und zu kleine Gruppen von Männern in Pelzumhängen aufgefallen, die bis auf ihre bloßen Arme warm gekleidet waren, und er erkundigte sich, wer sie seien.

»Tibetmänner«, sagte der Junge, und er gestikulierte zum Himmel hinauf, der zunehmend dunkler wurde. Houston, der schon vorher zu den merkwürdig massiven Wolkenbildungen aufgeblickt hatte, sah noch einmal hin. Die Wolken waren Berge.

Tibetmänner und Berge. Er glaubte, kurz vor dem Ziel seiner Reise zu stehen.

3.

Lister-Lawrence hatte recht gehabt, als er gesagt hatte, Kalimpong sei ein heiterer Ort. Houston gefiel es dort. Er hatte im Hotel ein gutes Abendessen bekommen und in einem sauberen Bett tief geschlafen, und am nächsten Morgen war er früh aufgestanden und auf die Straße hinausgegangen. Die Luft war auf eine Weise kalt und klar, daß sie ihn an die Vogesen in Frankreich erinnerte, und auch die Landschaft, von der er umgeben war, war ähnlich geartet, wenn auch größer: grandiose grüne Hügel, die auf den Himmel zuwuchsen, und das Gefühl von noch größerer Höhe dahinter. Die Gipfel, die tags zuvor mit dem Einbruch der Nacht nähergerückt waren, waren jetzt weit weg.

Er suchte das Büro des tibetanischen Gesandten und fand ein stattliches Gebäude mit einem Innenhof voller Menschen vor. Ein paar Pferde und Maulesel standen blinzelnd in der grellen Sonne, und Männer kauerten in Gruppen auf dem Boden, plauderten und rauchten. Der kleine Träger vom Vorabend hatte ihn schon erwartet, als er aus dem Hotel kam. Er lief vor Houston in das Gebäude hinein und kam mit einem breiten Grinsen wieder heraus.

»Kein Platz da drinnen, Sahib«, sagte er. »Heute viele Menschen da.«

Houston sah sich selbst im Haus um und stellte fest, daß das, was der Junge gesagt hatte, richtig war.

»Ist das immer so?«

»Nein, Sahib. Karawane kommt heute. Hier alles Karawanenmänner.«

»Werden sie den ganzen Tag lang hier sein?«

»Zwei Tage, vielleicht auch drei. Wollen Schein für Visum«, sagte der Junge, und er drückte mit seinen kleinen braunen Händen einen imaginären Stempel auf ein Blatt.

Houston fühlte sich ziemlich verloren. Er konnte niemanden sehen, der eindeutig ein Beamter war. Er fragte sich, an wen er sich wenden sollte, um einen Rat zu bekommen.

Der Junge hatte die Antwort. »Sie sind hier, weil Sie Michaelson Sahib sehen wollen, Sahib«, sagte er. »Ich bringe Sie hin.«

Sie gingen zurück, überquerten wieder den Marktplatz und liefen durch das emsige Treiben eines Labyrinths von Gassen in einen Stadtteil, in dem nur Lagerhäuser zu stehen schienen. Ganze Schlangen von Mauleseln wurden entladen, und ihre Lasten wurden an Seilen in Dachgeschosse im ersten Stock gezogen. Der Mann, der die Arbeiter vor dem größten Lagerhaus leitete, war Michaelson Sahib, der sich als ein ungemein fetter älterer Mann mit einem Tropenhelm erwies; er hakte

Rechnungen ab und rauchte einen kleinen schwarzen Stumpen.

Houston stellte sich vor.

»Freut mich, Sie kennenzulernen, Kumpel. Sie erwischen mich mitten in der Arbeit.«

»Ja, das sehe ich. Ich habe versucht, zum tibetanischen Konsul vorzudringen. Dort scheint ziemlich viel los zu sein.«

»Eine Karawane ist gerade eingetroffen. Wenn ich an Ihrer Stelle wäre, Kumpel, dann würde ich mir das für heute abschminken.«

»Ich habe gehört, daß es zwei oder drei Tage lang so bleibt.«

»Das braucht Ihnen keine Sorgen zu machen. Passen Sie auf, ich komme heute abend auf die Schnelle bei Ihnen vorbei. Ich bin nur im Moment zu angebunden.«

»Einverstanden«, sagte Houston, der ein wenig verstimmt war, und er wandte sich mit dem Jungen ab.

Seine Übellaunigkeit hielt jedoch nicht an, denn je mehr er von der Stadt sah, desto besser gefiel sie ihm. In der frischen, sauberen Luft hingen die Gerüche von Holzfeuer und Gewürzen und noch irgend etwas, das den Eindruck von Höhe vermittelte.

Er stellte fest, daß er lächelte und ihn das beschwingte Gefühl überkam, das er von früheren Aufenthalten in den Bergen bereits kannte.

Es gab etliche kleine Teestuben in der Stadt, baufällige Hütten mit provisorischen Tischen auf Böcken, und dort standen Teemaschinen und Schalen mit Bonbons. Er schlenderte mit dem Jungen durch die Straßen und trank zwischendurch einige Tassen frischgebrühten, gesüßten Tee. Überall bummelten Männer herum, die mit der Karawane gekommen waren, doch obwohl viele verschiedene Rassen vertreten zu sein schienen, sah er keine Tibetaner. Er fragte den Jungen nach den Gründen.

»Vielleicht schlafen sie, Sahib. Tibetmännern gefällt nichts hier unten. Ihnen gefällt Tibet.« Während er das sagte, rollte er die Augen wieder zum Himmel, und Houston war belustigt und doch gleichzeitig ein wenig beunruhigt über diesen Hinweis auf ein noch entlegeneres Land, und das ausgerechnet im nördlichsten Zipfel Indiens, auf ein fast mythisches Land, das in den Himmel aufragte.

Lächelnd sagte er: »Liegt dort Tibet – im Himmel?«
»In den Bergen, Sahib.«.
»Warst du jemals da?«
»Nein. Zu jung, Sahib. In fünf oder sechs Jahren gehe ich mit meinem Bruder hin.«
»Mit den Karawanen?«
»Mit den Karawanen, Sahib.«
»Ist dein Bruder jetzt fort?«
»Ja, Sahib. Seit zehn Tagen. Er arbeitet für Michaelson Sahib.«
»Wie heißt dein Bruder?«
»Ringling. Ich heiße Bozeling, Sahib«, sagte der Junge grinsend.
»Gut, Bozeling. Gehen wir weiter.«

Michaelson Sahib kam am Abend, wie versprochen, vorbei. Er hatte sich umgezogen und trug jetzt einen weißen Anzug, und er kam forsch herein, rieb sich die Hände und nickte dem Barmixer zu, der ihm das mixte, was offensichtlich gängig war. Houston hatte schon eine Zeitlang in der leeren Bar gewartet; er schien das Hotel für sich allein zu haben.
»Ganz schön kalt am Abend«, sagte Michaelson. »Tut mir leid, wenn ich heute morgen ein wenig barsch war. Es ist eine große Lieferung gekommen, und die Jungen kriegen ihren Arsch nicht hoch und machen den größten Kuddelmuddel, wenn man auch nur einen Moment nicht hinschaut. Sie sind doch nicht sauer, Kumpel?«
»Nein, bestimmt nicht«, sagte Houston, und sie schüttelten sich wieder die Hände.
»Es ist seit einer ganzen Weile die erste Karawane, die hier einläuft. Alles kommt mit Verspätung wegen diesem Sauwetter. Was führt Sie hierher?«
Houston erzählte es ihm.
»Ja. Ich habe die anderen vor ein paar Monaten gesehen. Ich habe allerdings meine Zweifel daran, daß Sie aus den Tibetanern auch nur irgend etwas herausholen können. Sie wollen dieses Jahr nichts von Fremden wissen.«
»Ich habe gehört, daß sie sich mit den Teufeln angelegt haben.«
»Genau das ist es«, sagte Michaelson ernst. »Für dieses Jahr gibt es viele böse Omen. Trotzdem sollten Sie es versuchen,

wo Sie jetzt schon einmal hier sind. Ich habe vor einer halben Stunde eine Nachricht losgeschickt und angefragt, ob er uns heute abend sehen kann. Ich nehme an, daß es klappt. Er glaubt, daß ich sauer bin«, sagte er, und dabei entblößte er ein Gebiß mit langen gelben Zähnen, die sehr hundeähnlich aussahen. »Das blöde Schwein hat mich mit einer Lieferung von Schwarzschwänzen reingelegt, auf die ich schon seit sechs Monaten warte.«

»Schwarzschwänze?«

»Die besten Jaks. Mit langem Fell«, sagte Michaelson, der gerade einen Schluck trank.

»Was tun Sie eigentlich hier?«

»Ich bin Händler. Seit dreißig Jahren hier. Ich bin hier eine Institution. Es gibt noch ein paar andere europäische Händler, aber die verdrücken sich im Winter. Ich bin praktisch derjenige, der die Sache am Laufen hält«, sagte er, und wieder zeigte er seine Zähne.

»Sie importieren Jakfelle aus Tibet?«

»Alle Arten von Rohwolle. Die schwarzen Jaks geben das beste Rohmaterial ab. Man kann sehr dichtes, widerstandsfähiges Gewebe daraus machen.«

»Und Sie schicken auch Waren nach Tibet?«

»Fertigprodukte, Lebensmittel, Stoff, alles. Im Moment tut sich nicht viel. Den ganzen Sommer über gehen die Karawanen ein und aus, aber um diese Jahreszeit ist es nicht allzu lohnend. Die Träger sitzen herum und fressen einem das Haar vom Kopf. Eine Karawane habe ich im Moment, die seit zehn Tagen unterwegs ist und immer noch in Sikkim in einem Schneesturm festsitzt.«

»Bei dieser Karawane muß ein junger Mann dabeisein, der Ringling heißt. Ich habe mich mit seinem Bruder unterhalten.«

»Richtig. Ich habe ihn übernommen, als sein Vater vor ein paar Jahren auf einer Reise umgekommen ist. Ich beschäftige ihn den ganzen Winter über, damit sie zuhause etwas in der Kasse haben. Ein guter Junge, dieser Ringling.«

»Ich habe mich gefragt«, sagte Houston, »ob ich wohl die Leute von der Karawane finden kann, auf die mein Bruder und sein Team im Oktober hätten stoßen sollen.«

»Ich weiß von nichts, Kumpel. Solche Vereinbarungen treffen sie untereinander. Das bringt ihnen ein paar Piepen mehr ein. Es kann aber ohnehin keine meiner Karawanen gewesen sein.«

»Warum nicht?«

»Weil ich im Oktober und November keine Karawanen losgeschickt habe. Das Wetter war zu schlecht. Ich denke, es ist wohl das Erdbeben, das alles aus der Ordnung gebracht hat. Solche Wetterbedingungen habe ich hier noch nicht erlebt. Trinken Sie noch so einen?« fragte er mit einem Blick auf Houstons Glas.

»Gerne. Sie wollen damit sagen«, sagte Houston, »daß die Wetterbedingungen so schlecht waren, daß gar keine Karawanen unterwegs waren?«

»Ich weiß es nicht. Ich glaube, Da Costa hat eine Karawane losgeschickt – er ist Portugiese. Sangrab müßte das wissen.«

Michaelson blieb zum Abendessen im Hotel, aber es traf kein Bote des tibetanischen Konsuls ein. Michaelson war über diesen Umstand verärgert, aber vor allem, so erschien es Houston, wegen der Abfuhr, die er erhalten hatte und die seinem Ruf als Institution einen Knacks gab, weniger wegen Houston, der dadurch sein Anliegen nicht hatte vorbringen können.

Er sagte: »Geben Sie mir Bescheid, wenn Sie morgen nichts von ihm hören. Dann nehme ich die Sache in die Hand.«

»Gut. Und vielen Dank.«

»Noch haben Sie mir nichts zu danken.«

Houston hörte am folgenden Tag nichts vom Konsul. Er schlenderte wieder mit dem Jungen durch die Stadt und fertigte ein halbes Dutzend Kohlezeichnungen an. Der Junge war begeistert.

Als er ins Hotel zurückkehrte, hatte der mysteriöse Sangrab immer noch nichts von sich hören lassen.

Michaelson tauchte um halb sieben wütend auf.

»Ich habe gehört, daß dieser kleine Lump sich immer noch nicht dazu herabgelassen hat, Sie zu empfangen.«

»Ich fürchte, das stimmt.«

»Trinken wir doch einen, und dann gehen wir hin. Ich weiß nicht, was für ein Spielchen er mit uns spielen will.«

»Ich möchte nichts Unkluges tun. Ich bin auf seine Hilfe angewiesen.«

»Es ist nicht allzu klug von ihm, eine Nachricht von mir völlig unbeantwortet zu lassen. Ich kann diesen alten Mistkerl so schnell nach Hause versetzen lassen, daß er gar nicht weiß, wie ihm geschieht.«

»Haben Sie in Ihrer Nachricht erwähnt, weshalb ich ihn sprechen will?«

»Natürlich nicht. Das ist Ihre Angelegenheit. Und überhaupt weiß er das längst. Er weiß über alles Bescheid, was in dieser Stadt vorgeht. Verdammter Mist!« sagte Michaelson. Sein Gesicht war rot, und seine Krawatte saß irgendwie nicht richtig. »Gehen wir hin, ehe er mit dem Essen beginnt. Um sieben gibt es Abendessen. Wenn er erst einmal am Tisch sitzt, steht er nicht mehr auf.«

Houston hatte Zweifel daran, ob es weise war, den tibetanischen Gesandten mit Michaelson gemeinsam aufzusuchen, solange dieser in seiner derzeitigen Stimmung verletzten Stolzes war, und er hatte zudem den Verdacht, daß der Händler ihn vorschob, um eine eigene alte Rechnung zu begleichen. Aber er konnte sich nicht aus dieser Sache herauswinden, ohne beleidigend zu werden. Er leerte sein Glas und begleitete Michaelson nachdenklich über den Marktplatz.

Die Menschenmengen hatten den Hof des Hauses geräumt. Die Doppeltüren waren verschlossen, die Läden verriegelt, und das Gebäude lag still da. Michaelson klopfte laut an die Tür, und wenige Momente später erschien ein livrierter Tibetaner.

Michaelson sprach barsch mit ihm, und man ließ sie ein. Die Tür wurde hinter ihnen geschlossen. Der Dienstbote verschwand. Houston hörte, daß Michaelson hinter ihm in der dunklen Eingangshalle geräuschvoll atmete. Kurz darauf kehrte der Bedienstete mit einer kleinen Lampe zurück, die er an einen Wandhalter steckte. Er murmelte Michaelson ein paar Worte zu.

»Wie ich es mir dachte«, sagte Michaelson, »er betet gerade. Wir schnappen ihn uns direkt vor dem Essen.«

Einen Moment später hörte Houston auch wirklich einen schwachen Singsang aus einem anderen Teil des Hauses, heisere Klagelaute, die im flackernden Schein der Lampe fremdartig, aber nicht unangenehm wirkten.

Einige Minuten darauf kam der Bedienstete wieder, und sie folgten ihm durch einen düsteren Korridor zu einer Flügeltür, die er für sie öffnete. In dem Raum, der dahinterlag, standen im hellen Schein einiger Dutzend Kerzen zwei alte Männer.

Houston hatte in seinem ganzen Leben noch keine derart phantastischen Gestalten gesehen. Sie trugen Gewänder aus reich bestickter Seide, die auf der Brust den Schnitt und die Knöpfe von Kosakenuniformen hatten. Beide hatten juwelenbesetzte, seidene Vatermörder, die unter aufgestellten Mandarinkrägen lose gebunden waren, und ihr Haar war zu einem schimmernd schwarzen Knoten nach oben frisiert, in dem ebenfalls Edelsteine prangten. Dazu trugen sie beide außerdem jeweils einen einzelnen langen Ohrring, und beide hatten kleine Spitzbärte. Im ersten Moment meinte Houston, es handle sich um die Götzen eines häuslichen Schreins, doch kurz darauf verbeugten sie sich, und er stellte fest, daß er sich ebenfalls verbeugte.

Es beeindruckte ihn reichlich, daß Michaelson sich von all dieser Pracht keineswegs aus der Fassung bringen ließ. Er setzte sich lässig auf einen Stuhl, bedeutete Houston, das gleiche zu tun, und die beiden alten Männer setzten sich ebenfalls.

Houston hatte sich gefragt, wer von beiden wohl Sangrab war, und jetzt, als Michaelson ihn ansprach, sah er es. Der andere alte Mann war ein wenig von ihnen abgerückt. Er saß an einem kleinen Tisch, auf den er seine Hände legte, während er sie beobachtete. Er hatte etwas von einer Schildpattkatze. Schildpattkämme glitzerten in seinem Haar; kleine Stücke Schildpatt ragten von seinen Händen auf - kleine Hände, die übereinander lagen und so angespannt und konzentriert waren wie die Pfoten einer Katze. Auch in seinen dünnen, geschwungenen Lippen und in den schmalen, schläfrigen Augen lag etwas Katzenhaftes. Diese Augen starrten Houston an. Während des gesamten Gesprächs wandten sie sich nicht ein einziges Mal von ihm ab.

Sangrab hatte mit seinem Bart gespielt, während Michaelson sprach und er selbst ein paar Worte einwarf.

»Also«, sagte Michaelson endlich auf englisch, »er ist nicht optimistisch, was die Todesurkunden angeht - das sagte ich Ihnen ja gleich. Aber er wird es noch einmal versuchen, wenn Sie wollen. Er hat versprochen, in der Zwischenzeit die Namen derjenigen herauszufinden, die mit der Karawane gezogen sind, um die es Ihnen geht. Der Haken ist nur der, daß die Karawane im Oktober wirklich von Da Costa losgeschickt worden ist, wie ich es mir schon dachte, und der ist für den

Winter nach Goa verschwunden. Er glaubt, daß sich auch die Mitglieder der Karawane zerstreut haben. Manche von ihnen laden Tee in Darjeeling, und viele gehen nach Hause, nach Nepal – es sind vorwiegend Sherpas und Gurkhas. Trotzdem kann es sein, daß Sie hier noch ein paar von ihnen finden. Es wird ein paar Tage dauern, bis die Liste zusammengestellt ist – er hat im Moment viel Arbeit am Hals. Sind Sie damit vorläufig zufrieden?«

Houston bejahte, und kurz darauf gingen sie.

»Ich muß schon sagen«, sagte Michaelson voller Zufriedenheit, als sie das Hotel betraten, um dort noch etwas zu trinken, »daß der kleine Mistkerl sich lieb Kind machen wollte. Er hat natürlich ein schlechtes Gewissen wegen meiner Schwarzschwänze. Und außerdem hat dieser andere Kerl zugehört.«

»Wer war der andere?«

»Das ist ein Beamter, der sich im Moment bei ihm aufhält. Er ist gestern abend eingetroffen – das ist auch der Grund, aus dem er uns nicht empfangen konnte. Sie schicken ab und zu jemanden her, der ihm auf die Finger schaut – er sitzt in einer Stellung, in der man nur allzu gut Bestechungsgelder einkassieren kann. Der bleibt jetzt ein paar Tage hier hocken und verschwindet dann wieder. Man sieht nie zweimal denselben.«

Zu diesem Zeitpunkt bestand kein Grund, daran zu zweifeln.

4.

Houston hatte nicht damit gerechnet, mehr als eine Woche in Kalimpong zu bleiben. Alles in allem kamen sieben Wochen zusammen, bis er wieder abreiste, einschließlich einer Reise nach Kalkutta, die er zwischendurch unternahm. Er hatte die Zeitlosigkeit nicht bedacht, mit der sich in Indien alle Dinge abspielen.

Er brauchte eine Woche, um einen einzigen Mann zu finden, der ihm namentlich als eines der Mitglieder der Karawane bekannt war. Er kannte die Adresse des Mannes und dessen bevorzugte Aufenthaltsorte und auch die seltsamen

Arbeiten, mit denen er sich befaßte. Nichtsdestoweniger und trotz der Hilfe des Jungen dauerte es sieben Tage, bis er ihn in einem kleinen und nicht ganz legalen Trinkerschuppen aufspüren konnte.

Das Ergebnis war recht unfruchtbar.

Ja, sagte der Mann fröhlich, er war mit der Karawane im Oktober gezogen. Gewiß hatten sich ihnen andere Reisende angeschlossen – im Lauf der Reise an verschiedenen Punkten etwa zwölf Personen. Er wußte nicht, ob es irgendwelchen Reisenden mißlungen war, auf die Karawane zu stoßen, nachdem sie ein Treffen vereinbart hatten. Das war Sache des Sirdar, des Karawanenführers oder seines zweiten Mannes, denn nur sie trafen solche Vereinbarungen. Wo der Sirdar war? In Sikkim natürlich, wo sonst. Es wußte doch jeder, daß er im Winter immer nach Hause ging. Und sein Stellvertreter? In Darjeeling wahrscheinlich, jedenfalls vielleicht.

Houston hatte immer noch kein Visum für Sikkim, aber nach Darjeeling konnte er ohne Visum, und das tat er auch. Er fand den stellvertretenden Sirdar und etliche andere Männer, die mit der Oktoberkarawane gezogen waren und jetzt Tee schleppten, wie Michaelson es bereits angedeutet hatte.

Auch dieser Besuch war nicht allzu ergiebig.

Der Yamdring nächstgelegene Punkt, an dem die Karawane vorbeigekommen war, war Gysung, gut hundert Kilometer entfernt. Hätte es sein können, daß sie dort Reisende von Yamdring aufgenommen hatten? Ja, sicher. Warum denn nicht?

Hatten sie im Oktober welche mitgenommen?

Im Oktober? Nein . . . nein, nicht im Oktober.

Hatten sie vielleicht vereinbart, dort Reisende mitzunehmen, die sich ihnen anschließen wollten?

Das war möglich. Es war schwer, das genau zu rekonstruieren. Es kamen auf jeder Reise Fälle von Vereinbarungen, die nicht eingehalten wurden, vor. Daher schenkte man diesem Umstand keine besondere Aufmerksamkeit.

Zu welchem Zeitpunkt hatte die Karawane Gysung erreicht? Ließ sich ein genaues Datum bestimmen?

Sie hatten Gysung – wie es sich nach etlichen Diskussionen später ergab – am 21. Oktober erreicht.

Falls also eine Gruppe von Menschen die Absicht gehabt hätte, dort auf die Karawane zu stoßen, wann hätten diese Menschen Yamdring verlassen müssen?

Fünf Tage eher. In dieser Gegend des Landes ging man von einem Schnitt von zwölf Meilen täglich aus.

Fünf Tage eher . . .: am 16. Oktober.

Angenommen, diese Menschen seien von einer Lawine begraben worden – wo auf der Strecke hätte das am ehesten passieren können?

Zweifellos auf dem Portha-la-Paß. Das war die einzige Stelle auf der Strecke Yamdring–Gysung, an der man mit einer Lawine rechnen mußte.

Wo etwa war das?

Drei Tagesmärsche von Yamdring.

Drei Tage nach dem 16. Oktober . . . Es war alles sehr dünn, sehr ungenau, nichts weiter als Anhaltspunkte. Und doch, dachte Houston, konnte es sein, daß er die Einzelheiten auf einen klareren Nenner gebracht hatte.

Er schrieb in sein Notizbuch: »Wenn man alles oben Angeführte in Betracht zieht, muß die logische Folgerung lauten, daß die Gruppe am oder um den 19. Oktober herum auf dem Portha-la-Paß, knapp sechzig Meilen von Yamdring entfernt, auf dem Weg nach Gysung verschüttet worden ist.« Er fügte dem die Namen seiner Informanten hinzu und brachte sie dazu, einen Krakel darunterzusetzen.

Erschöpft und deprimiert kehrte er nach Kalimpong zurück. Er war jetzt seit rund zwei Monaten unterwegs und hatte alles in allem nahezu sechshundert Pfund ausgegeben. Er glaubte, an einen Punkt gekommen zu sein, von dem aus er nicht mehr weiterkommen konnte, und daß er, wenn sich bei der tibetanischen Regierung nicht rasche Anzeichen einer Kooperationsbereitschaft zeigten, ebensogut wieder nach Hause fahren könnte.

Er fragte an der Hotelrezeption, ob irgendwelche Nachrichten für ihn eingetroffen seien.

»Nichts, Sahib.«

Nun gut, dachte sich Houston. Was genug war, war genug. Er würde ein Bad nehmen, etwas trinken und ein letztes Mal den tibetanischen Gesandten aufsuchen. Und dann nichts wie weg mit dem Morgenbus.

Er nahm das Bad, bestellte sich den Drink und dann gleich noch ein paar, und dann trat er widerwillig auf den Platz hinaus. Er hatte das Hotel etwas zu spät verlassen, um den Tibetaner noch treffen zu können. Zwecklos nach sieben Uhr, hatte

Michaelson gesagt. Es ging gerade auf sieben zu, und die Lampen über den Verkaufsständen wurden eingeschaltet. Plötzlich hatte er diesen Ort, alle anderen Orte und sich selbst auch satt. Doch er ging über den Platz und lief selbst dann noch unerschütterlich weiter, als ihn ein braunes Etwas überraschte.

»Oh, Sahib, du bist wieder da!«

»Hallo, mein Junge«, sagte Houston, der sich nicht ohne eine gewisse Melancholie darüber freute, daß sich zumindest irgend jemand dafür interessierte, ob er hier oder sonstwo war.

»Wann bist du zurückgekommen, Sahib?«

»Vor ein oder zwei Stunden.«

»Ich Sie suchen. Mein Bruder ist zurück, Sahib. Sie jetzt kommen und ihn sehen.«

»Nein, nicht jetzt. Später, Bozeling.«

»Jetzt, Sahib, jetzt gleich! Ringling hat sie gesehen, die, die Sie suchen.«

»Wen?«

»Die Toten, Sahib.«

Houston spürte, daß sich die Haare in seinem Nacken aufstellten.

Er sagte: »Welche Toten?«

»Die Engländer, Sahib. Sie sind einen Tag lang mit der Karawane gezogen.«

»Wann war das?«

»Im Dezember, Sahib.«

Houston blieb abrupt stehen. Er hatte das Gefühl, auf dem zugigen, menschenüberfüllten Platz festgewurzelt zu sein. Er sagte eher dumm: »Im Dezember? Das kann nicht sein. Sie sind im Oktober gestorben.«

»Doch, Sahib, er hat sie gesehen. Komm jetzt. Du kommst mit mir.«

Houston erinnerte sich in späteren Jahren mit einer eigentümlichen Klarheit an diesen Moment. Die Uhr der schottischen Missionskirche hatte dröhnend sieben geschlagen, als er dort gestanden hatte, und er konnte sich daran erinnern, gedacht zu haben: Ich wollte ja eigentlich den kleinen Mistkerl besuchen. Aber was soll's. Dann begleitete er den Jungen.

Kapitel 3

1.

Es war eine dunkle und übelriechende Hütte, die von Öllampen beleuchtet wurde, und in einem behelfsmäßigen Kamin brannte ein Dungfreuer. Bozeling verschwand, sobald sie das Haus betreten hatten, und Houston blieb allein im rauchigen Gestank der Wohnstube zurück, bis plötzlich die Mutter des Jungen auftauchte, eine kleine, dickliche Frau mit goldenen Ohrringen, schimmernd schwarzem Haar mit einem Mittelscheitel, einem langen Rock und einem Mieder. Sie lief hin und her und redete halb auf sherpali und halb auf englisch auf ihn ein, während sie ihm einen Stuhl und eine Tasse Tee holte und ihn so weit wie möglich von dem übelriechenden Feuer plazierte.

Ihr älterer Sohn schliefe, sagte sie. Er schliefe gewöhnlich zwei Tage durch, wenn er von einer Reise mit einer Karawane zurückkäme. Der Sahib müsse ihr Englisch entschuldigen, doch das Englisch ihres Sohnes sei ganz außergewöhnlich gut. Er sei oft mit Briten in den Bergen gewesen. Schon bald würde es dem Sahib möglich sein, eine nette Unterhaltung mit ihm zu führen.

Houston saß da, lächelte und nickte ihr zu, und fast hatte er Angst, den Mund aufzumachen, denn der Geruch ließ Übelkeit in seiner Kehle aufsteigen. In den letzten Minuten hatte ihn förmlich eine Woge von Übelkeit gepackt, und er konnte selbst nicht beurteilen, ob sie nun von dem Schock oder von der ungelüfteten Hütte herrührte. Doch es gelang ihm, den Tee hinunterzuwürgen, und kurz darauf kamen Geräusche aus einem Nebenraum, und Bozeling erschien mit seinem Bruder.

Der Sherpa Ringling war ein Junge von siebzehn Jahren,

schlank, klein und mit dem freundlichen Affengesicht seines Bruders. Houston sah die Erschöpfung, die sich in das schmale Gesicht eingegraben hatte, und er entschuldigte sich für die Störung.

»Das macht nichts, Sahib. Morgen geht es mir wieder gut.«

»Du sagst, du hast ein paar Engländer in Tibet gesehen.«

»Stimmt. Ich habe sie getroffen, Sahib. Sie sind einen Tag lang mit der Karawane gezogen.«

»Auf welcher Reise war das?«

Dezember war es gewesen. Ja, er war ganz sicher, daß es im Dezember gewesen war. Es bestand keine Möglichkeit, daß er es mit einer anderen Karawane verwechselte. Und weshalb nicht? Ganz einfach, weil die letzte Reise davor im September gewesen war. Im Oktober und im November war er mit keiner Karawane gezogen – und im September hatten sie einen anderen Weg eingeschlagen, den nach Norgku. Nur im Dezember hatten sie den Portha-la-Paß überquert. Und auf dem Portha-la hatten sie die Gruppe von Engländern getroffen.

Houston saß blinzelnd in dem verrauchten Zimmer und bemühte sich, alles zu erfassen.

Schließlich sagte er: »Sie sind einen ganzen Tag lang mit euch gezogen?«

»Fast den ganzen Tag. Vier oder fünf Stunden.«

»Könntest du bitte versuchen, dich an alle Einzelheiten dieses Tages zu erinnern?«

Es war nicht viel vorgefallen, woran man sich hätte erinnern können. Das Wetter war sehr schlecht gewesen, sagte der Junge, sie waren durch einen Schneesturm gezogen. Die vier Leute hatten sich der Karawane mitten auf der Strecke angeschlossen. Sie waren während des Aufstiegs auf dem Paß aufgetaucht. Sie hatten nur mit Mühe mit der Karawane Schritt halten können, da einer der vier krank war und von den anderen gestützt werden mußte. Er glaubte, daß einer der vier eine Frau gewesen war. Es war den Engländern trotz allem gelungen, bei der Karawane zu bleiben, und als das Nachtlager aufgeschlagen wurde, hatten sie sich ebenfalls hingelegt. Später waren sie dann gegangen.

Gegangen? Warum waren sie gegangen?

Der Junge hatte keine Ahnung. Er erinnerte sich, daß die Führer dieser Leute aufgetaucht waren – entweder im Laufe der Nacht oder am frühen Morgen. Als er wach wurde, hatte er gesehen, daß zwei der Führer den Kranken forttrugen und der Rest der Gruppe folgte. Das Rufen hatte ihn geweckt, auf englisch. Er glaubte, die Sahibs seien wütend auf ihre Führer gewesen. Vielleicht, weil sie zu spät gekommen waren. Ja, es war ihm doch gleich seltsam vorgekommen, daß eine Gruppe von Ausländern in Tibet ohne einen Führer durch die Berge zog. Das war ihm verwunderlich erschienen.

Aber wohin waren sie gegangen? Wohin hätten sie gehen können?

Vielleicht in ein Kloster, um dort Schutz zu suchen. Der Schneesturm hatte noch zwei weitere Tage lang getobt.

Ins Kloster Yamdring? War das vielleicht in der Nähe?

Ja, es war nicht weit weg, drei Tagesreisen, mehr nicht.

Und die Karawanenträger hatten sich nicht dazu geäußert? Konnte denn eine Gruppe von Menschen plötzlich verschwinden, ohne auch nur Neugier zu wecken?

Gewiß doch. Ständig schlossen sich kleine Gruppen den Karawanen an und trennten sich dann wieder von ihnen, und diese Gruppe hatte noch nicht einmal dafür bezahlt, daß sie mit der Karawane gezogen war. Natürlich hatte niemand etwas dagegen einzuwenden gehabt. Im Winter suchten kleine Gruppen, die zu Fuß durch das Land zogen, oft den Schutz vorbeiziehender Karawanen. Genau das mußte man doch von Ausländern erwarten, wenn sie ihre eigenen Führer verfehlt hatten. Er hatte die ganze Sache längst vergessen gehabt. Um die Wahrheit zu sagen, war ihm das erst wieder eingefallen, als Bozeling ihm erzählt hatte, daß der Sahib sich dafür interessierte. Er hoffte, ihm weitergeholfen zu haben. Er werde sich bemühen, sich noch genauer an alle Einzelheiten dieses Vorfalls zu erinnern. Aber er glaubte nicht, daß es noch irgend etwas Ungewöhnliches gab, was ihm noch hätte einfallen können.

Houston bedankte sich, lehnte eine weitere Tasse Tee und auch Bozelings Angebot ab, ihn zum Hotel zurückzubegleiten. Er verabschiedete sich von allen und ging.

Er fühlte sich elend, und er hatte das Gefühl, er würde krank. Er lief langsam, atmete die kühle Nachtluft ein und blieb ein- oder zweimal stehen und lehnte sich an eine Mauer. Er konnte den Schimmer am Himmel über dem Marktplatz sehen und ging durch die dunklen Gassen darauf zu. Niemand war auf der Straße, und nach einer Weile glaubte er, sich verlaufen zu haben. Der Schein am Himmel kam nicht näher. Doch kurz darauf sah er ein vertrautes Bild, einen Karren, der auf der Seite lag und an dem er auf dem Hinweg vorbeigekommen war, und im nächsten Moment sah er in der Dunkelheit einen schimmernd weißen Umriß.

Als er näher kam, stellte er fest, daß es zwei Männer waren, die auf einem niedrigen Mäuerchen aus Erde saßen und rauchten, und er ging auf sie zu, um sie nach der Richtung zu fragen. Er verlangsamte seine Schritte, als er sich ihnen näherte. Er wußte nicht, was mit ihnen los war. Sie saßen regungslos da, ohne in seine Richtung zu sehen, obwohl seine Schritte laut durch die Gasse hallten. Er spürte, daß sich die Haare in seinem Nacken wieder aufstellen wollten, und instinktiv wollte er sich umdrehen und eine andere Richtung einschlagen.

Aber er konnte sich nicht wirklich dazu durchringen, und daher lief er weiter. Ohne es wirklich zu glauben, sah er, daß die beiden Männer aufgestanden waren und auf ihn zukamen. Er sah die Knüppel in ihren Händen, und er blieb stehen und sah ihnen entgegen, denn er war wie erstarrt. Er konnte sich nicht umdrehen und weglaufen, und er versuchte immer noch, sich einzureden, daß sie Nachtwächter wären. Sie kamen langsam und absolut lautlos auf ihn zu, und er sah, daß sie barfuß waren. Er streckte seine Hand aus und wollte etwas sagen, doch mit einem Satz stürzten sie sich auf ihn.

Ein Hieb traf seinen Ellbogen, und ein anderer streifte seitlich seinen Kopf. Er wankte benommen und ächzte. Er bemühte sich, mit einer Hand seinen Kopf zu schützen, aber einer der beiden war hinter ihn gesprungen, und er spürte einen weiteren betäubenden Schlag. Er taumelte nach vorn und griff nach dem Mann, der vor ihm stand. Im Fallen packte er seine weiße Kleidung, sah einen bloßen Fuß unter sich und trat mit aller Kraft darauf.

Er hörte einen leisen, unterdrückten Schmerzensschrei, ein »Aaaah ... «, und er glaubte, daß der Kerl zu Boden ging. Er selbst lag ebenfalls auf dem Boden und wand sich im Schmutz, und dann explodierte sein Ohr, und als er seine Hände bewegte, auch sein Auge; er sah eine einzige gewaltige rosa Blüte sich entfalten und spürte einen wahnsinnigen Schmerz, der sich über seinem rechten Auge ausbreitete, und er wand sich und schlitterte und versuchte, seine Bewegungen aufzuhalten, doch schließlich sank er in eine schleichende, schmerzliche Schwärze.

Er war nur einen Moment lang bewußtlos, und sie waren noch da, als er wieder zu sich kam, beugten sich über ihn und durchsuchten seine Taschen. Er hörte jemanden ächzen und husten und merkte, daß er es selbst war, und sie ließen eilig seine Brieftasche fallen, sahen ihn an und tuschelten miteinander. Dann richteten sie sich auf, und daran, wie sie die Knüppel hielten, konnte er erkennen, was ihm bevorstand. Er versuchte, sich aus ihrer Reichweite zu winden, doch es mißlang ihm, und beide Knüppel landeten in seiner Magengrube, und er hörte den langen, gedehnten, tierischen Laut, als die Luft aus seinem Körper wich.

Er lag auf der Seite und würgte. Er hatte seit Stunden nichts gegessen, und nur Tee und Gin und saure Gallenflüssigkeit kamen aus ihm heraus. Er mußte seinen Kopf aus dem Erbrochenen ziehen, und mit aller Kraft stemmte er sich zitternd auf Knie und Hände. Auf seiner Stirn stand eiskalter Schweiß, und seine Arme wollten ihn nicht wirklich stützen. Ein Hund kam, um an ihm zu schnuppern, und schon bald gesellten sich zwei weitere Hunde dazu, und sie fanden, was er erbrochen hatte, und er mußte schleunigst von diesem Ort verschwinden, und dann stand er, hatte sich irgendwie auf die Füße gezogen und wankte und taumelte durch die Gasse.

Er mußte in eine andere Gasse eingebogen sein, denn am Ende der Straße waren Lichter zu sehen, und er erkannte den Marktplatz, und er blieb stehen und lehnte sich an eine Mauer, ehe er auf den Platz trat. Er bemerkte, daß er seine Brieftasche in der Hand hielt, und er benutzte sie, um sich den Staub von der Kleidung zu klopfen. Er rückte seine Krawatte zurecht, knöpfte sein Jackett zu und strich sich das Haar glatt, das naß und verklebt war.

Er überquerte den Platz mit möglichst sicheren Schritten, betrat das Hotel und ging in sein Zimmer.

Er drehte den Wasserhahn auf und tauchte seinen Kopf mehrfach in das Waschbecken, bis er glaubte, das Erbrochene aus seinem Haar gespült zu haben. Dann zog er seinen Anzug aus, schlüpfte in seinen Morgenmantel, warf einen Blick in seine Brieftasche und legte sich auf das Bett.

Er hörte, daß die Uhr der schottischen Missionskirche acht

schlug. Es war erst eine Stunde her, daß er mit dem Jungen gesprochen hatte. Dann schlug es neun, dann zehn. Er lag die ganze Nacht dort. Der Zimmerkellner fand ihn noch morgens so vor, immer noch wach und immer noch in seinem Morgenmantel.

2.

Er glaubte, er hätte es sich erklären können, wenn sie ihm sein gesamtes Geld weggenommen hätten. Aber das hatten sie nicht getan. Sie hatten nur die kleinen Scheine genommen, gerade so, als hätten sie sich für ihre Mühe entschädigen wollen. Er scheute recht lange vor der Erklärung zurück, die am einleuchtendsten zu sein schien.

Er hatte es jetzt mit so vielen neuen Problemen zu tun, daß er glaubte, von der Annahme ausgehen zu müssen, daß jemand von Anfang an einen Fehler gemacht hatte. Im ersten Moment nahm er an, es seien die Tibetaner.

Eine Gruppe von vier Menschen war tot aufgefunden worden, nachdem eine Lawine heruntergebrochen war. Diese Gruppe war fälschlicherweise als eine Gruppe vermißter Briten identifiziert worden. Eine Nachricht entsprechenden Inhalts war nach Lhasa durchgegeben worden. Nachdem dieser Irrtum entdeckt worden war, hatte es eine Weile gedauert, ehe man ihn korrigieren konnte. Die Verbindungen waren schlecht. Alles mußte von Lhasa überprüft und nochmals überprüft werden, ehe der Irrtum eingestanden werden konnte. Und in der Zwischenzeit wollten sie keine Informationen herausgeben.

Gut. Das war eine Erklärung, so einleuchtend wie jede andere auch. In gewisser Weise sogar einleuchtender. Denn hier hatte man es mit einem durchaus menschlichen Irrtum, mit Bürokratie und mit Zaudern zu tun. Auf all das war er schon in Indien gestoßen, und er nahm an, daß es in Tibet nicht anders war. Aber was war, vorausgesetzt, es verhielt sich so, der Gruppe von Briten zugestoßen? Seit Dezember waren fünf Monate vergangen. Warum waren die Engländer nicht aus dem Land herausgekommen?

Darauf fand er beim besten Willen keine Antwort, und daher schlug er eine andere Richtung ein und wählte einen neuen Denkansatz mit neuen Voraussetzungen. Er nahm an, daß Ringling derjenige war, der sich geirrt hatte. Ringling hatte beobachtet, daß sich eine Gruppe von vier Leuten seiner Karawane angeschlossen hatte, und er hatte sich eingebildet, sie englisch sprechen zu hören. Er war im Halbschlaf gewesen, als er sie gehört hatte. Sie waren mit ihren Führern losgezogen. Wenn man von dieser Annahme ausging, mußten die Leute, die er gesehen hatte, vier andere Menschen gewesen sein, drei andere Männer und eine andere Frau, und sie hatten nicht englisch gesprochen.

Diese Annahme behagte Houston nicht. Der Junge mußte wissen, ob sie englisch gesprochen hatten oder nicht. Er hatte keinen Grund zu lügen. Und Houston selbst hatte keine näheren Angaben gemacht. Die Einzelheiten hatte der Junge selbst erzählt: Drei Männer, die Frau und einer der Männer krank.

Das hieß, daß die Tibetaner die Gruppe im Oktober als tot gemeldet hatten und daß Ringling sie im Dezember gesehen hatte, am Leben. Und nachdem er Ringling aufgesucht hatte, um sich dessen Geschichte anzuhören, war er überfallen worden. Die Männer hatten ihm aufgelauert, ihn schon erwartet. Sie waren mehr darauf aus gewesen, ihn zusammenzuschlagen, als ihn auszurauben. Und sie hatten ihm wirklich ja auch nur sehr wenig Geld gestohlen.

Houston glaubte, einen Zusammenhang zu erkennen. Er war immer noch bemüht dahinterzukommen, wohin ihn das wohl führen würde, als eine Stimme leise in sein Ohr flüsterte: »Sahib, Ihr Tee. Sie haben Ihren Tee nicht getrunken, Sahib. Es ist neun Uhr.«

Houston sah sich um und nahm das Tageslicht wahr, das ins Zimmer fiel, und er bedankte sich bei dem Hotelkellner und stand auf. Die Wände wankten ein wenig. Sein Kopf pochte immer noch ganz abscheulich, und sein Magen fühlte sich schlimm zugerichtet an. Er zog seinen Morgenmantel aus und sah sich seinen Bauch näher an. Nur eine leichte Rötung war zu erkennen, aber sein Auge sah gefährlich aus, als er es im Spiegel betrachtete. Eine leuchtendviolette Quetschung erhob sich als Beule zwischen dem oberen Lid und der Schläfe. Er glaubte, es sei wohl besser, heute eine Sonnenbrille zu tragen.

Er wusch sich, rasierte sich, zog sich an und setzte sich noch einen Moment, um sich von diesen Anstrengungen zu erholen und den Möbeln Gelegenheit zu geben, ihre gewohnte Anordnung wieder einzunehmen. Er glaubte, etwas essen zu sollen. Seit dem Mittagessen am Vortag in Darjeeling hatte er keine Nahrung mehr zu sich genommen. Recht behutsam lief er die Treppe hinunter in den Speisesaal und bestellte sich Obstsaft, warme Brötchen und Kaffee, und schaffte es gerade noch rechtzeitig, wieder in sein Zimmer zu kommen, um alles zu erbrechen.

Er setzte sich zitternd und geschwächt auf einen Rohrstuhl und wischte sich über die Stirn, auf der der Schweiß stand. Er wußte nicht, was er tun sollte. Es war wohl besser, heute nicht in Kalimpong zu bleiben. Er mußte irgendwohin gehen und nachdenken.

Er ging die Treppe hinunter, trat vor die Tür des Hotels und blickte auf den Marktplatz hinaus, der in strahlender Sonne dalag und auf dem ziemliches Leben herrschte, und versuchte, einen Plan zu machen, der ihn diesen Tag überstehen lassen würde.

»Hallo, Sahib. Wohin gehen wir heute?«

Er stellte fest, daß es ein noch dringlicheres Problem gab als das, womit er sich den Tag über beschäftigen sollte; und um den Jungen loszuwerden, sagte er das erstbeste, was ihm einfiel.

»Tut mir leid, mein Junge. Ich fahre nach Darjeeling.«

»Oh, Sahib, du bist doch gerade erst zurückgekommen.«

»Ich muß trotzdem wieder hinfahren.«

»Dann halte ich den Bus für dich auf, Sahib. Ich sorge dafür, daß du ihn erwischst.«

Houston fluchte dumpf vor sich hin, und sein Kopf wollte in der grellen Sonne zerspringen, als er Bozeling über den Marktplatz folgte. Dann mußte es wohl Darjeeling sein. Aber an diesem Tag war schließlich ein Ort so gut wie jeder andere, dachte er sich, und vielleicht gelang es ihm, während der Busfahrt nachzudenken.

Es war ein strahlender Tag mit einem hohen, wolkenlosen Himmel, und der Frühling machte die großen, runden Hügel üppig, saftig und schwer. Der Bus hielt auf der Fahrt häufig in Ortschaften an, Mitreisende stiegen ein und aus, drängelten, plauderten und scherzten, und an einem solchen Tag ging alle

Welt mit Freuden ihren Geschäften nach. Houston saß bleischwer auf seinem Sitz, zählte die kräftigen Hammerschläge in seinem Kopf und versuchte, Herr über die Übelkeit in seinem Magen zu werden.

Sie waren am Leben. Sie waren im Dezember am Leben gewesen. Sie waren im Dezember ohne einheimische Führer durch Tibet gezogen. Und dann waren Führer für sie aufgetaucht, und sie hatten die Karawane verlassen. Aber warum hätten sie sich von der Karawane trennen sollen? Sie waren bei Schneesturm einen ganzen Tag lang mit der Karawane marschiert. Warum hätten sie sich von ihr trennen sollen, wenn Führer bereitstanden, die den Kranken tragen konnten? Weil die Führer keine Führer waren, weil die Führer Männer waren, die ausgesandt worden waren, um sie zurückzuholen ...

Er glaubte, seinen grotesken Tagtraum unbegrenzt weiterspinnen zu können, und plötzlich ging ihm auf, wie grotesk er wirklich war, und er riß sich zusammen. Von einem gewissen Standpunkt aus betrachtet, war die Lage wirklich nicht ohne Komik: Er, der es satt hatte, in einer miesen Verfassung und fern von zu Hause war, unternahm einen völlig überflüssigen Ausflug nach Darjeeling, um sich der Aufmerksamkeit eines einzelnen kleinen Sherpas zu entziehen.

Und was die Räuber anging: Warum sollten sie eigentlich nicht nur die kleinen Scheine nehmen? Sie waren nur kleine Räuber. Diebe ohne Schuhe. Große Scheine hätten solche kleinen Gauner in Verlegenheit gebracht. Und was die Geschichte anging, die Ringling ihm erzählt hatte, so mußte er zwischendurch eben doch selbst erwähnt haben, wonach er eigentlich suchte, und Bozeling, der das mitangehört hatte, hatte es seinem Bruder erzählt, und seinem Bruder hatte es Freude bereitet, die gewünschten Antworten geben zu können.

Am hellichten Tage schien diese Erklärung soviel überzeugender zu sein als jede seiner verrückten Vermutungen, die er in der Nacht zuvor angestellt hatte. Plötzlich lächelte er, weil er sich befreit, geradezu erlöst fühlte.

»Es ist wirklich sehr amüsant, Sir, den Ziegen beim Spielen zuzuschauen, finden Sie nicht?«

Er war von einem schlanken, jungen Bengalen angesprochen worden, der europäisch gekleidet war und dessen Augen hinter einer Nickelbrille fröhlich blinkten.

»Die Ziegen?«

»Auf den Hügeln.«

Der Bus quälte sich schnaufend einen Hang hinauf, und auf den steil ansteigenden grünen Hängen neben der Straße bockte eine störrische Ziegenherde.

Houston sagte eilig: »Oh, ja, sehr lustig. Äußerst amüsant sogar.«

»Ich habe gesehen, daß Sie dieses Schauspiel belächelt haben. Mich bringt es auch immer zum Lachen. Aber es sind auch sehr nützliche Tiere, die für unsere Wirtschaft eine große Rolle spielen, Sir.«

»Wirklich?«

»Ja. Ich studiere die Ziegen im Moment.«

»Sie sind Tierarzt?«

»Nein, Sir, ich bin kein Tierarzt«, sagte der junge Bengale höflich, und hinter einer schmalen braunen Hand, die er sich über den Mund legte, verbarg er seine Belustigung. »Ich bin Lehrer.«

»Ach, wirklich?« sagte Houston, der froh war, aus seinen eigenen Grübeleien herausgerissen und abgelenkt zu werden. »Ich auch.«

»Ach, tatsächlich. Es freut mich, Ihre Bekanntschaft zu machen, Sir. Mein Name ist Mr. Pannikar«, sagte der Bengale und hielt ihm die Hand hin.

Houston sagte, sein Name sei Houston, und er schüttelte die Hand, die ihm hingehalten wurde.

»Und was führt Sie hierher, Mr. Houston, wenn ich fragen darf?«

Plötzlich verspürte Houston den Drang, es ihm zu erzählen, ihm alles bis ins Detail zu erzählen. Ganz so kam es nicht, doch er hörte zu seinem eigenen Erstaunen seine Stimme erklären, daß sein Bruder und drei Freunde im letzten Jahr nach Tibet gereist und bisher nicht zurückgekehrt seien und daß er hier sei, um die Gründe dafür herauszufinden.

»Ah, ja. Ich verstehe. Derzeit gibt es viele Schwierigkeiten mit den Tibetanern.«

»Sie meinen diese Omen?«

»Ach, die Omen und die Prophezeiungen. Ich persönlich glaube nicht an solchen Kinderkram. Der Schlüssel zu dieser ganzen Sache ist bei den Chinesen zu suchen. Sie haben das Gefühl, daß Tibet ihnen gehört. Das macht die Tibetaner natürlich sehr nervös. Sie tun alles, um den Chinesen keine möglichen Angriffspunkte zu bieten. Ich nehme an, das ist die Situation, die Ihr Bruder vorgefunden hat, Mr. Houston.«

»Wie meinen Sie das?«

»Sie sehen ihn als einen Spion an, oder etwa nicht?«

»Als einen Spion?« fragte Houston entgeistert. »Aber weshalb denn das?«

»Verzeihen Sie mir, Sir. Ich kenne die näheren Umstände dieses Falles nicht. Ich dachte nur, wenn man ihm jetzt, im Moment, die Ausreise untersagt ... Ich weiß nicht, ob Sie Chinesisch lesen können, Mr. Houston?«

Houston verneinte.

»Ich studiere die Sprache. Manchmal bekomme ich *People's Daily* aus Peking in die Hände. Sie sind sehr argwöhnische Menschen, diese Chinesen, und sie glauben, daß jeder Europäer in Tibet ein Spion ist. Sie drucken recht oft die Namen von Menschen ab. Und das ist es, was die Tibetaner so nervös macht.«

»Sie glauben, deshalb läßt man ihn nicht ausreisen?«

»Ich habe keine Ahnung, Mr. Houston. Es war nur ein Hinweis. Hat man Ihnen Näheres gesagt?«

»Nicht das Geringste.«

»Ah. Das ist verständlich. Und natürlich versucht man, Sie davon abzuhalten, Nachforschungen anzustellen. Die Tibetaner wollen dieses Jahr mit Sicherheit keinen internationalen Zwischenfall und keine negative Berichterstattung. Aber es ist durchaus möglich, daß man sie festhält und sie verhören läßt, damit die Chinesen sich davon überzeugen können ... Was genau hat Ihr Bruder in Tibet getan, Mr. Houston?«

Houston erzählte es ihm. Wenig später kam er darauf zu sprechen, welche Fächer er in der Schule unterrichtete, und er hörte sich an, welche Fächer Mr. Pannikar unterrichtete, und er erfuhr eine ganze Menge über die indische Ziege, und dann stellte er fest, daß wieder alles auf den Kopf gestellt worden war. Und er stellte auch noch etwas anderes fest. Jedem Klammern an einen Strohhalm, jedem kleinsten Hoffnungsschimmer, Hugh könnte noch am Leben sein, folgte augenblicklich eine Reaktion des Unwillens, des Widerstrebens, dem nachzugehen. Und als er dasaß und so mit Mr. Pannikar plauderte, ging ihm plötzlich der Grund für diesen Unwillen auf.

Wenn Hugh tot war, dann konnte er daran nichts ändern. Wenn Hugh noch lebte, dann konnte er trotzdem nichts an seiner Lage ändern. Er konnte es nicht wagen, Beweise dafür zu liefern, daß Hugh am Leben war, denn dann wäre derjenige, wer auch immer es sein mochte, der behauptet hatte, Hugh sei tot, gezwungen, es zu beweisen. Und dazu gab es nur ein wirksames Mittel. Er glaubte nicht, daß sie diesen Schritt unternehmen wollten.

Er glaubte, der Zwischenfall in der letzten Nacht könnte das Ziel gehabt haben, ihn davon abzuhalten, sie zu einem solchen Schritt zu treiben.

Um Hugh am Leben zu erhalten, mußte er folglich so tun, als wäre er tot. Und um sich den Anschein zu geben, an Hughs Tod zu glauben, mußte er nach Hause fahren. Aber wie konnte er nach Hause fahren, solange er glaubte, daß Hugh noch lebte? Und wie konnte er hierbleiben, wenn er wußte, daß er damit seinen Teil zu Hughs Tod beitragen konnte?

Er konnte nicht abreisen, und er konnte nicht bleiben. Er fragte sich, wo in Gottes Namen er also hingehen sollte, um dieser Hölle zu entkommen, und plötzlich wurde ihm klar, wohin er gehen würde, und er unterbrach sich mitten im Satz.

Mr. Pannikar sah ihn mit forschendem Blick an. »Sie wollten mir gerade von einer Grußkarte erzählen, die sie entworfen haben.«

»Es war eine Zierleiste darauf. Ich habe sie von einer Kachel im British Museum kopiert, einer indischen Kachel. Sie hat mehr Interesse als alles andere erregt, was ich im letzten Jahr getan habe«, sagte Houston und starrte ihn schockiert und verwundert an.

»Oh, das ist wirklich sehr interessant«, sagte Mr. Pannikar, der angesichts des merkwürdigen Ausdrucks auf Houstons Gesicht unsicher lächelte. »Es ist sogar höchst interessant. Wie schade, daß wir schon in Darjeeling sind. Ich muß sagen, daß ich diese Unterhaltung sehr anregend fand.«

»Wirklich äußerst anregend«, sagte Houston.

»Ich frage mich, ob Sie vielleicht Lust hätten, einen Briefwechsel mit mir zu führen, wenn Sie wieder in England sind. Hier ist meine Karte.«

Houston hatte keine Visitenkarte, aber er schrieb seinen Namen und seine Adresse in Mr. Pannikars Notizbuch, drückte ihm die Hand und setzte sich etwas benommen in Bewegung, um nicht an der Bushaltestelle stehenzubleiben.

Er sah einen Buchladen und ging darauf zu, wobei er sich sagte, es könne nichts schaden, zumindest ein wenig mit dem Gedanken zu spielen. Er kaufte eine Karte im Maßstab 1:1 500 000 und begab sich damit ins Hotel Mount Everest. Er fragte sich, ob er wohl einen Gin-Tonic im Magen behalten würde, bestellte einen und richtete sein Augenmerk auf die Landkarte.

Yamdring war nur wenige Zentimeter von der tibetanischen Grenze eingezeichnet, nicht mehr als fünfzehn Zentimeter von Darjeeling entfernt, wo er jetzt mit seinem Gin-Tonic im Mount Everest saß. Zweihundertfünfundsiebzig Kilometer Luftlinie, im Flugzeug weniger als eine Stunde.

Sein Herz begann wild zu hämmern. Vorsichtig trank er einen Schluck und zündete sich eine Zigarette an.

Er fragte sich, wie viele Kilometer es wohl wirklich waren und wie lange er mit allen notwendigen Umwegen brauchen würde. Zehn Tage, vielleicht zwei Wochen. Hin und zurück einen Monat. Er war bereits seit fast zwei Monaten unterwegs.

Er trank seinen Gin-Tonic ohne irgendwelche Nebenwirkungen aus, und eine Stunde später gelang es ihm, ein leichtes Mittagessen zu sich zu nehmen und auch bei sich zu behalten. Mit dem Nachmittagsbus fuhr er zurück nach Kalimpong.

Am Abend fand er den Weg zum Haus auf Anhieb wieder. Diesmal hatte er für alle Fälle einen Schraubenschlüssel bei sich, den er sich vor dem Abendessen in einer Autowerkstatt gekauft hatte.

Er ging die ganze Geschichte noch einmal mit dem Jungen durch und konnte keinerlei Abweichungen feststellen. Der Junge hatte seiner Geschichte aber auch nichts weiteres hinzuzufügen, und auch das empfand Houston als eine Bestätigung. Er hatte ihm weitere Informationen gegeben, die er in seine Geschichte hätte einflechten können, wenn er ihn hätte belügen wollen oder nur darauf aus gewesen wäre, ihm eine Freude zu machen.

Schließlich sagte er: »Ringling, du kennst den Weg nach Yamdring?«

»Ja, Sahib. Ich war schon oft dort.«

»Kannst du mich hinbringen?«

»Wenn Sie ein Visum bekommen, Sir, dann ja. Ich muß Michaelson Sahib Bescheid geben.«

»Ohne Visum. Und kein Wort zu Michaelson Sahib.«

Der Junge grinste ihn unsicher an.

»Wir brauchen aber eine Einreisegenehmigung, Sahib. Ohne die kommt man nicht nach Tibet.«

»Heimlich über die Grenze. Nur wir beide. Ohne Visum.«

»Das verstehe ich nicht, Sahib.«

Houston drückte sich deutlicher aus.

Der Junge schwitzte ein wenig, und sein Lächeln war nur noch schemenhaft. Er verließ das Zimmer, kehrte mit einer Flasche Arak zurück, schenkte zwei Gläser ein und leerte das seine mit einem Zug.

»Das ist sehr gefährlich, Sahib«, sagte er schließlich.

»Ich bezahle dich gut für das Risiko.«

»Gefährlich für Sie. Haben Sie jemals wirkliche Berge bestiegen?«

»Keine sehr hohen.«

»Vielleicht kommen wir höher als sechstausend Meter. Ich weiß nicht, ob Sie das schaffen, Sahib.«

»Eine gute Gelegenheit, es zu probieren«, sagte Houston. Er lächelte schwach.

Der Junge schüttelte den Kopf und trank ein zweites Glas Arak. »Könnten Sie eine Erlaubnis für die Einreise nach Sikkim bekommen, Sahib?«

»Ich kann es versuchen. Warum?«

»Dort gibt es Berge. Wenn Sie ein paar Tage in dreitausend Meter Höhe waren, wissen wir vielleicht, ob Sie es schaffen.«

»Gut«, sagte Houston, »so machen wir es.«

Auf dem gesamten Rückweg hielt er den Schraubenschlüssel fest in der Hand. Doch diesmal wurde er von niemandem erwartet.

3.

Ein paar Tage später fuhr Houston nach Kalkutta. Er ging zu seiner Bank, Barclay's Peninsular, hob dreihundertfünfzig Pfund in Fünfzig-Rupien-Scheinen ab und wechselte Fünfzig-Rupien-Scheine im Wert von zweihundert Pfund bei anderen Banken in Fünfundzwanzig- und Fünf-Rupien-Scheine ein. Er mietete sich wieder im Great Eastern ein, nahme eine Dusche, ließ seinen Koffer dort stehen und suchte dann Lister-Lawrence auf.

Von Kalimpong aus hatte er ihn bereits angerufen und ihm erklärt, was er wollte. Der Gesandte war nicht gerade begeistert gewesen, und auch jetzt machte er ihm keinen Mut.

»Tut mir leid, alter Junge. Keine erfreulichen Nachrichten.«

»Wieso nicht?«

»Grundlos. Sie wollen Sie einfach nicht haben. Ich habe doch schon erklärt, daß Hopkinson die Visa nicht selbst ausstellen kann. Wenn Tibet Sie nicht haben will, dann will Sikkim auch nicht. Die arbeiten eng zusammen.«

»Aber wie könnte ich denn Ärger machen? Ich will doch nichts weiter, als den Sirdar der Karawane in Gangtok aufsuchen, mir seine Schilderung anhören und ihn dazu bringen, daß er seinen Namen auf ein Stück Papier setzt. Das habe ich Ihnen doch alles schon am Telefon gesagt.«

»Und ich habe es Hopkinson gesagt. Ich vermute, daß er es den Behörden mitgeteilt hat, die die Visa ausstellen. Sie scheinen einfach nichts mit Ihnen zu tun haben zu wollen, alter Junge. Natürlich hindert Sie nichts daran, diesem Mann in Gangtok zu schreiben.«

»Ich will ihn persönlich sehen.«

»Ja. Nun«, sagte Lister-Lawrence, der sich erhob, »ich habe im Moment einen ganzen Haufen Arbeit am Hals ... Wenn ich Ihnen einen Rat geben darf, dann packen Sie Ihre Sachen, und fahren Sie nach Hause. Sie haben alles getan, was man nur irgend erwarten kann.«

»Ich werde es mir überlegen.«

»Tun Sie das. Und schauen Sie noch mal bei mir vorbei, ehe Sie abreisen, ja?«

»Ehe ich abreise«, sagte Houston.

Fünf Tage nach seiner Abreise aus Kalimpong war er wieder zurück. Ringling begrüßte ihn, als er auf dem Marktplatz aus dem Bus stieg.

»Alles in Ordnung, Sahib?«

»Alles in Ordnung, Ringling.«

»Sie haben die Genehmigung?«

»Das erzähle ich dir später.«

»Und das Geld? Die kleinen Scheine?«

»Alles. Ich sollte nicht allzulange hier herumstehen. Ich komme heute abend zu dir.«

Er hatte gerade mit dem Packen angefangen, als man ihm mitteilte, daß Michaelson unten wartete. Er ging fluchend die Treppe hinunter.

»Hallo, Kumpel. Warum haben Sie mir denn nicht gesagt, daß Sie nach Kalkutta fahren?«

»Es hat sich ganz plötzlich ergeben.«

»Hier hat sich auch ganz plötzlich etwas ergeben«, sagte Michaelson verdrossen. »Kommen Sie mit auf einen Drink.«

Michaelson hatte sich mit Sangrab noch einmal über seine Schwarzschwänze unterhalten, doch diesmal hatte der Konsul sich nicht gerade bei ihm eingeschmeichelt. Er hatte lediglich darauf hingewiesen, daß es nicht seine Sache war, die Methoden seiner Regierung in Frage zu stellen, wenn es um die Zuteilung einer Erlaubnis ging, und er hatte eine recht undurchsichtige Anspielung fallengelassen, Michaelsons Methoden seien möglicherweise aus der Mode gekommen.

»Aus der Mode gekommen«, sagte Michaelson ungestüm, während er dem Kellner bedeutete, die nächste Runde zu bringen. »Wissen Sie, was er damit sagen will? Daß ihm mein Gesicht hier nicht mehr paßt. Vielleicht paßt denen bald keines unserer weißen Gesichter mehr. Die verdammten Inder haben jetzt eine eigene Regierung . . .«

Houston sagte nichts und wartete, bis Michaelson sich wieder beruhigt hatte.

»Hinter mir steht keine Regierung, Kumpel. Ich bin nichts weiter als der verdammte alte Michaelson, der sie allesamt dreißig Jahre lang durchgefüttert hat. Sogar meine Leute, die sonst mit den Karawanen gezogen sind, springen plötzlich ab. Ihr Freund Ringling – auch seine verfluchte Familie füttere ich seit Jahren durch.«

»Wohin geht er?«

»Das wissen die Götter. Bergsteigen, sagt er. Kann mir bei meinen beiden nächsten Karawanen nicht zur Verfügung stehen. Meinen Eid darauf!«

»Sie würden ihn doch wieder nehmen, oder?«

»Sie verstehen mich nicht, Kumpel«, sagte Michaelson mit morbider Heiterkeit. »Ich nehme mir keine Leute mehr. Sie nehmen mich. Ach, es ist an der Zeit, daß ich dieses Drecksloch verlasse . . . Wenn ich erst wieder ein bißchen Geld in die Finger bekomme, dann können sie etwas erleben!«

»Tja . . . , ich sollte eigentlich auch meine Sachen packen.«

»Noch eine Runde für unterwegs«, sagte Michaelson.

Es war schon neun Uhr vorbei, als er ihn abgeschüttelt hatte, und sein Kopf schwirrte. Er ging in sein Zimmer, suchte seine Papiere, seinen Paß und sein Rückflugticket zusammen und schnürte sie in braunes Packpapier. Das Päckchen adressierte er an sich selbst im Great Eastern in Kalkutta, versah es mit dem Vermerk »Einschreiben« und zögerte einen Moment lang.

Das Päckchen war zu klein und zu leicht. Es mußte größer sein, damit es verständlich war, daß er es nicht mit sich tragen wollte. Er knotete es wieder auf und packte einen Anzug und ein paar andere Dinge dazu. Als er schließlich zufrieden war, wickelte er alles wieder in das braune Packpapier. Er fragte sich, ob er wohl etwas übersehen hatte, und er verfluchte Michaelson, der ihn in einer Situation, in der er seine Gedanken wirklich zusammenhalten mußte, durcheinandergebracht hatte.

Er hatte Ringling hundert Pfund für die Reise versprochen, aber nun, in Anbetracht der veränderten Umstände, dachte er, er sollte doch lieber hundertfünfzig daraus machen, und er öffnete den Koffer und holte die größeren Banknoten heraus. Mit dem Geldkoffer und dem braunen Päckchen ging er die Treppe hinunter und bat an der Rezeption darum, den Koffer über Nacht einzuschließen. Er versiegelte das Paket mit heißem Wachs und gab die Anweisung, es am nächsten Tag mit der Post abzuschicken.

»Ich fahre morgen zurück nach Kalkutta«, teilte er dem Hotelangestellten mit. »Ich hätte gern heute abend die Rechnung.«

»Ja, Sahib.«

»Und morgen möchte ich früh geweckt werden. Ich will den Bus um halb acht nach Gielle-Khola erwischen.«

Seine Stimme war zu laut, fast dröhnend, und er glaubte, vielleicht doch zu übertreiben, aber niemand schien etwas Außergewöhnliches zu bemerken.

»Um sieben Uhr dreißig, Sahib. Nach Gielle-Khola.«

»Genau«, sagte Houston, und er verließ das Hotel, um dem Jungen Bescheid zu geben.

Kapitel 4

1.

Der erste Halt auf der Strecke von Kalimpong nach Gielle-Khola ist die Ortschaft Gelong, etwa zehn Kilometer von Kalimpong entfernt. Es ist ein kleiner, freundlicher Ort am Ostufer des Flusses Teesta, und die Umgebung ist weniger hügelig als bei Kalimpong. Aus diesem Grunde hatte die ehemalige europäische Sportgemeinschaft hier einen Poloplatz und den Country Club angelegt. Es gibt ein gemütliches Gasthaus und vereinzelte Ferienhäuser. Hier stieg Houston aus.

Er blieb an der Bushaltestelle sitzen und rauchte eine Zigarette, bis der Bus abgefahren war. Er hatte schlecht geschlafen und fühlte sich matt und etwas niedergeschlagen. Die Idee, die Grenze nach Tibet zu Fuß zu überqueren, erschien ihm jetzt, als er im Regenmantel und mit seinem Koffer in der warmen, strahlenden Morgensonne saß, grotesker als je zuvor. Er wartete, bis sich die ausgestiegenen Fahrgäste zerstreut hatten, dann warf er seine Zigarette weg und lief in die Richtung, in die der Bus gefahren war.

Er überquerte die Brücke über den Fluß und ging bis zu der Stelle, an der die Hauptstraße sich gabelte, links nach Gielle-Khola und rechts nach Darjeeling. Er wandte sich nach rechts. Zwanzig Minuten später schwitzte er bereits ziemlich in der warmen, würzigen Morgenluft. Ein paar Menschen auf den Feldern sahen ihm neugierig nach, als er mit seinem Koffer und seinem Regenmantel vorbeikam. Finster erwiderte er ihre Blicke.

Er betrachtete die Reihe von Telegrafenmasten, die sich zu seiner Rechten über die Hügel nach Sikkim zog, und dann entdeckte er den ausgetretenen Pfad, der den Masten folgte. Diesen Weg schlug er ein, und nach ein paar hundert Metern sah er die Hütte. Sie war aus Baumstämmen errichtet und hatte ein Wellblechdach. Ein kleines rostiges Emailleschild besagte, daß sie der Post- und Telegraphengesellschaft gehörte. Er setzte sich in den Schatten eines Baumes neben die Hütte und wartete.

Nach etwa einer Stunde tauchte Ringling auf. Er kam mit zwei Fahrrädern. Auf dem Rücken trug er einen Rucksack, und auf eins der Fahrräder war ein großes Bündel geschnürt.

»Alles in Ordnung, Sahib?« fragte er mit einem Grinsen, während er abstieg.

»Ja. Du warst schnell da«, sagte Houston.

»Auf dem Markt war es leer.«

»Hast du alles bekommen?«

»Alles«, sagte Ringling, lehnte die Fahrräder an die Hütte und öffnete das Vorhängeschloß.

Vor Monaten war er auf einen Mann vom Telegraphenamt gestoßen, der auf der Straße lag; er hatte sich ein Bein gebrochen. Der Mann hatte Ringling seinen Schlüssel gegeben und ihn gebeten, zu der Hütte zu laufen und von dort aus telefonisch Hilfe zu rufen. Das hatte Ringling getan. Er hatte dafür gesorgt, daß der Mann sicher ins Krankenhaus gelangte, und ihn dorthin begleitet. Der Mann hatte vergessen, den Schlüssel von ihm zurückzuverlangen, und Ringling seinerseits hatte ihm den Schlüssel nicht von sich aus zurückgegeben. Später dann hatte er etliche Hütten ausprobiert, die dem Post- und Telegraphenamt gehörten, und dabei festgestellt, daß sie sich alle mit diesem Schlüssel öffnen ließen.

Houston folgte ihm ins Innere und sah zu, wie er das Bündel aufschnürte. Es enthielt diverse Kleidungsstücke. Der Junge zog Khaki-Shorts und eine schmutzig olivgrüne Buschjacke heraus. Dann schloß er die Tür, damit Houston sich umziehen konnte. Houston entkleidete sich unbeholfen und stolperte zwischen Drahtrollen und Kisten mit Isoliermaterial in der schlechten Luft der engen Hütte herum. Ehe er sich die neuen Sachen anzog, öffnete er seinen Koffer und teilte das Geld auf; es waren je hundert Pfund für ihn und Ringling, in kleinen indischen Banknoten. Seinen Anteil stopfte er in einen Geldgürtel.

Der Junge packte das Bündel wieder zusammen und band es auf das Fahrrad, während Houston in seinem neuen Schuhen behutsam auf dem Pfad auf und ab lief. Es waren ein Paar alte braune Offiziersstiefel, wie sie, wie Ringling sagte, von den Sherpas getragen wurden. Gemeinsam kehrten sie in die Hütte zurück, um aufzuräumen, und beide erkannten gleichzeitig ein Problem, an das sie nicht gedacht hatten.

Sie sahen einander an. Sie hatten sich nicht darum gekümmert, wo sie den Koffer und die abgelegten Kleidungsstücke lassen sollten.

Wieder verfluchte Houston Michaelson. Er sagte: »Und was jetzt?«

Das Problem war nicht leicht zu lösen. Sie konnten den Koffer und die Kleidung nicht einfach vergraben. Jemand könnte, wie Ringling hervorhob, die Dinge finden und die Polizei verständigen.

Sie konnten die Sachen auch nicht verbrennen, denn man hätte den Rauch gesehen, und außerdem hätte die Sache zuviel Zeit in Anspruch genommen.

Schließlich kamen sie überein, ihre Pläne geringfügig abzuändern. Ringling kannte noch einen anderen Weg, der sie in die gewünschte Richtung führen würde. Er zweigte auf halbem Wege nach Darjeeling von der Hauptstraße ab. An dieser Stelle würde Ringling Houston zurücklassen, und Houston würde dort auf ihn warten, während er in die Stadt fuhr und den Koffer bei der Gepäckaufbewahrung im Bahnhof abgab. Dieser Umweg würde sie zwar fast zwei Stunden kosten, doch das Ganze hatte auch gewisse Vorteile, denn dieser Weg war weniger hügelig. Letztlich war es sogar möglich, daß sie so schneller vorankamen und einen besseren Tagesschnitt erzielen konnten.

Und so brachen sie auf.

(Houston sollte seinen Koffer, der ihn in den vier folgenden Jahren in der Gepäckaufbewahrung des Bahnhofs von Darjeeling erwartete, niemals abholen. Schließlich brachte er bei einer Versteigerung im Mai 1954 samt Inhalt fünfundfünfzig Rupien ein.)

Kurz nach eins erreichten sie die Grenze nach Sikkim, stiegen von ihren Rädern und liefen eine Weile zu Fuß an ihr entlang. Abgesehen von einem gelegentlichen Schild in zwei Sprachen gab es keine Anzeichen dafür, daß hier eine Grenze war. Der Junge war dennoch einigermaßen nervös. Er sagte, auf den Hügeln seien Beobachtungsposten stationiert. Houston glaubte, hoch oben ein gelegentliches Aufblitzen von Ferngläsern zu erkennen, und war bereit, dem Jungen zu glauben. Trotz seiner Aufgeregtheit hatte er begonnen, Spaß an dieser Reise zu finden. Sie schoben die Fahrräder durch eine saftig grüne Weide in der leicht hügeligen Landschaft. Die Felder waren mit den Fahrbtupfen wildblühender Blumen gesprenkelt, deren Duft schwer in der Luft hing. Sie waren auf ihren Rädern nur langsam gefahren, denn Ringling hatte ihn davor gewarnt, sich zu sehr zu strapazieren. Dennoch spürte er die Wirkungen der ungewohnten Anstrengung. Er war etwas verschwitzt und froh über die Shorts und das leichte, kurzärmelige Buschhemd. Außerdem hatte er einen Appetit, wie er ihn seit Wochen nicht mehr verspürt hatte.

Der Junge sagte, sie würden in Sikkim Rast machen und etwas essen.

Ringling pflückte einen großen Blumenstrauß, und jeder, der dabeigewesen wäre, hätte seine Freude daran gehabt, doch als sie den Hochwald erreichten, entledigte er sich der Blumen. Das tat er auf eine seltsame und ergreifende Art und Weise, an die sich Houston später unter völlig anderen Umständen erinnern sollte.

Ein kleines Flüßchen teilte den Wald, und der Junge kniete sich an das Ufer, schöpfte mit der hohlen Hand etwas Wasser und sprenkelte ein paar Tropfen auf seinen Kopf und auf die Blumen. Dann warf er den Strauß in den Fluß. Er wurde eilig davongetragen.

Houston fragte Ringling nicht nach den Gründen, und von sich aus gab ihm der Junge keine Erklärung. Er stieg wieder auf sein Fahrrad und überquerte den Bach.

»Jetzt können wir essen, Sahib«, sagte er, als er am anderen Ufer stand.

»Ist das Sikkim?«

»Ja. Wir sind nicht mehr in Indien, Sahib.«

Houston sah auf seine Armbanduhr und stellte fest, daß es Viertel vor zwei war. Er hatte also ohne große Zeremonien die erste Grenze überquert. Es war der 18. April 1950, und es sollte sehr lange dauern, ehe er diese Grenze in Gegenrichtung wieder überschritt.

2.

Der Wald erstreckte sich ziemlich weit nach Sikkim hinein, und der Junge blieb mehrfach stehen, um seinen Kompaß zu befragen. Sie fuhren langsam und schweigend über einen Weg aus Kiefernzapfen. Doch plötzlich begann der Boden steil anzusteigen, und die Bäume wurden dichter. Sie stiegen ab, und im Gänsemarsch schoben sie ihre Fahrräder hintereinander her.

»Weißt du eigentlich, wo wir hier sind?« fragte Houston nach einer halben Stunde. Er atmete schwer, und der Schweiß brannte in seinen Ellbogen und Kniegelenken.

»Alles in Ordnung, Sahib«, sagte der Junge, der ihn über die Schulter angrinste. »Das ist nur ein kleiner Hügel. Wir werden bald oben ankommen, und dann geht es schon wieder abwärts. Es ist sehr hübsch dort oben. Es wird Ihnen gefallen.«

Es dauerte noch einmal fast eine halbe Stunde, bis sie die Spitze erreicht hatten, aber, wie Ringling gesagt hatte, es war dort wirklich sehr hübsch, und es gefiel Houston. Der Wald hörte plötzlich auf, und ein breiter, flacher Hügelrücken fiel zu einem Flußtal ab. Der Fluß lag gut zwei Meilen vor ihnen, und der Hang war nicht steil. Sie fuhren mühelos hinunter, und Houston spürte, daß in der kühlen Brise der Schweiß auf seinem Körper trocknete.

Sie kamen an einer Ziegenherde vorbei, aber kein Anzeichen wies auf eine menschliche Behausung hin.

»Gibt es denn hier keine Menschen?«

»Ja, Menschen.«

»Wo sind sie?«

»Viele Menschen, Sahib. Sogar im Wald. Wir bleiben nicht lange in Sikkim. Wie fühlen Sie sich jetzt?«

Houston war die Nervosität des Jungen schon länger aufgefallen. Langsam steckte sie ihn an.

»Mit mir ist alles in Ordnung. Wieso?«

»Wir müssen den Fluß überqueren. Es gibt zwei Wege. Einmal ist da eine Brücke, aber dort könnten wir auf Leute stoßen. Es gibt aber auch einen Übergang mit Seilen. Dieser Weg ist viel schneller, Sahib, aber das Wasser ist tief, und Sie sind schwerer als ich. Glauben Sie, Sie sind stark genug?«

»Ich weiß es nicht«, sagte Houston, den diese technischen Erwägungen verblüfften. »Was heißt das genauer?«

»Es gibt zwei Seile. Man läuft auf dem einen und hält sich mit den Händen an dem anderen fest. Das Fahrrad hält man auch fest.«

»Wie du meinst. Ich kann es versuchen.«

Das Tal war, wie er erkennen konnte, als sie auf halber Strecke waren, geformt wie eine riesige Untertasse. Sowohl an den Längs- als auch den Querseiten erhoben sich Hänge. Der Fluß strömte mit großer Geschwingkeit abwärts. Er war überraschend breit, mindestens fünfzig Meter, und das Wasser schäumte weiß. Sie fuhren ein oder zwei Meilen weit am Ufer flußaufwärts, bis der Fluß eine Biegung machte und plötzlich schmaler wurde. An dieser Stelle überspannten die Seile den Fluß.

Sie hielten an und stiegen ab. Der Junge mußte ihm ins Ohr brüllen, um das Tosen des Wassers zu übertönen. »Beobachten Sie mich, Sahib. Wenn Sie es nicht schaffen, dann winken Sie mir zu, und ich kehre um.«

»In Ordnung.«

»Ich nehmen Ihnen das Bündel ab. Dann haben Sie weniger zu tragen.«

Houston sah zu, wie sich der Junge die Gepäckstücke auf den Rücken schnürte und das Fahrrad an der Lenkstange packte. Mit geöffneten Handflächen griff er nach dem oberen Seil und rüttelte daran, um zu demonstrieren, welchen Halt es bot, und mit einem Fuß tastete er nach dem unteren Seil und machte sich mit seitlichen Schritten auf den Weg. Als er ein paar Meter vom Ufer entfernt war, drehte er sich zu Houston um und grinste. Seine Füße waren von dem weißen Schaum verdeckt.

Houston gefiel dieser Anblick nicht allzusehr, aber er nickte, und der Junge setzte seinen Weg fort. Auf halber Strecke verlor ihn Houston in der aufwirbelnden Gischt aus den Augen, aber dann sah er den Umriß des Jungen auf der anderen Seite des wogenden, schäumenden Wassers wieder auftauchen, und kurz darauf stand Ringling am Ufer und grinste und winkte.

Houston holte tief Atem, packte sein Fahrrad und setzte sich in Bewegung. Das Tosen des Wassers, das gegen die Felsen prallte, und der auffliegende Sprühregen verwirrten ihn.

Er tastete mit seinen Füßen nach dem unteren Seil, suchte mit den Absätzen Halt und arbeitete sich langsam voran.

Nach wenigen Metern sackte das Seil unter seinem Gewicht ab, und er stand mit den Füßen im Wasser. Verbissen hielt er sich am glitschigen oberen Seil fest, spürte, wie die starke Strömung an seinen Stiefeln riß, und im nächsten Moment mußte er sich mit aller Kraft am oberen Seil festklammern, weil seine Beine unter ihm weggezogen wurden. Sein Leben stand auf dem Spiel. Jählings kippte er wie ein Klappmesser nach vorn und schlug dabei so heftig auf das Fahrrad, daß ihm der Atem stockte. In dem Sog spürte er seine Beine nicht mehr. Er glaubte, das untere Seil unter den Füßen verloren zu haben. Er trat rasend um sich, spürte erneut Halt und hing einen Moment lang keuchend in einem Winkel von fünfundvierzig Grad zwischen den zitternden Seilen.

Er sah die Räder des Fahrrads direkt unter sich und spürte, wie seine Beine im eisigen Wasser taub wurden. Er nahm an, es sei das beste, sich möglichst schnell vorwärts zu bewegen, und zentimeterweise bahnte er sich seinen Weg voran. Wenige Augenblicke später war er von allem abgeschnitten, denn in dem weißen strudelnden Tosen hatte er beide Ufer aus der Sicht verloren. Nun war ihm klar, worauf Ringling mit seinem Gewicht angespielt hatte. Er schien ganz im Fluß zu stecken. Die massive Wasserwand ließ ihn erblinden und fast völlig untergehen, als er, alle viere von sich gestreckt, in den Seilen hing. Sein gesamtes Gewicht zog an seinen Armen, und er meinte schon, das Fahrrad loslassen zu müssen, wollte er nicht selbst abgetrieben werden. Doch es gelang ihm durchzuhalten, und wie in Trance kämpfe er sich weiter vor.

Ringling zerrte ihn ans Ufer, als er völlig ausgepumpt die andere Seite erreichte. Er brach zusammen und schnappte wie ein Fisch nach Luft.

»Es tut mir leid, Sahib. Der Fluß hat Hochwasser, von der Schneeschmelze.«

»Müssen wir noch andere solche Flüsse überqueren?«

»Heute nicht mehr . . . Wir sollten jetzt schnell weiterfahren, Sahib. Wir können hier nicht bleiben.«

Houston stieg auf sein Fahrrad, und sie setzten sich wieder in Bewegung. Nachdem sie auf der einen Seite des Tals gemächlich den Hang hinuntergefahren waren, mußten sie jetzt auf der anderen Seite wieder aufsteigen. Der Junge schlug einen diagonalen Weg ein, um die Steigung abzuschwächen. Trotzdem fühlte sich Houston völlig am Ende, als sie den Gipfel des Hügels erreicht hatten.

Ein spektakulärer Anblick bot sich ihnen. Grüne Hügel wuchsen stufenweise empor, gigantische Landfalten erhoben sich und fielen wieder ab, so weit das Auge reichte, wie ein gewaltiger versteinerter Ozean. Houston sank der Mut. Es war jetzt fünf Uhr, und sie waren mit Ausnahme einer einzigen kurzen Pause seit sechs Stunden unterwegs. Er sagte: »Wie weit fahren wir heute noch?«

»Nur noch ein paar Meilen, Sahib.«

»Ich bin nämlich verdammt müde. Findest du es wirklich gut, gleich am ersten Tag ein so hartes Tempo vorzulegen?«

»Wir sind immer noch nah an der Grenze, Sahib. Es gibt Menschen, die uns sehen und es der Polizei erzählen könnten.«

»Ich habe den ganzen Tag noch niemanden gesehen.«

»Aber vielleicht sehen sie uns«, sagte der Junge, der nach wie vor breit grinste, aber hartnäckig den Kopf schüttelte. »Es hat keinen Sinn, jetzt über die Grenze zurückgeschickt zu werden, Sahib.«

»In Ordnung«, sagte Houston. Er verstand das alles nicht so recht. Trotzdem wäre es ihm lieber gewesen, wenn der Junge aufgehört hätte, so zu grinsen. Er hatte diese fortgesetzte Heiterkeit und den Anblick der schmalen, muskulösen Beine satt, die schon den ganzen Tag so unermüdlich vor ihm in die Pedale traten, ohne zu ermatten.

Die wenigen Meilen, von denen die Rede gewesen war, kosteten sie weitere drei Stunden. Es war acht Uhr und kalt und dunkel, als sie an einem kleinen Fluß anhielten, um dort die Nacht zu verbringen. Houston fiel regelrecht vom Fahrrad. Er saß verdrossen auf dem Boden, und jeder Knochen in seinem Leib schmerzte, während der Junge sich geschäftig an seine Aufgaben machte. Er holte Wasser vom Fluß und kochte es auf einem kleinen Spirituskocher, um einen Tee zuzubereiten. Er öffnete eine Büchse Fleisch, breitete die Schlafsäcke aus, holte noch mehr Wasser in einem Gummieimer, der sich zusammenfalten ließ, und stellte es Houston hin.

»Waschen Sie sich jetzt, Sahib. Dann fühlen Sie sich besser.«

»Schlechter könnte ich mich auch gar nicht fühlen.«

»Morgen wird es leichter. Wir werden langsam fahren.«

»Wo etwa sind wir?«

»Dreißig Meilen hinter der Grenze. Mitten in Sikkim. Es war ein guter Tag, Sahib. Wir sind gut vorangekommen. Morgen kommen wir nach Nepal.«

Houston wusch sich, aß, rauchte eine Zigarette, und augenblicklich fühlte er sich wesentlich wohler. Er schlüpfte in seinen Schlafsack und blickte zu den diamantklaren Sternen auf. Er verspürte ein ganz ungewöhnlich starkes Wohlbefinden. Er lächelte in der Dunkelheit und wunderte sich über das, was er erreicht hatte. Mit dem Fahrrad hatte er eine Entfernung im Himalaja zurückgelegt, die sich auf der Landkarte messen ließ. Als er die Augen schloß, konnte er jede einzelne Meile vor sich sehen, die er hinter sich gebracht hatte, das große grüne Tal, in das sie hinab- und aus dem sie wieder hinaufgestiegen waren, die Flüsse, die hintereinander aufragenden Hügelketten, über die sie gefahren waren. Ein guter Tag, hatte der Junge gesagt; gar nicht so übel für einen Mann, der eigentlich nicht in der Verfassung für derartige Unternehmungen war.

Er war der festen Überzeugung, daß er es schaffen würde, und tief atmete er die beißend kalte Luft ein, berauscht von der Vorstellung, in dieser enormen Leere der Hügel zu liegen, während das Universum um ihn herumwirbelte, und ebenso berauschte ihn der Gedanke an die weiteren geheimnisvollen Orte, die er noch erreichen würde, wenn er nur so weitermachte und sich manchmal auch ein wenig verausgabte.

Er hörte Ringling leise schnarchen, und selig machte er es sich in seinem Schlafsack bequem. Seine Arme schmerzten noch von der Anstrengung, mit der er sich an dem Seil über den Fluß gezerrt hatte, und seine Rückseite war angegriffen vom langen Sitzen auf dem Fahrradsattel. Houston drehte sich behutsam; ehrenvolle Narben, dachte er.

Das war die erste Nacht.

3.

Ringling weckte ihn am nächsten Morgen um fünf Uhr, und er stand augenblicklich auf. Er war schon halb wach gewesen. Trotz seiner enormen Ermattung hatte er nur zwischenzeitlich wirklich fest geschlafen. Es war grau und diesig, das Gras war naß, und das Wasser, nur fünfzig Meter von ihnen entfernt, war nicht zu sehen. Er wusch sich, spülte sich den Mund aus, und sie frühstückten die Fleischreste vom Vorabend und ein paar getrocknete Apfelscheiben.

Der Junge packte alles zusammen, während Houston den Forderungen der Natur gehorchte, und um halb sechs saßen sie wieder auf ihren Rädern. Sein Rücken war extrem empfindlich, und jeder Zentimeter seines Körpers schien verrenkt zu sein, doch sobald er die richtige Haltung gefunden hatte, kam er ganz gut zurecht. Es ging eine gewisse Faszination davon aus, zu dieser Tageszeit in solcher Höhe auf einem Fahrrad durch den Morgennebel zu fahren. Wie schon am Vorabend war ihm auch jetzt sein geographischer Standort überdeutlich bewußt, und er war eifrig darauf versessen, Kilometer um Kilometer zurückzulegen. Er konnte es kaum erwarten zu sehen, in was für einer Art von Landschaft sie sich jetzt bewegten. Seit sie das Flußtal verlassen hatten, war es stetig bergauf gegangen, und er hatte den Eindruck, daß es auch jetzt bergauf ging. Er hatte sich so sehr an den Druck auf die Pedale gewöhnt, daß er es nicht mehr genau sagen konnte.

»Wie hoch sind wir jetzt, Ringling?«

»Etwa auf zweitausendvierhundert Meter, Sahib. Wie haben Sie geschlafen?«

»Nicht besonders gut. Warum?«

Er hatte den Eindruck, der Junge wirkte eine Spur von mürrisch, aber er sagte nur: »Wir fahren heute nicht so weit. Wenn der Nebel aufsteigt, sehen Sie die Berge, Sahib, den Arnalang rechts neben uns und vor uns den Kanchenjunga.«

»Kanchenjunga«, sagte Houston freudig. »Wie weit kommen wir heute nach Nepal hinein.«

»Heute nur etwa zehn Meilen.«

»Und du machst dir keine Sorgen, daß man uns so nah an der Grenze entdecken könnte?«

»Nicht hier oben, Sahib. Zwischen Sikkim und Nepal wandern viele Menschen hin und her. Von Indien aus hereinzukommen, das ist das Problem.«

Um neun Uhr begann der Dunst aufzusteigen, doch er hob sich so langsam, daß Houston zunächst von dem, was er sah, enttäuscht war. Die Berge waren nur ein Gewirr weißer Gipfel im Nebel, und der Kanchenjunga war unwesentlich höher als die anderen. Um elf war der Nebel dann gänzlich verschwunden. Die Sonne schien aus einem hohen blauen Himmel, und die Berggipfel hoben sich klar und scharfkantig von ihm ab, erst weiß, dann rosa, dann golden und schließlich wieder weiß. Houstons Herz schlug vor Freude höher, als er diese phantastischen Wälle sah, auf die sie langsam zufuhren.

Über einen federnden Grasboden ging es bergauf, und häufig mußten sie absteigen, wenn es zu steil wurde. Sie überquerten vier kleinere Flüsse, alle auf Brücken aus Baumstämmen, und im Tal des vierten Flusses hielten sie an, um zu essen. Alles war von Rhododendron überzogen, der gerade zu blühen begann. Zartrosa, rote und gelbe Blüten knospten, und Insekten schwirrten durch die Luft. Houston legte sich auf den Rücken, und obwohl sein ganzer Körper schmerzte, war er mit seiner Situation absolut zufrieden. Sie mußten mit Leichtigkeit zwanzig Meilen zurückgelegt haben. Er zündete sich eine Zigarette an, aber nach der körperlichen Anstrengung wurde ihm fast schlecht davon, und er warf sie weg, nachdem er sie zur Hälfte geraucht hatte.

Er bemerkte, daß der Junge ihn besorgt ansah.

»Wollen Sie sich länger ausruhen, Sahib?«

«Nein. Ich bin jederzeit fertig, wenn du aufbrechen willst.«

»Gut.«

Nach ein oder zwei Stunden kamen sie auf einen ausgetretenen Pfad, auf dem sie weiterfuhren, und gelegentlich begegneten sie Männern mit Mauleseln. Als sie wenige Meilen vor der nepalesischen Grenze waren, bog der Junge wieder sorgsam vom Weg ab. Über zwei gewaltige Hügel, deren zweiter Houston jede Freude an dieser Reise verdarb und ihm den Schwung nahm, kamen sie nach Nepal. Houston war erschöpft und gereizt, als sie ihr Lager aufschlugen. Doch wieder ging es ihm schnell besser, nachdem er sich gewaschen und etwas gegessen hatte.

»Wie hoch sind wir jetzt, Ringling?«

»Das ist schwer zu sagen, Sahib«, sagte der Junge, der sich über die Landkarte beugte. »Wir sind immer wieder auf und ab gefahren. Jedenfalls über dreitausend Meter.«

»Und wie viele Meilen haben wir heute geschafft?«

»Etwa fünfunddreißig.

»Es müssen mehr sein. Wir sind fast zwölf Stunden gefahren.«

»Wir sind oft zu Fuß die Hügel hinaufgestiegen, Sahib. Ich wollte Sie nicht zu sehr ermüden.«

Er hatte ein- oder zweimal bemerkt, daß der Junge ihn prüfend musterte, und daher sagte er nichts und aß weiter. Er hatte nicht viel Appetit, und an diesem Abend hatte er auch keine Lust auf eine Zigarette. Er dachte sich, daß er sich wohl etwas zu sehr verausgabt hatte und daß sie sicher weitergekommen waren, als es der Schätzung des Jungen entsprach. Sofort nach dem Essen legte er sich schlafen.

Wieder schlief er sehr schlecht, wälzte sich während des größten Teils der Nacht unruhig hin und her, und er war froh, als der Morgen kam und er aufstehen konnte.

»Wie weit kommen wir heute?« fragte er bedrückt, als sie aufbrachen.

»Nur bis Walungchung, Sahib. Fünfzehn Meilen.«

»Walungchung. Ist das der Ort, an dem wir das Maultier bekommen?«

»Ja, Sahib. Dort ziehen wir uns auch um. Es wird kälter.«

»Heißt das, daß es dorthin bergauf geht?«

»Eine harmlose Steigung, Sahib. Es gibt nur einen Abschnitt, der schwierig ist.«

Den Morgen über fuhren sie kaum auf den Rädern, sondern liefen auf dem Trampelpfad stetig bergauf, kamen gelegentlich an Grüppchen von Männern mit Mauleseln vorbei und erreichten gegen Mittag das »schwierige Stück«.

Sie kamen durch einen steinigen Hohlweg, einen Engpaß, der nach einer halben Meile in einem steilen Hang aus losem Schiefer endete. Hinter dem Schiefer reckte sich eine Felswand empor, die etwa fünfzig Meter nahezu vertikal aufragte und in die rohe Stufen gehauen waren.

Eine kleine Karawane war vor ihnen, und sie warteten in dem engen, heißen Graben, bis die Männer und die Maultiere oben angekommen waren. Die Maultiere bewegten sich auf dem rutschigen Schiefer nur langsam und störrisch voran. Immer wieder glitten sie aus und blieben stehen. Zwei Männer stiegen mit Seilen die Felswand hinauf und zogen an den Lasten der Maultiere, und eins nach dem anderen brachten die Tiere, die vorwärtsgezerrt und gleichzeitig von hinten angeschoben wurden, den Schieferhang hinter sich.

Ringling hatte ihm gesagt, er solle sich still verhalten, wenn andere Menschen in ihrer Nähe waren, und das tat Houston auch. Er beobachtete das Geschehen mit bösen Vorahnungen. Sie warteten fast eine Stunde, ehe sie selbst mit dem Aufstieg beginnen konnten. Die Sonne stand fast direkt über ihren Köpfen und brannte heiß auf den Schiefer herunter. Houston glitt bei jedem zweiten Schritt aus und rutschte wieder einen Schritt zurück. Er blieb häufig stehen, schwitzte und keuchte. Alle Glieder taten ihm weh.

Er brauchte eine halbe Stunde, um den Schieferhang zu bewältigen, und war ziemlich am Ende, als sie vor der Felswand standen. Ringling hatte ein Seil in seinem Gepäck, band die beiden Fahrräder zusammen und machte sich als erster an den Aufstieg. Houston folgte ihm und führte die Fahrräder. Die Stufen im Stein waren steil, und die Muskeln in seinen Beinen wollten verrückt spielen. Ein- oder zweimal mußte er stehenbleiben und sich an die Fahrräder klammern, weil er glaubte, ohnmächtig zu werden.

Es war schon zwei Uhr vorbei, als sie oben ankamen, und sie hatten noch nicht gegessen. Sie verließen den Trampelpfad und machten zwischen Büschen Rast. Houston legte sich flach auf den Boden.

»Essen Sie etwas, Sahib.«

»Ich will nichts essen.«

»Sie haben Ihre Sache sehr gut gemacht. Trinken Sie wenigstens etwas Tee. Sie werden ihn brauchen.«

»Wie weit müssen wir heute noch kommen?«

»Es sind noch zwei bis drei Stunden. Der Weg führt einen kleinen Berg hinauf. Wir können hier eine Zeitlang Rast machen.«

Sie machten eine Stunde Pause und zogen dann weiter. Ringlings kleiner Berg erwies sich als ein heimtückischer, abschüssiger Hang, die reinste Hölle, die sie volle drei Stunden kostete. Die Dunkelheit setzte schon ein, als sie den Kamm erreichten, und weit unten im Tal konnten sie die Ortschaft sehen. Sie schlitterten hinunter.

Fünfzehn Minuten später erreichten sie Walungchung Ghola und fuhren durch das Dorf, um ein oder zwei Meilen außerhalb ihr Lager aufzuschlagen. Die übermütige, ausgelassene Talfahrt und die freudige Aufregung darüber, wieder eine menschliche Ansiedlung zu sehen, hatten Houstons Stimmung gehoben. Seine Müdigkeit fiel gleichsam von ihm ab, und er half dem Jungen gut gelaunt beim Wasserholen. Ihr Plan bestand darin, die Fahrräder gegen ein Maultier, ein Zelt und Lebensmittel einzutauschen, und da Ringling es eilig hatte, weil er diese Transaktionen durchführen wollte, solange auf dem Markt noch Leben herrschte, wuschen sie sich nur und tranken einen Becher Tee, ehe der Junge loszog.

Houston trennte sich mit dem größten Vergnügen von seinem Fahrrad. Er hatte eine heftige Abneigung dagegen entwickelt. Er haßte seinen Anblick, seinen Geruch und jede Berührung. Die breiten, flachen Pedale hatten etwas Brutales und Unerfreuliches. Er verabscheute die Griffe der Lenkstange und noch mehr den gnadenlosen Sattel. Am verhaßtesten war ihm das Gewicht dieses Dings. Er glaubte nicht, daß er je in seinem Leben einen seelenlosen Gegenstand derart verabscheut hatte, und die Vorstellung, sich von diesem verhaßten Etwas zu befreien, wieder laufen und stehenbleiben zu können, wenn ihm gerade danach zumute war, war so erlösend, daß er frohgemut vor sich hin pfiff.

Dennoch hatte das Nachtlager ohne die Fahrräder etwas Verlorenes. Die beiden Bündel und der Rucksack lagen als ein trostloser kleiner Haufen da. Er packte die Schlafsäcke aus, holte frisches Teewasser und öffnete die letzte Fleischdose.

Walungchung Ghola liegt auf einer Höhe von dreitausendeinhundertfünfzig Metern, durchaus noch unterhalb der Baumgrenze, und doch ist es die letzte größere Ansiedlung vor dem felsigen Hochland des Himalaja. Die Luft war frisch, und Houston fror in seinen Shorts und dem Buschhemd. Er packte eine der gefütterten Westen und ein Paar der langen Wollstrümpfe aus, die Ringling mitgebracht hatte, zog beides an, setzte sich auf seinen Schlafsack und sah sich um.

Sie waren im Laufe des Tages am Kanchenjunga vorbeigekommen, und vor ihnen lag eine undurchbrochene Bergkette. In der abendlichen Dämmerung waren die Berge nähergerückt, und Houston hatte das Gefühl, sie seien zum Greifen nah – die uneinnehmbaren bläulichen Wälle, die Tibet umschlossen.

Er lächelte in die hereinbrechende Dunkelheit, und er war jetzt überhaupt nicht mehr erschöpft und hatte auch keine Schmerzen mehr, dafür erfüllte ihn ein grandioses Staunen. Zu Fuß und auf dem Fahrrad hatte er sich in den Schatten dieser Gipfel vorangeschleppt. Noch zwei Tage, und er würde diese Wälle bestiegen haben und das mythische Land betreten. Er zweifelte nicht im geringsten daran, daß er all das schaffen konnte und auch schaffen würde. Man brauchte kein Forscher und kein Bergsteiger zu sein, man brauchte noch nicht einmal besonders viel Kraft oder Mut. Man legte nur die Strecke zurück, die man an einem Tag bewältigen konnte, ruhte sich aus, erholte sich und machte dann am nächsten Tag weiter. Er glaubte, den Dreh jetzt herauszuhaben und allem gewachsen zu sein, was ihnen noch widerfahren konnte. Und er fragte sich, was ihn hinter diesen blauen Bergen erwarten mochte.

Er dachte an Lister-Lawrence, der in seinem Büro in Kalkutta saß, und fragte sich, wie er wohl auf sein Nicht-Erscheinen reagieren würde. Er dachte an Lesley Sellers, die in ihrer Wohnung in Maida Vale zweifellos in neue und vergnügliche Komplikationen geriet, und er dachte an Glynis mit ihrem kleinen, betrunkenen Mann in Fulham. Er dachte auch an Stahl in der Wardour Street und an Oliphant, der jetzt in der vertrauten Normalität seiner Wohnung in Baron's Court lebte, und in der Dämmerung schüttelte er den Kopf. Sie alle hatten ihre Rolle dabei gespielt, ihn an den Ort zu bringen, an dem er jetzt war. In der Dämmerung waren sie ihm ganz nah.

Er glaubte, mit einem Geistesblitz plötzlich das System, das hinter alldem steckte, erkennen zu können und zu sehen, welche Position er in diesem Geschehen einnahm, und auch, wie sich die Dinge weiterentwickeln würden, doch das Bild entglitt ihm, ehe er es erfassen konnte. Er saß noch eine ganze Weile im schwächer werdenden Licht da und bemühte sich, das, was ihm durch den Kopf geschossen war, wieder einzufangen.

Von seiner Reise war das der Augenblick, an den sich Houston im nachhinein am besten erinnern konnte: Das Bild seiner selbst, wie er unter den Mauern von Tibet auf seinem Schlafsack saß, während die ganze Welt um ihn herum in der

Dunkelheit versank und er den Eindruck hatte, flüchtig ein vorbestimmtes Schicksal vor sich zu sehen, daß nicht erfreulich, nicht unerfreulich, sondern schlicht unabwendbar war.

Zu diesem Zeitpunkt hatte ihn die Höhenkrankheit bereits gepackt, aber er wußte es noch nicht.

Die Nacht darauf verbrachten sie zwölf Meilen weiter in einer Höhle am Fuß des Gebirges, und um vier Uhr morgens, noch bei Dunkelheit, waren sie bereits wieder aufgestanden, um mit dem Aufstieg zu beginnen. Um drei Uhr hatten sie einen Höhenunterschied von knapp achthundert Metern hinter sich gebracht und waren in Tibet.

Das war am 22. April 1950.

4.

Auf der entsprechenden Generalkarte (General Staff Geographical Section, Serie 4646, Blätter NG und NG 45) läßt sich heute eindeutig nachvollziehen, welchen Weg Houston auf seiner Reise eingeschlagen hatte.

Ringling war die Strecke noch niemals vorher gegangen, aber sie schien für ihn viele Vorteile zu haben. Sie war kurz – nur siebenundachtzig Meilen von Darjeeling nach Walungchung Ghola –, sie führte nur durch einen Zipfel des abgeschirmten Sikkim und brachte sie in einer Gegend nach Nepal hinein, in der sie von der Grenzpolizei wenig zu befürchten hatten. Und sie führte auf direktem Weg nach Yamdring.

Und solange sie die tibetanische Grenze noch nicht überschritten hatten, kamen noch keine Zweifel bei ihm auf.

Sie erreichten die Grenze an einem Punkt, der zwölf Meilen nordöstlich von Walungchung Ghola lag – und das heißt fünfzehn Meilen westlich des achtundachtzigsten Längengrades. Diese Strecke führt, wie die Karte GSGS 4646 NG zeigt, direkt auf eine Reihe von nicht passierbaren Gebirgsgraten zu, die als Höhenlinie 18 eingezeichnet sind. Ringling hatte allerdings nicht die Karte GSGS 4646 NG. Er hatte nur die Landkarte, die Houston in Darjeeling gekauft hatte. Diese Karte stammte aus einer früheren Reihe von Lageplänen (Hind 5000

TBT 14), und statt der Höhenlinie 18 war dort lediglich eine Ansteigung verzeichnet, die auf viertausendfünfhundert Meter Höhe von einem namenlosen Paß durchschnitten wurde.

Das war der Paß, auf den sie sich zubewegten.

Houston stellte um acht Uhr fest, daß mit ihm etwas nicht stimmte. Sie hatten das Zelt in einer Höhe von viertausendzweihundert Meter auf einer ebenen Stelle zwischen Geröllblöcken aufgebaut. Ringling hatte sich gleich nach dem Abendessen hingelegt und war sofort eingeschlafen. Houston lag da und lauschte. Sein Körper war gefühllos vor Kälte, und er hatte Kopfschmerzen. Seine Brust schmerzte ebenfalls. Schon seit dem frühen Nachmittag hatte sie ihm Schwierigkeiten gemacht. Er glaubte, sich beim Aufstieg überanstrengt zu haben, und er versuchte, sich aufzurichten, um eine bequemere Lage einnehmen zu können.

Er stellte fest, daß er sich nicht rühren konnte.

Er lag wimmernd in der Dunkelheit, alarmiert von dem Feuer, das in seiner Brust aufloderte. Mit seinem Atem schien alles in Ordnung zu sein. Er wartete auf ein Nachlassen des Schmerzes, ehe er behutsam noch einmal versuchte, sich aufzurichten.

Diesmal schnappte er lautstark nach Luft und fiel zurück. Seine Brust war so zugeschnürt, als säße jemand darauf.

Dennoch gelang es ihm, nach ein oder zwei Minuten, einen Arm aus dem Schlafsack zu strecken und Ringling, der neben ihm lag, zu wecken. Der Junge erwachte augenblicklich.

»Was ist, Sahib?«

»Zieh mich hoch, ja? Ich kann mich nicht rühren.«

Der Junge kroch eilig aus seinem Schlafsack heraus, zündete eine Fackel an und hievte Houston hoch. »Wo tut es weh, Sahib?«

»In der Brust.«

Der Junge musterte ihn schweigend im Licht der Fackel.

»Ich glaube, ich habe sie mir verrenkt«, sagte Houston unter Schwierigkeiten, »beim Aufstieg.«

»Das ist die Höhe, Sahib.«

»Nein, das ist es nicht... Es ist ganz plötzlich gekommen.«

»Sie sind schon seit Tagen krank. Es ist das Herz«, sagte der Junge niedergeschlagen.

»Was zum Teufel soll das heißen?«

»Es läßt sie nicht schlafen und nicht essen. Es schlägt zu schnell. Es wird müde.«

Augenblicklich wußte Houston, daß der Junge recht hatte. Er konnte sein Herz jetzt spüren, es war unangenehm aufgebläht und pumpte heftig. Es schien seine ganze Brust auszufüllen.

»Ich habe Sie beobachtet, Sahib«, sagte der Junge. »Man konnte nichts dagegen tun. Vor uns liegt ein Paß, und dann kommt ein Abstieg auf dreitausenddreihundert Meter. Ich dachte mir, wir könnten dort bleiben, bis Sie wieder gesund sind.«

Houston sah ihn mit der Hand auf der Brust an und fuhr sich mit der Zunge über die Lippen.

»Das heißt, daß wir noch mehr als dreihundert Meter aufsteigen müssen, um den Paß zu erreichen, Sahib, aber Sie können auf dem Maultier reiten.«

»Wird mein Herz das durchhalten?«

»Ich weiß es nicht. Wir sollten abwarten, wie es Ihnen am Morgen geht, Sahib. Bleiben Sie über Nacht sitzen. So wie jetzt. In derselben Haltung.«

Er stopfte das Gepäck unter Houstons Rücken, und Houston blieb über Nacht sitzen. Wenn er kurz einschlummerte und wieder erwachte, rief er Ringling, damit er ihm den vor Kälte tauben Rücken und die Arme massierte, und irgendwie überstand er die Nacht.

Um fünf Uhr setzte Ringling einen Topf mit Schnee auf, um Tee zu kochen, fütterte das Maultier, und sie schütteten sich eine Menge Tsampa, Gerstenmehl, das der Junge im Dorf gekauft hatte, in den Tee. Sobald er etwas im Magen hatte, wurde Houston übel, und er lehnte mit dem Rücken an einem Geröllblock, während Ringling das Zelt verpackte. Doch als der Junge ihn auf die Füße zog, fühlte er sich nicht so elend, wie er erwartet hatte.

Ringling hievte ihn auf das Maultier, und Houston lehnte sich gegen seinen stützenden Arm und atmete heftig und zu schnell in der eiskalten Schwärze.

»Was meinen Sie, Sahib?«

Houston sagte: »Ich weiß es nicht. Wie weit ist es noch bis zum Paß?«

»Etwa drei Stunden. Es sollte hell sein, wenn wir dort ankommen. Gegen Mittag könnten wir wieder auf dreitausend-dreihundert Meter Höhe sein, Sahib. Wie geht es dem Herzen?«

»Nicht so übel«, sagte Houston. Er konnte spüren, wie es sich in seiner Brust abkämpfte. Er wußte nicht, wie groß der Unterschied sein würde, den weitere dreihundert Meter Höhe bedeuteten, aber es kostete ihn kaum Anstrengung, auf dem Maultier zu sitzen.

»Sie wollen es also probieren?«

»In Ordnung.«

Der Junge versetzte dem Maultier einen sachten Klaps. In der Dunkelheit zogen sie dem Paß entgegen.

Kapitel 5

1.

In der Nacht hatte es nicht geschneit, und auch bei Tagesanbruch schneite es nicht. Um halb neun hielt Ringling an, um sich zu orientieren, solange er noch dazu in der Lage war. In der Luft hing eine Milde, die ihm nicht behagte. Er dachte, wenn es erst anfinge zu schneien, würde es ein starker Schneefall werden.

Er war keineswegs glücklich über ihren Standort. Er wußte, daß sein Kompaß nicht wirklich genau war, doch er hatte eine grob geschätzte Korrektur vorgenommen, und nichts, was er um sich herum sehen konnte, stimmte mit der Landkarte überein. Sie waren drei Stunden lang bergauf gezogen, und er glaubte, daß sie weit über viertausendfünfhundert Meter waren. Doch immer noch wies kein Anzeichen auf den Paß hin. Selbst bei Dunkelheit hatten die weißen gesichtslosen Berge zu beiden Seiten schwach geschimmert. Im Licht war nun klar zu erkennen, daß einer der Berge immer noch Hunderte von Metern über ihnen aufragte.

Der Boden unter seinen Füßen behagte ihm nicht – mehrfach war er bereits bis über die Taille eingesunken –, und es gefiel ihm auch gar nicht, wie Houston aussah. Meist hing er im Dämmerzustand auf dem Nacken des Maultieres, sein Gesicht war bläulich angelaufen. Aber am allerwenigsten gefiel Ringling die Landkarte.

Er fluchte leise vor sich hin, während er sich umsah.

Er hörte Houston ächzen und richtete ihn etwas auf. Er sagte ihm ins Ohr: »Nicht mehr lange, Sahib.« Houston schloß die Augen, aber der Junge sah, daß er noch bei Bewußtsein war.

Wieder fluchte er. Alles würde wieder gut sein, wenn sie

ein paar Hundert Meter tiefer waren, aber es war deutlich zu erkennen, daß er es in dieser Situation eigentlich nicht riskieren konnte, wesentlich höher aufzusteigen. Er wußte nicht mehr zu sagen, was jetzt besser für sie war: weiterzugehen oder umzukehren.

Aber da sie schon so weit gekommen waren, fand er, sie sollten es noch eine Stunde lang versuchen. Wenn dann immer noch nichts vom Paß zu sehen war – umkehren und wieder hinunter, und zwar möglichst schnell.

Er versetzte dem Maultier einen Klaps, und wieder einmal setzten sie sich in Bewegung.

Um halb zehn war der Gipfel in Sicht, und daher zogen sie weiter, bis sie ihn erreicht hatten. Es war zehn Uhr vorbei, und als er auf die andere Seite des Berges sehen konnte, wurde sein Herz bleischwer. Der Boden vor ihnen fiel steil ab und stieg dann ebenso steil wieder an: So weit das Auge sehen konnte, erstreckte sich eine Reihe von Gebirgsgraten. Er dachte, es gäbe vielleicht einen Weg, der vom Boden des Tales abzweigte, aber der Anblick der Talsohle behagte ihm nicht. Dort würden sie vor Rissen und Gletscherspalten stehen, und es konnte sogar sein, daß das Ganze eine einzige Schlucht mit einer Brücke aus Schnee war.

Er dirigierte das Maultier in die Richtung, aus der sie gekommen waren, und sie machten auf der Stelle kehrt. Sie kamen schnell voran, folgten ihren eigenen Spuren und erreichten die Stelle, an der sie in der vergangenen Nacht ihr Lager aufgeschlagen hatten. Ringling hielt nicht an. Er aß eine Handvoll trockene Tsampa und stieß dem Maultier drohend seinen Ellbogen in die Rippen, als es den Kopf umdrehte und ihn ansah. Doch kurz darauf ließ er sich erweichen und gab auch dem Tier eine Handvoll Futter, denn schließlich hatte es klaglos Houstons volle Last getragen.

Houston selbst brauchte nichts. Er war bewußtlos.

Auf einem Felsvorsprung in dreitausendsechshundert Meter Höhe machten sie den Tag über Rast. Ringling glaubte, daß sie Tibet wieder verlassen haben mußten, aber genau wußte er es nicht, und es interessierte ihn auch nicht allzusehr. Er war erschöpft und in Sorge, und eilig stellte er das Zelt auf. Houston war vom Maultier gefallen, als sie angehalten hatten, und jetzt lag er auf der Seite, und sein Rücken und sein Bauch waren bereits mit einer dicken Schneeschicht überzogen. Gegen Mittag hatte es angefangen zu schneien, und trotz des Windes, der aufgekommen war, und trotz der Kälte schneite es weiter.

Das dichte schwarze Jaklederzelt blähte sich im Wind wie ein Segel, und er brauchte mehr als zehn Minuten, um es aufzustellen. Unter dem Schnee auf dem Felsvorsprung war eine feste Eisschicht. Er schlug die Metallpflöcke mit dem Rücken der Axt in das Eis und benutzte sie dann selbst zum Beschweren.

Er zerrte Houston in das Zelt und lehnte ihn an seine Knie, während er den Schlafsack auspackte. Sein Atem rasselte trokken, und er dachte, es wäre am besten, ihm ein wenig Flüssigkeit einzuflößen. Er stopfte seinen eigenen zusammengerollten Schlafsack und das Gepäck unter Houstons Rücken, sammelte Schnee in seinem Topf und erhitzte ihn auf dem Spirituskocher. In Walungchung Ghola hatte er Teeziegel und ein großes Stück Yakbutter gekauft, und von beidem schnitt er eine halbe Handvoll herunter und gab alles ins Wasser. In seinen Becher schüttete er Tsampa, in Houstons einen Tropfen Arak, und dann zog er ihn hoch und versuchte, ihn dazu zu bringen, etwas zu trinken.

Er hatte den Eindruck, daß Houston ein wenig von der Flüssigkeit aufnahm und daß sein Atem und seine Gesichtsfarbe besser wurden, aber bei dem nachlassenden Licht und dem aufziehenden Sturm ließ sich das nur schwer sagen. Um Houstons Nase und seine Lippen zogen sich tiefe Falten, die ihm nicht behagten.

Er zog ihm die Stiefel aus, rieb seine Füße, steckte ihn in den Schlafsack und band ihn zu. Er hatte selbst das Gefühl, halb erfroren zu sein, und sein Tee war kalt geworden. Er wärmte ihn noch einmal auf, zündete eine Lampe an und setzte sich zusammengekauert auf seinen Schlafsack, trank den Tee und musterte Houston. Der Sturm draußen drohte mehr als nur ein paar heftige Windstöße an. Er bezweifelte, daß sie sich in den kommenden zwei bis drei Tagen überhaupt wieder in Bewegung setzen könnten. Und er fragte sich, worauf er sich bloß eingelassen hatte.

2.

Houstons Koma dauerte, wie er von Ringling erfuhr, zwei volle Tage. Von Zeit zu Zeit bekam er mit, daß der Junge ihn hochhob und massierte und daß sein Mund und seine Kehle sich widersetzten, wenn heiße Flüssigkeit durch sie floß, und daß sich seine Brust schmerzhaft und unter üblen Geräuschen zusammenzog. Und dann nahm er ganz plötzlich wesentlich mehr wahr: eine kleine gelbe Lampe, deren flackernder Schein auf schwankende schwarze Wände fiel, eine Böe kalter Luft, die durch den grauschwarzen Schlitz in der Wand hereinkam, ein hageres Affengesicht, das sich mit einem besorgten Grinsen über ihn beugte.

»Wie fühlen Sie sich jetzt, Sahib?«

»Was geht hier vor?«

»Sie waren zwei Tage krank. Draußen wütet ein Schneesturm, und wir haben Rast gemacht.«

Der Junge wandte sich ab und tauchte mit einem Becher wieder auf, mit dem er sich neben ihn kauerte.

»Hier, Sahib, trinken Sie.«

Im Tee war Tsampa, und er kaute sie und spürte, daß ihm augenblicklich wieder übel wurde. Der Junge behielt ihn im Auge. »Wie fühlen Sie sich, Sahib?«

»Nicht gut.«

»Versuchen Sie, es runterzuschlucken. Sie werden sich bald besser fühlen.«

Er wußte, daß er sich ganz bestimmt nicht so bald besser fühlen würde, doch er versuchte, den Brei zu schlucken. Die Übelkeit schien aus seinen Stiefeln aufzuwogen, und er drehte gerade noch rechtzeitig den Kopf zur Seite. Das Erbrochene schoß als ein warmer Strahl aus ihm heraus, und er hörte, daß der Junge einen besorgten Zischlaut ausstieß, während er seinen zuckenden Körper festhielt. Er fiel matt zurück und wünschte, alles um ihn herum würde wieder zurückweichen.

»Es tut mir leid«, sagte er mit geschlossenen Augen.

Der Junge sagte nichts, aber er spürte, daß er den Arm zurückzog. Kurz darauf schlug er die Augen wieder auf. Der Junge starrte ihn an.

»Wo sind wir?«

»Ich weiß es nicht, Sahib. Die Landkarte stimmt nicht.«

»In Tibet?«

»Vielleicht.«

Er erinnerte sich wieder, daß er sich schon einmal gewünscht hatte, der Junge würde aufhören zu grinsen. Und wieder fragte er sich, was zum Teufel er wohl so komisch finden mochte. Aber dann wurde ihm klar, daß der Junge immer dann grinste, wenn er nicht weiter wußte und ihm nichts Besseres einfiel, und daher sagte er: »Ist der Schneesturm jetzt vorbei?«

»Er legt sich gerade, Sahib.«

»Wie spät ist es?«

»Drei Uhr. Es ist Nachmittag. Sie müssen etwas essen, Sahib. Solange Sie nichts essen, können wir nicht weiterziehen. Sie sind sehr schwach.«

»In Ordnung.«

Houston schloß die Augen, und als er sie wieder öffnete, beugte sich der Junge wieder mit einem Becher Tee über ihn. Er spürte Tsampa im Tee und zwang sich, den Brei zu sich zu nehmen. Er trank den ganzen Becher und legte sich wieder zurück. Seine gesamte Willenskraft konzentrierte er darauf, das Gebräu bei sich zu behalten. Es grollte und tobte in seinem Magen, der sich umdrehen wollte, und der Geschmack ranziger Butter stieg in seiner Kehle auf. Er preßte die Augen und den Mund fest zu und malte sich aus, er sei draußen im Wind und im Schnee und wünsche sich nichts sehnlicher als in einem Schlafsack zu liegen und einen Becher Tee mit Tsampa und ein schönes großes Stück stinkende Jakbutter zu sich zu nehmen, und fast eine halbe Stunde lang klappte es, doch dann machte sein Magen plötzlich eine einzige diabolische Drehung, die seinen Inhalt mit Hochdruck gleichzeitig aus seiner Nase und aus seinem Mund quetschte, ehe er auch nur die Zeit hatte, seinen Kopf aus dem Schlafsack zu heben.

Der Junge hatte jedoch bereitgesessen, und er riß seinen Kopf in die Höhe und schob den Plastikeimer noch rechtzeitig darunter.

Nach ein oder zwei Minuten schlug Houston wieder die Augen auf und sah, daß der Junge den Inhalt des Eimers sorgfältig inspizierte.

»Sehr gut, Sahib. Ein wenig haben Sie bei sich behalten.«

»Für schlechtere Zeiten«, sagte Houston.

Er hatte den Eindruck, auf dem Wege der Besserung zu sein.

3.

Als er 1951 nach England zurückkehrte, stellte Houston fest, daß er zehn Tage hinter der Zeit herhinkte. Er hatte während seiner gesamten Abwesenheit versucht, den Überblick über das jeweilige Datum zu behalten, und diese Tage waren ihm auf irgendeine Weise verlorengegangen. Drei dieser Tage konnte er sich mit dem Krankenhausaufenthalt in Chumbi erklären, und etwa sechs weitere mußten in den Zeitraum fallen, in dem er mit dem Mädchen unter der Erde gelebt hatte. Aber er nahm an, daß er ohne weiteres auch auf der Hinreise einen Tag verloren haben konnte. Ihm erschien es wahrscheinlich, daß Ringling, während er im Koma gelegen hatte, ebenfalls einen ganzen Tag lang durchgeschlafen und diesen Tag bei seiner Rechnung vergessen hatte. (Später beobachtete er, wie ihm das einmal passierte.)

Jedenfalls änderte er infolgedessen das Datum vom 27. in den 28. April um, und wenn wir das als das Datum annehmen, zu dem sie wieder aufbrachen, bleiben bis zum nächsten überprüfbaren Datum, dem 12. Mai, zwei volle Wochen im Gebirge.

Während des größten Teils dieser zwei Wochen spielte Houston keine allzu aktive Rolle im Ablauf der Ereignisse. Tagsüber lag er auf dem Maultier und nachts dort, wo er hingelegt wurde, und zu exakt dem Zeitpunkt, zu dem er sich allmählich erholte und einen Teil der Aufgaben wieder hätte übernehmen können, gingen ihnen die Lebensmittel aus. Es war kein wirklich wesentlicher Rückschlag, aber einer, mit dem Ringling allein fertig werden mußte. Houston blieb zwei Tage lang allein in einer Höhle.

Nachdem er seinen Glauben in die Landkarte gänzlich verloren hatte, ließ sich Ringling nur noch von seinem Instinkt und von seiner Kenntnis der Berge leiten. Sie waren auf dem Pfad nach Walungchung Ghola zurückgegangen, bis sie eine andere Abzweigung nach Westen gefunden hatten. Dieser Weg verlief parallel zur Grenze und führte sie um das Kang-la-Massiv herum. Vier Tage lang hatten sie das Massiv im Blickfeld, bis sie wieder aufstiegen und es im Gewirr der weißen Gipfel aus den Augen verloren.

Sie stiegen bis zu einer Höhe von fünftausendsiebenhundert Metern auf, und Houston fühlte sich zwar benommen, hatte Kopfschmerzen und war so schwach wie ein kleines Kind, doch es gelang ihm, den größten Teil der Nahrung, die er zu sich nahm, bei sich zu behalten und nicht ganz zusammenzuklappen.

Ringling hatte für das Überqueren der Berge eine Woche veranschlagt – er selbst hätte es in vier Tagen schaffen können –, und obwohl Houston seinen Anteil nicht aß, wurde deutlich, daß das Essen nicht reichte.

In einer wüsten, abgelegenen Gegend verließen sie den Weg, um nach einer Höhle Ausschau zu halten, da der Junge es für unklug hielt, das Zelt tagsüber aufzustellen, und als sie eine gefunden hatten, brachte er Houston in eine möglichst bequeme Lage, schlief die Nacht über dort und machte sich am nächsten Morgen mit dem Maultier auf den Weg.

Sie waren während des gesamten vorangegangenen Tages durch dichten Nebel gezogen, und als der Junge aufbrach, war die Sicht immer noch schlecht. Es gab keine Anhaltspunkte, anhand derer man einen Berggipfel vom Gipfel eines anderen Berges hätte unterscheiden können, und Houston fragte sich, ob er den Jungen wohl jemals wiedersehen würde. Doch zwei Tage darauf tauchte er in der Abenddämmerung wieder auf und hatte das Maultier, Lebensmittel und Neuigkeiten mitgebracht.

Am Fuß des Berges lag eine Ortschaft, die Shonyang hieß, was es Ringling möglich machte, seine Orientierung wiederzufinden. Wenn sie einen tiefergelegenen Weg nahmen, konnten sie Yamdring in vier Tagen erreichen; wenn sie in den Bergen blieben, brauchten sie sechs Tage. Dort unten war Sommer. Die Sonne schien. Der Himmel war blau, der Weizen wuchs grün auf den Feldern. Doch dort unten herrschte beträchtliche Aufregung. Der Gouverneur der Provinz war gerade persönlich auf einer Inspektionsreise vorbeigekommen. Er hatte die Felder, die Wege und das Gefängnis inspiziert. Auch die Polizei war überprüft und zahlenmäßig verstärkt worden, und zudem hatte er einen Meldegänger zurückgelassen, einen seiner Begleiter, und ihm die Anweisung erteilt, augenblicklich nach Hodzo Dzong – Fort Hodzo, der Provinzhauptstadt – zurückzukehren, falls irgendwelche Fremden auftauchen sollten. Ringling war beim Einkauf der Nahrungsmittel auf beträchtliche Widerstände gestoßen, da die Anweisungen des Gouverneurs als eine generelle Warnung vor allen Fremden aufgefaßt wurden.

»Heißt das«, sagte Houston, »daß wir in Yamdring Schwierigkeiten bekommen?«

»Ich weiß es nicht, Sahib. Yamdring ist groß. Dort findet man immer Pilger und Bettler.«

»Glaubst du, es ist bekannt, daß ich im Land bin?«

Ringling zuckte die Achseln. »Es ist ein Jahr der bösen Omen, Sahib. Sie wollen keine Fremden haben. Der nächste Paß ist Kotchin-la – ein böser Berg. Dort gibt es Teufel, und die Leute fürchten sich.«

Houston sah, daß der Junge selbst nicht allzu glücklich darüber war, diesem bösen Berg so nahe zu sein, denn er hob die Segnungen des tiefergelegenen Pfades noch einmal deutlich hervor. Dennoch glaubte Houston, daß sie besser in den Bergen bleiben sollten.

Der Junge akzeptierte seinen Entschluß mit einem sehr gedämpften Grinsen und legte sich trübsinnig schlafen, nachdem sie gegessen hatten. Houston blieb noch lange wach. Seine Krankheit und die Tage, in denen sie hoch oben über den Wolken gewesen waren, hatten die warme Welt, die sie hinter sich gelassen hatten, in eine eigentümliche Ferne gerückt. Es berührte ihn seltsam, daß der Junge in einer Zeitspanne von nur drei bis vier Mahlzeiten in diese Welt hinabgestiegen und wieder zurückgekehrt war, während er hier oben allein mit seinen Gedanken in der kahlen und abgeschlossenen Welt der Höhle gelegen hatte, nur mit Schlafsack und Spirituskocher.

Dort unten ging alles weiter, auf einer anderen Ebene der Existenz, wie ein Fortsetzungsfilm, der in einem tiefer gelegenen Vorführraum gezeigt wurde. Fast waren sie fühlbar, diese gedämpften Vibrationen, die über Felsenmeilen zu seinem ausgestreckten Körper hinaufdrangen, der unbeweglich auf dem Dach dieser anderen Welt lag, in der die Sonne noch schien, der Himmel blau und die Felder grün waren und die menschlichen Termiten in der Wärme unablässig ihren Beschäftigungen nachgingen.

Nach einer Weile stieg er hinab, um sich alles aus der Nähe anzuschauen, und er fand sich am Fitzmaurice Crescent bei Nacht wieder. Er schloß die Tür auf, bewegte sich ganz selbstverständlich durch die Wohnung, öffnete Türen und schaltete Lichter ein. An jeden Winkel konnte er sich erinnern. Er erinnerte sich genau an den Geruch. Er ließ ihn wieder unruhig werden, die alte, einsame Ruhelosigkeit des Sommers ergriff ihn, und er verließ die Wohnung, schloß die Tür hinter sich und lief durch die Kensington High Street. Auf den Bürgersteigen wimmelte es von Menschen, und gemeinsam mit der Menge kam er an den erleuchteten Schaufenstern von John Barker und von Derry and Tom und Pontings vorbei. Die gelben Lichter an den Fußgängerüberwegen blinkten, zwei Reihen nebeneinander, die nicht ganz parallel geschaltet waren. Er sah, daß es geregnet hatte, denn die Straße glänzte. Es herrschte starker Verkehr. Er wußte nicht, wohin er ging, und er wollte nicht, daß es Nacht war, und daher unternahm er eine Anstrengung, und es war Tag.

Er saß in einem Boot auf einem See, und er glaubte, daß es der See im Regent's Park sein mußte. Denn sonst war er nirgends mit ihr gerudert, und sie lachte über etwas, was er gerade gesagt hatte. Er selbst lachte auch und tauchte die Ruder ein, um zu verschnaufen, und er sah sie an. Sie war sehr braun. Sie war am Vortag in Roehampton sehr braun gewesen. Sie trug ein Kleid mit rückenfreiem Oberteil und hatte einen neuen Lippenstift benutzt, dessen Farbe ins Orange ging. Er konnte die Sonne auf dem Wasser, auf dem Boot und den durchaus angenehmen Geruch seines eigenen Schweißes wahrnehmen. Der Himmel war weit und blau, und so sollte es noch tagelang bleiben, und er kam auf die Idee, sie könnte später mit ihm in seine Wohnung kommen. Grünlich war es, ihr Kleid, aus Leinen, und es wirkte frisch gewaschen und gebügelt, und in seinem Kopf mischte er die Farben, die man brauchte, um diesen Farbton hervorzubringen, und gleichzeitig stellte er sie sich beim Bügeln dieses Kleides vor, aus irgendwelchen Gründen in einem sonnigen Zimmer am frühen Morgen, und sie stand groß, wie sie war, in Hausschuhen und Unterwäsche da, langbeinig und mädchenhaft. Sein Schnürsenkel war beim Rudern aufgegangen, und sie beugte sich herunter, um ihn wieder zuzubinden, und er sah den Spalt zwischen ihren Brüsten im Ausschnitt ihres Kleides, und er spürte den ersten atemlosen Stich, der ihn durchzuckte, und von seiner gefrorenen oberen Welt aus kostete er ihn noch einmal genüßlich aus. Aber er wußte, wie es weiterging, und er fühlte sich traurig und schuldbewußt und wandte sich ab und ging.

Er ging zu einer Tür, öffnete sie und schaltete das Licht ein. Sie sagte hinter ihm: Wen hast du denn in deinem Schlafzimmer erwartet? Er sagte: Feen, und führte sie ins Wohnzimmer. Er wollte ihr aus dem Mantel helfen, aber sie kuschelte sich in den Fellkragen, und er sagte: Du bist der verfrorenste Mensch, den ich kenne. Und sie: Deshalb muß ich mich ja auch immer wieder anwärmen lassen, Schätzchen. Er glaubte, daß es ihr erster Besuch in seiner Wohnung war. Sie sagte: Du hast mich mit einem Kaffee in deine Wohnung gelockt – ich nehme an, den muß ich jetzt kochen. Und er: Wenn du dazu in der Lage bist, und sie warf ihm einen dieser merkwürdigen Seitenblicke zu. Ich bin durchaus in der Lage, Schätzchen. In der Lage und gewillt.

Er war sich jetzt ganz sicher, daß es das erste Mal war, denn er war sehr aufgeregt. Er war leicht angespannt, das Mädchen auch, und er trat hinter ihr in die Küche und legte seine Arme um sie. Sie sagte: He, wie war das mit dem Kaffee. Und er sagte: Was soll damit sein. Und als seine Hände in Bewegung kamen, sagte sie: Ja, was soll damit sein. Aber es war eher ein Kommentar als eine Frage, und sie gingen ins Wohnzimmer. Er hatte das Licht ausgeschaltet, aber das elektrische Kaminfeuer brannte. Das Feuer sandte sanfte Strahlen aus, und in diesem Licht erkundete er sie. Er erkundete sie gründlich, und ihre Zähne blitzten auf, als sie ihn im rosigen Schein des Feuers anlächelte, während sie sich beide atemlos durch die langen, köstlichen Schauer wanden. Es ging um nichts anderes als um ihr Vergnügen, und sie verströmten sich in leidenschaftlichem Genuß, eine klare Beziehung, nur zum Genuß.

Aber er wußte, daß es nicht so war, denn er machte ihr etwas vor, und wahrscheinlich machte auch sie ihm etwas vor, und außerhalb des Feuerscheins lagen Bitternis und Schmerz. Daher überließ er sie sich selbst und kehrte zurück. Er war der Meinung, man könnte die erfreulichen Teile eines Puzzles nicht losgelöst vom Ganzen betrachten, denn das Vergnügen war relativ, und keines der Einzelteile war besonders bedeutsam oder lohnend, wenn das Gesamtbild nicht von Interesse war. Er hatte nicht den Eindruck, daß es ihm gelungen war, ein Puzzle zu finden, das ihn als Gesamtbild interessierte, doch in diesem Augenblick wußte er noch gar nicht, daß er so etwas suchte.

Hier oben auf dem Dach konnte er die lärmende Verwirrung im Saal unter sich überdeutlich wahrnehmen, die aufwirbelnden Funken, die ihr Ziel vergessen hatten und dahin und dorthin schossen und ihre Botengänge unterbrachen, um miteinander zu schlafen, Gebilde aufzubauen und wieder einzureißen, Regeln aufzustellen und sie wieder abzuändern, sich neue Strategien zu überlegen, die die Botengänge erleichterten, und ständig versuchten dahinterzukommen, was sie eigentlich hatten erledigen wollen.

Er erkannte, wie leicht es war, an diesem hochgelegenen Ort Objektivität zu finden, und er wußte, daß er sich nicht wieder in diesem erstickenden Durcheinander dort unten verlieren wollte. Er dachte: einfach in dieser hohen Welt des stummen Nebels und der klirrend kalten Stille bleiben. Und kurz darauf wurde ihm bewußt, daß es hier weder still noch stumm war. Ringling rüttelte ihn kräftig in seinem Schlafsack.

»Der Wind kommt auf, Sahib. Wir sollten jetzt aufbrechen.«

Er kroch finster aus seinem Schlafsack heraus. Es war vier Uhr morgens. Der Wind in der Höhlenöffnung machte Geräusche wie ein Staubsauger. Die kleine Lampe war angezündet, und der Junge hatte den Spirituskocher in Betrieb. Houston war benommen von der tödlichen Kälte, die plötzlich auf ihn einströmte. Er zog seine Stiefel und seine Steppjacke an und stolperte im schwachen Licht der Höhle herum. Er spülte sich den Mund mit geschmolzenem Schnee aus, rollte seinen Schlafsack ein und kauerte sich darauf zusammen, während er seinen Tee mit Tsampa trank.

Der Junge hatte das Maultier mit Tritten zum Leben erweckt und fütterte es. Er erledigte seine Aufgaben stumm, ernsthaft und ohne jedes Lächeln. Er rieb die Becher mit Schnee aus, packte das Geschirr, die Kochutensilien und die Schlafsäcke zusammen und band alles auf das widerspenstige Tier.

Er sagte: »Wir müssen schnell vorankommen, Sahib, denn sonst sitzen wir auf dem Kotchin-la-Paß fest. Es ist besser, wenn Sie laufen.«

»In Ordnung.«

»Fühlen Sie sich kräftig genug für einen Fußmarsch?«

»Ich hab es doch gesagt, in Ordnung.«

Der Junge wirkte so schmächtig, eingefallen und gequält, daß er sich für seine barsche Antwort entschuldigen wollte, aber Ringling wandte sich sofort ab, mit zusammengekniffenen Lippen, und trommelte haßerfüllt auf das Maultier ein, wobei er es anfeuerte, bis es sich in Bewegung setzte, und Houston hatte die Gelegenheit verpaßt.

Er setzte seine dunkle Brille gegen den Schnee auf und folgte dem Maultier und Ringling in die heulende Schwärze.

4.

Abgesehen von dem Schneesturm, währenddessen er bewußtlos dagelegen hatte, hatten sie keine Stürme erlebt, seit sie in Tibet waren. Houston hatte keine Vorstellung davon, was ihm bevorstand. Der Wind schlug ihm entgegen wie die See, ein unglaublicher, eisiger Hieb, der ihm augenblicklich die Füße unter dem Leib wegzog. Er war nicht sicher, ob er auf dem Rücken oder auf dem Bauch lag, denn im ersten Moment war die Schwärze so dicht, der Ozean, der ihn auf seinen Grund preßte, von allen Seiten so undurchdringlich, daß er sich in einem anderen Element fühlte. Er konnte nicht atmen, und der eiskalte Sog, der an seinen Ohrenschützern vorbeirauschte, war wie der Lärm von Posaunen. Er zog sich mühsam auf die Knie, verlor ein weiteres Mal den Halt und fiel noch zwei- oder dreimal hin, ehe er einen Arm spürte, der ihn hochzog. Er japste nach Luft, sein Mund war voll von dem erstickenden Sturm, und er grub sich in den Wind und in das stetige, lärmende Vibrieren und stellte fest, daß er sich in das Maultier vergraben hatte und sein Gesicht mit aller Kraft gegen dessen behaarten Bauch preßte. Der Junge hielt ihn dort fest und brüllte ihm ins Ohr.

»Kopf runter, Sahib. Gleich wird es leichter.«

Er nickte, denn er war zu schockiert, als daß er etwas hätte sagen können.

»Leichter auf dem Pfad ... Kopf runter ... «

Wieder nickte er, und der Junge schüttelte seinen Arm, und sie drehten sich um und stemmten sich mit gesenkten Köpfen gegen den Sturm.

Seit Tagen hatte er seine Beine kaum gebraucht. Sie kamen ihm vor wie die einer Marionette. Doch er stemmte sich gegen den Wind und begriff, wie er mit dem Kinn auf der Brust atmen konnte. Ein Bein folgte dem anderen, und er nahm an, daß sie sich bewegten.

Er verlor jeden Begriff von der Zeit und der Himmelsrichtung und konzentrierte sich grimmig darauf, wie eine Maschine seine Beine zu bewegen und das unglaublich laute Dröhnen in sich aufzunehmen. Kurz darauf phantasierte er, er sei ein Teil dieses Lärms, der wesentliche Teil, der für einen gleichbleibenden Takt sorgte, und es wurde wichtig, daß er den Takt nicht abreißen ließ, denn wenn er den Takt hätte abreißen lassen, wäre der Lärm abgebrochen, und alles wäre auf der Stelle stehengeblieben.

Nach einer Weile bildete er sich ein, daß die Geräusche sich ihm entziehen wollten, und er strengte sich an, um sie unter Kontrolle zu halten. Aber sie zerrten und rissen an ihm und schlugen kreischend in eine höhere Tonart um, während sie erst eine viertel, dann eine halbe und schließlich eine ganze Drehung hinter ihm machten und er sich mit seinem gesamten Gewicht zurücklehnen mußte, um den Lärm unter Kontrolle zu behalten. Und er wurde aus seiner Vorstellung herausgerissen und stellte fest, daß sie den Pfad erreicht hatten und daß der Pfad eine Biegung gemacht und nicht etwa der Wind sich gedreht hatte und daß der Tag dämmerte.

Sie befanden sich in einer breiten Schlucht zwischen Felswänden, und in diesem Trichter stieg der Lärm zu einer höheren Tonlage an als Querflöten und Trompeten. In der Luft schwirrten zahllose fliegende Partikel herum, Eis und Schnee, und diese kleinen Partikel wurden von den Felsen geweht und trafen unaufhörlich auf ihre Köpfe und Rücken. Von den Knien abwärts war alles unter aufwirbelndem Schnee verborgen, denn der gesamte verschneite Grund der Schlucht wurde vom Sturm weitergetrieben, und dadurch schien alles, die flüchtig erkennbaren Geröllblöcke, das beladene Maultier und sie selbst, ganz phantastisch herumzuhüpfen und in einen Fluß aus Eis einzutauchen. In dem schmutzig grauen Licht war das ein derart trostloser Anblick, daß ihn jegliche Kraft verließ. Er nahm an, daß sie seit vier oder fünf Stunden unterwegs waren. Er war todmüde.

Er packte Ringlings Ärmel, doch der Junge sah ihn nur an und wandte sich sofort wieder ab. Houston sah, daß das Gesicht des Jungen unter der riesigen dunklen Schneebrille noch schmaler und spitzer und schrumpliger geworden war, denn seit Stunden wehte der Sturm in dieses Gesicht, das Ähnlichkeit mit einer Fuchsmaske hatte.

Sie hatten bisher die Gewohnheit gehabt, alle ein bis zwei Stunden eine Pause für Tee und Tsampa einzulegen, aber im Moment sah es nicht danach aus, als würden sie überhaupt eine Rast machen. Houston bemerkte, daß der Mund des Jungen sich beim Laufen bewegte, und er stellte sich vor, daß er möglicherweise betete.

Er wußte, daß *ihm* Gebete nichts halfen, und plötzlich wurde ihm außerdem klar, daß er keinen Schritt mehr laufen konnte, und er blieb stehen, um es dem Jungen zu sagen, aber als er stehenblieb, spürte er, daß seine gesamte Energie von ihm abfiel und er rückwärts in den Wind fiel. Er schien einige Momente lang zu stürzen, recht sachte, aber völlig machtlos, dem Sturz etwas entgegenzusetzen, und dann lag er im Schneegestöber auf einer Schneedecke, die verrutschte und ständig in Bewegung war, und er hörte den Wind an seinen Ohren vorbeizischen und empfand nichts anderes als eine selige Erleichterung über diese Pause.

Der Junge beugte sich über ihn, und seine Lippen bewegten sich nach wie vor. Jetzt konnte Houston die Worte verstehen. *»Om mani padme hum ... Om mani padme hum ... «*, und das immer und immer wieder, die Beschwörungsformel gegen das Böse: »O du Juwel im Lotus.«

Der Junge bemühte sich, ihn auf die Füße zu ziehen, aber er war noch nicht soweit. Das Beten wurde unterbrochen, und Ringling schrie ihm eindringlich ins Ohr: »Sahib, nicht hier ... Wir dürfen hier nicht anhalten.«

»Ich muß mich ausruhen«, sagte er, und er hörte die Worte in einem leisen, trunkenen Nuscheln herauskommen. »Ich muß mich ausruhen.«

»Nicht hier, Sahib. Es wird schneien. Dann bleiben wir auf

dem Paß stecken. Kommen Sie, Sahib. Kommen Sie, jetzt gleich.«

»Ich kann nicht. Ich kann mich nicht rühren.«

»Auf das Maultier.«

Er stand wieder auf den Füßen, enorm schwerfällig und unbeholfen, und der Junge zog an ihm, und er lehnte sich rückwärts gegen den Wind und stellte fest, daß er am Maultier lehnte, während der Junge das Gepäck umschichtete. Er hatte ein Bein in der Luft, wurde hochgehoben und spürte, daß er auf der anderen Seite wieder herunterfiel, rutschte, sich unsicher festhielt, bis der Junge ihn richtig im Griff hatte und ihn auf dem Rücken des Maultieres festhielt, und dann waren sie wieder in Bewegung. Sein Kopf hüpfte auf und ab, sein Gesicht war in das steife, vereiste Fell auf dem Nacken des Maultieres gepreßt, und kurz darauf setzte der Singsang wieder ein, direkt in sein Ohr.

»Om *mani padme hum.«*

»Om mani *padme hum.«*

»Om mani padme *hum.«*

»Om mani padme hum.«

Die Betonung verlagerte sich rhythmisch, und sein Kopf hüpfte im Takt dazu auf und ab, und er bemühte sich, die Worte selbst auszusprechen, doch er mußte feststellen, daß die Anstrengung zu groß war, und er ließ sie entgleiten. Eine gewaltige Woge der Ermattung schwemmte über ihn hinweg, und er ließ sich von ihr mitreißen und verschwand, sank in einen tiefen, weichen und definitiv pelzigen Ozean.

Die Wellen rollten nicht weiter, alles war still, und er wußte, daß er geträumt hatte, und er blieb liegen und lauschte einem seltsamen tiefen Stöhnen, das weder menschlich noch tierisch klang. Es dauerte einen Moment, ehe er begriff. Der Wind kam durch die Höhlenöffnung, und sie mußten sich auf den Weg machen. Er rührte sich, und im selben Moment warf das Maultier seinen Kopf herum, und dadurch, daß er sich instinktiv festhielt, entging er einem Sturz.

Er richtete sich auf, auf dem Rücken des Maultiers.

Er war allein in einer riesigen Höhle, einer gewaltigen Felsenschüssel, die eisbedeckt war. Der Wind ächzte. Er konnte keinen Höhleneingang sehen. Er blickte auf und sah den Himmel. Dort bewegte sich etwas, und als er genauer hinsah, war es Ringling, der eilig hinunterkam und von einem Stein auf den anderen sprang. Sie waren in einer Gebirgsspalte. Er sah, daß das der Paß sein mußte, und schloß daraus, daß der Junge den Dämonen getrotzt hatte und, wie es seine Pflicht war, mit Steinen nach den Teufeln warf, die hier hausten.

Er murmelte beim Näherkommen etwas vor sich hin, und sein Gesicht war unter der großen Schneebrille skeletthaft und grau vor Furcht und Erschöpfung. Er zeigte kein Erstaunen darüber, daß Houston erwacht war, sondern trieb lediglich das Maultier an und lief augenblicklich voraus. Houston blieb gar nichts anderes übrig, als sich festzuklammern, als sich das Tier ruckartig in Bewegung setzte.

Den Rand der Felsenschüssel bildeten vereinzelte Geröllbrocken, die von Eis überzogen waren, aber unter einer Schicht aus festem Schnee verborgen lagen. Das Maultier glitt auf dem ersten Stein aus, und Houston fiel herunter.

Der Junge drehte sich um und sah ihn einen Moment lang an, ohne seinen Singsang abreißen zu lassen, und dann bedeutete er ihm zu laufen, und stützte ihn. Ganz plötzlich fiel Schnee. Er fiel als eine feste Masse auf sie herab, nicht in Form von Flocken, sondern so, als würden über ihnen Säcke ausgeleert, und Houston erkannte den Grund, aus dem der Junge ihn so gedrängt hatte, dieser Falle zu entkommen. Es war eine Frage von Minuten, bis das Durcheinander gezackter Felsbrocken verschwunden war und ein täuschender Hang aus frischem sauberem Schnee sanft nach oben anstieg.

Der Junge ging voraus, fiel zwischen die Felsen, zog sich wieder hoch und kletterte weiter. Das Maultier folgte in seinen Fußspuren, und Houston folgte dem Maultier.

Er mußte die Kraft finden, Schritt zu halten, und in den ersten Minuten gelang es ihm auch, indem er seine Reserven nur sparsam einsetzte und sich schonte. Doch dieser höllische Tag war schon zu weit fortgeschritten, sein Erschöpfungsschlaf war nicht ausreichend gewesen, und seine müden Muskeln dehnten sich und wollten ihn im Stich lassen. Er mußte stehenbleiben, wenigstens einen Moment lang, um sich zu erholen, und das tat er auch. Er stand zusammengekrümmt da und schnaubte in die unbeschriebene weiße Wand, die von neuem gigantisch vor ihm anstieg. Noch im selben Moment erkannte er, daß er einen Fehler gemacht hatte, denn jegliche Kraft schien aus ihm zu entweichen, und er strengte sich an und befahl seinen zitternden Schenkeln, nicht einzusacken und ihren Halt nicht zu verlieren, und voller Verzweiflung mußte er mitansehen, wie die Hinterbeine des Maultieres aus seiner Sicht entschwanden.

Der Junge hatte sich kein einziges Mal zu ihm umgedreht, doch plötzlich stand er neben ihm, schlang einen Arm um ihn, und sie stiegen zu der Stelle hinauf, an der das Maultier mit gesenktem Kopf und schon jetzt unter einer so dicken Schneedecke wartete, daß es kaum noch zu sehen war. Er lehnte sich an, aber an eine Pause war nicht zu denken. Der Schnee fiel unglaublich dicht in diese Gebirgsspalte. Er hielt sich an dem Maultier fest, seine Beine bewegten sich rein mechanisch, und das Tier zerrte ihn klaglos und langsam den Hang hinauf. Auf diese Weise brachten sie den Paß hinter sich.

Es war der letzte Aufstieg der Hinreise. Vom Kotchin-la-Paß ging es hinunter – erst sehr langsam und dann schnell. Um drei Uhr nachmittags schlugen sie ihr Lager unter einem schrägen Felsüberhang auf, denn sie waren zu erschöpft, um auch noch das Zelt aufzustellen. Houston döste in seinem Schlafsack vor sich hin, wachte zwischendurch mehrfach auf und war am Morgen so schwach, daß er den ganzen Tag über auf dem Maultier reiten mußte.

Er erinnerte sich später, an diesem Abend auf seinem zusammengerollten Schlafsack gesessen und darauf gewartet zu haben, daß das Teewasser kochte, aber er hatte keine Erinnerung daran, den Tee getrunken zu haben, und das nächste, was er wußte, war, daß er in seinem Schlafsack lag und das Gefühl hatte, die Gewichte seien von seiner Brust genommen worden. Er schlief fest und lange. Das Tageslicht fiel durch die Zeltklappe, und als er auf seine Uhr sah, stellte er fest, daß es zehn war. Er hatte achtzehn Stunden ohne Unterbrechung geschlafen.

Er fühlte sich wunderbar frisch. Er war begierig darauf, etwas zu essen. Draußen hörte er den Jungen, und er zog seine Stiefel an und kroch zu ihm ins Freie.

Ringling war selbst noch nicht lange auf und holte gerade Schnee für das Teewasser. Houston hörte ihn singen.

Er sagte: »Hallo, wir haben verschlafen.«

»Ja, Sahib«, sagte der Junge mit einem breiten Grinsen. »Hier schläft es sich gut. Kommen Sie, schauen Sie.«

Houston folgte ihm zu dem Pfad und sah in die Richtung,

in die der Junge zeigte, und was er sah, war noch schöner als dieser prachtvolle Morgen. Es war ein Strauch, ein kleines, graues, kümmerliches Ding, das ein Teil des Felsens selbst zu sein schien. Aber es war nicht aus Stein. Es war ein Stückchen stacheliges, ledrig zähes Leben, und es wuchs dort.

Sie waren aus dem leblosen Land herausgekommen.

5.

Am Abend erreichten sie die Baumgrenze, und der Weg fiel steil ab und führte über die kleinen Zapfen eines armseligen Kiefernwäldchens. Sie hatten noch genügend Energie, um vor dem Einschlafen eine Stunde miteinander zu reden und zu rauchen.

Der Junge hatte ihm ein paar Wörter Tibetanisch beigebracht, als sie vor drei Wochen zu dieser Reise aufgebrochen waren – denn obwohl sie sich darauf geeinigt hatten, daß er den Stummen spielen sollte, schien es ratsam zu sein, etwas zu lernen, damit er notfalls zurechtkam – und während der letzten Zigarette, die sie in ihren Schlafsäcken rauchten, wurde der Unterricht wieder aufgenommen.

»Sehr gut«, sagte der Junge. »Sie haben es nicht vergessen. Sie sprechen wie ein Tibetaner, Sahib.«

»Solltest du hier nicht besser aufhören, mich Sahib zu nennen?« fragte Houston.

»Wie soll ich Sie denn nennen?«

»Probier es mit Houston.«

»Houtson.«

»Nicht Houtson. Houston. Huu-ston.«

»Ja, Sir. Houtson, Huu-tson. Huu-tson«, sagte Ringling, der sich bemühte.

Houston war schon vorher aufgefallen, daß der Junge bestimmte Worte einfach nicht herausbrachte, ohne sich die Zunge zu brechen, und daher lächelte er und beließ es dabei.

Er weitete sein Vokabular in den beiden nächsten Tagen, in denen sie durch den köstlichen, sommerlichen Blütenregen von Kiefern, Rhododendron und Ahorn hinabstiegen, auf etwa hundert Worte aus, und er fühlte sich wohler, als er sich jemals in seinem ganzen Leben gefühlt hatte. In den Wäldern lärmten Vögel und kleine Wasserfälle, und in der Luft hing etwas Überschäumendes, und am liebsten hätte er den ganzen Tag lang gesungen. Die Wochen in den Bergen kamen ihm wie ein gespenstischer Alptraum vor, und verwundert erinnerte er sich an seinen Wunsch, dort oben zu bleiben, weder tot noch wirklich lebendig, und an seine so traurig entstellten Bilder aus der wunderschönen Welt, die unter ihm lag.

Sie kamen in ein Tal, in dem leuchtendbunte Vögel herumflogen und in dem der Rhododendron in glühenden Farben flammte, und vor lauter Freude lachte er laut heraus.

Der Junge lachte auch.

»Gut, ja, Houtson, Sir?«

»Sehr gut.«

»Nur noch ein Tag. Du mußt dein Gesicht heute abend rasieren, Houtson.«

Das Gesicht des Jungen war so glatt und bartlos wie bei ihrer Abreise, aber auf Houstons Gesicht wuchs ein dichter schwarzer Bart. Er hatte sich schon Sorgen gemacht, sein Gesicht könnte unter dem Bart völlig bleich sein, aber als er sich an diesem Abend mühsam und mit dem Beistand des Jungen rasierte, war die Haut darunter vom Wind und der langen Zeit im Freien fast genauso dunkel wie überall sonst.

Der Junge musterte ihn kritisch, und er bestand diese Prüfung, doch es bereitete Ringling gewisse Sorgen, daß Houston sich laufend würde rasieren müssen – in Tibet eine ungewöhnliche und seltene Notwendigkeit.

»Na ja«, sagte Houston, dem klar war, daß dies nur eines unter vielen Problemen war. »Damit befassen wir uns, wenn es soweit ist. Und jetzt schlaf endlich.«

»Ja, Houtson.«

»Houston.«

»Ja, Sir. Houtson. Gute Nacht, Houtson.«

Am nächsten Morgen erwachte Houston mit einer leichten Atemlosigkeit, die nichts mit der Höhe zu tun hatte, und sie wuschen sich, frühstückten eilig und brachen zu ihrer letzten Etappe auf. Der Junge ging die wenigen Brocken Tibetanisch noch einmal mit ihm durch, und er konnte seinem bescheidenen Wortschatz sogar noch etwas hinzufügen. Dagegen gelang es Houston nicht, Ringlings Aussprache zu korrigieren. Der Junge nannte ihn stets Houtson, und er mußte noch darüber lachen, als sie aus einem kleinen Rhododendronhain herauskamen und auf einer grasbewachsenen Klippe standen, die steil in das smaragdgrüne Wasser eines Sees abfiel. Schon eine Stunde später sahen sie auf die sieben goldenen Dächer von Yamdring herab.

Es war am frühen Nachmittag des 12. Mai 1950.

Kapitel 6

1.

Es war erst sieben Monate her, seit er zum ersten Mal von diesem Ort gehört, und erst vier Monate, seit er London verlassen hatte, um mehr über ihn zu erfahren, doch er war ihm vom ersten Augenblick an so vertraut, als hätte er ihn sein Leben lang gekannt.

Genauso mußte das Filmteam vor fast einem Jahr auf diesen Ort gestoßen sein, und genauso hatte Kellys unbestechliches Objektiv den Anblick des Ortes für ihn festgehalten. Siebenhundert Meter unter ihnen schwammen die geriffelten goldenen Dächer in den aufsteigenden Luftströmungen. Das Kloster glitzerte auf seinen Spielzeugterrassen wie die Schichten eines Hochzeitskuchens. Auf dem unteren Innenhof wimmelte es von bunten Punkten, und eine ganze Reihe von ihnen schwankte über die Brücke aus Booten zu der kleinen Insel hinüber. Auf der Insel stand ein Bauwerk, ein abgeflachter Obelisk mit schimmernd weißen Wänden, die sich unter einem grünen Dach nach innen neigten, das in einem zierlichen goldenen Türmchen auslief. Der kleine See lag wie ein grüner Drehspiegel in dem Tal, und vielleicht zwei Dutzend Boote zeichneten schmale Insektenspuren auf die vollkommen ruhige Wasseroberfläche. Auf der anderen Seite begann die Ortschaft, die sich ausbreitete, sich blinkend am Ufer entlangzog, bis hin zum Kloster, und sich dann in den grünen Hügeln dahinter verlor.

In der Wärme des Nachmittags stieg ein starker, würziger Duft aus dem Tal auf, und mit ihm kam ein leises Bimmeln: Das ferne Klirren von Metall auf Stein, Musikfetzen von einem seltsamen blechern klingenden Instrument, ein gelegentlicher hoher, körperloser Aufschrei, und aus dem Kloster, das all diese Geräusche umschloß und zu beherrschen schien, schwebte das hallende Dröhnen eines Gongs herauf.

»Yamdring«, sagte der Junge.

Sie saßen eine Zeitlang da und blickten schweigend hinunter. Nach der Schätzung des Jungen würden sie für den Abstieg drei Stunden brauchen, und Ringling hatte es nicht eilig weiterzuziehen. Der Abend war die beste Zeit für ihre Ankunft. Dann konnten sie sich sofort einen Schlafplatz in einem der Gasthäuser des Ortes suchen, ohne Aufsehen zu erregen.

Houston rauchte eine Zigarette und beobachtete das außergewöhnliche Schauspiel. Er spürte Ausgeglichenheit und einen inneren Frieden und war sich überdeutlich bewußt, im goldenen Glanz der Maisonne an diesem Ort zu sitzen.

Er hatte es also geschafft. Auf einem Maultier, einem Fahrrad und seinen eigenen Füßen hatte er die unsäglichen Berge überquert, um an diesem versteckten Ort die Belohnung für seine Mühen zu finden. Er wußte, daß er es allein und auch so beinahe nicht geschafft hätte. Das änderte aber nichts daran, daß er hier saß.

Er atmete tief ein, und wieder überkam ihn dieses Gefühl, das er Wochen vorher schon einmal erlebt hatte, als er auf seinem Schlafsack gesessen und das Näherrücken der blauen Gipfel bei Sonnenuntergang beobachtet hatte: Das merkwürdige Gefühl, daß er bei den Geschehnissen, die sich hier abspielten, sowohl Akteur als auch Zuschauer war und daß er, wenn er sich auch nur ein wenig Mühe gab, sehen könnte, was noch bevorstand. Und wieder löste sich dieses Bild ebenso schnell auf, wie es vor seine Augen getreten war, und zurück blieb ihm nur das sichere Wissen, daß hier sein Bruder irgendwo war, keine halbe Meile entfernt.

Der Junge hatte sich in voller Länge auf dem Gras ausgestreckt und lugte voller Zufriedenheit über den Vorsprung.

»Das ist sehr günstig für uns, Houtson, Sir. Heute sind eine Menge Leute da.«

»Ja.«

»Es muß das Frühlingsfest sein. Sie kommen, um den Affen anzubeten.«

Houston warf seine Zigarette von der Klippe und ließ sich nur widerwillig aus seinen Tagträumen reißen. Er sagte: »Was ist das für ein Affe?«

Daraufhin erzählte ihm der Junge die Legende von dem Affen, der über die Berge aus Indien gekommen war, die gutwillige Dämonin in ihrer Höhle gefunden und sie in Versuchung geführt hatte, und wie er sie im Frühling auf die Insel im Yamdring-See getragen und sich im Herbst mit ihr gepaart hatte.

»Dort haben sie es getan«, sagte der Junge mit ausgestrecktem Zeigefinder. »Genau dort, wo jetzt der Schrein steht.«

»Ich verstehe. So also sind die Tibetaner entstanden.«

»Ja, Sir. Von dem Affen gezeugt. Er ist mein Vater«, sagte der Junge ganz schlicht.

»Meiner auch«, sagte Houston trocken. »Oder vielleicht war das ein anderer Affe.«

»Ja, Sir, ein anderer Affe. Der da ist noch hier.«

»Er muß inzwischen ein sehr alter Affe sein.«

»O nein, es ist nicht der richtige Affe. Es ist nur der Körper des Affen. Der richtige Affe ist gestorben«, sagte der Junge betrübt.

»Und die Dämonin?«

»Sie hat geweint, und ihre Tränen haben den See zu seinem Andenken grün werden lassen. Dann hat sie als ein weiteres Andenken das Heiligtum gebaut. Dort hat sie dann gelebt«, sagte er und deutete auf die unterste Ebene des Klosters. »Neunhundert Jahre lang hat sie dort gelebt.«

»Und was ist dann aus ihr geworden?«

»Sie ist weggegangen.«

»Sie ist nicht gestorben?«

»Die Dämonin kann nicht sterben. Sie kommt und geht.«

»Und im Moment ist sie wieder einmal fort, oder?«

»Nein, Sir, nein, Houtson«, sagte der Junge. »Sie ist da.«

»Im Kloster?«

»Im Kloster. Im obersten Teil des Klosters. Sie ist die Äbtissin – die Äbtissin *und* die Dämonin. Sie geht fort und kommt wieder. Sie ist jetzt in ihrem achtzehnten Körper.«

»Ich verstehe«, sagte Houston behutsam. »Und was ist mit dem Affen – kommt der auch zurück?«

»Oh, Houtson, nein«, sagte der Junge, der hinter einer zauberhaften Geste seiner schmalen Hand eilig ein Lächeln verbarg. »Der Affe kann nicht zurückkehren. Nicht der richtige Affe. Was für eine Überraschung wäre es für die Äbtissin, wenn der Affe zu ihr zurückkäme.«

»Hm«, sagte Houston, der über die Verzwicktheiten dieser Legende nachsann. Er blinzelte in die Sonne. »Sollten wir jetzt nicht aufbrechen?«

»Ja, Sir, wir können jetzt gehen«, sagte der Junge. Er stand auf, versetzte dem Maultier einen leichten Rippenstoß und kicherte immer noch über die mißliche Lage, in die eine Wiederkehr des Affen die Äbtissin gebracht hätte.

Sie begannen den Abstieg – nach Yamdring.

Die Mauer begann nach einer halben Stunde und setzte sich mit Unterbrechungen fast über die gesamte Strecke fort. Der Junge beugte sich zu den beschrifteten Kacheln hinunter, die in der herkömmlichen Form das Juwel im Lotus anriefen, und beim Laufen sang er ein wenig vor sich hin. Im Gedanken an die Rückkehr des Affen war er immer noch bester Laune, und eine gewisse Ausgelassenheit ging von ihm aus.

Der Pfad führte von der Klippe herunter und an einem langgezogenen Gerstenfeld vorbei, auf dem Frauen arbeiteten, und Houston sah, daß viele der Frauen die Oberteile ihrer Gewänder ausgezogen hatten und ihre kupfernen Brüste der heißen Sonne aussetzten. Der Junge pfiff und winkte, und ein oder zwei der Frauen drehten sich mit einem Strahlen, das ihre Zähne in der Sonne aufblitzen ließ, um und winkten zurück.

»Frauen aus Yamdring, Sir. Schöne Frauen«, sagte Ringling, der sie anstrahlte. »Aus dem Kloster«, fügte er hinzu.

Houston sah noch einmal hin und stellte fest, daß alle diese prächtigen jungen Geschöpfe die Köpfe geschoren hatten, und er fragte erstaunt: »Willst du damit sagen, daß sie Nonnen sind?«

»Nonnen, Sir? Kenne ich nicht.«

»Heilige Frauen?«

»O ja, Sir, heilig. Priesterinnen. Sie leben im Kloster, tausend von ihnen. Sehr heilige Frauen, Houtson, Sir.«

»Hm«, sagte Houston. Die jungen Frauen mit den nackten Brüsten wirkten nicht besonders heilig. Selbst, wenn man die Bräuche des Landes in Betracht zog, fand er, daß eine gewisse lebhafte Freude in ihren Blicken und Gesten lag, die er nicht mit Nonnen in Verbindung bringen konnte.

Der Junge hatte etwas aus seinem Tonfall herausgehört und sah ihn grinsend von der Seite an. Er sagte: »Sie wollen wissen, ob sie es tun, Houtson, Sir.«

»So, will ich das wissen?«

»Oh, sie tun es. Mein Gott, und wie sie es tun. Sie tun es wie die Klapperschlangen! Sie tun es bei jeder Gelegenheit!« sagte der Junge freudig.

Houston sah sich wieder die lebenslustigen jungen Priesterinnen im Gerstenfeld an und zweifelte nicht einen Moment lang daran. Er sagte: »Dürfen sie das denn tun?«

Der Junge lachte lauthals. »Nein, Sir, sie dürfen nicht. Aber sie tun es. Sie können sich nicht zusammenreißen. Die jungen tun es alle.«

»Du scheinst teuflisch gut über sie Bescheid zu wissen.«

»Ach, das weiß jeder, Sir. Es ist das einzige Vergnügen, das sie haben. Sie leben in Steinzellen. Sie schlafen auf Steinplatten. Sie haben ein schweres Leben, Sir. Es ist kein Wunder, daß sie es so schrecklich gern tun.«

»Wann haben sie Gelegenheit dazu?«

»In ihren Zellen, nachts, Sir. Sie werden eingeschlossen, aber die Mönche schließen ihre Türen auf. Es gibt nur einhundert Mönche für alle diese Frauen.«

»Dann müssen die Mönche ja sehr beschäftigt sein.«

»Ja, Sir, sehr beschäftigt. Aber manchmal gelingt es Leuten, von draußen hereinzukommen. Manche dieser Frauen können es in einer Nacht zehnmal machen«, sagte der Junge, und er fuhr sich mit einem lasziven und lüsternen Blick mit seiner kleinen rosa Zunge über die Lippen.

Houston schüttelte den Kopf. »Du bist ein kleiner Teufel, Ringling«, sagte er. »Ich weiß nicht, wie du die Zeit haben konntest, all das herauszufinden.«

Doch das, was ihn zum Lächeln brachte, als sie das Gerstenfeld hinter sich ließen, war nicht Ringlings Verdorbenheit und auch nicht die Frage, wie er wohl zu diesem ausgefeilten Wissen gekommen war. Ihm war etwas anderes eingefallen, etwas, was er vor Wochen in einem verstaubten Zeitungsgebäude in Kalkutta gelesen hatte, und darüber sann er nach, als sie den steilen Weg zu dem labyrinthisch verschlungenen Kloster mit seinen tausend steinernen Boudoirs hinabstiegen.

Die Neigungen der heiligen Frauen von Yamdring waren für ihn eine große Überraschung, für den Astrologen des *Hindustan Standard* wären sie das aber sicherlich nicht.

2.

Sie erreichten die Ortschaft bei hereinbrechender Dämmerung und kamen auf eine enge, hektische Hauptstraße, die, ehe sie auch nur die Hälfte zurückgelegt hatten, in taghelles Licht getaucht wurde. Tausende von Butterlampen brannten überall, auf dem Boden, auf den Verkaufstischen, und oben auf den Ständen und auf Pfählen, die sich quer über die Straße zogen. Das Marktleben war voll im Gang.

Nach den ruhigen Wochen in den Bergen kam es Houston vor, als wäre er mitten in die Drehorgel auf einem Jahrmarkt geschoben worden. Das betäubende Dröhnen und Schmettern schien ihm jeden Verstand zu rauben. Händler schrien, Musikanten erzeugten gellende Laute, Hunde bellten, Grammophone schepperten, und über alldem hing der Lärm der gesamten Menschenmenge wie der Lärm einer Kolonie von Papageien, den man durch einen Verstärker hört.

Der Junge verkaufte das Maultier für achtzig Rupien, ehe sie auch nur hundert Meter weit gelaufen waren, und dann gingen sie weiter, bahnten sich einen Weg durch die Menschenmassen, rempelten mit ihren Schlafsäcken und den Bündeln mit ihrer persönlichen Habe Passanten an und blieben hängen. Es war ein so außerordentlich lebendiges Treiben, daß Houston unablässig lächeln mußte und nicht damit aufhören konnte. Um sie herum gestikulierten und lachten von allen Seiten Menschen, schöne, lebhafte, lärmende Menschen, die wie Schmetterlinge im warmen Schein der Butterlampen umherflatterten. Sie drängten sich in Scharen um die Stoffhändler mit ihren Bahnen schimmernder Seide und um die Marktstände, auf denen sich Schmuck, Maultrommeln und Handspiegel stapelten. Dichte Grüppchen drängten sich schwatzend vor den Zelten von Wahrsagern und Briefschreibern, von Friseuren und Zahnärzten, und noch mehr Menschen diskutierten und plauderten an den Lebensmittelständen, an denen Jakbutter, Tsampa, Trockenobst, Teeziegel, grüner Ingwer, violette Bohnen und Blöcke schmelzenden gelben Karamels feilgeboten wurden.

Überall kauerten Gruppen in schmalen Durchgängen zwischen den Marktständen und tranken. Ringling bahnte sich einen Weg durch eine solche Gasse, und Houston sah, daß dahinter auf einer Terrasse hohe Häuser standen, die aus unbehauenen Steinen gebaut und etliche Stockwerke hoch waren. Menschen beugten sich aus den glaslosen Fenstern in die laue Abendluft, und hinter ihnen leuchteten in den Räumen mit den unbehauenen Steinmauern weitere Reihen von Butterlampen. Diese Straßenseite schien vom einen Ende bis zum anderen eine einzige gewaltige Katakombe von flackernden Steinzellen zu sein, und Houston stellte fest, daß das die Pensionen sein mußten, von denen der Junge gesprochen hatte.

Ein Strom von Menschen wurde an der ersten Tür abgewiesen, und sie mußten ihr Gepäck länger als eine Stunde auf der vollen, lauten Straße auf und ab tragen, ehe sie ein Haus fanden, das ihnen eine Unterkunft anbieten konnte. Das Zimmer, das man ihnen gemeinsam mit zwei anderen Männern und einer Frau zuwies, lag im fünften Stock, und unter ihrem Gepäck plagten sie sich gebeugt durch ein enges, tunnelartiges Treppenhaus nach oben, in dem es von den Lampen, die die Wände säumten, nach ranziger Butter roch.

Vom Treppenabsatz aus verzweigte sich ein verwirrendes Netz aus schmalen Korridoren, die hell erleuchtet und stickig von dampfender Butter waren, und von jedem Korridor gingen wie in einem Maulwurfsbau winzige Steinzimmer ab. Der junge Tibetaner, der ihnen den Weg gezeigt hatte, führte sie in eines der Zimmer und verschwand dann wieder. Houston sah sich seine drei neuen Gefährten an. Es waren kleine, drahtige, fröhliche Menschen, die auf dem gesamten Weg durch das Gebäude geplaudert und gelacht hatten, und sie unterhielten sich immer noch angeregt, als sie das Zimmer betraten. Sie drückten einander die Hände und nannten ihre Namen, und Ringling teilte ihnen seinen Namen mit und deutete auf seinen Mund und seinen Kopf, während er erklärte, daß Houston stumm und nicht ganz richtig bei Sinnen sei.

Auf dem Steinfußboden lagen fünf Strohsäcke, und in einer Ecke stand ein großer Ledereimer. Das schien die gesamte Einrichtung zu sein. Ein Fell hing vor dem Fenster, und in dem winzigen Zimmer stank es noch schlimmer als im Flur. Einer der Männer entfernte das Fell und beugte sich singend nach draußen, während der andere gemeinsam mit der Frau auf dem Fußboden eine Mahlzeit auf einem kleinen Butterbrenner zuzubereiten begann.

Houston legte sich auf seinen Strohsack und schloß den

Mund und die Augen, während Ringling ihre Sachen auspackte. Noch nie in seinem ganzen Leben war er einem derart ungeheuerlich üblen Gestank ausgesetzt gewesen, und der Lärm und die Farben ließen seinen Kopf schwirren. Das Rasseln und Klappern und Kreischen auf der Straße schien hier oben noch lauter zu sein, und die Menschen im Zimmer schrien, um sich einander verständlich zu machen. Ringling schrie genauso laut wie die anderen. Der ganze Trubel schien ihn nicht zu stören, sondern eher glücklich zu machen.

Houston blieb mit geschlossenen Augen auf seinem Strohsack liegen und bemühte sich, die steinerne Zelle und das gelbe rauchende Funkeln abzublocken, was ihm auch für ein paar Minuten gelang, doch dann schüttelte ihn der Junge, und er setzte sich auf und stellte fest, daß die Frau eine große Schüssel mit etwas Suppenähnlichem zubereitet hatte und daß alle um die Schüssel herumsaßen und aßen.

»Iß jetzt«, sagte der Junge laut auf tibetanisch zu ihm und grinste ihn an.

»Iß. Gutes Essen.«

Houston warf einen Blick in die Schüssel und sah etwas darin herumschwimmen, und in einem unachtsamen Moment atmete er durch die Nase und sprang würgend auf. Er wußte nicht, wohin er gehen sollte, und der Junge stand sofort neben ihm, und zitternd hing er über dem Eimer und sah, daß er gar nicht leer gewesen war, und er spuckte und lehnte sich eine Weile mit zitternden Knien und tränenden Augen an den schmierigen Rand des ekelhaften Behälters.

Er drehte sich um, lächelte die Menschen, die um die Schüssel herumsaßen, mit einem entschuldigenden Lächeln an, und sie lächelten ganz unbeirrt zurück und aßen herzhaft weiter.

Sie gingen ins Freie, denn er ertrug es nicht, mit dem Essen und dem Eimer in einem Zimmer zu sein. Dennoch stellte er auf der Straße plötzlich fest, daß er hungrig war, und sie aßen etwas.

Sie aßen an einem Stand am hintersten und weniger lauten Ende der Ortschaft, saßen auf Kisten und wurden von einem blinden Musiker unterhalten, der auf fünf kleinen Gongs zarte Melodien spielte. Sie aßen harte Gerstenkuchen mit weichem Frischkäse und spülten das Essen mit reichlichen Mengen eines milden Malzbiers herunter, und nach dieser Mahlzeit, der besten seit Wochen, hatte Houston in der kühlen Abendluft und fernab vom Lärm der Ortschaft das Gefühl, wieder er selbst zu sein. Sie schlenderten durch das Dorf und rauchten kratzende, aber würzige Zigarillos, und Houston konnte sich ein Bild davon machen, wie das Kloster im Verhältnis zur Hauptstraße lag.

Sie waren in der Dämmerung hinter dem Kloster heruntergekommen und hatten nur seinen Umriß erahnen können. Aber jetzt konnten sie es deutlich im Mondschein erkennen, der auf die überhängenden goldenen Dächer fiel, die eine halbe Meile entfernt am See aufragten. Tausende von Lichtern funkelten in sieben hohen Säulen vor dem dunklen Berg. Von dort, wo sie standen, wirkte es wie ein großer schiefer Turm, der festlich erleuchtet war.

Eine Brise strich über den See, und die Brücke aus Booten wankte leicht im Wind. Die Butterlampen tanzten wie Leuchtkäfer. Selbst um diese Tageszeit hatte die Prozession noch nicht aufgehört, und wie die Ameisen strömten sie endlos dem Ort zu, an dem die weißen Wände des Schreins bleich im Mondlicht schimmerten und der schlanke Turm wie eine Nadel blinkte.

»Wollen Sie das Heiligtum besuchen, Sir?« fragte Ringling, der ihn beobachtete.

Houston hatte keine Lust; er fand, er hatte für einen Tag schon mehr als genug getan. Doch dann erinnerte er sich wieder daran, daß der Affe der Vater des Jungen war, und daher nickte er lächelnd, und sie kehrten um und liefen noch einmal am Seeufer entlang. Als sie sich dem Kloster näherten, sah er erst, wie gewaltig dieser Gebäudekomplex war. Selbst die Teile auf der untersten Ebene wuchsen hoch über ihnen in den dunklen Himmel und waren mit Lichtern übersät.

Eine Treppenflucht führte vom See aus auf einen großen Platz, und von diesem Platz aus führten weitere Treppen zu den riesigen eisernen Toren des Klosters. Vor den Toren standen uniformierte Männer mit Keulen und Togas und griechisch anmutenden Helmen, und ein kleinerer Trupp von ihnen patrouillierte auf der oberen Treppe, offensichtlich, um sie freizuhalten. Auf dem Platz unter der Treppe drängten sich Menschenmassen. Sie standen still und schweigsam da und lauschten dem Singsang, der aus dem Kloster drang.

In diesem Singsang schwang etwas Klagendes mit, das Houston schon einmal gehört hatte, und er lächelte in der Dunkelheit, als ihm einfiel, wo und mit wem er diesem klagenden Gesang gelauscht hatte, und er fragte sich, wie es Michaelson wohl auf der anderen Seite der Berge ergehen mochte.

Die Brücke aus Booten begann an einer kleinen Mole am Fuß der Treppe, und sie bahnten sich ihren Weg dorthin. Die Boote waren aus Tierfellen, sie schwankten stark, und die Brücke hüpfte wie ein Korken auf dem aufgewühlten Wasser herum. Zu Beginn der Prozession herrschte gedämpftes Schweigen, das durch die Stille der Menschenmenge auf dem Platz über den Booten ausgelöst wurde, doch dieser Einfluß legte sich auf halber Strecke, und die Schlangen in beiden Richtungen lachten und hielten sich fröhlich aneinander fest, während sie über das funkelnde Wasser stolperten und schwankten.

Die Insel war vielleicht vierhundert Meter lang, und das Heiligtum stand in der Mitte. Hier gab es keine Wächter, und die Menschen strömten lebhaft und gar nicht ehrerbietig in das Bauwerk hinein. Im Innern befand sich nur ein Raum, mit Stein gepflastert und mit einer hohen, spitz zulaufenden Decke. In der Mitte des Raumes kauerte der Affe. Er war aus Gold und sieben Meter hoch. Gesichtszüge und Hände des Affen ließen auf Güte und Freundlichkeit schließen, und andere Körperteile dieser lebhaften goldenen Gestalt wiesen auf große Fruchtbarkeit hin. Houston lief gemeinsam mit der Menge voll Bewunderung um die Gestalt herum und hatte sein Vergnügen daran. Es gab eine Reihe von Wandbildern, deren Farben ein wenig ausgebleicht waren, und er hätte sie sich gern länger angesehen, aber die Menge stieß ihn weiter, trieb ihn durch den Raum und einmal rundherum und schließlich aus dem Heiligtum hinaus. Ein Mönch mit orangener Kutte stand draußen mit einem Teller für Opfergaben, Ringling gab ihm Geld für sich und für Houston, und dann liefen sie über den taunassen Rasen zurück zur Brücke.

Auf der anderen Seite des Sees löste sich die Menge auf, die Lichter des Klosters verloschen. Jetzt werden die jungen Priesterinnen für die Nacht eingeschlossen, dachte Houston, und wieder lächelte er. Es war ein lebendiger Ort – lebendiger, lärmender und auch bei weitem fremder, als man ihn sich vorstellte, wenn man in einem Büro mit Teppichboden in der Wardour Street, am anderen Ende der Welt, das erste Mal von ihm hörte.

Ein kühler Wind kam vom See her, und Houston fühlte sich steif und müde. Es kam ihm vor, als sei es länger als nur einen Tag her, seit er in seinem Zelt hoch oben in den Bergen erwacht war. Sie überquerten den Markt, auf dem es jetzt auch dunkel wurde, und fanden das Haus wieder, stiegen die fünf Stockwerke im tunnelartigen Treppenhaus hinauf und verbrachten etliche Zeit damit, in diesem muffigen Maulwurfsbau den richtigen Korridor zu finden. Dann betraten sie leise das Zimmer.

Es war jetzt schummrig, denn bis auf eine waren sämtliche Butterlampen gelöscht. Die drei Tibetaner lagen wie Wachsfiguren auf ihren Strohsäcken.

Sie zogen sich schweigend aus, Houston kroch in seinen Schlafsack, und in dem Augenblick, in dem die Lampe ausging, hörte er das leise »Gute Nacht« des Jungen in seinem Ohr. Er wollte schon etwas erwidern, aber er hielt sich im letzten Moment zurück. Zwar hätte ihn niemand gehört, aber er konnte sich auch gleich daran gewöhnen, es richtig zu machen. Daher brummte er nur, ein Brummen, das sich für einen Mann geziemte, der taub und außerdem nicht ganz richtig im Kopf war. Er legte sich hin, fuhr sich mit der Zunge über die Lippen und fragte sich, was der morgige Tag wohl bringen mochte.

Doch von diesem Tag trennten ihn noch Stunden.

Die Tibetaner lachten und murmelten im Schlaf vor sich hin. Houston lag wach und hörte sie. Beide Männer suchten im Laufe der Nacht die Frau auf, und alle gingen sie einmal zum Eimer. Auch das hörte Houston. Er konnte sein Gehör nicht abstellen, aber er konnte etwas gegen seinen Geruchssinn tun, und so lag er da, atmete durch den Mund, und seine Kehle wurde so spröde wie Pergament, während in der übelriechenden ertastbaren Schwärze eine Stunde auf die andere folgte.

Es war nicht gerade seine beste Nacht.

3.

Im Hinterhof stand eine Pumpe, und Houston wusch sich dankbar im ersten Licht der Sonne. Männer und Frauen um ihn herum hatten sich ohne Hemmungen entkleidet und nahmen im Stehen ein Bad. Houston und der Junge dachten an die Geldgürtel, die sie auf der Haut trugen, sie wuschen sich nur die Gesichter und die Füße und trockneten sich mit ihrer schweißfleckigen Kleidung ab. In der miefenden Zelle, in der sie die Nacht verbracht hatten, hatten sie schon früh Tee und Tsampa gefrühstückt und das Zimmer auch für die kommende Nacht gebucht, um ihre Sachen dort lassen zu können. Sie hatten keinen Anlaß, noch einmal hineinzugehen, und sie verließen den Hof auf direktem Weg.

Seit Wochen war Houston jeden Tag unter der Last des Gepäcks angetreten und hatte gewußt, daß er in vielen Stunden viele Meilen zurücklegen mußte. Als sie nun an diesem strahlenden Morgen auf die Straße traten, fühlte er sich seltsam verloren und leicht wie die Luft – als hätte er etwas vergessen.

Auf dem Markt wurden gerade die Stände geöffnet, und die Straße füllte sich mit Menschen. Sie begaben sich direkt zum See und liefen am Ufer entlang. Die Sonne stand noch dicht über dem Wasser, doch ein paar Vergnügungsdampfer waren schon unterwegs, und die ersten Drachen waren im Morgenwind aufgestiegen. Der Platz vor dem Kloster lag in Schatten getaucht.

Sie hatten sehr gründlich geplant, was heute getan werden mußte, aber auch die Vertrautheit mit dem Plan ließ ihn nicht sicherer erscheinen. Es war für Houston noch unglaublicher als am Vorabend, tatsächlich in einem tibetanischen Dorf herumzulaufen.

»Dann gehen wir doch zuerst hinein«, sagte ihm der Junge ins Ohr. »Einverstanden, Sir?«

»Einverstanden.«

»Wie geht es Ihnen?«

»Gut.«

Es ging ihm überhaupt nicht gut. Irgendwo im Innern des Klosters dröhnte gleichmäßig ein Gong, und sein Herz hatte begonnen, im selben Takt zu schlagen. Die Tore standen jetzt offen, und Wächter mit Knüppeln patrouillierten vor ihnen. Eine kleine Menschenschlange wurde durch das eine Tor eingelassen, während aus dem anderen Priesterinnen in orangenen Kutten herauskamen.

Der Junge sagte kein Wort, als sie die Stufen hinaufstiegen und den Platz überquerten. Sie stellten sich hinten an und schlurften langsam die zweite Treppe hinauf. Auf der Terrasse über der Treppe war eine Reihe von schweren Gebetsmühlen aufgestellt worden. Sie drehten sich, angetrieben von allen, die an ihnen vorbeigingen, und die eingeölten Holzspindeln rumpelten leise und hohl wie ein langsamer Zug auf einer Brücke. Ein Wächter stand mit Helm und Toga auf der obersten Stufe und beobachtete die Menge. Er sah in jedes einzelne Augenpaar, während er ungerührt seine Keule schwang. Houston spürte, wie sein Herz unangenehm heftig schlug. Aus dem Augenwinkel sah er, daß auch Ringling sehr nervös war. Wieder grinste er mit dieser wüsten und erstarrten Fröhlichkeit, die Houston bereits in kritischen Momenten auf seinem Gesicht erwartete.

Doch sie rückten dem Wächter näher und an ihm vorbei, zu den rumpelnden Gebetsmühlen hin und an ihnen vorbei, und dann waren sie im Kloster.

Houston wußte nicht, was er dort erwartet hatte. Das, was er vorfand, war jedenfalls eine Enttäuschung. Es erinnerte ihn an den Bahnhof St. Pancras in London: ein riesiges Gewölbe mit einem Kuppeldach, in dem metallische Geräusche und die Laute schlurfender Schritte widerhallten. Butterlampen hingen in Girlanden, und in ihrem schwachen Lichterschein standen alte vergoldete Götzen wie vergessene Werbeobjekte da. Eine Gruppe von Priesterinnen belud einen Tisch mit den Verkaufsgütern des Klosters, und Pilger drängten sich gruppenweise in vergitterte Kapellen wie Reisegruppen, deren Züge aufgerufen werden.

Sie blieben stehen und sahen sich um, und Houston stellte fest, daß es doch noch mehr zu sehen gab. Eine Anzahl von Menschen kroch über den Boden des Klosters, die Gesichter auf den Stein gedrückt. Ein kleiner, skeletthafter alter Kerl saß da und schlug den Kopf sehr heftig gegen einen der Götzen, und überall hockten Gruppen von Menschen im Schneidersitz, hielten brennende Räucherstäbchen in den Händen und verfielen in einen Singsang, während Mönche auf kleine

Gongs schlugen. Überall sah er die kleinen Gongs, den großen konnte er nirgends entdecken. Der Junge legte seine Hand auf seinen Arm, und sie gingen weiter.

Von dem großen Saal aus kamen sie vielleicht an fünfzehn Kapellen vorbei, manche waren nur Nischen, gerade groß genug für einen Götzen und ein Tablett mit Blumen. Überall saßen Menschen im rauchigen Kerzenschein und hielten Räucherstäbchen in den Händen. Ihr Duft hing schwer in der Luft. Doch er wurde von einem anderen überlagert. Houston schnupperte und identifizierte ihn auch nach etlichen Monaten augenblicklich: Es war genau der Geruch der Mädchen-Oberschule in der Edith Road. Plötzlich wurde ihm klar, daß dies tatsächlich ein Frauenkloster war und daß unter den Kutten Schwestern steckten, unter allen. Er sah durch eine offenstehende Tür und verstand, warum der Geruch hier so stark war. In einer langgestreckten, steinernen Halle saßen hundert kahlgeschorene Priesterinnen in Reihen auf dem Fußboden und sangen. Sie wiegten sich beim Singen wie ein Ringelblumenbeet.

Ein Wächter kam auf sie zu, als sie in die Halle schauten, und sprach sie an. Der Junge nahm ihn zur Seite. Houston sah, daß etliche Wächter herumliefen. Gelegentlich blitzten ihre Helme im Schein der Butterlampen auf.

Er durchschaute dieses Bauwerk nicht. Es schien viele kleinere Säle zu geben, die von dem großen Saal abzweigten, und eine Anzahl von Türen und Gängen. Das Gebäude war alt, und im Laufe der Jahre war es in alle Richtungen gewachsen. Es bestand wenig Hoffnung, jetzt Erkundungen anstellen zu können, denn die Wächter waren wirklich überall.

Der Junge war umhergelaufen wie ein Spürhund, jetzt zog er Houston an die Seite und flüsterte ihm ins Ohr: »Wir werden doch die andere Möglichkeit wählen müssen, Houtson, Sir. Hier sind keine Bettler.«

Houston war es auch aufgefallen, er nickte nur, und sie kehrten um.

Der Schatten schob sich gerade vom Platz, als sie aus dem Kloster kamen. Die Sonne stand höher über dem See. Es ging auf acht Uhr zu, und sie hatten ihre erste Aufgabe erledigt.

4.

Später sollte Houston sich noch fragen, was wohl gewesen wäre, wenn sie eine exakte Landkarte gehabt hätten, als sie sich von Kalimpong aus auf die Reise machten. Mit Sicherheit wären sie zwei Wochen eher eingetroffen. Aber hätte er dann das Bett einer Dämonin geteilt, hätte er seine Hände in das Blut ermordeter Männer getaucht, hätte er dieselben Verstümmelungen erlitten? Er würde es nie mit Gewißheit sagen können, doch er bezweifelte, daß alles so gekommen wäre.

Dank der mangelnden Genauigkeit ihrer Karte waren sie jedoch am ersten Tag des Frühlingsfests in Yamdring eingetroffen, und Ringling schien das für ein unglaublich großes Glück zu halten, denn das Fest dauerte insgesamt sieben Tage, und mit jedem Tag wuchs die Menschenmenge, die sich in der Ortschaft einfand. Er konnte nach Herzenslust schnüffeln, ohne irgendeine Aufmerksamkeit auf sich zu lenken, und genau das tat er auch. An den drei ersten Tagen setzte er Houston zwischen die Bettler auf dem Platz vor dem Kloster und machte sich selbst eifrig daran, Erkundigungen einzuziehen. Zwischendurch kam er zurück, um dafür zu sorgen, daß Houston etwas zu essen bekam, wenn Tsampa an die Bettler ausgegeben wurde.

Unter den Bettlern waren gräßliche Ungeheuer, und Houston mußte anfangs mühsam demonstrieren, daß auch er notleidend war. Er stieß auf die geballte Feindseligkeit der Amputierten, doch durch beharrliches Gurgeln und Grunzen und gelegentlichen Schaum auf den Lippen erreichte er es schließlich, akzeptiert zu werden – wenn schon nicht von den Gönnern, so doch von den Bettlern: die Einnahmen waren dürftig.

Acht Stunden am Tag saß er da und sonnte sich auf den harten Fliesen des Platzes. Nur sein Rücken, den er bereits überbeansprucht hatte, litt unter dieser Behandlung. Innerlich war er wie verzaubert. Seine tiefsten Instinkte sagten ihm, daß sein Bruder hier war, nur Meter von ihm entfernt. Er fühlte sich wie ein Spion in der ungeschützten Stadt des Feindes. Er glaubte, nie eine solche Zufriedenheit gekannt zu haben wie diese: ein Geschehen zu beobachten, das vor ihm nur wenige kennengelernt hatten, und festzustellen, daß es seinen Vorlieben und Begabungen hochgradig entsprach.

Das Spektakel, von dem er umgeben war, hatte etwas Bizarres an sich. Messen wurden abgehalten, damit die Kinder des Affen sich an ihn und an ihre eigene Abstammung erinnerten, täglich trafen berühmte Besucher ein. Einmal wurden die Stufen für das Kommen eines bekannten Flagellanten geräumt. Es war ein ausgemergelter Kerl, der auf seinen Knien vierzig Meilen über einen Gebirgspaß gerutscht war und bei jedem Halt sein Gesicht, seinen Nacken und seine Schultern mit einem Riemen aus Jakleder gegeißelt hatte. Wie ein Hund kroch er stöhnend die beiden Treppen hinauf, von Kopf bis Fuß wund, und immer noch geißelte er sich, während die Menge respektvoll zischelte.

Einmal wurden die Bettler verscheucht, um einem prächtigen Gefolge Platz zu machen: Die hundert herausgeputzten Pferde und ihre Reiter füllten fast den ganzen Platz. In ihrer Mitte befand sich eine Sänfte, die von acht gigantischen Männern getragen wurde, und aus ihr heraus trat ein junger Mann, der von Kopf bis Fuß in türkisfarbenen Brokat gekleidet war. Sein langes schwarzes Haar war um seinen Kopf geflochten und wurde im Nacken von einem juwelenbesetzten Knoten gehalten, und an einem seiner Ohren hing ein langer türkisfarbener Ohrring. Perlen und kostbare Edelsteine funkelten auf ihm. Die Bettler grüßten ehrfürchtig, zischelten und ließen ihre Zungen heraushängen, und Houston tat es ihnen nach und sah erstaunt zu, wie sich der junge Mann bis auf das Hemd auszog, seine Kleider und seine Juwelen verschenkte und sich dann umdrehte und das Kloster betrat. Nach der Messe kam er wieder heraus, immer noch im Hemd, und er wurde wieder fortgetragen, und die Sänfte, die Equipage und die Pferde bewegten sich mit langsamen, gemessenen Schritten die Stufen hinunter.

Drei Tage lang saß Houston da und fertigte in seinem Kopf laufend Skizzen an. Doch am vierten Tag wurde er ungeduldig, und in ihm wuchs das Bedürfnis, etwas zu unternehmen. Er schüttelte seinen traumähnlichen Zustand ab, in den die Sonne, die Trägheit und die üppigen Eindrücke ihn hatten gleiten lassen, und stellte fest, daß es an der Zeit war, die Dinge selbst in die Hand zu nehmen.

Er war jeden Abend mit dem Jungen einige Meilen weit am Ufer entlanggelaufen, um sich zu rasieren und zu hören, was es Neues gab, doch die Neuigkeiten, die ihm der Junge gebracht hatte, waren nicht allzu ermutigend gewesen. Ringling hatte nicht etwa gefaulenzt, sondern es war eher so, daß er von Natur aus leichtgläubig war und alles Mysteriöse um seiner selbst willen liebte, und so hatten seine Erkundungen einen Weg eingeschlagen, der ständig verworrener und undurchsichtiger wurde. Hinzu kam, daß er ständig trinken mußte, um weiterzukommen. Houston empfand seinen Schluckauf und seine Heiterkeit auf die Dauer als lästig.

Am vierten Abend liefen sie wieder am See entlang, und Houston hörte sich mit sinkendem Mut die neuesten Berichte an. Sie ähnelten denen der bisherigen Tage. Es war eine Aufzählung von belanglosen Einzelheiten, die das Gerücht stützten, daß eine Gruppe von Europäern im Kloster lebe. Aber der Junge hatte niemanden gefunden, der diese Leute tatsächlich selbst gesehen hatte, und keine der Geschichten schien eine größere Bedeutung zu haben.

Schließlich fragte Houston: »So, Ringling, und was fangen wir jetzt damit an? Wir kommen keinen Schritt weiter.«

»Dann ist da noch die halbe Krone, Houtson, Sir«, sagte Ringling vorwurfsvoll. Das war sein neuestes Thema. »Vergessen Sie die halbe Krone nicht, Sir.«

»Ich habe sie nicht vergessen«, sagte Houston, der die Zähne zusammenbiß. »Das ist alles sehr interessant. Und ich war sehr froh, es zu hören. Aber als Beweis ist es nicht allzu nützlich. Im letzten Jahr waren zwanzig oder dreißig Engländer hier. Im Ort können sehr viele halbe Kronen als Kuriosität im Umlauf sein.«

»Oh«, sagte der Junge. Daran hatte er nicht gedacht.

Houston sah auf den See hinaus. Ihm war längst klargeworden, wie sie weiterkommen konnten, aber er wußte nicht so recht, wie er sich ausdrücken sollte.

Sie schwiegen eine Weile, nur unterbrochen vom Schluckauf des Jungen, dann sagte er: »Hat vielleicht eine dieser Priesterinnen ein Auge auf dich geworfen?«

»Nein, Sir, diesmal nicht«, sagte der Junge mit einem breiten Grinsen.

»Und sonst?«

»O ja, Sir. Oft. Früher oft. Sie mögen mich.«

»Wie äußert sich das?«

Ringling erklärte ihm, wie sich das äußerte, und er kicherte dabei.

»Wie bist du hineingekommen?«

»Oh, es gibt Wege, die hineinführen, Houtson.«

»Ich dachte schon, du seist noch zu jung dazu.«

»Nein, Sir. Nicht zu jung. Sie mögen junge Männer.«

»Sogar siebzehnjährige Knaben?«

»Besser als alte Mönche von siebzig«, sagte der Junge verächtlich und führte einige Schwächen dieser Altersgruppe an.

»Hm«, sagte Houston.

»Es ist wahr, Sir. Ich erzähle Ihnen keine Lügen.«

»Wie alt war sie?«

»Ich weiß es nicht. Dreißig. Fünfunddreißig. Sie war begeistert.«

Houston holte tief Atem. »Was hältst du davon, es noch einmal bei ihr zu probieren?« sagte er dann.

»Noch einmal bei ihr probieren?« Der Schluckauf des Jungen drang durch die Dämmerung.

»Dieses Mal.«

»Während des Festes?«

»Warum nicht?«

»Während des Festes . . .«, sagte der Junge, der überraschend schnell nüchtern wurde. »Es ist sehr schwierig, wenn gerade das Fest stattfindet. Ich weiß nicht, ob das klappt. Sie sollen es während des Festes nicht tun.«

»Sie sollen es doch sonst auch nie tun.«

»Aber jetzt laufen so viele Wächter herum.«

»Ich verstehe«, sagte Houston.

»Aber sonst könnte ich es jederzeit tun. Das wäre sogar ganz einfach.«

»Na gut«, sagte Houston. »Dann wirst du es wohl ein anderes Mal tun müssen, oder? Wenn du ein bißchen älter bist«, fügte er hinzu.

Ringling half am nächsten Tag bei der Tsampa-Ausgabe. Die junge Priesterin kam mit einem Maultier und teilte Tsampa aus den Körben aus, die auf das Maultier gebunden waren. Sie gab jedem Bettler etwas, segnete ihn, während er aß, und nahm seinen Dank an den Affen entgegen, dem er diese Unterstützung zu verdanken hatte.

Sie blieb bei jedem eine Zeitlang stehen, und der Maulesel blieb bei ihr stehen und wartete. Und Ringling blieb bei dem

Maultier stehen und wartete. Er hielt ihr die Körbe auf, und wenn sie leer waren, holte er neue. Die Priesterin war eine große junge Frau, breiter gebaut als Ringling und stärker als er, doch sie ließ ihn helfen und segnete ihn zum Abschluß dafür. Ringling legte seine Hände zusammen, während sie das tat, doch Houston sah, daß trotz der Demut des Jungen und der priesterlichen Ruhe der Frau beide einander mit recht eingehendem Interesse betrachteten.

Der Junge ging, um seine Erkundungen in der Ortschaft fortzusetzen, ohne noch einmal zur Schlange der Bettler zurückzukehren. Doch am Nachmittag kam er wieder, und Houston konnte seinen Blick auf sich lenken. Der Junge zwinkerte.

Als er nachts aufwachte, hörte er jemanden den Eimer benutzen, und er glaubte, es sei Ringling, der schon wieder da war. Doch es war nicht Ringling. Es war die Frau, und sie legte sich seufzend wieder hin. Houston seufzte auch und machte sich auf ein langes Warten gefaßt.

Er mußte wirklich lange warten.

Er hörte einen Hund auf der Straße bellen und war sofort hellwach. Wenige Minuten später wurde die Türklinke heruntergedrückt, und der Junge schlich ins Zimmer.

Er sagte leise: »Ringling«, und er hörte, daß der Junge zu ihm herüberkam. Er setzte sich auf seinem Strohsack auf. »Bist du hereingekommen?«

»Natürlich. Sie war ganz begeistert!« flüsterte ihm der Junge ins Ohr.

»Und?«

»Sie sind da, Houtson. Sie sind im Kloster, alle vier. Einer ist verrückt. Ich erzähle es dir morgen.«

5.

Sie hatten sich die Geschichte gemeinsam ausgedacht, und es hatte geklappt. Ringling hatte ihr erzählt, Houston sei sein Onkel, und er habe seine Arbeit niedergelegt, um ihn hierher zu bringen, damit er betteln konnte, zur Buße. Außerdem hatte er ihr erzählt, er sei im letzten Jahr als Träger mit den Europäern gezogen, und einer von ihnen schulde ihm noch Geld, und er habe gehört, dieser Mann sei noch hier.

»Sie hat es geglaubt?«

»Sie hat es geglaubt, und sie wird mich zu ihm führen.«

»Wie kann sie das tun?«

»Ich weiß nicht, wie, Sir, aber sie wird es tun. Es ist ein Geheimnis zwischen uns beiden. Man darf nicht Geld für eine Arbeit fordern, wenn man gerade Buße tut, und daher wird sie es niemandem erzählen, Sir. Sie mag mich«, sagte er stolz.

»Du scheinst recht sicher zu sein, daß sie die Fremden wirklich gesehen hat. Sie hat sie doch selbst gesehen? Und nicht nur davon gehört?«

»Sie hat sie gesehen, Sir. Sie sieht sie täglich. Sie sind im dritten Kloster. Dort spielen sie im Hof mit dem Ball – alle bis auf den Verrückten.«

»Welcher ist verrückt?«

»Ich weiß es nicht.«

»Was meinst du mit verrückt? Wie verrückt ist er?«

»Das hat sie nicht gesagt, Sir.«

»Gut«, sagte Houston. »Dann hoffen wir doch, daß du heute nacht Glück hast. Dann kannst du es herausfinden.«

»Glück«, sagte der Junge hämisch. »Das ist keine Frage von Glück, Houtson. Sie wird genau das tun, was ich sage. Sie wird alles für mich tun.«

Es war doch eine Frage von Glück, denn die Priesterin tat nicht, was er ihr sagte. Statt dessen hatte sie sich etwas Neues ausgedacht, was den Vorteil für sie hatte, daß sie nicht in einen Verstoß gegen die Vorschriften hineingezogen wurde, und sie unterbreitete Ringling diese neue Idee als eine Alternative.

Der folgende Tag war der letzte Tag des Frühlingsfestes, und er würde mit einer feierlichen Segnung begangen werden. Die Äbtissin persönlich würde den Segen verkünden, und jede Menschenseele im ganzen Kloster und außerdem alle, die es schafften hineinzukommen, würden sich in den Saal im unteren Stock drängen, um sie zu hören. Das war der einzige Tag im ganzen Jahr, an dem ein Außenstehender sich in die oberen Klöster einschleichen und nach Lust und Laune dort herumstöbern konnte.

»Was sagen Sie dazu, Sir?« fragte Ringling lächelnd. »Wenn ich es unbedingt will, bringt sie mich heute nacht hin, aber auf die andere Weise können wir beide hinein. Wir können gleich nach oben gehen und uns eine halbe Stunde ganz allein mit ihnen unterhalten. Was meinen Sie, Houtson, Sir?«

Houston wartete noch mit seiner Antwort. Die Sache hatte schon eine gewaltig lange Zeit gedauert. Und in dieser Zeit hatte es fast täglich Komplikationen und Schwierigkeiten gegeben. Und selbst, wenn es um sein Leben gehen sollte, im Moment konnte er keine unüberwindbaren Hindernisse sehen. In der Weise, wie sich alles zusammenfügte und Gestalt annahm, lag eine gewisse Unabwendbarkeit. Das alles schien nur ein Vorzeichen des Erfolges sein zu können.

Er sagte leise: »Einverstanden, so machen wir es.«

»Ja, Sir«, sagte der Junge grinsend. »Dann brauche ich mir heute nacht also keine Sorgen zu machen.«

»Nur um deine Gesundheit«, sagte Houston.

So standen die Dinge am letzten Tag des Frühlingsfestes in Yamdring. Es war der letzte Tag, an dem Houston sich noch hätte retten können.

Kapitel 7

1.

Das Frühlingsfest des Affen in Yamdring läßt sich historisch achthundertfünfzig Jahre zurückverfolgen. Das Zweite Fest geht weniger weit zurück – es wurde erst von der dritten Verkörperung eingeführt, einer Äbtissin, der ein legendäres Temperament nachgesagt wurde, in ihrem sechzigsten Lebensjahr. Da entsprechend einer Prophezeiung die Tradition beider Feste im Jahre 1960 abbrechen sollte (was die Chinesen mit ziemlicher Sicherheit durch ihren Artikel gegen Obszöne Riten im Rahmen der Gesetze zur Behebung von Mißständen aus dem Jahre 1959 auch erreicht haben), nahm eine immer größer werdende Zahl von Menschen an ihnen teil, was den gewaltigen Andrang erklärt, der in Yamdring herrschte, als sich Houston dort aufhielt.

Wenn man die Lebensweise und die heitere Ambivalenz in Betracht zog, mit der das Volk seinen Priesterinnen und seiner Religion gegenüberstand, konnte Houston beim besten Willen nichts schockierend Obszönes an den Frühlingsriten entdecken, wenn ihn auch gewisse Merkmale ein wenig aus der Fassung bringen sollten. Doch zu diesem Zeitpunkt war er schon tief in alles verwickelt.

Das Doppelzeremoniell, mit dem das Frühlingsfest beendet wurde, das Werben und der Segen selbst, fand schon vor neun Uhr morgens statt – der Brauch sagte: »Ehe die Sonne den Schrein gefunden hat.« Da es entscheidend war, daß sie unter den ersten Besuchern auf dem Platz waren, standen Houston und der Junge um halb sechs auf, doch selbst zu dieser frühen Stunde herrschte schon ein bedenkliches Treiben in dem Gebäude. In den engen Korridoren wurden Türen geöffnet und geschlossen, und schläfrige Hausbewohnerinnen kamen gereizt aus ihren Zimmern. Im Innenhof umlagerte eine halbnackte Schar von ihnen die Pumpe, sie bespritzten und schrubbten sich kräftig in der kühlen Morgenluft.

Houston hatte schlecht geschlafen, und ihm war übel vor Aufregung. Der Junge hatte überhaupt nicht geschlafen. Er hatte gerade noch Zeit gehabt, ihn abzuholen. Houston sah ihn an und nickte. Ohne sich zu waschen, verließen sie augenblicklich das Hotel.

Draußen war ein grauer und leicht dunstiger Tag angebrochen, und in der Luft hing ein seltsam hohl klingendes Stöhnen, das Houston schon in seinem Zimmer gehört hatte. Als sie das Seeufer erreichten, sah er, woher es kam. Eine Reihe von Mönchen stand auf einem Balkon des obersten Klostertraktes, dem Heiligtum zugewandt, und bließ in Hörner.

»Was zum Teufel soll das?«

»Sie rufen den Affen«, sagte der Junge leise. »Die Äbtissin wird ihn später aufsuchen.«

Die Rufe der Hörner wirkten im Tal unglaublich gespenstisch und feierlich, und in diesem bleigrauen Morgen ging etwas Beunruhigendes und Bedrückendes von den Lauten aus. Houston stellte keine weiteren Fragen. Er stellte fest, daß niemand in der Menge, die jetzt zum Kloster strömte, zu dem Heiligtum hinüber- oder auch nur zu den Mönchen hinaufblickte. Alle eilten mit gesenkten Köpfen am Ufer entlang, wie Erscheinungen, wie Geister, die man in ihrer Ruhe aufgestört hatte.

Die Wächter waren vollzählig auf dem Platz vertreten, doch Houston bemerkte, daß sie ihren Pflichten nicht nur auf eine sanftere Art als sonst, sondern auch in fast vollkommenem Schweigen nachgingen. Die Klosterpforten waren verschlossen, und um sie herum war der Platz geräumt. Die Menschen versammelten sich still an den Orten, die ihnen zugewiesen wurden. Den Bettlern war es heute nicht gestattet, ihre gewohnten Plätze einzunehmen. Man hatte sie auf der oberen Treppe zusammengepfercht, und Houston und der Junge warteten schweigend.

Eine halbe Stunde später waren der Platz, sämtliche Treppen und die kleine Mole bis auf einen Gang in der Mitte, der freigehalten worden war, absolut voll, und Houston sah auf ein bemerkenswertes Schauspiel herunter. Unter ihm standen vielleicht fünfzigtausend bis sechzigtausend Menschen und warteten. Sie warteten mit dem Rücken zum See, blickten zum Kloster hinauf und lauschten in ehrfürchtigem Schweigen den Hörnern, die ihren Urahnen auf seiner dunstverhangenen Insel anriefen. Ein paar Hundert Kinder standen in der Menschenmenge, und sogar Säuglinge waren dabei, und sie alle waren so unnatürlich stumm und unbeweglich wie die Älteren.

Es war jetzt kurz nach halb sieben, und vom Wasser begann Dunst aufzusteigen. Plötzlich ertönte ein letzter Ton aus den Instrumenten, und das Spiel verstummte. Im selben Moment setzte der Gesang im Kloster ein. Aus der Menge stieg ein gewaltiger Seufzer wie ein einziges Ausatmen auf, und urplötzlich schienen die Leute zum Leben zu erwachen. Sie lächelten, sie verrenkten sich die Hälse. Ein langsames Vorwärtsströmen begann. Houston drehte sich zum Kloster um und sah, daß gerade die Tore geöffnet wurden.

Sie wurden von innen geöffnet, äußerst langsam, und ein Mann trat heraus. Er war groß und hager, ein Mönch mit einem ausgezehrten und zerfurchten Gesicht und funkelnden Augen.

(Es war der Lama Rine, der Abt von Yamdring, und sein Gesicht war ausgemergelt, weil er sieben volle Tage lang gefastet hatte, um seine Wahrnehmung zu schärfen und sich in die Lage zu versetzen, eine Inkarnation, die er erwartete, besonders gut identifizieren zu können. Aber davon wußte Houston zu diesem Zeitpunkt noch nichts.)

Er trat auf die Terrasse über den Treppen, stand einige Momente lang da, atmete tief durch und sah sich mit glühenden und angegriffenen Augen um. Dann streckte er seine zusammengelegten Hände der Menge hin und wandte sich mit einer Beschwörungsformel an sie.

Die Menge stimmte eine Erwiderung an.

Wieder sang er.

Wieder antwortete ihm die Menge.

Der Lama sah sich einen Moment lang um und begann, die Stufen hinunterzuschreiten. Er bewegte sich langsam und stimmte laut und deutlich ein Lied aus vier Worten an. Dieser Gesang schwoll gleich darauf an, als auch die Prozession hinter ihm in Bewegung kam.

Etwas wie diese Prozession hatte Houston in seinem ganzen Leben noch nicht gesehen, und wenn ihn auch eigentlich ganz andere Dinge beschäftigten, so verlor er sich doch ganz in der Faszination, die von ihr ausging. Sämtliche tausend Priesterinnen schienen daran teilzunehmen. Sie liefen in Zweierreihen, die ersten zwanzig in grünen Kutten anstelle der orangenen, und auf ihren Köpfen trugen sie hochgetürmten, ornamentalen Goldschmuck, der bei jeder Bewegung klirrte und klingelte. Sie hatten Gebetsmühlen in der einen Hand und seidene Fahnen in der anderen, und während Houston zusah, begannen diese Fahnen in einem Windhauch zu flattern, der sich vom See erhob.

Die schmale Reihe der goldenen Kopfschmuckspitzen floß die Stufen hinunter und überquerte mit einer erstaunlichen Anmut und Schönheit den Platz, und gleich darauf folgten die Mönche, vierzig Paare, die goldene Rauchgefäße schwangen und den eher schrillen Gesang der Frauen mit tiefen Stimmen unterlegten. Houston sah, daß die vier Mönche in der Mitte an Ketten eine große Schale aus getriebenem Gold trugen. In der Schale funkelten stumpfe grüne Steine, von denen er annahm, es seien ungeschliffene Smaragde. Die Menge verbeugte sich, als die Schale vorbeigetragen wurde. Doch die Augen der Leute wandten sich nicht vom Kloster ab, und als die zweite Schar von Frauen vorbeigezogen war, sah er den Grund.

Eine Frau kam heraus. Sie war ungeheuer fett und in ihren grünen Gewändern und mit dem gewaltigen Kopfschmuck eine imposante Erscheinung. Sie war völlig atemlos, blieb auf der Terrasse stehen und starrte die Menge an – ihr Atem ging schwer.

Bei ihrem Anblick vollzog sich in der Menge eine außergewöhnliche Verwandlung, im Handumdrehen war alles schwarz geworden. Houston sah noch einmal hin und bemerkte, daß er um sich herum nur Köpfe von oben sah. Die Menge hatte sich tief verbeugt und sank auf den Boden.

Er spürte die Hand des Jungen, die an ihm zog, und auch er ließ sich auf den Boden sinken und merkte, daß sich die Haare in seinem Nacken in Anwesenheit der Dämonin aufstellten. Doch kurz darauf blickte er wieder auf und sah, daß er sich geirrt hatte. Die Frau war nicht die Dämonin. Sie war zur Seite getreten und war selbst schnaufend auf die Knie gefallen. Eine weitere Prozession strömte aus dem Kloster.

Es waren nur wenige Menschen. Eine einzige Sänfte wurde

von acht Mönchen auf den Schultern getragen. In der Sänfte saß ein weiblicher Teufel, die Dämonin. Sie saß in grünen Gewändern aufrecht da, im Schneidersitz, die Hände vor sich gefaltet, und ihr gräßliches Gesicht starrte unbeweglich nach vorn. Das Gesicht der Dämonin war ganz aus Gold, mit spitzen Ohren, einem hämischen Mund, leeren Schlitzen als Augen und geschliffenen Smaragden als Augäpfeln.

Die Gänsehaut war so schnell wieder verschwunden, wie sie gekommen war, und Houston sah genauer hin, als die Sänfte an ihm vorübergetragen wurde, und er sah hinter dem Smaragd das Weiße eines Auges schimmern. Er sah auch, daß das Gesicht der Dämonin nicht genau saß und leicht verrutscht war; es wackelte im sanften Rhythmus der Sänfte.

Die fette Priesterin mit dem gewaltigen Kopfputz zog sich mühsam auf die Füße und bildete das Ende der Prozession, und damit schien für den Moment alles vorbei zu sein.

Eine Woge der Fröhlichkeit ergriff die Menschenmenge, als sich alle wieder aufrichteten und lachend aneinanderprallten. Houston trat erleichtert von einem steifen Bein auf das andere, um in der kühlen Morgenluft seine Durchblutung wieder anzuregen.

Die Nebel waren über der Insel aufgestiegen, und die Spitze der Prozession schien bereits dort eingetroffen zu sein. Er sah, wie sich das grüngoldene Band wogend auf den Schrein zu bewegte. Er hatte schon gehört, was sich jetzt abspielen würde: Die gesamte Prozession würde einmal um den Affen herumlaufen und dann die Äbtissin mit ihm allein lassen. Sie würde mit ihrem einstigen und einzigen Gemahl sprechen – das war das Werben –, und dann würde sie zurückkehren, um seinen Segen weiterzugeben.

Er glaubte, es in dem allgemeinen Murmeln wagen zu können, dem Jungen etwas ins Ohr zu flüstern, und fragte: »Wie lange dauert es, bis sie sie wieder zurückbringen?«

Der Junge sah ihn nervös an und murmelte: »Sie bringen sie nicht zurück. Sie kommt selbst zurück.«

»Sie läuft zurück?«

Der Junge schüttelte den Kopf. »Sie taucht einfach wieder auf. Sie erscheint im Kloster.«

»Wie das?«

Das konnte der Junge nicht beantworten, denn es war ein Wunder, daß sich alljährlich wiederholte. Er war zu nervös, um mehr zu sagen, solange sie von allen Seiten von der Menge umschlossen wurden, und daher schüttelte er nur den Kopf.

Man schien die Dämonin wirklich nicht so bald zu erwarten. Die Menge plauderte und verrenkte sich fröhlich die Hälse, als der Abt, die Priesterinnen, die Mönche und schließlich auch die leere Sänfte zurückkehrten und dann im Kloster verschwanden.

Houston blieb seinen eigenen Grübeleien überlassen.

Kurze Zeit später kamen zwei Mönche aus dem Kloster und riefen das Oberhaupt der Wache zu sich, und er sah, daß sie die Vorkehrungen für den Zutritt der Menge erörterten. Es schien, als würde zuerst den Bettlern Zutritt gewährt, und einer der Mönche kam zu ihnen herüber und ließ sie nähertreten, und dann gesellte sich ein anderer Mönch zu ihm, der, wie Houston plötzlich bemerkte, in einer Hand ein großes Buch trug, das in Holz gebunden war, und in der anderen Hand einen Schreibpinsel und ein Tintenfaß.

Bisher bestand nicht der geringste Anlaß für seinen Magen, sich angesichts dieser Utensilien umzudrehen, und später konnte er, was nun geschah, als ein brauchbares Beispiel für die Existenz von Vorahnungen anführen, denn sein Magen drehte sich in der Tat um. Er drehte und drehte sich, und jeder einzelne Nerv in seinem ganzen Körper schrie heraus, er solle sich abwenden und in der Menschenmenge untertauchen. Aber das tat er nicht. Er sah nämlich, daß der Junge, der keineswegs die selben Wahrnehmungen zu haben schien, wirklich laut lachte. Er lachte aus ganzem Herzen, und die Mönche lachten auch, und selbst die Bettler lachten.

Sie nannten ihre Namen, um sie im Kloster verlesen zu lassen, was anscheinend ein Teil der Segnung war, und manche dieser Namen schienen als sehr komisch zu gelten. Ein alter Mann stellte sich als »Der Herr der Flöhe« vor, ein anderer als »Der Bruder des Maultiers«. Die jüngeren Männer nannten nur ihre Familiennamen, und auch Ringling hielt es so, und als Houston an der Reihe war, nannte er auch dessen Namen.

»Noch mal!« sagte der Mönch, der nach wie vor lächelnd aufblickte.

»Houtson. Hu-Tsong«, sagte der Junge hilfreich mit tibetanischem Einschlag.

Houston hörte erst das Luftholen und dann das krachende

Geräusch, mit dem das Buch auf den Boden schlug, und schließlich den Klang seines Namens, der durch die Menge trieb wie Wind durch einen Kamin.

Das war das Letzte, was er hörte, denn der Knüppel traf mit einem betäubenden Schlag sein Ohr, dann die andere Gesichtshälfte, und er fiel nach hinten, stürzte in die Menge, wurde immer noch geschlagen, auf den Kiefer, den Mund, die Nase und die Ohren, und sein Kopf explodierte in Ausbrüchen von Licht und Schmerz, und alles ging so schnell, daß er sich nicht schützen und nicht laut aufschreien, daß er überhaupt nichts tun konnte, als auf Knien in diesem Wald von Beinen herumzuwanken. Eine Farbpalette kreiste vor seinen Augen, und er drehte sich mit ihr, von Gelb über Orange und hin zu Rot, und das Rot wurde zu Blau, das Blau zu Schwarz, zu einem Schwarz, das schwärzer als schwarz war, so schwarz, wie es nur irgend vorstellbar war.

2.

Er lag in einer Steinzelle, und es war dunkel. Ein schwacher Lichtschein kam von einer Butterlampe, die direkt unter der Decke hing, und noch mehr Licht drang durch die Gitterstäbe in der Tür, doch auf dem Boden der Zelle herrschte absolute Dunkelheit. All das konnte er wie durch Scheuklappen erkennen, ohne sich zu rühren, und er fragte sich, warum das so war, und plötzlich wurde es ihm klar. Er lag auf dem Fußboden. Er lag auf dem Rücken. Sein Kopf war blutverschmiert, und bohrend durchzuckte ihn ein Schmerz, als er ihn mühsam vom Boden hob. Er konnte sich nicht aufsetzen. Alles tat ihm weh, ein heftiger, knochenzerfressender Schmerz, der ihn auf eine Weise ächzen und stöhnen ließ, die ihm vertraut vorkam. Er glaubte, sich selbst gehört zu haben, als er im Traum diese Laute von sich gab.

Mit seinem Mund stimmte etwas nicht. Er schmeckte altes Blut, und als er mit der Zunge in ihm herumfuhr, stellte er fest, daß ihm etliche Zähne fehlten. Im selben Moment begriff er auch, warum es so war, als schaue er durch Scheuklappen: Ein Auge war völlig verschlossen. Sein gesamter Kopf war wie ein Kürbis, geschwollen und in einem Aufruhr von Schmerzen.

Etwas Schreckliches mußte passiert sein. Er fragte sich, was es wohl gewesen war. Er fragte sich, was schiefgegangen war, ob Ringling etwas zugestoßen war und wo er wohl sein mochte. Er fand, er hätte keinen Grund, froh darüber zu sein, daß er am Leben war. Er wußte, er war verkrüppelt, und er wollte nicht als Krüppel leben.

An der Tür war etwas zu hören, und er sah, daß das Gitter zur Seite schwang und ein Gesicht auf ihn herunterblickte. Die glühenden Augen und die ausgemergelten Wangen kamen ihm irgendwie bekannt vor, aber er konnte sich nicht erinnern, woher er sie kannte. Der Mann sprach fragend seinen Namen aus, mit tibetanischer Betonung, und er versuchte zu nicken.

Der Mann sprach in einem relativ höflichen Tonfall weiter, und er versuchte, ihm klar zu machen, daß er ihn nicht verstand, doch dann fiel ihm plötzlich wieder ein, daß er ja stumm und verrückt war, und so gurgelte er nur.

Augenblicklich fiel ihm alles wieder ein, alles gleichzeitig.

Aber auch eine ganze Reihe von anderen Dingen schoß ihm durch den Kopf. Wenn der Mann tibetanisch mit ihm sprach, dann konnte das nur heißen, daß er die Wahrheit bisher nicht kannte. Er hatte entweder nicht mit dem Jungen gesprochen, oder Ringling hatte ihm nicht die Wahrheit gesagt.

Er spürte eine Woge von Zuneigung für den Jungen in sich aufsteigen, und mit seinem einen Auge blinzelte er die beiden funkelnden Augen über sich an und bemerkte, daß bereits diese Anstrengung zu groß gewesen war, denn schon hatten die beiden leuchtenden Augen begonnen davonzutanzen. Sie tanzten zur Steinmauer und drehten sich dort schnell im Kreis, und er folgte ihren Bewegungen und stellte erleichtert fest, daß die Farben wieder zu kreisen begannen: vom Rot ins Braun, dann ins Blau, zum Schwarz hin, in ein schwärzeres Schwarz als schwarz, und dann in die schwärzestmögliche Schwärze.

Der Mann sah ihn immer noch an, als er wieder zu sich kam, doch die Perspektive hatte sich verändert, und das bereitete ihm Sorgen. Er bemühte sich dahinterzukommen, warum sich die Perspektive verändert hatte, doch das Licht schmerzte in seinen Augen, und er gab den Versuch auf und sackte wieder weg.

»Wachen Sie auf«, sagte der Mann.

Houston blieb im Dunkeln. Etwas bereitete ihm Sorgen.

»Wachen Sie auf. Es geht Ihnen jetzt wieder gut«, sagte der Mann.

Es bereitete ihm noch größere Sorgen. Was bloß? Was bloß?

Hände wischten und strichen über ihn, und eine Weile später schlug er aus reiner Neugier seine Augen auf, um zu ergründen, was da vorging. Zwei Frauen säuberten ihn. Er lag auf einem Bett. Es war Tag. Der Mann saß auf dem Bett und beobachtete ihn.

»Sie fühlen sich jetzt besser«, sagte der Mann. »Sie sind jetzt durchaus in der Lage zu reden.«

Houston schloß augenblicklich wieder die Augen. Es waren wesentliche Themen angesprochen worden. Er konnte noch nicht genau sagen, was das Wesentliche war. Aber er wußte, daß es sich weniger darum drehte, was der Mann gesagt hatte, als darum, wie er es gesagt hatte.

Nach einem Moment erkannte er, worum es ging, und er blieb still liegen und war niedergeschlagen.

»Sie müssen aufwachen und mich ansehen, Houtson«, sagte der Mann. »Sie hatten einen Unfall. Sehen Sie mich jetzt an.«

Houston sah ihn an. Es war ein älterer Mann, sehr hager und mit einem Kopf wie eine kupferne Billardkugel. Er trug eine orangefarbene Kutte. Seine Augen waren groß und traten ungewöhnlich stark hervor, und auch die Backenknochen ragten aus dem eingefallenen Gesicht auf. Er sprach ein gutes, pedantisch genaues Englisch, wie ein Inder.

»Ich bin der Lama Rine, der Abt dieses Klosters. Sie können meinen Namen sagen. Versuchen Sie es.«

Houston sah ihn an.

»Dann eben Ihren eigenen. Sagen Sie Ihren eigenen Namen. Sagen Sie Houtson.«

Houston entschied sich, lieber doch nur zu gurgeln.

»Nein, nein. Damit müssen Sie jetzt aufhören. Das brauchen Sie jetzt nicht mehr zu tun. Wir wissen alles über Sie, Houtson. Sie müssen Ihren Namen sagen.«

Houston schüttelte den Kopf.

»Doch. Es ist wichtig. Von sehr, sehr großer Wichtigkeit für Sie. Sagen Sie ihn jetzt. Sagen Sie Houtson.«

»Ringling«, sagte Houston.

Der Mann sah ihn mit seinen glühenden Augen an und schnalzte gereizt mit den Fingern.

»Houtson, Houtson«, sagte er.

»Ringling«, sagte Houston.

»Dem Jungen geht es recht gut. Ihm fehlt nichts. Vielleicht können Sie ihn später sehen. Sie müssen sich jetzt bemühen zu sprechen. Ich will hören, wie Sie Ihren Namen sagen.«

»Ringling«, sagte Houston.

Nach einer Weile ging der Mann.

Später brachte ihm eine Frau etwas zu essen, und ihm fiel auf, daß ihn ein Mann durch das Gitter in der Tür beobachtete. Er wies das Essen zurück. Der Mann betrat das Zimmer. Es war nicht Rine, sondern ein jüngerer, stämmiger Mönch – der Stellvertreter des Abtes, wie er später erfahren sollte –, der kein so gutes Englisch sprach.

»Nichts Essen«, sagte er besorgt.

»Ringling«, sagte Houston.

Der Mann ging weg. Rine kam wieder.

»Es ist jetzt an der Zeit, damit aufzuhören«, sagte er. »Sie sind vollkommen gesund. Ihnen fehlt nichts. Sie können essen und sprechen. Wenn Sie es nicht tun, dann ist das Ihr Fehler. Dann kann auch ich nichts für Sie tun.«

Houston schloß das Auge.

»Sie müssen jetzt etwas essen. Wenn Sie keine Tsampa essen können, lasse ich Ihnen etwas anderes bringen. Wünschen Sie Milch oder Obst oder Käse? Sagen Sie mir, was Sie wünschen.«

»Ringling«, sagte Houston.

Rine ging. Er kam mit zwei Mönchen und einer Tragbahre zurück. Auf der Tragbahre lag Ringling. Houston versuchte, sich im Bett aufzusetzen, als er ihn sah, doch er mußte feststellen, daß er sich nicht setzen konnte. Er war festgebunden, und seine Rippen schmerzten. Der Junge schien in einer schlechten Verfassung zu sein. Seine Hände waren verbunden, und sein Gesicht war geschwollen und verpflastert. Er weinte.

»Sahib, Sahib.«

»Ringling«, sagte Houston mit einem schmerzlichen Lächeln.

»Sie haben mich dazu gebracht, es ihnen zu sagen, Sahib. Ich konnte mich nicht wehren. Sie haben mich gezwungen, es ihnen zu sagen.«

Rine sagte etwas zu ihm, leise und auf tibetanisch, und die Mönche trugen die Bahre näher an das Bett heran.

»Sie sollten ihnen jetzt am besten alles sagen, Sahib. So ist es das beste.«

»Kannst du nicht laufen?«

»Meine Füße sind ein wenig verbrannt. Es ist nichts weiter, Sahib. Es tut mir sehr leid«, sagte der Junge weinend.

»Es ist schon gut. Beruhige dich«, sagte Houston, und seine Eingeweide stülpten sich um, als er plötzlich die Füße sah. Sie waren mit einer dicken Schicht Salbe eingerieben.

»Und jetzt, Mr. Houtson, müssen Sie mit uns sprechen«, sagte Rine.

Houston sprach mit ihm. Von Natur aus war er kein Mann, der zum Fluchen neigte, doch jetzt fluchte er, und er stieß Schimpfworte aus, die er seit seinen Zeiten bei der Marine nicht mehr gehört hatte – geschweige denn benutzt. Rine schien sie noch nie gehört zu haben. Er sagte: »Darüber können wir uns später noch unterhalten. Ich bin sehr wütend auf Sie. Sie sehen ja selbst, was für furchtbare Dinge dem Jungen angetan werden mußten, weil Sie nicht mit uns sprechen wollten. Er ist ein sehr guter Junge, sehr treu und anhänglich. Es war uns eine Qual, ihn derart für Sie leiden zu lassen.«

Houston versuchte, aus dem Bett aufzustehen, um ihn zu schlagen, doch wieder sank er zurück, und ihm war übel vor Schmerzen, und als er wieder zu sich kam, waren sie fort. Die Butterlampe brannte. Ein junges Mädchen mit kahlgeschorenem Kopf sah neugierig auf ihn herunter.

»Guten Tag«, sagte Houston.

Sie trat eilig zurück.

»Wird der Gebieter jetzt essen?« sagte sie auf tibetanisch.

»Einverstanden«, sagte Houston, und er spürte, wie seine Lippen aufsprangen, als er lächelte.

Sie starrte ihn gebannt an, wich zur Tür zurück und eilte hinaus. Houston suchte sich eine bequemere Lage. Er fragte sich, wie viele seiner Rippen gebrochen sein mochten. Er konnte seine Arme und Beine bewegen. Er kam auf die Idee, jemand könnte ihm eingeredet haben, er sei verkrüppelt. Er schien es aber nicht zu sein. Aber er war gewaltig zusammengeschlagen worden. Die Wände der Zelle rückten zusammen und wieder auseinander, und er glaubte, daß er vielleicht immer noch unter einer Gehirnerschütterung litt. Sein Mund war innen wund. Er fragte sich, ob der Gebieter überhaupt in der Lage sein würde, etwas zu essen.

Dennoch erwartete er sein Essen mit einem gewaltigen Appetit, als das Mädchen zurückkam, und ehe sie den Raum verlassen hatte, machte er sich schon darüber her. Auf dem Tablett standen eine Schale Tee und Tsampa, und neben einem Glas warmer Milch lagen ein Stück Frischkäse und ein paar Lychees.

Er konnte sehen, daß ihn das Mädchen durch die Gitterstäbe der Tür beim Essen beobachtete. Er sah sie dort stehen, bis er bei den Lychees angelangt war, und dann ging sie weg. Wenige Minuten später tauchte Rines Gesicht auf. Er trat in die Zelle.

»Ah, Sie sind schon fertig. Ich möchte mich mit Ihnen unterhalten.«

»Nur, wenn Ringling dabei ist«, sagte Houston.

»Er kann jetzt nicht kommen. Später.«

»Dann können wir uns später unterhalten.«

»Nein. Das können wir nicht. Der Junge schläft. Der Arzt hat ihm ein Betäubungsmittel gegeben. Aber wenn Sie es wünschen, lasse ich ihn holen.«

»Einen Moment mal«, sagte Houston, als er zur Tür ging.

Der Abt kam zurück.

»Warum ist es so dringend?«

»Dringend ist es, weil Sie seit drei Tagen hier sind und die Menschen in größter Sorge sind. Sie haben Sie schon einmal übel zugerichtet, und dafür möchte ich mich entschuldigen. Die Leute hatten nicht das geringste Recht, das zu tun. Ganz im Gegenteil. Aber sie haben ein Recht darauf zu erfahren, wer Sie sind, und sie warten darauf, es zu hören. Sie stehen immer noch vor dem Kloster und warten. Sie werden nicht fortgehen, solange sie keine Antwort bekommen.«

Houston sah ihn an. Das einzige, was er bisher verstanden hatte, war, daß er seit drei Tagen hier war. Er sagte: »Das verstehe ich nicht. Sie wissen doch, wer ich bin.«

Der Lama setzte sich auf einen Hocker.

»Dann sehen wir doch mal, ob wir richtig informiert sind. Ihr Name ist Houtson, und Sie sind gekommen, weil Sie Ihren

Bruder suchen, von dem Sie annehmen, daß er sich hier aufhält.«

»Das stimmt.«

»Wie heißt Ihr Bruder?«

»Sie kennen seinen Namen. Whittington. Hugh Whittington.«

»Wie kann das sein, wenn Ihr Familienname Houtson ist?«

»Wir sind Stiefbrüder. Wir haben dieselbe Mutter.«

»Ja«, sagte der Lama, der ihn ansah. Er musterte sein Gesicht forschend. »Wie war der Name Ihrer Mutter vor der Eheschließung?«

»Coulter.«

»War sie auch Engländerin?«

»Schottin.«

»Und deren Mutter – war die ebenfalls Schottin?«

»Nein. Sie war Französin«, sagte Houston. »Was zum Teufel soll das alles?«

Plötzlich fühlte er sich sehr elend. Er glaubte, er hätte den Tee nicht trinken sollen. Die Jakbutter richtete in seinem Magen ein ziemliches Durcheinander an.

»Könnte sie aus einer französischen Kolonie gestammt haben?«

»Das weiß ich nicht.«

»Aus Kambodscha oder Indochina – oder aus der Gegend?«

»Ich weiß es nicht. Hören Sie, könnten Sie jetzt bitte wieder gehen?«

»Gleich. Wessen Idee war es, die sie hierher geführt hat?«

»Meine Idee.«

»Und niemand hat Ihnen einen Ansporn dazu gegeben? Vielleicht der Junge?«

»Niemand. Absolut niemand. Ich fühle mich nicht wohl.«

»Nur noch einen Moment. Was wußten Sie über dieses Kloster?«

»Ich muß auf die Toilette«, sagte Houston schwach.

Der Lama erhob sich widerwillig. »Ich werde Ihnen jemanden schicken.«

Er schickte ihm das junge Mädchen, mit einem Nachttopf. Es gelang ihr, den Topf unter ihn zu schieben, und Houston bedeutete ihr, das Zimmer zu verlassen. Sie ging nicht. Sie blieb da und beobachtete ihn gebannt. Houston versuchte nach Kräften, sich zurückzuhalten, aber dafür war er nicht in der rechten Verfassung.

Kurze Zeit später kehrte der Abt zurück. Er hatte eine Schachtel mitgebracht. »Ich möchte Sie bitten, ein paar Gegenstände zu identifizieren.«

Houston sah ihn an und fühlte sich seltsam verloren. Sein Mut sank. »Was soll das heißen, identifizieren? Mein Bruder ist hier. Ich weiß, daß er hier ist.«

Der Abt sagte kein weiteres Wort. Er kippte den Inhalt der Schachtel auf das Bett. Houston sah die Sachen erstaunt an. Sie konnten nicht Hugh gehören. Er konnte sich beim besten Willen nicht vorstellen, daß diese Dinge Hugh gehören konnten. Es waren drei Seidenjacken. Und es waren drei Paar hohe Stiefel. Und es waren drei Dolche mit ziselierten Griffen und drei Ringe.

»Was ist das?«

»Sie können sich nicht erinnern, einen dieser Gegenstände schon einmal gesehen zu haben?«

»Nein.«

»Vielleicht vor vielen Jahren, in Ihrer Kindheit?«

»Ich habe in meinem ganzen Leben noch keinen dieser Gegenstände gesehen.«

Der Lama breitete die Seidenjacken nebeneinander aus. »Welche würden Sie für sich selbst auswählen?«

»Ich habe keinen Grund, mir eine dieser Jacken auszusuchen.«

»Wenn Sie einen Grund hätten. Wenn ich Ihnen ein Geschenk machen würde.«

Houston sah sich die Jacken an. Sie waren ähnlich geschnitten, doch im Muster unterschieden sie sich sehr voneinander. Eine war in einem traditionellen geometrischen tibetanischen Muster gehalten, das er schon des öfteren gesehen hatte, eine Jacke kam aus Indien, und die letzte und schönste war eine chinesische Jacke.

»Die da«, sagte er.

»Warum?«

»Sie hat das schönste Muster.«

»Es sind alles schöne Muster.«

»Schon gut, welche Sie wollen. Was hat das mit meinem Bruder zu tun?«

»Ich würde Sie bitten, auch unter den anderen Gegenständen eine Auswahl zu treffen«, sagte der Abt. »Suchen Sie jeweils einen Gegenstand aus.«

Plötzlich, während er sich gerade entscheiden wollte, ging Houston auf, worum sich das alles drehte. Er starrte den Lama verblüfft an. Er sagte: »Sie wollen doch nicht rein zufällig ... Sie stellen mich doch hier nicht auf die Probe, um zu sehen, ob ich eine Reinkarnation bin?«

Der Lama sah ihn etliche Sekunden lang stumm an. Er sagte: »Hatten Sie schon einmal das Gefühl, eine Inkarnation zu sein?«

»Nein. Ganz bestimmt nicht. Keineswegs«, sagte Houston.

»Warum stellen Sie mir dann diese Frage?«

»Ich habe nur plötzlich begriffen, was Sie hier tun.«

»Ist Ihnen das schon öfter passiert?«

»Natürlich nicht. Ich habe darüber gelesen.«

»Wo haben Sie darüber gelesen.«

»Ich kann mich nicht erinnern. Jeder hat irgendwann schon einmal etwas darüber gelesen. Das gehört zur Allgemeinbildung«, sagte Houston, der langsam die Geduld verlor. Doch er erinnerte sich. In eben diesem Moment fielen sie ihm wieder ein, die gebannten Sitzungen, die Beschäftigung mit den Werken von Arthur Mee vor dem Brand in Highgate, vor langer Zeit und weit entfernt vom Kloster Yamdring.

Der Lama musterte ihn schweigend.

»Fahren Sie jetzt bitte fort«, sagte er kurz darauf.

Houston konnte nicht allzu klar denken, aber er konnte selbst mit einem Auge erkennen, daß sich die Gegenstände in drei Gruppen unterteilen ließen, chinesische, indische und tibetanische. Er hielt es für seine beste Chance, auf die verschiedensten Dinge zu setzen. Er wählte einen indischen Dolch, einen chinesischen Ring und tibetanische Stiefel.

Er hatte den Eindruck, den Lama mit dieser Auswahl ein wenig aus der Fassung gebracht zu haben. Die knochigen Finger trommelten auf der Kiste.

»Ich hoffe, ich habe Ihnen damit weitergeholfen«, sagte Houston.

»Ich glaube, Sie haben ein Spielchen mit mir gespielt, Houtson.«

»Ich habe mich nur bemüht, Ihnen weiterzuhelfen«, sagte Houston mit einem unschuldigen Lächeln. »Es tut mir leid, wenn ich eine falsche Auswahl getroffen habe.«

Der Lama stand auf. Seine Augen funkelten im Licht der Butterlampe.

»Das ist ja gerade das Problem«, sagte er. »Sie haben keine falsche Wahl getroffen, Houtson. Ihre Wahl ist unfehlbar richtig gewesen.«

3.

In der Nacht darauf schlief er sehr schlecht, und am Morgen hatte er Kopfschmerzen. Der Abt besuchte ihn nach dem Frühstück. Er war nicht allein, und Houston musterte überrascht seinen Begleiter. Es war der auffallende junge Mann, der seine Kleider und Juwelen vor ein paar Tagen auf dem Platz vor dem Kloster verschenkt hatte. Er war jetzt in Blau gekleidet, und sein Schmuck war bescheiden, doch sein glänzendes schwarzes Haar war genauso auf seinem Kopf geflochten, wie Houston es in Erinnerung hatte, und auch der lange türkisfarbene Ohrring hing an seinem Ohr. Ihm folgte ein weiterer Mann in die Zelle, der ein verziertes Sitzkissen mitbrachte, damit der junge Mann sich darauf setzen konnte. Er setzte sich aber nicht. Er blieb stehen und musterte Houston.

»Ich verlasse Sie jetzt«, sagte der Lama, und er ging mit dem Bediensteten fort.

Der junge Mann fuhr fort, Houston zu mustern.

»Nun«, sagte er nach längerer Zeit, »Sie scheinen ja wieder auf dem Weg der Besserung zu sein. Das ist schon ganz was anderes als das letzte Mal, als ich Sie gesehen habe, alter Junge. Ganzing – George Ganzing«, sagte er, während er auf ihn zu kam und ihm seine Hand hinhielt.

Houston drückte sie konsterniert.

»Ich nehme an, Sie sind überrascht. Ich bin in Indien in die Schule gegangen. Der Abt dachte, es könnte eine gute Idee sein, wenn ich Ihnen ein paar Fragen stelle.«

»Ich verstehe«, sagte Houston. Nachdem er sich von seinem Schock erholt hatte, war es ihm möglich, in dem grotesk englischen Akzent auch andere Anklänge zu entdecken. »Ich habe selbst auch ein paar Fragen.«

»Das kann ich mir denken«, sagte der junge Mann. Er setzte

sich. »Woher stammen Sie, Houtson? Wie heißen Sie mit Vornamen?«

»Charles. Ich stamme aus London.«

»Sie sind aus Kalimpong gekommen, wenn ich das richtig verstanden habe?«

»Stimmt.«

»Nennen Sie mir die Namen von ein paar Leuten in Kalimpong.«

»Ich kenne dort niemanden. Nur einen Händler, der Michaelson heißt . . . «

»Michaelson, ja, ja. Was für ein Mensch ist das, dieser Michaelson?«

»Ich weiß es nicht – ein ganz gewöhnlicher Kerl.«

»Ist er dünn oder dick oder jung oder alt?«

»Oh. Er ist dick. Ein dicker Kerl«, sagte Houston verwirrt. »Eher älter. Was soll das alles?«

»Wen kennen Sie in London?«

»Niemanden, den Sie kennen könnten. Ich war Lehrer. Ich habe Kunstunterricht an der . . . «

»Kennen Sie einen Colonel Brigginshaw? Ronnie Blake-Winter? Duff Walker?«

»Nein. Ich sage es Ihnen doch. Ich war nur Lehrer. Ich habe an einer Schule in Fulham unterrichtet. Ich habe an einem Ort gelebt, der Baron's Court heißt.«

»Der wie heißt?«

»Baron's Court.«

»Baron's Court«, sagte der junge Mann, der an seinem Ohrring zog und höflich, aber ungläubig lächelte.

»Das ist ein Stadtteil von London. Tausende von Menschen leben dort . . . «

»Ja. Und wie ist es mit Schottland? Ihre Mutter kommt, glaube ich, von dort.«

»Ja, aber . . . «

»Erzählen Sie mir von Aberdeen. Erzählen Sie mir alles, was Sie über Aberdeen wissen.«

»Ich weiß nicht das Geringste über Aberdeen. Ich war nie dort. Hören Sie, was wollen Sie hier eigentlich beweisen?«

»Ich versuche gar nichts zu beweisen, alter Junge.«

»Ich habe Ihnen doch gesagt, wer ich bin. Holen Sie meinen Bruder. Holen Sie Ringling. Die werden Ihnen sagen, wer ich bin.«

»Darum geht es nicht, alter Junge.«

»Worum denn? Wer sind eigentlich Sie?«

»Ich bin der Herzog von Ganzing. Dieses Kloster gehört sozusagen zu meiner Gemeinde. Kein Grund zur Aufregung, alter Junge.«

»Was zum Teufel geht denn hier vor? Für wen halten mich diese Leute eigentlich?«

»Die Theorie ist die, daß Sie jemand sein könnten, der schon einmal hier war. Ein eher übler Kerl, der Hu-Tzung hieß. Derselbe Name, sehen Sie?«

»Hören Sie«, sagte Houston ernst, »so heiße ich nicht. Der Junge hat das falsch verstanden. Ich heiße Houston. Alle sprechen es falsch aus. Houston, nicht Houtson. Houston. Verstehen Sie?«

»Ja.«

»In England ist das ein ganz gewöhnlicher Name. Tausende von Menschen heißen Houston. Wahrscheinlich sogar Millionen.«

»Gut möglich. Aber die Sache ist die, daß Sie der einzige sind, der hier aufgetaucht ist. Und genau zu dem Zeitpunkt, zu dem Sie erwartet wurden. Unser Orakel hier hat uns vor Ihrem Kommen gewarnt – das ist jetzt schon viele Jahre her. Aber die Zeit war auf den Punkt vorausbestimmt.«

Houston betrachtete ihn in stummer Erregung. Er hatte den Eindruck, einer Horde von Irren in die Hände gefallen zu sein, die er auf eine Weise überzeugen mußte, der sie folgen konnten. Er sagte: »Sehen Sie, dieser Mann, dieser Hu-Tzung, der war doch Chinese, oder?«

»So etwas ähnliches. Er war ein Fürst, der vor etwa zweihundert Jahren mit seiner Horde hier eingefallen ist, und er hat ziemlich viel Schaden angerichtet. Noch schlimmer ist, daß es heißt, die Äbtissin hätte sich in ihn verliebt. Und deshalb sind die Leute ziemlich aufgedreht«, sagte er, wobei er seinen Ohrring schüttelte.

»Sehe ich etwa aus wie ein Chinese?«

»Ah, ich verstehe, worauf Sie hinauswollen. Ich bin natürlich nicht der Richtige, um Ihnen Erklärungen dazu zu geben – da müssen Sie sich an den Abt halten –, aber auch das ist alles vorhergesehen. Das Orakel sprach von einer Inkarnation von ›jenseits des Sonnenuntergangs‹. Das soll wohl heißen, aus dem Westen. Natürlich hat niemand damit gerechnet, daß damit ein Land gemeint war, das so weit entfernt ist. Den Lama hat das ganz schön umgehauen. Der arme Junge ist recht bestürzt«, sagte der Herzog kopfschüttelnd. »Aber Sie wissen ja – eine Inkarnation kennt keine Grenzen. Da kann man doch ebenso gut in Timbuktu wie in Tibet geboren sein. Oder sogar in – wie hieß das noch mal, Balance Cord?«

»Baron's Court.«

»Ja, eben.«

»Sehen Sie mal«, sagte Houston, der versuchte, sich aufzusetzen. »Das ist doch Irrsinn. Alle möglichen Leute in Tibet wissen von mir. Ihr Mann in Kalimpong weiß von mir. Die Leute im Außenministerium in Lhasa – ich bin ihnen Monate lang wegen meines Bruders auf die Nerven gegangen. Mein Name steht in Briefen und Telegrammen. Ich könnte Ihnen meinen Namen in meinem Paß zeigen, wenn ich ihn bei mir hätte.«

»Wo ist Ihr Reisepaß?«

»In Kalkutta. Ich habe ihn an das Great Eastern Hotel geschickt, zusammen mit all meinen Papieren, ehe ich hierher aufgebrochen bin.«

»Ein Jammer.«

»Glauben Sie mir denn nicht?«

»Es geht nicht darum, was ich glaube«, sagte der Herzog, der eine Seidenfluse von seinem Gewand entfernte. »Sie müssen das Ganze mal aus einer anderen Sicht sehen. Da kommt so jemand hierher und nennt sich Hu-Tzung . . . «

»Ich habe Ihnen doch schon gesagt, daß ich das nie getan habe.«

». . . und er kommt pünktlich auf die Minute. Er kommt aus dem Westen. Und er sucht genau die richtigen Gegenstände aus, als er auf die Probe gestellt wird. Nun! Was erwarten Sie denn, was man da noch glauben soll?«

»Dieser Test war doch ein Witz«, sagte Houston matt. »Ich habe einen Gegenstand von jeder Sorte ausgesucht, einen chinesischen, einen indischen und einen tibetanischen. Ich habe diese Sachen doch nicht ausgesucht, weil sie mir irgend etwas sagen.«

»Ja, sicher. Aber natürlich könnten manche Menschen glauben, daß Sie die gerade deshalb auswählen mußten.«

»Glauben Sie das?«

»Ich zeige Ihnen nur auf, was für die Gegenseite spricht, alter Junge, damit Sie wissen, woran Sie sind. Seltsame Dinge geschehen in diesem Lande. Das habe ich mit eigenen Augen gesehen.«

Houston sah ihn an und versuchte, seine Kräfte zu sammeln. Sein Kopf tat so weh, daß er kaum denken konnte. »Gut. Sehen Sie es mal von dieser Seite: Dieser Mann, dieser Hu-Tzung - weshalb erwartet man ihn hier?«

»Das würde jetzt zu weit führen, mein Freund.«

»Er sucht doch nicht etwa seinen Bruder, oder?«

»Ich kann wirklich nicht . . .«

»Wenn also jemand hierherkommt, der seinen Bruder sucht und dessen einziger Gedanke der ist, ihn zu finden und augenblicklich wieder fortzugehen, ohne irgend jemandem irgendwelchen Ärger zu machen - dann kann er doch nicht Hu-Tzung sein.«

Die schlehenfarbenen dunklen Augen, die ihn freundlich angesehen hatten, blinzelten ein wenig.

»So könnte es scheinen. Nur sind leider ein oder zwei Dinge vorgefallen - reichlich seltsame Dinge -, die diese beiden Geschichten doch in Verbindung miteinander zu setzen scheinen.«

»Was für Dinge?«

»Das kann ich Ihnen nicht sagen.«

»Was tut man hier mit meinem Bruder?«

»Ich bin nichts weiter als ein Außenstehender, mein Freund. Ich kann wirklich nichts dazu sagen.«

»Warum wird er hier festgehalten?«

»Das habe ich nie behauptet, alter Junge.«

»Ich weiß, daß es so ist. Er ist im dritten Kloster.«

»Ausgezeichnet«, sagte der Herzog, und er erhob sich.

Houston sah, daß das Gespräch beendet war. Er sagte eilig: »Können Sie mir nicht wenigstens eine Vorstellung davon vermitteln, was zum Teufel hier mit mir geschieht?«

Der junge Mann strich sein Gewand glatt und klopfte an die Tür. »Das hängt doch wohl eher davon ab, wer zum Teufel Sie sind, oder etwa nicht?« sagte er. »Das kann uns jetzt nur noch der Gouverneur sagen.«

»Der Gouverneur?«

»Um die Menschenmengen abzuwimmeln. Das Dorf ist immer noch gesteckt voll. Sie wollen nicht abreisen. Es war alles recht verzwickt. Sogar äußerst verzwickt«, sagte er, als die Tür geöffnet wurde. »Trotzdem sollten wir bis morgen mehr wissen. Der alte Junge kommt so schnell wie möglich wieder.«

»Einen Moment mal«, sagte Houston. »Wie soll er denn bestimmen, wer ich bin, wenn das niemand sonst kann?«

»Oh . . . Er hat seine Methoden, verstehen Sie«, sagte der Herzog. Einen Moment lang wirkte er recht unglücklich. »Ich würde mir darüber nicht den Kopf zerbrechen, mein Freund. Versuchen Sie jetzt lieber, sich ein wenig auszuruhen.«

Houston dachte natürlich doch darüber nach. Er dachte den ganzen Tag an nichts anderes. Am Nachmittag brachten sie Ringling zu ihm. Dem Jungen ging es etwas besser, und die Verbrennungen an seinen Füßen waren mittlerweile verbunden worden. Houston konnte seinen Blick nicht von diesen Füßen losreißen.

Und als er einschlief, rätselte er immer noch an den Methoden des Gouverneurs herum.

Kapitel 8

1.

Der Gouverneur von Hodzo mit seinen siebenundsechzig Jahren hielt sich selbst keineswegs für einen brutalen Menschen. Im Rahmen seiner Pflichten war es selbstverständlich gewesen, daß er ein paar grausame Strafen hatte verhängen müssen. Etliche hundert Zungen, Nasen und Augen waren im Laufe der Jahre auf sein Geheiß hin entfernt worden. Aber dabei handelte es sich in erster Linie um einen Tribut an die Tradition. Der Gouverneur begegnete der Tradition mit größter Achtung. Ihn machte die Vorstellung froh, daß er eher einem Individuum sämtliche Organe herausgenommen hätte, wenn nicht gar einer ganzen Generation von Menschen, als daß er auch nur um ein Jota von den geheiligten Gegebenheiten der Tradition abgewichen wäre, die in der Gesellschaft ihre feste Funktion hatten. In dieser Hinsicht erachtete er sich als einen vernünftigen Mann. Er wollte nichts weiter, als die Dinge so zu belassen, wie er sie vorfand.

Er kam sich allerdings nicht besonders vernünftig vor, als er zwei Meilen vor Yamdring von seinem Pferd in seine Sänfte stieg. Er fühlte sich alt, rachsüchtig und frustriert. Er war genau vier Stunden in Hodzo gewesen, als die Nachricht eintraf, gerade lange genug, um von den Missetaten seiner jüngsten Frau zu hören, aber nicht lange genug, um sie dafür zu strafen. Er wollte sie schlagen. Sie war siebzehn und schön, und schon lange war es ihm nicht mehr möglich gewesen, seine Freude an ihr zu haben. An keiner seiner drei Frauen hatte er seine Freude haben können, und am liebsten hätte er sie alle verprügelt.

Im letzten Jahr hatte der Gouverneur sein Privatleben kaum noch unter Kontrolle halten können. Es war eines der schlimmsten Jahre seines Lebens gewesen, eine endlose Abfolge von Sorgen und bedrückenden Problemen, unbequemen Reisen und schlechten Gerüchen. Sein Wissen, daß er sich die Schuld daran zum Teil selbst zuzuschreiben hatte, kam noch als erschwerender Umstand hinzu.

Als frommer und gläubiger Mann wußte der Gouverneur, daß jedes Handeln Leiden nach sich zog: Das war das oberste Gesetz des Karma. Er selbst hatte das Wirken dieses Gesetzes in seinem Leben beobachtet. Auf eine Ursache folgte eine Wirkung, und mit den Jahren zeigten die Wirkungen eine Neigung dazu, zunehmend unerfreulicher zu werden.

Vor einem Jahr hatte der Gouverneur den Wunsch gehabt, sich zur Ruhe zu setzen. Er hatte genau gewußt, was er in seinem Ruhestand anfangen wollte. Er hatte alles sorgsam geplant. Er wollte ein schönes Haus mit einem Park außerhalb von Hodzo, und genau das hatte er gekauft. Er wollte eine dreitausendbändige Bibliothek und einen Hausgeistlichen. Beides hatte er sich verschafft. Er wollte seine Nächte auf eine Weise verbringen, die einem älteren Herrn mit ständigen und doch schwerfälligen Gelüsten entsprach. Er hatte sich eine knusprige neue Frau genommen.

Und er hatte sich von seinen Plänen abbringen lassen. Der Regent hatte von den bedrohlichen Jahren gesprochen, die vor ihnen lagen, und von dem einzigartigen Wissen des Gouverneurs um den Stand der Dinge, von seinem untrüglichen Urteilsvermögen. Und der Gouverneur hatte sich das angehört. Seine Eitelkeit war geweckt worden. Er war im Amt geblieben.

Das war die Ursache, und all die unerfreulichen Wirkungen des letzten Jahres ließen sich direkt auf diese Ursache zurückverfolgen. Die zuckersüßen Worte hatten das Rad in Bewegung gesetzt, die Eitelkeit des Gouverneurs hatte es von seiner ursprünglichen Richtung abgebracht, und das Karma hatte augenblicklich begonnen, seinen Lauf zu nehmen.

Erst waren die Europäer gekommen. Dann waren vier von ihnen geblieben. Dann war einer von den vieren neugierig geworden. Und dann hatte der Gouverneur sich gezwungen gefühlt, auf sein untrügliches Urteilsvermögen zurückzugreifen ...

Das war ein Irrtum gewesen, den er bis heute bereute. Hätte er nämlich augenblicklich in Lhasa Bericht erstattet, wie es nach dem gesunden Menschenverstand eigentlich richtig gewesen wäre, so hätte ihm Lhasa diese Last von den Schultern genommen. (Er hätte jedoch persönlich nach Lhasa reisen müssen: Der Gedanke, zehn Nächte mit seiner umwerfenden und erfinderischen neuen Bettgenossin zu verpassen, das war es gewesen, was den Gouverneur davon abgehalten hatte, den Kurs einzuschlagen, den der gesunde Menschenverstand vorschrieb.)

Folglich hatten fleischliche Begierden diese Verschwörung entstehen lassen, und die Verschwörung hatte vom anderen Ende der Welt einen weiteren Fremden hergelockt, der ihm Sorgen machte. Dieser Fremde hatte eine Reihe von Geschehnissen ausgelöst, die den Gelüsten des Gouverneurs einen endgültigen Strich durch die Rechnung gemacht hatten.

So verhielt es sich mit dem Wirken des Karma. Ein Rad setzte ein anderes in Bewegung, und die größtmöglichen Verwicklungen entstanden.

Der Gouverneur dachte an einige dieser Verwicklungen, als er in der kühlen Abendluft steif von seinem Pferd stieg, insbesondere an die Dinge, die als direkte Folge der Verschwörung aufgetreten waren. Sie setzten sich zu einem Bild zusammen, aus dem bitterste Ironie sprach, und er stöhnte leise vor sich hin, als er sich unter Schmerzen in der Sänfte niederließ.

Wenn er sich nicht an der Verschwörung beteiligt hätte, dann hätte er seine darauffolgenden Reisen nicht unternehmen müssen. Wenn er diese Reisen nicht unternommen hätte, hätte er nicht so entsetzlich unter dem Gedanken versäumter Freuden leiden müssen. Wenn er diese Freuden nicht versäumt hätte, hätte er nicht derart übereilt zu Pferde nach Hause zurückkehren müssen, um sich diesen Freuden wieder hinzugeben.

Alles, was ihm seine Eile beim Reiten eingebracht hatte, war ein Leistenbruch. Mit einem Leistenbruch konnte er seine Vergnügungen nicht genießen.

Der Bruch war nur die letzte Ironie des Karma, aber es war diejenige, die den Gouverneur mehr als alle anderen beschäftigte, als er sich vorsichtig auf das Luftkissen in seiner Sänfte setzte. Das Luftkissen hatte er Anfang des Jahres auf einer Reise nach Indien gekauft. Damals war es ihm als der lohnendste, wenn nicht gar als der bisher einzig lohnende Beitrag der westlichen Wissenschaft zu einer höheren Lebensqualität erschienen, und seit Stunden freute er sich schon darauf, seinen Bruch sanft auf diesem Kissen zu lagern. Ihm wurde jedoch bald klar, daß ihm selbst diese Annehmlichkeit verweigert wurde. Seine jüngste Frau hatte in ihrem Bemühen, ihn zu versöhnen und ihm ihre Liebe zu beweisen, das Kissen selbst aufgeblasen. Nun war es zu prall gefüllt, und er konnte den Stöpsel nicht finden, um etwas Luft herauszulassen, und daher mußte er auf dieser harten Unterlage sitzen, während die Sänfte hochgehoben und wankend über den holprigen Pfad getragen wurde.

Im Sattel hatte der Gouverneur eine stoische Ruhe bewahrt, doch hier, in der relativen Abgeschlossenheit der Sänfte, gestattete er sich, rhythmisch und vor Schmerz zischend auszuatmen. Das Kissen, das so gespannt wie das Fell einer Trommel war, gab mit absoluter Zuverlässigkeit jede Unebenheit des Bodens direkt an seinen Bruch weiter. Die Schmerzen, die als grelle Feuerwerkskörper vor seinen Augen erschienen, erinnerten ihn an eine chinesische Folter, die er im Jahre 1911 einmal miterlebt hatte. Dennoch brachte er es nicht über sich, ein geringeres Tempo anzuordnen, denn es war einer seiner Glaubenssätze, daß Staatsangelegenheiten vor persönlichen Angelegenheiten den Vorrang hatten, und daher war Schnelligkeit selbst jetzt von Bedeutung.

Über dem Kamm eines Hügels konnte er den Schein der Butterlampen von Yamdring sehen und kurz darauf die Ortschaft selbst – vier Tage nach dem Fest immer noch voll von Menschen. Dem mußte ein Ende gesetzt werden.

Der Gouverneur war sich durchaus darüber im klaren, daß er der einzige Beamte in ganz Tibet war, der mit Sicherheit bestimmen konnte, ob der neueste Ankömmling im Kloster die Person war, die er zu sein behauptete, oder ein Betrüger. Er hoffte fast, daß er Grund zu Zweifeln haben würde. Seine Gedanken drehten sich inzwischen mit einer merkwürdigen Beharrlichkeit um die chinesische Folter. Er hatte sie nie selbst ausprobiert, denn sie gehörte nicht zu den Maßnahmen, die das Strafgesetz anführte. Aber er würde keinen Verstoß gegen die Tradition darin sehen, einmal ihre Wirksamkeit zu erproben.

Er hielt es für gut möglich, daß er diese Forschungen schon sehr bald anstellen könnte, und diese Aussicht erfüllte ihn mit einer gewissen Genugtuung. Das war aber auch die einzige

Quelle, aus der der Gouverneur Zufriedenheit schöpfte, während er auf seinem rüttelnden Kissen saß und vor Schmerz laut stöhnte, als er eilig durch die von Butterlampen erleuchteten Straßen zum Kloster getragen wurde.

2.

Zwei Mönche hoben Houston aus seinem Bett und auf eine Tragbahre. Keiner von beiden sprach auch nur ein Wort mit ihm, und er machte sich nicht die Mühe, sie nach den Gründen für das alles zu fragen. Er glaubte, den Anlaß zu kennen. Er hatte so intensiv über ihn nachgegrübelt, daß er keine Mahlzeiten hatte zu sich nehmen können.

Trotz seines inneren Unwohlseins hatte sich sein körperlicher Zustand stetig verbessert. Er konnte sich aufsetzen. Der oberste Mediziner unter den Mönchen – ein ausgezeichneter Arzt mit einer stark wissenschaftlich orientierten Einstellung, mit dem er inzwischen auf bestem Fuß stand – hatte ihm gesagt, seine Rippen seien nicht gebrochen, sondern nur angeknackst. Seine blauen Flecken gingen jetzt von Purpur in Gelb über. Und er konnte wieder mit beiden Augen sehen.

Jetzt konnte er erkennen, daß man ihn ganz beträchtlich isoliert hatte. Seine Zelle lag am Ende eines langen, schmalen Ganges, von dem keine anderen Zellen abgingen, und vor ihrem Ausgang waren zwei Wachen aufgestellt.

Die Wachen ließen die Tragbahre passieren, und er wurde durch einen langen Gang aus Stein und durch ein Tor in den Hauptsaal getragen. In dem Moment konnte er sich erstmals eine Vorstellung von der Lage seiner Zelle machen. Es war das Tor, durch das er vor einigen Tagen geschaut hatte, um die Priesterinnen zu sehen, die dahinter in langen Reihen auf dem Boden gesessen hatten.

Die Haupttore des Klosters waren verschlossen, und die Lichter wurden gerade gelöscht. Mehrere Priesterinnen waren mit dieser Aufgabe betraut worden, und sie sahen sich neugierig nach ihm um, als er vorbeigetragen wurde. An diesem höhlenartigen Ort herrschte eine gedämpfte Atmosphäre, die sein Herz noch heftiger schlagen ließ. Er konnte spüren, wie das Blut in seinen Ohren hämmerte – mit der gräßlichen Operationsangst, die er aus seiner Kindheit kannte. Doch damals war er narkotisiert worden. Er bezweifelte, daß es diesmal so kommen würde.

Er wurde schnell durch den Saal und einen Korridor in das düstere Labyrinth des Gebäudes getragen, und das Schweigen wurde nur durch die schlurfenden Schritte der Mönche in ihren Filzschuhen gestört, und als sie das Ende eines Korridors erreichten, war plötzlich ein lautes Stampfen von Füßen zu hören. Sie bogen um eine Ecke, und Houston erkannte, woher diese Geräusche kamen. Ein Trupp Männer stand aufgereiht vor einer Tür. Die Männer trugen eine Uniform, die er bisher noch nirgends gesehen hatte. Houston begriff: Das mußte das Gefolge des Gouverneurs sein. Endlich war er eingetroffen.

Nach dem Dunkel in den Gängen war er im ersten Moment von dem Glanz geblendet, der in dem Raum herrschte, in den man ihn trug. Ein paar Hundert Butterlampen brannten. Sie leuchteten in jeder Nische, in jedem Ritz der Wände und der Decke, und zwei enorme Kandelaber hingen über einem langen Tisch. Zwei Männer saßen an diesem Tisch, in Seidengewändern und mit Juwelen geschmückt, mit geflochtenem Haar und langen türkisfarbenen Ohrringen. Einen Moment lang erinnerte er sich daran, wie er einen anderen strahlend hellen Raum betreten hatte, in dem ebenfalls juwelengeschmückte Männer gestanden hatten, und wie in einem Alptraum drängte sich ihm der Eindruck auf, auf dem Weg durch das Kloster sei er auf irgendeine okkulte Weise in eine andere Zeit und in das Haus des tibetanischen Konsuls in Kalimpong zurückgetragen worden, ein Eindruck, der durch das Schildpattkatzenartige eines der Männer in einem Maß bekräftigt wurde, daß er sich von seiner Tragbahre aus mit wilden Blikken umsah, um nachzusehen, ob sich nicht auch Michaelson in diesem Raum aufhielt.

Michaelson war nicht da, und Houston war auch nicht in eine andere Zeit zurückgetragen worden. Der Abt war da. Der stellvertretende Klostervorsteher war da. Die üppige Priesterin mit dem Kopfschmuck mit den drei Hörnern war da. Und auch der Herzog von Ganzing war da, er saß am Tisch. Außerdem saß dort der Mann mit dem Gesicht einer Schildpattkatze.

Houston sah ihn sich genauer an. Aus dem Haar des Mannes ragten zahlreiche Kämme wie Stacheln auf. Seine kleinen Schlitzaugen waren von Lachfalten umgeben, doch der spitze Katzenmund strafte jedes Lächeln Lügen. Seine winzigen Hände waren übereinandergeschlagen wie kleine Katzenpfoten. Und er musterte Houston angespannt, genauso, wie ihn der Mann in Kalimpong betrachtet hatte. Sofort war Houston klar, wer dieser Mann sein mußte, und eine gewaltige Last fiel von ihm ab.

Er sagte ungläubig: »Aber ... Aber den habe ich doch schon einmal gesehen.«

In dem strahlend hellen Raum waren alle Augen auf ihn gerichtet.

»Ich habe ihn in Kalimpong getroffen. Ich habe ihn im Haus des Konsuls getroffen. Fragen Sie ihn selbst«, sagte er eindringlich zum Abt. »Fragen Sie ihn, ob er sich nicht an mich erinnert.«

Der Abt sprach bereits, ehe er ausgeredet hatte, und Houston beobachtete das Katzengesicht, sah einen Schatten darüberziehen – einen Schatten der Enttäuschung, wenn nicht gar übelsten Verdrusses. Der Mann saß aus irgendwelchen Gründen auf einem gewaltigen Stapel von Kissen, und jetzt bewegte er sich auf ihnen und stieß pfeifend die Luft aus. Houston schien es, als würde dieser Mann bestreiten, ihn je getroffen zu haben. Doch nach einem weiteren langen und forschenden Blick nickte er langsam und sagte ein paar barsche Worte.

Der Abt drehte sich um und schnalzte mit den Fingern. Die Mönche, die die Tragbahre auf einen Tisch gelegt hatten, hoben sie wieder hoch. Houston stellte bestürzt fest, daß er fortgetragen werden sollte.

Er sagte: »Einen Moment mal. Was geschieht hier? Was ist entschieden worden?«

»Nichts ist entschieden worden«, sagte der Abt. Er kam zu ihm herüber und blickte ihn an. »Sie hätten nicht herkommen dürfen.«

»Was soll das heißen? Was geht hier vor?«

Die Augen des Abts glühten finster. »Sie haben es sich selbst zuzuschreiben«, sagte er.

Er schnalzte noch einmal mit den Fingern. Die Träger der Bahre drehten sich um. Houston war außer sich, und er sagte: »Hören Sie mal, was zum Teufel ...? Ich habe ein Recht darauf, es zu erfahren ... «, aber er mußte seine Einwände im Korridor beenden.

Eilig wurde er durch das dunkle Kloster zurückgetragen, durch das Gewirr von Sälen und Gängen, in seine Zelle, in sein Bett. Die Tür wurde geschlossen, der Riegel vorgeschoben, die Lampe im Flur ausgeblasen, er war allein im Dunkeln.

Bestürzt und verstört lag er da, und doch fühlte er sich gleichzeitig in hohem Maß erleichtert. Wenigstens war er heil zurückgekehrt, denn damit hatte er nicht gerechnet. Und wäre nicht das Wunder einer früheren Zusammenkunft in Kalimpong gewesen, so wäre er jetzt auch nicht mehr der, der er war, das wußte er mit Sicherheit. Er glaubte, eine dunkle Ahnung davon zu haben, wie dieses Wunder zustande gekommen sein konnte, und er glaubte, eine noch vagere Ahnung davon zu haben, in welche verzwickte Lage das Kloster dadurch gebracht worden war. Doch er kam nicht hinter die seltsame Drohung, die in den letzten Worten des Abtes gelegen hatte. Diese Worte bereiteten ihm Sorgen.

Es dauerte sehr lange, bis er in dieser Nacht einschlafen konnte, und als er endlich schlief, träumte er, überall um ihn herum würden Suchscheinwerfer brennen, und das Innerste seiner Seele würde ergründet, und er erwachte kurz vor Anbruch der Dämmerung, durchgefroren und furchtsam. Er schien mit einer absolut alptraumhaften Sicherheit zu wissen, daß gerade in diesem Moment über seine Zukunft entschieden worden war. Er fragte sich, woher er das wußte und wie seine Zukunft aussehen mochte, doch gleichzeitig sagte er sich, es sei sinnlos, sich Sorgen zu machen. Im Laufe des kommenden Tages würde ihm schon früh genug jemand sagen, wie es mit seiner Zukunft stand.

In dem Punkt irrte sich Houston. Niemand teilte ihm auch nur irgend etwas mit. Den ganzen Tag über und auch am nächsten und am übernächsten Tag wartete er vergeblich auf offizielle Neuigkeiten. Nichts drang bis zu ihm. Sein einziger Besucher war eine alte Priesterin, die sich zwar äußerst besorgt und mit größtem Respekt um ihn kümmerte, aber weder mit ihm reden, noch ihm zuhören wollte. Es dauerte eine Weile, bis er begriff: Das uralte Geschöpf war taubstumm. Er fragte sich, ob man sie gerade aus diesem Grund ausgesucht hatte.

Im Laufe dieser drei Tage in vollkommener Abgeschiedenheit und ohne jede Möglichkeit, sich mit etwas zu beschäftigen – man hatte ihm seinen gesamten Besitz weggenommen –, lernte Houston seine Zelle recht gut kennen, und er konnte sich in späteren Jahren sehr lebhaft an sie erinnern.

Sie war drei Meter fünfzig auf zwei Meter fünfzig und wurde von nichts anderem als einundachtzig Steinfliesen gebildet. Sie enthielt, abgesehen von seinem Bett und bis auf die Butterlampenhalterung an der Wand keinerlei Einrichtungsgegenstände. Das Bett war auf einem Steinsockel hergerichtet worden. Durch ein Gitter in der Außenmauer, das außerhalb seiner Reichweite lag, sah er den Himmel, und durch das Gitter in der Tür konnte er auf einen der Korridore hinausblikken. Im übrigen beschränkte sich seine Aussicht auf die knapp neun Quadratmeter der Zelle.

Er stand aus dem Bett auf und maß es mit dem Zeigefinger ab. Auch die Zellenabmessungen errechnete er auf diese Weise. Außerdem stellte er fest, daß eine lange Schnur zur Regelung der Butterlampe diente. Er maß auch diese Schnur ab, machte einige hundert Knoten hinein und knotete alles wieder auf. Zwischendurch bewegte er sich, betrieb Gymnastik. Das machte ihm inzwischen so wenig Schwierigkeiten, daß er bezweifelte, ob seine Rippen überhaupt auch nur angebrochen waren. Er fühlte sich in fast jeder Hinsicht absolut auf der Höhe, er konnte wieder normal sehen, und seine blauen Flecken verschwanden sehr schnell.

Bei diesem Überschuß an Zeit und Gesundheit dachte er, er würde durchdrehen, wenn man ihm nicht sehr bald irgendwelche Neuigkeiten brächte.

Doch niemand brachte Neuigkeiten, und er drehte auch nicht durch. Er nahm Abmessungen vor und machte Knoten, betrieb Gymnastik und schaffte es auf diese Weise, drei ereignislose Tage zu überstehen (während derer, und so geschah es tatsächlich, neun Messen zu seinen Ehren abgehalten, neuntausend Kerzen zu seinem Ruhm angezündet wurden und sein Name in das Goldene Buch der Trulkus eingetragen wurde). Und ständig, anfangs furchtsam, dann wütend und schließlich aus reiner Verzweiflung, stellte er Spekulationen darüber an, was hier vorgehen mochte.

3.

Was hier vorging, war ein bemerkenswert komplexes Geschehen. Houston wurde heiliggesprochen. Dem Abt, dem Gouverneur und dem Herzog war kein anderes Mittel eingefallen, das auch nur annähernd der Situation entsprochen hätte, die im Moment völlig unlösbar war.

Fünfzigtausend Menschen hatten mit eigenen Augen das Eintreffen eines Mannes erlebt, der als Hu-Tzung angekündigt wurde. Sie würden es nicht glauben, behauptete man jetzt, daß er nicht Hu-Tzung wäre. Unter Abwägung aller Gesichtspunkte wäre es das beste gewesen, ihn der Menge zu übergeben. Damit hätte man auf einen Schlag die Unruhe unter der Bevölkerung aufgelöst, die Prophezeiung wäre in Erfüllung gegangen, und die üble Mission abgewendet worden – und all das, ohne sich die Hände auch nur mit einem Tropfen Blut zu beflecken.

Das wäre eine Lösung gewesen, welcher der Gouverneur liebend gern und aus vollem Herzen zugestimmt hätte. Doch das konnte er nicht tun, denn er wußte genau, wer der Fremde war, und noch klarer war ihm, daß dieser Fremde aufgrund seines eigenen Fehlurteils hier war. Er war nach Kalimpong gereist, um ihn sich anzusehen. Er hatte sich ein Urteil darüber bilden wollen, ob dieser Mann zu der Sorte von Menschen gehörte, die sich leicht entmutigen lassen und aufgeben. Er war zu dem Schluß gekommen, daß er nicht zu dieser Sorte von Menschen gehörte, und er hatte angeordnet, gewisse Vorbeugungsmaßnahmen zu ergreifen.

Doch diese Maßnahmen hatten nicht ausgereicht und waren vor allem zu spät gekommen. Das wußte der Gouverneur inzwischen selbst. Ein Irrtum gesellte sich zum anderen, und es war immer schlimmer und schließlich zum Schlimmsten gekommen. Dieser verdammenswerteste aller Menschen war auf irgendeine gespenstische und unergründliche Weise mit der Inkarnation verwechselt worden.

Die Seele des Gouverneurs brannte darauf, die chinesische Folter ausprobieren zu können, um seinen Kummer und vielleicht sogar die ganze Lage zu beruhigen. Im Interesse von Recht und Ordnung hätte er liebend gern ein Auge zugedrückt und geleugnet, etwas über diesen Mann zu wissen, doch einerseits hatte der ihn erkannt, und andererseits hatte er sich den religiösen Einwänden nicht verschließen können.

Der Abt hatte ihn darauf hingewiesen, daß sie sich mit einem solchen Vorgehen nicht nur auf illegale Wege begeben, sondern sich auch der Blasphemie schuldig machen würden – und die Mitschuld an einem Sakrileg trügen. Wenn sie nämlich Houston als die Inkarnation anerkannten und er sie gar nicht war, dann waren die Äbtissin, das Kloster und der Klosterschatz ungeschützt dem richtigen Hu-Tzung ausgeliefert, der, wenn die Prophezeiungen zutrafen, mit Sicherheit zwischen dem letzten Monat des Erd-Stiers und dem letzten des Eisen-Tigers eintreffen mußte.

Der Abt vertrat den Standpunkt, daß es ein gefährlicher Fehler wäre, Houston als die Inkarnation anzuerkennen. Der Gouverneur vertrat den Standpunkt, daß es ein gefährlicher Fehler wäre, ihn nicht als solche anzuerkennen. Unentschieden. In dieses Unentschieden hinein hatte sich die Kleine Tochter geäußert.

Die Kleine Tochter hatte bisher schweigend dagesessen und ihren üppigen Leib auf einem Hocker balanciert und gelegentlich zustimmend mit ihrem Kopfschmuck mit den drei Hörnern genickt. Sie war eine bedeutende Persönlichkeit in diesem Kloster, denn sie war die einzige, die laufend mit der Äbtissin zu tun hatte, doch ihre Pflichten waren eher häuslicher als administrativer Natur, und daher war sie in dieser männlichen und weltklugen Gesellschaft ehrfürchtig verstummt. Auch jetzt sprach sie nur zögernd.

Das Thema, das die Kleine Tochter zur Sprache brachte, war eine Frage, die schon seit Generationen die Gelehrten verwirrte, nämlich, wie es möglich war, daß Hu-Tzung, der durch Chen-Renzi, den Gottesbeschützer, vernichtet worden war, als Mann zurückkehren konnte. Daß er in irgendeiner Gestalt an den Ort seiner Untaten zurückkehren würde, war natürlich zu erwarten gewesen, und das hatte seine Ordnung – vielleicht als ein Maultier, ein Hund oder ein Floh. Aber daß er als *Mann* zurückkehren sollte – in einer Gestalt, in der er sich versündigt hatte –, das ließ sich kaum mit den geheiligten Regeln vereinbaren.

Was die Kleine Tochter daher mit größter Ehrerbietung dem Abt vorzuschlagen hatte, war, daß dieser Mann, der alle Proben untrüglich bestanden hatte, vielleicht ein Gegenstück des Geistes des Hu-Tzung sein könnte, so, wie die Dinge lagen, möglicherweise ein Alter Ego, das zurückgekehrt war, entweder, um für die Sünden seines bösartigen Gefährten zu sühnen, oder um weitere Sünden, die zu erwarten standen, abzuwenden. War es nicht möglich, so fragte sie, und dabei hoffte sie, daß man sie nicht für allzu dumm halten würde, daß sie es hier mit einem Trulku zu tun hatten?

»Mit einem Trulku?« sagte der Abt verblüfft.

»Da er zum richtigen Zeitpunkt erschienen ist«, sagte die Kleine Tochter zögernd, während sie verwirrt an ihrem Kopfschmuck drehte, »und den richtigen Namen genannt hat ...«

»Ein Trulku!« sagte der Gouverneur, der spürte, daß sich schon allein bei diesem Vorschlag eine wundersame Linderung seiner Schmerzen einstellte.

Der Gouverneur wußte, daß er selbst nie ein Trulku sein würde. Wenn er erst dem Treiben der Sterblichen entkam, würde ihn nichts auf Erden, keine Hoffnung auf besondere Verdienste, keine Aussicht auf eine baldige Selbstvergessenheit im Nirwana, je dazu verführen können, noch einmal zurückzukehren. Nichtsdestoweniger war es eine Tatsache, daß manche Menschen zurückkehrten. Aufgrund ihrer Verdienste wurden sie vom Rad des Seins befreit, das Shidje, der monströse Richter der Toten, zwischen seinen Zähnen drehte, und sie kehrten zurück, um den Weg zu weisen, zu wachen und Gefahren abzuwenden. Er warf einen neugierigen Blick auf den Abt, weil er sehen wollte, wie dieser den Vorschlag aufnahm.

Der Abt reagierte mit größter Behutsamkeit, rieb sich die Hände und musterte sie mit größter Aufmerksamkeit.

»Ein Trulku oder ein Jidag?« fragte er schließlich.

»Drängt es sich nicht auf, mein Gebieter, eher an einen Trulku zu glauben, da er geschickt worden ist? Ein nichts ahnender Trulku«, fuhr die Kleine Tochter eifrig fort, »der sich schlicht an diesen Ort gezogen fühlte?«

»Mit einer bestimmten Mission?«

»Um die Mutter und uns alle zu beschützen«, sagte die Kleine Tochter. Sie sagte es unterwürfig und zugleich, so empfand es der Gouverneur, auch ein wenig zu offen, als wolle sie damit andeuten, daß es einhundert Mönchen, einem Abt und einem Herzog bisher mit vereinten Kräften nicht gelungen war, auch nur in irgendeiner Form eine wirksame Alternative zu finden, die ihrem Schutz diente.

Wenn es auch außer Frage stand, daß es sich hierbei um eine theologische Angelegenheit handelte, empfand der Gouverneur diese Erklärung doch als so einleuchtend, daß er sich gezwungen sah, sich einzumischen. »Wenn man bedenkt, welche Schwierigkeiten die Wiederkehr mit sich bringt«, sagte er, »und wenn auch nur die Möglichkeit besteht, daß dieser Vorschlag . . .«, sagte er zu dem Abt.

»Es ist durchaus möglich«, sagte der Abt barsch. Dann erhob er sich. »Wir müssen das Orakel befragen.«

Es war jetzt kurz nach drei, und das Orakel, eine junge Frau, deren anomale mediale Fähigkeiten ihren ganz normalen physischen Bedürfnissen in keiner Weise im Weg standen, war seit sechs Stunden in ihrer Zelle. Die Kleine Tochter ging voraus, um sich zu vergewissern, daß sie allein war.

Wenige Minuten später setzte sich die kleine Prozession, der sich inzwischen auch das Orakel angeschlossen hatte, in Bewegung, durch das stille Kloster, durch den großen Saal, durch einen kleineren, durch den engen Korridor und zu der Zelle, in der Houston lag und schlief. Das Orakel schlich sich geräuschlos in den Raum und kam fünf Minuten später geräuschlos wieder heraus.

»Ich spüre eine Aura«, verkündete die junge Frau. »Es ist eine gute Aura. Die Seele ist bei bester Gesundheit. Mehr kann ich nicht sagen.«

Nach Ansicht des Gouverneurs hatte sie genug gesagt.

Eine halbe Stunde später, nachdem alle Einwände aus dem Weg geräumt waren und er einen starken Schlummertrunk zu sich genommen hatte, sank er mit einem leisen Stöhnen auf sein Bett zurück. Daunenkissen lagen unter seinem Kopf und weitere Daunenkissen unter seinem Bruch, und nach diesem grauenhaften Tag gab ihm diese unvorstellbare Segnung das Gefühl zu schweben, und er fühlte sich so großartig und euphorisch, daß er seinen gottlosen Gedanken des vergangenen Tages einen schnellen Akt der Reue folgen ließ.

Er verzieh seinen Frauen. Er verzieh der englischen Nation. Er verzieh seinen Konspirateuren und er verzieh selbst dem alten, schändlichen Körper, dessen Gelüste und Schwächen ihn in seine derzeitige so unwürdige Lage gebracht hatten, und er verabschiedete sich von diesem alten Körper, von jedem Partikel dieses Körpers, als dieser sich von ihm löste und in ein Übergangsstadium eintrat.

Jede einzelne Faser seines Körpers sagte dem Gouverneur, daß er richtig entschieden hatte, und als der Schlaf in seinen Ohren sang und er hinabtrieb, um sich den Fasern seines Körpers wieder anzuschließen, ertappte er sich bei einem Lächeln.

Die Staatskunst kam ihm jetzt doch zur Hilfe. Mindestens ein Jahr lang würde es in Yamdring keinen Ärger mehr geben, ein Jahr lang keine Reisen. Diese Aussicht war so erfreulich, daß er sie mit sich in den Schlaf hinübernahm, und auch im Schlaf lächelte er noch, dieser vom Pech verfolgte und vom Untergang bedrohte Mann.

Später, an einem Morgen, an dem sein Untergang bereits feststand, sollte er all das Houston gestehen, seine gesamten Hoffnungen und Träume, jede kleinste Einzelheit, deren Summe zu dieser Situation geführt hatte. Er schonte sich nicht, denn es war nicht seine Absicht, sich zu rechtfertigen, sondern seine Seele zu läutern. Er war moralisch für das gerüstet, was ihm am nächsten Tag bevorstand.

Zu diesem Zeitpunkt war er betrunken, und auch Houston war betrunken. Sie saßen mit den Frauen des Gouverneurs und mit den Büchern des Gouverneurs in der Bibliothek des Gouverneurs und tranken den letzten Arak des Gouverneurs: Melancholisch nahm er von allen Freuden und Nichtigkeiten seines Lebens Abschied.

Doch noch lag dieser Morgen in ferner Zukunft.

An dem Morgen, an dem der Gouverneur noch im Schlaf lächeln konnte, wurde seine Bekanntmachung verkündet. Sie wurde innerhalb und außerhalb des Klosters verkündet, und Läufer verbreiteten sie an diesem Tag in der gesamten Provinz. Gegen Mittag, als die erste der neun kanonischen Messen begann, war es einigen tausend Menschen gelungen, sich zusammenzudrängen, um ihr beizuwohnen. Gegen Abend richteten weitere Tausende von Menschen ihre Gebete an den neuen Trulku.

Der neue Trulku ruhte sich zu dieser Zeit von einem langen Tag aus, den er mit Messungen und mit Gymnastik verbracht hatte.

Im Laufe der beiden kommenden Tage, in denen der Zyklus der Messen abgeschlossen wurde und die Ortschaft sich leerte, setzte er diese Aktivitäten fort, und am Morgen des vierten Tages war er beim Aufwachen darauf vorbereitet, in gleicher Weise fortzufahren. Fast hatte er es schon aufgegeben, sich zu fragen, was hier vorging, und er zweifelte daran, jemals wieder mit einem anderen Menschen sprechen zu können. An diesem Tag jedoch bekam er Besuch.

Der Herzog erschien früh am Morgen mit nur kleinem Gefolge, und um die Mittagszeit brach er mit Houston zu seinem Haus in Ganzing auf. Houston saß neben ihm in einer Doppelsänfte und war zutiefst verwirrt, und so mißverstand er die Huldigungen, die ihnen von allen Seiten entgegengebracht wurden, und glaubte, sie würden seinem Begleiter gelten. Doch als sie durch das Land getragen wurden und Scharen von Männern und Frauen neben der Sänfte herliefen und den Schlägen der Reiter, von denen sie umgeben waren, trotzten, um das Vorrecht zu genießen, seine Füße küssen zu dürfen, da war kein Mißverständnis mehr möglich.

Der Herzog hatte gehofft, jegliche Erklärung hinauszögern zu können, bis sie sein Haus erreicht hatten, doch er sah, daß diese Hoffnung vergeblich war.

»Ein was?« sagte Houston.

»Ein Trulku«, sagte der Herzog zaghaft. »Das heißt, eine Art Heiliger.«

»Ich verstehe«, sagte Houston.

Im Laufe des vergangenen Jahres hatte sich eine ganze Menge merkwürdiger Dinge zugetragen, doch das hier war mit Sicherheit das merkwürdigste, was ihm je zugestoßen war. Er ertappte sich dabei, daß er sich einen flüchtigen Moment lang fragte, wie zwei junge Frauen in London wohl darüber dächten.

4.

Der Amtssitz in Ganzing war prächtig am Ende eines bewaldeten Tales gelegen und umschloß in seinen Mauern ein autarkes Feudalsystem. Es gab einen Hufschmied, einen Gerber, einen Steinmetz, einen Schneider und einige weitere Handwerker. Ihre kleinen Geschäfte und Behausungen waren an zwei parallel verlaufenden Flügeln des Gebäudes angegliedert worden, so daß das Haus mit seinen Ställen, seinem Kornspeicher, seiner Brauerei und seinen Arbeitsstätten im Laufe der Jahre die Form eines stark verlängerten »U«s angenommen hatte.

Als sie sich dem Anwesen durch einen Park näherten, stellte Houston fest, daß das Vermögen des jungen Mannes gewaltig sein mußte. Im fruchtbaren Tal von Ganzing waren sie über Stunden an riesigen Herden von Jaks und an wogenden Gerstenfeldern vorbeigekommen. All das gehörte dem Herzog. Zwei Sägemühlen hatten sie gesehen, die der Herzog selbst errichtet hatte – wahre Reichtümer in einem Land, in dem Nutzholz einen fast so hohen Preis pro Gramm wie Butter erzielte.

Die Sägemühlen waren nicht das einzige Werk des Herzogs. In seinem Park hatte er einen Golfplatz und einen Tennisplatz angelegt, in seinem Haus eine Zentralheizung installiert. (Der Kessel dieser Zentralheizung, der speziell für das Verbrennen von Jak-Dung eingerichtet war, war Stück für Stück aus Indien über die Berge gekommen und stammte aus Bonnybridge, Schottland. Der Herzog zeigte Houston später mit ganz besonderem Stolz das Markenzeichen des Herstellers. »Sehen Sie – eine Verbindung zu Ihrer Mutter«, sagte er freundlich über das Tosen des brennenden Dungs hinweg.)

In den nächsten Tagen konnte sich Houston ein Bild davon machen, wie Standespersonen in Tibet lebten. Er war von einem beträchtlichen Luxus umgeben. Der Herzog hielt sich nicht lediglich einen Geistlichen, sondern ein ganzes Domkapitel, nicht nur drei Frauen, sondern fünf. (»Eine reine Formsache, alter Junge. Mich machen nur mehrere gleichzeitig richtig scharf.«) Er hatte echte Glasscheiben in seinen Fenstern und in seiner Bibliothek elektrisches Licht (von einem Benzinmotor erzeugt). In seinen Kellern stand der beste Scotch, und in einer Vitrine lagerten die erlesensten Zigarren.

Houston blieb eine Woche dort und kostete von diesen Genüssen. Er trank den Whisky des Herzogs und rauchte seine Zigarren. Er ritt meilenweit mit ihm über seine Güter und erfuhr eine ganze Menge über die landwirtschaftliche Situation im Südwesten Tibets. Was seine eigene Situation anging, konnte er nur wenig mehr in Erfahrung bringen. Sie war ihm nach vier Tagen noch so rätselhaft wie eh und je.

Er wußte, daß er ein Trulku war. Er wußte, daß er der Trulku des Mannes war, der Hu-Tzung genannt wurde. Er wußte, daß von ihm erwartet wurde, die bösen Pläne dieses Mannes abzuwenden. Aber er wußte nicht, worin die bösen Absichten dieses Mannes bestanden, und in dem Punkt weigerte sich der Herzog ganz entschieden, ihm Näheres mitzuteilen.

»Warum betrachten Sie es nicht einfach als eine Form von Urlaub, alter Junge?« drängte er Houston freundlich, als sie bei Whiskey und Zigarren saßen. »Als eine Form von recht ungewöhnlichen Ferien?«

»Und was geschieht, wenn der Urlaub vorbei ist?«

»Dann fahren Sie wieder nach Hause. Das verspreche ich Ihnen. Wir müssen nur noch warten, bis ein paar Prophezeiungen eintreffen.«

»Inwieweit betreffen mich diese Prophezeiungen?«

»Ich hoffe, gar nicht, alter Junge.«

»Werden mein Bruder und seine Freunde auch nach Hause fahren?«

»Selbstverständlich werden sie das tun. Mit absoluter Sicherheit.«

»Warum kann ich sie dann nicht sehen?«

»Aber klar doch. Bald, bald, alter Junge«, sagte der Herzog.

Vor diesen Barrikaden, so liebenswürdig wie entschieden, war Houston machtlos. Er fühlte sich wie ein Gefangener in einem äußerst ungewöhnlichen Traum. Jeden Morgen kam eine junge Frau, um ihm die Füße zu küssen, ihn zu waschen und ihn anzuziehen, und jeden Abend kam eine andere Frau, die ihn auszog und im übrigen das gleiche tat. Wenn er vor das Haus trat, kamen die Steinmetze und Schneider, die Hufschmiede und Gerber und ihre Familien herbeigerannt, um ihn zu berühren und ihn abzuküssen. Wenn er irgendwo stehenblieb, brachten sie ihm Unmengen von Gegenständen, die er segnen sollte.

Eine geradezu beunruhigende Aufmerksamkeit wurde ihm gezollt. Ein Mönch war mit einer ganzen Gesellschaft aus Yamdring gekommen, und dieser Mönch begleitete ihn auf Schritt und Tritt. Er ging mit ihm spazieren, ritt mit ihm aus und saß bei ihm, und abgesehen davon, daß er nicht im selben Bett mit ihm schlief, tat er auch alles andere mit ihm gemeinsam. Tatsächlich schlief er auf einer Matte im selben Zimmer. Die Funktionen dieses Mönchs waren so offensichtlich die eines Wächters und nicht die eines Gefolgsmannes, daß Houston nachts wach lag und Pläne ausheckte, ihm einen Strich durch die Rechnung zu machen. Ihm war nämlich im Laufe dieser Tage ein Plan durch den Kopf gegangen, der zwar noch recht verschwommen war, der aber voraussetzte, daß Houston völlig unbeaufsichtigt war.

Im Keim war dieser Plan an seinem allerersten Abend in Ganzing entstanden, als er, der von seiner plötzlichen Erhebung in den Heiligenstand noch ganz benommen war, über alles, was geschehen war, noch einmal nachgedacht hatte und auf ein anderes Rätsel gestoßen war – auf die wundersame Rückkehr der Dämonin von der Werbung um den Segen.

Die Dämonin war in ihrer Sänfte auf die Insel getragen worden, doch sie war nicht mit der Sänfte zurückgekehrt. Sie war auf eine andere Weise zurückgekehrt. Aber wie?

Sie konnte nicht mit einem Boot gekommen und auch nicht geschwommen oder über die Brücke gelaufen sein, denn ein solches Wunder hätte die Jahrhunderte nicht überdauern können. Aus eben diesem Grund konnte sie auch nicht in einer Verkleidung mit der Prozession zurückgekehrt sein.

Doch, wenn hier kein Fall von wirklicher Magie vorlag – und nach allem, was sich zugetragen hatte, konnte er das nicht völlig ausschließen –, dann war es ihr auf einem ganz real vorhandenen Weg gelungen, von der Insel zum Kloster zu gelangen. Aber wie konnte dieser Weg aussehen?

»Ein Tunnel«, sagte Houston laut in die Dunkelheit.

Natürlich ein Tunnel! Was denn auch sonst, wenn kein Tunnel? Ein Tunnel, dessen eines Ende irgendwo tief unten in dem gewaltigen und verschlungenen Komplex des Klosters versteckt und unauffindbar war, und dessen anderes Ende sich auf der Insel befand – die weder riesig noch verschlungen war, ein Tunnel, der, da sie ihn völlig unbeobachtet betreten können mußte, im Inneren des Heiligtums einen Eingang hatte.

Houston hatte ein geschärftes Gedächtnis für optische Eindrücke, und er konnte sich bis in die kleinsten Einzelheiten an das Heiligtum erinnern. Ein kreisförmiger Raum, der am Boden einen Durchmesser von etwa neun Metern hatte, ein Raum, der mit Steinfliesen gepflastert war . . .

Gegen Ende der Woche fand er, jetzt sei der Zeitpunkt gekommen, um mehr darüber herauszufinden.

»Er sagte: »Ich glaube, ich würde gern wieder nach Yamdring zurückkehren.«

»Nach Yamdring, alter Junge? Wozu auf Erden? Gefällt es Ihnen hier denn nicht?«

»Doch, sehr. Aber ich möchte wieder malen. Ich würde gern das Kloster malen.«

»Das Kloster malen!« sagte der Herzog. Niemand hatte je das Kloster Yamdring gemalt. Schließlich war es doch ein heiliges und somit ein übernatürliches Bauwerk.

War denn ein Trulku, fragte Houston lächelnd, nicht schließlich ein heiliger und somit ein übernatürlicher Mensch?

Ja, sagte der Herzog ohne jedes Lächeln, das war er. Houston hatte es auf den Punkt getroffen. Man mußte sich den Fall näher überlegen.

Am folgenden Tag wurden nähere Überlegungen angestellt, und einen Tag später kehrte Houston nach Yamdring zurück. Nach zwei weiteren Tagen malte er das Kloster.

5.

Es ließ sich leicht bewerkstelligen, und er stellte fest, daß er ihre Logik so selbstverständlich anwenden konnte, daß alles, was sich in den kommenden zwei Wochen abspielte, so verzaubert und unwirklich wie ein Märchen zu sein schien. Mit Vorsicht und List ergründete er die Möglichkeiten, die ihm offenstanden. Er bat um nichts, wovon er wußte, daß man es ihm abschlagen würde. Er wagte sich nicht weiter als in das zweite Kloster hinauf. Er sah Ringling nur einmal – und das nicht auf seine eigene Anregung hin, sondern weil der Abt ihm den Vorschlag gemacht hatte, denn er wußte, daß er den Eindruck erwecken mußte, die Vergangenheit hinter sich gelassen zu haben.

Die Brandwunden des Jungen heilten gut, doch er konnte

immer noch nicht laufen. Houston, der streng beaufsichtigt wurde, wurde in seine Zelle geführt. Er sprach wenig mit dem Jungen: Es gab noch nicht viel, was er hätte sagen können. Doch er hatte es sich zu einer nützlichen Gewohnheit gemacht, jeden, der in Kontakt mit ihm trat, zu segnen, und als er Ringling segnete, gelang es ihm, ihm zuzuzwinkern. Er bezweifelte, daß der Junge es verstanden hatte. Seine Augen waren noch weit aufgerissen vor Entsetzen und Erstaunen, als Houston ihn verließ.

In dieser Phase wurde er ständig von zwei Mönchen begleitet, angeblich Künstlern, die ihn mit Material versorgten und seine Malsachen trugen. Houston nannte sie für sich Miny und Mo und schloß sie sehr ins Herz. Keiner von beiden sprach neben dem Tibetanischen eine andere Sprache. Houston wollte es auch gar nicht anders haben. Statt dessen verfeinerte er seine eigenen Sprachkenntnisse.

Er erlernte auch andere Fertigkeiten – den Gebrauch des Schreibpinsels etwa und das Mischen von Pflanzenfarben –, und er vertiefte sich derart in seine Arbeit, daß er Stunden über Stunden nahezu vergaß, warum er sie überhaupt begonnen hatte.

Er vergaß es nicht ganz.

In der zweiten Woche bat er darum, die Insel aufsuchen zu dürfen.

Er fragte so unschuldig und aus so eindeutig künstlerischen Motiven heraus, daß der Abt nach einem versonnenen Blick keine Einwände erhob.

Das Heiligtum war geschlossen, wenn keine Festlichkeiten stattfanden, doch Houston entdeckte erfreut, daß die Türe nicht verschlossen war. Zweimal täglich, am Morgen und am Nachmittag, suchte er das Heiligtum mit seinen treuen Helfern auf. Er skizzierte es vom Ufer aus. Er skizzierte es von der Brücke aus. Dann skizzierte er den Innenraum.

Es war schwierig, Ausreden zu erfinden, mit denen er beiden Mönchen gleichzeitig entgehen konnte, und trotz aller Anstrengungen gelang es ihm immer nur für wenige Minuten, allein zu sein. Er tastete mit seinen Händen jeden Stein in seiner Reichweite auf dem Fußboden und an den Wänden ab. Insbesondere untersuchte er die Stellen um die Wandgemälde herum und die nächste Nähe des Affen. In drei Tagen fand er nicht das Geringste.

Nachts grübelte er in seiner Zelle.

Irgendwo in diesem hohlen Obelisken befand sich das Ende eines Tunnels. Es war ein Eingang, der sich mühelos durch die Hand einer Frau öffnen ließ. Es konnte eine lose Tafel an der Wand oder eine Fliese im Boden sein. Sie konnte sich durch einen Hebel oder ganz einfach durch Druck auf die richtige Stelle bewegen lassen. Er war ziemlich sicher, daß dieser Tunnel dort zu finden war. Ebenso sicher war er, daß er ihn schleunigst finden mußte. Er hatte bereits jeden erdenklichen Aspekt des Heiligtums skizziert, unter jedem Blickwinkel, der auch nur von irgendeinem Interesse sein konnte. Wenn er nicht vorhatte, ein Lebenswerk daraus zu machen, konnte er dort nicht mehr allzu lange bleiben.

Die Inspiration, die Wandgemälde aufzufrischen, kam ihm wie ein Geistesblitz. Probeweise unterbreitete er diese Idee seinen künstlerischen Begleitern.

O nein, sagten sie, das war keine gute Idee. Es war sogar eine höchst gefährliche Idee. Die Wandgemälde mochten zwar in einem erbärmlichen Zustand sein, doch sie waren nichtsdestoweniger göttlichen Ursprungs. Die Hand eines Sterblichen konnte sie nicht restaurieren. Es wäre sogar ein kaum zu überbietendes Sakrileg, das auch nur zu versuchen.

Ein Sakrileg für einen Trulku?

Miny und Mo sahen einander an. Sie wußten es nicht. Das war eine Frage, die sich in der gesamten Geschichte des Klosters nie gestellt hatte. Es war eine Frage, die für Miny und Mo viel zu hoch war.

Es war, genaugenommen, eine Frage, die an die Dämonin selbst zu richten war.

Während diese Frage an sie übermittelt wurde, legte Houston seine Arbeit an den Skizzen nieder. Er schlenderte statt dessen in Begleitung von Miny und Mo durch das Dorf. Er unternahm lange Spaziergänge und nahm viele Segnungen vor. Er wurde sehr populär. Er hatte das Gefühl, daß genug Zeit verstrichen war, und er suchte Ringling wieder auf.

Miny und Mo wirkten ein wenig bedrückt, als er bei diesem Besuch in die englische Sprache verfiel, doch er lächelte sie so herzlich an, daß sie sich einfach nicht vorstellen konnten, hier könnte etwas nicht stimmen. Houston sagte dem Jungen, er solle ebenfalls lächeln, und das tat er so starr und verblüfft über die Wendung, die das Gespräch genommen hatte, daß innerhalb kürzester Zeit, in der Houston und der Junge lächelten und Miny und Mo ihnen ebenfalls zulächelten, in der Zelle übersprühend gute Laune herrschte.

Das *Responsum* der Dämonin (das natürlich nach einer Befragung des Orakels vom Abt formuliert wurde) brauchte zwei Tage Zeit. Houston, der die Woge der Gutwilligkeit, die ihn von allen Seiten umspülte, durchaus wahrnahm, hatte kaum Zweifel daran, wie die Antwort lauten würde, und es erwies sich, daß er sich nicht getäuscht hatte.

Wenig später ließ er sich mit Blattgold, Kleber, Leinsamen und Pflanzenfarben wieder einmal im heiligen Schrein nieder. Er arbeitete mit Feuereifer und konnte abtasten, was er nur irgend wollte – doch ein paar Tage später gelangte er wieder an den Punkt, an dem er sich geschlagen geben wollte. Es schien ganz unglaublich zu sein, daß dieses karge, kleine Bauwerk, das einen Durchmesser von weniger als zehn Metern hatte, sein Geheimnis vor einem derart beharrlichen Suchenden bewahren konnte. Und doch, überlegte er, mußte es sein Geheimnis über Hunderte von Jahren bewahrt haben. Ihm war aufgefallen, daß die Steine hier wesentlich kleiner als die in seiner Zelle waren – es gab viele hundert Steine –, und er war zu dem Schluß gekommen, daß sich die Geheimtür nur durch den Druck auf etliche dieser Steine gleichzeitig oder in einer festgelegten Reihenfolge öffnen ließ. Ihm wurde klar, wie unwahrscheinlich es war, daß er diese Reihenfolge durch etwas anderes als einen glücklichen Zufall herausfinden würde, und mit der Zeit gab er auf.

Mit Miny und Mo restaurierte er das Heiligtum. Dann räumte er auf und brachte da und dort noch einen letzten Spritzer Farbe an, und bei seinem letzten Strich, den er dem Affen verpaßte, stieß er auf etwas Seltsames.

Das Gold im Spalt zwischen den Hinterbacken des Affen war abgegriffen. Es gab keinen ersichtlichen Grund, warum es an dieser Stelle abgegriffen sein sollte. Die Finger der Gläubigen wären wohl kaum dorthin vorgedrungen.

Houston stellte seine Farbe ab und legte den Pinsel hin. Er nahm die Hinterbacken des Affen in seine Hände und zog leicht daran. Etwas bewegte sich.

Er schickte Miny ins Kloster, um neue Farbe zu holen. Er schickte Mo ins Freie, um frischen Tee aufzubrühen. Dann wandte er sich wieder dem Affen zu.

Die Bewegung war minimal gewesen, und er probierte es noch einmal. Wieder bewegten sich die goldenen Hinterbakken. Doch es war offensichtlich, daß sie sich nicht weiter auseinanderbewegen würden, auch wenn er fester daran zog. Es mußte einen Hebel geben, etwas, das in Reichweite auch einer kleinen Frau lag.

Houston lief rund um den Affen herum. Es gab nur eine hebelartige Stelle, die noch in Reichweite lag. Sie ragte jedoch gleich recht weit heraus: Es war der ansehnliche Phallus, den die Menschenmenge bei den Festlichkeiten so bewundert hatte. Plötzlich fielen ihm die Ursprünge dieses Festes und die Eigenarten der tibetanischen Gesellschaft, wie er sie vorgefunden hatte, wieder ein, und Houston schüttelte den Kopf und fluchte freudig erregt vor sich hin. Wie hatte er es nur übersehen können, dieses Symbol all dessen, was so ausgelassen und übermütig, so stolz und gutmütig im Charakter dieses Volkes zu finden war, dieses Symbol, das den Schlüssel zu so vielen Mysterien Tibets in sich barg?

Aus Gründen des Taktes hatte er Abstand davon genommen, diesem Körperteil seine volle Aufmerksamkeit zu schenken, wenn Miny und Mo über ihn wachten. Im Moment wachten sie nicht über ihn.

Unbekümmert wandte er sich dem Phallus zu. Beim dritten Ziehen sprangen die goldenen Hinterbacken auseinander.

Houston schloß sie wieder, ohne einen Blick in ihr Inneres zu werfen.

Kapitel 9

1.

Es war der 12. Mai gewesen, als Houston Yamdring erreichte, und am 18. Juni fand er den Tunnel. Sechsunddreißig Stunden später, um etwa Viertel vor zwölf in der Nacht des 19. Juni, stieg er in den Tunnel hinab.

Den größten Teil der Zeit bis dahin hatte er damit verbracht zu planen, wie er aus seiner Zelle hinaus- und wieder in sie hineinkommen sollte. Das war keineswegs so einfach, wie es klang, denn sie war verriegelt. Um halb zehn am Abend wurde sie verriegelt, und vor sechs Uhr morgens wurde der Riegel nicht wieder zurückgeschoben. Er konnte ihn zwar durch das Gitter in der Tür sehen, aber es war ihm unmöglich, ihn zu erreichen.

Die Lösung, die ausgesprochen raffiniert war, gelang ihm mit Hilfe der Kerzenschnur, die für ihn von unschätzbarem Wert war. Inzwischen hatte man ihm seinen Besitz wieder ausgehändigt, und unter seiner Habe befand sich ein kleines Silbermesser mit seinem Namen. Seit er vierzehn Jahre alt war, trug er dieses Messer bei sich. Mit ihm schnitt er ein Stück von der Schnur ab und drehte ihre einzelnen Fasern auseinander, um eine längere Schnur anfertigen zu können. An ihr Ende machte er eine Schlaufe und durch das Gitter zog er den Riegel wie mit einem Lasso zurück. Er ließ sich recht leicht, wenn auch nur unter Quietschen, bewegen (ein Mangel, den er am nächsten Tag mit einem Klumpen Butter behob), doch er stand immer noch vor dem Problem, wie er die Tür wieder verriegeln konnte, wenn er zurückgekommen war.

Die Lösung dieser Frage kostete ihn am meisten Zeit, doch er freute sich so sehr darüber, wie er es bewerkstelligte, daß er später eine kleine Skizze verfertigte, um die Methode zu veranschaulichen. Sie bestand darin, die Schnur doppelt zu nehmen, das doppelte Ende durch den Ring am Riegel entlangzuziehen und es um den Bolzenkopf zu legen – all das tat er vom Gang aus. Die losen Enden steckte er durch das Gitter in der Tür, und dann betrat er seine Zelle und zog. Der Riegel wurde in seine Halterung gezogen. Dann ließ er ein Ende der Schnur los und zog an dem anderen. Die gesamte Schnur zog er auf diese Weise durch den Bolzen zurück, durch das Gitter und in die Zelle.

Zwei Wachen waren offiziell am Ende des Ganges aufgestellt, aber er hatte sie beide in ihren Umhängen schnarchen gesehen, und sie nahmen die Welt um sie herum nicht wahr. Daher verbrachte er den gesamten Rest der Nacht damit, seine Zelle zu betreten und zu verlassen, sie aufzuschließen und sie wieder zuzusperren, bis er das Gefühl hatte, den Dreh herauszuhaben.

In der folgenden Nacht verließ er die Zelle dann tatsächlich.

Er benutzte einen Kanaldeckel, der unverschlossen war. Das war der Weg, den Ringling bei seinen romantischen Stelldicheins benutzt hatte. Davon hatte der Junge ihm im Laufe der Unterhaltung berichtet, die Miny und Mo einige Sorgen bereitet hatte. Unter dem Deckel befand sich ein Kanal, ein schlüpfriges Abflußrohr, das so ekelerregend war, daß ihm fast übel wurde. Er hielt den Atem an und watete hindurch, und als das Rohr kurz darauf auf eine Senkgrube stieß, konnte er wieder hinausklettern.

Er stand im hellen Mondschein auf einem kleinen Innenhof. Vor ihm erhob sich eine Wand, die Klostermauer, vor der Kräuterbeete angelegt waren, und er sah sich nach dem Steingarten um, von dem der Junge gesprochen hatte und der sich bis zum oberen Ende der Mauer hinaufzog. Dann machte er sich auf den Weg. Er ließ sich Zeit. Vorsichtig ließ er sich auf den Rasen fallen und schlich an der Klostermauer entlang zum See. Hier mußte er ein paar Minuten warten, da ein Wächter auf der untersten Stufe auf und ab ging, doch sobald der Mann sich abwandte, rannte er los, ließ die Stufen und die Mole hinter sich und blieb erst stehen, als er schon fast die Ortschaft erreicht hatte.

Dort, wo der Pfad vom Dorf zum See führte, lag eine Reihe

von Booten am Ufer, und nachdem er seine Stiefel im See gewaschen hatte, nahm er eins der Boote, stieß sich geduckt vom Ufer ab und trieb auf das glitzernde Wasser hinaus. Er setzte das Paddel nur sparsam ein, da ihm klar war, daß jede abrupte Bewegung im gleißenden Mondlicht gut sichtbar gewesen wäre, und er steuerte die hinterste Spitze der Insel an. Hier, im Schutz der niedrigen Büsche, zog er das Boot ans Ufer und machte sich auf den Weg zum Heiligtum.

Kleine bunte Sträucher und weißblühende Ginsterarten sprenkelten die Insel, die aschfahl im Mondschein dalag. Er bahnte sich einen Weg durch die Büsche, wartete ein oder zwei Minuten lang und behielt dabei das Kloster im Auge. Dann öffnete er die Tür und trat ein.

Er stand in der Schwärze, die nach frischer Farbe roch, und stellte fest, daß seine Knie ein wenig weich waren, doch er hatte keine Zeit, es sich noch einmal zu überlegen, und er tastete nach den Streichhölzern in seiner Tasche und zündete eine Lampe an. Und er sah den Affen, wie er aus der Schwärze auftauchte.

Houston nahm sich seiner ohne förmliche Zurückhaltung an.

2.

Als er bereits eine Viertelstunde im Tunnel war, hörte er es Mitternacht schlagen, doch er konnte nicht mit Sicherheit sagen, ob die Geräusche über das Wasser zu ihm drangen oder ob sie direkt vom Kloster kamen. Er war, soweit er das schätzen konnte, etwa fünfzehn Meter tief in den Felsen hinabgestiegen und stand jetzt auf ebenem Boden. Er hatte das Gefühl, vielleicht sogar schon beim Aufstieg zu sein, aber da er den Kopf stark eingezogen hatte und seine Schultern die Mauern des Ganges streiften, konnte er das nicht so genau sagen.

Die Luft war schal und abgestanden, und seine Butterlampe fing an zu tropfen. Ein starker Moschusduft hing in der Luft, und als er zu begreifen begann, woher dieser Geruch kommen mußte, spürte Houston, daß sich die Haare in seinem Genick aufstellten. Wie viele Male war sie schon vor ihm hier gewesen, die alterslose Dämonin und wie viele Male gar in ihren siebzehn vorherigen Verkörperungen? Eine Aura alter Schandtaten, kultischer Schandtaten, hing so erdrückend in dem schmalen, steinernen Gang, daß er fast die Nerven verlor und sich kaum durchringen konnte weiterzugehen. Was er jetzt brauchte, war eine Ruhepause, so dachte er und blieb stehen, um ein wenig zu verschnaufen.

Er stand mit gesenktem Kopf da, und sein Atem ging pfeifend. Die Luft schien knapper zu werden. Er dachte, dicht über dem Boden müsse mehr Sauerstoff sein, und er beugte sich nach unten. Augenblicklich wurde der Schein der Lampe heller, und auch seine Laune verbesserte sich.

Es war die Luftknappheit – Panik war hier unangebracht. Er befand sich in einem von Menschenhand geschaffenen Tunnel. Dieser Tunnel führte von A nach B. Mit großem Geschick hatte er den Eingang A gefunden, und jetzt ging es nur noch darum festzustellen, wo der Ausgang B lag. Wenn man etwas mit Sicherheit sagen konnte, dann, daß ihn auf dem Weg von A nach B niemand belästigen würde.

Diese Überlegung war so ermutigend, daß er sich nach ein oder zwei Minuten wieder aufrichtete und weiterging.

Er konnte mittlerweile mit Gewißheit sagen, daß der Gang anstieg – und zwar steil. Er glaubte, inzwischen den See hinter sich gelassen zu haben. Vermutlich folgte der Tunnel jetzt der Steigung der Treppen. Wenn das der Fall war, dann müßte er bald wieder eben verlaufen.

Und so war es.

Houston fand das sehr ermutigend. Er glaubte, seinen Standort jetzt mit ziemlicher Genauigkeit bestimmen zu können. Er mußte sich direkt unter dem Platz befinden. Irgendwo auf dem Felsen über ihm lief die Wache in der kalten Nachtluft auf und ab. Etwas weiter sollte der Tunnel folglich wieder ansteigen, um die zweite Treppe hinter sich zu bringen.

Der Tunnel stieg wieder an.

Der Tunnel stieg immer weiter an. Er stieg so lange an, daß Houston äußerst bestürzt war. Er stellte fest, daß er sich in seinem Standort gewaltig verschätzt haben mußte. Die erste Steigung war lediglich das Auftauchen aus dem See gewesen. Diese zweite Steigung folgte dem Verlauf der Treppen – und zwar beider Teppen auf einmal.

Aber konnten denn selbst zwei Treppenfluchten so hoch ansteigen? Vielleicht schon. Er war müde und fand sich nicht zurecht. Andere Faktoren mußten einbezogen werden. Das Kloster war an einen Hang gebaut. Der Tunnel mußte ansteigen, um den Hang hinter sich zu bringen. Das hieß dann wohl, daß sich der Ausgang am höchsten Ende befand, das weniger zugänglich war. So konnte er sich das weitere Ansteigen erklären.

Houston bezog alles mit ein. Er hielt sich immer wieder alle Punkte vor Augen, betete sie herunter wie eine allzu lange Perlenschnur. Doch alles das trug nicht dazu bei, sein wachsendes Unbehagen zu lindern. Er war jetzt schon seit einer halben Stunde in dem Tunnel, und für den Rückweg würde er ebensolange brauchen. Dann standen ihm immer noch die Probleme mit dem Boot und dem Einstieg in das Kloster bevor. In ein paar Stunden würde es hell werden. Wenn er gezwungen war zu warten, wenn er gezwungen war, sich zu verstecken, wenn eine der Wachen im Korridor vor seiner Zelle durch einen reinen Zufall erwachte . . .

Houston blieb stehen. Er blieb stehen, weil der Tunnel hier aufhörte. Er endete vor einer Treppe.

Houston stieg die Treppe hinauf.

Plötzlich brannte die Lampe heller. Luft strömte herein. Er konnte spüren, wie sie sachte um seinen Kopf strich. Er stieg steil aus dem Tunnel heraus, in eine Konstruktion hinein, die so unregelmäßige Umrisse hatte, daß er zunächst nicht sagen konnte, was das sein mochte. Er hob die Lampe über seinen Kopf. Natürlich! Es war eine Götzenfigur. Er befand sich in einem zweiten gewaltigen Götzenbild. Der Tunnel endete so, wie er begann.

Die Statue war so groß wie der Affe. Er konnte sich nicht erinnern, einen zweiten solchen Affen im Kloster gesehen zu haben. Er nahm an, sich in einer der Kapellen auf der Rückseite zu befinden. Er wußte, daß in diesen Kapellen Tag und Nacht Butterlampen brannten, und daher blies er seine Lampe aus und sah sich in der Dunkelheit nach Ritzen um, durch die Licht einfiel. Eine Ritze sah er sofort, einen langen, schmalen, vertikalen Streifen wenige Meter über seinem Kopf.

Er stieg zwei Stufen höher und tastete den Spalt mit seinen Händen ab. Er war in eine konvexe Ausbuchtung eingelassen, die kein Hinterteil darzustellen schien. In der Mitte war eine kleine Öffnung. Er legte sein Ohr daran und lauschte. Nichts. Kein Schnarchen, kein Atmen, kein Quietschen.

Wo er auch sein mochte – er schien allein zu sein. Er tastete mit seinen Fingern nach dem Mechanismus und fand ihn. Eine der Türen sprang mit einem leisen Klirren auf. Houston lugte hinaus.

Butterlampen brannten mit ruhigen Flammen in einem hohen Raum. Der Raum lag absolut still da. Die Lampen standen in einem Halbkreis um das Götzenbild herum. Im Hintergrund schienen weitere kleinere Lampen zu glimmen, und als seine Augen sich an das Licht gewöhnt hatten, sah er, daß sie vor einer Reihe von kleineren Statuen standen.

Er wartete einige Minuten und stieg mit äußerster Vorsicht zwei weitere Stufen hinauf. Er öffnete die Türen ganz und trat hinaus.

Auf dem Boden lagen Teppiche, und weitere hingen an den Wänden. Es war eine außergewöhnlich große und ansprechend ausgestattete Kapelle, und er erkannte, warum er sie noch nicht eher betreten hatte: Es war eine Kapelle, die dem Kult der Dämonin selbst geweiht war. Das große Götzenbild, aus dem er aufgetaucht war, stellte offensichtlich ihre Erste Verkörperung dar. Er war aus ihrem Bauch herausgetreten. Die späteren Verkörperungen, lebensgroß, saßen ihr in einer Reihe gegenüber, mit Teufelsköpfen und unbekleidet, und sie stützten ihre Brüste mit ihren Händen.

In Gegenwart all dieser Dämoninnen spürte Houston, wie ihm eine Gänsehaut über den Rücken lief. Er hielt den Atem an, dann atmete er langsam aus und lief auf Zehenspitzen an der Reihe der Verkörperungen vorbei und suchte nach den Toren.

Er zählte siebzehn Dämoninnen, die siebzehn Früheren Verkörperungen der Guten Mutter, und er war gerade an der letzten vorbeigekommen, als er zum ersten Mal vor Schreck zusammenzuckte. Die Kapelle hatte keine Tore. Er stand vor einer gewaltigen hölzernen Tür. Er kannte keine einzige Kapelle im ganzen Kloster, die anstelle der Tore eine solche Tür hatte. Voller Unbehagen blieb er stehen.

Doch nun hatte er schon einen so weiten Weg zurückgelegt, daß er fand, er könnte ebensogut noch ein Stück weitergehen. Er fand, er könnte die Tür öffnen.

Doch es gelang ihm nicht. Die Tür war abgeschlossen.

Damit hätte er eigentlich rechnen können. Die Kapelle war offensichtlich eine Form des Allerheiligsten. Ein Schloß würde seine zukünftigen Fluchtversuche nicht erleichtern, aber solange es nur ein Riegel war und er keinen Schlüssel brauchte, machte das die Flucht auch nicht unmöglich. Er tastete mit seinen Händen den Rand der Tür ab, und dabei traf ihn ein zweites Mal fast der Schlag.

Die Tür war nicht mit einem Schlüssel verschlossen. Sie wurde ganz schlicht durch einen Riegel geschlossen. Der Riegel jedoch – befand sich an der Innenseite.

Ihm schoß durch den Kopf, was das zu bedeuten hatte. Als hätte er sich die Finger verbrannt, wandte er sich von der Tür ab, doch ebenso abrupt blieb er wieder stehen. Als er die Früheren Verkörperungen in der Kapelle gezählt hatte, hatte er die gigantische Erste Verkörperung nicht mitgezählt. Die Dämonin hatte nur siebzehn frühere Körper bewohnt. Achtzehn saßen hier.

Hier ging etwas ganz Eigentümliches vor, und Houston wußte plötzlich, daß er nicht das geringste Verlangen danach hatte zu erfahren, was es war, was hier vorging. Er wünschte sich von ganzem Herzen, er hätte niemals diese wahnwitzige Forschungsreise angetreten und läge im Tiefschlaf in seiner Zelle und wartete zufrieden auf den Morgengong. Und ebenso abrupt, wie er stehengeblieben war, setzte er sich jetzt wieder in Bewegung, in höchster Eile, auf den Bauch der Ersten Verkörperung zu. Er hatte auch wirklich bereits einen Fuß hineingestellt, wie er sich später erinnern konnte, als ihm zum dritten und letzten Mal das Herz fast stehenblieb.

Hinter ihm im Raum sprach eine Stimme, eine Frauenstimme, und sie sprach ihn auf tibetanisch an.

»Bleibe, Hu-Tzung«, sagte die Stimme.

Houston blieb.

»Glaubst du denn, ich hätte es vergessen? Dreh dich um und sieh mich an.«

Houston, der das Gefühl hatte, daß ihm das Blut gerann, drehte sich um und sah sie an.

Die achtzehnte Dämonin hatte sich mit ihrer Lampe erhoben. Sie kam auf ihn zu.

3.

Augenblicklich wurde er von einem derartigen Grauen gepackt, daß jeder normale Denkvorgang abzureißen schien. Ihm blieb nur eine vage Ahnung davon, daß die Dämonin ihn an der Hand nahm und ihn zu einem Bett führte. Mit Sicherheit stand fest, daß er wenige Minuten später mit ihr auf einem Bett saß. Er erinnerte sich, gedacht zu haben, daß sie das Bett noch nicht lange verlassen haben konnte, denn es war noch warm – eine Übung in deduktivem Denken, die ihn zumindest seiner Sinne wieder versicherte. (Doch es dauerte einige Minuten länger, bis er erfaßte, wo er eigentlich war: Er klammerte sich hartnäckig an seinen Eindruck, im ersten Kloster zu sein, obwohl doch offensichtlich war, daß er blind durch alle sieben Klöster zum obersten gestiegen sein mußte.)

Die Äbtissin hatte ihre Lampe mitgenommen, denn das Bett stand in einer dunklen Ecke des Zimmers, und im Schein des Lichts musterte sie ihn. Hinter den smaragdenen Augäpfeln glitten ein Paar schmale Augen über ihn. Die Teufelsmaske hatte etwas derart Gräßliches an sich, daß ihm das Blut stockte, und Houston wandte den Blick ab. Er sah statt dessen auf ihren Körper herunter, und auf den ersten Blick erschien ihm dieser kaum weniger furchteinflößend.

Der Körper der Dämonin war völlig unbehaart. Ihre Brüste waren mit grünen und goldenen Spiralen bemalt. Ihre Haut glänzte von einer aromatischen Tinktur. Sie war eine kleine, füllige Frau, die von dreißig bis fünfzig jedes Alter haben konnte. Etwas in ihrem Auftreten, in der gedämpften Stimme, die durch die Maske drang, und in den klauenartig angemalten Fingernägeln ließ ihn sie eher älter einschätzen. Voller Furcht wich er vor ihr zurück.

Die Äbtissin stellte ihre Lampe ab.

Sie sagte: »Hu-Tzung, was hast du mir zu sagen?«

Houston machte den Mund auf und stellte fest, daß er nichts zu sagen hatte.

»Ich warte seit zweihundert Jahren auf dich.«

Houston fuhr sich mit der Zunge über die Lippen und fand seine Stimme wieder. Er sagte: »Gütige Mutter, Ihr täuscht Euch. Ihr verwechselt mich mit einem anderen.«

»Dich verwechseln? Wie könnte ich dich mit einem anderen verwechseln, Hu-Tzung?«

»Ich bin der Trulku, Gütige Mutter, ... der nichts ahnende Trulku, den sein Unterbewußtsein hierhergeführt hat ... «

»Du bist nicht länger nichtsahnend«, sagte die Äbtissin. Sie berührte ihn neugierig, seine Augenbrauen, seine Ohren, seine Stirn. »Und auch kein Trulku mehr. Du hast den Weg zu mir gefunden, und jetzt mußt du deiner Bestimmung folgen. Mich kannst du nicht täuschen, Jidag.«

Houston dachte gar nicht daran, sie zu täuschen. Sie hatte etwas an sich, etwas Heiliges und Unverletzliches, das von ihrer Nacktheit ausging und ihm Schrecken einflößte. Er hatte das Gefühl, tatsächlich von übernatürlichen Kräften umgeben zu sein, und er ertappte sich dabei, daß er zu seinem eigenen Erstaunen in seinem stockenden Tibetanisch seine Identität und den Grund seines Kommens darlegte und gestand, wie er den Tunnel gefunden hatte und warum, als er von der Äbtissin unterbrochen wurde.

Sie schnitt ihm das Wort ab, indem sie eine Hand auf seinen Mund legte. Ihr Kopf war zur Tür gewandt, und sie erhob sich und lauschte einen Moment lang, und Houston, der sie beobachtete, durchzuckten schmerzhafte Stiche (an die er sich noch Jahre später erinnern konnte, und zwar überdeutlich), die zur Hälfte seiner Erleichterung und zur anderen Hälfte seinem Bedauern entsprangen. Denn er sah, daß sie wirklich nichts weiter als eine Frau war, daß sie selbst unter Bewachung stand und seine Entdeckung noch nicht wünschte.

Noch etwas anderes ging ihm in diesem Sekundenbruchteil auf. Er erkannte, daß die Situation keineswegs unrettbar war und daß die verrückte Logik, die ihn in den letzten traumartigen Wochen weitergebracht hatte, ihm jetzt wieder helfen konnte, wenn er sich nur wirklich bemühte.

Er streckte ihr seine Hand hin. Mit leiser Stimme sagte er: »Gütige Mutter, was wißt Ihr von mir?«

Die Äbtissin drehte sich wieder zu ihm um.

»Das, was deine Lippen mir gesagt haben, Hu-Tzung, und das, was geschrieben steht.«

»Ihr habt mich noch nie gesehen.«

»Wir haben einander mit anderen Körpern geliebt, Hu-Tzung.«

»Und hast du mich wahrhaft geliebt?«

»Ja, ich habe dich wahrhaft geliebt.«

»Liebst du mich jetzt noch?«

»Jetzt und für immer, armer Jidag. Für mich gibt es keine Erlösung.«

Houston raffte sich auf und starrte in die smaragdenen Augäpfel, die im Schein der Lampe wie Katzenaugen funkelten. Er sagte: »Dann sage mir mein Los.«

»Das kennt nur Gott, Hu-Tzung.«

»Dann sage mir, warum ich gekommen bin.«

»Um mich wieder zu lieben und mich von hier fortzuholen, zusammen mit meinem Schatz.«

»Und werde ich all das tun?«

»Ach, armer Jidag, wie könntest du das tun? Ich habe dich erkannt.«

»Darfst du mich verraten?«

Die Äbtissin nahm sein Gesicht zwischen ihre kalten Hände. »Jidag, Jidag«, sagte sie. »Ich kann dich niemals verraten. Ich muß dich freilassen.«

»Wie kannst du mich freilassen?«

»Indem ich das Gefängnis einreiße, das deinen Jidag gefangen hält.«

Houston hatte das Wort Jidag als eine Liebkosung aufgefaßt, aber jetzt erkannte er, daß es praktische Konsequenzen haben konnte.

Er sagte leise: »Warum nennst du mich Jidag?«

»Weil es das ist, was du bist, meine arme Seele – ein leidender Geist in einem Körper, der nicht dir gehört. Er ist dein Gastgeber, Jidag, und dein Gefängnis, und du mußt daraus befreit werden.«

Houston spürte, daß sich seine Zehen in seinen Stiefeln zusammenkrampften und daß sich eine dünne Schicht Schweiß auf seinem Nacken bildete.

»Steht es geschrieben, daß du mich befreien wirst?«

»Es steht geschrieben, daß du befreit werden wirst.«

»Steht es geschrieben, wann ich befreit werde?«

Das Dämonenhaupt wurde geschüttelt. »Das steht nicht geschrieben, Jidag.«

Houston war sehr froh, das zu hören. Er zitterte wie Espenlaub am ganzen Körper. Doch er erkannte, daß seine Lage, wenn sie auch in einem gefährlichen Maße irrwitzig war, nicht ohne mögliche Schlupflöcher war und daß er diese

Schlupflöcher mit der Zeit ausweiten konnte. Zeit war jedoch etwas, das im Moment äußerst knapp war.

Er zog die eisigen Hände von seinem Gesicht.

Er sagte: »Gütige Mutter, ich muß jetzt gehen.«

Die Dämonin stand mit ihm auf und umklammerte seine Handgelenke mit ihren dünnen Händen. »Du wirst wiederkommen, Jidag.«

»Ich werde wiederkommen.«

»Wann wirst du wiederkommen?«

»Bald.«

»Komm heute nacht.«

»Wenn ich es schaffe.«

»Heute nacht, Jidag.«

»Heute nacht«, sagte Houston.

Etwas schien mit dem Atem der Dämonin nicht zu stimmen. Er drang mühsam durch die Maske. Sie sagte: »Und wirst du mein Gesicht ansehen, Jidag?«

»Ich werde dein Gesicht ansehen.«

»Und mich wieder lieben?«

»Und dich lieben«, sagte Houston stockend.

Die Hände der Äbtissin zitterten auf seinen Armen.

Sie sagte: »Dann geh jetzt, Jidag.«

Der Jidag ging, so schnell ihn seine Füße trugen.

Im Tunnel hörte er ihren leisen Ruf.

»Jidag!«

»Ja?«

»Es muß heute nacht sein. Komm früh.«

Er machte sich früh auf den Weg, schon um halb elf, ohne sich darum zu kümmern, ob man sein Verschwinden entdecken würde, und gewissermaßen hoffte er sogar, daß sein Verschwinden bemerkt würde, denn er wußte nicht, was schlimmer war, geschnappt zu werden und sich wieder auf die eigenen fünf Sinne verlassen zu können oder sich mit dem Nachholbedarf von achtzehn Generationen lüsterner Dämoninnen zu konfrontieren. Er wurde sich bewußt, daß er, um zu überleben, die Talente einer Scheherazade mit denen eines dämonischen Liebhabers vereinen mußte, und dem fühlte er sich nicht gewachsen.

Er war erschöpft. In den beiden letzten Nächten hatte er so gut wie gar nicht geschlafen. Er glaubte, zu einem anderen

Zeitpunkt und an einem anderen Ort hätte er dieser Situation vielleicht eine gewisse gespenstische Komik abgewinnen können, aber im Moment graute ihm nur – und er fühlte sich zutiefst abgestoßen. Der Gedanke an den kalten, kräftigen Körper mit seinen priesterlichen Salben und seinen bemalten Brüsten ließ Übelkeit in ihm aufsteigen, und die Aussicht, ihr Gesicht zu sehen, war auch nicht gerade ein Anreiz. In Tibet alterten die Frauen früh. Mit fünfzig waren sie zahnlos und runzlig. Der Gedanke an ein solches Gesicht unter einem kahlgeschorenen Kopf ließ seine Männlichkeit verzagen.

Doch er zwang sich dazu hinzugehen, denn er wußte, es ging nicht nur um ihn, und als er den Schrein betrat und sich dem Affen näherte, gelang es ihm sogar, in seinem Umgang mit ihm eine gewisse spaßhafte Kameraderie zu sehen.

Doch im Tunnel roch er sie, und wieder sank ihm der Mut. Wie war das bloß passiert? Durch was für eine irrsinnige Abfolge von Mißgeschicken hatte es dazu kommen können, daß der Kunstlehrer der Mädchenoberschule in der Edith Road sich verstohlen unter den Wassern eines tibetanischen Sees vorankämpfte, um mit einer Dämonin das Bett zu teilen?

Es gab keine rationalen Antworten auf diese Fragen, und daher schlich Houston weiter – vielleicht ganz ähnlich wie der früheste unter seinen Vorgängern, mit gesenktem Kopf und baumelnden Armen, mit Furcht im Herzen und Übelkeit im Magen – zu einem abscheulichen Rendezvous mit einer alten, kalten Jungfrau in einem Raum, in dem siebzehn Leichen saßen.

Doch in der Einschätzung der Frau, die ihn erwartete, hatte sich Houston, wie bei so vielen seiner Annahmen in jenem Jahr, geirrt. Die Äbtissin war nämlich weder alt noch kalt, und sie war weit davon entfernt, eine Jungfrau zu sein.

4.

Als Houston gerade diesem gar nicht so einladenden Bett entgegenstrebte, stand der Gouverneur von Hodzo aus seinem auf. Er hatte allein in ihm gelegen, was er derzeit vorzog, und er hatte nicht lange darin gelegen. Und doch war sein Gesichtsausdruck beim Aufstehen nicht sehr verdrossen.

Der Gouverneur war eigentlich überhaupt nicht unzufrieden. Er schrie ein wenig herum, damit seine Dienstboten auch etwas davon hatten, doch als der Mann mit seinen Hausschuhen hereingestürmt kam und sich bückte, um sie ihm anzuziehen, schlug das Herz des Gouverneurs heftig, denn er fühlte eine genüßliche, makabre Spannung.

Er hatte einen Monat beispielloser Ruhe hinter sich. Seine Frauen waren gehorsam gewesen, seine Beamten fleißig. Niemand hatte ihn belästigt, und kein Ereignis von außen hatte seine Ruhe gestört. Einen ganzen prachtvollen Monat lang war er durch seinen Park geschlendert und hatte in seiner Bibliothek meditiert, völlig unbelästigt von jeder Störung.

Doch allmählich hatte er begonnen, dem Frieden zu mißtrauen, inzwischen beunruhigte ihn diese Ruhe. Er lag seit kurzem nachts wach und fragte sich, welche diabolischen Schwierigkeiten sich möglicherweise über ihm zusammenballten. Er wußte genug über das Wirken des Karma, um zu wissen, daß es noch nicht mit ihm fertig war. Die Abfolge der Ereignisse hatte ein Spiel der Kräfte gezeigt, ein Kräuseln unter der Oberfläche, das so gewaltig war, daß selbst er, ein Laie mit wenig Wissen über Die Gabe, die Gegenwart der Höchsten Macht hatte spüren können.

Der Gouverneur war nicht so unbescheiden anzunehmen, daß eine derartige Konzentration unheilvoller Energie ausschließlich seinetwegen aktiviert worden war. Er glaubte nicht, daß nur deshalb ein Fremder vom anderen Ende der Welt gekommen war, damit er sich einen Bruch zuzog. Doch der Mechanismus, der – ganz nebenbei! – seinen Bruch ausgelöst hatte, drehte sich immer noch. Das konnte er spüren. Er hatte den Eindruck, daß sich im Umkreis subtile neue Formationen bildeten, daß eine weitere ineinandergreifende Serie von Rädern sich in Bewegung gesetzt hatte und daß demnächst Impulse einer unheilvollen Art an den noch ruhigen Sektor weitergegeben würden, in dem er sich befand.

Warum war es beispielsweise um ihn herum so still? Es hätte nicht so still sein dürfen. Als Gouverneur einer Provinz hätte er den normalen lästigen, aber regelmäßigen Strom von Direktiven aus Lhasa empfangen müssen. Dieser Strom war ausgetrocknet.

Nach einem Leben im Staatsdienst wußte der Gouverneur, wie bedenklich das war. Keine Nachrichten aus Lhasa waren schlechte Nachrichten. Angesichts von Schwierigkeiten arbeitete die Zentralregierung nicht bis spät in die Nacht hinein. Sie brach einfach ihre Zelte ab. Sie kehrte den Schwierigkeiten den Rücken zu. Sie betete, daß die Schwierigkeiten sich von selbst behoben.

In der vergangenen Woche hatte der Gouverneur begonnen, sich zu fragen, ob seine eigene Provinz, Hodzo, möglicherweise von diesen Schwierigkeiten betroffen war, ob sie von irgendwelchen landesweit prophezeiten Schwierigkeiten betroffen war. Es war, das stimmte wirklich, eine abgelegene Provinz, die weit außerhalb der Sicht chinesischer Kriegsherren lag und ihre vergleichsweise Geschütztheit gegen eine Invasion auch wirklich diesem Umstand verdankte. Doch sie war nicht immer geschützt gewesen und auch nie völlig, denn zu ihr gehörte eine einmalige Institution des Landes: das Frauenkloster von Yamdring – und mindestens zweimal schon hatte ein Eindringlich versucht, dieses Kloster zu entweihen.

Beide Male war der Befehl an den jeweiligen Gouverneur ergangen, die Sicherheit des Klosters als seine vordringlichste Aufgabe zu betrachten und sich um ihrer willen persönlich mit dem Eindringling zu befassen. Beim erstenmal, im Jahre 1717, war der Eindringling, mit dem sie es zu tun hatten, Hu-Tzung gewesen. Hu-Tzung hatte den damaligen Gouverneur sieden lassen. Beim zweiten Mal, im Jahre 1911, war es ein General Feng gewesen. Feng hatte den Gouverneur lediglich enthauptet. Und doch war beide Male das Kloster verschont geblieben, und daher herrschte allgemein die Auffassung, die Opfer seien keineswegs umsonst gewesen.

Der Gouverneur fand ebenfalls, daß sich diese Opfer gelohnt hatten. Er wußte, daß er unter ähnlichen Umständen ebenfalls bereit wäre, ein derartiges Opfer zu bringen. Doch gegenwärtig konnte er wahrhaftig keine Notwendigkeit dafür erkennen. Die chinesischen Kommunisten mochten noch so viele Schwächen haben, aber sie hatten sicher kein Interesse daran, ein Frauenkloster zu schänden, und auch das vorherrschende Klima der Zeit schien gegen das Opfern von Sündenböcken zu sprechen.

Und doch war er nicht sicher, und das raubte ihm seinen

Frieden. Er sehnte Nachrichten herbei, irgendwelche Nachrichten, doch insbesondere Nachrichten aus Lhasa, und um Viertel nach elf in der Nacht, in der Houston zum zweiten Mal durch den Tunnel schlich, wurde sein Wunsch erfüllt.

Er konnte das Pferd des Kuriers, das gerade zu den Ställen geführt wurde, noch schnauben hören, und er hörte das anmaßende Stampfen von Beamtenstiefeln unten in der Halle. Der Gouverneur steckte seine ungeduldigen Arme in seinen bereitliegenden Hausmantel, rückte mürrisch sein Bruchband zurecht und ging die Treppe hinunter.

Ein paar Frauen waren aus der Küche gekommen, um den Mann aus Lhasa willkommen zu heißen, und sie überhäuften ihn mit Tchang, während sie ihm die Stiefel auszogen. Der Kurier roch sehr stark nach Pferden, und der Gouverneur kam ihm nicht zu nahe, aber seine Hände griffen übereifrig nach der ebenso beißend riechenden Tasche des Mannes. Er erbrach das Siegel und öffnete sie. Der Anblick des Inhalts ließ sein Herz ungleichmäßiger schlagen. Die einzige Depesche in der Tasche trug nicht die schwarze Siegelmarke des Innenministeriums, sondern die rote des Amtes für Auswärtige Angelegenheiten.

Der Gouverneur ging mit der Depesche in sein Arbeitszimmer und setzte sich zitternd auf einen Stuhl, während die Lampen angezündet wurden.

Auswärtige Angelegenheiten? Er hatte einen Schwager im Amt für Auswärtige Angelegenheiten. Was konnte ihm sein Schwager unter dem offiziellen Siegel mitzuteilen haben? Der Gouverneur erbrach das Siegel und blieb nicht lange im ungewissen. Sein Schwager hatte ihm in aller Hast und äußerst vertraulich geschrieben. Er drängte den Gouverneur, den Brief zu verbrennen, sobald er ihn gelesen hatte. Er vertraute darauf, daß er nicht enthüllen würde, aus welcher Quelle er seine Informationen hatte.

Der Gouverneur las weiter, und sein Mut sank. In den letzten sechs Wochen, schrieb sein Schwager, waren zwei Berichte aus Peking eingetroffen. Natürlich waren sie unbeantwortet geblieben. Das Ministerium war geschlossen worden, um dem Minister die Möglichkeit zu geben zu beten, es möge kein dritter Bericht aus Peking kommen. Doch Peking blieb nicht untätig. Chinesische Zeitungen waren im Büro des Schwagers eingetroffen. In ihnen standen eine Reihe schwerwiegender und bedrohlicher Dinge. Er legte einen Zeitungsausschnitt zu einem dieser Themen bei.

Der Ausschnitt war auf die Rückseite des Briefes geheftet, und die Augen des Gouverneurs glitten langsam von oben nach unten über die chinesischen Schriftzeichen. Die Überschrift lautete *Aus der Volksrepublik Tibet,* und als er den dritten Absatz las, sah er den Grund für die Sorge seines Schwagers.

»Im Westen plündern zudem«, lautete der Absatz, »reaktionäre Pimpfe das Volk, um ihr eigenes Nest zu polstern. In Hodzo verhandelt der sogenannte Gouverneur mit einem amerikanischen Kuomintang-Spion über den Verkauf des Volksvermögens. Mit einem plumpen Manöver versucht er, das Volk zu täuschen und ihm einzureden, der Spion sei ein Götterbote! Tsaring Doma ...«, und das war der Name des Gouverneurs, und als er ihn hier gedruckt las, blieb ihm das Herz fast stehen, »sei gewarnt! Das Volk läßt sich nicht täuschen! Die zweihundert Milliarden Yuan wirst du niemals bekommen! Bereite dich darauf vor, Rechenschaft abzulegen!«

Der erste Gedanke des Gouverneurs beim Lesen dieses abscheulichen Absatzes war der, sein Pferd satteln zu lassen und schleunigst zu fliehen. Er zweifelte nicht daran, daß es genau das war, was sein Schwager mit diesem Schreiben beabsichtigte. Er las den Artikel noch einmal durch und rief dann statt dessen nach einem Glas Arak.

Die gehässige Aufzählung von Lügen enthielt gerade soviel Annäherungen an eine Spur von Wahrheitsnähe, daß ihm klar wurde, worauf sie sich beziehen konnte. Der amerikanische Kuomintang-Spion war offensichtlich der Engländer Houtson. Doch welche möglichen Schätze, die sich auf zweihundert Milliarden Yuan beliefen, versuchte er laut dieser Anklagen zu verkaufen?

Der Gouverneur brütete und grübelte und las immer wieder diesen Absatz. Die Summe verdutzte ihn restlos. Wenn er sie vielleicht einmal in ihre Entsprechung in der tibetanischen Währung umrechnete ... Doch der chinesische Yuan war einer ständigen Inflation unterworfen, der Kurs änderte sich von Monat zu Monat. Plötzlich besann er sich, daß Lhasa ihm eine Notiz geschickt haben mußte, in welcher der gegenwärtige Kurs angeführt war, und daß diese Notiz mit Sicherheit in seiner Ablage zu finden war. Er nahm die Lampe und ging zu seinem Aktenschrank.

Die Ablage erstreckte sich über eine ganze Wand und bestand aus Tausenden von Dokumentenrollen. Er brauchte zehn Minuten, um die richtige zu finden. *Jen Min Paio – People's Bank Dollar – Volksrepublik China.*

Der Gouverneur blies den Staub von der Rolle, griff nach einem Pinsel und stellte am Rand des Blattes eine Reihe von schnellen Berechnungen an.

Der Yuan stand im Moment zum tibetanischen Sang auf dreihundertdreißig. Der Sang-Kurs stand sechseinhalb auf eine Rupie ... Die Zahl war immer noch recht astronomisch, und er strich eilig Nullen aus und rechnete den Betrag in Lak um. Er kam auf vierhundert Lak. Das waren vier Karor. Vier Karor Rupien. Welche Schätze im Wert von vier Karor Rupien gab es in seinem Herrschaftsbereich?

Der Gouverneur brauchte nicht lange und angestrengt über diese Summe nachzudenken. Die Erleuchtung durchzuckte ihn so blitzartig, daß er sich geblendet und schwerfällig auf einen Stuhl sinken ließ und keuchend die gewaltigen Ausmaße des Verbrechens erfaßte, dessen man ihn beschuldigte. Die nackte Gehässigkeit, die hinter dieser Anklage steckte, der rasende Groll, den der anonyme Schreiber in Peking ihm entgegenbringen mußte, schockierten ihn mehr als alles andere in seinem bisherigen Leben.

Und doch, so überlegte er sich, während er auf seine Hände sah, die wieder zitterten, hatte der Schreiber in Peking diese Information nicht frei erfunden, sie sich nicht gänzlich aus den Fingern gesogen. Houtson hielt sich wirklich in der Provinz Hodzo auf, und dort gab es auch einen Schatz im Wert von vier Korar Rupien. Wie konnte es sein, daß der Schreiber den Wert so genau einschätzen konnte? Wie konnte überhaupt irgend jemand in China derart genaue Schätzungen anstellen? Weniger als eine Handvoll Menschen wußten davon – und bis auf den Gouverneur selbst wußte außerhalb des Klosters niemand etwas darüber.

Somit lag die Antwort nur zu klar auf der Hand: Wenn niemand, der nicht zum Kloster gehörte, es dem Schreiber erzählt haben konnte, dann mußte der Informant im Kloster selbst sitzen.

Diese Schlußfolgerung war so absolut ungeheuerlich, daß der Gouverneur sich nicht dazu durchringen konnte, sie auch nur einen Moment lang ernstlich in Betracht zu ziehen. Er schloß die Augen und ließ zischend seinen Atem entweichen. Statt dessen versuchte er, an etwas anderes zu denken.

Warum zum Beispiel, dachte er, hatte Lhasa ihn nicht von diesem Angriff auf ihn informiert? Und warum hatte sein Schwager ihn verpflichtet, seine Informationsquelle nicht zu nennen?

Und siehe da, die Antworten auf diese Fragen stellten sich nur zu bereitwillig ein. Welchen anderen Grund hätte es geben können als den, daß man in der Provinz Hodzo doch noch einen Sündenbock brauchte? Welchen anderen Grund hätte es geben können als den, daß Lhasa keineswegs wünschte, ihn so zu erschrecken, daß er davonlief? Und daß sein Schwager, der im Mittelpunkt des Geschehens stand und die Ereignisse bestens einordnen konnte, eben das wünschte – und sich bemühte, sie beide zu retten?

Der Gouverneur wankte auf seinem Stuhl, und doch wußte er, daß er sich im Moment keineswegs fürchtete. Der Drang davonzulaufen war von ihm abgefallen. Er fühlte sich lediglich alt und unendlich matt. Er fand, es sei an der Zeit, sich wieder ins Bett zu legen.

Als er langsam die Treppen hinaufschlurfte und mit der einen Hand die Lampe und mit der anderen das Bruchband festhielt, zischte er laut vor sich hin. Es lag noch Arbeit vor ihm ... Dinge, die geregelt werden mußten, eine Untersuchung, die er durchführten mußte. So unmöglich es auch schien – es gab einen Verräter in Yamdring. Vielleicht einer von denen aus dem Osten, ein Mönch oder eine Priesterin aus den Grenzgebieten, jemand, der weder ein reiner Chinese noch reiner Tibetaner war, ein Mensch, dessen Loyalität gespalten war.

Er versuchte angestrengt, darüber nachzudenken, welcher der Würdenträger des Klosters aus dem Osten kam. Der Abt nicht. Auch nicht der stellvertretende Klostervorsteher. Die Kleine Tochter nicht und auch nicht die Zeremonienmeisterin. Vielleicht kamen noch ein oder zwei andere in Frage. Aber im Moment fiel ihm sonst niemand ein. Es reichte, wenn er sich morgen früh daran erinnern würde.

Aber in dem Moment, in dem er sich ins Bett legte, fiel ihm doch noch jemand ein. Diese Entdeckung ließ ihn sich kerzengerade aufrichten. Unmöglich! Keine Frage! Blasphemie, auch nur an etwas Derartiges zu denken! Und doch ... und dennoch ... Sie kam aus dem Osten. Sie kam aus Yünnan. Er konnte sich noch an den Tag erinnern, an dem der Erkennungsausschuß sie zum ersten Mal hierhergebracht hatte – ein Kind mit durchdringendem Blick, den traditionellen Schlitzaugen, den traditionellen spitzen Ohren, ihr Haar glatte schwarze Fransen. Ihre Familie lebte zweifellos noch in Yünnan. Konnte es vielleicht sein, daß sie in Briefen ...

Der Gouverneur legte sich wieder hin und betete angestrengt um Vergebung. Doch während er betete, konnte er das Bild der Maske nicht vor seinen Augen heraufbeschwören. Er sah nur die schwarzen Fransen und darunter ein Paar Mandelaugen, die ihn fest ansahen.

5.

Während der Gouverneur völlig aufgewühlt in seinem Bett lag, machte Houston eine ähnlich atemberaubende Entdekkung. Als er im siebten Klostertrakt dem Tunnel entstieg, hatte er halbwegs damit gerechnet, daß ihn die Dämonenmaske auf dem Sockel in der Reihe der Früheren Verkörperungen erwarten würde. Sie erwartete ihn aber nicht auf dem Sockel. Sie erwartete ihn auch nicht in ihrem Bett. Ein Chinesenmädchen erwartete ihn. Sie erwartete ihn mit einer Lampe, und sie erwartete ihn sehr geduldig.

Es war aber auch eine ganze Menge Geduld erforderlich, denn Houston schien mitten im Zimmer Wurzeln geschlagen zu haben. Sein Mund stand weit offen.

»Hu-Tzung«, sagte sie jetzt.

Er sagte nur noch mit dem Geist einer Stimme: »Wer bist du?«

»Komm näher, und du wirst es sehen.«

Houston kam näher. Er sah, daß die Brüste des Mädchens mit grünen und goldenen Spiralen bemalt waren. Er sah, daß ihre Fingernägel ähnlich bemalt waren. Er sah, daß der Körper, der unter der kopflastigen Maske so breit und gedrungen gewirkt hatte, ohne die Maske schlank und gestreckt war. All das sah er, ohne es wirklich begreifen zu können.

Er sagte: »Kann das sein ..., seid Ihr es, Gütige Mutter?«

»Wer sonst könnte es sein, Hu-Tzung?«

»Aber du bist ja noch ganz jung!«

»Ich kann niemals jung sein, Hu-Tzung.«

Alt war sie gewiß nicht. Sie war nicht älter als achtzehn. Und sie war schön. Es war der schönste Anblick, den er je in seinem Leben genossen hatte. Schwarze glatte Haarfransen hingen als Pony in ein ovales Gesicht, zarte Mandelaugen saßen über einem schlanken Hals. Und jetzt erkannte er ihre Stimme – leicht kehlig und heiser, nicht mehr gedämpft. Er war zutiefst überrascht.

Die Äbtissin sah ihn beunruhigt an.

Sie sagte: »Bin ich nicht das, was du erwartet hast, Hu-Tzung?«

»Nein«, antwortete Houston wahrheitsgemäß.

»Bin ich nicht so schön wie in meiner dreizehnten Verkörperung?«

»Ich weiß es nicht.«

»O doch, Hu-Tzung, du weißt es. Du mußt es mir sagen.«

Hier hatte er es mit etwas so Undämonischem, etwas so Jungem und Fraulichem zu tun, daß sein Geist sich schnell entwirrte. Er fand sich auf ihrem Bett, den Blick starr auf sie gerichtet.

»Bin ich denn gar nicht schön, Hu-Tzung?«

Mit tiefer Überzeugung sagte er: »Gütige Mutter, du bist schön. Du bist sogar sehr schön.«

»Ist das wahr, Hu-Tzung?«

»Du bist die schönste Frau der Welt«, sagte Houston schlicht.

Die Gütige Mutter lächelte, und ihre Mundwinkel zogen sich hoch wie die einer Katze.

»Genau das hast du mir früher auch schon gesagt.«

»Wenn das so ist, hast du dich nicht verändert.«

»Und hast du dich auch nicht verändert?«

»Wie kann ich das wissen?«

Lange Arme schlangen sich um seinen Hals.

»Das«, sagte die Gütige Mutter, »werde ich wohl entscheiden.«

Erst in der nächsten Nacht oder vielleicht auch in der übernächsten – denn in dieser gedankenverlorenen Zeit konnte er sich keiner Fakten sicher sein – erfuhr er ihren Namen.

»Woher kommst du?«
»Aus dem Himmel, Hu-Tzung.«
»Natürlich, aus dem Himmel«, stimmte er ihr feierlich zu. »Aber woher auf der Erde?«
»Auf der Erde aus Yünnan.«
»Ist Yünnan eine Stadt?«
»Eine Provinz.«
»Eine Provinz Tibets?«
»Eine chinesische Provinz. Direkt an der Grenze.«
»Und wie lange hast du dort gelebt?«
»Bis ich sechs war und erkannt wurde.«
»Wie bist du erkannt worden?«
»Fühl mal«, sagte sie, und sie führte seine Hände.
»Sie sind schön«, sagte Houston.
»Sie sind spitz.«
»Schön spitz«, sagte Houston, der die Ohren küßte. »Was noch?«
»Meine Augen, meine Hände ... und noch ein paar Dinge.«
»Was noch?« fragte Houston, der die genannten Stellen küßte.
»Ach, mein Geburtsdatum, mein Name.«
»Wie alt bist du?«
»In diesem Körper achtzehn Jahre.«
»Und wie heißt du?«
»Mei-Hua. In China bedeutet das ›Rose‹.«

Mei-Hua, die chinesische Rose, und Mei-Hua, als Name auf den dreißig Skizzen in der Kastnerbank in Zürich. Mei-Hua, das schmelzende, das geschmolzene Geschöpf, von dem er glaubte, er würde es nie vergessen. Kostbar und köstlich und jede menschliche Erkenntnis übersteigend: Das waren die Worte, die er trotz allem noch Jahre später für sie fand.

»Mei-Hua, du sollst mich nicht Hu-Tzung nennen.«
»Wie soll ich dich denn nennen?«
»Probier es einmal mit Charles.«
»Cha-wells.«
»Charles.«
»Cha-orles.«
»Dann probier es eben mit Charlie.«

»Chao-li.«

»Charlie.«

»Chao-li.«

»Meinetwegen«, sagte Houston. »Chao-li.«

Mei-Hua und Chao-li, Namen, die er noch so oft hören sollte.

»Mei-Hua, hast du verstanden, warum ich hier bin?«

»Sprich nicht darüber, Chao-li.«

»Es sind nicht die Gründe, die du genannt hast.«

»Ich will die Gründe nicht wissen.«

»Es sind Europäer hier im Kloster.«

»Dann wollen wir über diese Europäer nicht reden.«

Sie verschloß ihm den Mund, um ihn daran zu hindern weiterzusprechen. Er ließ es eine Zeitlang zu.

»Mei-Hua.«

»Nein.«

»Ich muß bald gehen.«

Sie seufzte, setzte sich auf und beugte sich über ihn.

»Du liebst mich nicht.«

»Ich liebe dich mehr als jede andere Frau auf Erden.«

»Ich bin keine Frau dieser Erde.«

»Dann bete ich dich eben an.«

»Aber du liebst mich nicht.«

»Ich liebe dich *und* bete dich an«, sagte er. »Mei-Hua . . . «

»Also gut, was ist?« sagte sie finster.

»Warum werden sie hier festgehalten?«

Sie schüttelte ihren Pony. »Weil einer von ihnen mich beim Zweiten Fest gesehen hat.«

»Ohne deine Maske?«

»O nein. Nein, nein«, sagte sie entsetzt. »Wie könnte das sein? Nur du und die Kleine Tochter, ihr beiden seht mich ohne Maske.«

»Wie hat er dich denn gesehen?«

»In Tränen.«

»In Tränen«, sagte Houston verblüfft.

»Er hat die Tränen gesehen, die ich um den Affen geweint habe. Die Grünsteintränen«, sagte sie ungeduldig.

Houston kam eine vage Idee. Als es ihm dämmerte, sagte er behutsam: »Die Tränen, die wie die Augen deiner Maske sind?«

»Natürlich. Diese Tränen«, sagte sie und klopfte auf das Bett. »Und nur die höchsten Würdenträger des Klosters dürfen sie sehen, und das auch nur einmal im Jahr, beim Zweiten Fest.«

Houston setzte sich auf. Er sagte: »Willst du damit sagen, daß sie hier sind? Sind sie unter dem Bett?«

»Nicht darunter. Sieh doch«, sagte sie.

Sie lagen unter der Matratze, acht Ledersäckchen voll mit ihnen, mit grünem Wachs versiegelt. Schwere Säckchen, deren Gewicht er nur zu gut kennenlernen sollte.

Er sagte ungläubig: »Die müssen ein Vermögen wert sein!«

»Vier Karor Rupien«, sagte Mei-Hua.

Kapitel 10

1.

»Wieviel ist ein Karor?« fragte Miss Marks.

»Siebenhundertfünfzigtausend Pfund.« Ich hatte es mir aufgeschrieben. »Was heißt, daß diese Kleinigkeit sich auf drei Millionen Pfund beläuft. Wie würde es Ihnen gefallen, in einem Bett zu schlafen, in dem drei Millionen Pfund liegen, Miss Marks?«

»In einem solchen Bett hätte ich gegen nichts etwas einzuwenden«, sagte Miss Marks.

Ich setzte mich wieder an meine Notizen. Besonders ratlos saß ich vor den zeitlichen Abfolgen. In den Schulheften wurden nur selten Daten angegeben. Houston war im Januar nach Indien gefahren, und es schien Frühling gewesen zu sein, als er Yamdring erreichte. Wie lange hatte er für die Überquerung des Gebirges gebraucht und wie lange hatte es hinterher gedauert, bis all diese verrückten Dinge begannen? Dann war da auch noch diese mysteriöse Angelegenheit mit den Landkarten ... Ich schrieb: »Zeitlichen Ablauf klären«, und darunter: »Landkarten besorgen. Kennt er Nummern?«

»Mr. Davidson«, sagte Miss Marks. Man konnte ihre Besorgnis spüren. »Eine Pflegerin ist bei ihm. Er ist krank. Sie sagt, daß er im Moment mit niemandem sprechen kann.«

»Oh, das tut mir leid. Es tut mir außerordentlich leid, das zu hören. Was fehlt ihm?«

»Er hatte eine Art Bronchialkatarrh.«

»Ich verstehe ... Ich wollte heute wirklich gern bei ihm vorbeischauen. Ich frage mich, ob sie wohl eine Ahnung hat, wann ich das tun kann.«

Ich beobachtete Miss Marks beim Telefonieren. Ich hatte nicht vorgehabt, Mr. Oliphant so schnell wiederzusehen.

Schließlich hatte sich die ganze Geschichte vor neun Jahren zugetragen und würde jetzt gewiß nicht über Nacht versauern. Doch plötzlich fürchtete ich, der alte Mann könnte sterben. In diesem Geschäft hat man es zwangsläufig mit makabren Aspekten zu tun. Ich hatte bisher nur das halbe Buch in der Hand und keine Ansprüche oder Rechte auf die zweite Hälfte. Außerdem ließ die Hälfte, die ich bisher hatte, noch viele Fragen offen.

Miss Marks legte auf. »Sie konnte es nicht sagen. Sie meint, sie wüßte Genaueres, wenn wir in ein oder zwei Tagen noch einmal anrufen.«

»Ja. Gut. Tun wir das doch ... Ich frage mich, wer die Pflegerin zu ihm bestellt hat.«

Miss Marks schüttelte den Kopf. »Sie hat gesagt, daß sie Jellicoe heißt«, sagte sie. »Sie hat etwas von einem Feldwebel. Der arme Mr. Oliphant.«

Oliver Gooch von Rosenthal Brown kam am Nachmittag, und daher hörte ich auf, über die Smaragde und den Affenphallus nachzugrübeln, und kam wieder auf den Boden der Tatsachen. Der verzwickte Verleumdungsfall, den er mit uns besprechen wollte, hielt uns nicht lange auf, und anschließend sagte ich, weil ich einfach nicht abschalten konnte: »Oliver, ich weiß, daß es noch zu früh ist, um Sie damit zu belästigen, aber sehen Sie sich das doch bitte mal flüchtig an, ja?«

»Was ist das?«

»Es ist ein Buch über Tibet. Genaugenommen sind es nur die Aufzeichnungen für ein Buch – die Hälfte der Aufzeichnungen.«

Er blätterte das Heft durch und nickte, während ich ihm den Fall erklärte, pflückte sich einzelne Stellen heraus und legte die Schulhefte kurz darauf auf den Schreibtisch.

»Ja, nun«, sagte er. »Was ist damit?«

Ich war ein wenig betrübt: »Oliver, gefällt Ihnen denn kein einziges unserer Bücher?«

»Probieren Sie es mal mit etwas Anständigem.«

»Sie haben bereits die Hälfte der Frühjahrsproduktion gelesen. Was halten Sie von diesem Buch?«

»Mir kommt das alles etwas überspannt vor. Soll das wahr sein?«

»Ja, es ist wahr.«

»Und wo ist der Rest?«

»Der alte Knabe, von dem ich Ihnen erzählt habe – Oliphant –, hat die beiden anderen Hefte. Er liest sie gerade.«

»Und Sie sind sicher, daß er sie nicht gerade schreibt?«

»Die Tinte wirkt etwas zu alt.«

»Vielleicht hat er noch ein altes Tintenfaß«, sagte Oliver. »Was wollen Sie eigentlich von mir zu diesem Thema hören?«

»Was glauben Sie? Mit wieviel davon kommen wir davon?«

»Warum nicht mit der ganzen Geschichte? Die Wahrheit ist nicht die schlechteste Antwort auf eine Verleumdungsklage, wenn es das ist, was Ihnen Sorgen macht.«

»Mir bereiten auch noch ganz andere Dinge Kopfzerbrechen. Dieser Houston ist heute ein sehr reicher Mann. Soweit ich es verstanden habe, hat er sich mit einem Vermögen aus dem Staub gemacht. Ich weiß nicht, ob ihm das alles rechtlich auch zusteht.«

»Wenn er sich deshalb keine Sorgen gemacht hat, warum sollte es Ihnen dann Sorgen bereiten? Er unterzeichnet den Vertrag doch persönlich, oder?«

»Ich weiß es nicht. Ich glaube, nein. Er hat das Interesse an dieser ganzen Geschichte mehr oder weniger verloren.«

»Ich bin nicht ganz sicher, ob ich Sie richtig verstehe. Diese Notizbücher sind doch in seinem Besitz, oder etwa nicht?«

»Nein. Sie gehören Oliphant.«

»Oliphant hat sie geschrieben?«

»Oliphant hat sie geschrieben. Houston hat sie ihm diktiert.«

»Dann gehören sie nicht Oliphant, sondern Houston. Oliphant war nichts weiter als sein Schreiber.«

»Das weiß ich doch alles. Ich sagte es Ihnen doch gerade«, sagte ich gereizt. »Houston hat ihm das Zeug überlassen. Er interessiert sich nicht mehr dafür. Sie sind sehr gut miteinander befreundet. Er hat ihm gesagt, er könne damit anfangen, was er will.«

»Er hat aber doch eine Erklärung dieses Inhalts unterschrieben, oder?«

»Nein. Ich weiß es nicht. Vielleicht doch. Aber ich persönlich bin mir eigentlich im klaren darüber«, sagte ich, »daß diese Aufzeichnungen Oliphants Eigentum sind.«

»So, sind Sie sicher?« sagte Oliver. »Also, ich weiß jedenfalls, daß ich da nicht sicher wäre.«

Auch ich war in diesem Moment nicht sicher. Ich erinnerte mich mit Unbehagen daran, daß ich diese Frage so nicht wirklich gestellt hatte, während ich dem alten Mann seine Medizin eingeflößt und ihm auf den Rücken geklopft hatte.

Ich sagte: »Jedenfalls ist das nur eine der Fragen . . . «

»Ja, und gar nicht schlecht für den Anfang, meinen Sie nicht? Sie sagen, daß dieser Kerl ein Vermögen besitzt. Das sollte es ihm ermöglichen, in alle Ewigkeit rechtlich gegen Sie vorzugehen.«

»Lassen wir diese Frage für den Moment beiseite.«

»Einverstanden. Und was haben Sie dann? Sie haben ein Buch *über* Houston, nicht von ihm. In dem Fall«, sagte er, während er die Hefte noch einmal in die Hand nahm, »gehen wir mit der großen Schere an die Sache. Ich meine, diese beiden jungen Frauen in London, die kommen als erstes heraus.«

»Muß das sein?«

»Was wollen Sie denn sonst tun?«

»Man könnte sie unkenntlich machen.«

»Wie?«

Ich sagte es ihm.

»Hm. Und die Firma, für die sein Bruder gearbeitet hat? In diesem Geschäftszweig kann es nicht allzuviel Auswahl geben.«

»Nein.«

»Und in welcher anderen Branche könnten sie sonst noch tätig sein, um nach Tibet zu kommen?«

»Ich weiß es nicht. Wie wäre es mit einer Filmproduktion?«

»Mit einer Filmproduktion?«

»Warum nicht?«

»Wenn Sie meinen. Schließlich kennen Sie sich in Ihrer Branche aus«, sagte Oliver mit dem Tonfall eines Mannes, der größte Zweifel anmeldet. »Auf mein schlichtes Gemüt wirkt das wie der letzte Hauch von Unglaubwürdigkeit, der gerade noch fehlt. Wie sollte denn ein Filmteam in Tibet landen?«

»Wie sind diese Menschen denn in Tibet gelandet? Durch einen reinen Zufall. Darum dreht sich doch das Ganze.«

»Aber wurde denn nicht in der Presse von der Rückkehr dieser Leute berichtet . . . Ich glaube, daß er etwas über einen

Empfang erwähnt hat«, sagte er, während er das erste Heft durchblätterte.

»Das stimmt. Es hat einen Empfang gegeben, für die Gruppe, die zuerst zurückgekehrt ist. Und darüber wurde auch berichtet. Es kam nur so, daß ein berühmter Pflanzensammler namens Kingdon-Ward vom selben Erdbeben überrascht worden ist, und die meisten Geschichten in der Presse haben sich mit ihm befaßt. Und überhaupt ändern wir einfach die Daten. Das läßt sich leicht machen.«

»Wissen Sie was«, sagte Oliver, »Sie brauchen mich eigentlich gar nicht. Der einzige klitzekleine Haken – sind Sie darauf auch schon gekommen? – ist der, daß Sie, wenn Sie dann fertig sind und dies geändert und das unkenntlich gemacht haben, mit etwas dastehen, was weder ein Tatsachenbericht noch ein anständiger Roman ist. Was bleibt dann überhaupt noch übrig?«

»Ich weiß es nicht«, sagte ich unsicher.

2.

Ich sah Mr. Oliphant in dieser Woche nicht, doch zu Beginn der nächsten Woche gelang es mir, eine eher mürrische Genehmigung von seiner Pflegerin zu bekommen, und ich fuhr hinaus zu ihm. Ich parkte den Wagen am Fitzmaurice Crescent und stieg mit einem neugierigeren Blick als beim letzten Mal die Stufen hinauf. Das war das Treppenhaus mit dem Eingang, durch den Houston vor neun Jahren geschlendert war, um sich ein Taxi zum Flughafen zu nehmen, und das hier war der holprige Lift, den er nach den Zusammenkünften mit seinen willigen Gefährtinnen spät nachts benutzt hatte. Alles äußerst befremdlich, auf gewisse Weise wie ein Spuk.

Im Gegensatz dazu ging von der Frau, die mir die Tür öffnete, nicht die geringste Spur Magie aus. Sie erwies sich als eine äußerst barsche Irin von gewaltiger Körperfülle.

»Sie sind der junge Mann aus der Druckerei, oder?«

»Vom Verlag.«

»Das meine ich doch. Sie dürfen nicht lange bleiben. Und achten Sie darauf, daß er nicht zuviel redet. Er ist noch ein bißchen benommen von seinem Schlaftrunk.« Das klang nicht allzu vielversprechend. Ich hatte eine Reihe von komplizierten Dingen mit Mr. Oliphant zu besprechen.

Ich sagte: »Was fehlt ihm denn?«

»Ach, eine böse Wendung, die seine Bronchitis genommen hat. Er ist nicht mehr so jung, wie er es einmal war. Merken Sie sich, was ich Ihnen sage ... Hier ist ein junger Mann von der Druckerei für Sie«, sagte sie fröhlich, während sie mich hineinführte.

Mit Mr. Oliphants Zimmer war etwas passiert. Die Luft duftete süßlich, alles blinkte vor Sauberkeit, und nirgends war auch nur eine Spur von Unaufgeräumtem zu sehen. Der Feldwebel hatte hier offensichtlich gewütet wie ein Tornado. Mr. Oliphant lag so steif im Bett, als sei er angeschnallt. Seine Zähne lagen in einem Glas auf dem Nachttisch. Die Nonne gab sie ihm und ging. Er wirkte ein wenig benommen.

Er sagte: »Schön, schön. Das ist nett.«

»Es hat mir sehr leid getan, von Ihrer Krankheit zu hören.«

»Setzen Sie sich. Das ist nicht das erste Mal. Diese Wohnung ist feucht. Naßkalt. Sie hat sämtliche Heizungen eingeschaltet. Mir graut bei dem Gedanken an die Rechnung.«

Ich setzte mich und balancierte den Umschlag mit den Heften auf meinem Knie.

»Sie müssen kurz nach meinem letzten Besuch krank geworden sein.«

»Ja, so war das wohl.« Er sah das Päckchen.

»So, Sie haben es wohl gelesen, was? Was halten Sie davon?«

»Es ist sehr interessant. Es gibt ein oder zwei Punkte, über die ich mit Ihnen sprechen wollte. Aber ich weiß nicht, ob Ihnen heute so recht danach zumute ist ... «

»Sehen wir doch, ob ich Ihre Fragen beantworten kann.«

Er strahlte eine gewisse heilige Ruhe aus, wie er da auf seinem Kissen lag. Ich hatte den Eindruck, es sei das Beste, die Frage nach dem Copyright jetzt nicht anzuschneiden.

»Eine meiner Fragen bezieht sich auf die zeitliche Abfolge. Ich habe nicht ganz mitbekommen, wann sich all das zugetragen hat.«

»Er ist im Januar 50 abgereist und im Juni 51 zurückgekommen. Er war siebzehn Monate fort. Wird das nicht am Schluß ganz deutlich erwähnt?«

»Ich konnte den Schluß noch nicht lesen. Sie erinnern sich

doch sicher, daß ich nur die beiden ersten Hefte mitgenommen habe. Die anderen wollten Sie noch einmal lesen.«

»Ach, war das so? Ja, ja. Man gibt mir Mittel, damit ich schlafe, verstehen Sie. Das macht einen ein bißchen konfus. Ich glaube, Sie sollten am besten die anderen Hefte auch mitnehmen. Ich bezweifle, daß ich sie noch einmal lesen möchte ... Ich weiß auch gar nicht genau, wo sie sie hingetan hat«, sagte er und versuchte, sich aufzurichten.

»Machen Sie sich darum jetzt keine Sorgen. Ich werde sie selbst fragen.«

»Ja. Tun Sie das. Eine nette Frau.«

Ich stellte mit zunehmend schlechter Laune fest, daß ich nicht gerade den richtigen Tag erwischt hatte.

»Mr. Oliphant, ich möchte Sie nicht ermüden. Ich glaube, es ist besser, wenn ich ein anderes Mal wiederkomme.«

»Ganz und gar nicht. Sie wollten mir ein paar Fragen stellen.«

»Das läuft uns nicht weg. Es geht um die genauen Daten der Ereignisse, die sich in Indien und in Tibet abgespielt haben. Wahrscheinlich läßt sich das alles aus den anderen Heften ersehen.«

»Nein, die Daten lassen sich daraus nicht ersehen«, sagte er, und wieder bemühte er sich, sich im Bett aufzurichten, doch diesmal waren seine Augen klarer. »Ich weiß, was Sie meinen. Damit hatte ich auch schon meine Schwierigkeiten. Ich habe einfach aufgeschrieben, was er mir erzählt hat. Aber als ich es dann durchgelesen habe, wurde mir klar, wie verwirrend das alles ist ... Zehn Tage fehlen ihm ganz, verstehen Sie? Und das hat uns vor gräßliche Probleme gestellt. Aber das meiste konnten wir ziemlich genau festlegen, indem wir die Ereignisse zu den feststehenden Daten in Beziehung setzten. Außerdem habe ich mich an einen Mann von der Sorbonne gewandt – ich glaube, er heißt Bourgès-Vallerin. Sie sollten in Kontakt mit ihm treten, wenn Sie sich dafür interessieren.«

Ich schrieb »Bourgès-Vallerin, Sorbonne« auf den Umschlag.

»Wer ist das? Ein Tibet-Spezialist?«

»Ja. Tibet, China. Er liest sämtliche Zeitungen und so weiter, ein Mann von unschätzbarem Wert. Er hat mich über den Ärger mit den Chinesen aufgeklärt. Manche Gelehrten vertreten eine Theorie, was die chinesische Invasion angeht. Sie sind einmarschiert, Sie verstehen, mit acht Armeen – ein enormes Heer für die Art von Widerstand, die zu erwarten war. Man hat fast das Gefühl, daß sie die Soldaten lediglich für eine Weile aus China abziehen wollten.«

»Houston war doch während der Invasion da, oder?«

»Oh, mein Wort darauf, ja. Sie haben Plakate von ihm aufgehängt, weil sie ihn gesucht haben. Der Herzog von Ganzing weiß eine recht interessante Geschichte über diese Plakate zu erzählen. Ich glaube nicht, daß ich die Geschichte je von Houston selbst gehört habe«, sagte er, und seine Gedanken schweiften in die Vergangenheit ab.

»Wo haben Sie diese Geschichte gehört?«

»Er hat sie mir erzählt.«

»Wer?«

»Der Herzog.«

»Ich verstehe«, sagte ich. Ein alter Kerl aus unserem Lagerhaus hatte eines Tages, als ich gerade dort war, plötzlich den Verstand verloren. Das gleiche unheimliche Gefühl wie damals beschlich mich jetzt wieder.

Ich stand auf. »Das müssen Sie mir genauer erzählen, wenn ich wiederkomme. Ich glaube, ich war jetzt lange genug hier.«

»Ach, machen Sie sich deshalb keine Sorgen. Sie sagt Ihnen schon, wann Sie gehen müssen«, sagte er kichernd. »Bleiben Sie noch und trinken Sie eine Tasse Tee mit mir.«

»Nein, ganz im Ernst, ich glaube nicht . . . «

»Unsinn. Klopfen Sie nur einfach an die Tür . . . Ich glaube, ich sollte Ihnen vielleicht für alle Fälle die Adresse des Herzogs geben. Er könnte Ihnen eine ganze Menge erzählen. Er lebt jetzt in Delhi. Er hat mir seine neue Adresse gegeben, als er hier war.«

»Der Herzog von Ganzing war hier?«

»Ja, vor ein paar Jahren. Er hat bei einem Freund in Abingdon gewohnt, der Blake-Winter heißt. Sie sind früher in Indien zusammen zur Schule gegangen.«

Ich klopfte an die Tür.

»Er war sehr enttäuscht darüber, daß Houston fort war«, sagte der alte Mann. »Er hat eines von diesen Plakaten mitgebracht, von denen, die die Chinesen nach den Morden aufgehängt haben. Deshalb mußte der Arme doch so eilig nach Hause fliegen. Natürlich war er in einem Zustand, in dem er die Reise nicht hätte unternehmen dürfen, aber die Chinesen haben die Inder unter Druck gesetzt, ihn zurückzuschikken, weil er verurteilt werden sollte. Das wollten die Inder natürlich nicht, aber trotzdem hat er sie ziemlich in Verlegenheit gebracht, und daher haben sie ihn einfach abgeschoben.«

Mir schwirrte der Kopf. »Sie sprechen doch von Houston, oder?«

»Ja, sicher, von Houston. Aber soweit sind Sie natürlich noch nicht gekommen.«

»Ich bin nicht ganz sicher, ob ich das richtig verstanden habe. Die Chinesen glaubten also, er hätte jemanden ermordet?«

»Ja. Aber so war es ja auch.«

Ich sah einen Moment lang Oliver Gooch vor meinem geistigen Auge, wie er ernst den Kopf schüttelte.

»War es ein Unfall?«

»Ein Unfall?« fragte der alte Mann. »Nein, es war kein Unfall. Er hatte viel Zeit, um diesen Mord zu planen. Mit einem Messer hat er es getan. Das hat ihn natürlich ziemlich mitgenommen. Ah, Schwester, wie wäre es mit einer schönen Tasse Tee? Mr. Davidson hängt schon die Zunge heraus.«

So konnte ich durchaus gewirkt haben.

Beim Tee erfuhr ich noch einige andere Merkwürdigkeiten, aber die ganze Zeit gelang es mir nicht, auf die Veröffentlichung des Buches zu kommen.

Als ich endlich eine Lücke sah, sagte ich: »Nur noch eins, Mr. Oliphant. Es wäre doch wohl ein recht hoffnungsloses Unterfangen, was meinen Sie, wenn wir versuchten, Houston dazu zu bringen, daß er das selbst unterschreibt?«

»Ja, ich fürchte, schon. Das steht ganz außer Frage. Er hat ganz einfach kein Interesse mehr daran. Er will nicht mehr daran denken.«

»Das müßte er aber, wenn das Buch herauskommt, oder glauben Sie, das ließe sich vermeiden? Ich meine, das Buch wird viele Besprechungen bekommen. Die Reporter würden sich auf ihn stürzen. Ist ihm das klar?«

»Ich weiß es nicht. Aber ich bin sicher, daß er kein Wort sagen wird«, sagte Mr. Oliphant zuversichtlich.

»Reporter sind sehr beharrliche Leute.«

»Sollen sie doch so beharrlich sein, wie sie wollen.«

»Und ihm ist es gleich, was sie schreiben?«

»Ganz und gar nicht. Alles, was er zu sagen hat, hat er hier gesagt. Und er verläßt sich darauf, daß ich nur eine wahre Version veröffentlichen lasse.«

»Wenn das so ist, warum sollte er diese Version dann nicht unterschreiben wollen? Verstehen Sie, was uns Sorgen macht, ist, daß dieses Material von einer Menge strafbarer Taten berichtet. Es geht um dieses Geld und jetzt auch noch um diese Morde. Das ist doch alles nicht ganz legal, meinen Sie nicht?«

Mr. Oliphant wurde jetzt ein wenig aufmüpfig.

»Sehen Sie, Mr. Davidson, mir scheint, als sollte dieses Buch eine ganz schöne Summe Geld wert sein. Ich habe nicht vor, mich für den Rest meines Lebens damit herumzuschlagen ... Ich will aus dieser Wohnung ausziehen. Diese Wohnung ist feucht und naßkalt, verstehen Sie. Sie hat sämtliche Heizkörper angedreht. Mir graut bei dem Gedanken an die Rechnung ...«

Ich konnte hören, daß Schwester Angelika im Nebenzimmer warnende Laute von sich gab. Es schien um ein Jetzt oder Nie zu gehen.

Ich sagte: »Mr. Oliphant, hat Houston jemals eine Erklärung unterzeichnet, die besagt, daß Sie das Material veröffentlichen dürfen, das in diesen Heften enthalten ist?«

»Eine Erklärung unterzeichnet? Natürlich nicht. Solche Dinge hat es zwischen uns nie gegeben. Aber gewiß nicht.«

»Steht beispielsweise etwas in einem Brief ... ?«

»Wir sind die besten Freunde«, sagte der alte Mann. Sein Gesicht wurde leicht rosa, und sein Atem ging pfeifend. »Sie erwarten doch nicht im Ernst, daß Freunde sich untereinander Erklärungen unterschreiben?«

Schwester Angelika kam ins Zimmer.

Ich sagte eilig: »Vielleicht in einem seiner Briefe an Sie. Sie könnten sich in irgendeiner Form auf die Hefte bezogen haben, und er könnte bestätigt haben ...«

»Aber jetzt hört doch alles auf«, sagte Schwester Angelika. »Haben Sie mir denn nicht versprochen, ihn nicht zu viel reden zu lassen? Und Sie, Sie armer, Sie dummer alter Mann, sollten sich mal im Spiegel ansehen. Sie sind ganz außer Atem.«

»Ich gehe jetzt«, sagte ich.

»Darauf können Sie sich verlassen. Und zwar augenblicklich.«

»Nur noch eine Minute«, sagte Oliphant. »Wissen Sie, ich glaube, Sie haben recht. Er hat mir etwas geschrieben . . .«

»Das können Sie ihm auch ein anderes Mal sagen. Jetzt geht er jedenfalls.«

»Ich werde es für Sie heraussuchen.«

»Vielen Dank. Ich danke Ihnen vielmals. Gute Besserung.«

Schwester Angelika fand die beiden anderen Hefte und brachte mich an die Tür.

»Wissen Sie«, sagte sie, »das haben Sie ungeschickt angefangen. Ich sagte Ihnen doch, daß er nicht sprechen soll.«

»Es tut mir leid. Es gab ein paar Dinge, die nur er mir beantworten konnte. Das könnte ihm eine ganz nette Summe Geld einbringen.«

»Wenn er so weitermacht, braucht er das Geld nicht mehr. Aber immerhin könnte man damit die Stromrechnung bezahlen, nicht wahr?« sagte sie und zwinkerte mir zu.

3.

Vor Weihnachten sah ich Mr. Oliphant noch drei- oder viermal. Der Brief von Houston, den er ausfindig machte, löste nicht alle Probleme, zeigte uns jedoch, daß wir eine Art von Buch herausbringen konnten, wenn auch wohl eher eine Art Kurzfassung, die auf den Notizen basierte. Meine Begeisterung war zwar gedämpft, doch sie war immer noch groß genug. Rosenthal Brown war nicht die Spur von begeistert. Es wurde notwendig, Nachforschungen anzustellen.

Ein junger Mann mit dem Namen Underwood, ein Lektoratsmitarbeiter, wurde darauf angesetzt, doch meist erwies sich Mr. Oliphant als unsere einzige Informationsquelle.

Anfang Dezember fand ich, nachdem ich einige Punkte mit Oliphant erörtert hatte, einen kleinen Geistlichen im Flur vor. Er hatte auf mich gewartet.

»Oh, Mr. Davidson. Ich bin Vater Harris. Schwester Angelika hat mich angerufen und mir gesagt, daß Sie hier sind. Ich wollte unter allen Umständen mit Ihnen sprechen.«

Wir gingen in das Wohnzimmer, das in der hereinbrechenden Dämmerung des Nachmittags kühl und ungemütlich war. Der Geistliche schaltete eine kleine Tischlampe ein, er schien sich in Houstons früherer Wohnung durchaus zuhause zu fühlen.

Er sagte: »Sein Zustand verbessert sich nicht wirklich, meinen Sie nicht auch?«

»Doch, das stimmt.«

»Und Schwester Angelika kann auch nicht mehr lange bei ihm bleiben. Er gehört eigentlich ins Krankenhaus, verstehen Sie, aber dazu ist sein Fall zu hoffnungslos. Alte Menschen mit chronischen Leiden werden nicht gern aufgenommen. Mir wäre es sehr lieb, wenn er in ein Pflegeheim eingewiesen werden könnte. Wir haben ein Heim, ein katholisches, in Worpleston, Surrey. Es ist sehr schön dort. Ich denke, daß ich einen Platz für ihn bekommen könnte. Sind Sie nicht auch der Meinung, daß das sehr erstrebenswert wäre, Mr. Davidson?«

»Doch, doch.«

»Es würde achtzehn Guineen wöchentlich kosten«, sagte der Geistliche.

»Haben Sie es bei seinem Freund Houston auf den West Indies probiert?«

»Ja. Doch niemand scheint zu wissen, wo sich dieser Mr. Houston aufhält. Mein Brief ist mit dem Stempel ›Verzogen – Zurück an Absender‹ aus Barbados zurückgekommen.«

»Oh.«

»Im übrigen hat er keine Verwandten.«

»Nein? Niemanden?«

»Keinen Menschen.«

»Ein Jammer.«

»Ja«, sagte der Geistliche. Er wippte auf den Fersen und hüstelte. »Ich habe mich gefragt, ob Sie nicht vielleicht bereit sind, ihm zu helfen, Mr. Davidson. Ich habe mich gefragt, ob Sie sich wohl in der Lage fühlen, ihm ein Angebot für dieses Buch zu machen.«

»Ich fürchte, da gibt es Komplikationen.«

Ich teilte ihm einige der Komplikationen mit.

»Hm. Aber wenn alles gutginge, würde das Buch doch eine ganze Menge Geld einbringen?«

»Wenn alles gutgeht. Im Moment wagt sich kein Verleger daran. Die Sache ist viel zu riskant.«

Vater Harris legte seine Hand auf meine Schulter. Er sagte sehr ernst: »Finden Sie nicht, Mr. Davidson, daß hier ein faires Angebot angebracht wäre? Schließlich geht es um etwas ganz Besonderes.«

»Das gesamte Verlagsgeschäft besteht aus besonderen Fällen, Vater. Viele Autoren sind übel dran.«

»Sie stehen nicht alle kurz vor dem Tod.«

»Nein, nein.«

»Mir wäre eine große Last von der Seele genommen, wenn ich das Gefühl hätte, mich darauf verlassen zu können, daß Sie Ihr Bestes tun.«

Ich sagte beklemmt: »Darauf können Sie sich mit Sicherheit verlassen. Natürlich. Selbstverständlich. Aber man muß . . .«

»Und möge Gott Sie dafür segnen«, sagte der Geistliche und drückte mir sehr warmherzig die Hand.

Mr. Oliphant zog in der Woche vor Weihnachten nach Worpleston. Ein paar Tage später besuchte ich ihn. Am Vorabend hatte ich eine ganze Reihe von vorweihnachtlichen Cocktailpartys besucht, und ich war nicht gerade in Hochform. Aber das konnte man auch von Mr. Oliphant nicht behaupten. Man hatte ihm ein nettes, kleines Zimmer gegeben und es mit einer Menge fröhlichen Papierschmucks ausstaffiert. Mr. Oliphant lag in diesem Zimmer im Bett und war in tiefe Depressionen versunken.

»Dieser törichte alte Mann glaubt, daß er stirbt«, sagte Vater Harris, der wenige Minuten nach mir ins Zimmer kam. Er hatte bei der Besuchsrunde ein paar Gläser Sherry mit den Patienten getrunken und strahlte. »Er hat sich doch wirklich hingesetzt und sein Testament gemacht.«

Mr. Oliphant riß sich aus seiner Apathie heraus und fummelte in dem Schränkchen neben seinem Bett herum.

»Ich hole es schon«, sagte Vater Harris. »Wir sind versammelt. Er will uns beide als Zeugen haben.«

Es war gewissermaßen ein nüchterner Letzter Wille. Mr. Oliphant hatte seinen gesamten weltlichen Besitz und ungewisse Vermögenswerte, die unter Umständen noch hinzukommen könnten, seiner früheren Universität, Oxford, vermacht, die fünf Jahre nach seinem Tod eine Stiftung für Latein-Stipendien ins Leben rufen sollte. Ich vermutete, daß diese Verfügung nicht Vater Harris' ungeteilte Billigung fand, doch er setzte seine Unterschrift darunter. Ich tat es ihm nach, und der alte Mann beobachtete uns dabei mit einer gewissen trübseligen Zufriedenheit.

Auf seinem Nachttisch standen vier Weihnachtskarten, und ich postierte mich so, daß ich einen Blick auf sie werfen konnte. Am Ende eines ganzen Lebens auf dieser Welt war diese Ausbeute jämmerlich gering. Eine Karte kam von Vater Harris, eine von Miss Marks und eine von mir. Auf der vierten stand: »1960 hat viel angebissen – und ich hoffe auf guten Lachs.« Sie war mit »Dein alter Freund Wallie« unterschrieben.

Von seinem alten Freund Houston war keine Karte dabei.

Kapitel 11

1.

Der Gouverneur von Hodzo fühlte sich schlecht. Er war verdrossen. Nachdem er den Brief von seinem Schwager erhalten hatte, blieb er zwei ganze Tage lang in seinem Zimmer. Er war teilnahmslos und todunglücklich. Sein Geistlicher las ihm sieben Bände des Kangyur vor. Seine jüngste Frau spielte auf geweihten Zimbeln für ihn. Es nutzte nichts. Er verharrte in seiner Melancholie. Und obwohl das Rumoren in seinen Eingeweiden, das weder die Zimbeln noch das Kangyur hatten beschwichtigen können, nicht zur Ruhe kam, spürte er am dritten Tag einen leichten Zuwachs an Zuversicht. Nach einem einfachen Frühstück und seinen Gebeten rief er nach seiner Sänfte und machte sich auf den Weg nach Yamdring.

Die Reise nach Yamdring dauerte vierundzwanzig Stunden, und obwohl er wußte, daß er nach dieser Zeit unter Schmerzen und erschöpft ankommen würde, schickte er keine Bediensteten voraus, um Vorbereitungen für sein Wohlergehen anstellen zu lassen, denn er wollte den Alltagsablauf des Klosters in keiner Weise stören und auch keinen Argwohn wachrufen. Er hatte vor, sich mit sämtlichen Aufzeichnungen, die es über jede Menschenseele in diesem Kloster gab, persönlich zu beschäftigen. Er glaubte, dreißig pro Stunde und zweihundert an einem Tag schaffen zu können. Rund elfhundert Menschen lebten im Kloster.

Da es entscheidend war, daß niemand als über jeden Zweifel erhaben angesehen wurde, gedachte er, die Gründe für sein Vorgehen ganz für sich zu behalten, und das Letzte, was er wollte, war, in eine Zusammenkunft des Klosterrates hineinzugeraten. Doch genau so kam es.

Der Rat war wegen einer merkwürdigen Angelegenheit einberufen worden, und der Abt hieß ihn nur zu dankbar willkommen, denn er war gründlich verwirrt.

Der ahnungslose Trulku Houtson, sagte er, hatte einen Traum gehabt. An diesem Morgen hatte er um ein Gespräch mit dem Abt gebeten. Er hatte dem Abt seinen Traum erzählt.

»Es waren Hinweise darauf enthalten«, sagte der Abt, »daß der Trulku nicht mehr ahnungslos ist.«

»Worum drehte sich der Traum?«

Der Traum sah so aus, daß der Trulku durch das Kloster spaziert war. Bei seinem Rundgang war er auf einen Mann aus dem Westen gestoßen, einen Mann, der so aussah wie er. Er hatte sich näher an den Mann herangeschlichen und beobachtet, daß dieser Mann seinen Blick auf einen Regenschauer gerichtet hatte, der *im* Kloster herunterging. Der Regen wurde zu Grünsteinen, und aus diesen tauchte plötzlich die Gestalt der Mutter auf. Während er zusah, erschien hinter der Mutter ein Dämon mit einem Netz und einem Sack. Der Dämon wollte gerade die Mutter und die Grünsteine einfangen, doch der Trulku lief auf ihn zu, schwang seine Arme durch die Luft, rief ein wirkungsvolles Mantra, und der Dämon war geflohen. Die Mutter hatte dem Trulku dankbar zugenickt, und er war von seinem Traum erwacht.

Der Gouverneur saß einen Moment lang da und sah seine kleinen Hände an, die übereinander auf dem Tisch lagen. Er fragte: »Wer bewacht den Trulku?«

»Zwei Künstler, zwei Mönche, Exzellenz. Es sind zuverlässige Männer.«

»Sprechen sie seine Sprache?«

»Nein, aber er hat etwas Tibetanisch gelernt. Warum fragen Sie . . . ?« Der Abt unterbrach sich, weil er plötzlich verstand, warum der Gouverneur diese Frage gestellt hatte.

»Jemand hat ihm von den Grünsteinen erzählt«, sagte der Gouverneur nickend.

Einen Moment lang herrschte Schweigen.

Der stellvertretende Klostervorsteher sagte: »Aber, Exzellenz, selbst, wenn dem so wäre, wer hätte ihm denn erzählen sollen, wie das Zeremoniell abläuft, oder daß einer der Männer aus dem Westen es beobachtet hat?«

Der Gouverneur nickte wieder und sah auf seine Hände herunter, denn er hatte augenblicklich erkannt, daß das der springende Punkt war, und darauf wollte er jetzt nicht eingehen. Wenn er die Antwort auf diese Frage kannte, dann würde er wohl auch wissen, woher die Chinesen ihre Informationen hatten ... Um Zeit zum Nachdenken zu gewinnen, sagte er: »Sagen Sie, Abt, hat der Trulku weitere Bitten an Sie gestellt?«

»Ja, Exzellenz. Er hat um die Genehmigung gebeten, die Menschen aus dem Westen sehen zu dürfen.«

»Da ihm jetzt der Grund klar ist, aus dem sie hier festgehalten werden?«

»Das ist der Grund, den er genannt hat.«

»Und wie haben Sie auf diese Bitte reagiert?«

»Gar nicht. Deshalb haben wir diese Zusammenkunft einberufen. Darf ich fragen, wie Eure Exzellenz zu dieser Frage steht?«

Der Gouverneur trommelte mit seinen Händen auf den Tisch. Er hatte keinerlei Meinung zu dieser Frage. Es schien jetzt nicht mehr den geringsten Unterschied zu machen, nachdem die Katze aus dem Sack war, ob Houtson die anderen Europäer sah oder nicht. Aber er fand, es wäre gut, Zeit zu schinden.

»Sagen Sie, Abt, wie wirkte der Trulku? Zuversichtlich? Selbstsicher?«

»Nein«, sagte der Abt zögernd, »nein, eben nicht ... In letzter Zeit hat sich eine Veränderung mit ihm vollzogen. Er wirkt benommen. Er macht mehr den Eindruck eines Schlafwandlers. Er hat Ringe unter den Augen, und seine Schritte sind schwer.«

»Das ist die Last des Wissens, die auf ihn herabfällt«, sagte der stellvertretende Klostervorsteher zuversichtlich. »Es sind die klassischen Symptome, Exzellenz, ich versichere es Ihnen.«

Der Gouverneur entschied sich, sich zurückzulehnen und die anderen über diese klassischen Symptome diskutieren zu lassen. Sie taten es ausgiebig. Er bemerkte, daß der Abt, sein Stellvertreter und die Zeremonienmeisterin sehr beeindruckt von den Symptomen waren, die Kleine Tochter jedoch weit weniger. Da er sich erinnerte, wie nachhaltig sie darauf gedrängt hatte, Houtson den Status eines Trulku zu verleihen, beobachtete er sie interessiert, und als die Diskussion beendet war, beugte er sich wieder vor.

»Sollte es uns denn nicht vergönnt sein«, sagte er sanft, »zu hören, welche Auffassung die Kleine Tochter vertritt?«

Er sah die Röte, die augenblicklich in ihre runden Wangen schoß, und er sah, wie ihre Hände sich nervös auf ihren Kopfschmuck legten. »Meine Auffassung, Exzellenz ... Nun, ich meine, das heißt, ich glaube, die Mutter würde meinen, daß es jetzt keinen Grund mehr gibt, aus dem der Trulku die anderen aus dem Westen nicht sehen sollte. Schließlich weiß er ja jetzt ...«

»Gewiß«, sagte der stellvertretende Klostervorsteher.

»Selbstverständlich«, sagte die Zeremonienmeisterin.

»Ja«, sagte der Gouverneur, neutral.

Der Abt sah ihn erwartungsvoll an. »Dürfen wir das so auslegen, Exzellenz«, sagte er, »daß auch Sie diese Auffassung vertreten?«

»Ja, sicher«, sagte der Gouverneur geistesabwesend. »Sie dürfen es so auffassen, Abt.«

Doch er sah den Abt nicht an. Er sah die Kleine Tochter an. Er glaubte, daß sie etwas wußte. Er fragte sich, was das wohl sein mochte.

Die Kleine Tochter war ebenfalls ganz in Gedanken verloren, als sie sich die sieben Treppen zum obersten Kloster hinaufkämpfte. Sie hatte nichts verraten wollen. Sie hoffte, daß sie nichts verraten hatte. Doch sie hatte schon früher die unheimliche Fähigkeit des Gouverneurs kennengelernt, Dinge gleichsam in der Luft zu wittern. Sie war sehr besorgt.

Die Kleine Tochter war in dem Glauben, die Mutter so genau zu kennen, wie es einer Seele nur irgend möglich war, eine andere Seele zu kennen. Sie badete sie, rasierte sie, bemalte sie und ölte sie ein. Seit ihrem sechsten Lebensjahr stand sie unter ihrer alleinigen Obhut. Sie liebte die Mutter nicht nur, wie es ihre Pflicht war: Sie betete sie an. Sie sah in ihr – und in Momenten besonderer Zärtlichkeit nannte sie sie auch so – ihre kleine Rose. Wenn die Mutter sie aufgefordert hätte, wie ein Vogel vom goldenen Dach des obersten Klosters zu fliegen, hätte sie es bereitwillig getan. Es gab nichts, worum die Mutter sie hätte bitten können und was sie nicht getan hätte. Und es gab auch nichts, was die Mutter hätte tun können und was ihr nicht absolut vernünftig vorgekommen wäre.

Dennoch war sie besorgt.

Bei der Erfüllung ihrer alltäglichen Pflichten hatte sie gewisse Dinge beobachtet, die darauf hinwiesen, daß die Mutter ihre Nächte nicht allein verbrachte.

Wenn sie auch selbst Jungfrau war und sich durch einen Eid zu lebenslanger Keuschheit verpflichtet hatte, wie es alle ihre Vorgängerinnen hatten tun müssen, so sah die Kleine Tochter darin doch nichts Schockierendes. Es hatte sich die Tradition herausgebildet, daß die Heilige Mutter, solange sie auf dieser Welt weilte, ein Recht darauf hatte, sich ihrer nach Belieben zu bedienen, solange Diskretion gewahrt wurde. Sie konnte sich nur allzugut an die immer stärker werdenden Gelüste der Siebzehnten Verkörperung erinnern. Mit dem Alter war sie immer unersättlicher geworden. Es hatte zu den Pflichten der Kleinen Tochter gehört, Männer zu ihr zu bringen, mit verbundenen Augen, die Hände auf dem Rücken zusammengebunden, manchmal vier oder fünf in einer Nacht. Einer, zu dem sie im hohen Alter eine besondere Vorliebe gefaßt hatte, hatte durch seine Erfahrungen Schaden genommen und war nicht mehr ganz richtig im Kopf, und gegen Ende war es noch zu diesem kleinen Skandal gekommen, in den der Abt persönlich verwickelt gewesen war . . .

Dieser Wandel von dem alten heißhungrigen Geschöpf zu der zarten, blumenhaften, kleinen Achtzehnten Verkörperung – und das in einer Zeit in ihrem Leben, in der sie besonders anfällig für Veränderungen war – hatte in der Kleinen Tochter die besonderen Gefühle geweckt, die sie der Mutter entgegenbrachte.

Der Umstand, daß die so angebetete Jungfrau den Wunsch verspüren sollte, zögernd die Dinge dieser Welt zu erproben, das bereitete ihr nicht mehr als ein flüchtiges Unbehagen. Was sie vielmehr völlig verwirrte, war, wie die Mutter es bewerkstelligte.

Die Kleine Tochter schlief vor ihrem Zimmer. Sie wußte, daß niemand durch diese Tür gekommen war. Es gab nur noch einen anderen Weg, und den hatte sie der Mutter selbst gezeigt – wie ihn die Mutter eines Tages einer neuen Kleinen Tochter zeigen würde, damit das Geheimnis in einer direkten Abfolge bewahrt und überliefert wurde. Nur zwei andere Menschen im Kloster kannten dieses Geheimnis: der Abt und sein Stellvertreter. Auch sie gaben das Geheimnis auf die gleiche Weise weiter. Nur ein anderer Mensch hatte *je* das Geheimnis gekannt. Das war Hu-Tzung. Die Dreizehnte hatte ihm das Geheimnis verraten, während sie in seinem Bann stand.

Die Kleine Tochter hatte viele qualvolle Stunden mit diesem Problem verbracht. Sie wußte, daß sie sowohl den Abt als auch den stellvertretenden Klostervorsteher ausschließen konnte. Es schien alles darauf hinauszulaufen, daß nur noch der ahnungslose Trulku in Frage kam . . . Aber wenn der ahnungslose Trulku hinter das Geheimnis gekommen war, dann war er nicht mehr ahnungslos, und zudem war er dann kein Trulku mehr, sondern ein Jidag, denn die Kenntnis eines solchen Geheimnisses stand einem Trulku nicht an, und wenn es sich ihm durch irgendeine Verrücktheit des Schicksals offenbart hätte, dann hätte er höchstwahrscheinlich aus diesem Wissen keinen Nutzen gezogen.

Aber wenn er ein Jidag war, dann war es die Pflicht der Mutter, ihn bloßzustellen. Und wenn sie ihn nicht bloßgestellt hatte, dann konnte er kein Jidag sein . . . Die Kleine Tochter spürte, wie ihr armes Gehirn sich verknotete.

»Kleine Tochter?«

»Ich komme, Mutter.«

Die Kleine Tochter betrat keuchend das Zimmer und hielt sich das Herz, als sie sich auf einen Hocker fallen ließ.

»Oh, Kleine Tochter, sag mir schnell, was ist entschieden worden?«

Die Kleine Tochter bekam langsam wieder Luft. »Daß es dem Trulku erlaubt wird, die aus dem Westen zu sehen«, sagte sie.

»Und welche Fragen wurden angesprochen?«

Sie erzählte alles und bemerkte gleichzeitig die Ermattung des Kindes, das ihr gegenübersaß, seine ängstlich heruntergezogenen Mundwinkel, die Furcht in seinen Augen. Ihr Herz strömte ihm entgegen.

»War das alles?«

»Ja, das war alles«, sagte die Kleine Tochter, und dann sagte sie mit verwegener Kühnheit: »Liebe Kleine Mutter, wenn dir etwas Sorgen bereitet, wenn du ein ganz bestimmtes Problem hast . . .«

»Nein«, sagte die Mutter. »Nein, nein. Was willst du damit sagen? Ich verstehe dich nicht, Kleine Tochter.«

»Du bist in letzter Zeit so müde.«

»Ich schlafe schlecht.«

»Dann ruhe dich jetzt ein wenig aus.«

»Nein. Doch. Einverstanden«, sagte die Mutter verdrossen. »Wenn du es so willst.«

»Es wird dir danach besser gehen«, sagte die Kleine Tochter, und sie half ihr eilig aus ihrem Gewand und schlug die Laken zurück.

Die Mutter legte sich ins Bett und lag da, und ihr Gesicht hob sich so sehr wie eine blasse chinesische Rose vom Kissen ab, daß die Kleine Tochter es nicht lassen konnte, sie zu küssen.

»Versuch jetzt zu schlafen.«

»Es ist zu hell zum Schlafen.«

»Ich mache die Läden zu. Versuch es.«

»Gut.«

Sie trat ans Fenster.

»Kleine Tochter!«

Mit pochendem Herzen drehte sich die Kleine Tochter um und trat eilig wieder an das Bett.

»Was ist, Kleine Mutter?«

»Nichts . . . nichts.«

»Wenn du mir etwas erzählen willst . . . Irgend etwas . . . «

»Es war nichts . . . Ich bin durstig.«

»Gut«, sagte die Kleine Tochter ruhig. Sie verließ das Zimmer und schenkte in ihrer Wohnung einen Becher Zitronensaft ein. Sie bereitete ihn täglich frisch. Der Mönch, der für das Medizinische verantwortlich war, hatte ihr geraten, es sei gut für den Teint der kleinen Rose.

2.

Houstons erste Zusammenkunft mit seinem Bruder im Kloster Yamdring fand am 30. Juni 1950 statt, genau sieben Wochen nach seiner Ankunft an diesem Ort. Sie trafen sich im dritten Kloster, und sie wurden miteinander allein gelassen. Er hatte darum gebeten.

Er schrieb zwar ausführlich von späteren Treffen, bei denen auch andere anwesend waren, doch über dieses erste Treffen berichtete er erstaunlich wenig. Es scheint stark gefühlsbeladen gewesen zu sein.

Er fand heraus, daß es der Gruppe gelungen war, zusammenzubleiben – mit Ausnahme von Wister, der immer wieder, im Abstand von Tagen, tobte und ins Krankenhaus gebracht werden mußte.

Wister war der »Verrückte«, von dem die Priesterin gesprochen hatte, und der »Kranke«, von dem Ringling berichtet hatte. Er war derjenige, der während des Zweiten Festes das Smaragdzeremoniell beobachtet hatte, immer noch an den Folgen der Gehirnerschütterung leidend, die er sich bei dem Erdbeben zugezogen hatte (und das war auch der Grund, warum seine Zelle versehentlich unverschlossen geblieben war). Im allgemeinen Trubel war es ihm gelungen, zurück in den Korridor zu gelangen, von dem seine Zelle abging, und er hatte es auch noch geschafft, Hughs Zelle aufzuschließen und hineinzuschlüpfen, und schließlich war es ihm sogar noch möglich gewesen, überstürzt zu berichten, was er gesehen hatte, ehe die Wachen, die der stellvertretende Klostervorsteher eilig zusammengetrommelt hatte, ihn fanden. Daraufhin war er übel zusammengeschlagen worden und hatte sich nie mehr davon erholt.

Sie waren im Dezember geflohen, nachdem sie ihre Wächter bestochen hatten. Sie waren nachts mit Hilfe einer Strickleiter direkt aus dem dritten Kloster heruntergestiegen, und sie hatten es geschafft, einige Meilen und zwei Tage zwischen sich und Yamdring zu bringen, ehe der Schneesturm sie auf dem Portha-la erwischte. Die Karawane war ein Geschenk der Götter, und sie trugen Wister und folgten eilig ihren Spuren. Doch es war ein aussichtsloser Versuch. Die Wachen hatten sie in ihrer ersten Nacht mit der Karawane eingeholt, und das war das Ende gewesen.

Von nun an waren die Wachen jede Woche ausgetauscht worden, um die Möglichkeit weiterer Bestechungsversuche auszuschließen. Man behandelte sie gut, jeder hatte eine komfortabel eingerichtete Zelle, und außerdem hatten sie einen Gemeinschaftsraum, in dem sie die Tage verbringen konnten, und reichlich Gelegenheit, sich im Innenhof des Klosters Bewegung zu verschaffen. Sie besaßen zwei Fernrohre, und gelegentlich war es ihnen gestattet, von einem Aussichtspunkt das Leben im Dorf zu beobachten. Das war seit Dezember ihre einzige Abwechslung in der Monotonie des Klosters.

Während der Zeremonien des Frühlingsfestes hatte man sie eingeschlossen, und daher bekamen sie nichts von dem Wirbel mit, für den Houston gesorgt hatte. Doch während der Klosteralltag wieder einsetzte, erhielten sie durch die Zeremonien der Heiligsprechung Hinweise, und ganz allmählich, im Laufe der Wochen, erfuhren sie, was hier geschehen war. Der Abt hatte Hugh am Vortag persönlich mitgeteilt, was er zu erwarten hatte, doch er empfand es immer noch als absolut unglaublich. Houston fand es ebenfalls unglaublich.

Er wußte nicht, was er seinem Bruder erzählen sollte. Sie saßen da und grinsten sich ausgiebig an.

Zu der Zeit folgten Houstons Tage einem seltsamen Ablauf. Im Tal war es heiß geworden, und es fiel ihm schwer, nachmittags wach zu bleiben. Am See war es unerträglich schwül und feucht, und im Dorf herrschte ein unerträglicher Gestank. Er blieb in seiner Zelle und schlief. Er schlief jeden Nachmittag, eine Gewohnheit, mit der Miny und Mo, die zwei Matten in die Zelle brachten und gleichfalls schliefen, sehr zufrieden waren.

Es waren verträumte Tage. Es waren berauschende Nächte. Er war nie wirklich frei von ihr, ob er nun schlief oder ob er wachte. Er kam sich vor wie in einer Art von Trance, und während die luftlosen Julitage in den August übergingen, wollte er weniger und immer weniger aus dieser Trance heraus. Es tat sich jedoch eine ganze Anzahl von Dingen, um ihn aus dieser Trance zu erwecken.

»Chao-li, Chao-li, du hörst ja gar nicht zu.«

»Doch, jedes Wort, kleine Rose.«

»Kleine Tochter weiß es – sie weiß etwas.«

»Was weiß sie denn?«

»Ich weiß es nicht. Und sie machen sich Sorgen darüber, wie du etwas von den Grünsteinen hören konntest ... Oh, Chao-li, du denkst gar nicht wirklich nach.«

»Doch, ich denke nach.«

»Du denkst nicht ernst genug nach.«

»Ich kann nicht denken, wenn ich bei dir bin.«

»Dann geh weg von mir ... Ah, nein, Chao-li, geh nicht ... Denk, wenn du nicht bei mir bist.«

Er dachte nach, als er nicht bei ihr war.

Er suchte den Abt auf.

»Ja, Trulku, du wolltest mich sprechen?«

»Mein Geist ist besorgt, Abt.«

»Du hast wieder geträumt?« sagte der Abt finster.

»Ich habe wieder geträumt. Ich kann meine Träume nicht verstehen.«

»Dann erzähle sie mir.«

Das tat Houston. Seine Träume wiesen eine erstaunliche Ähnlichkeit miteinander auf, denn immer nickte die Mutter ihm entweder zu oder sie bat ihn zu sich oder sie rief ihn. Manchmal glaubte er, daß er mit ihr sprach und daß sie antwortete, doch wenn er erwachte, konnte er nicht sagen, ob es ein Traum gewesen war oder ob er sie wirklich getroffen hatte. So klar waren diese Erscheinungen. War es möglich, so fragte er den Abt, daß jemand sich im Schlaf körperlich an einen anderen Ort projizierte?

Daß ein solches Phänomen nicht nur möglich, sondern eingängigst dokumentiert und belegt war, gehörte als elementarer Bestandteil zur Grundausbildung eines jeden Mönches. Der Abt sah ihn forschend an. Er wünschte inbrünstig, der Gouverneur könnte ihm einen Rat geben, doch der Gouverneur war gekommen und wieder abgereist.

Er entschied sich, eine der Methoden des Gouverneurs anzuwenden. Er wechselte das Thema.

»Sage mir, Trulku, wie hast du deine . . . deine Landsmänner vorgefunden?«

»Bestens, Abt, vielen Dank«, sagte Houston vorsichtig. »Sie können nicht klagen.«

»Der Verrückte – das war ein unseliger Zwischenfall.«

»Wohl eher unvermeidlich.«

»Ja. Ja«, sagte der Abt, den dieses bereitwillige Verständnis erschreckte. »Und du hast nicht mehr den Wunsch, mit ihnen nach Hause zurückzukehren?«

»Doch, ich habe immer noch diesen Wunsch«, sagte Houston vorsichtig. »Ich habe ihn immer noch, aber es ist seltsam . . . Ich will weg, und doch will ich bleiben. Ich habe das Gefühl, daß es für mich hier noch etwas zu tun gibt.«

Der Abt sah ihn an und änderte seine Taktik.

Er sagte zögernd: »Sage mir, Trulku, . . . du hast die Äbtissin nur einmal gesehen, bei dem Fest.«

»Ja, das stimmt.«

»Für dich war es ein sehr ungewöhnlicher Anblick.«

»Ja, sehr.«

»Vielleicht denkst du noch manchmal daran.«

»Ja, oft. Ich habe sogar ein- oder zweimal versucht, sie aus dem Gedächtnis zu skizzieren.«

»Ist es dann nicht möglich«, sagte der Abt, der um ein Lächeln rang, »daß du auch im Schlaf daran denkst, daß dein Geist auch dann diese Skizzen anfertigt?«

Houston schüttelte den Kopf. »Das ist eine Erklärung, auf die ich natürlich auch schon gekommen bin. Aber die Träume sind so wirklich, Abt. Manchmal ist es ein ganz seltsames Gefühl. Und doch, welche anderen Erklärungen könnte es dafür geben? Vielleicht habt Ihr recht. Es könnte wirklich so sein.«

»Und dennoch, warte. Warte einen Moment«, sagte der Abt hastig und erhob sich. »Träume werden schließlich gesandt, um uns zu führen. Vielleicht sollten wir uns andere Aspekte näher ansehen. Du glaubst also, daß dich in deinen Träumen die Äbtissin ruft und daß du zu ihr gehst.«

»Ja.«

»Wohin gehst du?«

Houston runzelte die Stirn. »An einen unirdischen Ort, eine Grabkammer, einen Ort, den ich noch nie gesehen habe. Dort stehen Kerzen und Bildnisse ... Ich kann ihn nicht beschreiben.«

»Was glaubst du, wo dieser Ort ist?«

»Ich weiß es nicht«, sagte Houston. »Vielleicht ist es so, wie Ihr sagt, und dieser Ort ist in meinem Kopf. Vielleicht auch auf einem Bild, das ich gesehen habe und das sich mir eingeprägt hat. Welche andere Erklärung könnte es geben?«

Der Abt, dem etliche Erklärungen einfielen, sah ihn finster an. »Trulku«, sagte er schließlich, »ich muß mir Rat zu diesen Träumen holen. Es könnte sein, daß die Mutter dich braucht. Es könnte sein, daß sie selbst sich gar nicht darüber im klaren ist. Wir werden darauf zurückkommen.«

Drei Tage später kamen sie darauf zurück. Houston verbrachte die Nächte bis dahin in seiner Zelle. In diesen Nächten redete er im Schlaf eine ganze Menge, und er wußte, daß Mei-Hua das gleiche tat, denn so hatten sie es geplant.

Und die Neuigkeiten, die der Gouverneur ihm schließlich brachte, kamen nicht unerwartet.

3.

Gegen Ende Juli war es Houston gestattet worden, sich frei im Kloster zu bewegen. Das war rund einen Monat vor dem Zweiten Fest. Später blickte er darauf als auf den buchstäblich wunderbarsten Monat seines Lebens zurück, denn jeder Tag brachte ein neues kleines Wunder. Er konnte die Äbtissin Tag und Nacht aufsuchen und war absolut und vollkommen vernarrt in sie. Er konnte seinen Bruder und die anderen Engländer aufsuchen, wann auch immer er Lust dazu hatte, und er tat es täglich. Und er wurde von allen Mönchen und Priesterinnen des Klosters mit Ehrfurcht und höchster Ehrerbietung behandelt, mit einer Ausnahme. (Demjenigen sollte er später noch unter weitaus weniger wunderbaren Umständen begegnen.)

Ringling ging es jetzt auch besser, und er begleitete ihn auf Schritt und Tritt. Miny und Mo waren von ihrer Aufgabe entbunden worden, lediglich die anderen Europäer unterlagen noch einer leichten Überwachung, und bei gemeinsamen Ausflügen mit Houston wurden sie stets von Wachen begleitet.

Sie verließen das Kloster oft, einmal unternahmen sie einen zweitägigen Ausflug in die Berge, um dort Orchideen und Kräuter zu sammeln. Dann verbrachten sie drei Tage beim Herzog von Ganzing, und an vielen Tagen arbeiteten sie mit den Priesterinnen auf den Feldern.

Das Kloster besaß viel Land, ein Vielfaches dessen, was die große Menge von kostenlosen Arbeitskräften bestellen konnte, und doch wurde – abgesehen von kleinen Gebetsmühlen und Fähnchen – nichts für den Verbrauch Außenstehender produziert. Es war in gewissem Sinne ein Hospiz, das Dienste leistete. Das große Kloster betreute medizinisch die Hälfte der Provinz. Es gab einen »Begräbnisdienst«, eine Schar von Priesterinnen, die ständig unterwegs war, um Leichen zu zerstückeln und ähnliche okkulte Aufträge zu erledigen (anschließend blieben sie stets noch einige Tage, um sich zu vergewissern, daß die gerade erst befreite Seele auch die richtige Richtung einschlug), und es gab spirituelle Dienste, die das Kloster leistete. War es auch in gewissem Sinn eine staatliche Institution, so wurde die Hierarchie doch ganz und gar nicht von der Regierung bestimmt. Von der Äbtissin abwärts war der Fortbestand auf alle Zeiten gesichert. Man »erkannte« die Kinder, und sie übernahmen den Platz von Früheren Verkörperungen.

Aufgrund der Anwesenheit der Dämonin und der übernatürlichen Ursprünge des Klosters wurde hier kein reiner Staatslamaismus betrieben (ein weiteres halbes Dutzend von großen Klöstern genoß ebenfalls die Vorzüge, sich nicht ausschließlich an die Staatsreligion halten zu müssen, wie Houston vom Abt erfuhr). Im Dogma und in der Form der Anbetung fanden sich Spuren einer früheren Religion, und an die Stelle nationaler traten lokale Gottheiten.

Alle diese Einzelheiten faszinierten Houston. Er konnte seine Nase nach Belieben in alles mögliche stecken, und wenn er auch gelegentlich auf Reserviertheit stieß, so ließ man ihn doch jegliches Geheimnis ergründen.

Weniger erfolgreich war er in seiner Beziehung zu Ringling und zu seinem Bruder.

Der Junge wußte nicht, was er von ihm halten sollte. Ihm war unwohl, weil er den Verdacht hatte, daß irgend jemand oder irgend etwas verspottet wurde. Er wollte nicht, daß er oder Houston oder die okkulten Kräfte des Klosters sich zum Narren machten. Er wußte nicht mehr, was er denken sollte. Doch Houston hatte ihn eingestellt und viel mit ihm durchgemacht, und daher behandelte er ihn mit einer gewissen versonnenen Hingabe.

Ringling bedeutete für Houston kein Problem, aber er wußte nicht, wie er mit seinem Bruder zurechtkommen sollte. Er hatte eine ganz seltsame Aversion dagegen, seine Beziehung zu Mei-Hua zu erklären, und als Hugh ihn danach fragte, gab er vorsichtige, ausweichende Antworten. Das hatte in der Beziehung zwischen den beiden Brüdern eine Unbeholfenheit und Gespaltenheit aufkommen lassen.

Hugh sagte eines Tages zu ihm: »Hör mal, Charles, was zum Teufel geht hier vor? Warum können wir nicht normal miteinander reden?«

»Wenn wir von hier fort sind, reden wir wieder normal miteinander. Hab Geduld, Hugh.«

»Warum kann deine Äbtissin nicht mal einen Finger rühren und dafür sorgen, daß wir von hier fortkommen? Sie hat doch hier das Sagen, oder nicht?«

»Ich weiß es nicht.«

»Was ist bloß über dich gekommen? Du glaubst doch wohl nicht an diesen verdammten Trulku-Unsinn, oder?«

»Natürlich nicht. Aber alle anderen glauben daran. Wir müssen warten, bis die Prophezeiungen eintreffen.«

»Und was hast du mit den ... mit den Prophezeiungen zu tun?«

»Nicht das geringste«, sagte Houston, der sich wirklich bemühte, auf seinen Bruder einzugehen. »Aber alle anderen glauben, daß ich etwas damit zu tun habe. Warte nur, bis alles eingetroffen ist.«

Mit Sheila Wolferston und Meiklejohn kam er leichter aus, denn dort lag kein Verlust an Nähe und Vertrauen vor, der behoben werden mußte. Allerdings stimmte es, daß Meiklejohn ihn mit einer gewissen zynischen Belustigung betrachtete und dazu übergegangen war, ihn St. Charles zu nennen, was ihm nach einer Weile reichlich unangenehm war. Doch mit dem Mädchen konnte er so etwas wie eine ganz normale Beziehung aufbauen, etwas verband sie miteinander: Vor seiner Abreise hatte er ihre Mutter in einem feuchtkalten kleinen Häuschen in Godalming, Surrey, aufgesucht, und sie redeten stundenlang über sie.

»Sie macht alles selbst, verstehst du? Mit ihrem Bein ist das gar nicht so einfach.«

»Was fehlt denn ihrem Bein?«

»Sie ist lahm. Hast du das nicht bemerkt?«

»Nein, keinen Moment lang.«

»Sie mag Menschen nicht. Sie versucht, es zu verbergen. Es ist so albern. Ich wollte, daß sie in die Stadt kommt und sich dort eine Wohnung sucht, ohne Treppenstufen, aber das wollte sie nicht. Sie ist so hartnäckig. Man kann wirklich nicht behaupten, daß sie in Godalming irgend jemanden kennt. Daddy war der Geselligere von beiden. Sie klammert sich nur an alles. Ich nehme an, es liegt daran, daß sie nicht viel hat, woran sie sich klammern kann.«

Ihm war die traurige Ader des Mädchens aufgefallen, die er schon bei der Mutter bemerkt hatte. Er sah die breite Nase der Mutter und ihr kopfschüttelndes, schemenhaftes Lächeln.

Sie saßen auf seinem Hemd auf den Stoppeln eines Gerstenfeldes. Ein Jak mit einer tieftönenden Glocke um den Hals kam mit einem Schlitten vorbei, auf dem sich die goldgelben Garben türmten, und weit unter ihnen schwammen der grüne

See und die sieben goldenen Dächer in den aufsteigenden Strömungen der Luft. All das war weit, weit weg vom naßkalten Godalming mit seinem breiigen, nassen Herbstlaub unter den Füßen und seinen dunkelgrünen Anschlußzügen nach Waterloo.

Sie sagte kopfschüttelnd: »Es ist absolut phantastisch, findest du nicht? Wir sind fast buchstäblich nicht auf dieser Welt. Sie halten uns für tot. Und doch geht alles weiter.«

»Ich weiß«, sagte er, denn er spürte es selbst auch, und weil er sich irgendwie ergriffen fühlte, nahm er ihre Hand. Sie hatte sich das Haar kurz geschnitten. Sie trug ein orangefarbenes Sonnentop und einen Rock, eine Sonnenbrille und keine Schuhe. Ihre Haut war braun gebrannt. Er fand sie auf eine warme und einfache Weise schön und nett. Er sagte leise: »Ich hoffe, daß mit dir und Hugh alles gutgeht, Sheila.«

»Es ist ein bißchen angespannt.«

»Wirklich?«

»Wir hängen ständig zusammen und sind doch nie wirklich allein.«

»Das tut mir leid.«

»Wir sind eben immer in Gesellschaft«, sagte sie leichthin. »Wenn ich das richtig sehe, hast du keine Last mehr damit.«

»Nein.«

Die dunkle Brille wandte sich ihm neugierig zu.

»Du willst nicht genauer darüber reden, oder?«

»Nein, nicht wirklich.«

»Schon gut. Vergiß nur nicht, daß unsere Zukunft in deinen Händen liegt, ja?«

Er mochte sie.

Doch Mei-Hua mochte er viel mehr. Er mochte sie mehr, als er je irgend jemanden auf Erden gemocht hatte, und er glaubte nicht, daß irgend etwas vorfallen könnte, was ihn dazu bringen könnte, sie anders zu sehen. Das war natürlich vor dem Zweiten Fest.

4.

Das Zweite Fest des Affen begann in diesem Jahr am 1. September, zwei Wochen eher als sonst. Das lag daran, daß infolge eines zweiten Erdbebens – am 15. August –, das in Lhasa viel Schaden angerichtet hatte, die Omen plötzlich bedrohlicher waren denn je. Das Orakel hatte wahrhaftig angedeutet, wenn das Fest nicht früher abgehalten würde, könnte es möglicherweise gar nicht mehr stattfinden.

Wie das Frühlingsfest dauerten auch diese Feierlichkeiten sieben Tage lang. Houston blieb nur während der vier ersten Tage, denn am fünften verließ er absolut schockiert das Kloster Yamdring und zog zum Herzog von Ganzing. Erst zwei Wochen später kehrte er wieder zurück.

Er verließ Yamdring am Tag der Smaragdzeremonie – nachdem er an ihr teilgenommen hatte. Er war an diesem Tag sehr früh aufgestanden, denn der stellvertretende Klostervorsteher hatte ihn um vier Uhr geweckt, um ihn in eine große Kapelle im ersten Kloster zu führen, in der das Zeremoniell stattfinden sollte.

Er fand den Abt bereits dort vor, der über den Smaragden saß. Er hatte die Säckchen selbst vom obersten Kloster heruntergetragen und sie die ganze Nacht bewacht. Abgesehen von der Äbtissin war er der einzige Mensch, der diese Säckchen öffnen und versiegeln durfte.

Houston wußte, daß er ein zusätzlicher Wächter der Smaragde sein sollte, doch viel mehr hatte er nicht in Erfahrung gebracht. Mei-Hua hatte ihm gesagt, er dürfe während der Woche, in der das Fest gefeiert werde, nicht zu ihr kommen, da diese Woche ganz den Erinnerungen an den Affen geweiht sei, doch sie hatte sich geweigert, ihm nähere Einzelheiten zu erzählen. Darüber werde nicht gesprochen, sagte sie. Er werde es selbst sehen.

Houston wartete mit größtem Interesse darauf, es selbst zu sehen.

Fast eine Stunde lang saß er mit den beiden stummen Männern und den acht Säcken mit Smaragden da und lauschte einer gesungenen Messe, die irgendwo anders im Kloster abgehalten wurde. Der Duft der Räucherstäbchen in der von Kerzen erhellten Kapelle wurde von einem übelkeiterregenden

Blumenduft überdeckt, der von einem großen Jadeornament in einem der hintersten Winkel zu kommen schien. Seine beiden Gefährten waren in eine meditative Trance versunken, und daher störte er sie nicht mit irgendwelchen Fragen, sondern saß still auf den beiden ihm anvertrauten Säcken und wartete die Ereignisse ab.

Um fünf Uhr wurde eine kleine Handglocke geläutet, und absolutes Schweigen brach herein. In diesem Schweigen wurde die Äbtissin durch die sieben Klöster heruntergebracht. Sie wurde in einer Sänfte heruntergetragen und von den vier Trägern, die augenblicklich verschwanden, vor den Toren abgesetzt. Die Kleine Tochter und die Zeremonienmeisterin waren gemeinsam mit ihr heruntergekommen und hoben jetzt mit Hilfe des Abtes und seines Vertreters die Sänfte wieder an und trugen sie in die Kapelle. Die Tore wurden geschlossen.

Houston sah fasziniert zu. Sie trug ihre Teufelsmaske. Sie war frisch eingeölt. Er hatte es sofort gerochen. Aber jetzt, als die Kleine Tochter ihr das Gewand abnahm, sah er es auch. Die Äbtissin stand fast nackt da, und im Kerzenschein schimmerte sie von Kopf bis Fuß. Sie ging zu dem Ornament aus Jade, und die kleine Prozession folgte ihr.

Das Ornament war eine große ovale Urne – zu drei Vierteln mit Rosenblättern gefüllt, wie Houston sehen konnte. Die Äbtissin trat hinein, versank tief in den Blütenblättern und kniete dort mit leicht gesenktem Kopf. Nur die spitzen goldenen Ohren der Dämonenmaske ragten über den Rand der Urne hinaus. Der Abt stimmte einen Singsang an.

Bisher war alles in absoluter Stille verlaufen, doch als der Abt jetzt aus seinem Gewand ein langes goldenes Messer zog und sich bückte, um die Siegel der Smaragdsäcke aufzubrechen, fielen die anderen in seinen Gesang ein.

Die Zeremonienmeisterin hatte einen goldenen Schöpflöffel zur Hand, und einer nach dem anderen begannen sie, damit die Smaragde in die Urne zu schaufeln. Auch Houston kam an die Reihe.

Es dauerte eine lange Zeit, bis sie damit fertig waren, und der matte grüne Haufen wuchs ständig an, bis die Äbtissin schließlich vollständig von den Steinen bedeckt war und nur noch ihre Teufelsohren aus dem »Tränensee« herausragten.

Der Abt hatte sich zuletzt nicht mehr beteiligt, und als Houston hörte, daß sein Gesang plötzlich gedämpft klang, drehte er sich um und sah ihn an.

Der Abt hatte eine Maske aufgesetzt. Es war eine goldene Maske. Es war die Maske eines Affenkopfes.

Er hatte sich in einer anderen Ecke der Kapelle zu schaffen gemacht, und als er jetzt wieder an die Urne trat, brach der Gesang ab, und der stellvertretende Klostervorsteher, die Kleine Tochter und die Zeremonienmeisterin warfen sich vor ihm zu Boden. In seinem Erstaunen tat es Houston ihnen nach, doch er blickte auf und konnte sehen, was der Abt tat. Er versenkte seine Hände in den Smaragden. Die Hand der Äbtissin tauchte auf. Er ergriff sie und zog die Äbtissin auf ihre Füße. Sie tauchte ganz langsam auf, und ein paar Steine blieben auf ihrem Rücken kleben, die der Abt sorgsam abstreifte und wieder in die Urne fallen ließ.

Sein gedämpftes Singen setzte wieder ein, als sie aus der Urne trat und die beiden maskierten Gestalten einander ansahen und sich bei den Händen hielten. Im nächsten Moment erhoben sich die Andächtigen vom Boden. Die Zeremonienmeisterin streifte sachte die letzten Steine von der Äbtissin und legte sie zurück in die Urne. Dann deckte sie wieder ihr Gewand über sie, nahm sie an einer Hand, während der Abt weiterhin ihre andere hielt, und sie verließen die Kapelle.

Houston sah durch die Tore, daß sie sich wieder auf ihrer Sänfte niederließ. Die Handglocke wurde geläutet, die vier Träger tauchten auf, hoben die Sänfte an und trugen sie fort. Die Zeremonienmeisterin kehrte allein in die Kapelle zurück, und damit schien es vorbei zu sein.

Gemeinsam mit den anderen begann Houston, die Smaragde wieder in die Säcke zu schaufeln. Sie lächelten ein wenig, wie nach einem Werk, das gut abgeschlossen worden war, doch niemand sprach, und Houston stand mit vielen Fragen da, die er den anderen aber nicht stellte. Als er sah, daß der Vertreter des Abtes eine Stange grünes Wachs herauszog und anfing, die Säcke zu versiegeln, flüsterte er einigermaßen überrascht: »Ist das denn nicht die Aufgabe des Abtes?«

»Ja. Des Abtes«, sagte der stellvertretende Abt mit einem sanften Lächeln. »Ich *bin* jetzt drei Tage lang Abt.«

»Und was ist mit dem Abt?«

»Der Abt ist der Affe.«

All das wurde sehr freundlich gesagt, und die beiden

Frauen lächelten schwach wie über einen altvertrauten Familienwitz, und einen Moment lang erfaßte Houston noch nichts und lächelte mit ihnen.

Er sagte: »Wenn Sie drei Tage lang das Amt des Abtes übernehmen, was tut er dann in dieser Zeit?«

Der stellvertretende Klostervorsteher erklärte ihm, was der Abt in den kommenden drei Tagen tun würde, und kurz darauf kehrte Houston wieder in seine Zelle zurück. Er blieb den ganzen Tag über dort und aß nichts und schlief nicht, und am nächsten Tag reiste er nach Ganzing.

»Mein lieber Freund«, sagte der Herzog, »so wird es nun schon lange gehandhabt, seit mindestens siebenhundert Jahren. Zur Zeit der Dritten Verkörperung hat man damit begonnen. Niemand käme im Traum darauf, das zu unterbinden.«

»Kommt es Ihnen denn nicht ganz außergewöhnlich abscheulich vor?«

»Nein, kein bißchen. Warum auch? Sehen Sie, Sie haben das in die falsche Kehle gekriegt, alter Junge. Es geht nicht um einen alten Mönch und ein junges Mädchen. Es geht um den Affen und die Dämonin. Wir werden an unsere Ursprünge erinnert. Wir sind einfache Leute. Sie haben Ihre Tröstungen von der Wiege bis zum Grab, und wir haben unsere. Es ist uns eine Garantie dafür, daß noch über uns gewacht wird, daß sich bei uns nichts ändern wird. Auf gewisse Weise ist das doch ergreifend.«

»Es ist widerwärtig«, sagte Houston. »Es ist ganz außergewöhnlich gräßlich und widerwärtig. Drei Tage lang ...«

»Und was Sie auch bedenken müssen, ist, daß unsere Frauen eine bessere Konstitution haben als die meisten anderen. Es ist auf gewisse Weise – natürlich sollten wir darüber eigentlich nicht reden – viel schwerer für den Abt. Der alte Kerl wird auch nicht jünger. Mit der Früheren Verkörperung hat er entsetzliche Dinge durchgemacht – war ein Jahr völlig hinüber und mußte ins Krankenhaus gebracht werden, im Delirium. Der Arzt mußte eine Woche lang bei ihm sitzen und Wache halten. Was war das doch für ein Skandal!«

»Und davon fühlen Sie sich nicht abgestoßen und angewidert? Die Vorstellung, daß ein junges Mädchen ...«

»Die Frühere Verkörperung war damals vierundsiebzig«, sagte der Herzog und zog an seiner Zigarre.

»O mein Gott!« sagte Houston schwach.

»Und nicht im entferntesten abgestoßen oder angewidert, außer von den Unzulänglichkeiten dieses alten Kerls. Die Sache ist die, alter Junge, daß Sie uns nicht kennen. Der Akt – ich bringe Sie doch nicht etwa in Verlegenheit? – bedeutet für uns etwas anderes als für Sie. Wir betrachten ihn als eine rundherum recht angenehme und nützliche Beschäftigung. Probleme der Rechtsgültigkeit beunruhigen uns nicht allzusehr, da Besitz in der weiblichen Linie weitervererbt werden kann, und daher weist das Muster unseres gesellschaftlichen Verhaltens einen Hang dazu auf, sich dahingehend zu entwikkeln, daß . . . «

»Aber in einem Kloster!« sagte Houston, dessen Empörung durch diese Erklärungen keineswegs gedämpft worden waren. »Wie ist es nur möglich, daß Sie es gutheißen können . . . «

»Ja, gut. Das führt natürlich zu gewissen Schwierigkeiten. Die Menschen hier tun es recht hingebungsvoll – das ist doch nur natürlich: Sie haben allzuwenig andere Vergnügungen. Und natürlich sollten sie es *im Prinzip* nicht tun. Das heißt, daß drei Frauen ständig mit Abtreibungen beschäftigt sind.«

Diese neuerliche Information rief ein solches Grauen in ihm wach, daß Houston jeden Wunsch verlor, der Sache weiter nachzugehen. Er sah den Herzog stumm an, griff nach seinem Whiskyglas und leerte es auf einen Zug. Der Herzog schenkte ihm nach.

Er sagte mit einem Anflug von Sorge: »Wissen Sie, Sie sollten sich hier mit niemandem zu nah einlassen – mit gar niemandem. Das könnte sehr gefährlich für Sie werden. Es gibt so vieles, was Sie nie werden wissen können, alter Junge.«

Aber es gab auch etwas, was der Herzog nicht wußte. Einmal sagte er: »Die Smaragde? Ach, die sind Bestandteil der recht schönen Legende. Es heißt, die Dämonin habe so endlos und so bitter um den Affen geweint, daß sich schließlich ein Teil ihrer Tränen in Smaragde verwandelte. Der Affe kommt einmal im Jahr, um ihre Tränen zu trocknen, so heißt es.«

»Sie muß ausgiebig geweint haben. Es gibt jede Menge Smaragde.«

»Ach wirklich, mein Freund? Das sollten Sie mir lieber nicht sagen, verstehen Sie. Ich will es nicht wissen. Außer dem Klosterrat und dem Gouverneur der Provinz sollte niemand etwas davon wissen.«

»Und woher kommen diese Smaragde wirklich?«

»Aus einer Mine. In dem Hang, auf dem das Kloster erbaut ist, gab es eine sehr ertragreiche Ader. Vor einigen hundert Jahren hat es ein Erdbeben gegeben, zur Zeit der Dritten Verkörperung, und es herrschte allgemein die Auffassung, die Dämonen seien erbost über die Arbeiten in der Mine. Die Äbtissin ließ die Mine versiegeln und Bauten darüber errichten – sie war eine grandiose Baumeisterin. Sie hat die drei oberen Klöster errichtet und das Heiligtum auf der Insel wieder aufgebaut. Sie war diejenige, die das Zweite Fest eingeführt hat.«

»Und wo etwa lag diese Mine?«

»Das weiß niemand, alter Junge. Es gab einmal eine Geschichte – ich erinnere mich, daß mein Großvater sie mir erzählt hat –, die besagte, daß sie unter den See versunken ist und daß viele Männer dort begraben wurden, aber ich glaube nicht, daß etwas daran ist. Man sollte doch meinen, daß sie in den Hang hinein verläuft. Aber heute sind keine Spuren mehr davon zu erkennen – nicht eine einzige Spur.«

Nach seiner Rückkehr sah er Mei-Hua eine Woche lang nicht, denn er hatte vierzehn Tage Zeit gehabt, um nachzudenken, und es schien ihm, als habe der Herzog nichts anderes als die Wahrheit gesagt. Er kannte weder dieses Land noch diese Menschen, und er glaubte nicht, daß er sie je wirklich kennen würde.

Sie war ein faszinierendes junges Chinesenmädchen, mit dessen Gesichtszügen und dessen Anmut sich keine Frau messen konnte, die er je gesehen hatte. Aber jetzt, nachdem er eine Weile getrennt von ihr gewesen war, glaubte er, sie in einem realistischeren Lichte sehen zu können, und das, was er sah, behagte ihm nicht.

Sie war für ein Leben der geheiligten Prostitution erwählt worden. So sollte ihr gesamtes Leben aussehen, und daraus würde sie sich niemals lösen können. In diesem Leben war er nicht vorgesehen, und wenn er trotzdem versuchte, dort einen Platz für sich zu finden, dann begab er sich, wie der Herzog gesagt hatte, wissentlich in Gefahr. Und dabei würde er nicht nur Gefahren auf sich selbst herabrufen, sondern auch auf andere. Er war in sie und in das Bild, das er sich von ihr gemacht hatte, vernarrt gewesen, verliebt in das Bild einer chinesischen Rose, die im Schatten gezogen wurde – etwas unglaublich Kostbares und etwas unglaublich Fragiles. Doch jetzt sah er sie als etwas an, was schön aussah, aber verseucht war, etwas üppig im Schmutz Wucherndes.

Er wollte weder dieses Wuchern noch den Schmutz. Er wünschte sich sehnlichst, beidem zu entkommen. Er erkannte, daß er, wenn er entkommen wollte, für den Rest dieses gefährlichen Jahres darauf achten mußte, unbeteiligt zu bleiben und keinen Ärger zu bekommen, und genau das nahm er sich vor.

Mei-Hua ließ im Laufe dieser Woche zweimal nach ihm schicken. Er reagierte darauf nicht. Beim dritten Mal kam die Kleine Tochter, als er gerade malte.

Sie sagte: »Trulku, die Mutter hat mich zum letzten Mal geschickt.«

»Es ist sinnlos, Kleine Tochter. Du weißt selbst, daß es sinnlos ist.«

»Sie kann dich zwingen, wenn sie will. Sie bittet dich, sie nicht in die Lage zu bringen, dich zwingen zu müssen.«

»Kleine Tochter, die Mutter braucht mich nicht.«

»Sie braucht dich, Trulku.«

»Du weißt selbst, daß es unklug ist.«

»Ich weiß, daß es unklug ist. Aber komm. Ich bitte dich ebenfalls darum.«

Also ging er.

Wenn sie geschmollt hätte, wenn sie hochmütig gewesen wäre, wenn sie gequengelt und gekeift hätte oder wenn sie sich ihm gegenüber auf irgendeine Weise reserviert verhalten hätte, wäre es leicht gewesen. Aber nichts von alldem. Sie umklammerte ihn weinend.

»Oh, Chao-li, Chao-li, du hast mich im Stich gelassen.«

»Ich war fort, Mei-Hua. Ich hatte zu tun.«

»Du hättest kommen können. Du wolltest nicht kommen. Was habe ich denn getan?«

»Mei-Hua, du weißt doch selbst, daß wir uns nicht treffen sollten. Es wäre dumm von uns weiterzumachen.«

»Wie meinst du das? Warum sagst du solche Dinge zu mir? Es ist grausam von dir, das zu sagen, Chao-li. So meinst du es doch gar nicht.«

Er wußte nicht, was er sonst noch hätte sagen können. Sie hatte sich wie ein kleines Kätzchen in seine Arme gepreßt und miaute in sein Ohr. Er hatte es nicht aussprechen wollen, aber er konnte sich nicht beherrschen. Es brach aus ihm heraus. »Du hast mir nie etwas vom Abt erzählt.«

»Vom Abt? Was ist mit dem Abt?«

»Daß er drei Tage hier mit dir verbringen würde.«

Ihr Kopf löste sich von seiner Schulter, und ihre wunderschönen Augen sahen ihn bestürzt an.

»Doch nicht als der Abt, Chao-li. Als der Affe. Du hast es doch selbst gesehen.«

»Es war der Abt, der bei dir war, nicht der Affe.«

»In seiner Maske, Chao-li, und ich in meiner. Darüber kann ich nicht mit dir sprechen. Es ist eines meiner Mysterien«, sagte sie entsetzt. »Ich bin dann nicht mehr von dieser Welt, und er ist es auch nicht.«

»Aber du hast mit ihm das getan, was die Menschen auf dieser Welt tun.«

»Ja, natürlich. Das müssen wir«, sagte sie und sah ihn mit weit aufgerissenen Augen an. »Heißt das, daß dir das Sorgen macht, Chao-li?«

Er sagte hilflos: »Mei-Hua, wie oft ist das schon passiert?«

»Jedes Jahr, seit ich dreizehn war. Es muß so geschehen, Chao-li, sobald ich es tun kann.«

»Oh, Mei-Hua, wie kannst du das nur tun? Wie kannst du das ertragen?«

»Wie meinst du das? Ich verstehe dich nicht, Chao-li. Der Affe liebt mich. Er hat mich immer geliebt.«

»Heißt das, daß du nichts dagegen hast? Macht es dir vielleicht sogar Spaß?«

Sie sagte bestürzt: »Ich weiß es nicht. Warum denn nicht? Es ist sehr nett. Magst du es denn nicht? Ich kann dich nicht verstehen, Chao-li.«

Er glaubte nicht, daß sie ihn je verstehen würde. Etliche Minuten lang sah er in Augen, die naiv und doch nicht naiv waren, die jung und doch nicht jung waren, als blicke ihn durch sie hindurch ein anderes, älteres Wesen an. Er erkannte, daß sie ein Geschöpf mit Moralvorstellungen war, die über alles hinausgingen, was er je gedacht hatte.

Er sagte mit zarter Stimme: »Mei-Hua, dein Leben spielt sich hier ab. Mein Leben nicht.«

»Doch, im Moment schon, Chao-li.«

»Aber nicht für alle Zeiten. Irgendwann werde ich fortgehen müssen. Wir müssen uns bemühen, einander nicht zu lieben, denn sonst wird die Trennung zu schmerzlich sein.«

»Ach, Chao-li, uns ist nicht zu helfen. Ich habe es dir doch schon gesagt: Es steht geschrieben.«

Er griff nach ihren beiden Armen. Er sagte: »Mei-Hua, nichts steht geschrieben. Du weißt, wer ich bin. Du weißt, daß ich kein Jidag bin.«

»Ich weiß, daß du kein Jidag bist.«

»Was kann dann geschrieben stehen?«

»Daß du mich lieben und mir helfen und mich verlassen wirst. Das Orakel hat es gesehen.«

»Mei-Hua, weil ich es geträumt habe. Du weißt, woher meine Träume gekommen sind.«

»Das weiß niemand, Chao-li.«

»Sie sind aus diesem Raum gekommen. Hier haben wir diese Träume gemacht.«

»Wenn nicht hier, dann irgendwo anders. Wenn nicht so, dann auf andere Weise. Du mußtest kommen, Chao-li. Du kannst deinem Schicksal nicht entkommen.«

Er sah, daß sie nicht nur eine Meisterin im Antworten war, sondern auch die Regeln nach Belieben abwandelte. Doch er unternahm noch einen letzten Versuch.

»Mei-Hua, du hast mir einmal gesagt, daß du mir nicht mein Schicksal vorhersagen kannst.«

»Aber ich kenne mein eigenes Schicksal, Chao-li, und du bist ein Teil davon.«

»Wie kannst du das wissen?«

Sie lächelte traurig. »Ich weiß es seit zweihundert Jahren.«

»Dann sage es mir.«

Sie sah ihm in die Augen und schüttelte bedächtig den Kopf.

»Nicht jetzt. Vielleicht eines Tages. Liebst du mich?«

»Ich weiß es nicht.«

»Du hast mir einmal gesagt, daß du mich liebst.«

»Dann war es vielleicht so.«

Sie zog ihre Arme aus seinen Händen und schlang sie um seinen Hals.

»Dann nimm für den Moment, was dir geboten wird.«

Er nahm, was sich ihm bot. Das tat er drei Wochen lang, drei merkwürdige Wochen, in denen er nicht hätte sagen können, ob er sie liebte oder ob er sie haßte, und er glaubte, daß vielleicht beides der Fall war, denn in dem Wissen, daß sie jedem Mann angeboten hätte, was sie ihm anbot, lag für ihn etwas Abstoßendes.

Er sah, daß die Kluft zwischen ihnen unüberbrückbar war, und er versuchte, sie zu überbrücken. Damals begann er eine Inbrunst kennenzulernen, die später zur Besessenheit werden sollte – den Drang, sie genau zu kennen und sie ganz und gar zu besitzen.

Dazu blieb ihm damals nur wenig Zeit, denn es war der 27. September, als er zu ihr zurückkehrte, und am 7. Oktober marschierten die Chinesen ein. Houston erfuhr vor dem 20. nichts davon. Das war der Tag, an dem der Gouverneur nach ihm schickte.

Kapitel 12

1.

Den ganzen Juli, August und September hatte der Gouverneur von Hodzo auf Informationen aus Lhasa gewartet, die sich auf die Angriffe der chinesischen Presse gegen ihn beziehen würden. Doch zu diesem Punkt trafen keine Nachrichten ein. Dafür kamen andere Meldungen, darunter insbesondere drei, welche die Überzeugung in ihm festigten, sein Verhängnis sei beschlossen und besiegelt. Diese Überzeugung wurde von einer vierten Nachricht, die er am 19. Oktober erhielt, bekräftigt.

Als erstes erreichte ihn, kurz nach dem Erdbeben im August, eine Depesche vom Büro des Regenten, die in knappen Worten umriß, daß aufgrund bedenklicher Omen und als eine Vorsichtsmaßnahme die Gouverneure der Provinzen nicht mehr über militärische Verfügungen außerhalb ihres eigenen Gebietes informiert werden sollten. Der Gouverneur hatte diese Depesche der gründlichsten Überprüfung unterworfen, wenn auch das wesentliche Merkmal, das ihm durch einen unachtsamen Beamten übermittelt wurde und mit überdeutlicher Klarheit zu erkennen war, ihm schon ins Auge sprang, ehe er die Depesche überhaupt gelesen hatte. Dieses entscheidende Merkmal war der Verteilerschlüssel, der als Holzschnitt auf ein kleines Stückchen Papier gedruckt worden war, das versehentlich am Siegel klebte. Neben den Namen des Kabinettsvorsitzenden und des Chefs des Nachrichtendienstes des Kriegsministeriums waren die sämtlicher Provinzgouverneure angeführt. Doch unter den letzteren war nur sein Name angekreuzt.

Die zweite Depesche, die er Mitte September vom Chef des Nachrichtenbüros des Kriegsministeriums erhielt, informierte ihn darüber, daß man einen neuen Depon zum Kommandierenden General über die Streitkräfte ernannt hatte, die zur Verteidigung Hodzos aufgestellt worden waren. Die militärischen Qualitäten dieses neuen Depon, den der Gouverneur schon sein ganzes Leben lang kannte, waren dergestalt, daß er zu einem anderen Zeitpunkt sofort den Schluß gezogen hätte, daß kein Feind erwartet wurde. Doch es war nun einmal kein anderer Zeitpunkt, und das wurde ihm durch die dritte Depesche bestätigt.

Die dritte Depesche besagte nur, der Feind sei da: Die Chinesen waren am 7. Oktober mit acht Armeen eingerückt. Man würde den Gouverneur unterrichten, falls ganz spezielle Dinge von ihm gefordert würden.

Die vierte Nachricht, die fünf Tage später eintraf und handschriftlich vom Regenten selbst verfaßt worden war, hatte ihn dann darüber unterrichtet, welches seine Aufgabe war. Es war eine schwere Aufgabe, und es war die traditionelle Aufgabe des Gouverneurs von Hodzo. Er sollte sich zwischen die tapferen Streitkräfte des neuen Depon und die chinesischen Eindringlinge stellen. Er mußte versuchen, als Unterhändler aufzutreten, um den einzigartigen Schatz, der in seinen Verantwortungsbereich fiel, mit allen Mitteln, die ihm zur Verfügung standen, zu schützen. Der Regent rechnete damit, daß der Gouverneur bei den Chinesen auf große Bereitwilligkeit zu Verhandlungen stoßen würde, doch er nannte keine Gründe für diese Annahme. Ohne weitere Ausführungen legte er Stücke der gerade frisch geschnittenen Fingernägel des Dalai Lama bei und riet dem Gouverneur eindringlich, sie in den kommenden Tagen bei sich zu tragen.

Der Gouverneur, ein weitsichtiger Mann, verschmähte die Fingernägel nicht. Er legte sie sorgsam zu seinen Talismanen, aber noch am selben Tag strengte er andere Maßnahmen an, von denen er hoffte, daß sie sich als ebenso hilfreich für seine Frauen und Kinder erweisen würden.

Die Maßnahmen, die der Gouverneur in Erwägung gezogen hatte, kannte er aus seinen Erinnerungen an das Jahr 1904, insbesondere aus den Erinnerungen, die die Männer betrafen, die Captain Younghusband nach Lhasa begleitet hatten. Damals hatte er sich die Meinung gebildet, daß gewisse rassische Eigenheiten bewirkten, daß man diesen Männern so gut wie keinen Widerstand entgegensetzen konnte. In seltener Weise vereinigten sie in sich anscheinend widersprüchliche Eigenschaften, nämlich Skrupellosigkeit und Menschlichkeit, Phantasielosigkeit und Erfindungsreichtum. Dazu kam eine ungewöhnliche Sachlichkeit, die es ihnen ermöglichte, die kompliziertesten Pläne durchzuführen.

Von seinem eigenen Volk hatte der Gouverneur eine ganz andere Meinung. Ein langes Leben, in dem er Urteile über diese Menschen gefällt hatte, hatte ihn zu seiner Einschätzung kommen lassen. Er glaubte nicht, daß er in Zeiten der Gefahr seine persönliche Sicherheit oder die Sicherheit derer, die er liebte, solchen Menschen anvertrauen konnte. Er wußte, wem er sich weit eher anvertrauen würde.

All das war dem Gouverneur schon im Frühsommer klargeworden. Wenn nicht schon früher, so hatte er doch spätestens nach seiner erfolglosen Suche nach dem Verräter in Yamdring begonnen, mit dem Gedanken zu spielen, diese Idee weiterzuspinnen.

Die Chinesen würden kommen, daran zweifelte er nach dem zweiten Erdbeben keinen Moment lang. Und wenn sie kamen, dann würden sie in Yamdring einen Freund vorfinden. Einen Freund, dem der Wert des Schatzes bekannt war und der zweifellos wußte, wo dieser Schatz zu finden war.

Dieser Schatz mußte versteckt werden. Das war der Ansatzpunkt des Gouverneurs. Doch wo? Wenn er innerhalb des Klosters versteckt oder auf dem Gelände des Klosters vergraben wurde, dann würde das wohl kaum weiterhelfen. Denn derjenige, der jetzt wußte, wo sich der Schatz befand, würde auch wissen, wo man ihn verstecken würde.

Was nun?

Der Schatz mußte aus dem Kloster entfernt werden.

Dagegen gab es direkte Einwände. Der Schatz war der persönliche Besitz der Äbtissin. Er konnte niemals ihrem Zugriff entzogen werden. Wenn man den Schatz aus dem Kloster entfernte, dann hieß das, daß auch die Äbtissin das Kloster verlassen würde, und das war noch nie dagewesen.

Noch nie dagewesen, wiederholte der Gouverneur, und doch überraschte ihn, wie wenig Betonung er darauf legte.

Er ließ den Geistlichen kommen.

Unter welchen Umständen konnte die Äbtissin das Kloster verlassen?

Der Geistliche wurde sehr ernst. In der Geschichte hatte es bisher noch keine Situation gegeben, welche die Äbtissin dazu gebracht hatte, das Kloster zu verlassen.

Unter welchen Umständen konnte die Äbtissin das Kloster *nicht* verlassen?

Der Geistliche wurde noch ernster, denn er hatte keine Ahnung. Er wandte sich ratsuchend an das Kangyur. Er wandte sich ratsuchend an das Tengyur. Dann wandte er sich ratsuchend an die führenden Kommentare zu diesen Werken. Dann suchte er den Gouverneur wieder auf.

Es war der Bewegungsfreiheit der Gütigen Mutter von Yamdring keine spezifische Schranke durch Verbote gesetzt.

Von einem Nutzen dieser Bewegungsfreiheit, versicherte er dem Gouverneur, sei jedoch nichts bekannt. Der Fall sei noch nie dagewesen.

Der Gouverneur dankte ihm. Er schrieb zwei Briefe, einen an den Abt von Yamdring und den anderen an dessen Trulku.

Houston hatte die Absichten des Gouverneurs weitgehend verstanden, ehe er zu betrunken war. Und genau zu dem Zeitpunkt, zu dem das Zimmer vor seinen Augen zu tanzen begann, machte er sich zur Vorsicht eine Notiz. Er tat das auf der Rückseite der Landkarte, die der Gouverneur ihm gegeben hatte.

Er mußte sich in Richtung Chumbi durchschlagen. Das war das Tal, das auf direktestem Wege nach Sikkim und Indien führte, und es war zugleich der traditionelle Fluchtweg des Adels, wenn es Schwierigkeiten gab. Die Chinesen wußten das mit Sicherheit, und daher waren Geschwindigkeit und Geheimhaltung von größter Wichtigkeit.

Er würde die Reise gemeinsam mit der Äbtissin, dem Schatz, der Kleinen Tochter, den anderen Europäern, den drei Frauen und den Kindern des Gouverneurs und mit einer kleinen Eskorte unternehmen. Der Gouverneur konnte ihm nicht sagen, wieviel Vorsprung er vor den Chinesen haben würde. Vielleicht eine Woche. Im Moment konnte man davon ausgehen, daß sich ihre rechte Flanke Hodzo von Norden aus näherte. Wie lange der neue Depon mit seinen fünf Zwölfpfündern, seiner Sammlung von alten Lewis-Gewehren und seiner Strategie von 1911 Widerstand leisten konnte, war eine Frage, zu der sich lediglich Spekulationen anstellen ließen. Der Gouverneur zog es vor, um mehr Zeit zu gewinnen, sich mehr auf seine eigenen Fähigkeiten als Vermittler zu verlassen. Es bestand jedoch kein Zweifel daran, daß er diese Zeit für Houston und dessen Gesellschaft und nicht für sich selbst gewinnen würde. Er hatte nicht die leiseste Hoffnung, was sein persönliches Überleben betraf.

»Trink aus, Trulku. Es gibt niemanden, dem man etwas übriglassen könnte.«

Houston trank sein Glas aus. Der gesamte Haushalt war betrunken. Die Träger, die ihn zum Gouverneur gebracht hatten, waren betrunken. Er konnte hören, daß sie in einem anderen Zimmer Gegenstände zerbrachen. Die drei Frauen des Gouverneurs waren betrunken. Sie saßen kummervoll in einer Reihe direkt außerhalb der Hörweite der beiden Männer, die einander auf Sofas gegenüberlagen und zwischen denen sich die Flaschen türmten.

Es hatte bereits einige Auseinandersetzungen darüber gegeben, wieviel Gepäck und wie viele Bedienstete die Frauen mitnehmen konnten, und plötzlich fiel dem Gouverneur ein weiterer Punkt ein, der zu Schwierigkeiten führen konnte.

Er beugte sich zu Houstons Sofa herüber, vergoß dabei achtlos Arak in seine Stiefel, die vor ihm auf dem Boden standen, und sagte: »Trulku, noch etwas. Du mußt ihnen die Köpfe scheren. Das muß direkt vor der Abreise im Kloster geschehen. Dazu mußt du sie vorher betäuben, denn sonst läßt es sich niemals bewerkstelligen.«

»Köpfe scheren«, schrieb Houston. »Vorher betäuben.«

»Und daß sich niemand auf der Reise herausputzt. Sorg dafür, daß sie ganz gewöhnliche Reisekleidung tragen. Eitelkeit«, sagte der Gouverneur, während er sich schwerfällig auf das Sofa zurücksinken ließ, »ist unser aller Untergang. Das ist der Lauf des Karma, Trulku.«

»Des Karma, Exzellenz?«

»Des Karma. Ich werde dir jetzt eine Geschichte erzählen, Trulku. Vor genau eineinhalb Jahren wollte ich mich in den Ruhestand versetzen lassen ...«

Es war zwei Uhr morgens, als er das Haus verließ, ein alptraumhafter, betrunkener Aufbruch bei starkem Frost, der durch einen einzigen ergreifenden Augenblick denkwürdig wurde. Im allerletzten Moment hatte er inmitten des gräßlichen Tumultes von wehklagenden Weibern und herumtorkelnden Dienstboten festgestellt, daß die jüngste Frau des Gouverneurs verschwunden war, und er war persönlich ins Haus gestürzt, um sie zu suchen.

Das kostete ihn eine ganze Zeit, denn er durchquerte zweimal den Raum, ohne sie zu hören oder sie zu sehen, so still waren sie. In diesem ganzen Haus, in dem die Butterlampen tropften, Türen zugeschlagen wurden und Dienstboten herumliefen, gab es nur einen einzigen ruhigen Ort: die Privatkapelle des Gouverneurs. Und dort fand er sie, wie sie die Hand ihres Mannes hielt und ihn ansah.

Der Gouverneur merkte im ersten Augenblick nicht, daß Houston neben ihm stand, denn er kniete mit dem Rücken zur Tür, doch kurz darauf blickte er auf, und auf seinem Gesicht stand ein Lächeln, das Ausdruck seltenen Glücks war. »Sie will mit mir hierbleiben«, sagte er.

Er schüttelte den Kopf. Er richtete sich langsam auf und zog auch seine Frau vom Boden hoch, und dann küßte er erst ihre Hände, eine nach der anderen, und schließlich ihre Stirn.

»Geh, mein Kind«, sagte er. »Geh jetzt.«

Houston nahm ihren Arm. Das Mädchen wehrte sich nicht. Sie warf keinen Blick zurück auf den Gouverneur, doch Houston drehte sich noch einmal zu ihm um und hob zum Abschied einen Arm. Der Gouverneur erwiderte diese Geste. Sein kleiner, schmaler Katzenmund war unerschütterlich geschlossen, und seine Schlitzaugen schienen zu lächeln, doch ein wahrer Fluß von Tränen strömte aus diesen Augen.

2.

Houston verließ Yamdring am Morgen des 25. Oktober. Er verließ das Kloster bei Dunkelheit und mit einem grauenhaften Kater. Ehe sich im Ort etwas rührte, legte die siebenundzwanzigköpfige Gesellschaft mit sechzehn Pferden in vier großen Fellbooten von der Mole ab. Für die Pferde waren Planken ausgelegt worden, und ihre Hufe waren umwickelt.

Sobald sie in den Booten standen, wurden ihnen Fußfesseln angelegt, und eine halbe Stunde später war die kleine Flotte ohne jeden Lärm und Aufruhr verschwunden.

Bei Tagesanbruch erreichten sie die Stromschnellen am unteren Ende des Sees. Dort gingen sie an Land. Die Äbtissin wurde in ihrer mit Vorhängen verhängten Sänfte vorangetragen. Die anderen folgten zu Pferd oder zu Fuß, und die Ruderer trugen jeweils zu zweit die leichten Schiffe auf ihren Köpfen. Und nach zwei Meilen erreichten sie eine Stelle, an der das Wasser wieder ruhig war.

Der See verengte sich zu einem schmalen, schnellen Strom, in den wenig später eine Reihe von Nebenflüssen mündete, die gemeinsam mit ihm einen breiten Fluß mit starker Strömung bildeten.

Der Gouverneur hatte vorgeschlagen, zu Wasser zu reisen, und wenn das im Vergleich zum Landweg auch ein Umweg war, so konnten sie auf diese Weise doch jede menschliche Ansiedlung umgehen, und das war in den Augen des Gouverneurs ein gewaltiger Vorteil. Er dachte an den Spion in Yamdring und daran, daß es sehr wahrscheinlich war, daß sich weitere Spione im Land aufhielten, und so hielt er es für das beste, daß sich die ganze Gesellschaft einfach in Luft auflöste. Es gab viele Stellen, an denen sie den Flußlauf wieder verlassen konnten, und es blieb Houston überlassen, für welche Stelle er sich entschied.

Darüber dachte Houston nach, als er seine gekritzelten Notizen auf der Rückseite der Landkarte am späten Nachmittag betrachtete. Sie hatten längst das liebliche Tal von Yamdring verlassen und waren in eine wüste und verlassene Landschaft gelangt.

Die Wasserfälle an den Berghängen waren gefroren, die Wege von heimtückischem Glatteis überzogen, die Berggipfel von grauem Nebel umhüllt. Dort oben schneite es sicherlich.

Je weiter sie kamen, desto weniger behagte ihm, was er sah. Es war bitter kalt, die Pferde bockten, die kahlgeschorenen Ehefrauen und die beiden kleinen Kinder des Gouverneurs, die im selben Boot mit ihm kauerten, stöhnten immer lauter. Er sah sich um. Die Boote bewegten sich in einer einzelnen Reihe hintereinanderher, und das Boot, in dem er saß, hatte die Führung übernommen. Auf dem reißenden Fluß kamen sie großartig, wenn auch nicht immer auf geradem Wege, voran. Hinter ihm, im zweiten Boot, stand die Sänfte der Äbtissin wie ein Leichenwagen, dessen Vorhänge in der starken Brise flatterten. Man hatte keine Pferde auf ihr Boot geführt, das daher nur unzureichend beladen war und gefährlich auf den weißen Wogen tanzte.

Houston war inzwischen völlig nüchtern, und die Lage schien ihm an blanken Wahnsinn zu grenzen. Da der Gouverneur seit vierzig Jahren der irrigen Meinung war, daß sämtliche Briten Männer der Tat und von großem Einfallsreichtum waren, hatte er ihn dazu auserwählt, diese Gesellschaft anzuführen. Er hatte eingewilligt, weil er betrunken gewesen war. Aber jetzt war er nüchtern. Es kam ihm absolut unglaublich vor, daß jemand, der ihn kannte – sei es Ringling oder sein Bruder –, ihn als einen Menschen betrachten konnte, der dazu geboren war, andere anzuführen. Wie dem auch war, sie betrachteten ihn tatsächlich als ihren Anführer. Sie hatten seine Rolle ebenso selbstverständlich hingenommen, wie sie sich in ihre eigene fügten, und jetzt sahen ihn die eigentlichen Experten dieser Expedition, die Bootsführer und die Wachen, fragend an und erwarteten seine Anweisungen.

Fröstelnd und besorgt saß er im nachlassenden Licht über der Landkarte.

»Ringling.«

»Sahib.«

»Kennen die Ruderer diese Gegend?«

»Nein, Sahib. Sie sind noch nie hier gewesen.«

»Kennst du diese Gegend?«

Der Junge vertiefte sich einige Minuten lang in die Landkarte.

»Nein«, sagte er schließlich.

Houston brummte.

Der Junge sagte leise: »Die Ruderer sind müde, Sahib. Vielleicht sollten sie abgelöst werden.«

»Vielleicht«, sagte Houston, ohne sich die Mühe zu machen, diesen Vorschlag ernsthaft in Erwägung zu ziehen. Zu Beginn der Reise hatten die Ruderer gesungen, doch schon seit Stunden war ihr Gesang verstummt, denn es erforderte ihr gesamtes Geschick und ihre gesamte Konzentration, die Boote davor zu bewahren umzukippen. Die Chancen, die sie hätten, wenn andere ungeübte Männer die Ruder übernähmen, behagten ihm nicht.

Es war der Vorschlag des Gouverneurs gewesen, die ersten vierundzwanzig Stunden der Reise ohne jeden Aufenthalt zurückzulegen, denn nur so konnten sie eine Karawanenroute hinter sich lassen, die ihren Weg kreuzte und von Osten nach Westen über den Fluß führte. Doch der Gouverneur hatte dieses gefährliche Wasser mit den Felsen nahe unter der Oberfläche und den unvorhersehbaren Strömungen nie gesehen.

Houston faßte einen Entschluß, seinen ersten, und seine Laune hob sich merklich, nachdem er sich dazu durchgerungen hatte.

»Wir werden über Nacht Rast machen«, sagte er. »Sag ihnen, sie sollen nach einer Stelle Ausschau halten, an der wir an Land gehen können.«

Das Licht ließ schnell nach. Es war schon recht dunkel, als die undurchbrochenen schwarzen Wände, die beidseits neben ihnen aufragten, ein wenig aufrissen und Einschnitte zeigten. Die Bootsmänner warfen den Bootshaken aus, der erst nach einer ganzen Weile Halt fand, und sie sprangen in das eisige Wasser und zogen sie an Land. Sie gingen bei ihrer Arbeit flink und behende vor, damit die anderen Boote ihnen folgen konnten.

Sie entzündeten Lampen und erkundschafteten die Gegend.

Sie hatten die Boote auf eine halbkreisförmige, felsige Stelle gezogen. Über ihnen führten Stufen, die Halt für die Füße boten, zu einer Reihe von Höhlen.

»Hier war ein Bär«, sagte einer der Bootsmänner.

Ein Trupp von Wachen erkundete vorsichtig einige der Höhlen. Sie fanden weitere Hinweise darauf, daß ein Bär dagewesen war, aber er war offensichtlich wieder fort.

In zwei der Höhlen entfachten sie mit Rhododendronholz ein Feuer (die Kleine Tochter und die Äbtissin hatten eine Höhle ganz für sich allein). Dann rieben sie die Pferde trocken und banden sie hinter einem Geröllblock am Ufer fest.

Minuten später wurde Butter für den Tee bereitet, der Rhododendron flackerte im Wind, und die Gesellschaft wärmte sich im Feuerschein auf. Houston, der übellaunig und niedergeschlagen war, aß kurz etwas und legte sich dann gleich hin.

Der Anführer der Truppen des Gouverneurs kam zu ihm, als er gerade die Füße in seinen Schlafsack stecken wollte.

»Ich habe die Männer eingeteilt, Trulku. Jeweils vier werden für zwei Stunden die Wache übernehmen.«

»Gut.«

»Und jetzt wird die Mutter Sie empfangen.«

Houston zog seine Füße zurück. Er nahm seine Pelzjacke und trat schuldbewußt in die bitterkalte Schwärze hinaus – während des gesamten Tages hatte er kaum einen Gedanken für sie übrig gehabt – und stieg zu ihrer höhergelegenen Höhle hinauf. Zwei Wachen mit Gewehren im Anschlag kauerten kläglich vor ihrem Unterschlupf. Er fand die beiden noch beim Essen. Sie saßen auf den mit Wolle umwickelten Ballen, die die Ledersäckchen enthielten.

»Oh, Chao-li, es hat so lange gedauert. Ich dachte schon, du würdest gar nicht mehr kommen. Ist es nicht großartig?«

»Großartig«, sagte Houston.

»Es ist der wunderbarste Tag in meinem ganzen Leben. Ich kann mich an nichts erinnern, was so wundervoll gewesen wäre. Chao-li, findest du nicht, daß ich ein wenig im Boot herumlaufen kann? Muß ich denn die ganze Zeit über in der Sänfte sitzen? Mein Schleier ist undurchsichtig.«

Sie hatte den schweren Seidenschleier den ganzen Tag über getragen, und jetzt saß sie mit dem Rücken zum Höhleneingang, damit niemand sie sehen konnte.

Er fing den warnenden Blick der Kleinen Tochter auf.

»Noch nicht, Gütige Mutter. Vielleicht, wenn wir den Fluß verlassen.«

»Morgen?«

»Vielleicht«, sagte er.

Er kletterte wieder hinunter, fröstelnd und deprimiert und immer noch nicht ganz ohne Arak in seinem Blut. Er zog sofort seine Stiefel aus, kroch in seinen Schlafsack und schlief tief und fest.

Als er aufstand, schneite es leicht, doch seine Laune war komischerweise besser. Am Vortag waren sie – das war eine Tatsache – ganz ausgezeichnet vorangekommen. Vielleicht war es tatsächlich eine Möglichkeit, die Ruderer von Zeit zu Zeit ablösen zu lassen. Er entschloß sich, es zu versuchen, und nach ein bis zwei Stunden, als das anfängliche zuversichtliche Singen verhallt war, teilte er andere Männer für diese Aufgabe ein.

Er probierte es nicht bei allen Booten gleichzeitig, sondern der Reihe nach, und wenn die Boote auch leicht wankten und langsamer vorankamen, so kam es doch zu keiner Katastrophe. Als die eigentlichen Bootsmänner die Ruder dann erneut übernahmen, sangen sie wieder.

Während weiter Strecken dieses Tages (und noch Jahre später) hallten ihre klagenden Rufe in seinen Ohren.

»Buddha, o Herr, mach leichter unsere Last . . .«
»Buddha, o Herr, steh uns bei unserer Aufgabe bei . . .«
»Buddha, o Herr, wir brauchen deine Kraft . . .«
»Buddha, o Herr, wir rufen dich an . . .«

Vielleicht erhörte sie der Grenzenlose, vielleicht stellte sich auch eine gewisse Routine ein. Der zweite Tag verging für Houston mit weitaus weniger Belastungen als der erste.

Noch vor der Mittagszeit erreichten sie die Brücke und trieben eilig darunter durch, ohne eine Menschenseele zu sehen, und als diese Verbindung zu Karawanenrouten und möglichen Verfolgern hinter ihnen lag, wuchsen Houstons Zuversicht und Selbstvertrauen. Jemand mußte ja nun die Leitung dieser Expedition übernehmen, und diese Aufgabe erforderte schließlich keine jahrelange Erfahrung als Kundschafter, sondern es ging um die praktische Erwägung, daß eine Stimme sprechen und der Rest ihr folgen sollte. Er hatte eine Menge geschickter Helfer. Einige der Wachen hatten Erfahrung im Spurenlesen, und alle zwölf waren gut bewaffnet. Er mußte sie lediglich in die Berge im Süden führen und, wenn sie dort angekommen waren, einen Weg nach Osten einschlagen, der sie in einem unerwarteten Winkel in das Chumbi-Tal führen würde.

Der Haken war, wie er an diesem Abend feststellte, der, daß der strudelnde Fluß sie jetzt in eine Richtung brachte, die ziemlich stark nach Westen führte. Die Landkarte war eine tibetanische mit sehr genauen Informationen über Ansammlungen von bösen Berg- und Wassergeistern, doch die rein geographischen Angaben waren ungenau. Gegen Anbruch der Nacht, als der Fluß aus einer tunnelartigen Schlucht auftauchte und sie in eine weite, von Steinen besäte Tundra kamen, strahlte die Sonne vor ihrem Untergehen ferne, ziegelfarbige Gipfel an. Ringling glaubte, in einem von ihnen den Nanga Parbat und in einem anderen den Cho Oyu zu erkennen. Die Gipfel lagen noch viele Meilen vor ihnen, aber mysteriöserweise im Osten. Sie hätten weit westlich liegen sollen.

Es schien an der Zeit zu sein, den Fluß zu verlassen.

Die Bootsmänner blieben über Nacht bei ihnen, doch am Morgen falteten sie ihre Boote zusammen und machten sich über Land auf den Rückweg nach Yamdring. Houston beobachtete sie nicht ohne Unbehagen. Sie würden zwei Tage brauchen, um die Karawanenroute zu erreichen, die bis dahin auch die Chinesen erreicht haben konnten, und in zwei Tagen konnte seine Gruppe weit außer Sicht und in den Bergen sein. Dennoch blieb die Sache riskant. Doch er hatte dieses Risiko gegen ein anderes Risiko abwägen müssen, das darin bestanden hätte, weitere Mäuler in unbekannte Gegenden mitzunehmen.

Er hatte diese Entscheidung allein getroffen, und niemand hatte sie hinterfragt, doch kamen Houston Zweifel.

»Möge der Buddha eure Schritte leiten!« riefen die Bootsmänner, als die beiden Gruppen auseinandergingen.

»Und eure ebenso. Zieht langsam voran!« erwiderten die Wachen.

In Tibet war das die normale Verabschiedungsformel. Houston hoffte, daß sie sich auch danach richten würden. Doch er zweifelte daran. Wenn sie über Land zogen, würden sie nach Yamdring eine Woche brauchen, und er hatte ihnen exakt Lebensmittelrationen für eine Woche mitgegeben.

Das war eine weitere Entscheidung, an deren Richtigkeit er zu zweifeln begann, als er sein Pferd den fernen Gipfeln zuwandte.

3.

Vom Flußufer aus hatte das Stück Land, das vor ihnen lag, flach ausgesehen, doch nach weniger als einer Stunde zeigte sich deutlich seine wahre Natur. Es war vollständig und sehr dicht mit kleinen Hügeln aus sandigem Stein übersät. Um zehn Uhr, als sie bereits vier Stunden unterwegs waren, erhob sich ein Wind. Es war ein trockener und kalter Wind, der

Staub mit sich trug und ausgesprochen widerlich war. Im Windschatten von Gesteinsbrocken suchten sie Schutz, kochten Tee und warteten darauf, daß er sich wieder legen würde – aber vergeblich.

Der Wind flaute nicht ab. Er wehte den ganzen Tag über – und erst bei Sonnenuntergang legte er sich, um pünktlich um zehn Uhr am nächsten Morgen wieder einzusetzen, als würde im Gebirge eine gigantische Maschine ein- und ausgeschaltet. Sie warteten eine Stunde und zogen dann weiter, Nasen und Münder verhüllt und mit dunklen Brillen vor den Augen, um sie gegen diesen trockenen Staubregen zu schützen. Der endlose Sturm ließ ihre Gesichter erst brennen und dann nur noch taub werden. Mit der katafalkartigen Sänfte in ihrer Mitte bahnten sie sich ihren Weg durch eine geologische Trümmerlandschaft, wie ein Trauerzug durch ein Tal voller Knochen.

Am Spätnachmittag, als die Pferde taumelten und erbärmlich niesten und die Frauen und Kinder des Gouverneurs erneut in Klagen ausbrachen, entschied er, ein frühes Lager aufzuschlagen. Unter Mühen gelang es ihnen, im Schutz der Gesteinsbrocken die Zelte aufzubauen, und Houston kroch in sein Zelt und lag mit geschlossenen Augen da.

Kurz darauf schüttelte ihn Ringling.

»Sahib, komm und sieh dir das an.«

Er ging hinaus. Der Wind hatte nachgelassen. In der gewaltigen, fast unheimlichen Stille war eine große rote Sonne aufgetaucht, die schnell ihren Bogen beschrieb. In der unfruchtbaren Wildnis war plötzlich Leben, eine glühende Fläche leuchtenden Rotes, die sich im schnell veränderlichen Neigungswinkel der riesigen Scheibe am Himmel wand und wogte und vibrierte. Er sah, daß die anderen dastanden und stumm zusahen, in Rot getauchte Gestalten, die unbeweglich ein Schauspiel unirdischer und verblüffender Schönheit beobachteten.

Der Junge hatte ihn jedoch nicht aus seinem Zelt geholt, um ihn diesen Anblick bewundern zu lassen. Er deutete auf die Gipfel, die wieder zu sehen waren und immer noch weit vor ihnen aufragten – doch jetzt rechts von ihnen, der Nanga Parbat weit im Westen, der Cho Oyu weniger weit westlich. Sie hatten beide neben sich liegen gelassen.

An diesem Tag, dem 27. Oktober, hatten sie trotz des Staubes und der bedrückenden Gegend nahezu vierzig Meilen zurückgelegt.

»Jetzt können wir in die Berge gehen, Sahib«, sagte der Junge.

Am Nachmittag des kommenden Tages erreichten sie die ersten Gebirgsausläufer. In der Nacht schlugen sie ihr Lager im Schutz eines gefrorenen Wasserfalls auf. Hier gab es kein Feuerholz, und so kochten sie mit den Butterlampen. Es war wirklich sehr kalt, doch Houston spürte die Kälte weniger als auf der Hinreise, denn er hatte den Rat des Gouverneurs befolgt und trug ein langes Seidenhemd unter seiner Kleidung.

Sie setzten sich früh wieder in Bewegung, noch vor dem Hellwerden, und es war auch noch nicht richtig hell, als sie ihren ersten Unfall hatten. Vier Pferde waren bereits über die Stelle gelaufen, als der Weg plötzlich nachgab und absackte. Das fünfte Pferd – ausgerechnet das, auf das sie Wister gebunden hatten – verschwand ganz einfach. Das Pferd, das ihm folgte, blieb abrupt stehen, doch das Pferd vor ihm wurde nach hinten gezogen und stürzte mit den Hinterbeinen in die Spalte.

Sie hatten die Pferde für den Ritt aneinandergebunden, und die Wachen zogen eilig die Seile straff. Das Pferd, das ganz abgestürzt war, hatte sich beide Vorderbeine gebrochen. Es wieherte vor Schmerz und schlug aus, als sie es aus der Spalte zerrten und die Seile durchschnitten. (Wister, der schon seit Tagen im Koma lag, ging es jetzt auch nicht schlechter als vorher.) Das andere Tier, das unverletzt war, kletterte ohne fremde Hilfe aus dem Spalt.

Das verletzte Pferd wurde schnell getötet, und die Wachen leckten sich die Lippen, als sie den Kadaver in Stücke hackten, die sich gut tragen ließen. Die Seile wurden wieder verbunden, die Reiter stiegen ab, und die Pferde wurden um die kritische Stelle herumgeführt.

An jenem Abend standen Pferdesteaks, die irgendwie noch etwas roh waren, auf der Speisekarte.

Soweit es irgend möglich war, hielten sie sich in Richtung Osten, doch sie hatten noch nicht genügend Höhe erreicht und waren auf allen Seiten von Bergen umgeben, und das erschwerte es ihnen sehr, die Orientierung zu behalten. In den ersten Tagen glaubte Ringling von Zeit zu Zeit, einzelne Berggipfel identifizieren zu können, doch am dritten Tag, als die Launen der Pässe sie schon in alle Richtungen geführten hatten und sie jetzt zwangen, in eine eher nördliche als östliche Richtung zu reiten, mußte er eingestehen, daß er geschlagen war.

Es war etwa Mittag, als sie durch einen breiten Hohlweg ritten, und kurz darauf sahen sie das Kloster. Es war ein winziges Gebäude, das wie ein Vogelnest zwischen zwei steilen Felsen über ihnen thronte und offensichtlich über endlose Stufen im Stein zu erreichen war, die irgendwo außerhalb ihres Sichtbereichs beginnen mußten.

Houston wägte ihre Chancen ab, als sie anhielten, um etwas zu essen. So fernab von jeder Karawanenroute und jeder Ortschaft konnte es sich eigentlich nur um Mystiker handeln. Es erschien ihm unwahrscheinlich, daß eine derart abgelegene Gemeinschaft häufige oder gar regelmäßige Beziehungen mit der Außenwelt aufrechterhielt. Er entschied sich, es zu wagen.

Er ließ die ganze Gesellschaft den Rückzug antreten und in den Hohlweg umkehren, bis niemand mehr zu sehen war. Er schickte zwei Wächter zum Kloster, die dort darum bitten sollten, daß man ihnen Führer auslieh. Er schickte Ringling aus, der den Wachen folgen und sie beobachten sollte.

Als der Junge um drei Uhr noch nicht zurückgekehrt war, sah sich Houston in einer verzwickten Lage. Sie waren an einem Ort, der sich gar nicht dazu eignete, dort ein Nachtlager aufzuschlagen. In gut einer Stunde würde es dunkel sein. Auf dem Weg hatte er sich einige Stellen gemerkt, die zum Nachtlager taugten.

Er sandte zwei weitere Wachen aus, die Ringling suchen sollten.

Sie trafen einander auf dem Weg, und alle kehrten gemeinsam zurück. Der Junge war durcheinander. Der Aufstieg war offensichtlich schwieriger gewesen, als es den Anschein gehabt hatte. Er hatte nur die obere Hälfte des Weges sehen können, weil ihm ein Felsvorsprung die Sicht versperrte. Einer der Wachmänner schien sich verletzt zu haben, denn der andere hatte ihm auf den Stufen geholfen. Ringling hatte ihnen zugewinkt, und er war sicher, daß sie ihn gesehen hatten, und doch hatten sie sein Winken nicht erwidert. Er hatte beobachtet, wie der unverletzte Mann nach einer Weile mit zwei Mönchen in orangefarbenen Kutten aus dem Kloster gekommen war, und sie hatten ihm offensichtlich einen Weg gewiesen. Dann waren sie wieder in das Kloster gegangen, doch obwohl er trotz der hereinbrechenden Dunkelheit so lange wie möglich gewartet hatte, war keiner der Beteiligten wieder aus dem Kloster aufgetaucht.

»Hast du sie nicht gerufen?«

»Nein, Sahib, sie wußten, wo ich war.«

»Vielleicht konnten sie dich nicht sehen. Sie könnten beim Aufstieg die Orientierung verloren haben.«

»Vielleicht.«

»Ja«, sagte Houston.

Er wußte, daß die Wachen bestimmt nicht die Orientierung verloren hatten, und er wußte auch, warum der Junge nicht nach ihnen gerufen hatte. Er selbst hätte sie auch nicht gerufen. Nach Tagen des Versteckspiels und insbesondere nach dem Anblick des Klosters hatte sich ein bedrückendes Schweigen über die Gesellschaft gesenkt. Sogar die Kinder des Gouverneurs hatten aufgehört zu plärren.

Houston wußte nicht so recht, was er von alldem halten sollte. Wenn der Aufstieg wirklich so schwierig war, wie es klang, dann war es unwahrscheinlich, daß die Wachen noch bei Dunkelheit zurückkehrten. Jedes Warten war sinnlos. Sie mußten entweder weiterziehen oder zurückreiten. Er ließ die ganze Gesellschaft umkehren.

Wenn das Licht auch von Minute zu Minute schwächer wurde, ließ er doch zwei geeignete Stellen hinter sich und suchte eine dritte aus, die im Schutz eines vorspringenden Felsens lag, der den Weg versperrte. Hinter diesem Felsvorsprung war eine Nische mit vereinzelten Geröllblöcken. Dort schlug er das Lager auf und postierte die Hälfte der Wachen auf dem Felsen, von dem aus sie den Weg überall überblicken konnten. Die übrigen stellte er auf dem Weg selbst auf. Die Kälte war so unerbittlich, daß er wußte, die Wachen konnten beim besten Willen nicht einschlafen, und er traf keine Vorkehrungen, die es ihnen erleichtert hätten.

Er glaubte auch nicht, daß er selbst in dieser Nacht allzuviel Schlaf finden würde.

4.

Es war zwecklos, die Leute aus ihren Schlafsäcken zu holen und sie der bitteren Kälte auszusetzen, solange sie noch nicht weiterziehen konnten. Daher stand er selbst zwar bei Anbruch der Morgendämmerung auf, doch er ließ die anderen weiterschlafen. Er trank Tee und ließ auch den Wachen auf dem Felsen Tee bringen, und als sie ihn getrunken hatten, tauschte er sie miteinander aus, damit diejenigen, die auf dem Weg gestanden hatten, sich jetzt auch etwas aufwärmen konnten. Er saß in seinem Zelt und schlürfte die letzte Tsampa aus seinem Becher und versuchte, eine Entscheidung darüber zu treffen, was jetzt geschehen sollte.

Draußen wurde das schmutzig graue Licht heller. Er überlegte sich, daß er ihnen noch bis acht Uhr Zeit lassen würde, und wenn sich bis dahin nichts tat, würden sie weiterziehen. Er würde zwei Männer zurücklassen, welche die Wachen erwarten und sie dann über alles informieren sollten.

Doch kurz nach sieben tat sich etwas. Ein dünnes, fernes Klirren in der Luft, ein Gong, der im Kloster angeschlagen wurde.

Houston lief ein Stück auf dem Weg und fand die Wachen sehr nervös. Zwei Männer kauerten hinter einem Felsblock und beobachteten das Kloster.

»Bewegt sich dort oben etwas?«

»Ein paar Mönche waren draußen, um Wasser zu holen.«

»Von euren Kameraden war nichts zu sehen?«

»Bisher nicht.«

Plötzlich bemerkte er, daß die Stufen oberhalb des Klosters weitergingen. Das hatte er im Nachmittagslicht nicht gesehen. Auch jetzt fiel es ihm nur auf, weil eine Gestalt in einer Kutte auf der Spitze des Felsens auftauchte und mit einem Eimer langsam hinabstieg. Er beobachtete, wie die Gestalt hinter dem Kloster verschwand. Sie tauchte nicht wieder auf.

»Gibt es einen zweiten Eingang an der Rückseite?«

»Den muß es geben, Trulku. Von dort sind die Mönche gekommen. Aus dem vorderen Eingang ist bisher niemand gegangen.«

Houston sah noch ein paar Minuten lang zu dem Kloster hinauf, ehe er wieder zurücklief. Er war erst wenige Meter weit gegangen, als einer der Männer hinter ihm herkam. Er kehrte um.

Drei Gestalten waren aus dem hinteren Eingang des Klosters aufgetaucht und stiegen jetzt die Stufen hinauf. Es waren zwei orangefarbene Gestalten und eine graubraune, eine der Wachen, die er hinaufgeschickt hatte.

»Hat er schon nach unten geschaut?«

»Nein, keiner von ihnen.«

Die Gestalten setzten ihren Aufstieg langsam fort.

»Sollen wir rufen, Trulku?«

»Nein«, sagte Houston. »Nein, ruft nicht. Paßt auf, daß euch niemand sieht. Wir brechen jetzt auf.«

Hier stimmte etwas ganz und gar nicht. Während er auf dem Weg zurücklief und die Wachen, die dort aufgestellt waren, sein Gesicht sorgsam musterten, kämpfte er rasend um einen Einfall, was sie jetzt tun konnten. Der Mann wollte ihren Standort ganz offensichtlich nicht verraten. Sie mußten diesen Ort verlassen, und zwar schleunigst. Aber wohin? Wenn sie umkehrten, führte sie dieser Weg ins Nirgendwo. Er hatte sie schon zwei Tage lang in die Irre geführt, in einen gewundenen Hohlweg, der mit Steinen übersät war. Ihm ging auf, daß diese Stellung gar nicht übel zu verteidigen war, falls sie in die Lage kommen sollten, sich verteidigen zu müssen. Aber er wollte es nicht dahin kommen lassen. Er wollte diesen Ort augenblicklich verlassen. Ihm kam der Gedanke, daß die Chinesen durchaus bereits hinter ihnen sein konnten und daß darin der Grund für die unerklärliche Verzögerung liegen konnte.

»Alles aufstehen, bitte. Wir brechen auf.«

»Dann sind sie also zurückgekommen? Ja?« sagte Hugh erleichtert.

»Bisher noch nicht. Wir haben sie gerade gesehen. Sie sind auf den Felsen hinaufgestiegen, um einen besseren Ausblick zu haben.«

»Heißt das, daß du nicht auf sie wartest?«

»Wir können uns in der Zwischenzeit zum Aufbruch fertig machen.«

Er hatte keine Lust, Erklärungen abzugeben. Er wußte nicht, was er hätte erklären sollen. Es war lediglich ein Gefühl, das er bis tief in die Knochen spürte, und es sagte ihm, daß sie sich hier nicht in einem Gewirr von Zelten und Bettzeug überraschen lassen sollten, daß er jetzt aber auch keine Panik auslösen durfte.

Er glaubte, die Langsamkeit, die plötzlich über sie hereingebrochen war, würde ihn noch in den Wahnsinn treiben. Endlose Stunden schienen ihnen zu entrinnen, während die Zelte abgebaut, das Bettzeug zusammengerollt und die Pferde beladen wurden. Dann besann er sich auf etwas, was der Gouverneur ihm vorgeschlagen hatte, und er ging zur Sänfte hinüber.

Er sagte: »Kleine Tochter, die Mutter hatte den Wunsch, ihre Sänfte zu verlassen und selbst zu reiten. Jetzt kann sie es tun.«

»Nein, das kann sie nicht, Trulku. Sie kann nicht reiten. Sie hat noch nie ein Pferd geritten.«

»Ich werde ihr helfen.«

»Nein, Trulku, das ist nicht ratsam. Es ist meine Pflicht, ihr zu helfen, nicht deine.«

Er flüsterte ihr ins Ohr: »Kleine Tochter, *du* mußt dich in der Sänfte tragen lassen, und die Säcke müssen aus der Sänfte verschwinden. Sie wird auf deinem Pferd reiten. Es dient ihrer Sicherheit.«

Die Kleine Tochter erstarrte, ihr Gesicht wurde steif, und ihre Mundwinkel zitterten. Doch sie stieg ohne ein weiteres Wort ab.

Die Wachen wandten ihre Köpfe ab, als die Äbtissin aus ihrer Sänfte trat. Ihr dichter Schleier machte sie blind, und Houston half ihr beim Aussteigen, zog ihre Füße in die Steigbügel und hielt ihre behandschuhte Hand, während die beiden von Stoff umwickelten Ballen auf das Pferd geschnürt wurden.

Sie sagte laut und deutlich: »Ist etwas passiert, Trulku?«

»Nein, es ist nichts passiert, Gütige Mutter. Wir bekommen Führer. Heute wird es ein leichter Ritt werden. Ich werde neben dir reiten.«

»Ich weiß«, sagte sie, und sie drückte seine Hand.

Die Frauen des Gouverneurs hatten sich ebenfalls ihre Schleier umgebunden, um sich gegen den Wind zu schützen, und mit ihren Fellmützen und ihren Ohrenschützern waren sie nur aus nächster Nähe von der Äbtissin zu unterscheiden.

»Gut«, sagte Houston, »los geht's.«

Sie mußten den Abschnitt der Strecke passieren, der vom Kloster aus zu sehen war; daran ließ sich nichts ändern. Doch nichts rührte sich in dem jetzt doch gespenstischen kleinen Horst, der hoch oben in den Bergen aufragte.

Hugh ritt an seine Seite.

»Was ist mit den Kerlen, die du zum Kloster hinaufgeschickt hast? Läßt du denn niemanden zurück, der ihnen Bescheid gibt?«

»Wir können keinen anderen Weg einschlagen. Sie müssen uns eben folgen.«

»Es ist doch nichts schiefgegangen, oder?«

»Ich weiß es nicht.«

»Was soll das heißen?«

»Das soll heißen, daß ich es, verdammt noch mal, nicht weiß«, sagte Houston.

Hugh ließ sein Pferd wieder zurückfallen.

Ringling tauchte an seiner Seite auf.

»Du läßt niemanden zurück, der die Wachen erwartet, die im Kloster sind, Sahib?«

»Nein.«

Der Junge ritt einige Minuten lang schweigend neben ihm her. Dann sagte er leise: »Ich habe zwei Pistolen, Sahib. Ich trage sie unter meinem Umhang. Eine ist für dich.«

»Gut.«

»Ich werde in deiner Nähe bleiben, Sahib.«

»Gut«, sagte Houston wieder.

Die Idee schien Anklang zu finden.

Sie waren etwa eine Viertelstunde unterwegs, als die Stimmen sie aus den Hügeln zu rufen begannen. Da das Kloster rechts lag und die Wachen nach rechts gegangen waren, sahen sie nach rechts. Es dauerte ein oder zwei Minuten, in denen der Klang täuschend von einer Seite des Hohlwegs an die andere geworfen wurde, bis sie feststellten, daß die Rufe von links kamen.

Sie hielten an, um zu lauschen, und Houston stellte fest, daß die Prozession sich dicht um ihn scharte.

Es war ihnen möglich zu sehen, daß die Rufe von den beiden Mönchen und der Wache kamen, die jetzt auf der anderen Seite des Hohlwegs weit links über ihnen waren.

»Was rufen sie?«

Niemand konnte die Rufe verstehen, denn der Klang brach sich in den Bergen.

»Sollen wir ihnen etwas zurufen, Sahib?« sagte Ringling.

»Einverstanden«, sagte Houston, der erkannte, daß jedes Stummbleiben zwecklos war. »Sag ihnen, sie sollen herunterkommen.«

Die Menschen auf dem Berg kamen nicht herunter.

»Sie winken uns zu, Trulku. Sie bedeuten uns, daß wir zu ihnen hinaufkommen sollen.«

»Wie denn? Wo beginnt denn der Weg?«

Das konnte ihm auch niemand sagen.

Er schickte eine Wache voraus, die erkunden sollte, ob ein Weg zu sehen war. Sie warteten, dicht zusammengedrängt. Hinter ihnen begann der schwache Hall des Klostergongs in der dünnen Luft wieder einzusetzen.

Hugh sagte: »Wie zum Teufel sind die da oben hingekommen? Von dort, wo sie sind, scheint kein Weg nach unten zu führen.«

»Vielleicht gibt es einen Felswall, der eine Brücke von einer Seite des Tals zur anderen bildet, Sahib«, sagte Ringling. »Das wäre leichter, als herunterzusteigen. Das haben wir doch schon mal gesehen.«

Sie hatten es schon mal gesehen. Sie hatten in den letzten drei Tagen jede Form von geographischer Verrücktheit gesehen.

Die Wache kam zurück.

»Es gibt so etwas wie einen Weg, Trulku, aber er ist sehr felsig. Es ist ein harter Aufstieg.«

»Wohin führt dieser Weg hier?«

»Vor uns ist ein Felsgrat. Der Weg führt darunter durch. Aber dort gibt es üble Steinschläge.«

Das klang nicht unlogisch. Es hätte wenig Sinn gehabt, wenn die Wache den gefährlichen Abstieg vorgenommen hätte, um sie von dem Steinschlag fortzuführen, wenn sie ihnen statt dessen ohne großen Aufwand den Weg zeigen konnte, indem sie die Steinbrücke überquerte und sich an einen Punkt stellte, an dem sie sie kommen sah.

Die Menschen auf dem Berg hatten ihre Rufe jetzt eingestellt. Sie hatten auch aufgehört zu winken. Sie mußten die Wache gesehen haben, die vorausgeritten war, um sich den Weg vor ihnen anzusehen, und jetzt standen sie da und warteten. Sie hatten sie nur gerufen, um ihre Aufmerksamkeit auf sich zu lenken.

»Und was jetzt?« sagte Hugh.

Houston wandte sich an die Wache. »Dieser Steinschlag – wie schlimm ist er? Kommen wir daran vorbei?«

»Ich weiß es nicht, Trulku. Ich weiß nicht, wie der Weg danach ist.«

»Vielleicht war es das, was sie uns zugerufen haben«, sagte Hugh.

»Vielleicht.«

Vielleicht war es so. Er wußte nicht, warum sie sonst hätten rufen sollen.

Wesentlich heiterer, als ihm zumute war, sagte er: »Na, dann mal los.«

5.

Es war, wie die Wache gesagt hatte, ein harter Aufstieg. Um die Pferde zu schonen, blieben nur die Frauen aufsitzen. Die Sänftenträger fluchten, während sie mit dem Gewicht der Kleinen Tochter von einem vereisten, glatten Felsen zum nächsten wankten.

Ab und zu versperrten ihnen Felsvorsprünge den Blick auf die drei Gestalten, die sich als Silhouetten gegen den Horizont abzeichneten. Einmal waren sie eine Viertelstunde nicht zu sehen. Houston forderte die anderen auf, anzuhalten und Pause zu machen. Er stellte fest, daß er mit der Äbtissin auf dem Pferd an seiner Seite und mit Ringling dicht auf seinen Fersen allein auf einer Felsplatte stand.

»Bald wird es schneien, Sahib.«

»Ja.«

Etwas dichtes Graues hing in der Luft. Er konnte nicht beurteilen, ob es wärmer geworden war. Er schwitzte in seiner Pelzjacke, während der Wind durch die steinigen Berge pfiff.

»Der Weg ist nicht versperrt, Sahib.«

»Von hier aus ist das schwer zu sehen.«

»Er ist nicht versperrt.«

»Trulku.«

»Ich bin hier, Mutter.«

»Wie spät ist es?«

»Neun Uhr.«

»Ich habe auf den dritten Gong gewartet. Ich hatte vergessen, daß wir schon Meilen von dem Kloster entfernt sein müssen.«

Er blickte zu ihrem dichten Schleier auf, durch den sie nichts sehen konnte, und dann blickte er zu dem Kloster, das jetzt weniger als eine Meile entfernt auf der anderen Seite der Schlucht ganz deutlich in ihrem Blick lag.

Er sagte: »Wann hätte der Gong ertönen sollen, Gütige Mutter?«

»Um halb neun, eine halbe Stunde nach dem zweiten Gong, das ist doch klar.«

»Was bedeuten der erste und der zweite Gong?«

»Der erste ruft zum Aufwachen und Beten, der zweite zum Frühstück. Jetzt werden sie wieder beten«, sagte sie, und sie selbst sprach auf ihrem Pferd ein kleines Gebet.

Er sah, daß die Blicke des Jungen auf ihn gerichtet waren, und er sah, daß die Augen des Jungen vor Entsetzen weit aufgerissen waren. Dann sah er auf den Weg herunter, den sie gekommen waren, und er malte sich aus, welche Panik ausbrechen würde, wenn er die ganze Gesellschaft umkehren ließ und sich wieder an den Abstieg machte.

Er sagte: »Wir sollten jetzt besser weitergehen.«

Die Männer, die nach ihnen Ausschau hielten, waren noch da und warteten, als sie unter dem Felsvorsprung herauskamen, und sie waren immer noch mindestens hundert Meter über ihnen.

Kurz darauf fing es an zu schneien. Der Pfad verschwand langsam unter einer weißen Decke. Das Pferd der Äbtissin glitt aus.

»Trulku, wir sollten wieder Rast machen. Das Pferd ist erschöpft.«

»Später, Mutter. In ein paar Minuten können wir uns ausruhen.«

»Das arme Tier schwitzt. Es muß schließlich auch das Gewicht der Säcke tragen. Ich muß jedes Tier beschützen, Trulku.«

»Wenn wir oben angekommen sind, Mutter. Es ist gefährlich, hier anzuhalten.«

»Gefährlich für das Pferd?«

»Sehr gefährlich für das Pferd.«

»Gut.«

Er glaubte, die Männer, die sie beobachtet hatten, durch den Schneeschleier nicht mehr sehen zu können, doch daß sie dort oben warteten, aber er irrte sich. Die Gesellschaft erreichte den Gipfel und sah sich schwitzend und keuchend um.

»Dort unten, Sahib. Sieh mal, sie winken.«

Vom Kamm aus fiel der Hügel wieder ab. Er fiel sachte in einen breiten, kahlen Landrücken ab. Hinter dieser Hochebene wurde es dann plötzlich wieder ganz steil, ein mit Steinen übersäter Hang, der zu einem Fluß hinabstürzte, und achthundert Meter unter ihnen verlief ein dünnes weiß schäumendes Band.

Die beiden Mönche und die Wache waren in diese Hochebene hinabgestiegen. In dem dichten Schneetreiben waren ihre Fußspuren gerade noch zu erkennen.

»Was zum Teufel spielen die mit uns?« sagte Hugh.

»Vielleicht mußten sie vorausgehen, um uns den Weg zu zeigen, ehe der Schnee ihn zudeckt, Sahib«, sagte Ringling.

»Du glaubst, daß es darum geht?«

»Ich weiß es nicht, Sahib.«

Houston wußte es auch nicht. Er wäre jede Wette eingegangen, daß diese Hochebene eine Wiese war. Abgesehen von zwei großen Geröllbrocken, die sich jeweils an den Enden erhoben, war das Land eher undurchbrochen. Es machte auf ihn nicht den Eindruck, als gäbe es dort einen klar definierten Weg. Es machte auf ihn einen äußerst unerfreulichen Eindruck, nämlich den, daß Männer hinter den Felsen warteten und daß er sich in einen Hinterhalt hatte locken lassen.

Er sagte: »Wir machen jetzt Rast.«

Es war schon zehn Uhr vorbei. Der Wind hatte sich gelegt, und der Schnee fiel jetzt wie eine Wand, dicht und still. Der Atem der Gesellschaft hing in der Luft.

Hugh sagte: »Sollten wir nicht weiterreiten, solange wir die Spuren noch sehen?«

»Hugh, komm doch bitte mal einen Moment, ja?«

»Was ist?«

Er wartete, bis Hugh neben ihm war. Dann sagte er leise: »Hier geht etwas ganz Komisches vor.«

»Was soll das heißen?«

»Der Weg dort unten war nicht blockiert. Und in dem Kloster stimmt auch etwas nicht. Der normale Alltagsablauf ist durchbrochen worden. Es sieht so aus, als hätte ein dritter

Gong zu den Gebeten aufrufen sollen. Dieser dritte Gong war nicht zu hören.«

»Was glaubst du?«

»Ich glaube, daß diese Witzbolde uns den ganzen Morgen an der Nase herumgeführt haben.«

»Warum um Gottes willen?«

Houston antwortete nicht. Er sah die Felsen an.

Hugh fuhr sich mit der Zunge über die Lippen. »Was hältst du davon, jemanden vorauszuschicken, damit er sich das einmal ansieht?«

»Wozu sollte das gut sein?«

»Wir könnten verdammt schnell umkehren.«

»Nein«, sagte Houston matt. »Nein, das können wir eben nicht. Bei dem Schnee kann man den Weg nicht sehen. Es ist ohnehin zu gefährlich, und wenn es dann noch schnell gehen soll, könnte es tödlich sein.«

»Und was hast du vor?«

»Ich weiß es nicht.«

»Bist du dir sicher?«

»Nein, ich bin mir nicht sicher. Ich bin mir schon den ganzen Morgen über nicht sicher«, sagte Houston. »Deshalb sind wir ja jetzt hier.«

»Wo sind wir?«

Ringling hatte der leisen englischen Unterhaltung zugehört. Jetzt sagte er finster: »Wir sind ganz nah an der Karawanenroute. Dieser Fluß ist der Li-Chu. Das weiß ich. Wir sollten am anderen Ufer und wesentlich weiter südlich sein.«

Hugh sagte in das entstehende Schweigen hinein: »Glaubst du, wenn wir einfach ganz still umkehren, ohne jede Panik, und wieder nach unten reiten . . . «

»Das läßt sich nicht leise machen«, sagte Houston. »Und wen willst du eigentlich zum Narren halten? Wenn die Chinesen hier sind, kannst du sie nicht zum Narren halten. Und wenn sie nicht hier sind, wozu sollten wir dann umkehren? Wir müssen diesen Fluß überqueren.«

Hugh fuhr sich wieder mit der Zunge über die Lippen. Er sagte: »Glaubst du, daß sie hier sind?«

»Es gibt nur eine Möglichkeit, das herauszufinden«, sagte Houston. Er sah, daß die anderen sie aufmerksam beobachteten. »Reite jetzt lieber wieder zurück. Es hat keinen Sinn, Panik ausbrechen zu lassen.«

Er wartete, bis Hugh seinen Platz wieder eingenommen hatte, und im selben Augenblick, ohne sich selbst auch nur die Zeit zu lassen, noch einmal darüber nachzudenken, denn es schien sich ihnen keine Alternative zu bieten, gab er das Zeichen zum Aufbruch. Sie bewegten sich recht leise durch den dichten Schnee voran. Houston stellte fest, daß er innerlich von Kopf bis Fuß zitterte, denn trotz allem, was er seinem Bruder erzählt hatte, war er sich inzwischen ziemlich sicher. Wenn diese kleine Panne in der dunklen Gasse in Kalimpong ihn irgend etwas gelehrt hatte, dann, daß man eine Schlußfolgerung am besten akzeptieren sollte, wenn alle Anzeichen darauf hinwiesen. Den ganzen Morgen über hatten sämtliche Anzeichen auf eine Schlußfolgerung hingewiesen, die er nicht hatte akzeptieren wollen. Die beiden Mönche und die Wache winkten nämlich nicht mehr und rührten sich nicht mehr. Sie standen still da und beobachteten das Geschehen wie Männer, die ihre Aufgabe erledigt hatten.

Er hatte seine dunkle Brille getragen, doch der Schnee fiel jetzt so dicht, daß er sie sich auf den Kopf schob. Das änderte nichts daran, daß er die Männer, die plötzlich auftauchten, in der weißen aufwirbelnden Luft eher spürte als sah, die kleinen, stämmigen Erscheinungen in wattierten olivgrünen Uniformen, die in ihren Armen ihre automatischen Waffen wie Kinder wiegten.

Da er nach ihnen Ausschau gehalten hatte, glaubte er, sie als erster zu bemerken, und doch schienen sich die Phantome in einem ganz unglaublichen Zeitlupentempo zu materialisieren, die massige Gestalt auf dem Pferd, die das Megaphon an die Lippen gehoben hatte und sich ganz lässig auf sie zubewegte, die acht Ruderer, von denen sie sich vor fünf Tagen getrennt hatten, sie alle tauchten aus der dampffarbenen Landschaft auf wie Erscheinungen aus einem Traum, an den man sich gut erinnern kann.

»Meine Freunde, wir sind hier, um euch zu suchen!« rief der Berittene auf tibetanisch. »Seht, eure Kameraden sind hier und warten auf euch. Wir werden euch nichts tun. Haltet an und werft eure Waffen weg. Wir sind eure Freunde!«

Was dann geschah, spielte sich zwar innerhalb von Sekunden ab, doch es besaß die Form ausgefeilter Spontaneität, die von einer gründlich einstudierten Choreographie ausgeht. Die Männer, die die Sänfte trugen, ließen sie fallen. Die

Kleine Tochter kugelte in den Schnee. Eine Truppe von Chinesen, vielleicht zehn oder zwölf, kam auf sie zu. Eine der Wachen ließ sich auf die Knie fallen und feuerte einen Schuß ab. Die Chinesen hoben ihre kleinen Spielzeugwaffen und erwiderten das Feuer. Ein harmloses Ballern schallte in der dünnen Luft wie der ferne Klang eines Zweitaktmotorrads. Plötzlich, wenn auch ganz langsam, gaben sie alle Schüsse ab. Die Hauptpersonen nahmen im wirbelnden Schnee ihre Plätze ein, die kleinen Spielzeugwaffen husteten trocken, und alles entwickelte sich auf eine so feierlich unwirkliche Weise, daß Houston jedes Gefühl für Angst verlor und wie auf ein Stichwort reagierte, als hätte er sein Leben lang auf diesen Einsatz gewartet.

Er schwang sich hinter ihr auf das Pferd und grub seine Fersen in die Flanken des Tieres, beugte sich über den Rücken des Mädchens vor und kehrte den Kopf des Pferdes in die Richtung, in welcher der Hang steil zum Fluß abfiel. Er sah sich einmal um und stellte fest, daß der Berittene mit dem Megaphon ihn verfolgte, und er ertappte sich dabei, daß er vor Heiterkeit laut herauslachte. Er hatte keinen Plan gehabt, sich nie einen Plan zurechtgelegt. Sein Handeln war eine Reaktion auf einen freudigen, einen unbezähmbaren Ruf des Blutes. Doch jetzt kam der Steilhang näher, und erst im allerletzten Moment, als es sah, was es vorher nicht gesehen hatte, scheute das Tier, und Houston, der es im selben Moment sah, zuckte ebenfalls vor Schreck zurück.

Am Rande der Hochebene war kein Hang. Der Boden brach ganz einfach senkrecht ab, vielleicht fünfzehn Meter tief oder sogar mehr, und darunter fiel ein dicht mit Steinen besäter Hang kaum weniger steil weitere fünfzehn Meter tief hinab, ehe er sich in dem dichten Vorhang aus Schnee verlor.

Zwischen seinen Beinen konnte Houston spüren, wie der Körper des Mädchens vor Furcht erstarrte, und seine eigenen Arme waren stocksteif, als er sich zurücklehnte, um den Kopf des Tieres herumzureißen.

Doch das Gewicht und der Schwung hatten sich bereits verselbständigt. Mit Vorderbeinen, die so hoch in die Luft aufragten wie die eines Schaukelpferdes, mit der Äbtissin von Yamdring und dem Mann von jenseits des Sonnenuntergangs und einem Vermögen im Wert von drei Millionen Pfund schwebte das Pferd schwindelerregend über dem Abgrund.

Kapitel 13

1.

Das Pferd berührte auf den ersten zwanzig Metern den Boden nicht. Dann berührte es ihn und flog weiter, berührte ihn und flog weiter, und mit jedem Atemzug wieherte es laut heraus. Beim ersten Aufprall hatte es sich ein Hinterbein gebrochen und Sekunden später ein Vorderbein. Houston klammerte sich vor Angst gelähmt fest. Wegen der Ballen, die auf beiden Seiten hingen, konnte er seine Beine nicht nach unten strekken. Er saß auf dem Pferd wie ein Jockey und lehnte sich so weit vor und gegen das Mädchen, daß ihr Kopf in der Mähne des Tieres begraben war.

Trotz seiner gräßlichen Verletzungen gelang es dem Pferd, aufrecht zu bleiben und panisch den enormen Gesteinsbrokken auszuweichen, von denen sie auf allen Seiten umgeben waren. Aber es konnte nicht jedem Stein ausweichen. Ein herber Schlag auf die Brust riß das Tier herum, und es fiel, und sie rollten weiter, und das Mädchen klammerte sich an das Pferd, und Houston klammerte sich an das Mädchen, und zu dritt rasten sie eng umklammert den Hang hinab wie ein linkischer Schneeball.

Die Zügel hatten sich unter Houstons Ellbogen verfangen, und der langhaarige Kopf des Tieres drehte sich ihm zu. Es verrollte die Augen, seine gelben Zähne bissen aufeinander, und aus seinem Maul drang ein Schrei, der derart menschlich war, daß Houston nicht sicher sein konnte, ob nicht vielleicht doch das Mädchen geschrien hatte.

Es kam ein weiterer Schlag, ein dumpfer Hieb gegen den Hals, und die gräßlichen Schreie des Pferdes verstummten, dann ein dritter Schlag, ein Schlag von einer solchen Endgültigkeit, daß ihm ein einziges gewaltiges Aufstoßen folgte, als jede Luft und jedes Leben aus dem Körper des Tieres entwichen.

Sie waren auf einem Hang gelandet, der wie eine Hauswand war, und sie waren gegen einen Felsen geprallt, der rasiermesserscharfe Kanten hatte und das Pferd buchstäblich in zwei Teile geschnitten zu haben schien. Eine gewaltige Blutfontäne sprudelte aus dem Tier heraus und in Houstons Gesicht, und er lag im Schnee, vor Schock gelähmt, und spürte, wie die warmen Rinnsale an seinem Hals heruntertröpfelten. Er sah ein Bein, das ihm gehörte, und ein anderes, das ihm nicht gehörte, und er versuchte, es von sich zu treten.

Dann spürte er sie, eine ganz schwache Bewegung unter ihm.

Er war auf der Seite gelandet, und das Pferd lag noch zwischen seinen Beinen, und sie lag irgendwo darunter. Er wand sich und verrenkte sich und grub rasend im Schnee herum, und er fand ihre Pelzmütze und zog daran. Doch schließlich merkte er, daß sich die Mütze unter ihrem Kinn verfangen hatte und daß er sie auf die Weise hätte erwürgen können. Er bemühte sich, ihr Raum zum Atmen zu geben.

Sie schnappte keuchend nach Luft. Ihr Schleier war verrutscht, und ihr Gesicht war leichenblaß.

»Beweg dich nicht, Mei-Hua. Beweg dich nicht. Ich hole dich da heraus.«

Er schwang ein Bein vom Pferd und wand das andere unter ihr heraus, und es gelang ihm, sie zur Hälfte herauszuziehen. Sie lagen auf dem Rücken im aufgestobenen Schnee und schnappten nach Luft, und er spürte, daß ihm ganz schrecklich schwindlig wurde, denn selbst die Rückenlage unterschied sich nur um wenige Grad von der Vertikalen. Über ihnen schien sich ein gewaltiger Tumult abzuspielen, ein dumpfer, gedämpfter Krawall, einzelne Gewehrschüsse, das Knallen der Automatikwaffen, Stimmen, die schrien. Der gesamte Schnee um sie herum hatte begonnen, sich rot zu färben.

»Mei-Hua, wir können nicht hierbleiben.«

Sie antwortete nicht, und er sah, daß ihr Gesicht schmerzverzerrt war.

»Bist du verletzt?«

»Mein Fuß ist verrenkt.«

»Gib mir deine Hand.«

Doch als er aufstand, um ihr zu helfen, fühlte er sich wie

eine Fliege an der Wand, und er ließ sich abrupt wieder auf den Rücken fallen.

»Warte. Warte einen Moment. Ruh dich erst aus.«

Sie ruhten sich ein paar Minuten lang aus, und dann versuchte er es noch einmal, mit Füßen, die er tief in den Schnee stemmte, während er sich zurücklehnte.

»Jetzt.«

Sie schrie vor Schmerz und Angst laut auf. »O nein, Chao-li.«

»Sieh nicht nach unten. Sieh mich an.«

»Chao-li, nein, ich kann nicht. Bitte.«

»Mei-Hua, mein Liebes«, sagte er matt. »Wir müssen sehen, daß wir von hier fortkommen. Sie können das Blut sehen. Versuch es noch einmal.«

Sie versuchte es noch einmal. Er drehte sie auf den Rücken und dann auf den Bauch, hielt erst ihre Arme und dann ihre Beine fest. Das Mädchen grub sich voller Grauen in den Schnee.

»Mei-Hua, ich halte dich fest. Ich lasse dich nicht los. Bitte, bitte, mein Liebes . . . «

Bei ihrem letzten Versuch schluchzte sie. »Chao-li, laß mich allein. Laß mich einen Moment lang allein.«

»Wenn es aufhört zu schneien, werden sie uns sehen.«

»Ich kann es nicht ändern.«

»Versuch es noch einmal. Wir versuchen es auf andere Weise.«

»Nein, das geht nicht. Ich schaffe es schon. Laß mich nur einen Moment lang allein . . . «

Es gab noch eine andere Möglichkeit. Er kletterte die wenigen Meter zum Pferd hinauf, setzte sich in den klebrigen roten Schnee und zerrte an den Seilen. Er schaufelte Schnee zur Seite, um an das Seil zu kommen, das unter dem Pferd begraben war, und er zerrte beide Ballen fort. Die Ballen waren mit starken Seilen umwickelt, an denen sie sich leicht festhalten konnte, und er band sie zusammen und legte das Mädchen mit gespreizten Armen und Beinen darauf, um ihr Gewicht besser zu verteilen, und dann zog er ihren Schlitten in den sauberen Schnee. Er ließ sich leicht bedienen und war schwer genug, um einige Zentimeter einzusinken, was hieß, daß er nicht einfach in die Tiefe sauste, aber er war breit genug und versank daher nicht ganz im Schnee.

Innerhalb von Minuten entwickelte er die Technik weiter und brachte es zu einer gewissen Fertigkeit. Er lehnte sich zurück, fing die Zugkraft ganz mit beiden Armen ab und rutschte mit kleinen seitlichen Bewegungen seines Gesäßes und der Äbtissin und ihrem Schatz in einer sachten Diagonale zum Li-Chu herunter.

Gegen Mittag hörte es auf zu schneien, und kurz darauf kamen die Soldaten den Steilhang hinunter. Houston beobachtete sie im Schutz eines Felsens. Es war ihm nicht gelungen, bis ganz zum Fluß hinunterzukommen, sondern er hatte schon vor einigen Minuten Deckung gesucht, als er merkte, daß der Schneefall nachließ und daß er den frischen Spuren der letzten Strecke Zeit geben mußte, damit der Schnee sie noch verwischen konnte. Er konnte den roten Schnee um das Pferd herum nicht mehr sehen, aber trotzdem konnte er nicht sicher sein, ob diese Stelle nicht doch noch von oben zu erkennen war.

Die Männer wurden an Seilen heruntergelassen. Er konnte den Offizier mit dem Megaphon und etliche andere Reiter sehen, die den Ablauf der Operation von oben aus leiteten. Das Schießen hatte schon lange aufgehört. Die Soldaten kamen langsam und mit äußerster Behutsamkeit herunter, vielleicht ein Dutzend, und sie hatten ihre automatischen Waffen dabei. Sie verteilten sich auf dem Berghang.

Kurz nach ein Uhr fanden sie das Pferd, und daraufhin ließ sich der Offizier sofort persönlich an einem Seil herunter. Houston sah, daß sie unter dem Pferd im Schnee gruben, und er bemerkte auch die wachsende Gereiztheit des Offiziers, als sie nichts fanden. Der Mann ließ sich wieder hinaufziehen, und als Houston kurz darauf das Aufblitzen eines Fernrohrs sah, mußte er seinen Kopf einziehen. Er hob ihn auch in den nächsten zwei Stunden nicht, sondern lauschte nur. Er hörte das gelegentliche Dröhnen des Megaphons und das seltsame Plappern von Soldaten am Hang.

Um etwa drei fing es wieder an zu schneien, aber da ihm klar war, daß eine Gruppe von chinesischen Soldaten nicht mehr als fünfzig Meter über ihnen war, wagte Houston es nicht, sich von der Stelle zu rühren. Er hatte beide Arme um das Mädchen geschlungen, das auf den beiden Ballen lag, und lauschte.

»Was sagen sie?«

»Einige wollen umkehren, aber die anderen sagen, daß sie keinen Befehl haben umzukehren und daß man sie nicht hochziehen wird. Sie sind angeseilt, aber sie sind miteinander verbunden, nicht mit oben.«

Nach einer Weile hatte er das Gefühl, daß die Stimmen jetzt weiter rechts von ihnen waren, doch da er fürchtete, daß der Schneefall plötzlich wieder aufhören könnte, brachte er immer noch nicht den Mut auf, sich wieder in Bewegung zu setzen, und das war auch gut so, denn wenige Minuten später hörte er Stimmen direkt unter sich, offensichtlich die einer anderen Gruppe von Soldaten, welche auf einem anderen Weg heruntergekommen sein mußten und sich jetzt dort unten verteilten.

Er lag da und spürte, daß das Mädchen in seinen Armen zitterte. Sie lagen beide auf der Seite und sahen einander an. Der Schnee legte sich immer dichter auf sie. Die Stimmen gingen unter ihnen vorüber. Er hörte, daß die beiden Gruppen einander etwas zuriefen, dann eine dritte Gruppe, und ganz langsam zogen sich alle drei Gruppen zurück. Kurz darauf hörte es wieder auf zu schneien.

Er konnte jetzt ganz deutlich sehen, wie nah ihnen die Männer gekommen waren, die unter ihnen vorbeigegangen waren – die tiefen Fußabdrücke waren keine zwanzig Meter von ihnen entfernt –, und er dankte der Vorsehung für seinen Entschluß, sich nicht von der Stelle zu rühren. Er blieb still mit dem Mädchen liegen und wartete.

Um vier Uhr (als er auf seine Uhr hauchte, damit die Eisschicht taute) hörte er wieder das Megaphon, und als er einen Blick riskierte, sah er, daß Seile herabgelassen wurden, um die Männer wieder auf den Gipfel zu ziehen. Um halb fünf waren alle wieder oben, und dann war nichts mehr von ihnen zu hören und zu sehen. Er blieb, wo er war. In einer halben Stunde würde es dunkel werden. Den Chinesen mußte klar sein, daß sie sich irgendwo auf diesem Hang aufhielten. Die Ballen waren vom Pferd gezogen worden, und es war nicht genügend Zeit gewesen, um den Fluß erreichen zu können. Er dachte sich, wenn er der chinesische Offizier wäre, hätte er ebenfalls die Suche abgebrochen und in aller Stille Beobachter aufgestellt.

Er wartete, bis das letzte Licht fast verschwunden war, ehe

er sich hinter dem Felsen vorsichtig auf die Knie zog und seine Gliedmaßen bewegte, um wieder Gefühl in sie zu bringen. In der bitteren Kälte, die sich bis in die Knochen schlich, war das Mädchen in einen leichten Schlummer gefallen, und er weckte sie noch nicht. Er fand, sie solle ruhig diese Selbstvergessenheit auskosten, solange sie noch die Möglichkeit dazu hatte.

Er wartete noch ein paar Minuten, bis er keinen Übergang vom Gipfel in den Himmel mehr erkennen konnte, und dann schüttelte er sie.

»Mei-Hua, wir müssen jetzt fort.«

Sie kam mit einem leisen Stöhnen zu sich, und er griff nach ihren Händen, zog ihr die Handschuhe aus und massierte sie.

»Hast du wieder Gefühl in den Händen?«

»Ich weiß es nicht. Wohin gehen wir?«

»Nur etwas weiter hinunter zum Fluß. Die Soldaten sind jetzt fort. Kannst du dich festhalten?«

Das Mädchen war sich nicht allzu klar darüber, was sie konnte und wo sie war. Ihre Zähne klapperten heftig. Er spreizte sie wieder auf dem Ballen aus und wartete noch ein paar Minuten, bis selbst die Fußstapfen im Schnee nicht mehr zu erkennen waren, und dann zogen sie weiter.

Das Mädchen fiel sofort vom Ballen herunter.

Der Schnee fror jetzt und wurde zu Eis, und sie schlitterte sachte und so steif wie ein Lachs, der gerade getötet worden ist, ein paar Meter hinunter, ehe sie ihre Ellbogen in den Schnee graben konnte. Er folgte ihr mit dem Schlitten und legte sie wieder darauf. Er steckte ihre Handgelenke unter die Schnüre und band sie dort mit den Tauen fest, die er gehalten hatte. Diese Seile schlang er auch einmal um seine eigenen Handgelenke, und dann setzte er sich gleich wieder in Bewegung, denn das Mädchen, das jetzt an den Handgelenken hing und den Schmerz zu spüren begann, protestierte schwach. Aber es gab nichts, was er hätte tun können, um ihren Schmerz zu lindern, außer dafür zu sorgen, daß alles schnell vorüberging.

Er hatte das ganz seltsame Gefühl, Wasser zu treten und sich fast automatisch weiterzubewegen. Ohne jedes Gefühl im Rücken konnte er nicht spüren, daß er den Boden berührte. Seine Knie ragten nach oben, und seine Fersen gruben sich in den Schnee, und auf irgendeine Weise bewegte er sich in diagonaler Richtung bergab, und er wich den Felsbrocken und den Stellen aus, an denen der Boden vertikal abfiel.

Wenige Minuten später hatten sie überhaupt kein Licht mehr, und der stille, eiskalte Abend wurde von einer fernen Salve von Schüssen durchbrochen. Houston faßte die Schüsse als ein Signal für die Beobachter auf dem Gipfel auf, und kurz darauf hörte er eine Reihe von einzelnen Schüssen, zwei, drei, vier und Sekunden später einen fünften, offensichtlich die Antwort der Männer auf die Salve. Gleichzeitig spürte er, daß das Gefühl in seinen Körper zurückkehrte, und zwar in Form eines vertrauten, alten, nagenden Schmerzes, und er fand, es wäre das Beste, etwas auszuruhen. Er grub seine Fersen in den Schnee und riß den Schlitten seitlich herum. Dann zog er sie höher, um sie von dem Druck auf ihre Handgelenke zu befreien, und er küßte sie. Sie stöhnte leise in den Stoff, mit dem die Ballen umwickelt waren, und er spürte ihr Gesicht eiskalt an seinen Lippen.

»Oh, Chao-li, Chao-li.«

»Du warst sehr tapfer, kleine Rose. Jetzt dauert es nicht mehr lange.«

Er wußte nicht, bis wann und wohin es nicht mehr lange dauern würde, denn selbst in der Dunkelheit konnte er das bleiche, schäumende Band des Flusses sehen und sein gedämpftes Strudeln hören. Es war ein reißender Strom. Bis jetzt war es sein Ziel gewesen, den Fluß zu erreichen.

Er spürte sie in seinen Armen zittern, und für einen Moment konnte er diesen alptraumhaften Tag durch ihre Augen sehen: diesen Sturz von dem Gipfel des vereisten Berges hinab, bei dem einem das Herz stehenbleiben konnte. Nach Jahren der Verehrung und der Liebe in einem beschützten Dasein war sie plötzlich diesen Feindseligkeiten ausgesetzt. Wie schnell doch die Welt aufgehört hatte, wunderbar zu sein.

Seit seiner Schale Tee mit Tsampa im Morgengrauen hatte er nichts mehr gegessen, und er konnte nicht sicher sein, ob das Mädchen überhaupt irgend etwas gegessen hatte. Er fand, er solle sich jetzt, solange er noch die Kraft dazu hatte, darum kümmern, welche Schritte unternommen werden konnten, um den Fluß zu überqueren. Wenige Minuten später küßte er ihre Handgelenke, ehe er sie wieder festband, und es ging weiter.

Das Rauschen des Flusses schwoll zu einem sachten, tiefen Dröhnen an, als sie sich ihm langsam näherten. Der Wasserstand war offensichtlich niedriger als gewöhnlich, denn ein schmaler Strand war schwach zu erkennen, und durch die aufsprühende Gischt sah er, daß große Steine nicht von Wasser bedeckt waren.

Er ließ sie an einer Stelle, an der sich der Hang nur sanft neigte, auf den Ballen liegen und begab sich zum Ufer hinunter. Dort blieb er in dem stetigen, dröhnenden Tosen stehen, stampfte mit den Füßen auf und schlug seine Hände zusammen, während er sich umsah. Er hatte sofort erkannt, daß er nicht durch diesen Fluß schwimmen würde. Das gegenüberliegende Ufer konnte er nicht sehen, und die Gischt, die heftig von den Felsen abprallte, zeugte entmutigend von der starken Strömung. Die Spitzen der Steine, die aus dem Wasser aufragten, waren jedoch deutlich zu sehen, und ein Stück weiter schien sich eine ganze Reihe von ihnen wie Trittsteine durch das Wasser zu ziehen.

Er tastete sich am Ufer entlang zu diesen Steinen vor, doch noch ehe er sie erreicht hatte, glaubte er, sie rufen zu hören, und er kehrte um.

Er kletterte zu ihr hinauf, als er die Stimme wieder hörte und sich flach auf das Gesicht warf und so liegenblieb, denn es war nicht Mei-Huas Stimme, sondern eine Männerstimme.

Er betete, sie möge sich nicht aufrichten und ihren Standort verraten, und sein Herz überschlug sich, während er sich bemühte, über das Rauschen des Flusses hinweg zu unterscheiden, aus welcher Richtung der Mann kam. Er hörte von rechts ein Knirschen der Steine, und als er vorsichtig den Kopf hob, glaubte er, etwas zu sehen, eine verschwommene Bewegung, die sich gegen den bleichen Fluß absetzte, und als er einen Moment später hinsah, konnte er sie deutlich erkennen: eine eckige Gestalt, die sehr groß war und mit seltsam abgehackten Bewegungen vorankam, und er kniff die Augen zusammen, blinzelte ein paarmal, und das Bild wurde deutlicher. Es war ein Mann auf einem Pferd. Er bewegte sich recht langsam am Ufer entlang und hatte den Kopf zurückgeworfen, um den Hang im Auge zu haben. Mit heftig schlagendem Herzen zog Houston seinen Handschuh aus, griff in seine Kleidung, zog sein Silbermesser heraus und klappte es auf.

Es schien unmöglich – es sei denn, der Mann hätte mit seinem Pferd gesprochen –, daß er allein war, und Houston wußte nicht, wieviel ihm sein kleines Messer unter den gegebenen Umständen nutzen würde. Er hielt sich trotzdem bereit, es jederzeit einzusetzen, und als der Mann auf dem Pferd direkt unter ihm vorbeikam, drehte er sich mit äußerster Behutsamkeit auf die Seite.

Der Mann rief in dem Augenblick, in dem er sich überwunden hatte, es zu tun, noch einmal.

»Sahib!« rief er leise. »Sahib! Bist du hier, Sahib?«

2.

Der Junge hatte einen kleinen Sack mit Tsampa bei sich, und sie aßen sie trocken, während sie eilig weiterliefen. Er war auf dem Weg an einem Flußabschnitt vorbeigekommen, den er für passierbar hielt, und jetzt führte er das Pferd eilig am Ufer entlang zu dieser Stelle. Das Pferd trug die Ballen und die Äbtissin, und Houston wankte neben ihm her.

Die Schüsse, die Houston gehört hatte, waren kein Signal zur Verständigung gewesen, sondern von den Chinesen auf Ringling und eine der Wachen, die mit ihm geflohen war, abgefeuert worden. Ringling hatte dem Mann seine zweite Pistole gegeben (und das bereute er jetzt, da er glaubte, daß der Mann getroffen und wieder eingefangen worden war), und sie hatten jeder einen Reiter erschossen, waren auf deren Pferde gesprungen und losgerast.

Der Junge kannte diesen Fluß. Er war sicher, daß die Chinesen auf der Suche nach ihnen nicht den Hang hinunterkommen würden, denn wenige Minuten vor ihnen lag eine Brücke, und dort würden sie den Fluß überqueren und sich verteilen, um sie auf der anderen Seite zu erwarten. Daher war es von größter Wichtigkeit, daß sie den Fluß so bald wie möglich überquerten und so schnell wie möglich vorankamen – noch bevor die Chinesen Stellung bezogen hatten und ihnen den Weg abschneiden konnten.

Durch seine Arbeit hatte Ringling ein recht brauchbares Wissen über das Land auf der anderen Seite des Flusses, und er glaubte, sich wieder genauer auszukennen, sobald sie die Karawanenroute entdeckten. Auf dieser Route waren die Chinesen gekommen, und dort hatten sie die Ruderer aufgegriffen und das Kloster unter ihre Herrschaft gebracht. Zwei volle Tage hatten sie im Kloster verbracht. Sie hatten Posten auf dem Felsen über dem Kloster aufgestellt und eine berittene Schwadron ausgeschickt, die den günstigsten Ort für einen Hinterhalt erkunden sollte. Sie hatten die Äbtissin und den Schatz aus dem Hohlweg locken wollen, denn sie wollten sie auf einer freien Fläche haben, um die Sänfte, die sich nur langsam voranbewegte, im Blickfeld zu haben und damit keine Möglichkeit bestand, daß die Äbtissin und ihr Schatz weggezaubert werden konnten.

Daran hatte der verschlagene, alte Mann in Hodzo gedacht. Er hatte sich eine ganze Reihe von raffinierten Maßnahmen ausgedacht, die der Äbtissin die Flucht ermöglichen sollten. Aber, und das ging Houston auf, als er jämmerlich durch die gischtsprühende Dunkelheit wankte, er hatte sich nicht überlegt, was nach der Flucht geschehen sollte. Irgend etwas mußte schließlich dem Erben des Colonel Younghusband überlassen bleiben.

Es ging auf acht Uhr zu, als sie die Stelle fanden, an der der Fluß passierbar war. Die Ufer rückten weiter auseinander, wurden breiter, und das Wasser war hier offensichtlich seichter. Massive Felsen ragten aus dem Flußbett heraus, und ihre Spitzen waren von dem umkränzt, was die Fluten im Frühling angeschwemmt hatten. Der Junge band sich an seinem Pferd fest, und sie wateten hinaus. Houston konnte durch die Gischt erkennen, wie er einen Ast von einem Felsen zog und versuchte, die Tiefe auszuloten. Er kehrte völlig durchnäßt zurück.

»Ist das Wasser tief?«

»Sehr tief und sehr schnell.«

»Und was jetzt?«

»Ich könnte es mit dem Pferd versuchen und ein Seil über den Fluß spannen.«

Sie arbeiteten ein Schema aus, um sich gegenseitig Signale geben zu können. Zweimal ziehen hieß, daß Houston ihn zurückholen sollte, dreimal, daß er sicher am anderen Ufer angekommen war, viermal, daß er jetzt soweit war, sie nach drüben zu ziehen, und wenn Houston viermal zog, dann hieß das, daß er soweit war, sich ans andere Ufer ziehen zu lassen.

Der Junge band sich das Seil mit einem einfachen Palstek um und tauschte den Platz mit der Äbtissin. Als sie abstieg, kehrte er seine Augen ab.

»Viel Glück!«

Der Junge gab dem Pferd einen Klaps und ritt ohne eine Antwort direkt in den Fluß hinein. Er ritt so schnell in den Fluß, daß dem Pferd keine Zeit blieb, sich zu widersetzen, und Houston verlor ihn fast augenblicklich aus den Augen. Das Seil ruckte und zitterte so sehr in seinen Händen, daß er nicht beurteilen konnte, welche panischen Signale der Junge ihm damit geben wollte, und er fluchte und unternahm einen halbherzigen Versuch, ihn zurückzuziehen, doch in dem Moment spürte er in seinen Händen ein dreifaches langsames und kräftiges Ziehen, und eine Minute später wurde viermal an dem Seil gezogen.

Das Mädchen hatte auf einem kleinen Felsen gesessen, sich in ihren Umhang gehüllt und in der klammen Kälte heftig gezittert. Houston zog sie auf die Füße und band ihr und sich selbst das Seil um die Taille, doch er ließ einige Meter Spielraum zwischen ihnen und den Ballen, damit sie nicht von ihnen hinuntergezogen werden konnten.

»Wir müssen jetzt ans andere Ufer, Mei-Hua.«

»Ich kann nicht schwimmen, Chao-li.«

»Das Pferd wird uns herüberziehen. Ich halte dich fest«, sagte er und küßte sie, und, während er sie küßte, zog er viermal am Seil, und im nächsten Moment spürte er, daß es sich straffte, und er hielt sie fest, und schon waren sie im Wasser.

Die aufsprühende Gischt war kalt gewesen, doch sie war bei weitem nicht so tödlich und bis in die Knochen eiskalt wie der Fluß selbst, und er hörte, daß sie vor Schock und Angst keuchte und aufschrie, und er preßte sie verbissen an sich. Es war unmöglich, Wasser zu treten, denn die reißende Strömung riß ihm die Beine unter dem Leib weg, und seine Arme, die um das Mädchen geschlungen waren, konnten ihn nicht über Wasser halten. Das tosende weiße Wasser machte ihn blind und ließ ihn ersticken, und er tauchte unter, und das Mädchen wehrte sich in seinen Armen, und das Seil um seine Taille spannte sich stärker. Er spürte, wie sie beide in ihrer Umklammerung im Wasser hin und her gedreht wurden, und gleichzeitig nahm er den dumpfen Schmerz der Gliedmaßen, die gegen Steine prallten, wahr. Dann war er auf den Füßen, und wieder wurden sie unter ihm weggezogen, und dann war er auf den Knien und ließ sich über den rauhen Untergrund schleifen, und sie hatten es geschafft. Das Mädchen würgte und spuckte, und er versuchte aufzustehen, um ihr zu helfen, doch er wurde wieder heruntergezogen, und das Seil schürfte ihn auf und zog aus zwei Richtungen an ihm, und als ihm klar wurde, was passiert war, schrie er aus vollem Hals nach dem Jungen. Einen Moment später schien es der Junge selbst zu bemerken, denn der Druck vom Ufer ließ nach, und er stand neben ihm im Wasser und fluchte und watete weiter hinaus, und das Seil vibrierte, spannte sich schließlich nicht mehr, und die Ballen waren aus dem Hindernis befreit, das sie unter Wasser festgehalten hatte.

Es dauerte ein paar Minuten, bis sie keuchend und hustend ihre Kleider, so gut es eben ging, ausgewrungen hatten, und dann band der Junge die Ballen wieder auf das Pferd, und Houston half der Äbtissin beim Aufsteigen, und schon setzten sie sich in der eiskalten Nachtluft mit klappernden Zähnen wieder in Bewegung.

Der Mond kam hinter den Bergen heraus, als sie auf die Karawanenroute trafen, und der Junge erkundete das Gelände von einem kleinen Hügel aus, ehe er sich mit ihrem weiteren Weg befaßte. Er war schnell wieder unten.

»Hier wimmelt es überall von Soldaten, Sahib. Ich habe ihre Feuer gesehen. Wir werden die ganze Nacht weiterlaufen müssen.«

Sie überquerten die Straße, und der Junge bewegte sich jetzt sicher voran, denn durch diese Gegend war er schon gereist. Sie liefen über einige Hügel, ehe sie sich gegen Mitternacht für einen selten benutzten Pfad entschieden, nicht mehr als eine Rinne zwischen hohen Felsen, doch dieser Weg führte nach Osten.

Houston konnte sich kaum noch aufrechthalten, und lediglich der brennende Schmerz in seinen Füßen und die nassen Kleider, die auf wunden Stellen schabten, hielten ihn wach. Er hatte eine wunde Stelle im Genick, doch wenn er sich vorbeugte, um den Schmerz zu lindern, hatte er nur um so stärkere Schmerzen unter seinem Kinn. Er versuchte, mit O-Beinen zu laufen, um sich die Oberschenkel weniger stark aufzuscheuern, und schon fing es dort an, wo sich die Stiefel auf seinen Knöcheln rieben. Die wunden Stellen schienen jetzt von allen Teilen seines Körpers aus Signale zu ihm auszusenden, und er versuchte nicht mehr, etwas dagegen zu unternehmen, sondern registrierte die Abfolge dieser Signale mit einer Art von stoischem Zynismus. Er zählte immer wieder mit, denn in ihm hatte sich der Glaube festgesetzt, daß, wenn einer der Vorposten des Schmerzes keine Meldung mehr erstattete, auch alle restlichen ihn im Stich lassen würden. Dann würden sich Schrecknisse einer neuen und weniger vertrauten Sorte einstellen.

Der Junge war unerschütterlich vorausgelaufen, doch als der Mond wieder zu sinken begann, lief er langsamer und sah sich um. Der Weg war plötzlich breiter geworden. Er hielt an, drückte Houston die Zügel in die Hand und lief mit dem zusammengerollten Seil allein in die Dunkelheit.

Houston hörte das Mädchen stöhnen und sah, wie sie versuchte, sich auf dem Pferd aufzurichten. Er wußte, daß er sich rühren mußte, um sie aufzufangen, wenn sie vom Pferd fiel, doch kurz darauf sank sie mit geschlossenen Augen und klappernden Zähnen wieder auf die Stelle des Pferdehalses zurück, die sie etwas angewärmt hatte.

Er war so ausgefüllt von seinem inneren Nachrichtennetz der Schmerzen und von der Notwendigkeit, diese Kommunikation nicht zusammenbrechen zu lassen, während er stillstand, daß er die Kälte gar nicht mehr wahrnahm und im ersten Moment auch nicht hörte, als der Junge ihn rief. Erst als um ihn herum Steine niederkamen, fand er wieder in sein Bewußtsein. Er blickte auf.

»Sahib! Kannst du mich sehen, Sahib?«

»Wo bist du?«

»Kannst du irgend etwas sehen?«

»Nein.«

Der Junge sagte nichts mehr, aber er konnte seine leisen Bewegungen über sich hören, und kurz darauf fiel ein Seilende zu ihm herunter, und in einem Regen aus Eis und Schnee ließ sich der Junge zu ihm hinabgleiten. Er lief auf dem Weg auf und ab und sah dabei nach oben.

»Dort gibt es Höhlen, Sahib. Wir sollten jetzt Rast machen. Wenige Meilen vor uns liegt offenes Land. Wir dürfen uns dort nicht bei Tageslicht erwischen lassen.«

»Wie kommen wir dort hinauf?«

»Mit dem Seil. Die Äbtissin würde es anders nie schaffen. Ich steige wieder herauf und ziehe sie hoch.«

Houston wußte nicht, wie er selbst es schaffen sollte, doch er war über den Punkt hinaus, derartige Gedanken anzustellen. Wie in einem Alptraum stellte er fest, daß er ganz einfach tat, was der Junge ihm sagte, und er half der Äbtissin vom Pferd, band das Seil um ihre Taille und hievte sie in die Höhe, während der Junge, der wieder hinaufgeklettert war, an ihr zog. Er sah, daß ihre Gliedmaßen sich unbeholfen auf dem gefrorenen Untergrund bewegten, und dann verlor er sie in der Dunkelheit aus den Augen und konnte ihre Fortschritte nur an einem Schauer von Schnee und an ihrem leisen Stöhnen erkennen. Und dann landete das Seil noch einmal vor seinen Füßen, und er schlang es sich selbst um die Taille und kletterte hinauf. Es war steil, aber es gab jede Menge Halt für die Zehen und Stellen mit fest verwurzeltem, stachligem Gestrüpp, und nur vor der Höhle selbst war eine Stelle, an der ein glatter Felsen vertikal aufragte. Er konnte seine Hände auf den Felsrand legen, und der Junge zog, und seine eigenen erschöpften Muskeln machten eine letzte Anstrengung, und dann rollte er sich über den Rand und fiel auf sein Gesicht.

Er glaubte zu träumen und in seinem Traum aus einer schwarzen und eisigen Hölle in einen warmen und strahlenden Teil des Himmels geklettert zu sein, denn die Höhle war in ein zartes, rosiges Licht getaucht, und er spürte den Hauch des Feuers und aromatische Düfte, die ihm entgegenströmten. Die Äbtissin saß am Feuer und starrte in die Glut. Ihr Umhang war geöffnet und dampfte leicht. Er war zu erschöpft, um aufzustehen, aber da er zugleich fürchtete, diese Erscheinung könnte sich in Luft auflösen, wenn er sie nicht augenblicklich in seine Arme zog, kroch er auf seinen Händen und seinen Knien zu ihr und stieß ein Hindernis zur Seite, das ihn umklammerte und ihm den Weg versperrte.

»Das Seil, Sahib. Ich brauche das Seil. Das Pferd muß noch versorgt werden.«

Er spürte, daß an seiner Taille herumgetastet wurde, und dann war er da und streckte seine Arme nach ihr aus, sank auf die wunderbare Weichheit des Steinbodens zurück, wurde von phantastischen Wogen aus Licht umspült und ließ sich augenblicklich in sie hineingleiten. Er nahm undeutlich wahr, daß etwas mit seinen Gliedmaßen geschah, und einen Moment später schlug er die Augen auf und beobachtete im flakkernden Schein des Feuers, daß der Junge über ihn stolperte und etwas schleppte, zwei große Säcke. Was für Säcke? Säcke mit etwas Wichtigem. Säcke, die ihm in genau diesem Moment ein Gefühl der Vollständigkeit vermittelten, das Wissen, daß mit dieser warmen und freundlichen Welt, die ihn schon wieder so köstlich in sich einsog, alles in Ordnung war.

3.

Jemand sang, und er aß eine Mahlzeit, die aus vielen Gängen bestand, lehnte sich zurück und kostete ein Gericht, das man vor ihn hingestellt hatte und bei dem ihm das Wasser im Mund zusammenlief, und so wachte er auf, ganz allmählich, und die Spucke lief ihm immer noch im Mund zusammen.

Er blieb ein paar Sekunden liegen und versuchte, sich einen Überblick darüber zu verschaffen, wo er war. Er hatte sehr, sehr großen Hunger. Er fror gewaltig. Er wußte, daß er geträumt hatte und daß er immer noch zwischen den beiden Welten schwebte, und in diesem trostlosen grauen Licht strengte er seine Augen an und versuchte, das Beste beider Welten festzuhalten, ein gewisses Wohlbehagen in seiner unteren Hälfte in der einen, die köstliche Wahrnehmung von Nahrung und Gesang in der anderen. Plötzlich wurde ihm klar, daß es das Essen und das Singen in beiden Welten gab und daß das Singen ein Schreien war, und er richtete sich erschrocken auf und sah, wo er war.

Das Mädchen lag schlafend auf seinen Beinen. Das Feuer war ausgegangen. Sie waren allein in der Höhle. Die durchdringenden Schreie setzten sich fort, immer weiter.

Er sprang eilig auf, und dabei zog er das Mädchen in einer solchen Panik von seinen Beinen, daß er kaum noch wußte, was er tat. Sein erster Gedanke war, daß dem Jungen etwas zugestoßen war, daß er Nahrung gesammelt und etwas gekocht hatte und daß er dann versucht hatte, sich wieder an dem Seil hochzuziehen, und daß er sich dabei verletzt hatte und jetzt dort draußen lag und schrie, und während ihm dieser Gedanke durch den Kopf schoß, stand er auch schon in der Höhlenöffnung und sah hinaus.

Sein Blick fiel sofort auf den Jungen. Er lag ein oder zwei Meter weiter rechts und ein Stückchen weiter unten auf einem Felsvorsprung und starrte gebannt durch das Unterholz. Er schrie nicht. Jemand anderes schrie. Die Schreie ertönten mit einer gräßlichen Klarheit und wechselten sich mit einem gurgelnden Atemholen ab, das auf seine Weise noch gräßlicher war. Gleichzeitig nahm Houston andere Stimmen wahr, eine, die lachte, und andere, die sich unterhielten. Er konnte nicht sehen, wo all das stattfand, denn das Gehölz versperrte ihm den Blick auf den Weg.

Ringling hatte das Seil um sich geschlungen. Houston zog daran und sah, daß der Junge aufblickte und ihm bedeutete, wieder in die Höhle zu gehen, und einen Moment später tauchte auch er selbst in der Höhle auf. Er zitterte, und sein Gesicht war grau vor Furcht.

»Sahib, die Chinesen! Sie sind direkt unter uns. Sie haben eine Frau in ihrer Gewalt. Sie tun ihr etwas an.«

Das konnte Houston selbst hören. Er glaubte, die Schreie würden ihn um den Verstand bringen. Er zog den Jungen tiefer in die Höhle hinein, um einen möglichst großen Abstand zwischen sich und die Chinesen zu bringen, und dort standen sie und starrten einander an. Dieser gespenstische Tumult machte ihnen so sehr zu schaffen, daß sie nicht miteinander sprechen konnten.

Schließlich sagte der Junge: »Sie haben ihr gesamtes Gepäck in eine Höhle direkt unter uns gebracht, Sahib, gleich dort links. Ich habe sie im Dunkeln übersehen. Jetzt kochen sie. Sie kochen ein Mittagessen.«

»Was machen sie mit der Frau?«

»Sie haben ihre Füße ins Feuer gelegt. Sie sagen, das tun sie, damit sie ihnen nicht wieder davonläuft. Es sind fünf, und sie haben einen Jeep. Zwei Hubschrauber sind vorher auf dem offenen Gelände vor uns gelandet. Sie müssen mit den Hubschraubern gekommen sein.«

»Wo ist das Pferd?«

»Auf unserer Höhe, fünf Minuten von uns fort. Ich habe es gestern nacht auf einen Hügel geführt und hinter einem Felsen angebunden. Man kann es von unten nicht sehen.«

Sie sahen einander an und waren sich dem entsetzlichen

Ausmaß der Gefahr bewußt, daß das Pferd ihren Standort verraten könnte.

»Sieht es so aus, als wollten sie länger bleiben?«

»Das kann ich nicht sagen, Sahib. Komm mit und sieh es dir selbst an«, sagte der Junge, der etwas entrückt wirkte.

Die Schreie rissen zum Glück ab, als sie aus der Höhle traten. Der Junge setzte sich in den Höhleneingang, ließ sich von dort herunter und preßte sich seitlich an den Felsen, ehe er sich umdrehte, um Houston zu helfen. Sein Mund zuckte heftig, und das schmale Handgelenk zitterte. Houston sah durch das gefrorene wildwachsende Gestrüpp nach unten und konnte im ersten Moment nur sehr wenig erkennen: zwei Mützen, die auf und ab hüpften, eine Metallstange, die sich bewegte, und einen Jeep.

Der Junge hatte sich flach auf den Bauch gelegt und zog die Büsche auseinander, und Houston tat es ihm gleich. Zwei Männer kauerten an einem Feuer und stocherten in dem Essen herum, das in einem Topf über dem Feuer hing. Ein weiterer saß in dem Jeep und machte sich an einem Funkgerät zu schaffen. Die schwankende Metallstange war die Antenne. Im übrigen konnte er nichts sehen. Der Junge packte seinen Arm, und als er seiner Blickrichtung folgte und seinen Hals verrenkte, konnte er in geringer Entfernung zwei weitere Soldaten auf dem Weg erkennen. Er durchschaute nicht ganz, was sie taten. Einer der beiden schien wie im Gebet zu knien, und der andere stand da und beobachtete ihn. Während er noch zusah, erhob sich der kniende Mann, und er sah, was er getan hatte. Die Frau lag auf dem vereisten Pfad, und ihre Kleider waren um ihren Kopf geschnürt wie ein Müllsack. Als der eine Mann aufstand, kniete sich der andere Mann auf den Boden, und Houston wandte sich ab, weil er fürchtete, sich übergeben zu müssen.

Als er sich umdrehte, hielt der Junge seinen Arm fest umklammert, und Houston erkannte, daß er nicht die Männer weiter unten auf dem Pfad beobachtete, sondern den, der im Jeep saß und jetzt angefangen hatte, in sein Mikrophon zu sprechen.

Er zitterte so heftig, daß er sich selbst mit der Hilfe des Jungen kaum wieder in die Höhle schleppen konnte. Dort blieb er ganz einfach liegen und fühlte sich elend und war rasend vor Wut. Er kämpfte gegen sein heftiges Verlangen an, sich auf diese Männer zu stürzen. Ihm wurde klar, daß er zum ersten Mal in seinem ganzen Leben den Wunsch verspürte, mit seinen eigenen Händen jemanden zu töten.

Das erleichterte es ihm später natürlich sehr.

Jeder Pfad, der vom Fluß aufstieg, war versperrt worden. Wo es irgend möglich war, waren Jeeps eingeflogen worden. Die Männer unter ihnen hatten festgestellt, daß der Pfad zu schmal für den Jeep war, und sie baten um Maultiere. Sie bekamen den Bescheid zu bleiben, wo sie waren, um dort auf einen Trupp zu stoßen, der auf dem Weg zu ihnen war.

Mehrfach kam es zu Verständigungen über Funk. Der Junge konnte nicht alles, was gesagt wurde, verstehen, doch dem Mädchen entging nichts. Zu dritt saßen sie ausgehungert in der grauen und eisigen Kälte und lauschten den essenden Soldaten und bemühten sich, alles zu verstehen.

Die Frau wurde nach dem Mittagessen noch viermal vergewaltigt, und kurz vor Einbruch der Dunkelheit mißbrauchte sie der Funker, der bisher zu kurz gekommen war, gleich zweimal. Es war Wind aufgekommen, und er zerrte sie in den Schutz der Höhle, um es bequemer zu haben. Als sie unter ihnen vorbeikam, hatte der Junge erstmals ihr Gesicht sehen können. Er weinte, als er in die Höhle zurückkam.

Houston fragte ihn nicht nach dem Grund, denn er hatte es schon früher vermutet. Der Junge erzählte es ihm dennoch.

Der erwartete Trupp traf nach Einbruch der Dunkelheit ein. Es war ein kleiner Trupp, der nur aus einem einzigen Mann auf einem Maultier bestand. Er sagte, daß vor dem folgenden Nachmittag keine weiteren Transportmittel geschickt werden könnten und daß der Jeep augenblicklich zurückgebracht werden müßte. Das Feuer mußte ausgetreten werden, ehe der Jeep auf dem Pfad wenden konnte, doch Minuten später sah Houston, daß er in einem niedrigen Gang und mit hellen Scheinwerfern lautstark davonfuhr. Die vier Soldaten, der neu hinzugekommene Besucher und die Frau blieben zurück. Ein neues Feuer wurde aufgeschichtet. Der Besucher begann, die Frau zu verhören. Er hatte Frauen in einem nahe gelegenen Nomadenlager gesehen, aber eine ganz bestimmte Schwierigkeit hatte es ihm unmöglich gemacht...

Houston schlich sich wieder in die Höhle, denn er hatte genug gehört und gesehen. Er zog das Mädchen in seine Arme und legte seine Hände auf ihre Ohren, damit sie es nicht hören mußte.

Es gab keinen bestimmten Grund dafür, daß irgend jemand den verantwortlichen Mediziner der Mönche hätte verdächtigen sollen, und es lag auf der Hand, warum der Gouverneur in seiner Akte keine Hinweise gefunden hatte. Der Mann kam nicht aus dem Osten. Er sah aus wie ein waschechter Tibetaner. Seine Stimme war recht deutlich über das Knistern des Feuers hinweg zu vernehmen.

»Meine Schwester, warum willst du dich uns widersetzen? Sag uns, was wir von dir hören wollen, und deine Schmerzen finden ein Ende.«

Die Schmerzen fanden kein Ende. Minuten später setzten die Schreie wieder ein, und diesmal klangen sie noch qualvoller als beim letzten Mal.

»Meine Schwester, werde endlich leise. Verkürze die Reise der Mutter und deine eigene. Es besteht keine Hoffnung für sie zu entkommen. Beschreibe sie uns genau, und deine Sorgen sind vorbei.«

Ihre Qualen sollten nicht so schnell vorüber sein. Houston lag ganz hinten in der Höhle. Der Kopf des Mädchens war dicht an seine Schulter gepreßt, und er konnte hören, wie sie die Qualen über sich ergehen ließ. Nur zwei Menschen auf Erden hatten gewußt, wie die Mutter unter ihrer Maske aussah, und er glaubte nicht, daß diejenige, die doch so nah bei ihnen war, es verraten würde. Die Kleine Tochter hatte ihre Jungfräulichkeit geopfert und, wenn man nach den Geräuschen urteilte, auch fast den Verstand verloren. Doch er glaubte nicht, daß sie die Mutter verraten würde, daß sie bereit war, etwas anderes zu opfern als ihr eigenes Leben.

4.

Kurz nach neun glaubte der Junge, etwas gehört zu haben, was die Schreie übertönte, und er kam in die Höhle, um es Houston zu sagen. Houston ging mit ihm ins Freie. Sie standen auf dem Felsvorsprung und lauschten. Frisches Rhododendronholz war nachgelegt worden, und das Feuer zischte und sang, als das Eis schmolz. Houston konnte es im nächsten Augenblick selbst hören.

Er sagte: »Das ist der Wind.«

»Es ist nicht der Wind, Sahib.«

»Der Wind weht aus dieser Richtung.«

»Ja, Sahib. Es kann das Essen riechen und sie hören.«

»Wie lange ist es her, seit es etwas gefressen hat?«

»Seit gestern mittag nichts mehr.«

»Kannst du es erreichen?«

»Nur über den Weg unter uns.«

Houston sah an dem Felsen hinauf, der über ihnen aufragte. Die Eisschicht schimmerte im flackernden rötlichen Licht.

»Von oben ist es nicht zu erreichen«, sagte der Junge, der ihn beobachtet hatte. »Von oben ist es noch nicht einmal zu sehen. Deshalb habe ich es ja dort angebunden.«

Ohne von Houston darum gebeten worden zu sein, machte er sich auf den Weg.

Er war fast zwei Stunden fort. Als er zurückkam, war er blau vor Kälte, und seine Lippen und seine Augenbrauen waren von einer Frostschicht überzogen. Es war ihm nicht möglich gewesen, das Pferd zu erreichen. Er war bis zu einer Stelle direkt über ihm gekommen und hatte sich an dem Seil heruntergelassen. Er hatte nah genug neben dem Pferd an seinem Seil gehangen, um es zu erschießen, doch hatte er sich davor gefürchtet, seine Pistole zu benutzen. Von der Spitze des Felsens aus hatte er einen grandiosen Ausblick über die Umgebung gehabt, und, so weit er sehen konnte, hatten überall Lagerfeuer gebrannt. Die Soldaten hatten auf den schmalsten Wegen kampiert, und eine beträchtliche Anzahl von ihnen schien auf dem offenen Gelände stationiert zu sein, das direkt vor ihnen lag. Das Pferd hatte jedoch einen solchen Lärm veranstaltet und seine Zügel schon fast durchgebissen, daß der Junge in seiner Verzweiflung zu anderen Maßnahmen gegriffen hatte. Er hatte Steine gesammelt, und während er in der eiskalten Nacht an dem Seil baumelte, hatte er versucht, das Pferd auf diese Weise zu töten. Er war mehrfach an dem Seil hinaufgeklettert, um immer wieder neue Steine zu sammeln, und hatte sich wieder heruntergelassen, und er wußte, daß er es am Kopf und an den Schultern erwischt hatte, doch er hatte es weder töten noch beschwichtigen können. Er war sicher, daß es sich in den nächsten Stunden losreißen würde.

Die Kälte, der Hunger und die Anspannung des Wartens betäubten Houston in einem Maß, daß er kaum noch klar denken konnte.

»Gibt es denn gar keinen anderen Weg, auf dem man an das Pferd herankommen kann?«

»Keinen, Sahib. Ich habe es probiert.«

»Könntest du denn nicht oben auf dem Felsen auf die andere Seite kommen, dich an einer günstigen Stelle herunterlassen und dann vom Weg aus wieder zu ihm hinaufkommen?«

»Das könnte die ganze Nacht dauern, Sahib. Soviel Zeit haben wir nicht«, sagte der Junge. Er war sehr verängstigt, und sein Gesicht war wieder so spitz und verschrumpelt wie das eines kleinen Tieres. »Wir müssen von hier fort. Wir müssen so bald wie möglich von hier fort.«

Houston glaubte im ersten Moment, das alles liefe auf den irrwitzigen Vorschlag hinaus, sie alle sollten den Felsen erklettern. Dabei war es nur zu deutlich, daß das Mädchen nicht in der Verfassung war, auch nur wenige Meter zu klettern. Doch das schlug Ringling auch nicht vor. Er war halb verhungert und halb erfroren und zitterte vor Angst am ganzen Körper, doch der Vorschlag, den er zu machen hatte, war von einer Absurdität, die ans Phantastische grenzte.

Houston glaubte, er hätte den Verstand verloren.

»Es ist unsere einzige Hoffnung, Sahib.«

»Vergiß es.«

»Sahib, wenn wir es nicht tun, fangen sie uns. Das Pferd wird uns verraten.«

»Dazu müssen sie uns erst einmal finden.«

»Das ist gar nicht nötig. Sie werden uns aushungern. Sie werden genau wissen, daß wir hier in der Nähe sind.«

»Da unten sind sie zu fünft, du verfluchter kleiner Idiot!«

»Morgen sind es fünfhundert!« sagte der Junge erbost. »Sahib, wir haben nur noch diese Chance. Zwei von ihnen schlafen jetzt. Der Mönch und noch einer von ihnen werden sich demnächst schlafen legen. Es wird nur eine Wache aufgestellt. Mit der befassen wir uns.«

»Und wie?«

»Mit dem Messer.«

»Willst du sie töten?«

»Alle fünf. Uns bleibt nichts anderes übrig.«

Sie sahen einander an.

Houston stellte fest, daß auch er zitterte.

Um Mitternacht waren noch zwei Männer wach, und sie mußten noch warten. Die Kleine Tochter war verstummt, aber sie wurde immer noch nicht in Ruhe gelassen. Der Mönch mit den medizinischen Kenntnissen hatte sie aus der Höhle getragen, sie wieder hineingetragen, und jetzt war er wieder mit ihr im Freien. Er hatte es mit Arak und mit Eiswasserduschen probiert und auch mit dem Feuer, das gerade erst wieder entfacht worden war. Keine dieser Methoden schien etwas bewirkt zu haben, und während Houston ihn beobachtete, ruhte sich der Mann aus. Er nahm eine Zigarette an, die der Wachposten ihm anbot, und setzte sich zu ihm ans Feuer, um zu plaudern. Der nackte Körper der Kleinen Tochter lag da wie ein vernarbter Wal auf dem Trockenen, und das Maultier, das mit dicken Decken vermummt war, döste in der Nähe.

In der Ferne, gegen den Wind, schnaubte das Pferd lautstark. Houston konnte es deutlich hören, und daran, wie seine Ohren zuckten, erkannte er, daß auch das Maultier es gehört hatte. Der schmächtige Körper auf dem Felsen neben ihm zitterte ohne Unterlaß. Ringling sollte sich als erster an dem Seil herunterlassen und war somit derjenige, der sich den Wachposten vornehmen würde.

Sie hatten sich zurechtgelegt, wie sie vorgehen würden. Sie hatten es sich in der Höhle zurechtgelegt. Der Junge hatte unter Houstons Jacke nach dessen Herz getastet und hatte die Lage des Herzens vom Rücken her verfolgt und mit seinen Fingern den Abstand von der Wirbelsäule gemessen, um die Stelle festzulegen, an der er zustechen mußte. Nahezu eine Stunde lang waren sie leise durch die Dunkelheit geschlichen und hatten ihr Vorhaben geprobt. Die Männer in den Schlafsäcken stellten ein weiteres Problem dar. Es würde notwendig sein, ihnen die Kehlen aufzuschlitzen, und mit jedem von ihnen mußten sie leise und möglichst schnell fertig werden, ehe sie sich des nächsten annahmen. Sie hatten sich auf dem Boden der Höhle herumgewälzt und miteinander gerungen und eine Anzahl von verzweifelten Verbesserungen entwickelt, die ihnen dieses blutige und absolut abscheuliche Vorgehen erleichtern sollten: ein Knebel, der aus einem zusammengedrückten Handschuh bestand, der Stich in die Luftröhre, ehe das Messer in der Wunde umgedreht und die übrige Kehle aufgeschlitzt wurde. Sie hatten das Vorgehen so gewissenhaft geübt, daß Houston inzwischen selbst fast daran glaubte, dazu fähig zu sein, und er betete nur, daß es ihm möglich sein würde, es zu erproben, ehe sich seine Entschlossenheit abschwächte.

Der Mönch schien es jedoch gar nicht eilig zu haben, sich von seinem Los ereilen zu lassen. Er rauchte seine Zigarette. Er plauderte mit dem Wachposten. Er sah sich ein Furunkel im Ohr des Wachpostens an und erklärte ihm peinlich genau, was er dagegen unternehmen sollte. Er ging sogar wieder auf die Knie, um sein Werk an der Kleinen Tochter wiederaufzunehmen, doch nachdem er eines ihrer Augenlider hochgezogen und ihr Kinn geschüttelt hatte, streckte er sich und ging in die Höhle.

Houston und der Junge sahen einander an. Der Mönch hatte nichts weiter gesagt. Sie hatten sich gegenseitig keine gute Nacht gewünscht. Würde er noch einmal auftauchen, um die Kleine Tochter wieder in die Höhle zu tragen oder um sie in der eiskalten Nachtluft zuzudecken?

Dem Wachposten schien das ebenso unklar zu sein. Er stand wenig später auf, warf einen Blick in die Höhle, stapfte auf dem Pfad auf und ab, sammelte Holz und warf es ins Feuer. Das Pferd stieß wieder einen Schrei aus, und diesmal war sein Wiehern wesentlich deutlicher zu hören. Das schlummernde Maultier erwachte und warf den Kopf zurück.

Der Junge richtete sich behutsam auf dem Felsen auf. Houston tastete nach den Steinen in seiner Tasche. Sie hatten sich ausgedacht, daß er die Steine einen nach dem anderen auf die andere Seite des Weges werfen würde, um den Wachposten abzulenken, während Ringling sich am Seil herunterließ. Wenn er unten angekommen war, konnte ihn der Wachposten immer noch nicht sehen, und Houston würde am Seil ziehen, wenn der Mann richtig stand. Sie warteten noch ein paar Minuten und behielten die Höhle im Auge.

Doch dann geschah etwas, das mit ziemlicher Sicherheit darauf hinwies, daß der Wachposten nicht mehr mit einer

Rückkehr des Mönchs rechnete, und es zeigte ihnen auch, daß die Steine sich erübrigten.

Der Mann hatte sich die Kleine Tochter näher angesehen, und nach einem weiteren kurzen Blick, den er in die Höhle warf, schien er zufrieden zu sein.

Es dauerte einen Moment, bis Houston sah, was er tat, und in dem Moment überkamen ihn ein solcher Zorn und ein solcher Abscheu, daß er selbst nur zu gern und aus ganzem Herzen an dem Seil heruntergeglitten wäre.

Doch das war in ihrem Plan nicht vorgesehen.

»Jetzt?« sagte der Junge.

»Ja«, sagte Houston. »Oh, ja. Jetzt.«

Kapitel 14

1.

Es war kaum ein Rascheln aus dem Unterholz zu hören, als der Junge hinabglitt. Houston blieb auf einem Knie hocken, um ihm jederzeit folgen zu können und doch den Weg nicht aus den Augen lassen zu müssen. Sekunden später spürte er das schwache Ziehen in seinen Händen, und augenblicklich gab er das Signal zurück, denn der Wachposten konnte gar nicht günstiger stehen und war auch ausreichend abgelenkt. Er selbst blieb noch ein paar Sekunden oben, da er wußte, daß er sich nicht so leise bewegen konnte wie der Junge, und er wagte es nicht, auch nur das kleinste Geräusch zu verursachen, solange er nicht sah, daß der Junge sein Ziel erreicht hatte. Unter ihm war die Andeutung einer Bewegung zu erkennen, nichts weiter als eine Veränderung in der Dichte des Dunkels, und der Junge trat in den Schein des Feuers hinaus. Er hielt einen Moment lang inne und schlich dann mit den sicheren Bewegungen einer Katze weiter. Er näherte sich dem Wachposten von der Seite, schlang einen Arm um seinen Hals und ließ das Messer fast in derselben Bewegung eintauchen wie ein Schnitter.

Jede Angst war plötzlich von ihm abgefallen, und in einer Art von berauschter Hochstimmung rutschte Houston am Seil herunter. Er hörte ein leises Husten, ein kaum vernehmbares Rascheln, als drehte sich in einem Nebenzimmer ein Schlafender auf die andere Seite, und als er auf dem Weg stand, sah er, daß der Mann tatsächlich versuchte, sich umzudrehen, daß seine Beine schwach um sich traten, seine Schultern sich hoben. Der Junge preßte ihn mit aller Kraft herunter, und plötzlich zog er das Messer heraus und stach blitzschnell noch einmal zu. Er verlagerte sein Körpergewicht mit so ernster Konzentration auf das Messer, daß Houston, als der Junge seinen Kopf leicht zur Seite drehte und ihn ansah, sich auf ganz phantastische Weise an einen Mechaniker erinnert fühlte, der eine verborgene Schraube löst.

Der Mann hauchte leise sein Leben aus, schauderte nur noch einmal schwach zusammen, und der Junge ließ ihn auf den Körper der Kleinen Tochter zurücksinken, zog das Messer heraus und wischte es auf seinem Rücken ab. Schwer atmend stand er auf. Houston stellte fest, daß er die Luft angehalten hatte. Er nahm den Arm des Jungen und drückte ihn. Der Junge nickte. Er zitterte jetzt nicht mehr. Mit einer Kopfbewegung wies er zur Höhle und setzte sich wieder in Bewegung.

Houston hielt das Messer schon seit fast einer Stunde in der Hand, und die meiste Zeit über hatte ihn dieser Umstand in absoluten Schrecken versetzt, doch jetzt, da der Moment gekommen war, es zu benutzen, empfand er überhaupt nichts. Er sah das Messer ungläubig an, und sein einziger Gedanke war, daß er es zum letzten Mal benutzt hatte, um sich die Fußnägel zu schneiden, und daß es für die unglaublichen Aufgaben, die es jetzt zu leisten hatte, ein gar so lächerlich vertrautes und zahmes Werkzeug war.

Die Höhle lag in absolutem Dunkel da. Sie blieben gleich hinter dem Eingang stehen. Im Interesse ihrer Sicherheit hatten sie entschieden, sich zuerst mit dem Mann zu befassen, der als letzter zu den übrigen gestoßen war, dem Mönch. Doch die Höhle war ganz offensichtlich wesentlich kleiner als ihre darüber. Die niedrige Decke dämpfte das Schnarchen und flachte es in einem Maße ab, daß es unmöglich war, die Lage der Schläfer in der Dunkelheit zu erkennen. Der Junge zog Houston am Ärmel und bewegte sich weiter vorwärts, ganz langsam, und plötzlich blieb er stehen und wich zurück wie eine Katze, die sich verbrannt hat. In der Dunkelheit war ein Ächzen zu hören, ein Rascheln, ein Murmeln. Er mußte auf jemanden getreten sein.

Sie blieben absolut regungslos stehen, ohne zu atmen, und warteten darauf, daß der Schläfer sich wieder beruhigen würde. Er beruhigte sich nicht. Er schlug unruhig um sich und hustete und tat kurz darauf noch irgend etwas anderes. Houston konnte nicht erkennen, was es war, doch eine Sekunde später spürte er, daß der Junge seine Hand zurückzog, und plötzlich hörte er ein Krächzen in der Dunkelheit, und die Höhle wurde in ein schreckliches Licht getaucht, als ein Funke von einem Feuerstein aufblitzte. Im selben Moment hatte er sich, ohne nachzudenken, mit dem Jungen nach vorn und auf die flüchtig gesehene Gestalt eines Mannes in einem Schlafsack geworfen. Er hatte den Eindruck, ein breites asiatisches Gesicht gähnen und versunken auf ein kleines Messingfeuerzeug starren zu sehen, ehe das Licht erstickt wurde. Er sah nicht, wie sich der Gesichtsausdruck des Mannes veränderte (und eigentlich sah er in den wenigen höchst ungewöhnlichen nächsten Minuten überhaupt nichts und behielt nur diese eine schwache optische Erinnerung an das Geschehen in seinem Gedächtnis, wie eine ungenau synchronisierte Blitzlichtaufnahme). Er bezweifelte, daß der Mann ihn gesehen hatte.

Unter seiner Hand war eine Nase, und kurz darunter rammte er den Knebel hinein und preßte den Mann mit dem Rücken auf den Boden, und durch den Knebel spürte er das kurze, gedämpfte Ächzen, das wie das eines Kranken klang. Doch der Junge hatte zu schnell zugestoßen und die Luftröhre verpaßt, und der Mann wand sich so heftig, daß er wieder und wieder zustoßen mußte und die Lektion vergaß, die sie gelernt hatten. Er zischte bei dieser grauenerregenden Arbeit vor sich hin, und im Dunkeln murmelte eine andere Stimme, die eines anderen Schläfers, der erwachte. Der Junge rüttelte ihn heftig mit seiner freien Hand, und Houston fand den Handschuh in ihr und nahm ihn und ging daran, sich ohne jeden weiteren Gedanken selbst mit dem nächsten zu befassen.

Er glaubte, das Murmeln in der Dunkelheit lokalisiert zu haben, und er irrte sich nicht, denn in dem Moment, in dem er sich vorbeugte, sprach der Mann ihn an. Er sprach ihm direkt ins Gesicht. Dieser simple und doch unerwartete Zwischenfall versetzte Houston in eine derartige Panik, daß er fast rückwärts umgefallen wäre, und, den Handschuh in der Luft, hielt er einen Moment inne, und in dem Augenblick, in dem der Mann wieder etwas sagte, stieß er ihm den Knebel mit aller Gewalt in den Mund und stellte mit Entsetzen fest, daß der gesamte Handschuh mitsamt seinen Knöcheln in dem offenen Schlund verschwand, und er stach zu.

Der Mann bäumte sich unter dem Messer auf, und seine Brust reckte sich im Schlafsack. Houston stemmte ein Knie auf seine Brust und drückte mit aller Kraft zu, kurz darauf hörte er das gedämpfte Ächzen und fühlte sich selbst ganz elend. Er glaubte, die kleine Klinge sei zu kurz, um das Werk zu vollenden, und er versuchte, sie wieder herauszuziehen, um fester zuzustechen, doch das Blut strömte in unglaublichen Mengen, und er hielt das Messer nicht mehr in der Hand. Er suchte rasend danach, und während der Mann unter ihm strampelte und röchelte, sah er, daß es noch da war, noch in seiner Kehle steckte, und er griff verzweifelt danach und stellte fest, daß er etwas gepackt hatte, das sich wie eine Handvoll heißer, roher Leber anfaßte, und in einem Anfall von Grauen schloß er seine Finger fester darum und fühlte den dünnen Metallgriff und zog ihn nach allen Seiten, um ihn zu befreien, und er spürte, daß die Klinge sich wie durch Schläuche schnitt.

Er brauchte nicht noch einmal zuzustechen, als er das Messer endlich herausgezogen hatte, und er hätte es auch nicht fertiggebracht, wenn es um sein Leben gegangen wäre. Er blieb noch einen Moment lang auf der Brust des Mannes knien und spürte, wie kalter Schweiß über seine Augen und sein Gesicht rann, und ihm war so unwahrscheinlich übel, daß er nicht die Kraft fand aufzustehen. Seine Hände waren blutüberströmt, der zusammengerollte Handschuh triefte geradezu. Mit soviel Blut hatte er in seinen entsetzlichsten Phantasien nicht gerechnet. Er hatte damit gerechnet, daß er sich fürchten würde, und er fürchtete sich nicht. Und er hatte ein schnelles und mit sparsamen Mitteln auskommendes Töten erwartet, und auch so war es nicht gekommen. Er hatte den Eindruck, in einem Sack mit Blut und weichen Organen herumgewühlt zu haben, um kräftige Schnüre zu durchtrennen, und diese Vorstellung von einem Sack, der seinen Inhalt immer noch über seine Hände und Knie ergoß, war es, was ihn weit mehr als die plötzlichen Verwünschungen, die der Junge keuchend ausstieß, dazu brachte, im Dunkel auf seine Füße zu taumeln.

Jetzt wußte er, daß dieser Lärm schon seit einer ganzen Weile zu hören gewesen war, und er wankte darauf zu, wobei er entsetzliche Ängste ausstand, er müßte sich übergeben. Seine Nase sog den süß-sauren Gestank eines Metzgerladens ein, und er wußte, daß er diesen Gestank an seinen eigenen Händen trug, und es war ihm ein unerträglicher Gedanke, diese Hände wieder zu schließen. Und das Grauen drang noch tiefer in ihn ein, als er bemerkte, daß er immer noch den Handschuh in der Hand hielt, ganz vornehm mit einem Finger, wie bei einer Teegesellschaft.

In der Dunkelheit stieß er mit Körpern zusammen und konnte nicht sagen, wer da wer war.

»Sahib, Sahib, sein Kopf! Pack seinen Kopf!«

Er streckte die Arme im Dunkeln aus, fand eine Fellmütze und wußte, daß der Junge keine trug. Augenblicklich griffen seine Hände nach diesem Kopf, wobei er sich gleichzeitig übergab. Sein Handgelenk steckte plötzlich in einem Gebiß, das so fest zuschnappte wie das eines Hundes, der in einen Knochen beißt. Doch mit der anderen Hand gelang es ihm, den durchnäßten Handschuh herunterzupressen, er rieb ihn blindlings über Mund und Nase und riß die Hand so heftig zurück, daß er zur Seite taumelte und der Kopf des Mannes über ihn kam. Er hielt ihn mit aller Kraft sekundenlang fest und spürte das plötzliche Zucken, als das Messer eindrang, und kurz darauf hörte er unter dem triefenden Handschuh das inzwischen vertraute Ächzen. Der Kampf ging noch ein paar Sekunden weiter, denn der Mann war stark wie ein Bär und versuchte, sich unter der Klinge herauszuwinden, und während er das tat, ließ Houston sein Handgelenk los und zog den Kopf weiter zurück, um einen besseren Angriffspunkt für das Messer zu haben, und er spürte, wie der Kopf von einer Seite auf die andere geschleudert wurde, während der Junge mit der Klinge arbeitete.

Er mußte unter diesem blutenden Hals herauskommen, und es gelang ihm, während er sich ein weiteres Mal qualvoll erbrach.

Der Junge stand neben ihm in der Dunkelheit. »Sahib, Sahib, dir darf jetzt nicht schlecht sein ... Ein Mann ist noch da ..., hilf mir, Sahib.«

Irgendwie kam er wieder auf die Knie, und irgendwie war der Handschuh wieder in seiner Hand, und er zog sich auf seine Füße und hörte den Jungen nach dem Mann tasten, der noch übrig war. Er brauchte nicht lange herumzutasten, denn plötzlich sprach der Mann im Dunkeln. Es war der Mönch, der als erster hätte kommen sollen und jetzt der letzte war, und er sprach forsch – frei von Angst und nahezu akademisch.

»Trulku? Hörst du mich, Trulku? Du weißt doch, daß es

noch nicht an der Zeit ist, daß ich sterbe? Du weißt doch, daß mein Werk noch nicht getan ist?«

Houston sagte nichts, und der Junge sagte auch nichts, und sie wandten sich lediglich in die Richtung, aus der die Stimme kam. Der Mönch schien mit ausgestreckten Händen in seinem Schlafsack zu sitzen.

»Trulku, gestatte es dir nicht, in Irrtümer zu verfallen. Das wäre falsch. Es wäre Sünde. Du würdest Gnade einbüßen. Trulku, erlaube mir, dich zu umarmen ... «

Houston gestattete dem Mönch, ihn zu umarmen, tastete nach seinem Kopf und klatschte ihm automatisch den Handschuh ins Gesicht. Der Mann fiel nach hinten um, ohne die Umarmung zu lösen, und sein Gesicht wand sich unter dem widerwärtigen Knebel nach allen Seiten. Die Hand des Jungen schob Houston zur Seite, tastete nach der Kehle und legte sich schwer darüber. Langsam glitt das Messer hinein. Das Ächzen zog sich länger als bei den anderen hin, und der Junge, der nicht mehr die Energie hatte, die Kehle ganz zu durchtrennen, drehte das Messer lediglich zwei- oder dreimal in der Wunde hin und her, ehe er es herauszog.

Der Mönch wehrte sich nicht, wie sich die Soldaten gewehrt hatten, doch er starb langsamer. Sie saßen da und hörten ihn.

Houston fiel auf, daß das Keuchen des Jungen nicht nachgelassen hatte.

»Was ist mit dir?«

»Ich bin verwundet, Sahib. Hol uns Licht.«

»Wo ist ein Licht?«

»Bring Holz vom Feuer.«

Er rappelte sich hoch. Das schien eine ganze Weile zu dauern. Er wankte durch das Dunkel, stand in der Höhlenöffnung, lehnte sich an und atmete in tiefen Zügen die bewegte Nachtluft ein. Er glaubte, daß seine Augen ihm einen Streich spielten. Im Schein des Feuers schien sich der tote Wachposten auf dem Körper der Kleinen Tochter zu bewegen. Er wankte an ihm vorbei, und als er sich mit einem lodernden Ast wieder umdrehte, sah er, daß der Mann sich wirklich bewegte, und er beobachtete ihn fasziniert und voller Grauen. Doch die Bewegungen gingen nicht von dem Wachposten aus, sondern von der Kleinen Tochter. Sie wand sich unter der Leiche und stöhnte jetzt wieder.

Damit konnte er nicht umgehen. Dem war er einfach nicht gewachsen. Er taumelte mit der glühenden Fackel wieder in die Höhle, blieb wankend über dem Jungen stehen und wurde starr bei dem Anblick, der sich ihm bot.

In der Schulter des Jungen steckte ein Bajonett. Es bohrte sich auf einer Seite in seinen Körper hinein und ragte auf der anderen wieder heraus. Der Junge saß da, hielt sich die Schulter und das Bajonett und atmete pfeifend. Sie sahen einander benommen an.

»Sahib, was können wir tun?«

»Ich weiß es nicht.«

»Oh, Sahib, was ist das Beste?«

Plötzlich wurde ihm bewußt, daß der Junge weinte.

»Es muß hinaus.«

»Ja, hinaus, hinaus. Sahib, du tust das. Zieh es heraus. Ich kann es nicht.«

In dieser endlosen und grauenvollen Nacht hatte er mit so vielem fertig werden müssen, daß Houston jegliches Denken aufgegeben hatte. Er drückte dem Jungen ganz einfach den Ast in die Hand, stützte sich mit einer Faust auf die Schulter, umschloß mit der anderen Hand den Griff des Bajonetts und zog. Dabei bemerkte er, daß das Licht plötzlich stärker flakkerte, und als er den Kopf umwandte, sah er, daß das Bettzeug des Mönchs in Flammen stand. Der Junge war ohnmächtig geworden. Er hatte den Ast fallen lassen.

Houston zog das Bajonett ganz heraus und zerrte den Jungen aus der Höhle. Dann ging er zurück und erstickte das Feuer. Mit dem brennenden Ast in der Hand sah er sich um, fand einen Rucksack, leerte ihn aus und nahm den Verbandskasten auf. Er fand ein paar Tuben mit Salben und ein Plastikröhrchen mit einem Pulver. Er konnte die chinesische Schrift nicht lesen, also öffnete er das Röhrchen und roch an seinem Inhalt. Er hielt es für ein Sulfonamid. Dann trat er wieder ins Freie. Er entblößte die Schulter des Jungen, wischte das Blut ab und streute das Puder auf die Wunde. Ein Verband. Er hatte das Verbandszeug vergessen. Mit langsamen, wankenden Schritten ging er zurück in die Höhle und sah sich den Inhalt des Rucksacks noch einmal an. Kein Verbandszeug. Er brauchte etwas anderes, womit er Ringling verbinden konnte. Er hob den Ast hoch und sah die vier toten Männer, die ihn anzugrinsen schienen, während sie seinem forschenden Blick ihre zerfleischten Kehlen darboten, und ohne nachzudenken, zog er den Mönch aus seinem Schlafsack heraus. Er zog ihm die Kutte aus und nahm sie mit ins Freie. Dort riß er sie in Streifen und begann, den Jungen zu verbinden. Der Junge schlug die Augen auf und sah ihm zu.

»Wie geht es dir jetzt?«

»Danke. Ich danke dir, Sahib.«

»Die Kleine Tochter ist am Leben«, sagte er.

»Auf der Kleinen Tochter liegt ein Mann, Sahib. Zieh ihn herunter.«

Er zog den Mann von ihr herunter.

»Die Mutter soll die Kleine Tochter nicht mit einem Mann sehen, der auf ihr liegt.«

»Schon gut, er liegt nicht mehr auf ihr.«

»Hilf mir, Sahib.«

»Was willst du?«

»Wir brauchen das Pferd. Wir müssen es haben.«

»Schon gut, ich hole es.«

»Ich werde es füttern. Gib mir das Futter von dem Maultier, Sahib. Dort steht ein ganzer Sack davon. Ich nehme das Maultier. Wir haben nicht mehr viel Zeit.«

Er holte das Futter und setzte den Jungen auf das Maultier. Es gefiel ihm gar nicht, wie er aussah. Mit seinem Gesicht stimmte etwas nicht. Er hatte keine seiner Fragen wirklich beantwortet. Es machte fast den Anschein, als hätte er sie nicht gehört. Er schien sich nur mit Mühe auf den Beinen halten zu können.

»Pack sämtliches Essen zusammen, Sahib. Und die Schlafsäcke. Pack alles zusammen. Und hol die Mutter und die Ballen.«

»Bist du in Ordnung?«

»Und die Medizin, alles, was sie haben. Verlier keine Zeit, Sahib. Wir ziehen sofort weiter.«

Er wußte, daß er ihn nicht hätte reiten lassen dürfen, doch ihm stand in diesem Alptraum noch soviel bevor, daß er es zuließ. Er sah der zusammengesunkenen Gestalt nach, die auf dem Pfad voranholperte, dann drehte er sich um und kletterte wieder zur Höhle hinauf. Er ließ die Äbtissin mit dem Seil herunter und nach ihr einen der Ballen. Er wartete, daß sie ihn losband, damit er den zweiten Ballen herunterlassen konnte. Sie band den Ballen nicht los, und kurz darauf sah er, warum.

Sie saß am Lagerfeuer und wiegte die Kleine Tochter in ihren Armen. Er störte sie nicht, und sie blieb dort sitzen, wiegte sie sachte in ihren Armen und küßte das breite, bleiche Gesicht. Die Kleine Tochter mußte gerade gestorben sein, denn als der Junge zurückkam, ließ sie sie einfach zurücksinken, strich mit einer Hand über ihr Gesicht und sprach murmelnd ein Gebet.

Sie hatten keine Zeit, die Leiche zu zerstückeln, aber sie wollte diesen Ort nicht verlassen, ohne die wenigen vorgeschriebenen Verstümmelungen vorzunehmen, die zumindest notwendig waren. Houston gab ihr sein Messer und wandte den Kopf ab, denn er fand, für eine Nacht genug gesehen zu haben.

Anschließend brachen sie sofort auf.

All das spielte sich in der Nacht vom 2. auf den 3. November ab. Es war acht Tage her, seit die Gesellschaft Yamdring verlassen hatte, und zwei Tage, seit Houston mit dem Mädchen die Steilwand hinuntergestürzt war. Er wußte nicht, was aus den anderen Teilnehmern dieser Expedition geworden war, und seine eigenen Entbehrungen machten ihn so benommen, daß es ihm vollkommen gleichgültig war.

Noch etwas geschah, ehe sie das Lager verließen. Das Mädchen ließ Houstons Messer im Boden stecken. Es war das silberne, auf dem sein Name stand und das er seit seinem vierzehnten Lebensjahr bei sich getragen hatte. Er vergaß, sie darum zu bitten, es ihm zurückzugeben, und somit blieb es neben der Leiche der Kleinen Tochter liegen, bis die Chinesen es fanden, als sie mit ihren Maultieren kamen. Das war eine Nachlässigkeit, für die Houston später noch sehr teuer bezahlen sollte.

2.

Sie zogen die ganze Nacht über weiter, das Mädchen auf dem Pferd, der Junge auf dem Maultier und Houston zu Fuß. Beim Laufen regten sich seine aufgescheuerten Stellen wieder, und er begrüßte sie wie alte Freunde, denn sie schienen seinen einzigen Bezug zur Realität darzustellen. Er konnte nicht glauben, daß er die unwahrscheinlichen Dinge, die sich in der Höhle abgespielt hatten, wirklich selbst durchgemacht hatte. Ein anderer schien sie erlebt zu haben. Er schien diesen anderen Menschen beobachtet zu haben, und er schien ihn immer noch zu beobachten, und sein Beobachtungsposten schien ein bis zwei Schritte vor ihm zu liegen. Von dort aus blickte er zurück und beobachtete die plattfüßige Gestalt, die sich ihm mit dem Pferd, dem Maultier und den beiden schlafenden Reitern näherte. Zwischen ihm und diesem verbissenen Wesen bestand eine Beziehung, und er arbeitete ganz nüchtern daran, sie aufrechtzuerhalten, und hakte sorgsam die regelmäßigen Signale ab, die von den Schenkeln, dem Hals und den Knöcheln zwischen ihm und diesem Mann hin- und herwanderten.

Nach zwei Stunden richtete sich der Junge plötzlich auf, als habe ihn ein inneres Signal aufwachen lassen.

»Wie spät ist es, Sahib?«

»Drei Uhr.«

»Wir sind noch auf dem Weg?«

»Ja.«

»Bleib jetzt stehen, Sahib.«

»Was ist?«

»Hilf mir herunter. Wir müssen die Hufe mit etwas umwikkeln. Wir nähern uns dem Nomadenlager. Dort sind die Soldaten.«

Er half dem Jungen von dem Maultier herunter, und sie umwickelten die Hufe mit Fetzen ihrer Kleidung. Er half dem Jungen wieder beim Aufsteigen, und sie trotteten weiter.

Was folgte, kam Houston in späteren Jahren auf gewisse Weise noch unglaublicher vor als die Vorfälle, die sich in der Höhle abgespielt hatten, und tatsächlich fragte er sich oft, ob diese Dinge wirklich stattgefunden hatten oder ob er nicht doch beim Gehen eingeschlafen war und all das lediglich geträumt hatte.

Die Nomaden lagerten auf einer Fläche, die etwa die Größe von Salisbury Plain hatte. Um ihre Zelte und um ihre Rinder herum hatten sie wie für einen Schafpferch eine Reihe von niedrigen Mauern gebaut, innerhalb derer auch die Soldaten schliefen. Auf allen Seiten des Lagers glommen Feuer meilenweit in die Dunkelheit hinein. So weit er sehen konnte, war die Ebene bevölkert. Sie war rundum von Bergen umschlossen, ein riesiges Amphietheater, das im Mondschein wie eine gewaltige Bühnenkulisse schimmerte. Houston hatte den Eindruck, jede Einzelheit so deutlich wie bei Tage erkennen zu können: die dicht zusammengedrängten Zelte, die Wachposten an den Feuern, die Rinder, die sich hinter niedrigen Wällen rührten, und sogar die beiden Hubschrauber, die abseits standen und sich in dieser Ebene wie Riesenspinnen ausnahmen.

Houston erschien es, als sei er ganz schlicht mitten durch das Lager gelaufen. Eine Weile vorher hatte er sich noch eingebildet, sich nie mehr vor irgend etwas fürchten zu können, doch jetzt wußte er, daß er sich geirrt hatte, denn als er durch die ummauerten Pferche lief, sträubte sich ihm jedes einzelne Haar. Er war von der phantastischen Vorstellung besessen, daß ein Bann auf den Männern und den Tieren lag, die sie von beiden Seiten anzustarren schienen, daß sie alle im Mondschein versteinert waren oder daß er selbst und seine Begleiter durch einen Zauber unsichtbar waren. Er drehte sich um, weil er sehen wollte, ob der Junge das auch wahrnahm, und ungläubig stellte er fest, daß er wieder eingeschlafen war. Auch die Äbtissin war wieder eingeschlafen, und das Pferd und das Maultier schienen ebenfalls zu schlafen. In dem benebelnden Mondlicht konnte er nicht sicher sein, ob nicht auch er selbst fest schlief.

Niemand stellte ihnen Fragen. Kein Hund kam, um sie zu beschnuppern. Wie Geister zogen sie stumm durch das Lager und erreichten um halb sechs die Berge am anderen Ende. Der Mond stand immer noch am Himmel. Houston lief weiter. Eine halbe Stunde später ging der Mond unter, doch trotzdem lief er weiter, weil er wußte, daß er, wenn er stehengeblieben wäre, auf der Stelle umgefallen wäre. Er hatte den Kontakt zu seinen Wunden verloren. Er schien den Kontakt zu allem verloren zu haben. Es schien keinen Grund zu geben, warum er nicht ewig so weiterlaufen sollte.

Der Junge war wieder aufgewacht.

»Wie spät ist es, Sahib?«

»Ich kann es nicht sehen.«

»Der Mond ist untergegangen. Wie lange ist es her, seit wir die Ebene verlassen haben?«

Houston antwortete nicht, denn seine ganze Kraft war, wie

er es befürchtet hatte, aus ihm gewichen, sowie er stehengeblieben war. Er ertappte sich dabei, daß er sich am Bein des Pferdes festhalten und dazu seine Hand nach oben strecken wollte.

»Sahib, Sahib, halte durch. Schlaf jetzt noch nicht, Sahib. Ich kann dich nicht tragen.«

Der Junge stand neben ihm, und Houston lächelte in sein Gesicht, um ihm zu sagen, daß er weit davon entfernt war zu schlafen, sehr weit sogar. Und dann war er eingeschlafen, und er wußte, daß er schlief, und er bemühte sich, das Surren für einen Moment abreißen zu lassen, damit er hören konnte, was der Junge sagte. Etwas über seine Beine, daß er etwas mit seinen Beinen tun sollte. Aber er konnte seine Beine nicht finden, sie waren fort, hatten ihn allein gelassen, würden definitiv nicht auffindbar sein, und er mußte den Versuch aufgeben, mußte sich dem gebieterischen Surren öffnen, und er öffnete sich ihm, und das Surren strömte in ihn hinein und setzte sich auf sein Ohr, und es surrte.

Als er erwachte, war es Tag. Es war halb vier. Er sah auf seine Armbanduhr und zog sie auf. Die Äbtissin war da. Der Junge war da. Das Maultier und das Pferd waren da. Alle waren sie anwesend. Er versuchte, sich zu rühren, um aufzustehen, aber er konnte sich nicht rühren. Er war nicht schläfrig, nur von einer gewaltigen Mattigkeit befallen, ganz von ihr ausgefüllt. Er sah sich um und stellte fest, daß es keine Höhle war, sondern ein überhängender Felsvorsprung, wohl der erste Ort, den der Junge gefunden hatte. Es war ein gefährlicher Ort. Es war ein zu gefährlicher Ort, als daß sie dort hätten bleiben können. Er schlief bei dem Gedanken daran, wie gefährlich es hier war, sofort wieder ein.

Sie blieben einen weiteren Tag an diesem gefährlichen Ort. Auf Anhieb wollten weder der Junge noch das Pferd wach werden. Houston bemühte sich, konnte sie aber nicht wecken. Er löste die Verbände des Jungen und stellte fest, daß die Wunde weich und gelb war. Er stäubte weiteres Pulver darüber. Für zwei weitere Behandlungen war jetzt noch Pulver da. Den Rest hatten die Soldaten bereits verbraucht. Im übrigen hatten sie noch einen Teeziegel, einen Block Butter, ein kleines Säckchen Tsampa und einen kleinen Sack Reis, achtzehn Würfel Fleischbrühe und vier kleine Kugeln geschnittenes und getrocknetes Fleisch.

Houston und das Mädchen aßen am Abend etwas.

Später schliefen sie wieder ein.

Am zweiten Tag erwachte Ringling, doch das Pferd schlief immer noch. Es hatte sich zum Schlafen hingelegt und die Augen geschlossen. Houston versuchte eine Zeitlang, es durch Tritte zu wecken.

»Das ist nicht gut, Sahib. Das Pferd ist krank.«

»Was sollen wir denn tun?«

»Wir können nur noch eins tun«, sagte der Junge auf englisch, und er sah die Äbtissin an.

»Kannst du laufen?«

»Ich kann laufen. Wir könnten das Fleisch gut gebrauchen, Sahib.«

»Einverstanden«, sagte Houston.

Am Spätnachmittag, während die Äbtissin schlief, tötete der Junge das Pferd, häutete es und schnürte das Fleisch unter die Stricke, mit denen die Ballen zusammengehalten wurden.

Sie zogen weiter, sobald es dunkel war.

»Chao-li, der Junge hat Schmerzen. Er muß schon zwei Stunden gelaufen sein. Wenn er es will, werde ich zu Fuß gehen.«

»Hast du Schmerzen?« sagte Houston.

»Nein, Sahib, nein«, sagte der Junge. Er hinkte steif über den eisigen Pfad und hielt sich die Schulter. »Aber ich danke der Mutter«, sagte er. Er hatte sie kein einziges Mal angesehen oder sie direkt angesprochen.

»Weiß er, wo wir sind?«

»Weißt du, wo wir sind?«

»Vor uns liegt ein Ort der Windgeister.«

»Muß er die Windgeister aufstören?«

»Ist das notwendig?« fragte Houston. Er hatte seine Vermittlerrolle satt, aber er wußte, daß es noch anstrengender wäre, den Wunsch der beiden zu ignorieren, denn sie waren nicht bereit, auf andere Weise als durch ihn miteinander zu sprechen.

»Dort ist eine Eremitenhöhle«, sagte der Junge. »Wir könnten uns in der Höhle ausruhen, Sahib.«

»Ist der Einsiedler uns bekannt?«

»Kennen wir ihn?«

»Der heilige Eremit ist tot. Er ist vor zwei Jahren gestorben. Zehn von uns wurden von der Karawane, die gerade am nächsten war, dort hingeschickt, um bei seinem Begräbnis dabeizusein. Der Abt persönlich hat den Geist des heiligen Einsiedlers in seine Bahn geleitet.«

»Ja, ich erinnere mich«, sagte das Mädchen. »Ich habe diesen Einsiedler gesegnet. Es ist nicht klug, Chao-li, den Geist des Eremiten oder die Windgeister aufzuschrecken.«

»Es ist nicht klug«, sagte Houston.

»Die Höhle liegt auf unserem Weg, Sahib. Niemand würde es wagen, dort hinzugehen. Von dort aus sind es nur noch sechs Stunden bis zum Paß ins Chumbi-Tal. Der Paß wird bald nicht mehr passierbar sein, Sahib. Wir müssen ihn schnell erreichen.«

»Kennt er nicht noch einen anderen Weg, Chao-li?«

»Gibt es sonst noch Wege?« sagte Houston.

»Sahib, wenn wir von diesem Weg abgehen, müssen wir die Berge überqueren. Ich weiß nicht, ob wir das schaffen. Ich weiß auch nicht, wie lange es dauern würde. Der Ort der Windgeister ist die klügste Entscheidung, die wir treffen können.«

»Ich muß diesen Ort sehen«, sagte das Mädchen.

Es dauerte einige Stunden, bis sie ihn erreichten. Der Weg wurde allmählich schmaler, dann ganz plötzlich noch schmaler, und schließlich war er kaum noch als Weg zu bezeichnen, sondern stellte sich eher als ein Spalt zwischen den Bergen dar. Durch diesen Spalt blies der Wind mit so außerordentlicher Stärke in ihren Rücken, daß sie wie von einem Schneepflug vorangetrieben wurden. Der Wind wehte sehr stetig, nicht in Böen, mit einem gleichbleibend hohen Ton, der eine enorme nervliche Belastung darstellte, und während sie in tiefster Schwärze im Gänsemarsch hintereinander herwankten, konnte Houston gut verstehen, daß man diesen Laut leicht für die böswillige Stimme eines Dämonen halten konnte.

Auf den Ort der Dämonen selbst war er jedoch reichlich unvorbereitet. Der Felsspalt war jetzt so schmal, daß die Äbtissin absteigen mußte, damit die Ballen, die an den Seitenwänden schabten, auf dem Maultier umgedreht werden konnten. Sie ging voraus. Wenige Minuten später hielten sie wieder an. Der Weg hatte aufgehört. Er hatte auf eine kleine Lichtung hinausgeführt, eine Bodensenke, nichts weiter als eine kleine Fläche aus kahlem Fels und Eis mit einer Steinsäule in der Mitte. Hierher konnte der Mond vordringen, und Houston war froh darüber, denn wenn ihn seine Augen nicht vom Gegenteil überzeugt hätten, hätte er geglaubt, daß es an diesem Ort von wilden Tieren geradezu wimmelte. Ein irrsinniges Heulen und Brüllen, ein Jaulen und Stöhnen war zu hören. Die Winde brausten aus mehreren ähnlichen Felsspalten wie der, aus der sie gekommen waren, und hier trafen sie in Böen aufeinander. Houston glaubte, ganz deutlich die verschiedenen Tonlagen von einem Dutzend großer Wildkatzen voneinander unterscheiden zu können.

Er sah, daß das Mädchen ihn ansah und mit den Lippen Worte formte, doch sie gingen im Wind unter. Es gab keine Möglichkeit, an dem Tier vorbei oder über es hinwegzukommen. Houston kroch auf allen vieren unter dem Maultier durch.

»Was ist das?«

»Chao-li, die Dämonen sind wütend!«

»Sahib, sie sind immer wütend.«

»Weiß er, wo die Höhle ist?«

»Sie liegt unter dem Chorten, Sahib, der Steinsäule in der Mitte. Die Knochen des heiligen Eremiten sind in diesem Chorten. Der Boden läßt sich hochheben, und es führen Stufen nach unten.«

»Hat er die Dämonen je so wütend gehört?«

»Sahib, ich habe sie nur ein einziges Mal gehört. Sie waren genauso wütend wie heute. Sieh nur, sie sind nicht wütend auf den heiligen Eremiten. Nicht ein einziger Stein ist von der Säule gefallen.«

»Der Eremit hat seinen Frieden mit ihnen geschlossen, Chao-li.«

»Nur, weil die Mutter es zugelassen hat, Sahib. Der heilige Eremit hat fünfzig Jahre lang hier gelebt, und die Mutter hat ihn vor allem Übel beschützt. Sie kann uns auch beschützen.«

»Gut«, sagte Houston. Er wünschte, sie würde gleich damit beginnen. Die beißende Kälte und das unirdische Tosen hatten dazu geführt, ihn plötzlich wieder in einen Zustand absoluter Erschöpfung zu versetzen.

Das Mädchen sah ihn an, wandte sich ab und trat aus dem Felsspalt heraus. Augenblicklich wurde sie zu Boden geworfen. Houston wollte ihr nacheilen, um ihr zu helfen, doch der Junge hielt ihn zurück. Sie zog sich wieder auf die Füße und wurde wieder umgeworfen, doch dann erhob sie sich in gekrümmter Haltung und lief vorwärts. Weiter als fünfzig Meter konnte es bis zu dem Chorten nicht sein, doch sie brauchte fast eine Minute, um die Strecke zurückzulegen, und der Wind schleuderte sie von einer Seite auf die andere und ließ sie sich einmal sogar ganz im Kreis drehen. Wenige Meter vor dem Chorten richtete sie sich plötzlich ganz auf, und Houston hörte dicht neben seinem Ohr, daß der Junge keuchte, doch er wußte nicht, ob vor Schmerz oder vor Erstaunen über diesen Beweis der Macht über den Wind. Er hatte sich bereits ausgerechnet, daß die Steinsäule an einer Stelle stehen mußte, an der kein Wind wehte, denn schließlich stand sie aufrecht da. Vielleicht lag sie sogar direkt im Sturmauge. Es sollte sich erweisen, daß genau das der Fall war, denn als die Äbtissin sich vor dem Chorten verbeugt und ihn mit ihren Armen umschlugen hatte, drehte sie sich um und forderte sie auf näher zu kommen, und nach malmenden und erstickenden Sekunden im Wind stellte Houston fest, daß auch er aufrecht dastehen konnte. In einem Umkreis von etwa einem Meter um die Säule herum war die Luft still, tot und still und starr.

Eine große Felsspalte bildete den Eingang. Der Junge zog sie zur Seite, und die Äbtissin stieg die Stufen hinunter. Kurz darauf folgten sie ihr.

3.

Die Höhle des Einsiedlers von Bukhri-bo – so lautete der Name dieses unwirtlichen Ortes – war in den massiven Fels gehauen, und sie lag gut drei Meter unter dem Boden. Ihr schmaler Zugang führte in einen einzigen größeren Raum, sechs auf drei Meter groß. Die Besitztümer des Eremiten waren unberührt geblieben. Es handelte sich dabei um drei Holzschalen, einen kleinen Sack Tsampa, eine Lampe und ein irdenes Gefäß mit ätherischem Senföl, das für die Lampe da war. Der Einsiedler hatte keine Decke und kein Bett benutzt. Auch den Kamin, der in die Wand gegraben war, hatte er nicht benutzt, denn es war keine Asche darin. An der Wand hatte er mit einem Schreibpinsel einen Kalender geführt, der am achten Tag des vierten Monats der Erd-Maus endete, im vorletzten Sommer. Der Junge sagte, er sei bereits seit vier Monaten tot gewesen, als man ihn fand. Der Geruch hing noch in dem Raum.

Sie erhitzten Schnee über der übelriechenden Senföllampe und brühten Tee auf. Sie schliefen in ihren Schlafsäcken auf dem Fußboden. Das Maultier schlief bei ihnen.

Sie brachen auf, sowie es dunkel war, und sie brauchten, wie der Junge versprochen hatte, sechs Stunden, um den Paß zu erreichen. Dort angekommen, machten sie kehrt und eilten sofort auf dem Weg zurück, auf dem sie gekommen waren. Die Chinesen hatten ihr Lager auf dem Paß aufgeschlagen.

Der Junge schlief nach ihrer Rückkehr einen Tag lang durch, und Houston störte ihn nicht. Er hatte keinen Puder mehr, den er auf die Wunde hätte streuen können, und sie sah keineswegs besser aus. Die Schulter war zu einem Ball aufgequollen. Der Junge schwitzte im Schlaf.

»Sahib«, sagte er, als er erwachte. »Ich muß zu dem Paß zurückgehen. Ich gehe allein und bei Tag. Das geht schneller.«

»Was hast du dort vor?«

»Der Paß wird bald nicht mehr passierbar sein. Wir müssen wissen, wie lange die Chinesen bleiben.«

»Wie willst du das herausfinden?«

»Sie haben Träger dabei. Es muß in der Nähe eine Ortschaft geben. Ich werde mich im Dorf erkundigen.«

»Welche andere Möglichkeit haben wir, wenn der Paß verschneit ist?«

»Wir müssen in die Berge gehen und einen anderen Paß suchen.«

»Ich verstehe«, sagte Houston. Es war ihm nur zu klar, daß der Junge lange Zeit keine Berge mehr würde besteigen können, aber er wußte nicht, wie er ihm das hätte sagen können, und daher wußte er auch nicht, wie er ihn davon abhalten sollte, wieder zum Paß zurückzukehren.

Während Ringling fort war, verließ er selbst die Höhle, um Holz zu sammeln. Der Junge hatte das einzige Messer mitgenommen, und die ledrigen Äste konnte er nicht durchbrechen. Er brach kleine Zweige von Sträuchern ab und verbrachte mühsame Stunden damit, ihnen im Wind nachzujagen. Doch er konnte zwei Rucksäcke füllen, und in dieser Nacht hatten sie ein Feuer.

Als es Morgen wurde, war der Junge immer noch nicht zurück, und er machte sich auf die Suche nach ihm. Es dauerte zwei Stunden, bis er ihn fand. Er saß ganz einfach auf dem Weg. Er hatte dem Wind den Rücken zugekehrt, und sein Gesicht war vor Anstrengung verzerrt.

»Bist du in Ordnung?«

»In Ordnung, Sahib, ja, in Ordnung.«

»Warum zum Teufel sitzt du dann hier?«

»Ich ruhe mich aus, Sahib. Nur eine kurze Rast.«

»Tut dein Arm weh?«

»Ja, er tut weh.«

Es war das erste Mal, daß der Junge überhaupt zugab, daß sein Arm ihm auch nur die geringsten Schwierigkeiten verursachte.

Er fragte ihn erst aus, als er etwas gegessen hatte, und während er sich die Geschichte anhörte, nahm er ihm die Verbände ab und sah sich die Wunde an. Es war keine allzu erfreuliche Geschichte. Der Junge hatte das Dorf gefunden. Er hatte herausgefunden, daß diese Ortschaft ganz und gar nichts gegen die Chinesen hatte. Die Chinesen hatten den Anwohnern Armbanduhren und Kleider mitgebracht und hatten die Männer zu besten Löhnen eingestellt. Und sie hatten versprochen, daß sie keine Lasten über den Paß zu tragen brauchten, sondern lediglich zwischen dem Paß und der Ortschaft hin- und herlaufen sollten, um die Waren zu besorgen, die erforderlich waren.

»Wissen sie, wem sie damit Unterstützung leisten?«

»Sie wissen es, Sahib. Es sind schlechte Menschen. Der Schnee ist spät dran, und es wird ein harter Winter für sie werden. Sie hoffen, daß die Chinesen noch lange Zeit hier bleiben.«

»Wann rechnen sie mit dem Schnee?«

»In den kommenden zehn Tagen bestimmt noch nicht.«

»Und für wie lange sind die Männer engagiert worden?«

»Das geht pro Tag, Sahib. Solange es eben nötig ist.«

»Nicht gerade gut, was?«

»Nicht gerade gut, Sahib.«

Die Wunde war auch nicht gerade in einem guten Zustand. Sie war gelb, und das dick angeschwollene Fleisch um sie herum war auch gelb. Er konnte nicht beurteilen, ob vielleicht die Kutte des Mönchs abgefärbt hatte. Die Kutte war ohnehin schon vorher nicht besonders sauber gewesen. Er warf den Verband in die Asche und reinigte die Wunde mit heißem Wasser. Der Junge stieß die Luft durch die Zähne, und sein Gesicht war angespannt und grau.

»Mei-Hua, kannst du Wunden heilen? Weißt du etwas über Kräuter, Blätter und dergleichen?«

»Nein, Chao-li. Das ist nicht meine Aufgabe.«

»Sahib, wenn die Mutter es gestatten würde«, sagte der Junge auf englisch. »Ein Stück von ihrem Gewand – wenn sie ein kleines Stück ihres Gewandes für mich segnen würde. Ich weiß nicht, ob es ihr möglich ist.«

Das Mädchen wußte es auch nicht. Besorgt wog sie diese Bitte ab.

»Mei-Hua, der Junge hat Schmerzen.«

»Dann steht es wohl so für ihn geschrieben, Chao-li.«

»Mei-Hua, das, worum er dich bittet, ist nur eine Kleinigkeit. Gib ihm ein Stück von deinem Gewand.«

»Chao-li, das ist keine Kleinigkeit.«

Doch sie riß ein Stück ab und segnete es. Houston hatte den Eindruck, daß sich das Gesicht des Jungen ein wenig aufhellte, als er ihm diesen geweihten Verband anlegte.

Sie blieben eine Woche in der Höhle und verließen sie nur, um Holz zu sammeln. Houston schien es, als würde der Junge von Tag zu Tag schwächer. Er war wacklig auf den Beinen und schien die Strecke vom Chorten bis zum Weg praktisch flach auf dem Bauch zurückzulegen, und er wollte auch nicht mehr zulassen, daß Houston sich die Wunde ansah. Er badete sie heimlich in einem Winkel der unterirdischen Kammer.

Am achten Tag glaubte er, leise Anzeichen von Schnee in der Luft zu spüren.

»Wir sollten heute nacht von hier fortgehen, Sahib. Es ist unsere letzte Chance.«

Houston sah, daß sein Gesicht aufgedunsen und gerötet war, und er befürchtete, daß der Junge Fieber hatte, doch er fragte nicht, denn er wußte, daß Ringling seine Fragen verhaßt waren, und, wie er es bereits gesagt hatte, es war ihre letzte Chance.

Gemeinsam mit dem Jungen hatte er das Pferdefleisch Stück für Stück verzehrt, um der Äbtissin, die es nicht anrühren wollte, Tee und Tsampa zu überlassen. Sie nahmen ein üppiges Mahl zu sich und ruhten sich dann noch einmal aus. Gegen Mitternacht setzten sie sich in Bewegung.

Houston hoffte, Bukhri-bo zum letzten Mal gesehen zu haben. Er kam ihm – und daran sollte sich auch Jahre später nichts ändern – als der widerlichste Ort auf Gottes Erde vor.

Stunden ehe sie den Paß erreichten, begann es zu schneien. Es war ein bitterkalter Frühschnee, der von dem starken Wind wie kleine spitze Steine in ihre Gesichter getrieben wurde. Sie senkten die Köpfe, und der Schnee schien vom Weg aufzuwirbeln. Sie wandten ihre Köpfe um, und der Schnee peitschte sie im Vorüberfliegen aus. Sie konnten sich nicht gegen ihn schützen. Der Wind war so unglaublich kalt, daß es schier unmöglich war, ihm länger als eine Minute ohne Pause standzuhalten. Die Äbtissin stieg ab, und sie stellten das Maultier quer auf den Weg und ruhten sich schnaufend hinter ihm aus. Houston sah, daß der Junge sich kaum noch auf den Beinen halten konnte.

Er sagte: »Ringling, wir schaffen es nicht. Wir müssen es ein anderes Mal versuchen.«

»Sahib, nein. Der Schnee wird aufhören. Du wirst sehen, daß es aufhört zu schneien. Auf dem Paß wird es leichter.«

Sie bekamen keine Gelegenheit, sich zu vergewissern, ob es auf dem Paß leichter wurde oder nicht. Als sie nämlich den Paß erreichten, war eine stahlgraue Dämmerung hereingebrochen, und ein einziger Blick sagte ihnen, daß sie nicht durchkamen. Die Chinesen waren noch da.

Auf dem Rückweg schlief die Äbtissin.

»Sahib«, sagte der Junge, »falls die Mutter nach einem Fluß fragen sollte, so gibt es bei der Ortschaft einen.«

»Gut.«

»Er ist zugefroren, und niemand wird dort sein. Das Wasser bewegt sich unter dem Eis, Sahib. Es bewegt sich zum Tsangpo.«

»Warum sollte sie einen Fluß wollen?«

»Für den Fall, daß sie danach fragt, Sahib. Merke es dir.«

4.

Houston führte damals noch keinen Kalender, aber spätere Berechnungen ließen ihn den 17. November als den Tag bestimmen, an dem sie den letzten so verfrühten wie erfolglosen Weg zum Paß zurücklegten, und den 27. als den Tag, an dem er und Ringling zu dem Nomadenlager zurückliefen, um Dickmilch und Knoblauch zu kaufen. Der Junge lag jetzt seit zwei Tagen im Delirium, und in diesem Zustand verlangte er eindringlich nach Dickmilch und Knoblauch – Heilmitteln, die ihn von vielen Kinderleiden befreit hatten und die allein es ihm möglich machen würden, sie über die Berge zu führen. Auch, als er wieder zu sich kam, verlangte es ihn noch danach.

Da ihre Nahrungsvorräte schrumpften und dies eine günstige Gelegenheit war, sie zu erneuern, ließ Houston ihm seinen Willen. Er schleifte ihn auf seinem Rücken über den Platz der Windgeister, setzte ihn auf das Maultier, und sie machten sich auf den Weg.

Seit Tagen schneite es heftig, und der Junge war sicher, daß die Chinesen ihr Quartier bei den Nomaden abgebrochen hatten. Houston ging vorsichtig voraus, um das zu überprüfen.

Er stellte fest, daß die Chinesen wirklich fort waren und daß eine beträchtliche Anzahl von Nomaden sich ihnen angeschlossen hatte. Aber ebenso viele waren zurückgeblieben.

Er gab dem Jungen das restliche Geld, das sie durch ihre Abenteuer hindurch gerettet hatten – dreihundert Rupien in kleinen Scheinen – und half ihm vom Maultier, damit er die Geschäfte abwickeln konnte.

Sie stießen auf gänzlich unvorhergesehene Schwierigkeiten. Die Nomaden wollten das Geld nicht nehmen. Die Chinesen hatten ihnen gesagt, daß es wertlos war und schon bald durch Yuan ersetzt werden würde. Sie waren zu nichts anderem als zu einem Tauschhandel bereit.

Was wollten sie als Gegenwert haben?

Sie waren bereit, Lebensmittel gegen das Maultier einzutauschen.

Der Junge hatte die Dickmilch und den Knoblauch bereits an sich gebracht, und er war einverstanden. Houston nahm ihn wütend zur Seite.

»Wozu zum Teufel sollten wir das Maultier hergeben? Wir brauchen es. Wie können wir ohne es weiterziehen?«

»Sahib, wie sollen wir weiterziehen, solange ich krank bin? Das Maultier frißt. Es frißt den ganzen Tag. Wozu ist ein Maultier gut, das den ganzen Tag frißt und nichts dafür leistet?«

Sein Gesicht war stärker gerötet denn je, seine Augen glänzten, und seine Stimme war viel zu laut.

»Einverstanden«, sagte Houston.

Für das Maultier bekamen sie Knoblauch, Dickmilch, Tsampa, Trockenfleisch, Senföl, Nadel und Faden und vier Fallen, um Tiere darin zu fangen. Außerdem bot man ihnen wahlweise einen Schlauch Tchang oder einen Schlitten an, auf dem sie die Waren transportieren konnten. Houston gab dem Jungen keine Gelegenheit, in diesem Punkt eine Entscheidung zu treffen. Er begann, die Waren auf den Schlitten zu packen.

Das letzte Stück des Weges legte der Junge auf dem Schlitten zurück, und dabei aß er Knoblauch. Als sie zurückkamen, aß er noch mehr davon, und eine Knolle kochte er sich in Dickmilch zum Abendessen. In einer der Schalen des heiligen Eremiten zerstampfte er weiteren Knoblauch und tauchte seinen Verband in eine Knoblauchlösung. Er stopfte so viele Zehen in die Wunde, wie es nur irgend ging. Er kaute Knoblauch, als er sich schlafen legte, und auch als Houston aufstand, war er wach und kaute Knoblauch.

Sie hatten vierzig Knollen erstanden. Nach einer Woche waren sie aufgebraucht.

»Warte nur, Sahib«, sagte der Junge. »Der Knoblauch wird wirken. Wir werden bald wieder unterwegs sein.«

Und wirklich bewirkte der Knoblauch Wunder. Das Fieber legte sich. Die wäßrigen gelben Schwellungen gingen zurück.

Der Junge brachte wieder die Energie auf, sich von der Stelle zu rühren. Täglich begleitete er Houston, wenn er die Höhle verließ, um Holz zu sammeln. Er zeigte ihm, wie man die Fallen aufstellte und wie man den Fang häutete – zwei Murmeltiere und einen Fuchs, die sie augenblicklich verzehrten, um das Trockenfleisch aufzubewahren. Doch er ermattete schnell und mußte auf dem Schlitten zurück zur Höhle gezogen werden.

»Warte nur, Sahib. Nächste Woche.«

In der nächsten Woche, der zweiten Dezemberwoche, wurde das Wetter schlechter, und es kam zu heftigen Schneestürmen, die sie zwangen, in der Höhle zu bleiben, und auch der Zustand des Jungen verschlechterte sich wieder. Die Röte kehrte zurück in sein Gesicht. Der Arm schwoll wieder weiter an. Die Schmerzen wurden unerträglich.

Houston erwachte eines Nachts von Schreien, schnell zündete er die Lampe an und sah, daß die Äbtissin schrie. Der Junge wälzte sich stumm auf dem Boden herum. Er stach mit dem Messer auf seine Schulter ein.

Houston zerriß seinen Schlafsack beim Aufstehen.

»Gib das her! Her damit, los!«

»Sahib, es bringt mich um! Ich halte es nicht mehr aus!«

»Komm her. Komm her und halte still.«

»Sahib, mach dem ein Ende, mach dem ein Ende! Mach den Schmerz weg, Sahib, nimm ihn von mir!«

Houston nahm ihm das Messer ab, drehte ihn auf den Rükken, setzte sich auf die zuckende Brust und sah sich die Wunde an.

»Tu etwas dagegen, Sahib! Es soll nur aufhören! Tu, was du willst! Schneid es heraus. Ich halte es nicht mehr aus, Sahib.«

»Schon gut. Jetzt waschen wir die Wunde erst einmal aus. Sehen wir doch einmal, was wir da haben.«

Was er sah, war etwas, das sich durch allen Knoblauch und alle Dickmilch auf Erden nicht würde heilen lassen. Von der Schulter bis zum Handgelenk war der Arm eine einzige aufgedunsene, gelbe Masse. Unter der Achsel und auf der Schulter setzte es sich fort. Blut und Eiter waren aus der Stelle geströmt, in die der Junge mit dem Messer gestochen hatte.

Houston spürte, wie sich sein Magen umdrehte, und sein Herz wollte stehenbleiben. Er erkannte nämlich, daß das, was der Junge in seinen Qualen verlangt hatte, die einzige Möglichkeit war. Der Arm mußte amputiert werden. Er war völlig außer sich, weil er das gequälte Schreien nicht mehr ertragen konnte und weil er wußte, daß er etwas dagegen unternehmen mußte. So schlug er dem Jungen mit aller Kraft einen Stiefel ins Gesicht und versetzte ihn damit in eine gnädige Bewußtlosigkeit. Houston stützte seinen schwitzenden Kopf in seine Hände und dachte darüber nach, was er tun konnte.

»Der Junge wird sterben«, sagte das Mädchen.

»Nein!«

»Er wird sterben, Chao-li. So steht es für ihn geschrieben.«

»Nichts steht geschrieben!« sagte Houston wütend. »Ich werde ihn retten. Ich schneide ihm den Arm ab!«

Doch er schnitt ihm den Arm nicht ab, und er rettete ihn nicht. Ringling starb, soweit Houston das beurteilen konnte, am 19. Dezember – das war das Datum, das er seiner Mutter mitteilte –, und sein Tod brachte ihnen allen Frieden, denn er hatte drei Tage lang ohne jede Pause gebrüllt.

Houston weinte um ihn, wie er um seinen eigenen Bruder nicht geweint hatte. Das Mädchen blieb gefaßt.

»Der Junge war kein geborener Tibetaner, Chao-li?«

»Nein, er kommt aus Kalimpong, in Indien.«

»Dann brauchen wir einen Fluß«, sagte sie.

Houston fand den Fluß, und der war, wie Ringling es gesagt hatte, zugefroren. Niemand war dort. Er schnitt mit dem Messer des Jungen ein kleines Loch in das Eis und zerrte die steife Leiche vom Schlitten.

Das Mädchen kauerte sich neben die Leiche und zitterte im eisigen Wind.

»Wohin fließt dieser Fluß, Chao-li?«

»In den Tsangpo.«

»Sehr gut. Er wird ihn nach Hause tragen.«

Sie schnitt dem Jungen eine Haarlocke ab, murmelte etwas vor sich hin und ließ die Locke in das Loch im Eis fallen. Dann beugte sie sich über die Leiche, machte zwei kleine Einschnitte über den Augen und murmelte wieder etwas.

Houston war stehengeblieben und sah in das Loch im Eis. Die Locke war noch da, lag in dem Wasser, das sich nur langsam bewegte. Als sich das Mädchen neben ihm erhob, verschwand sie mit der Strömung.

»Ist das alles?«

»Ja. Sein Geist ist jetzt befreit. Wenn er sich verirrt, wird der Fluß ihn nach Hause tragen. Wenn jemand aus einem anderen Land kommt, ist das ganz einfach.«

»Ja«, sagte Houston. Es war auch beim ersten Mal ganz einfach gewesen, in dem kleinen Fluß, der durch das Wäldchen zwischen Sikkim und Indien floß. Ein paar Tropfen Wasser, ein Sträußchen Blumen.

»Auf Wiedersehen«, sagte er in das Loch im Eis hinein.

Kapitel 15

1.

Sie ließen den Jungen auf dem Eis liegen. Sie ließen ihn nackt zurück, um eine eventuelle Identifizierung unmöglich zu machen. Deprimiert kehrten sie in die Höhle zurück und sprachen auf dem Weg kein Wort miteinander. Sobald sie gegessen hatten, legten sie sich schlafen.

Am nächsten Tag entwickelte Houston großen Tatendrang. Er schlitzte zwei Schlafsäcke auf und nähte sie zusammen. Er ging ins Freie und machte sich äußerst methodisch daran, eine immense Holzmenge zu sammeln. Und schließlich legte er mit einem verbrannten Stöckchen einen Kalender an der Höhlenwand an.

In der Woche, die dem Tod des Jungen vorangegangen war, hatten sie sich auf einen Plan geeinigt. Der Plan bestand darin, den Winter in dieser unterirdischen Höhle zu verbringen und sich, sobald das Tauwetter einsetzen würde, eilig zum Paß zu begeben. In diesem Teil des Landes begann das Tauwetter ganz plötzlich Mitte April. Innerhalb von drei oder vier Tagen hörten die Schneestürme abrupt auf, und die Sonne kam wieder durch. Wenn die Chinesen keine Truppe im Dorf stationiert hatten – und es würde notwendig sein, sich in diesem Punkt Sicherheit zu verschaffen –, konnten sie einen Vorsprung von bis zu drei Tagen vor jeder Truppe gewinnen, die man ausschicken würde, um ihnen den Weg abzuschneiden. In drei Tagen konnten sie schon weit im Chumbi-Tal sein.

Houston legte einen Kalender von Dezember bis Mai an und machte einen Kringel um den 1. April, denn an diesem Tage gedachte er einen Erkundungsgang in das Dorf zu unternehmen, und um den 8. April machte er einen zweiten Kringel, der für ein letztes Auskundschaften stand.

Diese langfristige Planung kam ihm völlig absurd vor. Im Dezember an den April zu denken, erschien ihm so abwegig wie Gedanken, die er sich über das kommende Jahrhundert hätte machen können. Doch er klammerte sich verbissen an diesen Plan. Denn es gab nichts anderes, woran er sich hätte klammern können. Und ganz für sich machte er sich auch Gedanken über ein paar Einzelheiten. Die Smaragde waren schwer – acht Säcke, von denen jeder um die dreißig Pfund wog. Da er niemanden hatte, der ihm helfen konnte, hielt er es für das Beste, sie der Reihe nach auf den Paß zu befördern. Er dachte sich, daß er die erste Ladung am 8. April in Angriff nehmen würde – an dem Tag, an dem er sich ein zweites Mal im Dorf umsehen würde – und eine zweite Ladung am 10.. Den Rest konnten sie dann mitnehmen, wenn es endgültig losging.

Es lagen siebzehn Wochen zwischen Ende Dezember und Mitte April. Houston entschloß sich, diese Zeit durch einen strikt geregelten Tagesablauf in den Griff zu bekommen. Sie standen um sieben auf, wie sie es auch im Kloster getan hatten, wuschen sich und aßen etwas, und dann, während das Mädchen, nachdem sie ihr Heim in Ordnung gebracht hatte, sich dem Ritual des Gebets und ihren geistigen Übungen hingab, mit denen sie immer ihre Tage verbracht hatte, ging Houston nach draußen, um sich an seine Arbeiten zu machen: Holzsammeln und Fallenstellen.

Er ging bei jedem Wetter hinaus, und das Wetter im Januar war das abscheulichste, das er je erlebt hatte. Es schneite ständig, und der Schnee trieb horizontal mit einer ungeheuren Geschwindigkeit über die Erde, da er von stahlharten Winden vorangepeitscht wurde. Er blieb einen Moment lang in der eisigen Kälte neben dem Chorten stehen und lauschte dem unglaublichen Brüllen und Heulen und atmete tief ein, ehe er sich in dieses Unwetter stürzte.

Er nahm den Schlitten mit und sammelte methodisch Holz, täglich an einer anderen Stelle. Allwöchentlich legte er eine vollständige Runde zurück, die einen Radius von zehn oder zwölf Meilen um die Einsiedlerhöhle herum umfaßte. In den Fallen verfing sich anfangs so gut wie nichts, doch nach ein oder zwei Wochen ging er dazu über, die letzten Überreste des Pferdes als Köder auszulegen, und schon bald darauf konnte er sich mindestens zweimal in der Woche ein Abendessen holen.

In der dritten Januarwoche, als das Wetter plötzlich noch schlechter wurde, fand er zwei Murmeltiere in einer Falle. Sie hatten sich offensichtlich gleichzeitig auf den einen Happen Nahrung gestürzt. Er holte die Tiere heraus, legte einen neuen Köder aus und ging weiter, und er hatte der Falle kaum den Rücken zugekehrt, als er hörte, daß sie schon wieder zuschnappte. Er sah sich um. Ein weiteres Murmeltier war gefangen.

Daraus schloß er, daß das schlechte Wetter die Tiere aus den Bergen herunterlockte, und er nahm an, daß an seinen übrigen Fallen möglicherweise ebenso großer Andrang herrschte. Er hörte mit dem Holzsammeln auf (in der Eremitenhöhle lag bereits ein großer Stapel zum Trocknen), und er drehte sofort eine Runde, um die Fallen zu inspizieren. Er wurde nicht enttäuscht.

In den folgenden vier Tagen, während die wüstesten Schneestürme tobten, lief Houston frohgelaunt lächelnd von einer Falle zur nächsten. Manche waren unter tiefem Schnee begraben, doch seine kleinen Beutetiere hatten schon auf den Köder gewartet und rochen ihn. Er kam mit blauer Nase und bis ins Mark durchgefroren zurück, doch nach fünf Tagen hatte er achtundzwanzig Fleischmahlzeiten angesammelt.

Houston sah diese Phase, die von der dritten Januarwoche bis Ende Februar andauerte, als eine der lohnendsten seines ganzen Lebens an. Jeder Tag verlief sehr schnell nach einem genau geregelten und angenehmen Schema. Um halb acht zog er los, mit der Pünktlichkeit eines Beamten, der zur Arbeit fährt. Er stieg die Stufen in den Chorten hinauf, holte seinen Schlitten, grüßte die Knochen des heiligen Eremiten mit einem vertrauten Nicken und trat ins Freie. Je entsetzlicher das Wetter war, desto lobenswerter fand er sein Verhalten. In diesen gesamten siebzehn Wochen begegnete er keiner Menschenseele, und so glücklich wie in den ersten fünf Wochen war er nie zuvor gewesen.

Genüßlich freute er sich auf den Abend. Wenn er fortging, war es noch dunkel, und es war wieder dunkel, wenn er zurückkehrte, hungrig, halb erfroren und gerade noch mit soviel Energie, um seinen fest zusammengeschnürten Fang über den Platz der Windgeister zu ziehen. Rauch drang aus den Ritzen des Chorten, und die erste Nase voll schlug ihm entgegen, wenn er die Eingangsplatte zur Seite schob. Dann verräumte er den Schlitten und kletterte in seiner sperrigen Kleidung die Stufen hinunter – kletterte hinab wie der Nikolaus durch den Kamin, und die warme, duftende Luft strömte durch seinen Körper, und er fühlte sich ganz benommen. Und dann war alles da und erwartete ihn bereits – eine großartige Explosion aus Licht und Wärme, eine Schatztruhe nie versiegender Begeisterung.

In der Höhle war es warm – eine grandiose sengende Hitze nach den unerbittlichen Schrecken der gefrorenen Welt, die über ihnen lag. Das Mädchen trug in ihrer Behausung den ganzen Tag über ein leichtes Gewand. Houston zog sich bis auf sein Hemd und seine Hose aus, wusch sich und aß, und dann lag der Abend vor ihm.

Mit kleinen schwarzen und weißen Holzstücken brachte er ihr Dame und Schiffeversenken bei, und er zeichnete Bilder für sie. Auf einer Wand brachte er ein Wandgemälde des Klosters von Yamdring an, auf eine andere zeichnete er die Bond Street. Er zeichnete ihr auch den Trafalgar Square und Fitzmaurice Mansions und das Wohnzimmer der Nummer 62a (und das war auch die Zeit, zu der er auf den Rücken ihrer leichten Kutte die dreißig Skizzen von ihr zeichnete, die jetzt in der Kastnerbank in Zürich liegen). Er erzählte ihr vom Fernsehen und vom Kino, von Untergrundbahnen und von Ozeanriesen, und er versuchte, ihr die grundlegenden Züge der europäischen Politik zu erläutern. Die politischen Ideen langweilten sie. Doch um so mehr interessierte sie sich für die religiösen Vorstellungen, wobei sie die Theorie, die manchen Glaubensrichtungen zugrundeliegt, eifrig – und manchmal höhnisch – vorwegnahm.

Es war dennoch keine einseitige Belehrung. Sie erklärte Houston nämlich viele Einzelheiten aus dem Leben dieses Landes, die ihn nach wie vor verblüfften und ihm Rätsel aufgaben. Sie brachte ihm einige Mantras bei, religiöse Gesänge, die sehr nützlich waren, um Dämonen zu vertreiben, aber auch, um sich, wenn sie häufig genug wiederholt wurden, in einen Trancezustand zu versetzen.

Houston konnte sich mit diesen Mitteln nicht in Trance versetzen, doch das Mädchen konnte es, und zwar mit Leichtigkeit, und dann zeigten ihre Pupillen keine Reaktion mehr auf

Licht, und ihr Körper reagierte nicht mehr auf Schmerzen. Sie brachte ihm auch die Grundlagen der Klosterdialektik bei und verwickelte ihn in eine Anzahl von simplen Streitgesprächen. Houston fand diese Gespräche willkürlich und absurd und die Regeln unverständlich, doch während er behaglich in der knisternden Wärme lag, während über ihnen die Stürme heulten, ließ er sie gewähren. Er hätte sie alles tun lassen.

Er betete sie an. Er konnte sie nicht oft genug ansehen oder mit ihr sprechen oder bei ihr liegen. Ihr Haar war jetzt gewachsen, und ihr Äußeres war betörend und wirkte leicht verwildert. Er beobachtete sie stundenlang, sog jede Nuance in sich auf, jede Geste, als könnte es ihre letzte sein.

»Mei-Hua, liebst du?«

»Ich muß lieben, Chao-li.«

»Mich mehr als alles andere?«

»Chao-li, ich muß alle Dinge lieben. Ich bin in Harmonie mit allem.«

»Aber in größerer Harmonie mit mir.«

»Ist das so, Chao-li?«

Sie entzog sich ihm. Er glaubte, sie bis in jede Pore zu kennen, jedes einzelne Molekül. Er konnte den Ansatz eines jeden Lächelns erkennen und wußte, wo das Haar auf ihrem Kopf wuchs und wo es sonst wieder zu sprießen begonnen hatte. Er glaubte, jeden Zentimeter ihres Körpers zu kennen und sie nicht nur körperlich zu kennen, denn sie war ihm gegenüber nicht geziert, war frei von jeder Zurückhaltung und ohne weibliche Launen. Sie war von ihrer Natur her unveränderlich und voller liebevoller Zuneigung, die nie schwankte. Und doch war da etwas, was er nicht ganz zu verstehen vermochte: ein Gefühl der grenzenlosen Gutwilligkeit gegenüber allen Geschöpfen, von dem sie ganz und gar durchdrungen war und das er in Kanäle leiten mußte, damit es ganz ihm zufloß.

Houston war in der Liebe nie besonders unterwürfig gewesen. Jetzt war er diesem achtzehnjährigen Mädchen gegenüber ein demütiger Bittsteller.

Er sagte: »Mei-Hua, sag, daß du in größerer Harmonie mit mir bist.«

»Gut, wenn du willst, daß ich es sage.«

»Und daß wir nie voneinander getrennt werden.«

»Oh, Chao-li, wie kann ich das sagen? Es ist nicht wahr.«

»Warum kann es nicht so sein?«

»Weil wir eines Tages sterben müssen«, sagte sie fröhlich.

Sie beugte sich über ihn und rieb ihre Nase an seiner Nase. Und er sagte mit einem Lächeln, das es mit ihrem Lächeln aufnehmen konnte: »Die Dämonin kann nicht sterben. Das hast du mir selbst erzählt. Sie geht nur fort und kehrt zurück.«

»Ihre Seele, Chao-li. Ihr Körper muß sterben. Alle siebzehn bisherigen Körper von ihr sind gestorben. Und auch dieser Körper wird sterben. Und dein Körper wird auch sterben. Jeder Körper muß sterben.«

»Können wir nicht zusammenbleiben, bis es soweit ist?«

»Wo sollen wir bleiben?«

»Wo du willst.«

»Bleiben wir im Himmel?«

»Mei-Hua, das ist kein Witz.«

»Bleiben wir in der Höhle des Einsiedlers?«

»Ich war sehr glücklich in dieser Einsiedlerhöhle«, sagte Houston.

»Ich auch, Chao-li. Ich war hier sehr glücklich mit dir.«

»Dann sei auch in Chumbi glücklich mit mir.«

»In Chumbi muß ich wieder die Äbtissin sein. Dort gibt es Adel und Lamas. Dort könnten wir nicht so leben wie hier. Und außerdem würdest du dich bald mit mir langweilen.«

»Niemals«, sagte Houston.

»Du würdest fortgehen, um deine Bilder zu malen.«

»Ich würde dich malen.«

»Wie oft könntest du mich malen?«

»Täglich, bis du uralt bist.«

»Nein«, sagte sie ihm ins Ohr.

»Bis du ururalt bist. Bis du wirklich ganz, ganz, ganz alt bist.«

»Siehst du, Chao-li, das geht alles nicht.«

»Warum nicht?«

»Weil dieser Körper nicht alt werden wird. Ich muß ihn jung verlassen.«

»Woher weißt du das?«

»Ich habe es immer gewußt. Es steht so für mich geschrieben.«

»Du weißt, wann du sterben wirst?«

»Das Jahr und den Monat, Chao-li.«

»Dann sag es mir.«

Sie wich zurück und sah ihn versonnen an. »Nicht jetzt, Chao-li. Vielleicht nie.«

Houston sank das Herz, als er sah, wie wenig es ihr bedeutete. Doch er blieb beharrlich. Eines Nachts, als er erwachte, stellte er fest, daß sie sein Gesicht im Schein des Feuers aufmerksam und angespannt musterte.

»Was ist?«

»Nichts. Ich habe dich einfach nur geliebt. Wie schön du bist, Chao-li!«

Houston zog sie in seiner schlaftrunkenen Freude zu sich herunter. Es war ein ganzes Stück bis zu der Absolutheit, nach der er sich sehnte, und doch glaubte er, Fortschritte zu machen.

2.

Die erste kleine Trübung seines Glücks setzte Mitte Februar ein. Der Nachschub an Frischfleisch versiegte. Innerhalb von wenigen Tagen nach seinem letzten großen Beutezug hatte der Nachschub zu versiegen begonnen. Er glaubte, gerade die direkte Umgebung leergefangen zu haben, und er stellte die Fallen an entfernteren Stellen auf. Am 17. Februar hatte er sie bereits dreimal verlegt, und seine gesamte Beute belief sich in diesem Zeitraum auf zwei kleine Murmeltiere und einen alten, kranken Fuchs. Er fand, es sei an der Zeit, sich an die Speisekammer heranzumachen.

Für sich allein hatte er neun kleine Murmeltiere, etwa ein Pfund getrocknetes Fleisch in Streifen, sechs Würfel Fleischbrühe und ein paar gar nicht schmackhafte Überreste des Pferdes. Das Mädchen hatte noch etwa sieben Kilo Tsampa, einige Pfund Reis, etwa ein Pfund Tee und zwei Pfund Butter.

Houston hatte zu einer Mahlzeit jeweils ein Murmeltier gegessen und dazu entweder eine Schale Suppe, wenn er es gekocht hatte, oder, wenn er es gebraten hatte, eine Schale Fleischbrühe. Er fand, er habe doch eher reichlich gegessen, und es sei wirklich keine Zumutung, sich zu beschränken. Wenn es nötig sein sollte, konnte er mit dem, was er noch hatte, über einen Monat kommen. Das brachte ihn allerdings auch nur bis Mitte März, und vor Mitte April würden sie nicht fortgehen.

Das Mädchen war weitaus besser dran. Zur Not reichten ihre Vorräte für die gesamte verbleibende Zeit. Sie hatte sich bereits Einschränkungen auferlegt, und es schien, als rechnete sie schon länger mit der Möglichkeit, ihren Vorrat mit Houston teilen zu müssen.

»Nein«, sagte Houston. »Nein, so wird es nicht kommen. Tee und Tsampa gehören ganz dir. Es wird sich schon etwas ergeben.«

Erst am allerletzten Tag des Monats, am achtundzwanzigsten, ging ihm auf, daß sich nichts ergeben würde. An diesem Tag hatte er einen Rundgang beendet, bei dem er alle Fallen aufgesucht hatte. Kein Anzeichen auf irgendwelche Tiere war zu erkennen. Die Fallen steckten in hartem Eis, die Federn und die Köder waren festgefroren, und nicht das kleinste bißchen Leben rührte sich um ihn herum.

Am folgenden Tag nahm er sich sein Abendessen und Ringlings Schlafsack mit, denn er war im Lauf der Nacht zu einer Schlußfolgerung gelangt. Die Tiere hatten die Berge verlassen. Sie waren aus den Bergen gekommen, um in der Nähe der Menschen Nahrung zu finden. Dort also würde er die Tiere suchen müssen.

Er schlich sich so nah an die Ortschaft heran, wie es nur eben ging. Er legte seine Fallen aus, mit Fleischködern, die er nur mit Mühe entbehren konnte, und dann zog er sich in eine Höhle zurück, die er auf dem Hinweg markiert hatte. Er verbrachte eine widerliche Nacht in der Höhle, hungrig und schlaflos, eine leichte Beute für finstere Gedanken. Auf dem Weg war er an dem Loch in dem zugefrorenen Fluß vorbeigekommen. Er hatte sich bemüht, nicht hinzusehen. Und doch hatte er dort etwas gesehen. Etwas. Das wenige, was Tiere zurückgelassen hatten, die hungriger als er selbst gewesen waren.

Da er sich in dieser Gegend nicht gut auskannte, hatte er sich ganz genau eingeprägt, wo er die Fallen aufgestellt hatte. Er zog früh am Morgen los, um sie aufzusuchen. Die erste war nicht da. Er verbrachte eine halbe Stunde damit zu überprüfen, ob er sich auch nicht in ihrem Standort geirrt hatte, ehe er zur nächsten lief. Auch die zweite Falle war nicht da. Er hatte gerade die Stelle erreicht, an der die dritte Falle gestanden hatte, als er den Mann sah. Er war schon ein ganzes Stück weit entfernt und trabte mit einem Maultier auf den aufsteigenden Rauch zu.

Houston machte sich nicht die Mühe weiterzusuchen. Er kehrte zur Eremitenhöhle zurück.

Er hatte noch drei Murmeltiere und drei Würfel Fleischextrakt. Wenn er sich nicht zu sehr anstrengte, konnte er damit über zwei Wochen kommen. Wenn er sich mit dem Mädchen dessen Vorräte teilte, kamen sie über weitere vierzehn Tage. Aber es lagen noch sechs Wochen vor ihnen, die sie überstehen mußten.

Houston lag in seinem Schlafsack und bemühte sich, seine Lage zu überdenken. Bald würde er nichts mehr zu essen haben. Er hatte keine Fallen mehr, um etwas zu fangen. Wie sollte er ohne Nahrung leben? Es war auf keinen Fall eine Lösung, wenn er mit von der Nahrung des Mädchens aß, denn dann würden sie alle beide verhungern. Er mußte irgend etwas Eßbares auftreiben. Woher aber sollte er etwas bekommen?

Diese alptraumhafte Lage schien so plötzlich über ihn hereingebrochen zu sein, daß er sie gar nicht gleich erfassen konnte. Er hatte drei Millionen Pfund in Smaragden und dreihundert Rupien Geld bei sich. In seiner Nähe gab es auf der einen Seite ein Nomadenlager und auf der anderen Seite eine Ortschaft voller Menschen. Wie war es möglich, daß er angesichts dieses Vermögens verhungern konnte?

Er hatte dem Mädchen nicht gesagt, daß seine Fallen verschwunden waren, und daher sagte er ihr auch nicht, was er vorhatte. Er glaubte, daß sie Einwände gegen diesen Plan erheben würde, den er selbst nur allzu widerwillig gefaßt hatte. Dennoch machte sich Houston drei Tage später wieder zu einem Ausflug auf.

Er zog schnell voran und verbrauchte leichtsinnig seine Energien, denn er hatte vor, noch vor seiner Rückkehr neue Energien aufzutanken. Er nahm Ringlings Pistole mit. Sein Plan bestand darin, die Pistole gegen Nahrungsmittel einzutauschen. Er nahm an, daß die Nomaden, falls sie ihn den Chinesen ausliefern wollten, ihm nicht vorher noch Nahrungsmittel verkaufen würden. Und wenn er Essen bekäme, dann würde er auf der Stelle etwas zu sich nehmen, und zwar eine ganze Menge.

Als er das letzte Mal dort gewesen war, hatte eine Gruppe von Nomaden gerade eine Mahlzeit zubereitet. Sie hatten Jak-Steaks gebraten. Sie hatten eine Schale unter dem Fleisch aufgehängt, um den Bratensaft aufzufangen, während das Fleisch über dem Feuer brutzelte, und sie hatten den Inhalt dieser Schale über die Steaks geschüttet, die sie anschließend gegessen hatten.

Houston hatte den Geruch jetzt noch in der Nase. Bei dem Gedanken daran lief ihm das Wasser im Mund zusammen. Die Vorstellung, daß er in wenigen Stunden seine Zähne in ein solches Steak hauen würde, war so berauschend, daß er ihm fast Flügel verlieh. Während der Wind ihm wie eine Mauer ins Gesicht schlug, war er vom Hunger derartig beschwingt, daß er nicht mehr zögerte und alle seine Einwände sich zerstreuten, und er legte den Weg in kaum fünf Stunden zurück.

Um die Mittagszeit erreicht er die Ebene. Es schneite nicht. Es war nur leicht verhangen. Er konnte meilenweit sehen. Er sah nicht eine Menschenseele. Sein Schock und seine Enttäuschung waren so groß, daß er spürte, wie ihm die Knie weich wurden.

Die Nomaden waren verschwunden. Er war gar nicht auf die Idee gekommen, sie könnten weitergezogen sein. Wohin waren sie gezogen? Und warum waren sie fort?

Sie waren fort, weil das Gesetz, das 1948 erlassen worden war, es ihnen verbot, am Fuß des Gebirges zu überwintern. Es war ein geheiligtes Gesetz, das ihnen dieses Tabu auferlegte, die einzige Art von Gesetz, der sie gehorchten, und ganz selbstverständlich waren sie weitergezogen, sobald die ersten starken Schneefälle eingesetzt hatten. Die Chinesen, denen klar gewesen war, daß es so kommen würde, hatten sich nicht die Mühe gemacht, ihnen Houston bis in alle Einzelheiten zu beschreiben, wenn auch die Beschreibung seiner Person mittlerweile in einem Umkreis von hundert Meilen in jeder Ortschaft verbreitet worden war. Das war auch der einzige Grund, warum er nicht schon ergriffen worden war, als er mit dem Jungen hergekommen war, um Vorräte zu kaufen. Andernfalls wäre er mit größter Sicherheit ausgeliefert worden, denn es war ein Preis auf seinen Kopf ausgesetzt worden, ein Preis von einer Million alter Yuan (etwa siebzig englische Pfund, ein Vermögen an Bargeld), und die Chinesen waren keine Feinde mehr.

Die Kämpfe hatten im Dezember aufgehört, zwei Monate nach der Invasion und wenige Wochen nachdem Houston sich Bukhri-bo zum Wohnsitz erkoren hatte. Der Ex-Feind verhandelte jetzt eher freundschaftlich mit »herrschenden Kreisen«, die in Chumbi ins Exil gegangen waren und behutsam nach Wegen suchten, ohne zu großen Gesichtsverlust wieder zu den Annehmlichkeiten ihres Lebens in Lhasa zurückzukehren. Eines der Mittel bestand darin, gewisse genauer bestimmte »kriminelle Elemente« auszuliefern. Houston war ein solches Element.

Das wußte er zu diesem Zeitpunkt nicht. Das einzige, was ihm klar war, als er die Ebene überblickte, war, daß fast zwei Meter hoher Schnee darauf lag und daß es unwahrscheinlich war, daß die Nomaden in absehbarer Zeit zurückkehrten.

Das schien ihm nur noch eine Alternative zu lassen.

3.

Es dauerte einige Tage, bis er sich dazu durchringen konnte. Seine Lebensmittelvorräte schrumpften unbeirrbar, ganz gleich, wie sehr er sich auch einschränken mochte. Seine Liebe zu dem Mädchen wurde allabendlich auf eine harte Probe gestellt, wenn er Kostproben ihres gesunden Appetits erleben durfte. Er raffte sich dazu auf, das zu tun, was getan werden mußte.

So sehr es ihm schon widerstrebt hatte, das Nomadenlager aufzusuchen, so widerstrebte es ihm noch weitaus mehr, die Ortschaft aufzusuchen. Er wußte, daß er es nicht wagen durfte, sich am Tag unter Menschen zu zeigen, die bereits bewiesen hatten, wie wohlgesonnen sie den Chinesen waren. Er mußte bei Dunkelheit hingehen und stehlen und seine Pistole als letztes Argument einsetzen. Die Vorstellung war so wenig verlockend, daß er fand, er sollte doch erst noch einige andere Möglichkeiten ausprobieren.

Er versuchte, Holz und Laub zu essen. Er kochte Suppe daraus. Die Suppe war bitter, was durch das Harz kam, das es möglich machte, Holz und Blätter selbst in nassem Zustand zu verbrennen. Diese Suppe brachte ihn nur dazu, sich zu übergeben.

Er versuchte zu fischen. Er rang sich dazu durch, sich wieder an den zugefrorenen Fluß zu begeben. Doch entweder war der Angelhaken, den er aus einer Schnalle gebogen hatte, unzureichend, oder der Köder war nicht verlockend genug. Vielleicht waren aber auch ganz einfach keine Fische da. Er traf auf keine Spur von Leben. Nirgends war Leben. Nichts bewegte sich auf dem Land, im Wasser oder in der Luft. Es gab nichts, was er hätte essen können.

Am 16. März erkannte Houston, daß er es nicht länger hinauszögern konnte. Er hatte noch ein kleines Stück von einem Murmeltier und ein paar Krümel Fleischextrakt. Bei den Portionen, die er zu sich nahm, reichte das für zwei weitere Tage. Er kochte beides zusammen auf und aß an jenem Abend die festen Teile, und am Morgen darauf machte er sich mit einem Gefäß mit Suppe auf den Weg.

Er war seit zwei Tagen nicht mehr draußen gewesen, und ihm wurde sofort klar, daß er ziemlich geschwächt war. Er fand kaum die Kraft, den Schlitten hinter sich herzuziehen und hielt es für das Beste, einmal stündlich eine Rast einzulegen. Nach drei Stunden drängte sich ihm der unerfreuliche Verdacht auf, daß er es nicht schaffen würde. Er hatte drükkende Kopfschmerzen, und seine Knie waren weich. Er stellte fest, daß er für einen solchen Marsch zu sehr geschwächt war, daß er sich eher auf den Weg hätte machen oder etwas von der Nahrung des Mädchens zu sich nehmen müssen.

Houston bemühte sich, sich von dieser Vorstellung zu lösen, weil er merkte, daß es ihm selbst in diesem kritischen Augenblick nur zu leicht gefallen wäre, sich gegen sein Vorhaben zu entscheiden. Doch der Gedanke ließ ihn nicht mehr los. Warum hatte er ihre Lebensmittel denn nicht angerührt? Konnte sie überleben, wenn er verhungerte? Es war ihrer beider Essen. Schließlich hatte er es in der Ortschaft nicht nur auf Fleisch abgesehen. Es war sogar wahrscheinlicher, daß er dort Tsampa fand als Fleisch. Er würde Nahrung für sie beide organisieren.

Es war noch nicht an der Zeit, eine weitere Ruhepause einzulegen, und doch machte Houston Rast. Er sah ein, daß es eine Dummheit gewesen war, nicht eine anständige Mahlzeit zu sich zu nehmen, ehe er sich an ein solches Vorhaben machte. Damit, daß er nicht genug gegessen hatte, brachte er sie beide in Gefahr. Wenn er sich nicht kräftigte, dann hatte sein Vorhaben keinerlei Chance auf einen Erfolg. Es war das Beste, wenn er umkehrte und etwas aß.

Um halb elf hatte er sich weitgehend zu dieser Sicht durchgerungen, und er stand auf und kehrte um. Er trug die Pistole in der Hand, während er zurücklief, denn er trug sie jetzt immer bei sich, wohin er auch ging. Er hatte immer noch nicht die Hoffnung verloren, daß sich irgendwo ein Tier regte und daß die Vorsehung es ihm über den Weg laufen ließe. Und an jenem Tag, dem 17. März, um etwa elf Uhr tat die Vorsehung genau das.

Die Vorsehung ließ Houston den Bären über den Weg laufen.

Es war ein sehr alter Bär, ein hungriger Bär. Houston rechnete sich im nachhinein aus, daß er wohl vor dem Winterschlaf nicht genug gefressen hatte und daher in dem harten Winter zu früh erwacht war. Dann war er auf seiner Suche nach einer Mahlzeit den Hügel hinuntergetappt.

Um elf Uhr sah er eine Mahlzeit auf sich zukommen.

Houston trug seine dunkle Brille in der Tasche mit sich, doch als seine Augen durch die starken Reflexionen des Schnees zu schmerzen begannen, setzte er sie auf. Im gleichen Augenblick merkte er, daß er beobachtet wurde.

Er stand benommen auf dem Weg, blieb stehen und versuchte, dieses Phänomen zu begreifen. Zwei alte Männer beobachteten ihn. Sie standen fünfzehn Meter vor ihm auf dem Weg. Sie waren in unförmige Felle gekleidet und lehnten aneinander. Sie lehnten nicht nur aneinander, sondern schmiegten sich geradezu ineinander und lösten sich dann wieder. Er blinzelte und sah, daß nur ein alter Mann dastand und daß es kein alter Mann war, sondern ein Bär.

Houston hatte in seinem ganzen Leben noch keinen Bären gesehen, außer im Zoo. Er hatte Männer gesehen, die sich als Bären verkleidet hatten. Das hier sah aus wie ein Mann, der sich als Bär verkleidet hatte. Er wußte dennoch, daß es nicht so war, und er tastete in seiner Tasche nach dem Messer, um sich besser zu bewaffnen.

Der Bär kam auf ihn zu, recht langsam und mit erhobenen Vorderpfoten wie ein Schlafwandler, und seine Schnauze schnupperte im heftigen Gegenwind. Houston konnte die Pistole nicht abfeuern, solange er seinen Handschuh anhatte, und daher zog er ihn aus und wartete, bis der Bär die Hälfte der Entfernung zwischen ihnen zurückgelegt hatte, und dann feuerte er. Er drückte den Abzug viermal. Die Pistole blieb stumm.

Selbst in diesem Augenblick hatte er sich, und daran konnte er sich noch Jahre später erinnern, nicht im geringsten vor dem Bären gefürchtet. Er glaubte, zu erschöpft gewesen zu sein, um sich zu fürchten. Der Bär näherte sich ihm auf qualvoll langsamen Tatzen. Sein Pelz war von trockenem Blut verklebt und hatte kahle Stellen. Seine kleinen Augen traten hervor und sahen ihn wie blind an, und die Zähne in seinem offenen Maul waren bis auf runde Stümpfe abgewetzt. Houston erkannte, daß ein wendiger Mensch ihm ohne Schwierigkeiten hätte ausweichen können. Er versuchte gar nicht, dem Bären auszuweichen. Benommen und verrückt vor Hunger blieb er wankend auf dem Weg stehen, sah abwechselnd einen und dann wieder zwei Bären, und sein einziger Gedanke war der, wie viele heiße Mahlzeiten hier auf ihn zukamen, und daß er es vielleicht sogar schaffen konnte, wenn er sie nur richtig in den Blick bekam.

Der Bär schien ganz liebevoll auf ihn zuzukommen. Er wimmerte leise und stützte seine räudigen und stinkenden alten Tatzen auf seine Schultern und schleckte sein Gesicht, und auf alle Welt hätte es so wirken müssen, als sei sein Großvater gekommen, um ihn abzuküssen.

Der Bär versuchte nicht, ihn zu küssen. Er versuchte, ihn zu fressen, während er dastand, zu schwindlig und zu hungrig, um ihn vorher zu töten, und er nahm seinen Kopf in sein Maul und murmelte gefräßig.

Houston spürte, daß seine Backe wie in einem gigantischen Nußknacker gedrückt und gequetscht wurde, und er zog das Messer, das er in die Brust gestoßen hatte, zurück und stach in das Gesicht. Er bemerkte, daß er auf dem Boden lag. Der Bär lag auch auf dem Boden, und beide waren zu schwach, um aufzustehen und miteinander zu ringen. Die stumpfen Zähne hatten nicht durch Houstons Fellmütze dringen können, und die feuchte Nase des Tieres schnupperte jetzt nach einem vielversprechenderen Bissen. Der Atem des Bären hatte einen ekelerregenden Geruch, den Gestank tierischer Ausscheidungen. Der Bär roch die Hand, die keinen Handschuh trug und die Pistole hielt, und hungrig biß er hinein.

Trotz seines stark eingeschränkten Empfindungsvermögens war der Schmerz in seinen gefrorenen Fingern, die zermalmt wurden, so ungeheuerlich, daß Houston aufschrie und wild zustach und unbedacht mit dem Messer wütete. Der Bär brummte, befreite eine Tatze und schlug zu, und die Krallen zerrissen die Mütze und schlitzten das Gesicht auf. Houston gelang es, seine beiden Arme zu befreien. Die Hand mit dem Messer hielt er unter die Kehle des Tieres, und er stieß zu, doch seine andere Hand war so taub, daß er sie kaum rühren konnte, und diesem Arm wandte sich der Bär wieder zu. Mit seiner Tatze zerriß er den Ärmel und packte den ganzen Arm.

Houston hörte sich aufheulen. Er heulte auf wie ein Hund, weil der Schmerz in der Hand und dem Arm, der im Maul des Bären steckte, einfach unerträglich war. Mit aller Kraft stach er zu, und er drehte das Messer in der Kehle des Bären und riß es herum, damit dieser entsetzliche Schmerz aufhörte. Der Bär war jetzt wütend und biß ebenso wild auf seinen Arm ein und schüttelte ihn.

Als sein Ellbogen zwischen den Kiefern des Tieres zermalmt und zerstückelt wurde, war der Schmerz so groß, daß Houston das Bewußtsein verlor.

Als er wieder zu sich kam, steckte sein Arm immer noch im Maul des Bären. Der Bär schüttelte seinen Arm, biß aber nicht mehr zu. Im nächsten Moment stellte er fest, daß sich nicht nur der Kopf des Bären von einer Seite auf die andere bewegte, sondern daß der ganze Bär zuckte, bebte, sich wand und krächzte. Ein Schwall von Ausscheidungsgerüchen wurde durch seinen Husten freigesetzt. Blut triefte aus seinem Maul und aus seiner Kehle. Seine Achsel und seine Brust waren rot gefärbt. Der Bär blieb liegen und zuckte nur noch schwach, und seine Tatzen streckten sich und ruckten, als das Leben aus ihnen wich. Aus der Wunde in seiner Kehle spritzten kleine gluckernde Blutfontänen wie bei den chinesischen Soldaten. Der Bär hustete jetzt nur noch, ein mattes, erschöpftes Husten, zwischen dem jeweils etliche Sekunden lagen, und sein gesamter Körper hob und senkte sich wie der einer großen, kranken Katze, die blind war und auf dem Rücken lag.

Houston blieb mehr als eine Stunde liegen, während das Blut des Bären auf ihm gefror. Irgendwie gelang es ihm nicht, sich koordiniert zu bewegen. Er hatte seinen verletzten Arm aus dem Maul des toten Bären gezogen, und da der Ärmel zerrissen war, konnte er die Knochen sehen, die herausragten.

Er blieb still liegen und bemühte sich dahinterzukommen, wie er diesen Arm hochheben sollte. Er glaubte, daß, wenn es ihm gelänge, den Arm festzuhalten, er zur Einsiedlerhöhle zurückeilen könnte. Dort konnte er den Arm verbinden und in eine Schlinge legen, und dann konnte er gemeinsam mit dem Mädchen noch einmal zurückkehren und mit ihrer Hilfe den Bären auf den Schlitten ziehen. Er konnte den Bär nach Hause schleppen und ihn aufessen. An diesem Bären konnte er wochenlang essen.

Er zog den Arm behutsam an seinen Körper. Die Hand war einer Traube nicht unähnlich, violett und prall geschwollen. Er griff nach dem Handgelenk und erkannte, daß er sich auf den Rücken rollen mußte, wenn er den Arm hochheben wollte, und das tat er auch, und er hielt den Arm über sich, und bei dem Anblick der blutigen Knochen wenige Zentimeter über seiner Nase wurde ihm ganz übel. Er versuchte, sich aufzusetzen. Es schien ihm aber nicht möglich zu sein. Seine Unfähigkeit, sich aufzurichten, versetzte ihn in leichte Panik, und in seiner Panik dachte er nicht weiter nach, sondern holte mit dem Rücken Schwung und immer mehr Schwung, als läge er rücklings auf einem Schaukelpferd, und jedesmal kam er ein wenig höher hinauf, bis er es schließlich geschafft hatte und dasaß, sich den Arm hielt und nach Luft schnappte.

Ihm fiel nichts ein, was er mit dem Arm hätte tun können. Solange er ihn festhielt, konnte er nicht aufstehen. Er begriff, daß er sich erst einmal hinknien mußte, und er legte den Arm mit größter Sorgsamkeit auf sein rechtes Knie, stemmte seine linke Hand auf den Boden und zog sich hoch. Dann hielt er den Arm wieder fest, zog sich auf das zweite Knie und kniete da und hielt den Arm vor sich und plante seine nächste Bewegung.

Houston erhob sich sehr langsam vom Boden. Einen Moment lang blieb er über den Arm gebeugt stehen, und dann machte er sich auf den Weg.

Er konnte sich später absolut nicht an diesen Rückweg erinnern. Er erinnerte sich erst wieder daran, mit seinem Stiefel gegen die Eingangsplatte getreten zu haben, und als ein Schwall Heißluft ihm entgegenströmte, hatte er gehustet und dann leise gerülpst und dabei einen Nachgeschmack von Tee in seinem Mund gehabt.

»Oh, Chao-li, was hast du getan?«

Er saß auf dem Schlafsack und lehnte an der Wand. Er hatte seine Felljacke noch an und schwitzte. Er fragte sich, warum er seine Jacke in der heißen Höhle trug, und dann sah er die Knochen, die aus ihr herausragten, und er wußte, warum.

Er half ihr, als sie ihm die Jacke auszog, und in dem Moment fiel ihm plötzlich ein, daß er sie nicht ausziehen durfte, daß er die Jacke noch brauchte, um wieder ins Freie zu gehen. Er hatte gerade angefangen, ihr das zu sagen, als er voller Entsetzen feststellte, daß sich alles geändert hatte, daß er nicht mehr aufrecht dasaß, sondern flach auf dem Rücken lag und daß er seine Jacke nicht mehr anhatte. Ein Arm war mit einem Streifen Stoff auf seine Brust gebunden. Das Mädchen tupfte sein Gesicht sachte mit einem feuchten Lappen ab.

»Bleib still liegen, Chao-li. Du darfst dich noch nicht bewegen.«

»Mei-Hua, ich muß noch einmal hinaus. Dort liegt ein Bär.«

»Dort liegt kein Bär, Chao-li. Du hast geträumt. Du bist in Sicherheit.«

»Mei-Hua, ich träume nicht! Dort liegt ein Bär, ein toter Bär. Ich kann ihn essen. Er ist Nahrung für mich, Mei-Hua.«

»Ja, Chao-li, ja. Sieh, dort sind Tee und Tsampa für dich. Iß das, und du wirst dich beser fühlen.«

»Mei-Hua, ich brauche dein Essen nicht. Behalte dein Essen für dich!« sagte er verzweifelt. »Ich habe mein eigenes Essen. Ich habe den Bären getötet. Wir müssen jetzt gehen und ihn holen, jetzt gleich.«

Er sah, daß sie eilig zurückgetreten war.

»Oh, Chao-li«, sagte sie. »Das ist nicht wahr. Sag nicht, daß du einen Bären getötet hast.«

»Ich sage dir doch, daß es so ist!« sagte er, und er schrie es fast heraus, um das Hämmern in seinem Arm zu übertönen und gegen das seltsame Schwimmen ihres Kopfes anzugehen. »Ich habe ihn getötet, und ich brauche schnell etwas zu essen. . . . «

»Oh, Chao-li, bei einem Bär kann ich dir nicht helfen.«

Er sah, daß ihr Kopf nicht nur im Kreis schwamm, sondern auch langsam von einer Seite auf die andere wankte.

»Chao-li, ich muß alle Bären beschützen. Es ist eine sehr schwere Sünde, einen Bären getötet zu haben.«

Houston ging allein wieder hinaus zu dem Bären. Er zog sich allein die Jacke an und wankte allein in den Chorten hinauf. Das Mädchen lief ihm nach und weinte, während sie ihm erklärte, warum sie ihm nicht helfen konnte. Houston hörte sie kaum. Er war so schwach, daß in seinem Kopf nur noch Raum für einen Gedanken war.

Er stellte sich vor, den Bären zu essen.

Er stellte sich auf dem ganzen Weg vor, wie er den Bären essen würde. Er plante sein gesamtes Vorgehen, das es ihm erleichtern würde, den Bären zu essen.

Es würde ihm nicht möglich sein, den Bären allein auf den Schlitten zu zerren. Er würde ihn vorher zerlegen müssen. Er würde die Gliedmaßen abschneiden und sie zurückbringen und sie essen, und wiederkommen, um den Rumpf zu holen, wenn er wieder kräftiger war. Bis dahin mußte er den Rumpf abseits des Weges verstecken.

Es war schon ziemlich dunkel, als er den Bären erreichte. Er war auf dem Weg festgefroren, und der Schlitten, die Pistole und das Messer waren auch festgefroren. Houston grub das Messer mit seinen Stiefeln aus dem Eis, setzte sich auf den Bären und begann, ein Bein abzuschneiden.

Er setzte hoch oben an, über der Keule, doch das Fleisch war bereits so weit gefroren, daß es die Konsistenz von Hartgummi hatte, und er konnte es nicht erwarten und riß mit der Hand ein Stück neben der Schnittstelle heraus. Er hielt dieses Stück am Pelz fest und nagte mit den Zähnen das Fleisch ab. Er schmeckte so gut wie nichts, aber er spürte, wie das Fleisch herunterrutschte und sein Magen wieder zu arbeiten begann.

Der Wind ließ nach, während er beim Essen war, wie gewöhnlich um diese Tageszeit, doch die Kälte wurde plötzlich viel beißender. Er erkannte, daß er es nicht schaffen würde, herumzusitzen und sämtliche Gliedmaßen abzuschneiden, und daß es wohl das Beste war, nur ein Bein abzuschneiden, um für den Anfang etwas zu haben. Die Vorderpfote schien sich am leichtesten abtrennen zu lassen, und so nahm er sie. Er spaltete den Knochen mit seinem Messer und der Pistole und stellte einen Stiefel auf die Schulter, und schließlich konnte er die Keule abreißen.

Er hatte zwar nur das Stück bis zum ersten Gelenk lösen können, doch das war schon zu groß, um es in die Tasche zu stecken. Houston hielt die Keule auf dem Heimweg in der Hand und lief durch die Dunkelheit.

Der Bär schmeckte kaum besser, als er roch. Doch Houston konnte damit leben. Er aß täglich mehrere Pfund. Er aß das Bärenfleisch selbst dann, wenn er von Sinnen war. Doch mehr als die Hälfte war noch übrig, als sie die Höhle verließen.

Kapitel 16

1.

Sie überquerten den Paß zu einem Zeitpunkt, den Houston für den 12. April hielt, doch später errechnete er, daß es der 18. gewesen sein mußte. Trotz des großartigen Kalenders, den er angelegt hatte, waren ihm irgendwie sechs Tage in seiner Zählung abhanden gekommen – vielleicht, weil er im Delirium lag oder bewußtlos war. An den Paß selbst konnte er sich überhaupt nicht erinnern, und auch an den Weg dorthin hatte er nur schwache Erinnerungen. Es war unmöglich, daß das Mädchen ihn auf dem Schlitten gezogen hatte, denn darauf lagen vier Säcke mit Smaragden – mehr als hundert Pfund – und so nahm er an, daß er gelaufen war. Der Zustand, in dem er sich befunden hatte, war in jenen Tagen nur selten besser gewesen.

Er hatte einen Monat mit entsetzlichen Schmerzen durchgemacht. Das Mädchen hatte überhaupt nichts dazu beigetragen, den Schmerz in seinem Arm zu lindern, den sie als Buße für seine Versündigung auffaßte, die darin bestanden hatte, daß er den Bären tötete. Der Bär stand in seiner hochheiligen Unantastbarkeit über allen anderen Tieren, ein mysteriöses Geschöpf der Berge, das jeden Winter starb und doch im Frühling immer wieder lebte. Es war selbst dann nicht zulässig, einen Bären zu töten, wenn es geholfen hätte, Leben zu retten, und der Umstand, daß Houston ihn in der Phase seines größten Mysteriums getötet hatte, war so außerordentlich abscheulich, daß sie nicht das geringste tun konnte oder wollte, um sein Leiden abzuschwächen. Zu Houstons alptraumhaftesten Erinnerungen gehörten seine Versuche, seine Leiden selbst zu lindern.

Ihm war ein wirrer Eindruck von Schwärze und Schmerz

geblieben, von schlaflosen Nächten, in denen die Tränen des Mädchens auf sein Gesicht tropften, von einer Reihe von verrückten und unvernünftigen Taten. (Er hatte, so scheint es, versucht, den Arm in Bärenfett zu tauchen, und später gar, ihn einzufrieren, dann wieder, ihn aufzutauen. Und eines Nachts war er aufgewacht und hatte festgestellt, daß das Mädchen verschwunden war, und er hatte sie am Ort der Windgeister gefunden, fast nackt und in Trance, wie sie versucht hatte, für seine Sünde zu büßen. Es war unglaublich, aber sie war wirklich nicht krank geworden.)

Doch trotz dieser Schicksalsschläge hatte er sich mit größter Verbissenheit an die Pläne geklammert, die er gemacht hatte. Er war an dem Tag, den er für den 1. April hielt, aus der Höhle gewankt und war mit Hilfe des Mädchens zur Ortschaft gelaufen, um sich einen ersten Überblick zu verschaffen. Das Dorf lag in einer Senke, an den Ufern des zugefrorenen Flusses. Sie hatten zwei Stunden lang auf den Ort hinuntergeschaut und keine Chinesen gesehen.

Eine Woche später hatten sie sich wieder auf den Weg gemacht, und diesmal nahmen sie den Schlitten und zwei Säcke Smaragde mit. Houston hatte eine geeignete Höhle für die Smaragde gefunden, eine Höhle, die abseits vom Weg lag und deren seltsam zerfurchte Decke (die Säcke wurden »in das Dachgefüge gestopft – äußerst mühsam«) er später aus dem Gedächtnis skizzierte. Auch diesmal waren keine Chinesen im Dorf zu sehen gewesen.

Zwei Tage später hatte er einen weiteren Smaragdtransport durchgeführt, und auf diesem Ausflug, so scheint es, hatte er sich endgültig den Rest gegeben. Er konnte sich vage erinnern, mit einem Sack auf der Schulter auf einen Felsen geklettert zu sein, und dann daran, in seinem Schlafsack zu liegen und laut zu schreien, weil er rasende Schmerzen in seinem Arm hatte. Er glaubte, gestürzt und auf seinen Arm gefallen zu sein.

Danach war nichts mehr ganz klar.

Es schien kälter in der Einsiedlerhöhle zu werden, und der Holzstapel schrumpfte.

Es schien dunkler zu werden.

Es schien ständig zu stinken, und er lag nicht in ihrem großen, sondern in Ringlings Schlafsack.

Alles war verschwommen, und nur äußerst vage Eindrücke

drangen zu ihm durch: sich die rauchigen Stufen zum Chorten hinaufgeschleppt zu haben und sein Fleisch roh verschlungen zu haben, Tage abgehakt zu haben, wobei es die entsetzliche Mühe, eine Hand nach oben zu strecken, wert gewesen war, ihren endgültigen Untergang aufzuzeichnen.

Seine eigene Stimme, trunken und nuschelnd: »Nein, nein, du irrst dich. Das kann nicht sein. Es ist zu früh.«

»Chao-li, setz dich auf. Bitte, setz dich auf.« Eine Ahnung davon, daß sein Gesicht gewaschen wurde. »Ich sage es dir, alles schmilzt. Die Sonne scheint. Ich schwöre es dir.«

Die Sonne schien tatsächlich, der Weg war naß, alles war naß. Die Welt war von glitzerndem, matschigem Wasser überströmt, und er trottete offensichtlich durch dieses Wasser. Stiefel, die eine endlose Tretmühle bedienten, eine unvermeidliche Last auf dem Rücken, Licht, das ständig in seinen Augen schmerzte.

Und dann kein Licht, sondern Dunkel, und alles fort, bis auf die Säcke. Nichts anderes mehr auf der ganzen Welt, was man ansehen konnte außer diesen Säcken, und er stellte fest, daß er sie ganz aus der Nähe ansah, und dann merkte er, daß er auf ihnen lag. Er lag auf dem Schlitten. Er war allein. Es war Nacht.

Er zog sich mit solchen seelischen Qualen von den Säcken hoch, daß er seine eigenen Klagelaute hörte. Sie hatte ihn verlassen. Sie war fortgegangen, ohne es ihm zu sagen. Ihre Zeit war gekommen, und sie war fortgegangen. Doch dann erinnerte er sich daran, daß nur ihr Geist fortging. Er ging fort und kehrte zurück. Sicher konnte er noch nicht weit gekommen sein, nicht so weit, daß er ihn nicht mehr zurückrufen konnte. Er versuchte, ihren Geist zurückzurufen, taumelte in der Dunkelheit auf dem Pfad voran. Doch ihr Geist wollte ihm nicht antworten, und weinend machte er sich auf die Suche nach ihrem Körper, der, wie jeder Körper, zurückbleiben mußte, und eine Weile später sah er ihren Körper, der ihm entgegenlief.

»Chao-li, sei still, sei still.«

»Warum bist du weggegangen?«

»Ich habe die Höhle gesucht, die Höhle, in der die anderen Säcke sind. Chao-li, ich kann sie nicht finden. Ich kann mich nicht erinnern.«

»Oh, Mei-Hua, verlaß mich nicht.«

»Chao-li, sprich leiser, ich flehe dich an! Wir sind auf dem Paß!«

»Versprich es mir.«

»Ja, ich verspreche es dir. Chao-li, du mußt mir helfen, die Höhle wiederzufinden. Wir haben nur noch wenig Zeit.«

»Wieviel Zeit? Sag es mir, Mei-Hua. Ich muß es wissen.«

Dieses unwirkliche Gespräch auf dem Paß bei Dunkelheit – war es ein Traum, ein Alptraum? – war alles, woran er sich wirklich deutlich erinnern konnte. Doch gerade daran erinnerte er sich mit der gleichen Klarheit, mit der er sich an die Bemerkungen des Chirurgen erinnerte, als er einige Wochen später in der Londoner Klinik lag. Damals hatte er kein Gespür für die Mißverständnisse, für ihrer beider verschiedene Anliegen. Das Mädchen wollte die Säcke unbedingt vor Einsetzen des Tageslichtes holen, und er wollte nichts weiter als ihre Versicherungen, daß sie ihn nicht verlassen würde. Er war von der Vorstellung besessen, daß sie ihn bald verlassen würde, daß sie ihn vielleicht sogar bereits verlassen hatte und daß er nichts weiter als ein Phantasiegebilde in seinen Händen hielt.

»Oh, Chao-li, viele Jahre nicht. Ich schwöre es dir!«

»Sag es mir. Sag es mir jetzt.«

»Ich kann es dir nicht sagen. Ich darf nicht.«

»Du mußt. Ich lasse dich nicht gehen.«

»Chao-li, die Säcke – wir haben nur noch ein paar Stunden.«

»Sag es mir. Sag mir das Jahr und den Monat. Du weißt es. Ist es jetzt? Ist es jetzt soweit, Mei-Hua?«

»Oh, Chao-li, nein, nein, nein. Noch lange nicht.«

»Wann denn? Wann?«

Hatte sie es ihm in diesem Moment gesagt oder erst später? Auf dieser Seite des Passes oder auf der anderen? Er konnte sich nicht erinnern. Nichts blieb ihm als diese Worte, die durch seine Gedanken jagten, sich miteinander verwoben und sich wieder lösten und doch immer da waren.

Ein Schwein mit einem Ringelschwanz, ein Schwanz, der eine Sechs war. Der sechste Monat des Erd-Schweins. Es war noch in weiter Ferne, dieses Schwein. Es war noch kein Schwein, das Anlaß zu Sorge gab. Es war noch viel Zeit, sich mit diesem Schwein zu befassen.

»Und dann?« hatte Oliphant gefragt. »Es muß noch etwas anderes passiert sein, etwas Einschneidendes. Wie bist du auf diese Tragbahre gekommen? Kann das in Chumbi gewesen sein oder schon vorher? Und was genau ist Chumbi eigentlich – ein Ort?«

Kein Ort. Ein Tal, ein Landstrich. Er war in einer kleinen Stadt gewesen, in Yatung, und dann irgendwo anders. Aber vorher? Vorher, ja, ein Mann mit einem Gewehr. Und das Mädchen, das plötzlich verschleiert war. Nur diese zwei Bilder: ein Mann mit einem Gewehr und der Schleier. *Dann* die Tragbahre. Eine Sänfte auch, glaubte er jedenfalls. Aber ob für das Mädchen oder für den Herzog von Ganzing . . .? Ja, der Herzog war auch da. Eine vage Erinnerung an den Herzog, der liebenswürdig auf seiner Bettkante saß.

»Wieder mal ziemlich daneben, alter Junge. Macht nichts. Alles unter Kontrolle. Sie haben eine Flasche mit dem Urin des Dalai Lama – er ist hier in Yatung – in gewissen Fällen ein wunderbares Heilmittel. Und ein Kerl aus Sikkim – ein sehr geschickter Kerl. Er hat Ihren Arm gerichtet. Der kriegt ihn so hin, daß er wieder so gut wie neu ist.«

»Wo ist die Äbtissin?« sagte Houston.

»In der Nähe. Wohlauf und in Sicherheit.«

»Kann ich sie sehen?«

»Bald. Wenn es Ihnen wieder so gutgeht, daß Sie transportiert werden können. Sie schickt täglich jemanden, um sich nach Ihrem Befinden zu erkundigen.«

»Kann sie herkommen?«

»Nicht nach Yatung, alter Junge. Der Dalai Lama ist hier – das ist eine schwierige Frage des Protokolls.«

»Dann gehe ich zu ihr.«

»Gewiß, alter Junge. In ein paar Tagen. Der Haken ist nur der, daß es hier im Moment von Chinesen wimmelt. Sie haben ein Messer herumliegen lassen, auf dem Ihr Name steht. Sie haben versprochen, nicht nach Yatung zu kommen, aber sie haben den Hang, da draußen herumzuschleichen, um Sie abzufangen. Besorgniserregend.«

»Ich will sie jetzt sofort sehen.«

»Ja. Trinken Sie das erst. Das tut Ihnen gut.«

Tage waren verloren, weil er Dinge trank, die gut für ihn waren, Tage, in denen er betäubt war und sich im Schlaf Fragen zurechtlegte, die er stellen mußte, doch wenn er aufwachte, vergaß er sie wieder, oder war es umgekehrt? Und dann – wann? – keine Butterlampen, sondern Sterne und ein Windhauch in seinem Gesicht und ein Holpern, ein Auf und Ab.

»Wo ...? Was ...?«

»Psst. Alles unter Kontrolle, alter Junge. Jetzt geht es nach Hause.«

»Nein. Nein! Ich will nicht ... «

»Hier. Zeit für Ihre Medizin. Trinken Sie das.«

»Ich will nicht. Ich trinke das nicht. Ich will nicht nach Hause. Ich will die Äbtissin. Ich sage Ihnen ... «

»Ruhig! *Ruhe,* alter Junge. Um Gottes willen – hier gibt es Chinesen. Sie sind überall verstreut ... «

»Ich schreie, bis sie es hören. Ich werde die verdammten Toten aufwecken ... «

»Psst, psst. Um Himmels willen ... Lassen Sie mich nachdenken«, und dann auf tibetanisch: »Wie weit ist es zum Hof der Mutter?«

»Mindestens vier Stunden, Hoheit. Es ist unmöglich, vor Tagesanbruch dorthin- und wieder zurückzukommen.«

»Sehen Sie, alter Junge, sehen Sie, es ist einfach nicht möglich. Es läßt sich nicht machen ... «

»Ich sage Ihnen ... «

»Die Chinesen sind hinter Ihnen her. Wenn sie Sie kriegen, richten sie Sie hin. Das müssen sie tun, um ihr Gesicht zu wahren.«

»Ich werde sie sehen! Und ob ich sie sehen werde. Sie will mich sehen.«

»Sie will, daß Sie fortgehen. Sie betet darum. Sehen Sie, es steht so für Sie geschrieben. In Ihrem Gepäck ist ein Brief und ein Geschenk. Ihr bereitet es nur Sorgen und Ungelegenheiten, wenn die Chinesen ... «

»Ich weiß, daß sie mich sehen will. Mir ist gleich, was geschieht. Setzen Sie mich ab. Ich sage Ihnen, ich denke gar nicht daran ... «

Weiteres Murmeln auf tibetanisch.

»Nun gut. Hören Sie mir zu. Es wird eine holprige Reise. Sie werden das hier jetzt trinken.«

»Nein, ich trinke das nicht.«

»Doch, Sie werden es trinken. Wir durchqueren die feindlichen Linien der Chinesen. Ich verspreche Ihnen, daß Sie die Äbtissin sehen werden.«

»Schwören Sie es?«

»Ehrenwort, alter Junge!«

»Gut.«

Schwärze. Wieder diese lauernde, hämmernde Schwärze, und er schwamm inmitten dieser Schwärze und wußte, daß Wunden und Schmerzen da waren, doch der Kontakt zu ihnen war abgerissen, und dann stellte sich der Kontakt wieder her, und die alte, verhaßte Beziehung zwischen ihm und seinen Wunden wurde wiederhergestellt. *O Gott. Schon wieder.*

»Chao-li.«

»O du, meine Liebe.«

Sie lag auf der Decke. Sie fror, und ihr Gesicht zitterte an seinem.

»Komm rein«, sagte Houston.

Sie ging fort und kam wieder und war bei ihm, lag links neben ihm, und daher konnte er von Kopf bis Fuß ihren kalten Körper spüren, der sich an ihn preßte.

»Du hast dir die Haare geschnitten.«

»Ja.«

»Ich kann es nicht sehen – bist du angemalt?«

»Nur in Yamdring. Erst, wenn ich wieder dort bin.«

»Geh nicht zurück.«

Sie sagte nichts, sah ihn nur an.

Er sagte: »Geh nicht zurück, Mei-Hua. Ich liebe dich.«

»Ich liebe dich, Chao-li.«

»Ich kann nicht ohne dich leben.«

»Ja. Es wird sehr schwer sein.«

Ihr Mund war geöffnet, und er preßte seine Lippen darauf und blieb liegen und atmete nur schwach. Er fühlte sich krank und schwach. Er sagte in ihren Mund hinein: »Mei-Hua, geh nicht zurück. Komm mit mir. Ich könnte es nicht ertragen, dich zu verlieren.«

»Du wirst mich nicht verlieren. Wir sind gemeinsam auf der Welt. Ich will, daß du lebst.«

»Ich liebe dich mehr als das Leben.«

»Ja, Chao-li. Ich dich auch. Sprich jetzt nicht mehr. Sag nichts mehr, mein Herz.«

Houston glaubte nicht, daß sie danach noch miteinander gesprochen hatten. Er lag da und atmete sachte in ihren Mund

und glaubte, vielleicht für eine Weile eingeschlafen zu sein. Er merkte, daß sie sich aufsetzte und ihren Schleier vor ihr Gesicht zog. Jemand klopfte an die Tür.

»Was ist?«

»Essen, Chao-li. Du solltest etwas essen.«

»Ich will nichts essen.«

»Ich auch nicht.«

»Dann schick sie weg.«

Sie rief etwas und nahm ihren Schleier ab und legte sich wieder neben ihn, und über Stunden sahen sie einander nur an. Er hatte keine Vorstellung davon, wie lange er dort war – vielleicht einen ganzen Tag. Es klopfte wieder.

»Ja?«

»Gütige Mutter, es ist jetzt an der Zeit. Seine Hoheit wartet draußen.«

»Nein«, sagte Houston.

»Chao-li, doch. Du mußt gehen. Sag nichts.«

»Nein.«

»Du, mein eigenes Herz – ich will, daß du glücklich bist. Ich werde in Gedanken immer bei dir sein. Und du wirst immer an mich denken. Ich habe dir die Hälfte meiner Tränen geschenkt.«

»Ich will sie nicht haben.«

»Doch. Nimm sie. Sie gehören dir. Sie sind eine Hälfte von mir. Wenn du sie ansiehst, wirst du mich ansehen. Wenn du sie brauchst, werde ich es sein, die für dich sorgt.«

»Nein. Nein, Mei-Hua, nein. Komm mit mir. Bitte, komm mit mir.«

»Oh, meine Liebe, mach es nicht noch schwerer. Ich will, daß du gehst, damit du weiterlebst. Sag kein Wort mehr.«

Er sagte kein Wort mehr und versank augenblicklich in finsterer Verzweiflung.

Auch draußen war es finster. Und wieder etwas, was ihm guttun sollte, und dann alles Schwärze, willkommene, vertraute Schwärze. Und dann ließ er die Schwärze hinter sich zurück, stürzte aus ihr hinaus, fiel. Stimmen schrien, Waffen wurden abgefeuert, farbige Monde, ein ganzes Dutzend, trieben grell am Himmel. Ein Auflodern. Hände schienen ihn hochzuheben, und er lag wieder auf der Tragbahre, und die Träger rannten los. Aber sein Arm, *sein Arm!* Schmerzen, die ihn erblinden ließen, flammenzüngelnde, unerträgliche Qualen, die brüllend aus seinem Mund strömten, und eine Hand, die ihn erstickte und seinen Mund mit aller Kraft zupreßte. Er suchte sie verzweifelt zwischen den farbigen Monden, und schließlich fand er sie – die willkommene, die ersehnte Schwärze. Der Schmerz war noch an seiner Seite, doch er hatte sich wieder einmal von ihm losgelöst.

Es war ein milder grauer Morgen, als er zu sich kam, und er lag auf dem Boden. Er lag in einem nebligen Tal. Er konnte hören, daß um ihn herum gegessen wurde, und er roch den Rauch des Holzfeuers.

»Trulku.«

Er kannte das Gesicht, das sich über ihn beugte. Er konnte es aber nicht einordnen.

»Jetzt in Sicherheit, Trulku. Jetzt in Sikkim.«

Er erkannte den Mann in dem Augenblick, in dem er mit ihm sprach: Es war der Haushofmeister des Herzogs von Ganzing. Er versuchte, nach dem Herzog zu fragen, doch die Worte wollten nicht herauskommen.

»Alles in Ordnung, Trulku. Sie haben es nicht gekriegt. Ein Mann ist getroffen worden, und du bist von der Bahre gefallen, aber das Gepäck ist unberührt. Wie geht es dem Arm?«

Dem Arm ging es nicht gut, und es sollte ihm noch wesentlich schlechter gehen. Er war wieder gesplittert. Sie bemühten sich in zwei Klöstern darum, daß jemand ihn sich ansah, doch es gelang ihnen lediglich, weitere Betäubungsmittel aufzutreiben, die ihn ganz außer Gefecht setzten. Houston lag in dem zweiten Kloster zwei Nächte lang da und wartete auf einen Arzt, nach dem man aus Gangtok geschickt hatte. Der Arzt kam nicht, aber in dem Moment, in dem sie sich auf die Abreise vorbereiteten, traf ein Krankenwagen ein. Es war ein alter Rolls-Royce mit einer Karosserie aus Weidengeflecht und einer Heckklappe. Houston lag der Länge nach in diesem beeindruckenden Fahrzeug, und seine Füße schauten durch die Heckklappe hinaus. Und so kam er, wenn auch ohne Visum, in die Stadt, in die er vor vielen Monaten hatte kommen wollen, was ihm aber trotz aller Mühen mißlungen war.

Er sah wenig von ihr, denn nach einem Blick auf seinen Arm gab ihm der Arzt des Maharadscha-Krankenhauses eine Morphiumspritze, ließ ihn in den Rolls-Royce zurücktragen und rief augenblicklich einen Mr. Pant an, den diplomatischen Vertreter Indiens, und dann schickte er ihn sofort nach Kalimpong.

Dort sah ihn sich ein Beamter vom Gesundheitsdienst an, der sich zufällig gerade in der Stadt aufhielt. Er bekam eine weitere Spritze und wurde in das schottische Missionskrankenhaus eingewiesen. Dort wurde er um fünf Uhr nachmittags am 30. April 1951 aufgenommen – das erste unabhängig überprüfbare Datum, seit er die Stadt vor mehr als einem Jahr verlassen hatte.

Einige Tage später kam auf das dringende Ersuchen der Krankenhausleitung Sheila Wolferston aus Kalkutta, übernahm offiziell seinen Transport und bekam sein Gepäck von den Leibwächtern des Herzogs übergeben. Sie hatten sich geweigert, offensichtlich auf Anweisung des Herzogs, ihn jemand anderem auszuliefern. Sie hatten in seinem Zimmer geschlafen und, laut der Rubrik »Verschiedenes« in der Missions-Station, »herzhaft« gegessen.

Houston wußte nichts von diesen Transaktionen, denn zusätzlich zu seinem schon spektakulären Zustand hatte er sich auch noch eine Lungenentzündung zugezogen. Er nahm ohne jedes Erstaunen wahr, daß Sheila Wolferston und Michaelson bei ihm waren. Er wußte nicht, wer von den beiden ihm erzählt hatte, was Hugh und den anderen zugestoßen war. Er schien zu keinem Kummer fähig zu sein, er war zu betäubt.

Drei Wochen lang lag er dort (doch von seinem Zeitgefühl her hätten es ebensogut drei Stunden oder drei Jahre sein können), und er nahm auch nur sehr vage zur Kenntnis, daß er eines Tages nicht mehr dort war. Er befand sich an einem anderen Ort, einem Ort mit niedriger Decke und einem lauten Dröhnen.

»Sind Sie wach, mein Freund?«

Ihm wurde klar, daß ihn schon seit einer ganzen Weile jemand gerüttelt hatte.

»Wo bin ich?«

»Es hat alles seine Richtigkeit, Kumpel. Es hat alles seine Richtigkeit. Wir fliegen nach Kalkutta. Sehen Sie, wenn Sie jetzt wach sind, gibt es noch einige Dinge, die wir miteinander besprechen sollten ...«

»Wo ist Sheila?«

»Ihr geht es gut. Sie hat sich gerade mal aufs Ohr gelegt. Hören Sie, mein Freund, sie wird bald wieder wach sein, und wir haben nicht viel Zeit. Ich wollte Ihnen sagen, was Da Costa tut. Er kann definitiv dafür garantieren ...«

»Was für ein Da Costa? Ich weiß nicht, wer ... Sheila!« rief Houston.

»Um Himmels willen, es geht ihr gut! Sie schläft, das habe ich Ihnen doch schon gesagt. Natürlich kennen Sie Da Costa. Sie haben Da Costa gern. Ich habe ihn schon zweimal zu Ihnen mitgebracht. Sie brauchen nichts weiter zu tun als ...«

»Sheila«, rief Houston. »Sheila!«

»Ja, Charles, ja, ich bin da. Mr. Michaelson, ich habe Sie doch ganz besonders darum gebeten. Sie haben mir versprochen, ihn nicht mit diesen Geschäften zu belästigen.«

»Irgendwann muß er sich Gedanken darüber machen.«

»Was für Geschäfte? Was ist los?«

»Nichts. Überhaupt nichts. Schlaf jetzt wieder.«

»Da Costa?«

»Mach dir darum keine Sorgen. Schlaf jetzt.«

Er schlief wieder ein, aber er machte sich Sorgen. Etwas an Da Costa war besorgniserregend. Ein blasser Mann mit bleichen, aufgedunsenen Backen und dunklen Augen. Ein Diamant hatte an Da Costas Finger aufgeblitzt, als er mit ihm gesprochen hatte. Welcher Da Costa? Woher kannte er Da Costa? Da Costa mußte ihm irgendwo begegnet sein, und es gab Grund zur Sorge.

Er glaubte, der Arzt sei Da Costa, aber es war nur ein Spiegel an einem Gerät, mit dem er untersucht wurde, der jetzt aufblitzte, und die Backen waren nicht dick und bleich. Schmale Wangen, indische Wangen.

»Nicht in den nächsten Tagen, und es kann auch Wochen dauern. Er ist nicht kräftig genug. Und wir bräuchten ohnehin eine Genehmigung. Wer ist der nächste Anverwandte?«

»Es gibt niemanden. Das habe ich Ihnen doch schon gesagt, Herr Doktor. Vermutlich bin ich derjenige, der ihm jetzt am nächsten steht. Aber wenn Sie ganz sicher sind, daß es sein muß, dann bin ich bereit ...«

»Mr. Michaelson und Mr. Da Costa – die beiden sind nicht in irgendeiner Form mit ihm verwandt?«

»Überhaupt nicht. Ich wäre froh, wenn sie die beiden aus

der Sache heraushalten könnten, Herr Doktor. Sie machen ihm Sorgen. Es geht um eine geschäftliche Angelegenheit, über die er im Moment nicht sprechen will.«

»Nun gut . . . , jedenfalls muß er still liegen. Er muß erst langsam wiederhergestellt werden. Warum ist er überhaupt transportiert worden?«

»In Kalimpong ist eine Abordnung von Chinesen aufgetaucht. Seine Anwesenheit dort wurde als eine Provokation angesehen . . . «

Tage der Genesung, Tage einer wunderbaren Ruhe, die darauf folgten. Manchmal sah er sie, und sie saß da und las, manchmal auch nicht. Einmal war Radau in der Nähe zu hören, und er vernahm Michaelsons Stimme.

Er sagte: »Michaelson.«

»Hallo. Hat er dich aufgeweckt? Er ist jetzt wieder fort.«

»Was wollte er?«

»Er wollte sich nur erkundigen, wie es dir geht. Wie geht es dir?«

Er wußte nicht, wie es ihm ging, und daher konnte er es ihr auch nicht sagen. Er zog sich wieder zurück. In der Nähe war ein Brunnen, und oft zog er sich in diesen Brunnen zurück. Doch mit der Zeit begann es, ihm Sorgen zu machen. Anfangs wollte er es vergessen, wenn er aufwachte, doch dann vergaß er es nicht mehr.

»Sheila.«

»Ja, hier bin ich. Willst du dich aufsetzen?«

»Es waren Säcke da. Es waren zwei Säcke da.«

»Ja. Die sind in Sicherheit. Ich habe sie zu deiner Bank gebracht. Ich habe sie bei Barclay's abgegeben. Ich habe meine Unterschrift dort gelassen, und sie geben sie nur gegen meine Unterschrift wieder heraus. Es waren auch einige Zeichnungen auf einem Stück Stoff dabei. Und ein Brief. All das ist in Sicherheit, Charles. Du brauchst dir keine Sorgen zu machen.«

»Ein Brief.«

»Nichts weiter als ein Brief. Nichts, worüber du dir Sorgen machen mußt.«

»Kann ich ihn sehen?«

»Er ist auf tibetanisch geschrieben. Kannst du tibetanisch lesen?«

»Können wir ihn übersetzen lassen?«

»Ich habe ihn übersetzen lassen. Es tut mir leid, Charles. Ich mußte es tun. Es gab ein oder zwei Komplikationen. Aber die sind jetzt auch überwunden.«

»Was steht in dem Brief?«

»Willst du wirklich jetzt darüber reden?«

»Ist er von der Äbtissin?«

»Ja. Nur, daß sie . . . Daß sie dich liebt und dir ein Geschenk macht. Du verstehst schon. Der Brief trägt ihr offizielles Amtssiegel. Das war auch der Grund, warum wir ihn übersetzen und überprüfen lassen mußten. Die chinesische Botschaft hat behauptet, es sei eine Fälschung, aber natürlich war es keine. Jetzt ist alles in Ordnung.«

»Kann ich den Brief haben?«

»Ich glaube, das wäre nicht gut, Charles. Es ist alles eingeschlossen. Es ist das Beste, die Dinge dort liegenzulassen, wo sie jetzt sind.«

»Ich will ihn haben.«

»Gut. Mal sehen.«

»Ich will ihn haben.«

»Schon gut. Ruh dich jetzt aus.«

Doch danach fand er keine Ruhe mehr, denn er erinnerte sich an alles und mußte diesen Brief haben, mußte ihn in seinen Händen halten. Ruhelose, schlaflose Nächte.

»He. He, alter Junger. Kann ich reinkommen?«

»Haben Sie ihn?«

»Was? Hören Sie, hören Sie, Kumpel, seien Sie ganz still, ja? Es hat mich ein Vermögen gekostet, hier hereinzukommen. Ich muß mit Ihnen reden.«

»Ich will den Brief haben.«

»Ja. Gewiß. Sehen Sie mal, Kumpel, wenn Sie Da Costa nicht leiden können, kann ich einen anderen auftreiben. Aber wir müssen jetzt schnell sein. Wir haben nicht mehr viel Zeit. Man wird Sie hier nicht bleiben lassen, und Sie können die Steine nicht mitnehmen, soviel steht fest. Sheila versteht das nicht. Sie durchschaut die gesamte Situation nicht. Ich kenne dieses Lumpengesindel! Sie sind in heller Panik. Sie werden Sie im Handumdrehen abschieben, wenn die Chinesen hart durchgreifen.«

»Sie muß den Brief besorgen.«

»Sie braucht keinen verfluchten Brief! Sie braucht nichts weiter zu tun, als dieses Formular zu unterschreiben, und Sie brauchen nichts weiter zu tun, als ihr die Anweisung dazu zu geben. Aber, um Himmels willen, Sie müssen jetzt schnell handeln. Sie müssen sich zusammenreißen, Kumpel.«

»Was wollen Sie von mir? Worum geht es?«

»Nur zweieinhalb Prozent. Himmel, das ist doch einfach lächerlich! Das ist praktisch nichts. Ihnen bleibt trotzdem noch eine halbe Million Pfund. Jetzt sehen Sie mal, sehen Sie, Sportsmann, ich bin auch nicht mehr der Jüngste. Sie erinnern sich doch, daß ich Ihnen geholfen habe. Ich habe Ihnen in Kalimpong ganz schön geholfen. Ich war schon zweimal zwischendurch dort und dann wieder in Goa. Wenn Sie Da Costa nicht leiden können, kann ich jemand anderes besorgen. Aber ich sage es Ihnen gleich: bessere Bedingungen macht Ihnen niemand. Er hat vierzig Millionen Escudos geboten. Das ist nur die Hälfte davon, was das Zeug wert ist, aber dafür trägt er schließlich das Risiko, und dieses Risiko ist groß. Das Zeug muß erst mal nach Goa. Wir können sie noch ein bißchen heraufhandeln. Da hat mir so ein Kerl bereits die Hälfte in Escudos und die andere Hälfte in Gulden angeboten – er setzt in Amsterdam Diverses um. Mit Da Costa sind wir besser dran. Der hat Verbindungen in Belgien, in der Schweiz, in Amerika. Meine Güte, Sportsmann, Sie können das Geld in der härtesten Währung haben, die Sie sich nur wünschen. Aber Sie müssen sich beeilen. Sie müssen sich aufraffen. Ich sage Ihnen, die Chinesen haben gerade einen Vertrag mit Tibet unterzeichnet. Als nächstes unterzeichnen sie einen Vertrag mit Indien. Und dann sind Sie fällig. Die machen Hackfleisch aus Ihnen. Sie müssen sehen, daß Sie das Zeug loswerden.«

»Welches Zeug? Was denn?«

»Himmel, die Smaragde!«

»Nein!«

»Hören Sie, Kumpel, hören Sie, ganz ruhig, ja?«

»Nein! Nein! Gehen Sie! Sheila! Sheila!«

Daraufhin eilige Schritte und Krankenschwestern und Alpträume. Er bemühte sich, sich an die Säcke zu klammern, während er auf dem Schlitten auf dem Bauch lag, doch sie wollten sie ihm abschwatzen. Er wollte sie nicht hergeben. Sie waren eine Hälfte von ihr. Er gab sie nicht her.

»Charles, es tut mir entsetzlich leid, aber wir müssen darüber reden.«

»Nein. Nein.«

»Laß mich einfach reden, und du hörst mir nur zu. Dann sagst du mir, was du dir denkst. Charles, ich habe mit vielen Leuten gesprochen, mit Dutzenden von Menschen. Das, was Michaelson sagt, ist richtig. Es wird dir nicht möglich sein, mit den Smaragden das Land zu verlassen. Es gibt einen Regierungserlaß. Die Smaragde müssen hierbleiben. Es ist so gut wie sicher, daß sie sich den chinesischen Forderungen auf Dauer nicht widersetzen können. Die Chinesen sagen, daß der gesamte Klosterschatz dem ganzen Land und nicht einzelnen Personen gehört und daß er dir ohnehin nicht gehören kann. Charles, Liebling, versuch doch, mir zuzuhören.«

»Ich will es nicht hören. Mir ist das egal.«

»Du willst doch die Smaragde haben, oder?«

»Sie sind eine Hälfte von ihr.«

»Die Chinesen sagen, daß es nicht so ist. Sie wollen sie zurück.«

»Nein. Nein.«

»Sieh mal, Liebling, würdest du zulassen, daß ich das tue, was das Beste ist? Ich weiß nicht, was im Moment geschieht. Ich weiß nicht, ob man dich bleiben läßt. Es geht dir im Moment noch nicht gut genug für die Reise, aber es kann sein, daß man dich dazu zwingt. Ich bemühe mich, das alles zu beschleunigen. Dann wagen sie es bestimmt nicht mehr, dich fortzuschicken, solange du dich noch nicht erholt hast. Bitte, vertrau mir.«

Er wollte niemandem vertrauen. Sie ließen ihn nicht in Ruhe, bestürmten ihn. Sie stand jetzt auf ihrer Seite, gehörte zu Michaelson, dem gefürchteten Da Costa, den Gulden, Franken und Escudos. Er blockte sie ab. Er versuchte, sich an die Mantras zu erinnern, und Stunden über Stunden wiederholte er sie immer wieder.

»Charles, Lieber. Morgen wirst du operiert. Bitte, bitte, vertrau mir doch. Es ist das Beste für dich. Anders ist es nicht mehr zu machen.«

»Operiert?«

»Morgen. Ich werde dabeisein. Ich bleibe währenddessen bei dir.«

Operiert. Sein Arm also. Er mußte die Sünde inzwischen

abgebüßt haben. Es war eine höllisch lange Zeit, ein ganzes Leben war es her, seit er den Bären getroffen hatte. Er wollte nicht an den Bären denken. Er sagte die wenigen Mantras immer wieder und immer wieder vor sich hin, um den Bären aus seinem Gedächtnis zu löschen. Er sagte sie stundenlang vor sich hin, doch der Bär ließ sich nicht auslöschen.

»Leg dich einfach zurück. Bleib ganz normal liegen. Du spürst nichts weiter als einen Einstich.«

Er spürte den Einstich, und dann hörte er den Bären. Der Bär begann ihn zu rütteln und zu brüllen. Alles bebte und toste. Ein heiseres, brüllendes Ein- und Ausatmen, rhythmisch, wie eine Mantra. Und dann wurde der Rhythmus durchbrochen. Verwirrung und Auseinandersetzungen, und seine eigene Stimme murmelte.

»O Gott, er kommt zu sich, Herr Doktor. Können Sie ihm nicht bitte etwas geben?«

»Das ist sehr gefährlich.«

»Aber das ist ja ungeheuerlich, absolut skandalös. So etwas habe ich in meinem ganzen Leben noch nicht gehört. Wie können Sie es wagen ...«

»Bitte, Miss Wolferston, die Sache ist mir völlig aus den Händen genommen worden. Ich kann mich einer Anweisung der Regierung nicht widersetzen. Ein Arzt und eine ausgebildete Krankenschwester werden jede Minute bei ihm sitzen, bis das Flugzeug ...«

»Ist es vorbei?«

»Ja, jetzt ist alles vorbei, Charles. Sprich jetzt nicht.«

»Ist mein Arm ...?«

»Es ist nicht dazu gekommen. Man wird dich später operieren.«

Nicht dazu gekommen? Warum nicht dazu gekommen? Noch nicht gesühnt? Dann Übelkeit. Ein grauenhaftes Würgen. Aufgerichtet, ihre Arme um ihn geschlungen, über eine Schüssel gebeugt.

»Herr Doktor, haben Sie doch Mitleid. Sie sehen doch selbst, wie es ihm geht.«

»Miss Wolferston, was kann ich dazu sagen? Ich bin selbst unglücklich darüber. Ich habe Sie gewarnt ...«

»Lassen Sie ihn wenigstens hierbleiben, bis das Flugzeug bereitsteht. Was soll es für einen Sinn haben, daß er in einem Krankenwagen liegt?«

»Gut. Das gestatte ich Ihnen. Das werde ich verantworten. Ich werde mit dem Regierungsbeamten sprechen . . . «

»Willst du ein Glas Wasser?«

»Nein, nichts.«

»Dann leg dich wieder hin. Und bleib still liegen.«

Still liegen. Übelkeit. Alles dreht sich, nirgends ein Halt. Menschen, die ein und aus gehen.

»Gut. Aber machen Sie keinen Lärm. Er schläft jetzt.«

»Dann überlasse ich das weitere Ihnen, Miss.«

»Danke.«

»Und mit seiner Billigung zahle ich zweieinhalb Prozent an Mr. Michaelson.«

»Ja. Ja.«

»Ihnen ist klar, daß Mr. Houston als der Verkäufer diese Vermittlungsgebühr zahlt und nicht ich? Das ist so üblich.«

»Schon gut, ich vertraue Ihnen.«

»Sie können mir absolut vertrauen, Miss.«

»Wir alle trauen Ihnen, Da Costa.«

»Schließlich kennen Sie mich ja schon lange genug!«

»Nur zu wahr, Partner!«

»Sie hätten Bargeld, ein Sparbuch, alles, was Sie nur irgend wollen, vor Wochen haben können. Es ist nicht meine Schuld, daß Sie jetzt, in allerletzter Minute, einen Schuldschein annehmen müssen.«

»Meine Schuld ist es auch nicht, Kumpel.«

»Würden Sie jetzt beide gehen, bitte? Und vielen Dank.«

»Ein Jammer, daß er nicht bei sich ist. Sagen Sie ihm Auf Wiedersehen von mir, ja?«

»Ja. Ja. Danke. Ich danke Ihnen beiden vielmals. Auf Wiedersehen.«

Daraufhin eine unbehagliche Stille, die sich drehte und deren Drehungen er schon bald verlangsamen konnte, um darin einzuschlafen. Zu schlafen und sich herumzuwälzen. Eine grollende, rumpelnde Stille, in der er hochgehoben wurde und die gar keine Stille war.

»Vier Sitze sind ausgebaut worden. Mehr kann ich nicht für Sie tun.«

»Das Thema ist noch lange nicht abgeschlossen, soviel versichere ich Ihnen. Sie werden noch von mir hören.«

»Miss Wolferston, ich habe getan, was ich kann. Ich bin sehr beschäftigt.«

»Etwas so Dickfelliges und Barbarisches ist mir in meinem ganzen Leben noch nicht untergekommen.«

»Es tut mir leid. Nur noch eins. Einer der Passagiere ist Arzt. Ich habe mit ihm gesprochen, und er wird Ihnen helfen. Er kann ihm zur Not eine Spritze geben. Es tut mir sehr leid. Auf Wiedersehen.«

Ein Dröhnen, ein ohrenbetäubendes, tiefes Dröhnen. Ein nicht nachlassendes Brüllen. Der Bär brüllt. Der Bär mit seinem Arm im Maul. Sein Arm! Sein Arm!

»Wir sind da. Wir sind jetzt da. Es fehlt Ihnen nichts, mein Junge. Und jetzt lassen Sie sich gehen. Schlafen Sie ruhig. Wir landen nur.«

Landen und starten und wieder landen. Frische Luft und keine frische Luft und dann wieder frische Luft. Aber jetzt alles im Morphiumschlaf, dem guten, alten, vertrauten Schlaf, dem schwarzen Erlöser von allen Sorgen, und die Geschehnisse blieben an seiner Seite, aber sie waren ihm keine Last mehr.

Und schließlich wieder heraus, vorbeiströmende Menschenmengen und dröhnende Motoren, er in kühler Schwärze auf der Tragbahre. Große, hell erleuchtete Gebäude und aufblitzende Lichter, von denen eines ganz in der Nähe aufblitzte, in seine Augen.

»Oh, bitte. Belästigen Sie ihn bitte nicht. Er ist sehr krank.«

»Wer ist das? Den Namen, bitte.«

»Warum wollen Sie das wissen?«

»Kemsley Newspapers. *Empire New* und *Sunday Graphic.*«

»Sein Name ist Houston«, sagte sie.

Houston, und er war wieder zu Hause, am Samstag, dem 16. Juni 1951.

Epilog

1.

»Für mein Empfinden«, gestand T. L. in einer Hausmitteilung, die das Datum »Februar 1960« trug, »haben wir uns so gewaltig in diese Geschichte hineingekniet, daß wir nichts unversucht lassen sollten, a) dafür zu sorgen, daß H. unsere Version zumindest durchsieht, b) eine hieb- und stichfeste Entscheidung über die Copyright-Verhältnisse zu bekommen – notfalls weitere Meinungen einzuholen, und c) vertrauenswürdige, unabhängige Bestätigungen der Tatsachen zu besorgen. Was B.-V. angeht, habe ich nie damit gerechnet, daß er das tut. Aber greifen Sie ruhig seine Vorschläge auf, wenn Sie es für richtig halten.«

Diese Hausmitteilung war, als sie mich erreichte, an einen Brief von Professor Bourgès-Vallerin geheftet, den ich T. L. am Vortrag hinübergegeben hatte. Ich hatte den Professor gebeten, die Abschnitte über Tibet zu überarbeiten und zu erweitern, wobei wir uns jedoch das Recht auf Kürzungen vorbehalten mußten, wenn in London rechtliche Einwände erhoben wurden. Er hatte diese Bitte mit der Begründung abgelehnt, sein Ansehen und sein Status bei den kommunistischen Obrigkeiten basiere darauf, daß er bei allem, was er schrieb, strikte Neutralität bewahrte. Er bot jedoch an, einen Anhang zu schreiben, in dem er die Fakten klarstellte – »was keineswegs heißt, daß ich irgendeiner Meinung über das Werk oder seinen Autor Ausdruck verleihen würde«. Und er riet uns ferner, uns für die Ausweitung des erwähnten »Anhangs« an Dr. Shankar Lal Roy zu wenden, der eine äußerst nützliche Informationsquelle in Tibet-Fragen und außerdem Vorsitzender des Büros der Indisch-Tibetanischen Gesellschaft in Kalkutta sei. »Was die eher außergewöhnlichen Aspekte der Memoiren von Monsieur Houston angeht, hätte auch ich persönlich mich an Dr. Roy gewandt und ihn konsultiert. Wenn überhaupt irgend jemand diese einzigartigen Vorfälle bestätigen oder bestreiten kann, so ist er das.«

Dieser Rat hatte etwas für sich.

Ich sagte: »Miss Marks, wann werden Sie vermutlich mit dem Material von Underwood fertig? Ich brauche Zeit, um es mir anzusehen, ehe ich Mr. Oliphant treffe.«

»Ich bin gerade fertig geworden. Wenn Sie wollen, können Sie seine Kommentare gleich haben.«

Underwoods Kommentare erstreckten sich über fünfundzwanzig Seiten. Er hatte sich zehn Wochen lang mit dieser Aufgabe herumgeplagt und war jedem kleinsten Indiz nachgegangen. Er hatte eine geschiedene »Glynis« in Swansea aufgesucht, »Lister-Lawrence« in Wimbledon, »Wister« in Yorkshire und einen »Mr. Blake-Winter« in Abingdon. Außerdem hatte er, unter anderem, an »Lesley«, verheiratet in Seattle, geschrieben, an eine verwitwete »Mrs. Michaelson« in Westaustralien, die Nichte einer verstorbenen Mrs. Meiklejohn in Arbroath und an den Herzog von Ganzing in Delhi. Die Korrespondenz mit diesen Personen und mit einer Anzahl von öffentlichen Institutionen in Kalimpong, Zürich, Auckland und Lissabon befand sich in einem anderen Ordner, den Miss Marks gerade sortierte.

Da ich Mr. Oliphant um vier Uhr besuchen wollte, der Tageszeit, zu der er am klarsten bei Verstand war, und vorher noch mit einem Vertreter einer Agentur zu Mittag essen mußte, hatte ich kaum Gelegenheit dazu, das Material näher anzuschauen, sondern konnte es nur überfliegen.

Sehr wenig Glück hatten wir mit »Sheila Wolferston« gehabt. Das Mädchen hatte, so schien es, 1953 einen Journalisten aus Neuseeland geheiratet und war im Jahr darauf mit ihm nach Auckland gegangen. Im März 1955 hatte die Mutter ihr Haus in Godalming verkauft und war in ein Flugzeug gestiegen, um sich den beiden anzuschließen. Sie hatte ihre Reise zwischendurch unterbrochen, um im Mittleren Osten das Grab ihres Mannes, der im Krieg gefallen war, aufzusuchen, war in Kairo von einem Bus überfahren worden und an den Verletzungen gestorben. (Das war nur einer der Zwischenfälle, die jedem, der irgend etwas mit Houstons Geschichte zu tun hatte, zuzustoßen schienen. Es war zum Verrücktwerden). Das Mädchen hatte sich 1958 wegen Trunkenheit und Untreue scheiden lassen, doch anscheinend war sie in Neuseeland geblieben. Wo genau, und was sie dort tat, hatte er nicht in Erfahrung bringen können. Anzeigen, die unter Chiffre im Auckland *Star*, im Wellington *Dominion* und in der Christchurch *Press* aufgegeben worden waren (laut Underwoods Notizen so aufgegeben, daß sie bis zum 31. März einmal wöchentlich gedruckt werden sollten), hatten bisher zu keinem Ergebnis geführt.

Noch wahnsinniger konnte einen das Schicksal des einzigen anderen überlebenden Engländers machen, der in Houstons eigentümlichem Abenteuer eine Rolle gespielt hatte. Underwood hatte »Wister« in einer Nervenheilanstalt in der Nähe von Hull aufgesucht (in der dessen Frau als Sekretärin arbeitete). Er hatte mit den beiden gemeinsam einen Spaziergang auf dem Gelände der Anstalt unternommen. Wister hatte einen breitkrempigen Filzhut und einen dicken Schal getragen und hatte sich die meiste Zeit damit vergnügt, über die vereisten Wege zu schlittern. Er war ausgesprochen harmlos, und er war gleichzeitig mit Sheila Wolferston (im Januar 1951) von den Chinesen befreit und augenblicklich in eine Maschine nach Hause gesetzt worden. Er hatte nichts, aber auch nichts zu sagen. Seine Frau sagte, er hätte oft äußerst gesprächige Tage, hätte aber ihres Wissens, und das konnte auch der Arzt bestätigen, nie auch nur mit einem Wort Tibet erwähnt.

Sheila Wolferston hatte ihn im ersten Jahr nach seiner Rückkehr zweimal im Heim besucht, wie auch ein anderer früherer Kollege. Er hatte keinen von beiden wiedererkannt. Seine Frau bekam eine kleine Rente von der Firma, bei der er gearbeitet hatte, und Underwood hatte den Eindruck, ihr hauptsächliches Interesse daran, ihn zu sehen, sei in der behutsamen Neugier begründet gewesen, ob vielleicht irgendwoher mehr Geld kommen könnte. Miss Wolferston hatte, so schien es, erwähnt, daß Schritte unternommen würden, die Versicherung zu überreden, eine Kulanzzahlung vorzunehmen. (Das tat sie jedoch nicht, und dabei berief sie sich auf die »Kriegs«-Klausel in der Police.)

Sie wußte, daß Meiklejohn und Houstons Bruder »auf der Flucht« getötet worden waren und daß Houston selbst schwer verwundet worden war. (Sie war jedoch der Meinung, er sei gleichzeitig mit ihrem Mann freigelassen worden.) Miss Wolferston hatte sehr wenig über ihre grauenhaften Erlebnisse in Tibet gesprochen, und sie war nicht näher in sie gedrungen.

Niemand schien tiefer in Miss Wolferston gedrungen zu sein. Underwood hatte eine verheiratete Cousine in Beckenham ausfindig gemacht, ein paar Tennispartner in Richmond, einige Bekannte, die mit ihr zusammengearbeitet hatten, und sogar ein paar alte Schulfreunde. Fast keiner hatte je von Houston gehört, und keiner wußte etwas von der seltsamen Rolle, die er im Kloster gespielt hatte, oder gar von dem Schatz.

All das bekam allmählich einen recht unheimlichen Aspekt, und ich begab mich mürrisch zum Mittagessen.

2.

Mr. Oliphants Hauptbeschäftigung hatte in den letzten Wochen darin bestanden, eine Gründungssatzung für seine Hinterlassenschaft zu verfassen. Als ich ihn besuchte, saß er immer noch daran und feilte sie mit dem peniblen Eifer aus, der früher in seinen Leitfaden geflossen war. In letzter Zeit waren viele Schmeicheleien notwendig gewesen, um ihn bei Laune zu halten, und als ich die Tür öffnete und feststellte, daß er wirklich bei sich war, sagte ich überschwenglich: »Aber, Mr. Oliphant! Heute sehen Sie ja wieder ganz blendend aus.«

»So, meinen Sie, mein lieber Junge? Es muß wohl so sein«, sagte er, während er emsig weiterschrieb, »weil ich nämlich – so hoffe ich zumindest – eine letzte, endgültige Version ausgearbeitet habe. Hören Sie sich das an.«

Er las mir seine endgültige Version vor, erst auf lateinisch und dann auf englisch.

»Die Übersetzung ist schon recht frei, aber sie erscheint mir – was man nur hoffen kann – in der Form prägnanter.«

»Wesentlich prägnanter. Richtig kernig.«

»Und doch nicht ohne einen Anflug von Humor.«

»Sehr humorvoll. Bissig, würde ich sagen.«

»Bissig«, sagte Mr. Oliphant erfreut. »Ja. Ich bin froh, daß man das heraushört. Setzen Sie sich doch, mein Lieber. Welche Neuigkeiten bringen Sie mir heute?«

Ich setzte mich.

»Ich fürchte, keine allzu guten Neuigkeiten. Bourgès-Vallerin will nicht anbeißen.«

»Oh«, sagte Mr. Oliphant bedrückt.

»Seine Gründe klingen recht überzeugend.«

»Womit begründet er seine Ablehnung?«

Ich teilte ihm die Gründe des Professors mit.

»Ich habe Ihnen eine Kopie der Zusammenfassung unserer bisherigen Nachforschungen mitgebracht. Sie werden feststellen, daß das Ganze noch recht lückenhaft ist.«

»Sie haben immer noch nichts von Miss Wolferston gehört?«

»Nicht das geringste.«

»Das ist das, was ich am wenigsten verstehen kann«, sagte Mr. Oliphant. »Sie ist ein Mädchen von der aufopferndsten und zuverlässigsten Sorte. Sie ist immer wieder in die Wohnung gekommen. Sie hat mir oft die Brust eingerieben.«

»Vielleicht hat sie die Annoncen nicht gelesen. Schließlich liest sie nicht jeder. Und außerdem könnte sie auch ihren Namen geändert haben.«

»Ich glaube, Sie hätten es anders formulieren sollen. Wenn Sie vielleicht angedeutet hätten, daß Houston Hilfe braucht.«

»Gut. Das können wir versuchen«, sagte ich und machte mir eine Notiz. »Ich habe zufällig letzte Woche einen Brief aus Scarborough bekommen – von dem Makler, der ihm das Haus verkauft hat.«

»Scarborough?«

»Scarborough, Tobago. Sie erinnern sich doch sicher, daß Houston 1958 auf Tobago war. Es sieht so aus, als hätte er seine Hausangestellten vor ein paar Monaten ausbezahlt, und seit der Zeit steht das Haus leer. Der Ort nennt sich Rum Bay – ein schöner Strand und sonst eher gar nichts, und es scheint sich um eins der Paradiese für Spekulanten zu handeln. Der Makler ist nicht angewiesen worden, das Haus zu verkaufen.«

»Was glaubt er?«

»Er hat keine persönliche Meinung dazu geäußert.«

Ich hatte wahrhaft lange genug gebraucht, um ihn zu finden. Erst hatte ich an den Gouverneur von Trinidad geschrieben, der meinen Brief an seinen Kolonialminister weitergeleitet hatte, und dieser hatte ihn an den Staatssekretär geschickt, der für Tobago zuständig war. Dieser wiederum hatte mich an einen Mr. Joshua Gundala verwiesen, Offizier des British Empire, der offensichtlich auf der Insel gelebt und seine Tätigkeit als Verleger der Wochenzeitschrift *Tobago Times* mit der eines Grundstückmaklers verbunden hatte. Mr. Gundala war derjenige gewesen, der Houston das Haus verkauft hatte. Sein Briefkopf wies darauf hin, daß er noch etliche andere ausgesucht schöne Grundstücke in Rum Bay zu verkaufen hatte.

»Er hat gar keine Theorie dazu?«

»Nein, abgesehen davon, daß Houston die Insel verlassen haben muß.«

»Dann ist meine Theorie mit großer Sicherheit richtig«, sagte Mr. Oliphant.

Mr. Oliphants Theorie sah so aus, daß Houston ein Schiff gekauft hatte und damit losgezogen war. Das hatte er schon einmal getan, ohne irgend jemanden davon zu unterrichten, und erst neun Monate später war er zurückgekehrt. Es schien ihm schwerzufallen, seßhaft zu bleiben. Er hatte in der Schweiz gelebt, auf den Bermudas, auf Jamaika, Barbados, Trinidad und jetzt auf Tobago. War es denn jetzt überhaupt Tobago? Aufgrund dieses Zweifels inserierte ich nach wie vor im Trinidad *Guardian,* der in der Karibik weit verbreitet war.

Die Vertragsbedingungen sahen vor, daß Mr. Oliphant das Recht hatte, Einwände gegen unsere Wahl desjenigen, der die Bearbeitung des Buches vornahm, zu erheben, und jetzt unterbreitete er einen Vorschlag.

»Entscheidend ist, daß wir weder ins Vulgäre noch in Sensationshascherei abgleiten. Wenn Sie diesem Dr. Roy eine Frage unterbreiten, die nur ausführlich beantwortet werden kann, dann könnten Sie von seiner Vorgehensweise und von seinem Stil her beurteilen, was er aus dieser Sache machen würde.«

»Ja. Das könnten wir tun.« Es war inzwischen fünf Uhr vorbei, und wir waren noch nicht bei der Liste angelangt – einem Katalog von Fragen, den ich systematisch mit ihm durchgehen wollte. Er schien jedoch aufgeweckt und in Form zu sein. Ich entschied mich, es mit ein paar Fragen zu probieren.

»Ich dachte mir, wir könnten vielleicht die Frage mit dem Mönch in Angriff nehmen – der Mönch, welcher der verantwortliche Mediziner des Klosters war. Ich habe hier stehen:

›Hat Houston je eine Theorie dazu geliefert, warum der Mann zum Verräter geworden ist?‹«

»Verräter«, sagte Mr. Oliphant. »Das hängt wohl davon ab, von welcher Warte aus man es betrachtet. Er war Arzt, und zwar, nach allem, was man hört, ein recht guter, und ich glaube, daß die Chinesen in seinen Augen für den Fortschritt standen. Damit stand er schließlich nicht allein. Ein Großteil der Intellektuellen wollte Reformen dieser oder jener Art, und sie glaubten, irrtümlich, daß die Chinesen Reformen durchführen würden ... Vielleicht hat ihn die Vorstellung ganz krank gemacht, daß so viel Geld in Form von nutzlosen Smaragden herumlag, während das Land Krankenhäuser und technische Geräte brauchte.«

»Ja. Aber wie konnte er wissen, wieviel Geld da herumlag? Sie erinnern sich doch sicher, daß der Gouverneur Houston erzählt hat, daß niemand etwas davon wußte, mit Ausnahme des Klosterrats.«

»Ah. Nun, ich glaube, die Antwort darauf geht auf die Zeit der Siebzehnten Verkörperung zurück. Sie erinnern sich, daß sie von zügelloser Leidenschaft besessen war und daß der Abt eines Jahres ihretwegen sehr übel dran war. Er mußte fortgetragen werden und lag eine Woche lang im Delirium. Der Mönch hat sich in dieser Woche um ihn gekümmert. Ich nehme an, es ist ihm etwas herausgerutscht ... Ihnen kommt es wohl nicht sehr überzeugend vor?« sagte er besorgt.

»Oh, doch. Doch, es klingt einleuchtend«, sagte ich, während ich weiterschrieb. Zu der Zeit mußte ich die Aufzeichnungen wohl zwei Dutzend Mal gelesen haben, aber anscheinend nie mit der talmudischen Spitzfindigkeit, die Mr. Oliphant an den Tag legte. Während er sprach, war mir noch eine Zusatzfrage eingefallen.

»Sie erinnern sich doch sicher, daß Houston eine halbe Million Pfund für seine beiden Säcke bekam und daß man ihm sagte, sie seien das Doppelte wert. Man sollte also meinen, daß die acht Säcke einen Gesamtwert von vier Millionen Pfund hatten.«

»Sie meinen, warum die Tibetaner den Wert auf drei Millionen geschätzt haben? Vielleicht hat man Houston falsch informiert. Vielleicht waren die Lebenshaltungskosten gestiegen. Ich habe ohnehin nie verstanden, wie sie den Wert überhaupt schätzen konnten. Vielleicht nur nach dem Gewicht, und es könnte sein, daß sie den Wert lediglich von Zeit zu Zeit angepaßt haben. Nein. Tut mir leid ... «

Der Mann von der Agentur hatte beim Mittagessen verschwenderisch Wein und Schnaps ausgeschenkt, und auf dem Rückweg von Oliphant bekam ich Kopfschmerzen. In Croydon waren alle Straßen verstopft, und während ich zwischen Lieferwagen und Baustellenfahrzeugen eingekeilt war, geriet ich einen Moment lang in Panik. Dämoninnen? Inkarnationen? Klosterschatz? Worauf in Gottes Namen hatte ich mich eingelassen, und in was hatte ich den Verlag hineingezogen? Es gab keinen Houston, und es gab keine Sheila Wolferston. Die Krankenschwester, die Michaelson geheiratet hatte, wußte von nichts, und die Bank in Zürich wollte keine Auskünfte geben. In Portugal schien es nur so von Männern zu wimmeln, die Da Costa hießen, und keiner von ihnen schien es eilig zu haben, auf unsere Inserate zu antworten. Die Annoncen waren über einen Zeitraum von vielen Wochen verteilt worden ... Plötzlich ging mir auf, mit welcher Leichtigkeit, mit welcher kreativen Leichtigkeit Mr. Oliphant die Frage mit dem Mönch beantwortet hatte.

Plötzlich wußte ich aus einer gräßlich tiefen Überzeugung heraus, daß die Geschichte von Anfang bis Ende erfunden war, daß wir nie wieder etwas von Houston hören würden ...

Ich hatte meinen Schlüssel auf meinem Schreibtisch liegenlassen, und daher mußte ich noch einmal ins Büro. Auf meinem Tisch lag ein Brief mit einer Notiz von Miss Marks. Der Brief trug den Poststempel von Trinidad, und da er für eine weitere Rechnung des *Guardian* gehalten worden war, war er irrtümlich in der Buchhaltungsabteilung gelandet. Es war keine Rechnung. Das einzige Blatt, das im Umschlag steckte, trug weder Namen noch Absender. Darauf stand ganz schlicht:

»Sehr geehrter Herr,

wenn Sie sich für den Verbleib von Mr. Houston interessieren, dann versuchen Sie es mal mit der Frage an Joshua Gundala, Offizier des British Empire, wie es seinen *Lunkies* in letzter Zeit so geht. Die *Tobago Times* wird Ihnen keine Auskunft darüber geben.«

3.

In Verlagshäusern sind der Februar und der März Monate mit viel Arbeit, und der Arbeitsdruck ließ gnädigerweise wenig Zeit, über Houston und seine Probleme nachzudenken. Ich schrieb an Dr. Shankar Lal Roy und an Joshua Gundala (und zitierte den Briefschreiber und seine verblüffenden *Lunkies* – über die weder einschlägige Wörterbücher noch die Presseabteilung des Kolonialministeriums Aufschluß geben konnten), doch darüber hinaus tat ich nichts, um die Probleme zu lösen. Paradoxerweise entwickelten sich die Dinge daraufhin von selbst.

Als erstes traf eine Antwort von Dr. Shankar Lal Roy ein, die besagte, daß er selbst eine Akte über den Schatz von Yamdring zusammengetragen hatte, die auf den Berichten der Flüchtlinge basierte, die 1951 aus Tibet geflohen waren, und daß er uns mit Vergnügen behilflich sein würde.

Der zweite Brief kam von Joshua Gundala, Offizier des British Empire. Er schrieb:

»Ich bedanke mich für Ihren Brief vom 27. Februar, dessen Inhalt ich zur Kenntnis genommen habe. Es ist ein gewaltiger Unsinn, und ich glaube zu wissen, wer Ihnen diesen Brief geschrieben hat. Um jedoch zur Aufklärung dieser Angelegenheit beizutragen und Ihnen definitive Auskünfte über Mr. Houston geben zu können, werde ich persönlich die Rum Bay aufsuchen und Sie dann auf das gründlichste unterrichten.«

Der dritte Brief, der zwischen einem Packen von internen Hausmitteilungen von T. L. steckte, der sich gerade in New York aufhielt, war weniger gut. Ich hatte ihn nicht über die Ergebnisse unserer Suche nach *»vertrauenswürdigen unabhängigen Bestätigungen der Tatsachen«* auf dem laufenden gehalten, und beim Lesen wurde mir ganz schwach ums Herz: »Tibet-Buch: Harpers sehr scharf, gibt unbesehen Dollarvorschuß, auch großes Interesse an Auslands- und Taschenbuchrechten. Kein Grund, nicht weiterzuvermitteln und Vorschuß zur Kostensenkung zu kassieren. Bitte O.s Einwilligung und Rat einholen.«

Die Neuigkeiten, die als vierte bei uns eintrafen, waren ganz und gar nicht gut.

Mit einem leichten Anflug von Panik sagte ich: »Miss

Marks, rufen Sie in Wopleston an und sagen Sie, daß ich gern noch heute nachmittag käme.« Ich beobachtete sie, während sie den Anruf erledigte, und ich konnte sehen, wie sich ihr Gesichtsausdruck veränderte. Ich konnte mir den Grund denken.

Ich sagte: »Wann ist es passiert?«

»Um halb neun heute morgen. Er ist nicht mehr aufgewacht.«

Vater Harris las die Messe, und anschließend erklärte ich ihm bei einer Tasse Tee die Lage. Er nahm meine Erklärungen äußerst gelassen hin.

»Mein Junge, Sie machen sich zu viele Sorgen. Das ist mir schon öfter aufgefallen. Warum lassen Sie nicht einfach alles in Gottes Hand?«

»Ich wünschte, das könnte ich, Vater. Der Haken ist nur der, das im Moment alles in unserer Hand liegt. Ich bin in der keineswegs beneidenswerten Lage, Verleger, Agent und Treuhänder eines Manuskriptes zu sein, an dem ich die größten Zweifel hege.«

»Sind Ihre Zweifel größer geworden, seit Sie begonnen haben, nach Beweisen zu suchen?«

»Mit Sicherheit haben sie sich verfestigt.«

»Weil Sie sich größere Sorgen um die noch ungelösten Fragen machen – mehr ist es doch nicht. Soweit ich das sehe, gibt es jede Menge Beweise dafür, daß dieser Mann nach Tibet gereist ist und daß er aus Tibet zurückgekommen ist. Das einzige, was Sie nicht überprüfen können, ist, was er in der Zwischenzeit getan hat.«

»Das ist alles.«

»Nun. Das scheint mir«, sagte Vater Harris mit einem vorwurfsvollen Blick, »kein ausreichender Grund dafür zu sein, alles in Zweifel zu ziehen. Alles, was sie nachprüfen konnten, zeigt, daß der Bericht zuverlässig ist. Wenn Ihnen vor sechs Monaten jemand gesagt hätte, ein völlig unbekannter Lehrer sei nach Tibet gereist und mit Verletzungen zurückgekommen, die die Amputation eines Armes erforderlich gemacht hätten, und zudem hätten sich seine materiellen Umstände deutlich verändert, hätte das dann nicht Ihr Interesse geweckt? Und so war es ja auch.«

»Ja, leider.«

»Darum geht es jetzt nicht«, sagte Vater Harris. »Das ärgerliche an Ihnen ist, daß Sie immer blasierter werden. Die Wunder haben Sie geblendet. Sie wollen mehr und immer mehr Wunder. Fangen wir doch noch mal von vorn an. Sie hatten genügend Interesse, um das Buch verlegen zu wollen. Warum wollen Sie diesen amerikanischen Verleger daran hindern, das gleiche zu tun?«

»Weil wir inzwischen etwas mehr darüber wissen.«

»Ich bin ganz sicher, daß Sie das nur sagen, um mich zu ärgern«, sagte Vater Harris. »Aber darauf lasse ich mich gar nicht erst ein. Hier ist kein Raum für Skrupel und Gewissensbisse. Ganz im Gegenteil ... Wieviel Dollar sagten Sie?«

Ich nannte ihm die Summe.

»Gütiger Himmel!« sagte Vater Harris milde. »Was könnte ich damit nicht alles anfangen! Aber lassen wir das. Die Gelehrten werden davon profitieren. Als Treuhänder bin ich Ihr Partner, und als solcher sage ich Ihnen, nehmen Sie das Geld. Es ist einiges mehr als das, was Sie investiert haben, aber Sie können ja inzwischen auch einiges mehr bieten.«

»Und was ist mit meinen Zweifeln?«

»Reine Verbohrtheit«, sagte Vater Harris entschieden, »und gegen alle Zweifel haben Sie eine weit größere Anzahl von Beweisen, als ich es in meinen Betrachtungen gewohnt bin. Gott und die Logik der Ereignisse werden Ihre Zweifel, dessen bin ich mir ganz sicher, bald beschwichtigen.

Ob es an Gott, an der Logik der Ereignisse oder an Vater Harris selbst lag – von diesem Augenblick an zerstreuten sich meine Zweifel tatsächlich. Eine gewisse übermütige Heiterkeit stellte sich ein. Ich hatte Mr. Oliphants Notizbücher mit den Aufzeichnungen als Verleger gekauft, als Teuhänder verkauft und begann jetzt als literarischer Agent, Provisionen dafür zu kassieren. Die beiden letztgenannten Aktivitäten weiteten sich schnell aus. Gleichzeitig und wie ein Omen für die Billigung des Himmels, die Vater Harris mir versprochen hatte, kam Material, das die Fakten bestätigte.

Vom Portland Place in London kam ein Brief von dem chinesischen Chargé d'affaires. Er schrieb uns knapp, soweit er wisse, hätten wir Informationen, die sich auf gewisse allseits bekannte Wertsachen bezögen, die in einer Phase »separatistischer Aktivitäten« aus der Autonomen Region Tibet gestohlen worden seien. Auf Anweisung seiner »Obrigkeiten in Peking« müsse er uns darauf hinweisen, daß ein korrektes Vorgehen von unserer Seite, da unsere beiden Regierungen freundschaftliche Beziehungen miteinander unterhielten, darin bestünde, ihm diese Informationen zur Verfügung zu stellen, und daß jedes andere Vorgehen nicht nur nicht korrekt und nicht freundschaftlich sei, sondern daß wir uns mit einer Unterlassung der Anzeigepflicht eines Schwerverbrechens schuldig machen würden.

»Na so was. Wie sind die denn da drauf gekommen?«

»Ganz schön komisch«, sagte Underwood.

»Ich nehme an, wir werden es noch rechtzeitig herausfinden.«

Wir fanden es durch Dr. Shankar Lal Roy heraus.

»Ich schreibe«, schrieb er, »um Sie vorzuwarnen, daß Sie etwas vom diplomatischen Dienst Chinas hören könnten – in diesem Punkt brauchen Sie sich nicht die geringsten Sorgen zu machen. Ich werde Erkundigungen bei einigen unserer Leute in Tibet einholen müssen. Manche sind Doppelagenten, die für den chinesischen Geheimdienst arbeiten, und um Informationen von ihnen zu bekommen, ist es häufig notwendig, ihnen dafür andere Informationen zu geben – Informationen harmloser und nachprüfbarer Natur. Wenn Sie von dieser Seite etwas hören sollten, wäre es praktisch, wenn Sie, ohne nähere Einzelheiten zu enthüllen, bestätigten, daß Sie tatsächlich gewisse Informationen haben, die sich auf den Schatz von Yamdring beziehen ... Ich schreibe demnächst ausführlicher.«

Dr. Roy stand zu seinem Wort. Eine Flut von zehn- bis zwölfseitigen Briefen, einzeilig geschrieben, begann, über uns hereinzubrechen. Underwood faßte sie zusammen:

»Herzog von Ganzing: hat mit einem Schein für bedingte Freilassung Tibet auf eine Einladung der India Maha Bodhi Society verlassen, die 1956 zum zweitausendfünfhundertsten Jahrestag der Erleuchtung des Buddha offizielle weltweite Festlichkeiten veranstaltet hat. Der Dalai Lama, die Oberhäupter etlicher Klöster und Hunderte von anderen Aushängeschildern wohnten den Feierlichkeiten ebenfalls bei. Aus Yamdring erschienen trotz Einladung keine Würdenträger. Alle religiösen Persönlichkeiten kehrten zurück, doch siebzig weltliche Personen blieben. 1957 wurde diesen Leuten von den Chinesen eine Amnestie angeboten, und ihnen wurden gute Posten in der Regierung zugesichert. Fast alle, darunter auch der Herzog, kehrten daraufhin zurück.

Sehr kurz danach verschlechterte sich die Lage in Tibet. General Chang Kuo-hua, Kommandant des Chinesischen Befreiungsheers, unterzeichnete einen Befehl, der dazu aufrief, ›ständige Wachsamkeit und Selbstschutz gegen die subversiven Aktivitäten imperialistischer Elemente und die aufrührerischen Aktivitäten der Separatisten zu üben‹. Seine Bemühungen wurden von Radio Peking gutgeheißen, und dort wurde dazu geäußert: ›Die Volksbefreiungsarmee trägt die Verantwortung dafür, Aufstände zu unterdrücken, und sie wird mit Sicherheit gemeinsame Sache mit allen patriotischen tibetanischen Bürgern machen, wenn es darum geht, mit aufrührerischen Elementen hart umzugehen und sie niederzuschlagen.‹

Daß sich der Aufstand nicht wirklich niederschlagen ließ, zeigt sich in den darauffolgenden weitverbreiteten Revolten. Die Tibetaner begründeten eine revolutionäre Bewegung, die sich Mi-Mang Tsong-Du nennt – Volksausschuß gegen den chinesischen Kommunismus. Den Chinesen ging schließlich die Geduld aus, und sie entschieden sich, die Marionettenregierung fallen zu lassen und anstelle dieser Strohmänner einen Vorbereitenden Ausschuß für eine geplante Autonome Region Tibet einzusetzen. Ferner wurden drei Millionen chinesischer Männer eingeschleust, um die Taktik einer Aussöhnung durch Schwängerung einzuleiten.

In jeder größeren Ortschaft quartierten sie sich ein, und es kam zu gewaltsamen Paarungen mit allen unverheirateten Frauen und mit den Ehefrauen, deren Männer aus den Dörfern fortgeholt worden waren. Das Programm, das den Namen ›Han-isierung‹ trug, war offensichtlich gut organisiert und wurde methodisch durchgeführt. In allen ›Distrikten‹ oder ›Regionen‹ wurden starke Garnisonen untergebracht, und Streifen kontrollierten die Gegend. Wachposten wurden auf den Bergen aufgestellt, um die Gegend vor ›Angriffen von Banditen‹ zu schützen, solange die Operation durchgeführt wurde. Nach einem festgelegten Zeitplan folgten dann Militärärzte, um Schwangerschaftstests durchzuführen, und wenn die Operation auf breiter Basis erfolgreich verlaufen war, wurden die Truppen in eine andere Gegend verlegt. Tibetaner sind vernarrt in Babys, egal von wem, und in den meisten Gegenden scheint dieser Plan sich ausgezeichnet bewährt zu haben.

Am 28. März 1959 verkündete Peking, der Aufstand sei vorbei, und ›die Autonome Region Tibet kann jetzt ganz über sich selbst bestimmen‹. Wenige Tage zuvor, am 17. März, war der Dalai Lama nach Indien geflohen. Er meldete der Internationalen Juristenkommission, die Chinesen sterilisierten tibetanische Männer, hätten 65.000 Tibetaner umgebracht und tausend Klöster zerstört. Eine gewaltige Anzahl von Mönchen sei zu Straßenbauarbeiten herangezogen worden, jeweils 15.300 auf einem Abschnitt von einhundertvierzig Meilen. Etliche tausend Meilen Straße würden gebaut.

Damit wolle man erreichen, sagte er, daß die Religion als eine einigende Institution für die Tibetaner an Kraft verlöre. Die religiösen Oberhäupter sollten gezielt gedemütigt werden. Buddha selbst werde in ›ihrer vulgären Propaganda‹ als ›reaktionäres Element‹ bezeichnet. Klosterschätze würden in staatliche Hände fallen oder ganz einfach geplündert . . .

Gouverneur von Hodzo: Laut chinesischen Berichten 1951 verurteilt worden, Urteilsspruch auf fünfzehn Jahre. Keine Informationen über seine Frauen, aber Fotografien der Kinder in einer chinesischen Propagandaschrift mit dem Kommentar ›und fröhlich machen sie gemeinsame Sache mit jungen Genossen beim Bau einer Stahlschmelzhütte auf dem Gelände ihrer Akademie in Peking‹.

Abt von Yamdring: ›gestorben an Völlerei‹ (chinesische Meldung vom April 1952 – offensichtlich euphemistisch für Vergiften). Neue Verkörperung im Januar 1958 anerkannt (Mi-Mang Tsong-Du-Meldung vom März 1959).

Äbtissin von Yamdring: keine Informationen. Dr. Roy stellt Nachforschungen an.

Stellvertretender Klostervorsteher und sonstige Würdenträger: keine Neuigkeiten, doch das Kloster ist anscheinend noch in Betrieb (März 1959).

Schatz von Yamdring: MMTD-Meldung vom März 1959: ›die chinesischen Nachforschungen nach dem restlichen Klosterschatz, von dem man annimmt, daß er auf dem Weg von . . . nach . . . verborgen ist, dauern an.«

Dem lag ein wissenschaftlicher Aufriß der Geschichte und der Traditionen von Yamdring mit detaillierten Beschreibungen der Zeremonien bei. Diese Angaben wichen in keinem Punkt von Houstons persönlichen Schilderungen ab. Da viele dieser Einzelheiten, insbesondere die, die sich um das Zweite Fest des Affen drehten, erst in allerjüngster Zeit ans Licht gekommen waren, wie Dr. Roy berichtete, schienen wir hier eine ganz klare Bestätigung zu haben.

Natürlich war nichts von alldem ein schlüssiger Beweis, doch wir waren mit Sicherheit ein ganzes Stück weitergekommen.

»Sie finden, das hilft Ihnen weiter?« sagte Vater Harris. »Ich würde Sie, Davidson, als einen lachhaft übervorsichtigen Menschen beschreiben. Bereiten Sie die Druckerpressen vor. Schreiben Sie endlich einen dieser grandiosen Werbetexte. Worauf warten Sie denn noch?«

»Auf Neuigkeiten von Sheila Wolferston, Da Costa und Houston. Es sei denn, wir könnten Licht in . . . «

»Es werden Neuigkeiten einlaufen, und es wird Licht in die Dinge kommen«, sagte Vater Harris zuversichtlich. »Das sagt mir mein Instinkt.«

Bald erwies sich die Richtigkeit seines Instinktes, doch ob die Neuigkeiten Licht oder Dunkel auf unsere Fragen warfen, war nicht so leicht zu entscheiden.

Zuerst hörten wir etwas aus Kalkutta. Dr. Roy schrieb:

»Äbtissin von Yamdring: Ich fürchte, den bisherigen Informationen ist immer noch nichts weiteres hinzuzufügen. Agenten der Mi-Mang Tsong-Du, Chinesische Auslandsabteilung IVa – Überwachung von Truppenbewegungen, insbesondere Verlagerung – melden Truppenbewegungen in der Provinz Hodzo im vergangenen September (1959), offensichtlich, um dort Unruhen zu ersticken. Da Hodzo Dzong seine eigene Garnison hat und da dort offensichtlich Ruhe herrscht (mein Brief vom 29. März) und da Yamdring das ansonsten einzige größere Zentrum der Provinz ist, können wir daraus schließen, daß es dort Schwierigkeiten gegeben hat. In diesem Kontext kann man auch die angebliche alte Prophezeiung erwähnen, daß die Äbtissin ihre Achtzehnte Verkörperung im sechsten Monat des Erd-Schweins verlassen (das heißt sterben) wird (September 1959). Ob die Unruhen ausgebrochen sind, weil die Bewohner des Klosters Versuche unternommen haben, dieses Schicksal abzuwenden, oder ob es daher kommt, daß der prophezeite Tatbestand tatsächlich eingetroffen ist ...«

Die nächsten Neuigkeiten kamen aus Tobago. Ich hatte ein wenig Ärger mit dem Offizier des British Empire, Joshua Gundala, gehabt, der nämlich trotz seines Versprechens, mich auf dem laufenden zu halten, meine beiden letzten Briefe überhaupt nicht beantwortet hatte. Daher hatte ich den Briefwechsel Oliver Gooch gezeigt, auf dessen Rat hin ich dann einen Brief geschrieben hatte, in dem ich Mr. Gundala mitteilte, wenn wir bis zum 30. April 1960 nichts von ihm gehört hätten, würden wir im Trinidad *Guardian* einen großangelegten Suchauftrag abdrucken lassen, in dem wir sämtliche Informationen, die uns zur Verfügung stünden, anführen würden, darunter auch den anonymen Brief, dessen Inhalt wir ihm bereits mitgeteilt hatten.

Mr. Gundala wartete den 30. April nicht ab. Er schrieb augenblicklich zurück.

»Ich danke Ihnen für Ihren Brief vom 10. April, aber ich kann beim besten Willen nicht verstehen, wozu diese ganze Aufregung gut sein soll. Es ist ja schließlich nicht so, daß Mr. Houston ein Mann mit normalen Gewohnheiten ist. Ich habe gehört, er sei schon früher ohne jede Vorwarnung für viele Monate verschwunden. Und was die *Lunkies* angeht, so ist das ein skandalöser Unsinn. Kein zuverlässiger Zeuge hat je irgendeine Art von Hai auch nur in der Nähe der Rum Bay gesehen. Wenn überhaupt, dann gibt es sie auf der anderen Seite der Insel, wo skrupellose Rivalen mir meinen Erfolg neiden. Rum Bay ist ein wunderbarer Ort, ideal für Menschen, die sich zur Ruhe setzen wollen – sogar sicherer als Montego Bay und weit weniger zerstört. Diese Geschichten über die *Lunkies* werden von dummen Fischern verbreitet, die das auch nur tun, um von der Regierung neue Netze zu bekommen. Wundert es Sie, daß die *Tobago Times* ein so albernes Geschwätz nicht abdruckt?

Was Mr. Houston angeht, so liegen die Umstände folgendermaßen: Sein Boy sagt aus, daß er im letzten September ganz unruhig geworden ist, nachts immer auf und ab gelaufen ist und dergleichen. Einmal war er in Scarborough (und vielleicht hat er sich dort ein Flugticket nach Venezuela, Trinidad oder auf eine der anderen Inseln gekauft - das läßt sich dort ganz leicht machen). Eines Tages hat Mr. Houston dann dem Hauspersonal, dem Koch, dem Gärtner und dem Boy, einen Monatslohn gezahlt, und am nächsten Morgen ist er nicht zum Frühstück erschienen. Der Junge fand seine Schuhe am Strand - ganz so, als sei er schwimmen gegangen. Das war ungewöhnlich, denn mit nur einem Arm ging er nie allein schwimmen, sondern nahm immer seinen Boy mit. Der Boy verständigte den Polizeiwachtmeister in Rum Bay.

Ich habe den Bericht des Polizeiwachtmeisters gelesen, und darin steht, der Junge hätte sich nicht erinnern können, ob die Schuhe am Vortag schon am Strand stehengeblieben waren, was manchmal vorkommen konnte. Der Polizeiwachtmeister verhörte die Fahrer des dortigen Taxiunternehmens, Busfahrer etc., aber niemand konnte sich erinnern, Mr. Houston am Vorabend oder an jenem Vormittag befördert zu haben. (Er hätte ohnehin zu Fuß nach Wilmington kommen können, das nur zwei Meilen entfernt liegt, und dort kann man sich zwischen drei verschiedenen Buslinien nach Scarborough entscheiden. Der Polizeiwachtmeister stellte keine weiteren Nachforschungen in Wilmington an, und als ein Reporter der *Tobago Times* später doch Erkundigungen einziehen wollte, konnte sich niemand mehr erinnern. Dennoch glaube ich fest daran, daß es das sein muß, was er getan hat.)

Wenn man bedenkt, daß Mr. Houston nie allein schwimmen gegangen ist, daß keine Meldungen über einen Ertrunkenen ans Licht gekommen sind, daß er seine Hausangestellten ausbezahlt hat und daß er schon vorher auf eben diese Weise verschwunden ist, dann müssen Sie selbst sehen, daß es verfrüht wäre, übereilte Schlüsse zu ziehen.

Da ich Ihnen bereits versprochen habe, Sie auf dem laufenden zu halten, und da ich außerdem sicher bin, daß entweder ich als Immobilienmakler oder der Nachrichtendienst unserer *Tobago Times* die ersten sein werden, die etwas Neues hören, hoffe ich, daß Sie keine Notwendigkeit mehr darin sehen, diesen Suchauftrag im *Trinidad Guardian* aufzugeben, der nur bewirken würde, daß unbegründete Ängste wachgerufen und ernstliche Verleumdungen laut würden, die dann mit größtem Widerwillen auf andere Weise beantwortet werden müßten.«

»Was halten Sie davon?«

»Ich glaube, die *Lunkies* waren am Werk«, sagte Oliver Gooch.

»Ich frage mich, ob Mr. Oliphant möglicherweise etwas davon wußte.«

»Wie hätte er das wissen können?«

»Ich meine nicht speziell die *Lunkies*. Aber er kann sich die Sache mit dem Erd-Schwein ausgerechnet und geahnt haben, daß etwas Derartiges passieren würde. Er hat einen ganz komischen Eindruck auf mich gemacht, als er mir die Geschichte zum ersten Mal erzählt hat.«

»Und was fangen Sie jetzt damit an?«

»Sie glauben, daß Houston definitiv tot ist?«

»Was glauben Sie?«

»Ich glaube, das war's.«

»Ja.«

4.

»Was, glauben Sie, war es?« fragte Vater Harris.

5.

»In meinen Augen«, sagte T. L., »ist die ganze Situation total verrückt. Sie sagen, daß Harris nicht bereit ist, die Vorschüsse zurückzuzahlen, und daß er als Mit-Treuhänder immer noch vorhat, es zu versuchen und das Buch zu veröffentlichen, notfalls in einem anderen Verlag. Wie kann er das machen?«

»Ohne meine Zustimmung gar nicht.«

»Das heißt, das das Zeug einstweilen liegenbleibt.«

»Ja. Wir haben uns festgefahren.«

»Und was für Vorstellungen haben Sie?«

»Gar keine. Solange wir Houston nicht herzaubern können, haben wir nichts in der Hand, wenn es Ärger gibt. Und wenn wir versuchen, das Buch ohne ihn herauszubringen, dann müssen wir derart daran herumfrisieren, daß wir niemals einen Wissenschaftler von Rang dazu bringen, es auch nur anzurühren. Die Sache ist ganz einfach die, daß wir mehr Material brauchen. Wir müssen in Neuseeland und in Portugal aktiv werden. Und in Anbetracht der hohen Wahrscheinlichkeit, die auf Houstons Tod hinweist, müssen wir außerdem versuchen, die Bank in Zürich dazu zu bringen, daß sie ihre Karten auf den Tisch legt. Ohne all das haben wir doch gar kein Buch.«

»Sie glauben nicht daran, daß es ein Buch wird?«

»Nein, ich glaube nicht daran.«

»Und inzwischen haben Sie Verträge mit neun Verlagen abgeschlossen, darunter auch – so zögernd ich das erwähne – mit unserem Verlag, und ein Erscheinen des Buches innerhalb des nächsten Jahres zugesagt.«

»Ja.«

»Und daher sollten Sie allen Beteiligten die Situation erklären und die Vorschüsse zurückzahlen.«

»Stimmt.«

»Womit wiederum Ihr Mit-Treuhänder nicht einverstanden ist.«

»Genauso liegen die Dinge.«

»Gut«, sagte T. L. »Jetzt habe ich es begriffen.«

»Sehen Sie mal«, sagte er am Nachmittag. »Setzen Sie sich doch einen Moment. Und gehen Sie nicht gleich an die Decke. Ich habe mich mal mit Harris unterhalten. Ich glaube, daß an seiner Idee etwas dran ist.«

»So, meinen Sie?«

»Ja. Das haben Sie mir gegenüber nicht erwähnt.«

»Weil es einfach widerwärtig ist. Können Sie sich denn nicht vorstellen, was für einen wüsten und üblen Schund ein Journalist daraus machen würde?«

»Es gibt Journalisten, und es gibt Journalisten«, sagte T. L. beschwichtigend. »Und die Geschichte muß ohnehin ein bißchen fiktiver gestaltet werden.«

»Das kommt überhaupt nicht in Frage. Sehen Sie, ich habe mehr Zeit in diese Sache investiert als irgend jemand sonst, und ich sage Ihnen, daß wir damit in einer völlig unmöglichen Situation wären.«

»Mir kommt die Sache weit möglicher vor als alles andere,

was ich seit einer ganzen Weile höre. Die Kopfschmerzen, die uns das Copyright bereitet hat, scheinen sich gelegt zu haben. Sie und Harris sind jetzt die einzigen Schiedsrichter, die darüber bestimmen, was aus der Sache wird. Sie müssen sich auf eine gemeinsame Basis einigen. Die Geschichte hat uns schon viel Geld gekostet, und ich bin ganz und gar nicht geneigt, sie einfach fallenzulassen. Und außerdem gefällt mir Houstons Geschichte.«

»Ich habe dem alten Mr. Oliphant gewisse Dinge versprochen. Ich habe ihm gesagt, die Geschichte würde in keiner Weise ins Vulgäre gezogen oder sensationshascherisch aufgemacht. Ich habe vor, mein Versprechen zu halten.«

»Großartig. Dann stehen Sie ja ganz ausgezeichnet da.«

»Was soll das heißen?«

»Sie haben mir doch selbst erzählt, wieviel Zeit Sie schon in diese Sache investiert haben. Ich glaube kaum, daß jemand anderes das Material besser kennt als Sie. Harris stimmt mit mir überein. Er schlägt jetzt vor, daß Sie, da Sie ohnehin schon Verleger, Literaturagent und Mit-Treuhänder sind, eigentlich auch gleich als Autor der ganzen Geschichte fungieren könnten. Von mir aus«, sagte T. L., der sich seine Pfeife anzündete, »können Sie die Geschichte auch selbst setzen, wenn Sie Lust haben. So. Und somit wäre die Einmannkapelle komplett.«

6.

Das war im April 1960. Es dauerte eine Weile, bis ich mich zu einem Entschluß durchgerungen hatte, und es dauerte noch etwas länger, bis sich die anderen Verleger zu einem Entschluß durchgerungen hatten, und noch viel länger dauerte es, geistig und auf dem Papier die enorme Menge von Notizen und Briefen zu sortieren, die sich angesammelt hatte. Im August fing ich mit dem Schreiben an, abends und an den Wochenenden, und es wurde Juli 1961, ehe das erste komplizierte Konzept stand.

Da immer noch keine definitiven Neuigkeiten über Sheila Wolferston, Da Costa und Houston selbst eingetroffen waren (und auch bis heute nicht sind – der Leser muß sich seine eigene Theorie zurechtlegen) und da diese Phantome mir beim Schreiben ständig durch den Kopf gingen, während ich dies verwarf und das betonte, mich mit Verfügungen und Prozessen herumschlagen mußte, wurde es mir gewissermaßen unmöglich, die Lesbarkeit des Manuskripts selbst noch zu beurteilen, und ich schickte es erst an zwei Gutachter, ehe ich es T. L. zeigte.

Einen dieser Kommentare zitiere ich auf der allerersten Seite dieses Buches. T. L.s Kommentar (den er mir erst telefonisch übermittelte und dann in einer Hausmitteilung festhielt) findet der Leser auf Seite 6. Der Schluß dieser Hausmitteilung lautete: ». . . Aber wenn es Ihnen so ernst ist, schreiben Sie doch ein Vorwort, in dem Sie das Buch und die Hintergründe erklären. Mir scheint, es fehlt auch noch eine letzte Abrundung . . .«

An diesem Tag war mit der Morgenpost ein Brief von Dr. Shankar Lal Roy gekommen, und ich wandte mich von der Hausmitteilung ab und las den Brief noch einmal.

»Ich lege«, schrieb er, »die neuste Ausgabe des *Shih Shih Shou Tse* (Pekinger Handbuch des aktuellen Tagesgeschehens) bei, das, wie Sie der Übersetzung des Eintrags auf Seite 22 entnehmen können, eine weitere offene Frage beantwortet.«

Die Übersetzung mit der Überschrift ›Bankanleihen‹ lautete:

»Agrarian Bank: 700.000 Neue Yuan, zinsfrei, an die Kommune Yamdring (Autonome Region Tibet) für Samen, Düngemittel und Gartengeräte. Diese Kommune, die auf das emsige Bestreben der Bürger hin gegründet wurde, nachdem sie den Separatisten dieser Gegend eine schroffe Abfuhr erteilt hatten, hat sich durch das Eintreffen von Freiwilligen aus dem Mutterland schnell zu einer lebenslustigen Gemeinde entwikkelt. Tausend unverheiratete Frauen, die vorher aufgrund der reaktionären Bräuche und der kriminellen Aktivitäten der Separatisten keine Ehemänner finden konnten, sind jetzt glücklich verheiratet und ziehen eine neue Generation heran, die den Erfolg der Kommune festigen soll . . . «

Ich hatte in letzter Zeit zuviel geraucht und einen säuerlichen Geschmack im Mund. Der Gedanke an die lebhaften Freiwilligen und die geballt gebärenden Priesterinnen schien den Geschmack in meinem Mund noch übler zu machen.

Miss Marks sah mich kopfschüttelnd über dem Brief sitzen.

»Nicht allzu erfreulich, oder?«

»Nein, wirklich nicht«, sagte ich.

»Aber vielleicht ist es so doch das Beste.«

»Vielleicht.«

»Man kann schlecht sagen, wie es weitergegangen wäre, wenn sie bei ihren alten Bräuchen geblieben wären. Und allzu großartig war es schließlich vorher auch nicht, oder?«

»Ihnen hat es so, wie es war, gefallen.«

»Ja . . . , eine merkwürdige Geschichte, nicht wahr, das Ganze?«

»Ja, sehr«, sagte ich, wie ich es schon einmal zu Mr. Oliphant gesagt hatte.

»Und das«, sagte sie mit einem Nicken, das auf den Brief wies, »scheint sie irgendwie abzuschließen. Ich frage mich, ob das die Abrundung ist, um die T. L. in seiner Hausmitteilung bittet.«

»Das frage ich mich auch«, sagte ich.

Miss Marks hatte indirekt die ganze Geschichte ins Rollen gebracht. Es schien mir angebracht, daß sie auch den Schluß lieferte.